Anmerkung der Autorin

Dieses Buch behandelt Themen, die bei manchen Personen traumatische Erinnerungen hervorrufen können. Unter anderem werden Krankenhausaufenthalte beschrieben, Mobbing und Gewalt. Eine ausführliche Liste mit möglichen Triggern, die in diesem Buch auftauchen, findest du unter:

www.meganemoll.de

Magie schadet der Umwelt.

Deshalb werden magisch begabte Wunderkinder immer heftiger kritisiert. Doch Quentin scheißt auf die Umwelt. Warum soll er das Leid anderer auf seinen Schultern tragen? Unbekümmert geht er weiterhin rücksichtslos mit seiner Gabe um.
Bis er sich in Mads verliebt, der für die Magie nichts übrig hat und sich lieber in Tagträumen verliert.
Mit seinen Rollerskates und Augen, so tiefgrün und faszinierend wie die Polarlichter am Nordhimmel.
Schon bald ist Quentin hin- und hergerissen, zwischen den Werten, die sein Dasein bestimmen und den aufkeimenden Gefühlen zu Mads.

Ist die Liebe es wert, seine Ideale aufzugeben?

2. Auflage April 2023

© 2022 Megan E. Moll
Deborah Diedrich | Moltkestr. 108 | 47058 Duisburg
Herausgabe über das Verlagsportal: Bookmundo
Lektorat: Alex C. Morrison (www.zeilenzauberei.de)
Korrektorat: Vanessa Streng (www.buchgestalt.de)
Covergestaltung & Illustrationen: Deborah Diedrich
Covergrafiken: Deborah Diedrich

ISBN (E-Book): 978-37-56210-03-9
ISBN (Print): 978-94-03660-40-0

E-Mail: meganemoll@web.de
Homepage: www.meganemoll.de

Hi, ich bin Megan

Bevor es losgeht, habe ich eine kurze Anmerkung zu diesem Buch

Du wirst zwischendurch auf Comicseiten stoßen, so wie diese hier

Die Ereignisse auf diesen Seiten haben nur bedingt etwas mit dem Verlauf der Hauptgeschichte zu tun

Sie sind quasi Ergänzungen, um die Charaktere noch besser kennenzulernen

Ich sage das nur, um Verwirrungen vorzubeugen. Viel Spaß beim Lesen

Prolog: AURA Fertility

<u>Kinderwunsch?</u> Sie können es darauf ankommen lassen und eine normale Schwangerschaft riskieren. Diese Methode birgt Risiken: Erbkrankheiten, Behinderungen, Gendefekte. Ihr Baby wird, mit Glück, gesund und sorgenfrei zur Welt kommen. Aber will man sich bei seinem Nachwuchs auf das Glück verlassen?

<u>Sie möchten sichergehen?</u> Mithilfe genetischer Schnitttechniken lässt sich das Erbgut ihres Nachwuchses überprüfen und reparieren. Sie können sich ab dem ersten Schwangerschaftstag auf ein gesundes Baby freuen.

<u>Das ist nicht genug?</u> Neueste Verfahren ermöglichen die Optimierung von Embryos. Sie können die Augenfarbe, Haarstruktur, Hautpigmentierung und das Geschlecht frei wählen.

<u>Super-Babys?</u> Unsere jüngste Errungenschaft ist die Herausarbeitung des AURA-Gens. Sie können Ihrem Kind magische Fähigkeiten mit auf den Weg geben. Stellen Sie sich einen kleinen Zauberer vor, der das Familienleben mit praktischen Tricks bereichert. Durch das Ertasten der eigenen Aura wird Ihr Super-Baby in der Lage sein, das Umfeld nach Belieben zu beeinflussen. Gerne informieren wir Sie dazu in einem persönlichen Gespräch.

<u>Interesse?</u> Dann vereinbaren Sie noch heute einen Termin, um sich Ihr Wunschkind zu ermöglichen, das jeden Cent wert ist.

AURA Fertility Klinik für spezialisierte Kinderwünsche

Das Soufflé

1

»*Das* nennen Sie ein Soufflé?« Mit hochgezogener Oberlippe musterte Quentin die zusammengefallene Katastrophe, die sich auf dem Teller vor ihm befand. »Sie sollten sich schämen, so etwas Ihren Gästen vorzusetzen.«

Er schob den Teller mit spitzen Fingern von sich. Obwohl er Handschuhe trug, achtete Quentin darauf, ihn nur mit einem Hauch seiner Fingerkuppen zu berühren. Widerlich. Dass er einen Fehler begangen hat, sollte der Kellner ruhig wissen.

»Ist das dein Ernst?« Eine junge Frau am Nebentisch beobachtete die Situation mit gerümpfter Nase. Sie musterte Quentin von Kopf bis Fuß. Dabei zog sie ihre Augenbrauen zusammen. »Also wenn der Schnösel das Soufflé nicht will, dann nehme ich es.« Dem Kellner widmete sie einen freundlichen Blick.

Dieser wusste offenbar nicht, wohin er gucken sollte, denn seine Augen tasteten über den Boden, als gäbe es dort etwas zu entdecken. Krümel und Bodenfliesen, weiter nichts. Er schenkte der Frau ein dankbares Lächeln.

Quentin begutachtete sie und verzog genervt das Gesicht. Hatte sie ihn Schnösel genannt? Dann konnte sie nur das Gegenteil davon sein. Mit Sicherheit war sie eine Öko-Tussi. Natürlich war sie das. Mit Umwelt-Aufnähern auf ihrer schmuddeligen grünen Umhängetasche. Braune Locken standen ungebändigt von ihrem Kopf ab. Ihr schlanker Körper steckte in schlabberigen Klamotten, die nichts für sie taten. Eine Schande, denn eigentlich war sie attraktiv, mit ihren großen honigbraunen Augen und den dezenten Sommersprossen auf der Nase. Quentin seufzte. Seit wann durften solche Leute in dieses Restaurant? Gab es hier nicht mal einen Dresscode?

»Mir ist der Appetit vergangen«, raunte er und zog eine Bankkarte aus seiner Hosentasche. Er präsentierte sie dem Kellner zwischen Zeige- und Mittelfinger. Als der verunsicherte Mann danach greifen wollte, ließ Quentin sie unter einem lustlosen Blinzeln aus seinen Fingern gleiten. Die Karte fiel nicht herunter, sondern schwebte um seine Hand herum. Ein Surren ertönte, als würde ein hörbares Magnetfeld den Gegenstand in der Luft halten. Langsam erhob sich der vertraute Geruch nach saurem Regen. Petrichor. So ähnlich duftete es, wenn man den Gesetzen der Physik trotzte. Ein diffuses Kribbeln in den Kuppen ging mit dem Nutzen von Magie einher, Quentin bewegte die Finger leicht wabernd, um die Kontrolle über den schwebenden Gegenstand zu behalten.

Lustlos beobachtete er die kläglichen Versuche des Kellners, danach zu angeln. Seine Mundwinkel wurden von einem überheblichen Grinsen erfasst. Nur kurz. Es wich der nüchternen Mine, die sein normaler Gesichtsausdruck hergab.

»Kleiner Scherz«, kommentierte er und ließ die Karte in die Hand des verzweifelten Mannes fallen. Das Surren sowie der Geruch verebbten unter einem leisen Knistern. »Wehe, Sie buchen

Trinkgeld ab. Ich zahle passend.« Er deutete mit einem Kopfnicken zu der zauseligen Frau am Nebentisch. »Den zerfallenen Kuchen soll die gefälligst selbst bezahlen, ich finanziere keine Schnorrer.«

Die Öko-Tussi beugte sich herüber, um das Soufflé an sich zu nehmen. »Keine Sorge, ich bezahle das schon.« Sie spitzte die Lippen. »Mit Trinkgeld.«

Quentin schüttelte verständnislos den Kopf und ließ den Laden hinter sich. Als er die Schwelle übertrat, wischte er über seine Kleidung, als müsse er den kontaminierten Staub der Normalsterblichen loswerden. Hier würde er sich nicht mehr blicken lassen.

Er warf einen Blick auf seine Smartwatch mit Lederarmband. Echtleder, selbstverständlich. Darauf überflog er die letzten Nachrichten in der Chatgruppe mit seinen Freunden. Wenn er mit ihnen essen gegangen wäre, dann hätte er jetzt einen anständigen Nachtisch im Magen. Aber manchmal sehnte er sich nach Einsamkeit. Quentin gehörte zu den Menschen, die sich mit sich selbst zu beschäftigen wussten. Ihm machte es nichts aus, alleine in einem Restaurant zu sitzen.

Gwen hatte geschrieben, dass sie sich mit Cedric im Einkaufszentrum aufhielt. Spencer wollte sich ebenfalls auf den Weg dorthin machen und auch Elouise hatte sich angekündigt. Alle würden da sein. Quentin suchte in seiner Tasche nach dem Smartphone, um mitzuteilen, dass er sich später zu ihnen gesellen würde.

»Dann nehmt ihr das Papier so und faltet es diagonal.«

Als Quentin die Villa seiner Mutter betrat, hallte ihre Stimme aus dem Wohnzimmer. Sie redete laut und in einem erklärenden Ton.

»Das macht ihr zwei Mal, damit ihr zwei Knicke im Papier habt.«

Er schloss die Tür mittels Magie und schlich an das Wohnzimmer heran, um einen Blick auf sie zu werfen. Sie drehte sicher wieder ein Video. Oder war sie live? Warum machte sie das nicht in ihrem Videozimmer? Dafür hatte sie es doch. Um sich zu vergewissern, ob er stören durfte, räusperte er sich leise.

Seine Mutter, die unter dem Namen Ivy eine Berühmtheit war, schreckte auf und blinzelte, bevor sie ihm ein Lächeln entgegenbrachte. »Quentin ist zu Hause.«

Ihren Kommentar widmete sie dem Smartphone. Es klemmte auf einem Stativ, inmitten einer Ringleuchte, und stand vor ihr auf dem Tisch, neben Bastelsachen. Hinter ihr hing das neue Gemälde, welches sie bei einer Auktion erstanden hatte. Das war wohl der Grund, aus dem sie heute im Wohnzimmer drehte. Sie behielt die erklärende Stimmlage bei. War das eine Origamistunde? »Mal sehen, ob ich ihn heute vor die Kamera bekomme.« Sie nahm das Smartphone in die Hand und lief auf ihn zu.

Quentins Körper verkrampfte sich. Ihre entschlossenen Schritte auf dem Marmorboden bereiteten ihm eine Gänsehaut. Sie wollte ihn filmen? Schon wieder? Er seufzte genervt und schlüpfte aus den Schuhen, um sie in den Schrank schweben zu lassen. Das leise Surren der Magie vereinte sich mit dem sauren Geruch und bildete eine spürbare Verbindung zwischen Quentins Hand und den Schuhen. Kurz stellte er eine Verbindung mit der Schranktür her, um sie zu öffnen, ebenso kurz schwoll der Geruch an und wurde beißend.

Bei diesem Anblick ließ seine Mutter die Schultern sinken. »Du weißt genau, was ich vom unnützen Gebrauch der Magie halte.«

Quentin lehnte im Türrahmen und betrachtete sie, während sie ihre alltäglichen Worte herunterleierte. Ihre dünnen, rot geschminkten Lippen verzogen sich wütend und straften ihn mit Mahnungen. Er verdrehte die Augen. Mahnungen, die ihm egal waren.

»Ich gebrauche sie niemals *unnütz*.« Sein Blick streifte das Smartphone. Ob sie noch filmte? Er widmete sich dem Obstkorb in der Küche und streckte seine Hand aus, um einen Apfel zu sich schweben zu lassen. Wie ein Magnet zog seine Handfläche die rote Frucht an. Je näher sie kam, desto intensiver wurde das warme Kribbeln in seiner Handfläche. Er bewegte die Finger, einerseits, um dem Kribbeln entgegenzuwirken, andererseits, um die Levitation unter Kontrolle zu halten.

Seine Mutter rümpfte die Nase. Sie konnte den sauren Geruch nicht ausstehen, daraus hat sie noch nie ein Geheimnis gemacht. Die meisten empfanden ihn als angenehm. Das war wohl Geschmacksache, immerhin gab es Menschen, die gerne Tankstellen rochen oder U-Bahnen, während andere an solchen Orten die Luft anhielten.

Ivy griff in die Luft, um den Apfel auf halber Strecke abzufangen. »Quentin.« Enttäuschung rauschte über ihr Gesicht. »Du schadest der Umwelt.« Sie hielt das Smartphone empor und verzog bettelnd die Stirn. Die nächsten Worte formte sie mit den Lippen, ohne sie laut auszusprechen. »Was sollen die Leute denken?«

Er schnaubte genervt und fokussierte einen anderen Apfel, um ihn sich mittels Magie zu nehmen. Er fing ihn nicht auf, sondern biss hinein, während er vor seinem Mund schwebte. Dabei stellte er provokanten Blickkontakt zum Smartphone her. »Scheiß auf die Umwelt«, schmatzte er, wobei der Apfel über seinen Fingern tanzte. Das magnetische Surren seiner Magie verweilte kurzzeitig hinter ihm, wie ein unsichtbarer Nebel, der in Zeitlupe zu Boden regnete. Er ließ den Wohnbereich hinter sich, um nach oben zu gehen.

Seine Mutter wedelte mit ihrer Hand vor der Nase, als könne sie damit den Anschein von Petrichor loswerden. Seufzend entschuldigte sie sich bei ihren Followern. Das problematische Thema hielt nicht lange an, noch bevor Quentin die letzte Stufe betrat, fuhr sie mit der Bastelei fort.

Erst als er in seinem Zimmer war, beendete Quentin den Nutzen der Magie und legte den Apfel auf einer Kommode ab. Er warf sich rücklings aufs Bett und tastete suchend um sich. Die Fernbedienung? Er stöhnte genervt. Sie lag auf dem Schreibtisch. Mit einer wischenden Handbewegung schaltete er den Fernseher ein. Und wo er schon dabei war, konzentrierte er sich auf den Wasserhahn im Badezimmer. Mit einem einzigen Gedanken ließ er die perfekte Mischung aus heißem und kaltem Wasser in die Badewanne strömen. Sollte er den Badezusatz später von Hand reinkippen? Er schmunzelte halbherzig und suchte gedanklich nach der violetten Plastikflasche, um sie per Magie zu öffnen und einen Schluck der Schaumlösung in die Wanne fließen zu lassen. Warum sollte er sie nicht nutzen? Was gab es Geileres, als die Welt zu lenken und dafür nur einen Finger zu krümmen?

Das Taubheitsgefühl, welches sich nach einer Weile in seinen Händen ausbreitete, verging jedes Mal und auch die Kopfschmerzen waren auszuhalten. Das Einzige, was er für seine Gabe einbüßen musste, war die Beliebtheit bei einigen Magie-Gegnern, und die waren ihm sowieso egal.

Während im Fernsehen ein Musikvideo lief, drehte sich Quentin auf die Seite und sah in Richtung Fenster. Ein schwarz-silbernes Teleskop stand neben seinem kleinen Schreibtisch, auf dem sich

Sternenkarten und Notizbücher stapelten. Wann hat er sich zum letzten Mal damit befasst? Egal.

Er ließ den Blick weiterwandern, über die Baumkronen, die ihm bald die Sicht auf die Stadt versperren würden. Es war nicht ganz Frühling, aber sie trugen schon unzählige Knospen. Bald würde er die Lichter des regen Treibens nicht mehr von seinem Fenster aus sehen können. Das pulsierende Leben in der Innenstadt bot einen Anblick, der ihm im Sommer stets fehlte. Wenn die Bäume kahl waren, dann konnte er das Einkaufszentrum sehen. Dort verbrachte er gerne Zeit mit seinen Freunden. Mit diesem exklusiven Club aus magiebegabten reichen Kids, die längst Erwachsene waren. Sie beförderten manchmal Zeugs in die Rucksäcke von Fremden, um zu beobachten, wie sie vom Ladendetektiv festgehalten wurden. Die ratlosen Blicke der unfreiwilligen Diebe waren unbezahlbar. Aber hatte er heute Lust darauf? Schon wieder das Gleiche?

Er gähnte und widmete dem Fernseher einen prüfenden Blick. Das nächste Musikvideo startete. Er streckte seinen Arm in Richtung Kommode und beförderte den Apfel in seine Hand. Während die glänzende Frucht leise surrend durch sein Zimmer schwebte, fiel eine Blüte von einer weißen Orchidee, die seine Fensterbank zierte. Er biss in den Apfel und begutachtete die zarte Blüte, die eigentlich zu vital gewesen war, um einfach so zu welken. Es war nicht die erste Pflanze, die auf diese Weise an dieser Stelle einging, und es würde wohl nicht die letzte sein.

»Hm«, machte er, zuckte mit den Schultern und widmete sich seinem Badewasser.

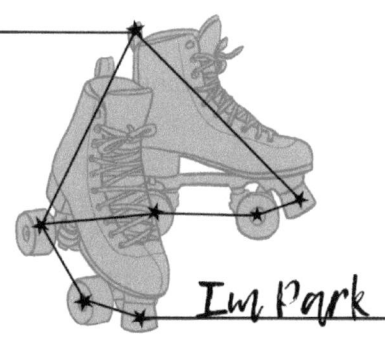

Im Park

2

Der schnellste Weg in die Innenstadt führte durch den Stadtpark. Dort trieben sich oft Ökos rum, die sich über Magiebegabte aufregten, aber unter ihnen befanden sich wenigstens kaum Fans von Quentins Mutter. Letztere gingen ihm am meisten auf die Nerven.

Quentin schob seine Hände in die Manteltaschen, um zu verhindern, dass er aus Gewohnheit Magie nutzte, die Ökos würden ihm sonst lästige Beleidigungen hinterherrufen.

Langsam aber sicher wurde seine Ma eine von denen, mit ihren Vorträgen darüber, dass er sich nützlicher in die Welt einbringen sollte. Arbeitslos, wie er war, hatte er dem nicht einmal etwas entgegenzusetzen. Wozu sollte er arbeiten, wenn er sowieso alles hatte, was er brauchte? Seine Eltern waren scheiße reich und würden es niemals wagen, ihren einzigen Sohn rauszuschmeißen. Dafür hatte er zu viel gekostet.

Er schlenderte einen rissigen Asphaltweg entlang, welcher schlangenlinienartig über eine gestutzte Wiesenfläche an einem See vorbeiführte. Für einen Moment hielt er inne, als jemand an ihm vorbeirauschte. Flüsternd gab der fremde Mann eine Melodie von sich, als sänge er einen Song leise, für sich selbst, mit. Ein Hauch von Marzipan lag in der Luft und Quentin hob den Blick, um ihm nachzusehen. Auf Rollschuhen entfernte sich der Fremde mit taktvoll wippendem Kopf und nahm seinen wohligen Duft mit sich. Spontan hatte Quentin Lust auf Marzipankartoffeln und eine gewisse Vorfreude auf Weihnachten stellte sich ein.

In seiner Tasche umspielte er ein kleines Teleskop, das trug er immer bei sich. Er nutzte es vorwiegend, um daran herumzuspielen, und nur noch selten, um sich damit den Nachthimmel anzusehen. Einst hatte er es von seinem Vater geschenkt bekommen. Seine halbe Kindheit lang hatten sie gemeinsam nächtelang nach oben gestarrt, Sternenkarten studiert und Dokumentationen über Astronomie verfolgt. Es hatte jährliche Camping-Ausflüge gegeben, so weit in die Natur hinaus, dass der Himmel nachts einschüchternd riesig wirkte. Von der Stadt aus konnte man nur einen Bruchteil von dem erahnen, wozu die Sterne fähig waren. Seit Quentins Eltern getrennt lebten, gab es diese Ausflüge nicht mehr und die Astronomie geriet zunehmend in Vergessenheit.

Aggressive Stimmen rissen Quentin aus seiner Gedankenwelt. Er ließ das Teleskop los und hob den Blick. Wer brüllte da so herum? Mitten am Tag? Am besten ignorierte er das, oder? Die Menschen in der Umgebung taten es jedenfalls. Trotzdem siegte die Neugierde und er drehte sich um.

Einige Meter hinter ihm standen zwei Typen mit angespannten Schultern. Einer hatte eine Glatze und trug eine gewollt zerfetzte Hose, der andere war kleiner und wirkte mit halb rausgewachsenen blonden Strähnchen irgendwie ungepflegt.

Der Rollschuhtyp von eben näherte sich ihnen mit gesenktem Blick. Seine Körperspannung veränderte sich zusehends, mit schmaleren Schultern und halb verschränkten Armen wich er ihren Blicken aus. Offenbar wollte er ihre Aggression ignorieren und unbeschadet an den beiden vorbeikommen.

Sie grölten beleidigende Wortfetzen und bestärkten sich mit süffisant grinsenden Gesichtern gegenseitig. Als der Rollschuh-fahrer an ihnen vorbeifuhr, packte der Glatzkopf dessen Rucksack-griff und zog ihn daran zu Boden. Es krachte laut, als er rücklings zu Fall ging und zuerst auf seinem Po und dann auf dem Rucksack landete. Verzweifelt angelte er nach dem Griff, welcher weiterhin von dem Glatzkopf festgehalten wurde. Der Strähnchentyp äffte seine Bewegungen nach und beide amüsierten sich schallend über die Situation.

»Wir haben dir schon tausend Mal gesagt, dass du nicht her-kommen sollst.« Der Glatzkopf ließ vom Rucksack ab, um sich vor den Rollschuhfahrer zu knien. »Wie hohl bist du eigentlich, dass du trotzdem immer wieder herkommst?«

Der andere lachte beipflichtend. »Beim nächsten Mal fliegst du auf die Fresse.« Er drückte gegen den Helm seines Opfers, um dessen Gesicht in Richtung Asphalt zu drücken. Mit ausgestreck-ten Armen wehrte sich der Rollschuhfahrer gegen diesen Über-griff, aber er war eindeutig schwächer und stöhnte verzweifelt, als sein Körper sich scheinbar wehrlos vornüberbeugte. Sein Gesicht wirkte verkrampft. Hilflos suchte er die Umgebung mit den Augen ab. Wonach? Einem Ausweg? Für einen Sekundenbruchteil streif-ten seine Augen Quentins. Wie ein grüner Streifen am Himmel.

Polarlichter.

Quentin stutzte. Der Sekundenbruchteil des Blickkontaktes durchfuhr ihn wie ein Blitz. Für einen Moment war er wieder sieben Jahre alt, stand in Island auf einem Berg und legte den Kopf so weit in den Nacken, dass es schmerzte, bloß um das faszinierende Spektakel am Himmel in Gänze erfassen zu können. Die Polarlichter waren das Atemberaubendste, was Quentin jemals zu Gesicht bekommen hatte. Eigentlich wollte er weiterziehen, aber seine gelähmten Gedanken zwangen ihn zum Stehenbleiben. Er schüttelte sich und schenkte der Auseinandersetzung seine Aufmerksamkeit.

Der Typ mit den Polarlichtaugen rieb sich mit verzogener Miene über den Rücken. »Warum könnt ihr nicht einfach -«

»*Warum könnt ihr nicht einfach*«, äffte der Glatzkopf nach und rotzte neben ihn auf den Asphalt. »Verpiss dich hier!«

Quentin verengte die Augen. Die Menschen drumherum hielten sich krampfhaft heraus, indem sie wie gebannt in eine andere Richtung starrten. Daran, dass sie in ihren Gesprächen innehielten, war zu erkennen, dass sie die Situation bemerkten und lauschten. Sie unternahmen nichts. Feiglinge. In Quentins Inneren brodelte es. Er änderte die Laufrichtung und steuerte das Szenario an. »Hey!«, spie er den Typen entgegen. Er reckte das Kinn. »Hört auf damit!«

Die Mobber warfen sich überraschte Blicke zu. Diese Reaktion kannte Quentin noch aus der Schule. Er war regelmäßig dazwischengegangen, wenn Schwächere niedergemacht wurden. Das war vielleicht sein einziger Charakterzug, der von Nächstenliebe zeugte. Öffentlich zugeben würde er diese Art der Hilfsbereitschaft natürlich nie.

Einer nach dem anderen begann zu grinsen. »Was willst *du* denn?« Der mit den Strähnchen scannte Quentin von oben bis unten und hob die Augenbrauen. »Halt dich raus, oder willst du auch gleich da unten landen?« Er trat mit abwertender Miene gegen das Bein seines Opfers.

»Lasst ihn in Ruhe.« Quentins Blick schweifte zu dem Kerl, der am Boden ausharrte. Dessen Gesicht war dem Asphalt zugewandt.

Er trug einen Helm und Protektoren. Zum Glück, sonst hätte er sich bei dem Sturz vielleicht verletzt. Seine Augen zuckten verunsichert zu ihm hinauf. Versuchte er zu lächeln? Er war im Begriff, etwas zu sagen, wurde aber von dem Strähnchenkerl unterbrochen.

»Verpiss dich.« Er baute sich vor Quentin auf, sodass er einen Kopf größer wirkte. »Du weißt überhaupt nicht, worum es hier geht, also halt dich raus.«

Quentin seufzte. In seinen Manteltaschen zuckten seine Fäuste ungeduldig. Mit Magie konnte er die Typen locker in ihre Schranken weisen. Sollte er? Er rümpfte die Nase beim Anblick des ausgeleierten T-Shirts seines Gegenübers. Es stand ein Markenname drauf, aber wenn man sich auskannte, dann war die Fälschung offensichtlich. Das war eindeutig jemand, der sich aufspielte, um seine wahren Probleme zu kompensieren. Im Endeffekt war er den magischen Aufwand nicht wert. Quentin reckte das Kinn und setzte seinen herablassendsten Blick auf. »Du redest sehr undeutlich.«

Der schmierige Typ verschränkte die Arme. Ein kurzer Moment der Überraschung zuckte über seine Mimik, aber er wiederholte seine Aussage, wie ein braver Schüler, der seiner Lehrerin einen Gefallen tun wollte: »Du weißt nicht, worum es hier geht, also hau ab!«

Sein haarloser Kumpel ließ von dem Rollschuhfahrer ab. Er untermalte die Aussage des anderen mit einem schiefen Grinsen. Beipflichtendes Kopfnicken sollte wohl eine Stellungnahme darstellen.

Quentin zog die Hände aus seinen Taschen und streifte langsam seine Handschuhe über. Den kontaktsuchenden Blicken der Mobber wich er gezielt aus. Lustlos zuckte er mit den Schultern.

»Ich habe das immer noch nicht verstanden. Du nuschelst extrem. Was hast du gesagt?« Aggressoren zu verwirren war immer schon ein bewährtes Mittel gewesen. Im besten Fall suchten sie das Weite, ohne die Konfrontation zu vertiefen.

Der Strähnchentyp grunzte genervt. »Ich habe gesagt, du sollst dich verpissen!« Er streckte seine Hand aus, um damit nach Quentins Kinn zu greifen.

Also doch eine Konfrontation? Alarmsirenen schrillten zwischen Quentins Schläfen. Der wollte ihn anfassen? Er wich zurück und schlug seinen Arm mit dem Handrücken zur Seite. Die innerliche Erschütterung hielt nur kurz an. Als er den Blick anhob, zierte ein überhebliches Lächeln Quentins Lippen. »Wiederhole das noch einmal.« Er legte den Kopf schief. »Du bist wirklich schwer zu verstehen.«

Mit einem genervten Schrei holte der Strähnchentyp erneut aus, um nach Quentin zu schlagen. Er taumelte und stürzte neben ihm auf den Steinboden. Sein Gesicht küsste den Asphalt so heftig, das Quentin beinahe mitfühlend seufzte. Genau das hatte er dem Rollschuhfahrer angedroht, oder? Auf Karma war Verlass. Wieso ist er überhaupt gefallen? Quentin hat nichts gemacht. Sein Augenmerk wanderte zu den Füßen des Mobbers. Der Rollschuhfahrer zog seine Beine zurück und lächelte scheinheilig. Und ... zwinkerte er ihm zu? Ein Hauch der Polarlichter blitzte durch seine dunklen Wimpern. Quentin nickte verstehend und wandte sich dem glatzköpfigen Typen zu.

Dessen Aufmerksamkeit lag am anderen Ende des Parks. Sein Gesicht sah kreidebleich aus und er stürzte zu seinem Freund, um ihn auf die Beine zu ziehen. »Da hinten ist mein Arbeitskollege«, hechelte Glatzkopf panisch und zerrte ungeduldig an der Jacke des anderen. »Der hält niemals die Fresse, wenn er mich sieht!«

»Nicht mein Problem«, knurrte der Strähnchentyp und schleuderte Quentin einen feurigen Blick entgegen. Auf seiner Stirn prangte eine Schürfwunde und aus seiner Nase tropfte Blut. Er wischte mit der Hand über seinen Mund und weitete die Augen beim Anblick des blutigen Handrückens. Als er den Kopf anhob, verengte er sie zu Schlitzen. »Ich bring dich um«, krächzte er und stolperte erneut, als sein Freund losrannte und versuchte, ihn mit sich zu zerren.

Quentin verdrehte die Augen. »Nur zu.«

»Bist du bescheuert?«, schrie der Strähnchentyp, musste sich aber den drängenden Bitten seines Freundes beugen. Dieser bettelte inzwischen darum, den Park zu verlassen, um nicht von seinem Arbeitskollegen erwischt zu werden. Da hatte wohl jemand unnötigerweise einen Krankenschein. »Wenn ich dich noch mal sehe, bist du tot!«, drohte der mit der blutigen Stirn und rannte davon.

Der Rollschuhtyp verharrte am Boden und rieb sich mit verzerrtem Gesicht den Rücken. Ein triumphierendes Grinsen zierte seine Lippen. Er sah den Mobbern hinterher. Irgendwie erinnerte er an eine Statue. Als er sich nach gefühlten Minuten immer noch nicht auf die Beine raffte, räusperte Quentin sich.

»Alles klar?« Er musterte das Outfit des Fremden. Die Anziehsachen waren billig, aber sie sahen passabel aus. Das Teuerste waren mit Sicherheit die Rollschuhe. Sein Alter war schwer einzuschätzen. Vielleicht fünfundzwanzig?

Als er zu Quentin aufsah, entspannte sich das Gesicht des Rollschuhfahrers. Funkelndes Grün schickten seinem Blick eine friedliche Botschaft voraus. »Ich hab mir das Steißbein eingehauen.« Seine Stimme klang warm und für seine markante Erscheinung überraschend hell. »Hast du eine Vorstellung, wie das zwiebelt?«

Er verzog das Gesicht und blickte auf den Boden hinter sich. Aus seinem Rucksack tropfte rote Flüssigkeit. »Und ich glaube, ein Trinkpäckchen ist geplatzt.«

Quentin runzelte die Stirn. Trinkpäckchen? Was sollte er darauf entgegnen? Er musterte das Gesicht des Typen. Es sah auffallend symmetrisch aus. Ob er genetisch aufgebessert worden war? Sein mittelklassiges Auftreten und seine Art sich zu artikulieren sprachen dagegen. Seine Eltern hätten sich das niemals leisten können.

»Aha.« Quentin zog die Augenbrauen zusammen.

Der Fremde lächelte.

Als würde er Quentins Körpersprache ein Hilfsangebot entnehmen, streckte er ihm erwartungsvoll die Hände entgegen. Wollte er etwa, dass er ihm aufhalf? Er trug Protektoren, die zerkratzt und vollgeschwitzt aussahen.

Quentin ballte die Hände in seinen Manteltaschen zu Fäusten. Ein Schauer rauschte über seinen Rücken. Niemals würde er die anfassen. Er hat gerade erst gebadet. Mit gerümpfter Nase trat er einen Schritt zurück.

»Oh, okay«, sagte der Fremde, lachte verlegen und stemmte sich auf die Beine. Er deutete tiefer in den Park, in die entgegengesetzte Richtung zur Innenstadt, und hievte seinen Rucksack nach vorne, um das Trinkpäckchen herauszuholen. Dieses hielt er mit spitzen Fingern von seinem Körper entfernt. Roter Saft tropfte vor seine Rollschuhe. »Danke für deinen Einsatz. Ich hoffe, du bekommst nicht wirklich Probleme mit denen ... Bist du auch auf dem Weg zum Skatepark?«

»Wie bitte?« Zum Skatepark? Quentin hätte beinahe gelacht. Seine Freunde warteten im Einkaufszentrum. »Nein«, prustete er und zog eine Hand aus der Tasche, um sich durch die Haare zu fahren. »Ich hab die Abkürzung in Richtung Stadt genommen.«

Sein Augenmerk zuckte zu dem tropfenden Tetrapack. Wer schleppte Trinkpäckchen mit sich rum?

Der Fremde drehte sich auf seinen Rollschuhen, um in die gezeigte Richtung zu sehen. »Oh, also dann.« Ein warmes Lächeln legte sich in seine Mundwinkel. »Vielen Dank noch mal und viel Spaß in der Stadt.« Mit diesen Worten setzte er sich in Bewegung und rollte rückwärts in Richtung Skatepark. Unterwegs warf er das geplatzte Trinkpäckchen in einen Mülleimer. Sein Körper schwang gleichmäßig von links nach rechts. Er hinterließ den Duft von fruchtigem Marzipan. Quentin sog den Geruch in seine Nase und sah ihm nach. Was für ein komischer Kerl.

»Guck dir die Versagerin an«, gluckste Spencer mit seiner nasalen Stimme und deutete auf eine Frau, die einem Zweieurostück nachjagte. Es rollte über den glänzenden Boden des Einkaufszentrums. »Die schnauft wie 'ne Dampflok.« Er lehnte sich vor, während er das Geldstück beobachtete. Tiefe Grübchen umrahmten seinen Mund und machten sein stetes Grinsen für jeden sichtbar.

»Wer von euch macht das mit der Münze?«, wollte Gwen wissen. Sie saß mit angewinkelten Beinen gegen eine Wand gelehnt auf einer niedrigen Marmormauer und kritzelte auf einem Block herum, welcher auf ihren Knien lag.

»Ich glaube, die rollt von selbst«, meinte Spencer lachend.

»Soll ich sie schneller werden lassen?«, fragte Elouise und ließ von ihrem Smartphone ab, um die Frau ebenfalls anzusehen. Das Geldstück war inzwischen umgefallen und sie beugte sich vor, um es aufzuheben.

»Passt auf.« Cedric schnippte mit dem Zeigefinger in ihre Richtung. Die Frau fasste ins Leere, weil die Münze durch sein Schnipsen im hohen Bogen auf einen Springbrunnen zuflog, wo sie platschend im Wasser versank. »Uuund sie hat gespendet.« Er lachte rasselnd, bevor er an der Zigarette zog, die zwischen seinen Fingern klemmte.

»Katsching«, ergänzte Spencer und lehnte sich mit verschränkten Armen zurück. Er wischte mit der Hand durch die Luft und dabei sprühte der Frau Wasser ins Gesicht, als diese sich über den Brunnen beugte. Ein rauchiges Aroma ging mit seiner Aktion einher. Magie. Spencer nutzte seine Gabe nur selten, um anderen zu helfen. Als er sich lachend zurücklehnte und seine Augen Quentins streiften, zwinkerte er ihm zu. Ob das seine Art war, sich für letzte Woche zu bedanken? Sie hatten sich wieder einmal auf seiner Couch eingefunden, um Filme zu sehen. Bei Letzterem ist es nicht geblieben und erneut schwebte ihre Freundschaft auf einer undefinierbaren Wolke. Waren sie beste Freunde oder mehr? Quentin wich seinem Blick aus, als er spürte, wie seine Wangen heiß wurden.

»Alles klar bei dir?«, fragte Cedric und klopfte ihm gegen den Rücken. »Du hast noch gar nichts gesagt, seit du hier bist.«

»Ich habe *Hey* gesagt«, brummte Quentin und fokussierte den Blick zu Cedrics Augen. Der Qualm von dessen Zigarette kratzte in seiner Nase. »Seitdem gab es nicht viel zu sagen.« Er schaute zu der Frau, die verzweifelt vor dem Brunnen auf und ab tigerte. Ob sie die zwei Euro für irgendetwas Bestimmtes brauchte?

»Deine Ma hat wieder rumgenervt, oder?« Cedric achste neben sich in Blumenerde. Die Marmormauer ging am hinteren Rand in ein Beet über. Darin wuchsen pflegeleichte Sukkulenten. Diese sollten das Shoppingerlebnis durch natürliche Atmosphäre angenehmer gestalten, aber die meisten Leute nutzten die Beete, um Müll darin verschwinden zu lassen.

»Sie hat ein neues Live-Video gemacht und irgendwas von Umweltschutz gelabert. Du tust mir echt leid.« Er zog an der Zigarette und pustete Qualm aus. Dabei nahm er keine Rücksicht auf seine Freunde. Sie wurden von grauem Nebel eingehüllt. An guten Tagen mimte Ced einen rücksichtsvollen Freund. Heute war offenbar keiner davon. »In zwei Wochen gibt es eine Demo«, erklärte er mit seiner tiefen Stimme, die ihn viel älter wirken ließ als 26. »Die Ökos wollen wieder die Magie verbieten lassen. Es gibt ein paar Leute, die den Scheiß aufmischen. Ich dachte, wir schließen uns da an.«

»Say no more«, säuselte Spencer und lehnte sich kokett grinsend nach vorne. »Neue Leute treffen? Ich bin dabei.« Der spirituell angehauchte Rothaarige verschwand gerne mit Leuten, die er attraktiv fand, im nächsten Klo und erweiterte seinen Bettgeschichten-Zähler um einen weiteren Namen. Obwohl er, genau genommen, manche seiner Sexpartner nicht nach dem Namen fragte. Quentin war vielleicht sein einziger Fang, dessen Nachnamen er kannte. »Ich bin auf jeden Fall dafür, dass wir mitmachen. Wir können deren Plakate zerstören oder so.«

»Ah ja, zerstörte Plakate sind auf jeden Fall etwas, worüber die Medien groß berichten würden«, höhnte Elouise, deren Blick auf dem Smartphone-Bildschirm verharrte. »Wir könnten ihnen auch Beinchen stellen oder Mittelfinger zeigen. Das wäre ähnlich effektvoll.« Sie redete monoton und klang so, als würde sie selbst nicht mitbekommen, dass sie etwas sagte. Das war oft der Fall, wenn sie gedanklich in der Welt hinter dem Bildschirm verschwand. Ihre blonden Haare verdeckten einen Teil ihres Gesichtes und verstärkten den isolierten Effekt.

Gwen enthielt sich aus der Besprechung, denn sie war in ihrer Kritzelei vertieft. Ab und zu streifte sie ihre kurzen schwarzen Haare hinter ihre Ohren. Sie malte zu jeder Gelegenheit irgendein Bild. Meistens waren das Landschaften oder Personen, die ihr über den Weg liefen. Das Malen war die einzige Tätigkeit in ihrem Leben, bei der sie nicht stinkfaul war. Ihre Wohnung hat eine Zeit lang katastrophal ausgesehen, weshalb sie eine Reinigungskraft beschäftigte. Die schluckte die Hälfte ihres Lohns, aber wenn sie Geld brauchte, dann war ihr Vater, den sie ihrer Muttersprache entsprechend liebevoll Appa nannte, immer zur Stelle. Ab und zu waren dafür Familienspieleabende notwendig und sie musste regelmäßig einen Selbstverteidigungskurs aufsuchen, aber solange Gwen gehorsam war, floss der Geldhahn.

Quentin war durch Spencer in diesen Freundeskreis hineinge-rutscht. Er kannte ihn aus der Grundschule und ging immer wieder sporadische Beziehungen mit ihm ein. Über ihn hat sich die Gruppe gebildet. Seitdem verbrachten sie jede freie Minute damit, ihre magischen Fähigkeiten zu verschwenden, um die Langeweile loszuwerden, die ihnen das Leben erschwerte. Obwohl keinem von ihnen langweilig sein müsste. Gwen arbeitete in der Computerfirma ihres Appa, Spencer finanzierte sein Studium mit Kellnerjobs, Cedric war freischaffender Fotograf und Elouise stockte ihren Visagistinnenlohn mit Influencertätigkeiten auf. Alle hatten ein eigenes Zuhause und sichere Jobs.

Alle, bis auf Quentin.

»Ey, Spence«, stieß Cedric auffordernd hervor. Er drehte die Zigarette zwischen seinen Fingern und betrachtete die glühende Spitze, als würde er davon hypnotisiert.

Spencer schaute in seine Richtung und hob die Augenbrauen. »Hm?«

»Meinste der Chauffeur von deinem Alten fährt uns dahin?« Er machte eine rollende Handbewegung. Die Zigarette entließ tanzende Rauchfäden. »Zur Demo, meine ich. Wir könnten auf eigene Faust was starten. Wir fahren hin und gucken, was wir treiben.«

»Keine Ahnung, ob der an dem Tag frei ist.« Spencer stand von der Mauer auf, um sich zu dehnen. Das tat er manchmal und wirkte mit seiner ausladenden Haremshose wie ein Yoga-Lehrer, der sich auf eine Stunde vorbereitete. »Der Alte hat gerade Urlaub, glaube ich. Ich frag ihn gleich.« Er angelte in seiner Hosentasche, die bis in seine Kniekehle reichte, nach seinem Smartphone und schlenderte ein paar Meter weiter, um mit Abstand zur Gruppe zu telefonieren.

»Du willst improvisieren?«, fragte Quentin und musterte Cedric mit gerunzelter Stirn. »Völlig unorganisiert?«

»Ich wette, dass sich die Sache eh wie von selbst entwickeln wird, wenn ich die scheiß Ökos da rumgrölen sehe.«

Quentin erinnerte sich an die Frau, die vor wenigen Stunden sein zusammengefallenes Soufflé an sich genommen hatte. Wenn er sie multiplizierte und sich eine Demo vorstellte, auf der es vor solchen Leuten wimmelte, dann fuhr ihm ein Schauer über den Rücken. Er nickte. »Machen alle mit?«

Gwen ließ nicht von ihrer Zeichnung ab. »Bin dabei.«

Elouise zuckte mit den Schultern. Als sie den Blick vom Smartphone hob, schob sie ihren Haarvorhang beiseite. Ihr perfekt geschminktes Gesicht kam zum Vorschein. »Ich hab da noch dieses Kleid … das braucht unbedingt seinen großen Auftritt. Eine Demo ist passend, oder?« Das Argument blieb unbeantwortet, aber sie würde sich ohnehin nicht davon abbringen lassen, eine Entscheidung von einem Outfit abhängig zu machen.

Spencer senkte das Smartphone von seinem Ohr und marschierte grinsend auf die anderen zu. »Die Karre ist frei.«

»Hoffentlich mit Fahrer?«, hakte Elouise nach.

»Selbstverständlich«, entgegnete er mit hochgezogenen Augenbrauen, als hätte er nie etwas anderes vorausgesetzt. Er streckte seinen Arm aus, um das Smartphone in einem tanzenden Wirbel durch die Luft schweben zu lassen und es in seiner Tasche zu versenken. Die Grundnote von Petrichor ließ sich immer ausmachen, wenn Magie gewirkt wurde, aber wenn Spencer sie nutzte, mischte sich ein rauchiges Aroma dazu, wie zerstoßene Waldmeisterblätter, die in der Sommersonne trockneten. Das magnetische Surren war bei allen AURA-Kindern identisch, es brachte die kleinen Härchen auf den Unterarmen zum Vibrieren, wenn man dem magischen Ereignis zu nahe kam. Sowohl das Surren als auch der Geruch sanken wie feiner Nebel zu Boden, als Spencer aufhörte, Magie zu wirken. Er untermalte seine Aktion mit einem passenden Geräusch.

»Wuusch - Magic!«

»Angeber«, kommentierte Elouise unbeeindruckt und wischte mit ihrer Hand durch die Luft nach unten.

Spencers Hose löste sich von den Hüften und rutschte herunter. Er trug nichts drunter. Typisch. Grinsend beugte er sich vor, um sie wieder hochzuziehen. »Bitch«, schnaubte er.

»Junger Mann«, donnerte eine kehlige Stimme auf die Gruppe ein. Es näherte sich eine große Frau mit markantem Gesicht und Uniform. Das war eine Sicherheitsangestellte vom Einkaufszentrum. Bekam Spencer etwa Ärger, weil er für eine Millisekunde blankgezogen hatte? Es wäre nicht das erste Mal.

»Rauchen ist hier verboten.« Sie deutete an Spencer vorbei in Cedrics Richtung. Ihre Stimme vollzog eine Wellenbewegung. Jede zweite Silbe hob sie an. Die anderen klangen tiefer. »Weg mit der Zigarette.«

Cedric zog noch einmal daran, wobei er die Frau mit sichel-förmigen Augen anfunkelte. »Hab ich vergessen«, hauchte er unter einem Schwall von giftigem Dunst. Er drückte die Zigarette im Beet aus und drehte den Filter zwischen seinen Fingern. Braune Tabakkrümel rieselten heraus und wurden eins mit der Erde. Den leeren Stummel hielt er ihr entgegen. »Kommst doch eh an 'nem Mülleimer vorbei, oder?«

Die Sicherheitsangestellte öffnete den Mund. Ihre Ohren wurden rot. Mit aufwallender Brust schnappte sie nach Luft. »Meinst du das ernst?«

Cedric zuckte mit den Schultern. Er streckte den Arm demonst-rativ aus und warf den Stummel auf den Boden. Dabei hielt er den Blickkontakt zu ihr aufrecht. »Da kann sie jedenfalls nicht liegen bleiben.« Er schob sich von der Mauer und verabschiedete sich von seinen Freunden. Amüsiert grinsend drängte er sich an der Sicherheitsangestellten vorbei und marschierte aus dem Einkaufs-zentrum.

Die Frau starrte ihm mit offenem Mund hinterher. Ihre Nasen-flügel blähten sich auf. »Einer von euch räumt sie weg!«, knurrte sie den anderen entgegen.

Spencer grinste. Er feierte Cedrics Aktion offenbar. Als die Frau ihn anschaute, hob er abwehrend die Hände. »Ich bin gegen Tabak allergisch«, log er und salutierte zum Abschied. »Bis demnächst, Leute!« Er watschelte in eine andere Richtung davon.

Quentin starrte den Zigarettenstummel an. Der Geruch der Zigarette haftete an seiner Kleidung. Es roch rauchig und alt, irgendwie ... giftig. Er schob die Hände in seine Manteltaschen und rümpfte die Nase. Niemals würde er das Ding anfassen. Allein der Gedanke jagte ihm Ekel durch den Körper. Abgesehen davon sah er es nicht ein, Cedrics Müll hinter ihm wegzuräumen.

Gwen vertiefte sich in ihre Zeichnung. Als die Sicherheitsange-stellte mit ihr sprach, verzog sie das Gesicht und antwortete auf Koreanisch. Da ihre Stimmlage fragend klang, tat sie sicher so, als würde sie nichts verstehen. Sie blinzelte scheinheilig und fragte noch etwas in ihrer Muttersprache. Als die Frau seufzend mit dem Kopf schüttelte, hob Gwen entschuldigend die Schultern.

Letztendlich war es Elouise, die sich erbarmte. Sie befahl den Stummel mittels Magie zu einem Mülleimer. Das magnetische Surren knisterte auf Quentins Haut und er rieb sich abwechselnd über die Unterarme. Die Zigarettenreste schwebten einige Meter durch das Einkaufszentrum und verschwanden hinter einer Metallklappe. Die Gänsehaut verflog, ebenso wie das Surren und der saure Geruch mit Elouises pudriger Note.

Die Sicherheitsbeauftragte beobachtete das mit gerunzelter Stirn. Anstatt sich zu bedanken, widmete sie ihr ein ablehnendes Schnauben. »Verwöhnte AURA-Freaks«, nuschelte sie und ent-fernte sich vom Geschehen.

Elouise warf ihre Haare über die Schulter und blinzelte unbe-eindruckt. »Die ist neidisch.«

»Hm«, bestätigte Gwen brummend, während ihre Augen auf ihrem Bild verharrten. Sie steckte ihren Zeichenblock in ihre Tasche und hüpfte von der Mauer, um sich ebenfalls zu verabschie-den.

Auf dem Rückweg nahm Quentin erneut den Weg durch den Park. Es dämmerte und er bewegte sich schlendernd durch die Lichtkegel der Laternen, die dort sporadisch vertreten waren. Unter seinen Schuhen knirschten kleine Steinchen, die vereinzelt

auf dem Asphalt lagen. Die Luft roch nach süßlichen Blumen-
pollen.

Er stellte sich Szenarien vor, in denen er mit den anderen die
Demonstration aufmischte. Die Ökos übertrieben mit ihren
unsinnigen Forderungen. Magische Handlungen bedienten sich an
der Natur, aber dafür konnten sie doch nichts. Seine Freunde und
er waren Wunderkinder. Nur Eltern, die sich vor wenigen Jahrzehnten die genetische Aufbesserung ihres Nachwuchses leisten
konnten, hatten heute magisch begabte Kinder. Dass sich daraus
verwöhnte Größenwahnsinnige entwickeln würden, hätten sie
kommen sehen müssen.

Selbst Schuld.

»Hey, du bist's«, plapperte eine vertraute Stimme auf ihn ein.
»Das ist doch kein Zufall, oder?«

Quentin löste sich aus seinen Gedanken und hielt Ausschau
nach dem Ursprung der Stimme. In der Nähe stand ein Typ, der
ihm bekannt vorkam. Aber woher? Über seiner Schulter hing eine
große Tasche und auf seinem Kopf befand sich ein Helm. Ach ja,
der Rollschuhtyp. Den Vorfall hatte er fast vergessen. Er grinste
fröhlich im Schein einer Straßenlaterne und suchte Blickkontakt
zu Quentin.

»Das ist der einzige Park in dieser Stadt«, antwortete Quentin
irritiert. »So ungewöhnlich ist es nicht, dass wir uns über den Weg
laufen.«

»Aber am selben Tag?« Sein Gegenüber legte den Kopf schief
und sein Lächeln wurde verheißungsvoll. Unter seinem Helm
blitzten braune Locken hervor. Wie seine Frisur wohl aussah? Vermutlich platt, wenn er immer einen Helm trug. »Da hat eine
höhere Macht ihre Finger im Spiel.« Er setzte sich in Bewegung
und lief in dieselbe Richtung wie Quentin.

»Eine höhere Macht?« Wenn Religion ins Spiel kam, würde er einen Zahn zulegen und sich in Zukunft von dem Kerl fernhalten.

»Glaubst du an solchen Kram wie Schicksal?«

»Nein.«

»Ich meine, ich bin von diesen Kerlen umgeworfen worden. Keine Ahnung, warum die sich so verhalten. Ich begegne denen manchmal im Park. Leider. Dass du mir geholfen hast, war echt nett.«

Quentin seufzte. »Ich habe dir nicht geholfen.«

»Na ja ... Du hast dich für mich eingesetzt.« Die Hände des Fremden gestikulierten passend zu den Stimmhöhen, in denen er Worte betonte. »Du gehst nicht oft durch den Park, oder? Zumindest habe ich dich hier noch nie gesehen. Warum hast du dich heute für diesen Weg entschieden? Und wieso hast du genau die Schuhe an, die ich schon seit Wochen in meinem Online-Warenkorb habe? All solche Sachen beeinflussen einen Tagesablauf. Das nennt man Schicksal.«

Was für ein endloses Gelaber. Quentin senkte den Kopf. Er wusste nicht mal, welche Schuhe er an diesem Tag trug. Ein Blick auf die des Fremden verrieten, dass ihr Geschmack ähnlich war. Er hatte erwartet, ausgelatschte Stoffturnschuhe vorzufinden, aber er trug gepflegte Kunstleder-Budapester. »Und hat das Schicksal entschieden, dass du mit mir redest, als würden wir uns schon seit Jahrzehnten kennen?«

Der Fremde lachte. »Du glaubst nicht, wie oft ich so was höre.« Er winkte ab. »Ich bin halt kontaktfreudig.«

»Kontaktfreudig«, murmelte Quentin und schielte zur Seite. Der Typ hatte eine seltsame Art zu laufen. Er zog das eine Bein leicht nach. Ob er einen Muskelkater vom Rollschuhlaufen hatte? Vielleicht hatte er sich bei dem Sturz verletzt. »Du hast so viele Worte von dir gegeben. Nicht eines davon war dein Name.«

»Ups.« Er lachte kurz auf. »Ich bin Mads.«

»Quentin.«

Für einen Moment liefen sie schweigend durch den Park. Quentins Pupillen zuckten immer wieder in Mads' Richtung. Musste er wirklich denselben Weg nehmen wie er, oder war das irgendeine komische Anmache von ihm? Er watschelte, oder humpelte viel mehr, wie selbstverständlich neben ihm her. Seine Mimik wies darauf hin, dass er überlegte.

»Ist Quentin dein Name oder ein Füllwort, das du manchmal von dir gibst?« Mads' Stimme wurde zum Ende hin höher. »Iiich meine ja nur, weil es eben echt komisch klang. Als wäre das eine Fremdsprache. Heißt das auf hebräisch Danke oder so was?« Er veränderte die Stimmlage, um ihn nachzuahmen. »*Quentin.*«

»Das ist mein Name.«

»Hat der eine Bedeutung?« Mads räusperte sich. »Den habe ich nämlich noch nie gehört. Das ist 'n seltener Name. Klingt schön, muss ich sagen.«

Quentin zuckte mit den Schultern. Keine Ahnung, ob er eine Bedeutung hatte. »Meine Mutter fand ihn gut.«

»Mads bedeutet so viel wie: Ein Geschenk Gottes.«

Quentin hielt inne. Also war er doch ein religiöser Typ? Er scannte sein Outfit nach einem Hinweis. Trug er eine Kreuzkette? Nicht, dass er sie sehen würde. Aber wenn er das Thema ansprach, hatte es einen Grund. Na toll. Dann mussten sich ihre Wege schnellstmöglich trennen.

»Schade eigentlich. Viele Namen haben irgendwas mit Gott zu tun, das finde ich langweilig. Manche bedeuten was Schönes. Sonnenuntergangsröte oder Kirschblüte. Damit kann man sich zumindest irgendwie identifizieren. Aber mein Name ist einfach ein Geschenk von irgendwem, den es vielleicht gar nicht gibt.«

»Glaubst du nicht an Gott?«

Mads schüttelte den Kopf. »Zumindest nicht im kirchlichen Zusammenhang. Ich brauche keine Gruppe oder Gebäude, um an etwas Höheres zu glauben. Du?«

»Ich bin eher auf der wissenschaftlichen Seite.« Was blieb ihm anderes übrig? Das, was Quentin ausmachte, war von Menschenhand in einem Labor erzeugt worden. Sofern es einen gäbe, dann hätte Gott nur die Rohfassung seiner Existenz erschaffen. Wenn er den Gedankengang aussprechen würde, läge ein endloses Gespräch vor ihnen, darauf hatte er wenig Lust. Außerdem musste nicht jeder direkt wissen, dass er einer von den AURA-Kindern war. »Musst du wirklich in die gleiche Richtung wie ich?«

Mads grinste ertappt. »Nö.« Er zog die Tasche nach vorne, um sie über die andere Schulter zu hieven. »Ich wollte etwas über dich erfahren. Du scheinst in Ordnung zu sein.« Er zwinkerte und deutete in die entgegengesetzte Richtung. »Ich wohne in der Stadtmitte.«

Quentin drehte sich um und runzelte die Stirn. »Wir hätten uns auch stehend unterhalten können.« Seine Pupillen wanderten an Mads' Körper hinab. Der Rollschuhsport schien ihm gutzutun. Er wirkte athletisch und hatte eine aufrechte Körperhaltung. Vielleicht lohnte es sich, den Kerl näher kennenzulernen. Aber dass er ihn *in Ordnung* fand, ließ ihn stutzig werden. Das hat noch nie jemand zu ihm gesagt. Er war eigentlich eher ein Schnösel, Magie-Freak, verwöhnt oder schlimmstenfalls: der Sohn von der geilen MILF von Instagram.

»Ach, das macht doch nichts. Ein bisschen Laufen tut gut.« Mads kratzte sich am Kinn. »Wenn du ... also wenn du möchtest, können wir uns gerne noch mal unterhalten. Ich bin öfter im Park.« Er grinste. »Bei der Rollschuhbahn. Du darfst mir jederzeit Gesellschaft leisten.«

Quentin blinzelte die Überforderung aus seinem Blick. Die Anmache von Mads nahm unheimlich direkte Züge an. Entweder war er wirklich kontaktfreudig, oder es verbarg sich ein Stalker hinter ihm. Ob er wusste, dass Quentins Eltern steinreich waren? Vielleicht hatte ihn irgendeine Zeitung angeheuert, um sich an ihn ranzumachen. Sein Augenmerk endete bei Mads' Wangen, in welchen sich tiefe Grübchen abzeichneten. Er würde Falten davontragen, wenn er immerzu auf diese Weise lächelte.

»Alles klar«, murmelte Quentin und deutete ein schiefes Grinsen an. Ob das sichtbar war, konnte er nicht einschätzen. Manchmal sagten ihm die Leute, dass er über keine Mimik verfügte. Innerlich grinste er zumindest schief und vielleicht sprang der Funke über.

»Bis morgen dann«, trällerte Mads und entschwand in die entgegengesetzte Richtung.

Quentin atmete tief durch und sah ihm hinterher. Warum denn bis morgen?

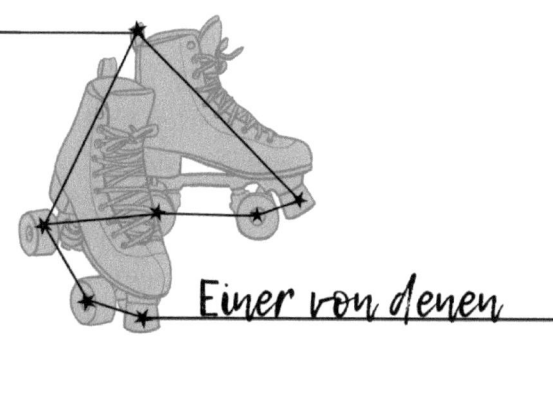

Einer von denen

3

»Bist du der Fünftgeborene in deiner Familie?« Mads saß auf der Tribüne, welche direkt an die Rollschuhbahn im Park grenzte. »Oder hast du im Mai Geburtstag?«

Quentin saß ein paar Plätze entfernt und konnte, obwohl er sich selbst nicht sah, die Falten auf seiner eigenen Stirn zählen. Was waren das für zusammenhangslose Fragen? Warum war er überhaupt hergekommen?

»Nein.«

»Hm«, brummte Mads und beugte sich vor, um sich einen Rollschuh über den linken Fuß zu ziehen. Während er ihn zuschnürte, presste er die Zähne aufeinander. Er zog so feste an den Bändern, dass es aussah, als würde er versuchen, sie abzureißen.

»Warum hast du das gefragt?« Waren das Stalkerfragen? Wäre er der fünfte auf seiner Opferliste, wenn er mit ja geantwortet hätte?

Mads schnürte eine feste Schleife und begann leise zu lachen. »Quentin bedeutet entweder der Fünftgeborene oder, der im fünften Monat geborene.« Er streckte den Rücken und begegnete seinem Blick auf Augenhöhe. Seine Iriden schimmerten im Licht der Mittagssonne wie grüne Edelsteine. Smaragde vielleicht. Wie kitschig. Quentin wich seinem Blick aus.

»Ich habe nachgeguckt.« Mads widmete sich dem rechten Rollschuh. »Es bedeutet aber auch der Fluss.« Er schnaubte leise. »Aber wenn es Fluss bedeutet, dann zumindest nicht Redefluss.« Als er sich wieder aufsetzte, präsentierte er ein freches Grinsen.

»Du bringst kaum ein Wort über die Lippen.«

»Reden ist anstrengend.« Quentin betrachtete die braunen Locken, die sich unten aus dem Helm schlängelten. Er würde ihn wohl niemals ohne sehen. »Außerdem redest du so viel, dass ich kaum dazwischen komme.«

»Der Punkt geht an dich.« Mads lachte und zog sich Schoner über die Ellbogen. »Ich habe sieben Geschwister«, erklärte er. »Wenn wir zusammen sind, dann reden alle durcheinander. Da muss man einfach erzählen, egal ob man an der Reihe ist oder nicht. Wenn man Glück hat, hört einem sogar einer zu.« Er hielt inne. Sein Blick verlor sich kurzzeitig in der Ferne. »Oder auch nicht.« Er blinzelte und tastete an seinen Hosentaschen entlang, bis sich seine Mimik aufhellte und er etwas aus einer hinteren Tasche herauszog. Ein Traubenzuckerbonbon?

»Ich bin ein guter Zuhörer.« Quentin beobachtete, wie Mads sich das Bonbon in den Mund schob.

»Das wird sich zeigen«, nuschelte dieser und löste sich aus dem verträumten Blick. »Bisher schlägst du dich gut. Wenn es zu viel wird, darfst du mich jederzeit unterbrechen. Ich bin das gewohnt.«

Quentin nickte. Er beobachtete, wie Mads sich auf die Rollschuhe stellte und seine Beine dehnte, bevor er auf die Bahn rollte. »Ich dreh 'ne Runde. Du ... kannst gerne auf'm Handy rumdaddeln oder abhauen oder so. Ich fand es jedenfalls cool, dass du wirklich gekommen bist.«

Quentin lehnte sich zurück. »Ich bleibe noch 'nen Moment.« Er behielt Mads im Blick. Beobachtete, wie er sein Gleichgewicht abwechselnd verlagerte und die Beine schräg nach hinten stieß, um sich Antrieb zu verschaffen. Er rollte leichtfüßig über den Flüsterasphalt und wurde zwischendurch langsamer, um sich zu drehen und rückwärts weiterzurollen. Das hatte etwas Hypnotisierendes. Schwung links, Schwung rechts, Drehung. Pause. Pirouette. Rückwärts. Schwung links, Schwung rechts. Irgendwie verströmte das eine Attraktivität, der Quentin noch nie begegnet war. Aber dann, plötzlich – rudernde Arme. Mads' Gesicht verzerrte sich und er taumelte, bis er vornüber das Gleichgewicht verlor und auf den Boden zuraste.

Ein Reflex ließ Quentins Hand nach vorne schnellen. Er fing ihn mittels Magie in der Luft auf. Dabei dachte er nicht über seine Handlung nach. Sein Herz schlug ihm gegen die Kehle. Er verharrte mit ausgestrecktem Arm und beobachtete, wie seine neue Bekanntschaft in der Diagonalen über dem Asphalt schwebte. Die Arme kreisten, als würde Mads sie zum Fliegen bewegen. Nur langsam schwenkte sein Blick in Quentins Richtung und er weitete die Augen, als er zu verstehen schien, was geschah.

»Du bist einer von *denen*?«

Quentin zuckte zusammen. Er senkte den Arm und Mads stürzte. Mit einem dumpfen Aufprall traf sein Gesicht den hellen Asphaltboden. Quentins Körper wurde von einem Schauer durchzogen. Die Betonung war eindeutig. Einer von *denen*. Das beinhaltete viele Aussagen. Ein Magier. Ein genmanipulierter Freak. Ein Designerbaby. Ein höhergestelltes Wesen. Ein Umweltsünder. Ein Monster. Seinesgleichen hatte viele Namen. Je nachdem, wie man *denen* gegenüber eingestellt war.

Die Polarlichtaugen starrten Quentin an. Mads raffte sich auf und sein Gesicht verriet deutlich, dass er zu denjenigen gehörte, die in *denen* genmanipulierte Freaks sahen. Quentins Herz rutschte ihm in die Hose. Er hielt Mads' Blick stand und schluckte den Kloß, der sich in seinem Hals bildete. Vorurteile prallten ungesagt auf ihn ein. Er würde ihn gleich mit Fragen bombardieren.

»Warum verpestest du die Umwelt? Wieso nutzt du die Magie?«

Es war immer das Gleiche. Quentin stand von der Tribüne auf, warf seine Tasche über die Schulter und ließ die Rollschuhbahn hinter sich. Scheiße. *Scheiße.* So hatte er sich das nicht vorgestellt. Einmal. Nur ein einziges Mal hätte er gerne jemanden kennengelernt, bevor seine magischen Fähigkeiten bekannt wurden. Dieses magische Luxusgut. Dieser beschissene Fluch, der ihm alles ermöglichte und gleichermaßen verwehrte.

Quentin flüchtete in das Einkaufszentrum. Zu der üblichen Stelle. Dorthin, wo die anderen genmanipulierten Freaks ihre Zeit verschwendeten.

»Hey, hey, hey«, begrüßte ihn Spencer und rutschte auf der Mauer zur Seite, um ihm Platz zu gewähren. »Da hat aber jemand schlechte Laune.«

»Der übliche Scheiß«, knurrte Quentin und nahm das Platzangebot an. Er sah seinen besten Freund an und erwiderte dessen Lächeln, bis sich ein Ziehen in seiner Magengegend ausbreitete. Patschuliduft kitzelte in seiner Nase und erinnerte ihn an heiße Atemluft in seinem Nacken und intensives Kribbeln hinter den Rippenbögen. Sie mussten über letzte Woche reden und verdammt, warum nutzte er nicht Mal ein anderes Parfüm? Schnalzend brach er den Blickkontakt ab. »Gibt's was Neues zur Demo?«

Cedric hob den Blick vom Smartphone und schüttelte den Kopf. Grauer Dunst folgte seiner Bewegung. Er rauchte schon wieder? Tatsächlich, zwischen seinen Fingern steckte eine glimmende Zigarette. Wenn er so weitermachte, drohte ihm Hausverbot. Oder hatte man es ihm längst erteilt und er ignorierte es? »Wir bleiben bei der Improvisation.« Seine Pupillen hüpften über Quentins Gesicht, bis er die Stirn runzelte. »Was ist passiert?«

»So'n Typ hat mich blöd angemacht.« Streng genommen war das keine Lüge. »Weil ich was hab schweben lassen.« Auch keine Lüge. Streng genommen.

»Das ist doch bescheuert«, seufzte Elouise in ihrer abwesenden Stimmlage. Ihre Gedanken kreisten hauptsächlich hinter dem Smartphonebildschirm. »Deshalb sollten wir die Sache am Samstag wirklich durchziehen.«

»Hm«, summte Gwen zustimmend. Sie hatte diesmal keine Zeichensachen dabei, sondern ein Buch. Manchmal las sie koreanische Geschichten. Hauptsächlich, um ihrem Vater zu vermitteln, dass sie sich für ihre Wurzeln interessierte. »Was hat er zu dir gesagt?« Sie löste sich von ihrem Buch, um Quentin anzusehen. Ihre Augen waren teilweise von einem strähnigen Pony verdeckt, welcher die gleiche Länge hatte, wie der Rest ihrer Haare. Sie trug eine Kurzhaarfrisur, die an Elouise seltsam ausgesehen hätte. Gwen konnte sie gut tragen. Sie untermalte ihr ruhiges Wesen.

»Er wollte wissen, ob ich einer von *denen* bin, und hat mich angestarrt, als wäre ich ein Außerirdischer mit drei Augen und zehn Armen.«

»Ist er in der Nähe?«, wollte Spencer wissen und nahm eine aufrechte Sitzposition ein. Nacheinander drückte er seine Knöchel in die Handflächen und ließ seine Fäuste knacken. In seinen Augen flammte Kampfgeist auf. »Wir sind in der Überzahl. Sollen wir nachsehen?«

»Nein«, platzte es aus Quentin heraus und er winkte ab, als ihm auffiel, wie laut er das gesagt hatte. »Ist schon gut. Es war einfach nur nervig.«

Elouise steckte ihr Smartphone weg und balancierte hinter den Rücken der anderen über die Mauer, um sich hinter Quentin zu setzen. Dabei bewegte sie sich elegant wie eine norwegische Waldkatze, ohne einen Ton von sich zu geben. Sie erinnerte bei vielen ihrer Bewegungen an eine Ballerina und das war kein Zufall, denn sie tanzte seit ihrem dritten Lebensjahr Ballett. Sie platzierte ihre Beine links und rechts neben seinem Körper. Dann legte sie ihre Hände in seinen Nacken und begann ihn vorsichtig zu massieren. Das tat sie manchmal. Massagen waren das Allheilmittel in ihrer Welt. Sie verbrachte viel Zeit in Wellnesstempeln, gemeinsam mit ihrer Mutter. »Du bist verspannt«, kommentierte sie und presste ihren Daumen gegen Quentins Halswirbel.

Er lehnte sich nach vorne und sah auf den Boden. Die Fliesen glänzten und waren von funkelnden Steinen durchsetzt. Die typische schwarze Äderung fehlte. Unechter Marmor. Die Massage fühlte sich gut an. Solche Dinge beherrschte Elouise perfekt. Sie war eine der wenigen Menschen, bei denen Quentin Berührungen zuließ. Sie ging immer distanziert vor und legte keinerlei Botschaft in ihre Handlungen. Elouise war unkompliziert und spürte, wenn jemand etwas brauchte. Das machte sie zu einer guten Freundin.

»Oh, Gott sei Dank. Hier bist du!«, rauschte eine abgehetzte Stimme auf die Gruppe nieder. Im Boden spiegelte sich eine schemenhafte Gestalt. Fruchtiger Marzipangeruch drang in Quentins

Nase und sein Magen zog sich zusammen. Mads war ihm gefolgt? Hierher? Er wartete die Reaktionen der anderen ab. Sie ahnten hoffentlich nicht, dass er der Typ war, von dem er geredet hatte.

»Wer bist du denn?«, wollte Cedric wissen und musterte ihn von oben bis unten. Seine Pupillen verirrten sich immer wieder zu dem Helm auf seinem Kopf. Er pustete ihm einen Nikotinschwall entgegen.

Quentin hob den Blick und erschauderte, als er die Vorwürfe in den grünen Augen erkannte. Es war unhöflich von ihm gewesen, einfach abzuhauen. Aber was war ihm anderes übrig geblieben? Sein Mund öffnete sich, um etwas zu sagen, aber seine Gedanken präsentierten ihm lediglich einen diffusen Buchstabenbrei. Er schloss den Mund, um sich nicht vor den anderen zu blamieren.

»Ich bin Mads«, erzählte er drauflos, wobei seine Pupillen immer wieder über Quentins Gesicht hüpften. Er verzog die Augenbrauen und senkte die Mundwinkel. »Ich wollte mich entschuldigen. Das eben war unangebracht. Ich ... habe mich erschrocken. Weil ich ... ich bin noch nie geschwebt. Das war ein komisches Gefühl. Du kannst dieses Zeug mit der Magie. Das kam so unerwartet, ich konnte meine Reaktion nicht zurückhalten.« Sein Augenmerk zuckte für eine Sekunde zu Elouises Händen, die Quentins Nacken massierten.

»Dann hast du ihn beleidigt?«, fragte sie und beendete die Massage.

»In gewisser Weise«, entgegnete Mads kleinlaut. »Es tut mir leid.«

»Schon gut«, murmelte Quentin und erwiderte den entschuldigenden Blick. Er hätte sich auch entschuldigen können. Dafür, dass er einfach abgerauscht war. Aber dann würden sich die anderen über ihn lustig machen. Er schüttelte sich. Das war es nicht wert. »Sonst noch was?«

Sein Gegenüber zuckte zusammen. Eine Ahnung von Verzweiflung huschte über seine Mimik. Er atmete stockend und schüttelte den Kopf. »N-nein. Ich wünsche dir ... ähm, euch ... einen schönen Nachmittag.«

Spencer leckte sich über die Lippen und begutachtete Mads mit hochgezogenen Augenbrauen. Sein Blick erzählte von Verachtung und er machte kein Geheimnis daraus. »Hast du was gegen uns?«

Mads schluckte und begegnete Spencers Blick mit zusammengekniffenen Augen. Zwischen den beiden baute sich Spannung auf. Negative Spannung. Als Mads etwas entgegnen wollte, hob Spencer seine Hand, um sie seitlich durch die Luft gleiten zu lassen. Daraufhin zerriss der Gurt der Rollschuhtasche, welche von der Schulter rutschte. Mit einem dumpfen Aufprall knallte sie auf den Kunstmarmor.

Quentins Augen weiteten sich und er richtete sich auf, wodurch Elouise beinahe nach hinten umfiel. »Scheiße Mann, Spence!«

Mads nahm die Tasche am Handgriff hoch und schüttelte den Kopf. Er widmete Quentin einen enttäuschten Blick, während er das Einkaufszentrum verließ.

»Das war ein seltsamer Typ«, raunte Spencer abfällig und zog die Beine zu einem Schneidersitz heran. Seine Hände umfassten seine Knöchel. »Warum hatte der 'nen Helm auf?«

»Musste das sein?« Quentin sah in die Menschenmenge, die durch das Einkaufszentrum schlenderte. Mads war darin verschwunden. »Was, wenn seine Rollschuhe jetzt kaputt sind?«

Spencer stutzte. Er weitete die Augen und seine Mundwinkel gingen auseinander. »Da waren Rollschuhe drin?« Er krümmte sich lachend nach vorne. »Rollschuhe?!«

»Ich dachte, er hat dich blöd angemacht«, murmelte Gwen und legte ihr Buch beiseite. »Warum regst du dich über Spencer auf?«

»Keine Ahnung.« Quentin verschränkte die Arme.

»Ihr scheint euch länger zu kennen, oder?« Elouise knuffte ihn mit den Fingern in die Schulter und lehnte sich vor, um ihn von der Seite anzustieren. »Er wirkte eigentlich ganz süß.«

»Er ist kontaktfreudig«, entgegnete Quentin und stand auf, um sich einen anderen Platz auf der Mauer zu suchen. Elouises erwartungsvolles Grinsen folgte ihm dorthin. »Genau genommen kenne ich ihn seit gestern.«

»Ich fand den überhaupt nicht süß«, knurrte Spencer und ließ die Pupillen über den Körper seines besten Freundes schweifen. Etwas Neuartiges breitete sich in seiner Mimik aus. Ekel? Nein, das war eher ... Eifersucht?

Quentin hob entwarnend die Hände. »Können wir das Thema wechseln?«

»Liebend gerne«, schnaubte Cedric und drückte seine Zigarette in die Blumenerde. »Hat jemand ne Idee für Samstag?«

Elouise nickte. Ihr Gesichtsausdruck veränderte sich nur langsam, gedanklich hing sie dem vorigen Thema offenbar nach. »Wir könnten etwas präsentieren, das den Leuten die schöne Seite der Magie zeigt.« Sie überschlug die Beine und lehnte sich auf die Arme zurück. »Eine Art Feuerwerk oder so. Dann wären sie erstaunt und würden sich mies fühlen, weil sie uns die Fähigkeit verbieten wollen.«

Spencer begann erneut zu lachen. Er presste eine Hand gegen seinen Bauch. »Ein Feuerwerk?« Er winkte ab. Tränen stiegen in seine Augen und drohten seine Kajalstriche zu verschmieren. »Dann laden wir den Rollschuhtypen ein, damit er passend dazu herumtanzen kann und -«

»Ich finde die Idee gar nicht schlecht«, warf Cedric ein. Er runzelte nachdenklich die Stirn. »Ein Feuerwerk hat tagsüber keinen großen Effekt, aber wir könnten etwas anderes vorbereiten. Ein großes Banner, das wir hinter deren Bühne entrollen oder so.«

»Die verdienen keine positive Magie, wenn die uns sowieso nur fertigmachen wollen.« Spencer wischte sich über die Wangen und atmete tief durch, als er sich von seinem Lachanfall erholte. »Es interessiert die doch überhaupt nicht, warum wir unsere Fähigkeit verteidigen wollen. Die sehen nur die offensichtlich erfundenen Zahlen der Pseudowissenschaftler und glauben, wir sind alle Umweltsünder.«

Quentin nickte zustimmend. Er löste sich gedanklich von dem Vorfall mit Mads und beteiligte sich an der Planung für die Demo. »Ich bin auf Spencers Seite.« Er umspielte den kleinen Finger seiner linken Hand. »Wenn sie uns provozieren, müssen wir uns wehren.«

Gwen warf einen Blick auf ihre Armbanduhr, schob ihr Buch in ihren Rucksack und stand von der Mauer auf. »Solange wir niemanden verletzten, mache ich bei allem mit.« Sie deutete zum Ausgang. »Ich muss jetzt leider, ihr wisst schon, Leute vermöbeln.« Ob ihr klar war, wie paradox ihre beiden Aussagen hintereinander klangen? Dass sie einen Selbstverteidigungskurs besuchte, war ein Anliegen ihres Vaters. Er sorgte sich um seine schüchterne Tochter, die oft alleine in der großen Stadt herumstreunte.

Elouise schloss sich ihr an. Cedric nickte ihnen verabschiedend hinterher und zog eine Tasche, die neben seinem Körper hing, vor seine Brust. Während er darin kramte, wandte er sich an Spencer. »Wenn jetzt eh alle gehen, können wir auch gleich loslegen.«

»Loslegen?«, fragte Quentin und beobachtete, wie Spencer seine Finger dehnte.

Ein frivoles Grinsen ging seiner Antwort voraus. »Wir haben gleich ein Nackt-Shooting.«

Cedric verdrehte die Augen. »Das nennt man Akt-Shooting.«

»Sag ich doch.«

Seufzend warf Cedric einen vielsagenden Blick in Quentins Richtung. »Er labert Müll. Ich soll seine Hausarbeit für seine Projektmappe fotografieren.«

Mit schmollenden Lippen schwang sich Spencer von der Mauer. »Es ist vielleicht die neueste Sensation auf der nächsten Expo. Nenn sie nicht so abwertend Hausarbeit.«

»Also bist du schon fertig mit deiner komischen Erfindung?« Quentin zog die Augenbrauen hoch. Theoretisch wusste er, dass Spencer Ingenieurwesen studierte, praktisch hatte er aber keine Ahnung von dem, was er trieb. Sein Hang zur Spiritualität und seine chaotische Lebensweise kollidierten oft mit unerwartet schlauen Äußerungen. Spencer war ein Mathegenie. Schon in der Schule hatte er alle Rechenaufgaben ohne Taschenrechner gelöst und wenn er Gebilde vor sich sah, konnte er im Kopf berechnen, wie viele Arbeitsschritte es benötigte, um sie nachzubauen. Die Wurzel aus 289? Spencer würde, ohne lange nachzudenken, »siebzehn« sagen und damit recht haben.

»Komische Erfindung?« Er lachte verzweifelt. »Ist das dein Ernst? Ich erinnere euch an eure Worte, wenn ihr eines Tages meine patentierten Haushaltsandroiden in Anspruch nehmen wollt.«

Quentin runzelte die Stirn. »Ich weiß, du versuchst andauernd, mir zu erklären, was du da immer baust, aber ich verstehe davon nichts.«

»Astronomie ist auch eine Wissenschaft«, bemängelte Spencer altklug und marschierte zum Parkhaus des Einkaufszentrums. »Ist mir echt ein Rätsel, das du von meiner nichts verstehst.«

»Ich interessiere mich mehr für den praktischen Bereich des Sternenhimmels und weniger für die Theorie«, entgegnete Quentin und lief neben ihm her.

Cedric folgte ihnen und blickte unterwegs auf das Display seiner Spiegelreflexkamera. Wie üblich hielt er sich aus dem Gespräch heraus. Studieren, Wissenschaft und ihre andauernden Sticheleien entzogen sich seinem Interesse. Eher selten wurde er von Euphorie gepackt, etwa wenn ihm ein guter Schnappschuss gelang. Er fotografierte am liebsten Menschen, vorzugsweise, wenn diese nichts davon mitbekamen. Nur dann konnte man ihre Seelen festhalten und sie so darstellen, wie sie wirklich waren.

»Vielleicht kann ich ihn zu einem Nackt-Shooting überreden, wenn wir schnell durch sind«, bemerkte Spencer grinsend.

»Akt-Shooting«, korrigierte Cedric knurrend.

»Sag ich doch.«

»Viel Spaß«, schnaubte Quentin amüsiert und verabschiedete sich. Auf dem Nachhauseweg steuerte er den Park an. Vielleicht würde er Mads dort vorfinden.

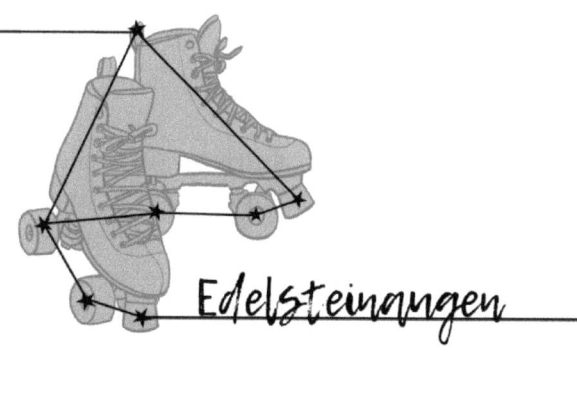

Edelsteinaugen

4

»Sind sie kaputt?«, fragte Quentin vorsichtig, als er sich der Rollschuhbahn näherte. Dort saß Mads auf der Tribüne und schraubte
an einem seiner Skates. Im warmen Licht der Abenddämmerung
wirkte das rehbraun seiner Haare beinahe leuchtend. Quentin
schluckte. So sah er also ohne Helm aus. Die Frisur war nicht platt,
wie erwartet, sondern geschwungen gewellt. In wilden Locken
standen seine Haare von seinem Kopf ab und tanzten im Wind.

Mads zuckte zusammen und ließ von seiner Arbeit ab, um
Quentin anzusehen. Zuerst strahlte Verunsicherung aus seinen
Augen. Er hielt Ausschau. Wohl, um zu prüfen, ob die anderen bei
ihm waren. Dann legte sich Erleichterung auf ihm nieder und er
brachte sogar ein Lächeln zustande. »Bist du hier, um nach mir zu
sehen?«

»Vielleicht«, entgegnete Quentin und setzte sich mit einem
Platz Abstand neben ihn. »Du kannst sie hoffentlich reparieren.«

»Die Platte ist gebrochen«, murmelte Mads und deutete auf den
Schuh, der zwischen seinen Oberschenkeln klemmte. Ein tiefer

Riss zog sich durch die Metallschiene, über welche die Rollen miteinander verbunden waren.

Quentin analysierte den Schaden und konzentrierte sich auf die Bruchstellen. Er versetzte sich in das Material hinein und erfühlte dessen Atome. Mit einem Hauch von Konzentration verschmolz er die zerbrochenen Stücke miteinander und nutzte Magie, um den Bruch zu reparieren. Er grinste schief. »Für so was ist sie nützlich.«

Mads hob den Rollschuh an, um ihn von allen Seiten zu betrachten. Seine Augen wurden riesig und er schien für einen Moment sprachlos zu sein. Er sammelte sich und setzte einen zornigen Gesichtsausdruck auf. »Magie schadet der Umwelt.«

»Um Himmels willen«, stöhnte Quentin und warf sich gegen die Rückenlehne seines Platzes. Das weiche Plastik federte und ließ ihn zweimal wippen. »Dann bist du einer von den Ökos?«

»Ich bin einer von den Normaldenkenden. Es gibt nicht nur Ökos und Magier auf dieser Welt«, reagierte Mads genervt und zog den Rollschuh über seinen Fuß. »Es ist wichtig, dass man bei diesem Thema sachlich bleibt. In den Nachrichten sieht man nur noch Bilder von Naturkatastrophen.«

»Die natürlich alle mit der Magie in Zusammenhang stehen«, schnaubte Quentin und verschränkte die Arme.

»Seitdem es dieses AURA-Gen gibt, haben die Katastrophen zugenommen. Es gibt fundierte Berichte.« Mads reckte das Kinn und musterte Quentin mit zusammengezogenen Augenbrauen. »Hast du dich damit noch nie auseinandergesetzt?«

Natürlich hatte er das. Jeder Zweite rieb ihm das andauernd unter die Nase. »Ich hab mir das nicht ausgesucht.« Quentin senkte den Blick auf seine Hände. Sie kribbelten noch von der magischen Rollschuhreparatur.

Für eine Weile sagte sein Gegenüber nichts. Er ließ den Blick über Quentins Körper schweifen und gab sich schließlich einem Seufzen hin. »Aber du nutzt sie. Ist es so schwer, sich damit zurückzuhalten?«

Quentin runzelte die Stirn. »Äh, ja?« Er warf ihm einen verständnislosen Blick entgegen. »Kannst du dich mit dem Atmen zurückhalten? Oder mit dem Reden? Oder könntest du auf das«, er schaute sich um, bis sein Blick bei Mads' linkem Fuß landete, »Rollschuhlaufen verzichten?«

Bei der letzten Aussage zuckte Mads zusammen. Er wich Quentins Blick aus und starrte krampfhaft auf seine Füße. »Das ist nicht vergleichbar.«

»Magie ist mir angeboren. Ich nutze sie, seitdem ich denken kann. Manchmal passieren mir Dinge wie von selbst. Wie heute Mittag, als du gefallen bist.«

»Ich falle ständig. Das gehört dazu.«

»Warum machst du das überhaupt?« Quentin deutete auf die Rollschuhe. »Hinfallen ist nichts, worauf ich scharf wäre.«

»Weil ich es liebe«, erklärte Mads und bewegte seinen linken Fuß vor und zurück. Die Rollen gaben ein leises Scharren von sich. »Rollkunstlauf ist etwas, was ich mir hart erarbeitet habe.« Er stieß einen schnaubenden Laut aus, der einem Lachen nahekam. »Das ist eines von den Dingen, die man mit Magie nicht erreichen kann. Übung und Disziplin brauchen Zeit, um sich zu entfalten. In der Schnelllebigkeit von heute ist so was wertvoll.«

»Wenn du meinst«, brummte Quentin und dachte darüber nach, dass er sich in seinem Leben nie etwas hatte erarbeiten müssen. Das war eigentlich auch ganz schön. Oder? Mit einem verstohlenen Seitenblick musterte er den brünetten Lockenkopf neben sich. Er hatte eine optimistische Ausstrahlung, die aus jeder seiner Poren zu strömen schien. Ob er sich alles in seinem Leben selbst erarbeiten musste? Als ihm die Mobber wieder einfielen, braute sich Unmut in Quentins Magen zusammen. Was hatte Mads getan, um sie gegen sich aufzubringen? Er wirkte wie die Unschuld in Person. Viel zu angreifbar und verletzlich, um ihm auch nur theoretisch etwas anzutun.

»Ha-hast du dich eigentlich erholt?«, stammelte Quentin und räusperte sich, als ihm der Bruch in seiner Stimme auffiel. »Von dem Sturz gestern?«

»Oh.« Die sonnengebräunten Wangen nahmen einen rosa Farbton an. »Mein Hintern tut noch ein bisschen weh, aber das ist halb so wild.« Mads lachte, glockenklar und freundlich. »Hast du dir etwa Sorgen gemacht?«

Als ihre Blicke sich trafen, wallte eine spürbare Verbindung zwischen ihnen auf. Es war ein magnetisches Gefühl, ähnlich der Magie, und es brannte sich ohne Umwege in Quentins Brust. Für einen Sekundenbruchteil blieb ihm der Atem weg und er musste den Blick senken, um Luft zu holen. Ein unsicheres Lächeln ging seiner nächsten Reaktion voraus. Er nickte auf Mads' Frage hin. »Tut mir übrigens leid, du weißt schon, wegen vorhin.«

Mads blinzelte der Sonne entgegen, in seinen Mundwinkeln vertieften sich die Grübchen. »Schon gut.«

Mads ging seinem Hobby zuverlässig nach und war täglich an der Skatebahn anzutreffen. Mittlerweile suchte Quentin den Park zum siebten Mal auf. Manchmal beobachtete er ihn bloß für ein paar Minuten beim Rollschuhlaufen, doch meistens unterbrach Mads seine Sessions, um sich zu ihm zu gesellen.

»Auch wieder hier?«, gab er schmunzelnd von sich und absolvierte eine geschmeidige Seitwärtsdrehung. Eine Ahnung von Marzipan wirbelte auf und umschmeichelte betörend Quentins Nase.

An diesem Tag saß er auf der Tribüne und schwärmte innerlich, weil ihn die tänzerischen Bewegungen auf Rollen zunehmend faszinierten. Er erwiderte Mads' Lächeln, wenngleich seines mit Sicherheit eher nüchtern wirkte. »Das liegt auf dem Weg.«

»Deshalb bist du jeden Tag hier?« Sein neuer Freund näherte sich der Tribüne. »Komisch, früher habe ich dich nie hier gesehen.«

»Früher saß ich meistens mit so einer Nasenbrille hier, du hast mich vielleicht nicht erkannt.«

»Du meinst so eine mit Schnurrbart?« Mads deutete auf seine Oberlippe und lachte.

Als Quentin seine Haare mit Magie richtete, stutzte Mads und seine Mimik versteinerte. »Du kannst doch nicht so selbstverständlich Magie für Banalitäten verschwenden.«

Banalitäten? Seine Haare waren keine Banalität. Quentin verdrehte die Augen. »Doch.« Er verlagerte eine Strähne an ihren rechtmäßigen Platz. »Man kann sie für alles verschwenden.« Als er fertig war, betrachtete er eines der Räder, die unter Mads' Beinbewegungen vor- und zurückrollten. An der Seite hafteten die Reste von einem Schriftzug, der vom vielen Fahren abgewetzt war. »Mit Magie ist alles möglich. Ich wette sogar, ich könnte diese Dinger fahren, ohne es jemals geübt zu haben.«

»Ohne es jemals geübt zu haben?« Mads hob den Fuß in Quentins Blickfeld. »Ist das eine Herausforderung?«

Eine Herausforderung? Quentin starrte den Rollschuh an. Wie kindisch. Der hatte eh nicht seine Größe. Oder? Ein Seufzen verließ seine Lippen. Den Spruch hat er nur so gesagt. Er musste nicht nachgeben. Wenn er seinen Stolz bewahren wollte, dann war eine Ausrede eine legitime Möglichkeit.

Sein neuer Freund wartete keine Antwort ab. Er zog die Rollschuhe aus und hielt sie Quentin entgegen. »Ich ziehe solange deine Schuhe an.« Er grinste. »Die sind immer noch in meinem Warenkorb. Wenn sie bequem sind, kaufe ich sie.«

Was für ein Unsinn. Quentin wollte den Blick abwenden, aber sein Augenmerk haftete an den Rollschuhen. Die Räder waren leuchtend rot und setzten sich vom schwarzen Leder ab. Er würde sich zum Gespött der Nation machen. »Also gut«, schnaubte er und nahm sie entgegen. Widerwillig zog er sie über seine Füße.

Mads jubelte leise und nahm ihm dafür die Schuhe ab. Er zelebrierte den Moment und präsentierte seine Füße, als wäre er ein Model in einer Fernsehwerbung. »Die passen wie angegossen. Den Preis sind sie wirklich wert, oder?«

Quentin zupfte an den Schnürsenkeln der Rollschuhe und zuckte mit den Schultern. Er hatte keine Ahnung, wie viel er dafür bezahlt hatte. Wenn er sich etwas kaufte, dann achtete er niemals auf den Preis.

Unglücklicherweise passten ihm die Rollschuhe. Die Ausrede, dass er sich darin kaum bewegen konnte, war vom Tisch. Er knotete eine Schleife und nahm sich den anderen vor. Während er dort die Schnürsenkel in die Ösen klemmte, gab der Profirollschuhfahrer neben ihm ein lang gezogenes Seufzen von sich. Seine Augen musterten die Rollschuhe unzufrieden. Quentin hielt inne. »Was?«

»Warte kurz.« Mads stand auf, um sich vor ihn hinzuknien. Er öffnete die Schleife und zog an den Bändern. Dadurch baute sich Druck gegen Quentins Knöchel auf. Wenn er noch fester zog, dann würde er ihm die Blutzufuhr abschnüren. »Die müssen richtig fest sitzen. Sonst kannst du dir die Knöchel verletzen.«

»Keine Sorge, die verletzt du auch so schon«, schnaubte Quentin und beobachtete, wie sich Mads' Locken tänzerisch dem Wind beugten. Die Brise stand günstig. Sie trug den fruchtigen Marzipangeruch in seine Richtung und er ertappte sich dabei, wie er absichtlich durch die Nase atmete.

Als beide Schuhe zu waren, lehnte sich sein Gegenüber zurück und schickte ihm ein ermutigendes Lächeln entgegen. Er griff zur Seite, um den Helm aufzunehmen. Seine Mimik wurde erwartungsvoll.

»Ich setz den nicht auf«, protestierte Quentin mit hochgezogenen Augenbrauen. »Nie im Leben.«

»Gerade am Anfang sollte man lieber einen tragen«, kritisierte Mads. »Du unterschätzt die Sache.«

»Das bekommen Vierjährige ohne Helm hin.«

»Was meinst du, wie viele Vierjährige mit Kopfverletzungen in der Notaufnahme landen?«

Quentin versuchte aufzustehen, aber der Boden fühlte sich unter den Rollen an, als wäre er aus betonhartem Wackelpudding, gleichermaßen instabil wie tödlich. Er ließ sich davon nichts anmerken und machte eine abwinkende Bewegung. »Ich fahre ohne.«

Mads seufzte und legte den Helm in seine Tasche. Er ging auf Quentin zu und hielt ihm seine Hand entgegen. »Hast du Sorge, dass er deine Frisur ruiniert?«

Quentin sah die angebotene Hand abschätzend an. Würde er sich Schwäche eingestehen, wenn er danach griff? Er versuchte erneut, sich auf die Beine zu stemmen, aber seine Knie waren mit den rollenden Füßen überfordert. Als ihn das Gefühl überkam, vom Stuhl zu rutschen, angelte er nach der ausgestreckten Hand und ließ sich beim Aufstehen helfen. Komisch. Mads' Hände zu berühren war halb so schlimm wie erwartet. Im Gegenteil. Er schluckte. Als sich ihre Augen trafen, wandte er den Blick ab.

Quentin brauchte einen Moment, um sich mit dem schwankenden Gefühl abzufinden, welches von den ungewohnten Rollen an seinen Füßen rührte. Das würde er niemals beherrschen. Er krallte sich an den stützenden Händen fest und starrte auf Mads' Füße. Bei ihm hatte das so einfach ausgesehen. Die Drehungen, das Rückwärtsfahren. Nun, wo er selbst auf den Dingern stand, konnte er sich mit keinem Funken Fantasie ausmalen, etwas Ähnliches hinzubekommen.

»Das steht dir gut«, bemerkte Mads und zog ihn einen Schritt schneller hinter sich her. Er lief rückwärts und manövrierte Quentin in kreisenden Mustern über die Rollbahn. »Ein bisschen Übung und du legst hier auch bald Tricks hin.«

Tricks? Davon war er meilenweit entfernt. Quentin bewegte seine Beine abwechselnd. L...links. R...rechts. Lin...ks. Re...chts. Das war nicht annähernd so anmutig wie in seiner Vorstellung. Er kam sich vor wie ein Kleinkind, bei seinen ersten Gehversuchen. Er musste absolut lächerlich aussehen. Er versuchte, die Umgebung mittels Magie zu beeinflussen, um die Sache zu vereinfachen. Leider konnte er sich nicht gleichzeitig auf alles konzentrieren: die Beinbewegungen, die Manipulation der Luftatome und Mads' unverschämt verschmitzte Mundwinkel. Letztere lenkten ihn am meisten ab. »Okay, du hast die Wette gewonnen«, murmelte er. »Das erfordert mehr Übung, als ich dachte.«

»Die Muskeln müssen sich daran gewöhnen. Erst dann kann man Fortschritte machen«, erklärte der unverhoffte Lehrmeister und zog eine seiner Hände zurück. »Und der Gleichgewichtssinn muss auch trainiert werden. Wenn man dranbleibt, geht das schnell.« Als er die andere Hand auch zurückziehen wollte, festigte Quentin seinen Griff und nahm schockierten Augenkontakt auf. »Nicht loslassen!«

Mads zuckte zusammen, dann begann er zu grinsen. Die Genugtuung war ihm von der Mimik abzulesen. »Wenn du es richtig lernen willst, musst du das Gleichgewicht ohne Hilfe halten können.«

»Wer hat gesagt, dass ich es richtig lernen will?«, brummte Quentin und warf einen Blick zu seinen Füßen. Nach diesem Tag würde er die Dinger nie wieder anziehen. Er pustete sich eine Haarsträhne aus dem Blickfeld. Vor lauter Anstrengung versagte sogar sein Haarspray. »Zieh mich zur Tribüne zurück.«

Mads blinzelte amüsiert und umfasste Quentins andere Hand, um einen Richtungswechsel einzuschlagen.

»Wie lange hast du gebraucht, bis du es konntest?«

»Ich mache das schon mein Leben lang.« Mads biss sich auf die Unterlippe und sein Blick schweifte in Richtung Himmel. Was ihm wohl durch den Kopf ging? »Eine Zeit lang habe ich das professionell gemacht. Irgendwann bin ich weniger gefahren. Seit einem halben Jahr mache ich das wieder täglich.« Wehmut rauschte über sein Gesicht.

»Und was ist daran so schlimm?« Quentin versuchte, die Wehmut zu deuten. Vielleicht erinnerte er sich an vergangene Tage, an denen er an Meisterschaften teilgenommen hatte? War er jetzt zu alt, um noch große Auftritte zu bekommen? Er war erschreckend uninformiert, wenn es um solche Dinge ging. In seiner überheblichen Magieblase gab es keine alltäglichen Sorgen und Probleme.

»Es fühlt sich jetzt zu spät an«, erklärte Mads vorsichtig. »Aber das ist egal. Ich höre mich schon an wie eine Oma, die von damals erzählt.«

Quentin lachte. »Warum ausgerechnet wie eine *Oma*?« Er zog seine Hand zurück, weil er sich sicher fühlte und ein paar Schritte alleine fahren wollte. Es dauerte einen Moment, bis er den Mittelpunkt der Balance fand.

»Weil ich mehr mit einer Oma gemeinsam habe als mit einem Opa.« Mads grinste und deutete auf seine Beine. »Geh am besten leicht in die Hocke. Mit gebeugten Knien fährt man sicherer.«

Quentin folgte der Anweisung. In die Hocke gehen. Wohin mit dem linken Fuß? Dem rechten? Zu schnelle Bewegungen. Die Welt zog im rasenden Tempo an ihm vorüber. Dieser Quatsch auf Rollen war nichts für ihn. Er schwankte nach vorne, lehnte sich instinktiv dagegen. Mit rudernden Armen verlagerte er sein Gewicht nach hinten.

»Nicht nach hinten lehnen!« Mads riss die Augen auf und streckte beide Hände nach dem wehenden Mantel aus. Seine Finger verfehlten den Stoff und Quentin fiel rücklings auf den Flüsterasphalt. Wie ein gefällter Baum. Ohne Gegenwehr. Als sein Hinterkopf aufschlug und er für einen Moment gar nichts und dann blitzende Sterne sah, wurde ihm der Nutzen des Helmes schmerzlich bewusst. Er kniff leidend die Augen zu und zwang sich, nicht an Kopfweh zu denken. Das würden ihn gleich einholen, ganz sicher.

»Mein lieber Herr Gesangsverein!«, rief die selbsternannte Oma und warf sich neben ihn auf den Boden.

Quentin blinzelte die Sterne aus seinem Blickfeld und starrte in das symmetrische Gesicht, welches sich zwischen ihn und den Himmel schob. Smaragdgrüne Augen tasteten sorgenvoll über sein Gesicht.

»Wie viele Finger zeige ich?«

Was? Finger? Quentin seufzte. »Das war unnötig.«

»Falsch, ich zeige drei Finger.« Mads tätschelte ihm mit den Fingerspitzen gegen die Wange. »Weißt du, welcher Tag heute ist? Wie ist dein Name?« Seine Stimme überschlug sich beinahe vor Aufregung. »Ein Tipp, er hat etwas mit der Zahl Fünf zu tun.«

»Übertreib nicht so«, schnaubte Quentin und sammelte sich, bevor er den Kopf anhob, um sich aufzusetzen. »Das war halb so -« Sobald er saß, rauschte ein Schwall von Übelkeit seinen Hals hoch. Er schmeckte Salz und spürte Tränen. Gerade noch rechtzeitig drehte er sich zur Seite, um nicht seinen neuen Freund anzukotzen. Die Säure kratzte ihm im Hals und er lieferte eine weitere Ladung nach, als der ekelerregende Geschmack ihn überwältigte. Verdammt noch mal, er hasste Kotzen.

»Gehirnerschütterung«, kommentierte Mads altklug. »Ich rufe einen Krankenwagen!« Noch bevor er Widerworte zuließ, hastete er auf die Tribüne zu, um sein Smartphone zu holen.

Quentin fasste sich an die Stirn und stöhnte benommen. Um ihn herum drehte sich alles. Die Kopfschmerzen kamen schlagartig und breiteten sich bis in die kleinsten Winkel seines Schädels aus. Pochend und penetrant vereinnahmten sie sein Denken. Wie wunderbar unnötig. Eine Gehirnerschütterung konnte er nicht gebrauchen.

Als Mads sich wieder zu ihm gesellte, hatte er den Krankenwagen schon verständigt. »Leg dich am besten wieder hin.«

Quentin vernahm den Geruch seines Erbrochenen und bat innerlich, einen anderen Ort zum Wieder-Hinlegen aufzusuchen. Er stöhnte leise, was in ein Lachen überging, als ihm bewusst wurde, dass er lediglich vom Stand aus hingefallen war. Er hat sich kaum bewegt. Wie absolut erbärmlich. Als er in die polarlichtgrünen Augen sah, drehte sich sein Magen. Diesmal nicht, weil ihm übel war, sondern weil er sich schämte. Was musste Mads von ihm denken? »Selbst schuld du Schnösel, warum hast du den Helm nicht genommen?« Irgendwie so was. Aber seine Mimik war sorgenvoll verzogen. Er erweckte nicht den Anschein, als würde er sich über ihn lustig machen. Seine Pupillen wanderten suchend über sein Gesicht und seine Augenbrauen zogen sich zusammen. »Ich hätte dich nicht überreden sollen.«

»Hast du wirklich einen Krankenwagen gerufen?« Das hörte sich unsinnig an. Die Sache würde innerhalb weniger Tage von selbst aufhören.

»Natürlich. Nicht, dass es doch ein Bruch ist.« Mads setzte sich auf den Boden und rieb sich über das linke Bein, während er Quentins Gesicht prüfend musterte. »Hast du Kopfschmerzen?«

»Und wie.« Quentin lehnte sich zurück und starrte in Richtung Himmel, während er mit Mads auf den Krankenwagen wartete. In der Zeit erzählte ihm der brünette Lockenkopf von seinen eigenen Krankenhausgeschichten. Die Geschichten waren ausschweifend und handelten meistens von irgendwelchen Gesprächen mit Ärzten und Pflegern. Stille wäre gut gewesen, um die Kopfschmerzen besser zu ertragen, aber es war schön, dass er in diesem Moment nicht alleine war.

»Am längsten war ich im Krankenhaus, als sie dem Diabetes auf die Schliche gekommen sind.« An dieser Stelle hielt Mads inne und zog sein linkes Bein an, um für einen Moment seinen Fuß anzusehen. Er schlüpfte aus Quentins Schuhen und robbte zu dessen Füßen, um die Rollschuhe auszuziehen und sie durch seine normalen Schuhe zu ersetzen.

»Du hast Diabetes?«, fragte Quentin und schloss seine Augen.

»Jap. Aber ich bin gut eingestellt.« Mads schob die Rollschuhe beiseite, bevor er zurück zum Kopf des Unfallopfers krabbelte. »Die App kümmert sich drum.«

»Dafür gibt es eine App?« Quentins öffnete die Augen, um in das Gesicht seines Gegenübers zu schauen. Dass er krank war, sah man ihm nicht an.

»Gibt es nicht für alles eine App?«

»Ich wusste nicht, dass es die auch für nützliche Dinge gibt.«

Darüber lachte Mads. Mal wieder. Er lachte andauernd. Glücklicherweise hatte er eine schöne Lache, die sich in den Ohren niederließ wie ein lauer Wind an einem Frühlingstag.

Bei der Fahrt ins Krankenhaus wurde Quentin von Mads begleitet. Er saß neben ihm auf einem drehbaren Stuhl und wiegte damit hin und her, während er sich mit dem Rettungssanitäter unterhielt.

Quentin lag auf einer Liege und beobachtete Mads' Lockenspitzen, die unter den wechselnden Bewegungen hüpften. Dass er liegend transportiert wurde, fühlte sich übertrieben an. Er kam sich vor wie ein Schwerverletzter, der nach einer missglückten Bergtour vom Rettungshelikopter geborgen werden musste. Dabei war er, und das konnte er sich nicht oft genug in Erinnerung rufen, lediglich aus dem Stand hingefallen.

In der Notaufnahme mussten sie auf einen Arzt warten, denn eine leichte Gehirnerschütterung zählte nicht zu den akuten Notfällen, die priorisiert behandelt wurden. Dafür hatten sie Zeit, sich zu unterhalten. Quentin übernahm den Part des Zuhörers, wie immer.

»Ich war mit Jean verabredet, aber wenn ich ihr erkläre, was passiert ist, hat sie hoffentlich Verständnis.« Mads' Lippen kräuselten sich. »Sie kann manchmal ein bisschen eingeschnappt reagieren.«

»Wer ist Jean?«, fragte Quentin in einer zickigeren Stimmlage als geplant. Ob sie eine Freundin von ihm war? Etwa seine feste

Freundin? Diese Wahrheit würde alles ruinieren, was sich insgeheim in seiner Gedankenwelt aufzubauen begonnen hatte.

Mads grinste. »Warum fragst du das so, hm?« Er verstellte die Stimme, um ihn zu imitieren. »*Wer ist Jean?*«

Quentin zuckte mit den Schultern. Er sah an die Decke, die mit sterilen Lochplatten gespickt war. Hellgraue Streben zogen ein Karomuster darüber. »Du hast sie bisher nicht erwähnt.«

»Jean bedeutet mir sehr viel«, erklärte der Lockenkopf verheißungsvoll und behielt Quentins Gesicht im Blick, als wolle er dessen Reaktion erfassen. »Wir kennen uns schon seit Ewigkeiten.«

»Aha«, meinte Quentin und verkrampfte den Blick an die Decke. Er fing an, die Löcher in den Platten zu zählen. *Eins, zwei, drei.* Wer zum Teufel war Jean? *Vier, fünf, sechs.* Und warum erwähnte er sie jetzt erst? *Sieben, acht, neun.* »Ist sie hübsch? Ich meine ... Kann sie was?« Er biss sich von innen auf die Wange. Was waren das für unüberlegte Fragen?

»Sie ist wunderhübsch«, schwärmte Mads und sah ebenfalls an die Decke. Er legte die Stirn in Falten. »Und sie kann fast alles. Sie kann nähen, zeichnen, tanzen. Ich glaube, ihr würdet euch gut verstehen.«

Das konnte sich Quentin nicht vorstellen. Er schnaubte ablehnend. Er hasste Tanzen, wusste mit Zeichnen nichts anzufangen und verstand nicht, was am Nähen ein Hobby sein sollte. Aus Prinzip.

»Wir gehen am Samstag ins Kino. Wenn es deinem Kopf bis dahin besser geht, kannst du uns gerne begleiten.«

Lud er ihn gerade zu einem Date mit seiner Freundin ein? Quentin starrte ihn entgeistert an. Der Kerl hatte nicht mehr alle Latten am Zaun. »Ist Jean deine feste Freundin?«

Daraufhin prustete Mads los und er setzte einen entschuldigenden Blick auf. »Es tut mir so leid. Nein, ist sie nicht.« Die Worte gingen in seinem Lachen beinahe unter. »Ich ... wollte nur sehen, wie du reagierst. Für einen Moment warst du ein offenes Buch.«

»Sehr witzig«, schnaubte Quentin und wich seinem Blick aus. »Am Samstag habe ich keine Zeit.«

»Ach komm schon, sei nicht sauer.« Mads' Stimme klang sanfter, fast so, als würde er seinen Scherz bereuen. »Ich glaube, dass du Jean mögen wirst. Sie ist seit dem Kindergarten meine beste Freundin. Ich wäre froh, wenn du sie kennenlernst.«

Quentin schüttelte den Kopf. Am Samstag stand die Demo an. »Ich habe wirklich keine Zeit.«

»Ach, schade«, seufzte Mads und lehnte sich vor, um eine Haarsträhne aus Quentins Gesicht zu schieben. Dabei huschte ein schüchternes Lächeln über seine Lippen. »Man sieht gar nicht, wie lang deine Haare sind, wenn du sie immer so streng mit Haarspray zur Seite frisierst.«

Quentin kräuselte die Lippen. »Deine Haare sieht man dafür vor lauter Helm meistens nicht.«

Mads lachte leise. »Ist das deine Naturhaarfarbe? So einen Blondton habe ich noch bei keinem gesehen. Der kommt gerade richtig zur Geltung.«

»Der Fachbegriff dafür ist Straßenköterblond.« Wahlweise auch Designerbabygolden.

»Ich würde das eher Morgenröteblond nennen«, sagte Mads und gab sich einem Schmunzeln hin. »Und deine Augen sehen faszinierend aus. Sie funkeln silbern, wie rohe Diamanten.«

Beinahe hätte Quentin gesagt, dass er die Augenfarbe einem Katalog zu verdanken hatte. Weil seine Eltern sich hellgraue Augen für ihr Baby ausgesucht haben. Im Genlabor. Er schluckte die Antwort und schüttelte den Kopf. »Das ist ja oberkitschig«, stöhnte er leidend. »Vergleichst du Augen immer mit Edelsteinen?«

»Mit den schönsten Edelsteinen von allen«, säuselte der Kitsch-Obermeister amüsiert und blinzelte aufreizend. »Wie sehen meine Augen für dich aus?«

Quentin verlor sich für einen Moment in dem tiefen Grün, das sich in sein Sichtfeld schob. Es erinnerte ihn an Polarlichter. Aber mehr an Smaragde. Matt und unergründlich. Wenn er das laut aussprechen würde, dann würde seine letzte Aussage ihren Effekt verlieren. Er konnte unmöglich die kitschige Edelstein-Schiene mitfahren. »Wie grüne Popel.«

Mads' Mimik entgleiste und als er sich sammelte, erinnerte er an einen Roboter, der sich nach einem Systemabsturz neu sortieren musste. »Bah!«, stöhnte er schockiert. Dann lachte er laut los, sodass Quentin grinste. Er hätte nicht gedacht, dass er über diesen schlechten Witz lachen würde.

Als der Arzt reinkam, blickte er die beiden abwechselnd an. Er untersuchte die Verletzung und stellte eine optimistische Diagnose. Eine Woche Bettruhe und keine Magie, dann würde es ihm bald besser gehen.

Die Demo

5

Eine Woche Bettruhe und keine Magie endete für Quentin nach drei Tagen. Am Samstag war die Demo und die hatte Vorrang. Die Kopfschmerzen waren erträglich und er konnte ohne Schwindelgefühl laufen. Er durfte sich nur nicht zu schnell bewegen, dann würde das schon hinhauen.

Er saß mit Spencer, Cedric, Gwen und Elouise in der Limousine von Spencers Vater. Sie ließen sich fahren, weil die Demo in der Hauptstadt stattfand und die ein paar Autostunden entfernt war. Weil der Wagen ein Arbeitsauto und keine Partylimousine war, gestaltete sich die Fahrt unspektakulär. Beinahe langweilig. Es gab keinen Champagner aus dem eingebauten Kühlschrank und niemand streckte seinen betrunkenen Kopf aus dem offenen Dachfenster.

Gwen blätterte in einem Buch, während Cedric Notizen anfertigte. »Wir teilen uns auf«, las er vor und tippte mit einem Kugelschreiber auf den Block. »Spencer und Elouise bleiben in der Nähe des Einkaufszentrums. Spence, deine Aufgabe besteht darin, Elli vom Shoppen abzuhalten.« Er grinste über seinen eigenen Scherz.

»Dafür muss Elouise aufpassen, dass Spence mit niemandem aufs Klo verschwindet«, brachte Gwen trocken mit ein und senkte ihr Buch. Sie schob ihre Zunge von innen gegen die Wange, um anzudeuten, worauf sie mit ihrer Aussage hinauswollte. Spencer würde die Gruppe nicht zum ersten Mal für einen Quickie im Stich lassen.

Der Rotschopf zuckte mit den Schultern. »Ich kann nichts versprechen.«

»Ich warte mit Gwen beim Rathaus«, gab Quentin gähnend von sich und lehnte sich seitlich gegen das Fenster. Er sah in Cedrics Richtung. Seinen Plan las er nun schon zum vierten Mal vor. »Und du triffst dich mit dem Anführer dieser Gruppierung? Wäre es nicht sinnvoll, wenn er uns alle kennenlernt?«

»Nein«, meinte Cedric knapp. Um seinen Hals hing seine Spiegelreflexkamera. Er umspielte sie mit den Fingerspitzen, als würde er dadurch Energie tanken. Die Kamera hatte er immer bei sich, wenn sich etwas Spannendes anbahnte. Sein halbes Zimmer war mit selbstgeschossenen und -entwickelten Fotos tapeziert. »Man riecht fünfzig Meter gegen den Wind, dass wir von reichen Eltern abstammen. Wenn man zu viele von uns auf einem Haufen sieht, dann entsteht zu schnell der Verdacht, dass wir etwas planen.«

Quentin schaute an sich herab und rümpfte die Nase. Er hatte sich für diesen Tag extra etwas Unauffälliges angezogen. Schwarze Hose, Pullover, Schuhe. Sogar seinen schwarzen Sonntagsmantel hat er herausgesucht. »Meine Klamotten sind neutral«, sagte er verständnislos. »Es achtet doch keine Sau darauf, wer mit wem rumrennt.«

»Deine Klamotten sind nicht neutral«, bemerkte Spencer amüsiert. »Dein Mantel schreit dermaßen Versace, dass ich nicht verwundert wäre, wenn er dir während der Demo vom Leib gerissen würde.« Er selbst trug wieder Klamotten, die an einen Yogalehrer denken ließen. Seine Hose war viel zu bunt, um ihn unauffällig in einer dunklen Gasse verschwinden zu lassen. Sie fing den leuchtenden Rotton seiner Haare ein und passte dadurch gut zu seiner Gesamterscheinung, aber sie war für diesen Tag ungeeignet.

»Ich glaube, Spencer sollte lieber mit Gwen ins Einkaufszentrum«, meinte Quentin. »Die beiden wirken nebeneinander eher wie Freunde.« Er musterte Elouise, die das Kleid trug, von dem sie berichtet hatte. Es sollte während der Demo seinen großen Auftritt bekommen. Danach würde sie es nie wieder tragen, das hatte sie schon klargestellt. Mit dem grau-rosa Hahnentrittmuster stellte sie einen spießigen Kontrast zu Spencer dar.

Gwen trug eine braune Hose und eine olivgrüne Strickjacke. Dazu ein Barret aus Wolle auf dem Kopf. Spencer und sie würden nebeneinander wie ein alternativangehauchtes Pärchen wirken.

»Der Plan steht«, murmelte Cedric ablehnend und klappte den Block zu. »Sobald ich mit dem Typen geredet habe, schicke ich euch eine Nachricht. Haltet euch solange mit der Magie zurück.«

Spencer verschränkte die Arme hinter dem Kopf. Als er sich bewegte, funkelte ein kleiner Strassstein zwischen seinen Augenbrauen. »Sonst noch Wünsche?«

»Treibt es nicht zu weit.« Cedric lehnte sich zur Seite, um einen Blick aus dem Fenster zu werfen. »Wir wollen die nur aufmischen und nicht im Knast landen.«

Darüber musste Quentin schmunzeln. Wenn es jemanden gab, der das Potenzial zum Zu-weit-Treiben hatte, dann war es Cedric selbst. Er verlor unter Stress binnen Sekunden die Selbstbeherrschung. Deshalb hatten seine Geschwister den Kontakt zu ihm abgebrochen. Er hatte jedem von ihnen im Laufe ihres Lebens etwas Unverzeihliches angetan. Taschengeld geklaut, Autos zu Schrott gefahren, Freundin ausgespannt, im Streit eine Ohrfeige verpasst. Solche Dinge führten dazu, dass man es sich mit Menschen verspielte, aber das wägte Cedric in stressigen Situationen nicht ab. Wäre es nicht ratsam, wenn einer von ihnen bei ihm bleiben würde, um Ausrastern vorzubeugen? Bevor Quentin dazu kam, diesen Gedanken auszusprechen, erreichten sie das Ziel.

Spencer und Elouise verschwanden zum Einkaufszentrum. Cedric zündete sich eine Zigarette an. Er widmete sich seiner Kamera und verschwand in der Menge, als wäre er ein Tourist, der zum ersten Mal die Hauptstadt erkundete. Er zog einen dünnen Rauchfaden hinter sich her.

Gwen und Quentin suchten nach dem Rathaus. Unterwegs öffnete Gwen ihre Strickjacke und offenbarte ein T-Shirt mit einer brennenden Weltkugel darauf. Darunter prangte in gelben Buchstaben: *Save the Planet.*

Quentin runzelte die Stirn. »Was hast du denn an?«

Sie schulterte ihren Rucksack und grinste schief. »Um unter Feinden nicht aufzufallen, muss man einer von ihnen werden.« Manche Buchstaben rollten über ihre Zunge und verliehen ihrer Aussprache etwas Sanftes.

»Also bist du keine Spionin, die uns abhört und gleich dafür sorgt, dass wir festgenommen werden?« Er hob eine Augenbraue.

Sie lachte und schüttelte den Kopf. Wenn es nicht unbedingt nötig war, dann redete Gwen nicht, sondern griff auf nonverbale Kommunikation zurück. Kopfschütteln, nicken, Handzeichen. All so was. Auf dieser Ebene verstand sich Quentin gut mit ihr. Er genoss es, wenn er mit jemandem gemeinsam schweigen konnte.

Als sie beim Rathaus eintrafen, mischten sie sich unter eine Gruppe von Demonstrierenden. Selbstgebastelte Plakate – natürlich aus recyceltem Altpapier – säumten den Luftraum über ihren Köpfen. Die Sprüche darauf waren vielseitig. Von einem harmlosen *Rettet die Natur* bis hin zu einem beleidigenden *Nieder mit den Wunder-Freaks*. War alles dabei. Die Menschen, die sich hier versammelten, hatten nicht viel gemeinsam. Es waren Ökos, die wirklich die Welt retten wollten. Aber auch Hooligans, die nur Lust auf Stress hatten. Und eine ganze Menge Leute, die völlig ungefährlich aussahen. Mittelalte Damen mit Regenjacken, ältere Herren mit sandfarbenen Hüten. Kinder mit angemalten Gesichtern.

Während sie auf eine Nachricht von Cedric warteten, telefonierte Gwen mit ihrem Vater. Dabei sprach sie Koreanisch, wodurch sie wie eine andere Person wirkte. Sie redete laut, schnell und vor allem viel. Zwischendurch lachte sie. Sie hatte ein gutes Verhältnis zu ihrem Vater.

Quentin dachte an seine Eltern und spielte mit dem Gedanken, einen von ihnen anzurufen. Sie würden aber wissen wollen, wo er sich rumtrieb, und sich aufregen, dass er für eine falsche Sache einstand. Dabei hatten sie es selbst zu verantworten, dass ihr Sohn ein Umweltverschmutzer geworden war. Sie haben die Entscheidung getroffen, die genetische Aufbesserung ihres Nachwuchses einfach mal auszuprobieren. Nun hatten sie den Sohn, den sie sich gewünscht hatten. Trotzdem brachten sie es nicht fertig, stolz auf ihn zu sein. Quentins Vater, der erfolgreiche Geschäftsmann Paul Findeisen, hatte sich von seiner Mutter scheiden lassen und es war für alle das Beste gewesen.

Damit hatten endlose Streitereien ein Ende gefunden. Paul hatte die Welt der reichen Schnösel hinter sich gelassen, um sich

etwas Sinnvollem zu widmen. Inzwischen arbeitete er als Altenpfleger in einer anderen Stadt. Den Job konnte er sich leisten,
denn er hatte durch frühe Investitionen ein ansehnliches Vermögen angehäuft. Damit konnte er seinen Lohn problemlos auf-
stocken.

Manchmal besuchte Quentin ihn und dann fühlte es sich an, als
wäre er ein normaler Sohn in einer unspektakulären Welt. Abseits
von Villen, Autos und Börsenspekulationen. In seltenen Momenten
wünschte er sich, dass sein Vater sich gegen seine Mutter durchge-
setzt hätte, als es darum ging, das ungeborene Kind genetisch zu
verändern. Er wäre dann einer von denen, die keine Magie wirken
konnten, aber er hätte die Augenfarbe, die ihm von Natur aus
zugeteilt worden wäre. Und er hätte vielleicht sogar ein anderes
Geschlecht. Er wäre dann wirklich das normale Kind eines freundlichen Altenpflegers. Aber er könnte dann auch keine Magie
nutzen.

Als seine Smartwatch vibrierte, wurde er in die Wirklichkeit
zurückkatapultiert. Die Nachricht war zu lang, um sie auf der Uhr
lesen zu können, deshalb zückte Quentin das Smartphone.

Gwen beendete den Anruf und lachte ungläubig, als sie die
Nachricht im Gruppenchat öffnete. »Meint er das ernst?«

*Cedric: Samuels Gruppe sitzt in der Tiefgarage unter dem Platz in
Autos und wartet. Für 13 Uhr ist eine Ansprache geplant. Sie werden
die verschiedenen Ausgänge nutzen, um sich zu verteilen. Es sind ein
paar andere hier. Ich glaube, wir sind viele. Samuel kümmert sich um
die Bühne, er wird die Ansprache verhindern. Ich halte ihm den
Rücken frei. Wenn es losgeht, knöpft ihr euch ein paar Demonstranten
vor. Zerstört irgendwelche Plakate oder so. Hauptsache, sie begreifen,
dass wir uns von denen nichts verbieten lassen.*

Quentin runzelte die Stirn, während er den letzten Abschnitt las. Plakate zerstören? Ernsthaft? Er konnte sich förmlich ausmalen, wie Spencer einen Freudentanz vollzog, weil sein lächerlicher Vorschlag aufgegriffen wurde.

Dann braute sich Unmut in seinem Magen zusammen. Es waren viele Magier anwesend? Die alle auf irgendeine Weise dafür sorgen sollten, die Demonstranten aufzumischen? Das würde in einem Chaos enden. Seine Brust wurde enger. Er atmete tiefer, um dem Effekt entgegenzuwirken. Um 13 Uhr? Seine Pupillen zuckten an den oberen Rand des Smartphones. Das war in wenigen Minuten. Dann würden die Massen auseinander strömen und unter panischem Geschrei alles um sich herum vergessen.

Er fasste nach Gwens Handgelenk und zog sie in Richtung Rathaus. Das war ein öffentliches Gebäude. Darin wären sie sicher, falls die Lage eskalierte.

»Hey«, protestierte sie, folgte ihm aber. »Was ist mit dir?«

»Ich glaube, das war ein Fehler«, knurrte Quentin und stieß die Tür des Rathauses auf. »Wir haben keine Ahnung, wie viele sich da draußen aufhalten. Das wird ein Desaster.«

»Darum geht es doch«, bemerkte Gwen verständnislos.

»Was wird ein Desaster?«, wollte eine Frau wissen, die offenbar in dem Rathaus arbeitete. »Kann ich euch helfen?« Ihr Gesicht hellte sich auf. »Hey, du bist doch Quentin Find-«

»Wir müssen zum Klo«, fiel er ihr schroff ins Wort und schaute sich nach einer Toilette um. Von draußen hörte man, wie ein Mikrofon getestet wurde. Gestammel, Piepsen, Rauschen. Es würde gleich losgehen.

»Es tut mir leid, aber da sich heute so viele Leute -«

»Danke!«, unterbrach Quentin sie erneut und zerrte Gwen tiefer in das Gebäude. Es war ein altes Rathaus, welches seltener für Politik und mehr für Veranstaltungen verwendet wurde. Die meisten Anteile des Gebäudes waren in ihrem mittelalterlichen Zustand erhalten und restauriert worden. Dazu gesellten sich moderne Elemente, in Form von Glasfenstern, Ledersitzgelegenheiten und Säulen.

Als sie die Toiletten erreichten, stemmte sich Gwen gegen seinen Zug und stieß ein koreanisches Fluchwort aus. Dass es eines war, wusste Quentin, weil es das einzige Wort war, das er in dieser Sprache kannte. »Was ist in dich gefahren?«, stöhnte sie und deutete zum Fenster.

Von draußen ertönten protestierende Schreie. Über das Mikrofon bat jemand um Ruhe. Unzufriedenes Gegröle brandete auf. Die Schreie wurden lauter und wandelten sich, aus Protest wurde Panik. Markerschütterndes Kreischen sorgte für Gänsehaut. Da wollte Gwen wirklich raus? In der Theorie hatte sich ihr Plan harmloser angehört. Nun, wo er hier stand und handeln musste, fühlte Quentin sich wie gelähmt. Der Platz war voll mit Menschen. »Das eskaliert.« Er konnte nicht verhindern, dass seine Stimme bebte.

»Na und?«, schnaubte Gwen verständnislos und marschierte von Quentin weg. »Dafür sind wir hier. Immerhin -« Sie stutzte.

Die Atmosphäre fiel in sich zusammen.

Tiefes Grollen zerriss die Luft. Es folgte ein Dröhnen, welches die Fenster erzittern ließ. Ein vibrierender Schall zerrte an Quentins Trommelfellen. Dann bebte die Erde. Beängstigende Schwankungen brachten die Glasscheiben zum Klirren. Seine Knie gaben sich der unerwarteten Erschütterung geschlagen und er griff nach einer Säule, um nicht zu fallen. Das Beben nahm zu.

Gwen stürzte zu Boden und verschränkte die Arme hinter ihrem Kopf. »Runter!«, rief sie. »Das ist ein Erdbeben!«

»Was?« Quentin krallte sich fester um die Säule. Ein Erdbeben? Die gab es in Deutschland nicht. Zumindest erinnerte er sich an keines. Er hielt den Atem an, warf hektische Blicke um sich. Die Regale in dem kleinen Souvenirshop des Rathauses spien Gegenstände von sich und schwankten bedrohlich.

Menschen strömten in das Gebäude. Sie stießen sich beiseite, schrien. Ihre Augen erzählten von Todesangst. Sie bewegten sich wie eine unkontrollierbare Welle über den Gang.

Quentins Blick zuckte nach unten, wo Gwen kauerte. Die Menschenwelle würde sie zertrampeln. Er ließ von der Säule ab, schwankte und stolperte. Er fing sich mit den Händen und krabbelte auf seine Freundin zu. Als er sie erreichte, kämpfte er sich mühselig auf die Beine. Sein Herz trommelte gegen seine Brust. Er konnte kaum atmen. Die Erde grollte und es schien wahrscheinlich, dass das alte Gebäude einstürzen würde. Sie mussten nach draußen, aber alle Ausgänge waren überfüllt. Er zerrte Gwen auf die Beine und manövrierte sie mit wackeligen Beinen zu den Toiletten. Durch das Fenster könnten sie raus.

»Was hast du vor?«, schrie sie verzweifelt. Sie strauchelte immer wieder, sodass er innehielt.

»Da rein«, entgegnete er und schob sie vor sich in den Waschraum. »Durch das Fenster!« Sein Herzschlag brachte seine Stimme zum Beben. Er wischte sich die feuchten Hände am Mantel ab.

»Da passe ich nicht durch«, entgegnete Gwen, während sie hektisch am Griff des Fensters rüttelte. »Du erst recht nicht.«

»Scheiße«, knirschte Quentin und lauschte nach draußen. Die Menschenmassen überforderten das schwankende Gebäude. Er lehnte sich gegen die Tür, um zu verhindern, dass jemand eintrat, und streckte seine Hände der gegenüberliegenden Wand entgegen. »Zur Seite«, stöhnte er. Seine Konzentration galt den

Atomen, aus denen die Steine der Wand bestanden. Sie waren fest miteinander verbunden. Etwas so Stabiles hat er noch nie mittels Magie bewegt. »Hilf mir«, ächzte er und kniff die Augen zu.

Steine. Bewegen. Die Wand beseitigen.

Es war theoretisch möglich, also mussten sie es praktisch schaffen.

Gwen platzierte sich neben ihm und tat es ihm gleich. »Willst du«, sie stöhnte leise, »e-etwa die Wand sprengen?«

Quentin schnaubte. Sprengen klang übertrieben. Mit Glück würde sich ein Loch eröffnen, durch welches sie fliehen konnten. Er ging nicht auf ihre Frage ein und umklammerte mit seinen Gedanken die Fasern im Mörtel. Wenn er genug Schwachstellen fand, könnte er einzelne Steine lösen.

Das Erdbeben beruhigte sich. Die Menschen im Gebäude nicht. Als von der Naturkatastrophe bloß noch ein dumpfes Grummeln zu vernehmen war, klangen das verzweifelte Weinen und die Schreie der Leute umso lauter.

»Es ist vorbei«, keuchte Gwen und sank in die Knie. »Es hat aufgehört.«

»Egal«, schnaubte Quentin und behielt die Verbindung zu der Mauer bei. Er schabte Sandschichten beiseite. Damit näherten sie sich dem Ausgang.

»Du kannst aufhören«, beharrte Gwen und stieß ihn gegen die Seite.

Er zuckte zusammen. Ein Teil der Mauer brach unter dem Fenster ein. Er hatte es geschafft. Seine Augen weiteten sich und er lachte leise auf. »Siehst du das?« Etwas in ihm hat daran gezweifelt, dass sein Plan funktionierte.

»Na und?« Gwen verschränkte die Arme. »Das Erdbeben hat aufgehört. Wir hätten früher oder später den Ausgang nehmen können.«

Quentin winkte ab. Schweiß rann ihm den Nacken herab. Der eigentlich angenehme Duft der Magie kratzte diesmal in seiner Nase und hinterließ ein Brennen, wie wenn man zu viele saure Weingummis hintereinander gegessen hatte. Er atmete schwer und stakste auf seinen Ausgang zu. »Vielleicht gibt es Nachbeben.« Er kletterte mit dem Bein voraus, warf Gwen einen vielsagenden Blick zu und streckte eine Hand nach ihr aus. »Das Gebäude könnte immer noch einstürzen.« Sie winkte ab und Quentin senkte seine Hand.

Draußen bot sich ihm ein katastrophales Szenario. Der Marktplatz glich einem Schlachtfeld. Derartige Bilder kannte er nur aus Videospielen. Inmitten einer Komposition aus zertrümmerten Klinkersteinen und verlorenen Schildern ragten die Reste des Brunnens hervor, der die Mitte des Platzes geprägt hatte. Dachziegel lagen verstreut dazwischen, oder sie hingen bedrohlich schwankend am Rand von Gebäuden. Überall kauerten Menschen, die entweder apathisch vor sich hinstarrten oder verzweifelt schrien.

Wenige durchforsteten die Trümmer. Quentin trat einen Schritt vor, versuchte, die Situation zu begreifen. Sein Herz setzte einen Schlag aus, als er eine Person vor sich sah. Sie lag unnatürlich verdreht am Rand eines Geschäftes, mit dem Gesicht im Dreck. Neben ihrem Kopf erstreckte sich eine rote Pfütze. Er hauchte seinen nächsten Atemzug und taumelte zurück.

Vor ihm lag eine Leiche.

Oder?

Er schluckte den Schock und stürzte vor, um die Person umzudrehen. Auf der Stirn prangte eine tiefe Platzwunde und das Gesicht glich einer bleichen Maske.

Quentin zog ihr Handgelenk hoch, um einen Puls zu ertasten. Ein schwaches Pochen kämpfte sich zu seinen Fingern durch. Die

Person lebte noch. Er drehte sich um, in der Hoffnung, Gwen zu erblicken, aber sie war ihm nicht gefolgt. Fluchend zückte er sein Smartphone, um einen Krankenwagen zu rufen. Es dauerte ewig, bis sein Anruf entgegengenommen wurde. Die Frau in der anderen Leitung beteuerte, dass es bereits mehrere Meldungen zu dem Erdbeben gab. Sie taten alles, was in ihrer Macht stand.

Quentin drehte die verletzte Person in eine Position, die seiner Meinung nach die stabile Seitenlage war. Sein letzter Erste-Hilfe-Kurs lag Jahre zurück. Die Hand unter das Gesicht und den Kopf nach oben strecken? Irgendwie so. Er prüfte, ob Luft aus dem Mund strömen konnte, und raffte sich auf, um nach weiteren Überlebenden Ausschau zu halten.

»Hey!«, rief er einem Mann zu, welcher in der Nähe in den Trümmern wühlte. Er trug eine orangefarbene Weste. Das war wohl ein Sanitäter, der sich aufgrund der Demo eh schon hier befunden hatte. »Hier liegt jemand mit einer Kopfverletzung!«

Der Mann sah auf, nickte und ließ von seiner Arbeit ab. Als er sich ihnen näherte, verzog er das Gesicht. Es war ein junger Mann. Solch einen Einsatz hatte er garantiert zum ersten Mal. Seine Zähne knirschten, als er sich mit bebender Stimme bei Quentin bedankte.

»Brauchen Sie Hilfe?«

Der Sanitäter schüttelte den Kopf. »Bring dich in Sicherheit.«

Quentin seufzte und ließ den Blick über den Marktplatz schweifen. Er könnte Trümmer beiseiteschaffen. Mit Magie wäre das kein Problem. Aber konnte er damit Verletzten helfen? Sie heilen? Menschliche Organismen waren zu empfindlich, um sie magisch zu beeinflussen, das wagte er lieber nicht. Er krempelte seine Ärmel hoch und trat auf die freie Fläche. Wenn Menschen in Erdlöcher gerutscht waren, würde er sie herausziehen, die Sanitäter könnten ihnen dann helfen. »Gwen!«, rief er, gefolgt von einem scharfen Pfiff. Ob die anderen in der Nähe waren?

Er zog einen zerquetschten Aluminiumstuhl einer Eisdiele aus einem Bodenriss und ließ diesen zum Rand des Marktplatzes schweben. Darunter kam die Tiefgarage der Innenstadt zum Vorschein. Trümmer steckten in Autos. Mit jedem Schritt, den er sich über den Platz kämpfte, blendete er die Umgebung weiter aus. Er trat auf Pappschilder, deren Sprüche halb unter Staub und Schotter verschwunden schienen. Die düsteren Zukunftsvisionen, die auf einigen geschrieben standen, erweckten inmitten der Zerstörung eine traurige Ironie. *Wir werden es bereuen* las er auf einem Schild. Er schüttelte sich. *Die Magie gehört der Natur.* Quentin hörte auf, die Sprüche zu lesen und konzentrierte sich auf Teile, die er wegräumen konnte.

Tische und Stühle schwebten zum Rand. Zwischendurch ragten ihm Körperteile entgegen. Er zog die Menschen aus den Erdrissen hervor, doch die meisten von ihnen waren tot. Seine Wahrnehmung unterlag einem Filter. Er sah zum ersten Mal in seinem Leben Leichen. So viele auf einmal. Aber es machte ihm nichts aus. Adrenalin verhinderte, dass er sich an dieser Tatsache aufhielt. Als er einen Mann fand, der leise mit ihm zu sprechen versuchte, schleifte er diesen in Richtung Einkaufszentrum. Dort befanden sich Überlebende, die anderen halfen. Kaum jemand betrat den Marktplatz.

»Sind hier keine Magier?« Quentin ließ den Blick über einige Gesichter gleiten. »Wir müssen helfen!«

»J-ja«, stöhnte eine junge Frau und stürzte vor, um es ihm gleichzutun. Sie stolperte durch die Trümmer und nutzte Magie, um nach Überlebenden zu suchen. Zwei weitere Personen folgten ihrem Beispiel.

Als Quentin sich umdrehte, um ebenfalls weiterzusuchen, berührte ihn jemand an der Schulter. »Keine Magie!«, beharrte eine tiefe Stimme. »Die hat das Erdbeben ausgelöst!«

Quentin riss sich los, um die Aufforderung zu ignorieren. Er hob Fahrräder an, schaffte sie beiseite und zog Menschen aus dem aufgebrochenen Boden. Er passte auf, nicht selbst in Erdrisse zu rutschen, und trat mit weiten Schritten über das Gelände. Als er innehielt, um sich erschöpft über die Stirn zu wischen, stellte er fest, wie viele ihm halfen. Er atmete auf und beobachtete eine Frau, die Magie nutzte, um jemanden zum Rand des Platzes schweben zu lassen. Das war er. Der Grund, aus dem Magie eine Daseinsberechtigung hatte. Sie konnten helfen, wenn andere Mittel erschöpft waren. Wärme erfasste seine Brust. Sie waren keine schlechten Menschen. Die Nuance von saurem Petrichor, mit individuellen Duftnoten, lag wie ein aromatischer Nebel über dem Platz und vermengte sich mit dem magnetischen Surren der Magie zu einem gänsehauttreibenden Ereignis. Mit jeder Minute kratzte der Nebel mehr in der Nase und die Gänsehaut wurde stechend.

»Hört auf!«, brüllte eine Frau vom Rand des Platzes. »Keine Magie!«

Quentin zog einen Teil des Brunnens aus dem gespaltenen Erdboden. Er presste die Zähne aufeinander, weil sein Handeln ihm mit jeder Minute seiner Energie beraubte. Seine Atemzüge wurden schwerer. Er spürte jeden Schritt, den er tat, als würde er seine Beine langsam, aber stetig, mit kleinen Bleikugeln füllen. Als ihm der saure Geruch Flüssigkeit aus der Nase trieb, hielt er inne, um diese mit dem Handrücken wegzuwischen. Mit geweiteten Augen musterte Quentin das Ergebnis. Hellrotes Blut zog sich über seine Haut. Nasenbluten? Ehe er realisierte, was das bedeutete, ertönte das tiefe Grollen erneut.

Bitte nicht.

Quentin hielt die Luft an. Taumelte zurück. Die Erde bebte wieder. Er fiel und krabbelte unbeholfen durch die Trümmer, bis seine Hand in einen Riss rutschte und er sich beinahe verlor. Sein Gleichgewicht verlagerte sich. Steine drückten ihm gegen die Arme und er bewegte sich schneller, tiefer in den Erdriss hinein. Quentin kämpfte sich den Weg mit Magie frei und hastete zum Rand des Marktplatzes. Die schreienden Massen stürzten in das Einkaufszentrum. Die verletzten und bewusstlosen Personen blieben wehrlos davor zurück. Quentin zog einen von ihnen mit sich, als er das nächstbeste Gebäude ansteuerte.

»Hört mit der Magie auf!«, schrie eine Frau mit schallender Stimme und gab sich verzweifeltem Weinen hin. »Schluss damit!«

Quentin eilte raus, um die nächste Person rein zu holen. Aber dann erstarrte er. Das alte Rathaus stürzte zusammen. Als hätte eine Abrissbirne zugeschlagen. Die Mauern brachen, wie die Glaubwürdigkeit, mit der Quentin das Spektakel beobachtete. Sein Augenmerk verlor sich in Details. Das Dach krachte senkrecht nach unten und verschluckte alles mit einer trockenen Staubwolke. Eine Welle erstreckte sich über den Marktplatz und trug Teile des Hauses mit sich. Quentin schmeckte die Trockenheit, die von dem staubigen Nebel ausging. Er schluckte die Fassungslosigkeit, die seinen Hals erklomm. Konnte Magie wirklich so etwas anrichten?

»Ihre Personalien.« Die Polizistin, die vor Quentin stand, schnippte ungeduldig mit ihren Fingern vor seinem Gesicht herum. »Name, Adresse. So schwer ist das nicht.«

Quentin starrte über ihre Schulter hinweg die Reste der Innenstadt an. Die Lage hatte sich vor Stunden beruhigt, aber die Resultate würden die Stadt noch über Monate beschäftigten. Er stand mit anderen Menschen in der Vorhalle des Hauptbahnhofs. Es befanden sich unzählige Polizisten darunter. Sie vernahmen Verdächtige oder trösteten Menschen, die unter den Geschehnissen litten. Er tastete nach seinem Portemonnaie und zog gedankenversunken seinen Ausweis heraus, um ihn seinem Gegenüber zu reichen. War es das jetzt? Das Ende seines unbeschwerten Lebens? Würde sie ihn festnehmen?

Die Beamtin rupfte die Plastikkarte aus seiner Hand und prüfte seine Personalien. Zwischendurch zuckte ihr Augenmerk in seine Richtung. Sie stutzte, hielt den Ausweis neben Quentins Gesicht und musterte ihn mit verengten Augen. »Du bist Quentin Findeisen? Der kleine Knirps aus der Serie?«

Er senkte die Schultern. Darauf war er schon lange nicht mehr angesprochen worden. Für eine Sekunde brachte die Frage Gewohnheit in seine durcheinandergeratenen Gedanken. »Ja.« Die Erschöpfung ließ ihn keine weiteren Worte formen. Hoffentlich fragte sie nicht noch mehr. Er wollte nach Hause und für mindestens zwei Wochen schlafen.

»Ist die Serie wirklich schon so lange her?« Die Frau senkte den Ausweis und tippte Daten in ihr Gerät. »Du bist schon 25? Warst du damals nicht noch fast ein Baby?«

Er nickte. Seine ersten Lebensjahre waren von Kameras begleitet worden. Dadurch erinnerten sich Fremde an Ereignisse, die ihm selbst nur durch einen diffusen Schleier im Hinterkopf umherschwirrten.

»Ich habe nicht viele Folgen gesehen.« Sie hielt ihm den Ausweis entgegen. »Aber die Folge, in der du deine Geburtstagstorte vom Tisch geworfen hast, ist mir im Gedächtnis geblieben.« Sie lachte. »Du wolltest eine blaue, aber deine war grün. Oder wie war das noch?«

Er zuckte mit den Schultern und griff nach seinem Ausweis. Was interessierten ihn die Ausrutscher der Vergangenheit? Gerade eben waren Menschen vor seinen Augen gestorben.

Die Polizistin räusperte sich und spannte die Schultern an. Dadurch erweckte sie einen strengeren Eindruck. Ihre freundliche Miene wich zusammengezogenen Augenbrauen. »Rechne innerhalb der nächsten acht Wochen damit, von uns zu hören.«

Quentin nickte, steckte seinen Ausweis in die Manteltasche und schlenderte aus dem Gebäude. Er blinzelte der Sonne entgegen und ließ die wärmenden Strahlen auf seine Wangen einwirken. Wie sollte er sich jemals von diesem Tag erholen? Seine Hand zog zitternd das Smartphone aus der Tasche. Er rief seinen Vater an, um sich von ihm abholen zu lassen.

Die Wartezeit verbrachte er damit, den Chatverlauf seiner Freunde zu überfliegen.

Spencer: Ich glaube, da sind Leute gestorben!

Elouise: Hat jemand Ced erreicht?
Hallo?
Noch jemand da?

Spencer: Gwen hat sich noch gar nicht gemeldet
Ich mache mir sorgen, Leute

Elouise: O Gott, da liegen Tote!

Ich hab eine Leiche gesehen.
Scheiße, Leute, meldet euch.
Hier rasten alle aus.

Spencer: Elli ist voll am Ende
Ich behalte das Phone im Blick
Meldet euch schnell

Gwen schreibt ...
Ich habe Quentin aus den Augen verloren. Er war am Marktplatz.

Spencer schreibt ...
Elli ist bei mir
Quentin ist online
Er liest gerade mit, oder?

Elouise schreibt ...
Hat jemand Cedric gesehen?

Quentins Magen verkrampfte sich. Er brauchte mehrere Versuche, um zu tippen. Sein verschwitzter Daumen rutschte immer wieder vom Display ab und hinterließ einen Buchstabensalat. Er löschte alles und nahm stattdessen eine Sprachnachricht auf:

»Mir geht es gut. Ich fahre nach Hause.«

Quentin steckte das Smartphone weg und lehnte sich gegen eine Mauer. Der Vorplatz des Bahnhofes sah aus wie am Tag nach Karneval. Überall lagen Teile, die nach Müll aussahen. Hier hatte das Erdbeben auch gewütet, aber mit weniger Intensität. Das Zentrum des Bebens muss sich dort befunden haben, wo demonstriert worden war. Er schluckte. Dort, wo Magie gewirkt worden war. Er betrachtete seine Hände. Die Fingerspitzen kribbelten und er fühlte nichts, als er seine Kuppen aneinander rieb. Der rechte Handrücken war mit trockenem Blut beschmutzt. Zu viel Magie sorgte also für Nasenbluten? Das hat er bisher nicht gewusst. Die mahnenden Worte seiner Mutter hallten in ihm nach.

Magie schadet der Umwelt.

In seinem Hals bildete sich ein Kloß. Warum hat sie ihn zu einem Umweltsünder gemacht?

»Hm«, meinte eine Frau, die in seiner Nähe stand und ihn abschätzend musterte. »Du bist einer von den AURA-Fertility-Freaks.« Es war eher eine Feststellung als eine Frage. Sie rümpfte die Nase. »Und, biste stolz auf dein Werk?« Sie reckte das Kinn in Richtung Innenstadt. »Das wird alles verändern.«

Quentin drehte sich von ihr weg und ignorierte die Worte. Zumindest ließ er sich äußerlich nichts anmerken. Innerlich brodelte es in ihm. Er hatte nichts damit zu tun.

Vielleicht hat er das zweite Erdbeben provoziert, aber er hatte nur helfen wollen. Außerdem penetrierte dieser Name seine Denkfähigkeit.

AURA-Fertility.

All seine Freunde waren durch das Unternehmen genetisch aufgebessert worden. Als Nachwuchs von reichen Leuten, die sich ein Baby nach persönlichen Vorstellungen gebastelt hatten. Eine Zeit lang waren sie dafür gefeiert worden. Es hatte Förderprogramme gegeben, um ihre magischen Fähigkeiten zu trainieren. Bis sich erste Anzeichen des Umweltzerfalls gezeigt hatten. Dort, wo AURA-Fertility-Kinder auf die Magie zurückgriffen, verendeten die Bäume schneller und Seen trockneten aus. Die Erkenntnis hatte eine Schockwelle mit sich gebracht, die schließlich in Demonstrationen gemündet war.

Die Menschen hatten ihren Fehler ungeschehen machen wollen. Es gab Verbote, das AURA-Verfahren weiterhin durchzuführen, um keine weiteren Super-Babys zu erschaffen. Aber die magisch begabten Kinder, die es bereits gegeben hatte, hatten sie nicht mehr loswerden können. Sie mussten ausbaden, was ihre Eltern aus ihnen gemacht haben. Nun mussten sie eine Katastrophe auf ihren Schultern tragen, die zu mächtig war, um sie zu begreifen.

Isolation

6

Quentin saß neben seinem Vater im Auto und starrte nach draußen. Es war dunkel und die Lichter der Straße blinkten penetrant von allen Seiten auf ihn ein.

Laternen. Ampeln. Fahrzeuge.

Er hatte wieder Kopfschmerzen und seine Nase brannte.

Selbst Schuld.

Hätte er sich an die Vorgaben des Arztes gehalten, dann läge er jetzt im Bett und würde sich ausruhen. Er seufzte. Oder er wäre im Kino, mit Mads, um Jean kennenzulernen. Er war nicht scharf darauf, sie zu treffen. Aber angenehmer als eine Demo, die in einem Erdbeben mit einem Minenfeld aus Leichen endete, erschien ihm das allemal.

Er warf einen Blick auf seine Smartwatch. Spencer, Elouise und Gwen diskutierten sich die Finger wund. Er konnte nur die Anfänge ihrer Nachrichten lesen, aber die reichten aus, um sein Handgelenk ununterbrochen vibrieren zu lassen. Er nahm die Uhr ab und warf sie in den Fußraum hinter sich.

»Geht es dir gut? Sollen wir unterwegs was zu essen besorgen?«, fragte sein Vater in seiner vorsichtigen Stimmlage und lugte zur Seite. »Du hast heute bestimmt noch nichts gegessen.«

»Guck auf die Straße«, raunte Quentin und betrachtete seine eigene Spiegelung in der Beifahrerscheibe. Unter seinen Augen zeichneten sich Schatten ab und seine Frisur war durcheinander. Die Oberlippe sah blutig verkrustet aus. Er sah aus wie ein Nachtarbeiter nach der fünften Schicht, mit Nasenbluten. Dabei hatte er noch nie in seinem Leben einen Finger im Arbeitsleben gekrümmt.

»Um die Sache mit der Polizei kümmern wir uns.«

Paul Findeisen konnte nicht streng klingen. Immer war seine Stimme freundlich. Zu verständnisvoll. Er sah in allem das Positive und nahm jede Situation so entgegen, wie sie ihm begegnete. Das machte ihn zu einem guten Altenpfleger. Und auch zu einem guten Vater. Aber er war mit Quentins magischen Kräften überfordert. In der Vergangenheit haben sie viele Situationen durchlebt, in denen der hochnäsige Sohn seinem zu netten Vater das Leben zur Hölle gemacht hat.

Rückblickend bereute Quentin sein respektloses Verhalten. Manchmal hatte er das Bedürfnis, sich zu entschuldigen, aber das brachte sein Stolz nicht übers Herz.

»Ich geh nicht hin, wenn die mich vorladen.«

»Du musst«, stöhnte sein Vater. »Die Aufarbeitung der Sache fängt gerade erst an.«

»Ich hab keinen Bock auf diese Scheiße.« Quentin schloss die Augen, als die Kopfschmerzen in seinen Schläfen ziepten. »Am besten wäre ich gar nicht erst hingegangen.«

»Der Meinung bin ich auch«, bemerkte Paul. »Aber es ist nun mal so, wie es ist. Wir haben Schlimmeres hinter uns gebracht. Das überstehen wir auch.« Er widmete seinem Sohn ein zuversichtliches Lächeln. »Du bist unschuldig. Das werden sie einsehen und dann wird alles gut.«

Quentin schnaubte ein knappes Lachen aus. Unschuldig. Schön wär's. Wer trug eigentlich Schuld an einer Naturkatastrophe? Genau genommen hatte er das zweite Erdbeben zu verantworten … oder? Falls es wirklich durch Magie ausgelöst wurde.

Er öffnete die Augen erst, als das Auto langsamer wurde. Die Einfahrt vor dem Haus seines Vaters erkannte er sofort. Ein dunkler, langer Weg führte zu einer Scheune, die zu einer Garage umfunktioniert worden war. Paul lebte in einem alten Bauernhaus. Es lag in einer ländlichen Nachbarschaft, fernab der Innenstadt. Das Nächstgrößere, wo man einkaufen konnte, war ein Supermarkt, etwa zwanzig Minuten Fußmarsch entfernt. Irgendwo in der Nähe des Ladens wohnte Elouise.

»Wir essen noch etwas und dann legst du dich hin. Du siehst erschöpft aus.«

Quentin nickte und stieg aus dem Wagen. Er widmete sich der hinteren Tür, öffnete sie und suchte den Boden ab, um die Uhr einzusammeln, die er weggeworfen hatte. Als er sie aufhob und den Anfang der letzten Nachricht las, runzelte er die Stirn.

Elouise: Cedric ist …

Er zog sein Smartphone aus der Tasche und öffnete den Chatverlauf.

Elouise: Cedric ist tot.

»Scheiße«, stöhnte Quentin und taumelte benommen vom Auto weg. Die Kopfschmerzen nahmen zu. Er warf Hilfe suchende Blicke um sich. Sein Magen drehte sich. Er spürte den Drang, sich zu übergeben. Bloß weg hier. Irgendeine Art von Erlösung musste her. Quentin blinzelte und sah noch einmal auf das Smartphone. In der Erwartung, dort etwas anderes zu lesen. Aber die Nachricht blieb dieselbe. Ihm blieb die Luft weg.

Cedric ist tot.

Die drei Wörter prangten seit Tagen unbeantwortet auf Quentins Smartphone. Er war nach der Demo bei seinem Vater untergekommen, weil er dort das Gefühl hatte, sich besser erholen zu können. Oder sich besser isolieren zu können. Die anderen wussten nicht, wo Paul wohnte. Hier war Quentin sicher und konnte seine Gedanken sortieren.

»Du musst etwas essen.« Paul stellte ihm eine Schale mit Cornflakes vor die Nase. Das war sein neuer Lieblingssatz. Seit Tagen sagte er nichts anderes außer: »Du musst etwas essen.« Er hat sich sogar Sonderurlaub genommen, um seinen kranken Sohn zu umsorgen. Dass dieser Sohn 25 Jahre alt war, wusste seine Arbeitgeberin offensichtlich nicht, sonst hätte sie ihm den nie genehmigt.

Quentin saß im Wohnzimmer und starrte den Fernseher an. Eine Sondersendung zum Erdbeben. Schon wieder. Seit Tagen lief nichts anderes. Soundsoviele Opfer. Soundsoviele Verletzte. Reporter waren direkt vor Ort. Das Zentrum des Bebens war dort gewesen, wo sich viele AURA-Kinder aufgehalten hatten. Magie schadet der Umwelt. Magie sollte verboten werden. Anti-Magie-Gesetze.

Bla, bla, bla.

»Hat sich die Polizei schon gemeldet?« Während er sprach, setzte sich Quentins Vater neben ihn. Dorie, seine braune Labrador-Hündin, folgte ihm auf Schritt und Tritt. Sie hüpfte wie selbstverständlich auf den Schoß ihres Besitzers und schnüffelte wild durch die Luft. Dass ihr Körper zu groß war, um auf einem Schoß zu sitzen, schien ihr egal zu sein.

»Hm«, machte Quentin und zuckte mit den Schultern. Er streckte seine Hand aus, um Dorie zu streicheln. Ihr Fell fühlte sich glatt an und sie strahlte wohlige Wärme aus. »Bisher nicht.«

»Die Gesetzeslage ist unklar.« Paul lehnte sich vor. »Es gibt keine Grundlage, um euch die Schuld zuzusprechen. Einen solchen Fall hat es noch nie gegeben.« Er schob die Cornflakesschale näher an seinen Sohn heran.

»Hab keinen Hunger«, schnaubte Quentin und drehte die Lautstärke am Fernseher mit Magie auf. »Vielleicht war das zufällig ein natürliches Erdbeben. Sie forschen noch.«

Sein Vater runzelte die Stirn. »Das wäre ein mächtiger Zufall.« Er räusperte sich und drehte die Lautstärke mit der Fernbedienung herunter. »Es ist nicht gesund, sich so zu isolieren. Willst du nicht irgendetwas unternehmen?« Er kraulte Dorie hinter den Ohren und liebäugelte mit ihrem neugierigen Hundeblick.

Quentin beantwortete die Frage nicht.

Er starrte die Cornflakes an. War er hungrig? Hatte er den Punkt, an dem man Hunger verspürte, überschritten? Ihm schwirrte zu viel im Kopf herum, als dass er sich mit Essen belasten konnte. Die Sorge, dass er eine Mitschuld an dem Beben trug, hing ihm wie eine Zyste im Hals.

Cedrics Tod begleitete ihn wie ein schemenhafter Dämon, der ihn nachts im Schlaf beobachtete. Dort vermischte er sich mit all den toten Gesichtern, denen er am Tag des Bebens begegnet war.

Die Enttäuschung seiner Mutter, die sich wünschte, dass er endlich nach Hause käme, rumorte zwischen seinen Schläfen. Sein Vater hatte recht. Er brauchte Ablenkung. Etwas, das ihn auf andere Gedanken brachte. Etwas ... oder jemanden? Zwei funkelnde Smaragde und ein Klang, der sich wie eine laue Frühlingsbrise anfühlte, sendeten den Hauch eines Lächelns in seinen Mundwinkel. Er nahm die Cornflakes auf den Schoß und begann zu essen. »Ich gehe später in den Park.«

Die alte Kirche

7

Während er den Park durchschritt, versteckte Quentin das Gesicht im Kragen seines Mantels. Er wollte nicht riskieren, von irgendwem erkannt zu werden. Das war so schon lästig, aber nach dem Erdbeben reagierten die Leute noch gereizter auf Magiebegabte.

Vielleicht war seine Mutter in der Nähe. Oder seine Freunde? Sie hatten im Chat kein anderes Gesprächsthema als die bevorstehende Beerdigung von Cedric. Das zog ihn runter, deshalb ging Quentin diesen Gesprächen aus dem Weg. Die Gruppe stand auf lautlos, aber manchmal übermannte ihn die Neugierde und er las trotzdem darin. Jedes Mal hinterließ ihn das mit Magenschmerzen.

Er steuerte die Rollschuhbahn an. Hoffentlich war Mads da. Er war der einzige Mensch, bei dem Quentin das Gefühl hatte, positive Energie tanken zu können. Als er sich der Bahn näherte, war ihm so, als könnte er sein Lachen hören. Eine laue Brise im kühlen Frühling. Quentin biss sich von innen auf die Wange und lief einen Schritt schneller. Sollte er weitergehen? Was, wenn die Frohnatur keine Lust auf seine schlecht gelaunte Gesellschaft hatte? Er hat die Sache mit dem Erdbeben bestimmt auch mitbekommen.

Als er das Gelände betrat, blieb ihm seine Vorfreude im Hals stecken. Mads drehte auf der Rollbahn seine Runden, so wie er es erwartet hatte. Aber er war nicht alleine. Bei ihm waren ein paar Kinder und eine junge Frau. Sie stand am Rand und feuerte ihn an. Ihre strubbeligen, braunen Haare, ließen Quentins Blut in den Adern gefrieren. Das war die Öko-Tussi aus dem Restaurant. Die mit dem Soufflé. Was machte die hier?

»Immer weiter, nur nicht aufgeben!« Ihre Stimme war quietschig und schrill. Außerdem lachte sie furchtbar aufdringlich. »Das macht ihr prima!«

Ach. Du. Scheiße. Quentin steckte seine Hände in die Manteltaschen und stellte sich abseits, um Mads zu beobachten. Schließlich war er seinetwegen hier und nicht, um sich über irgendeine Tussi aufzuregen. Ganz egal, wie katastrophal ihr Outfit war. Oder wie ungebändigt ihre Locken aussahen. Sicherlich trug sie wieder ihre peinlichen Buttons.

Mads ließ sich ausrollen, um die Kinder zu beobachten. Seine Augen strahlten, während er ihnen erklärte, wie sie ihre Balance halten konnten. Alle trugen Rollschuhe. Unterrichtete er sie? Oder war das eine spontane Aktion? Die Kinder sahen nicht aus, als wären sie Schüler. Mads ging in die Hocke und rollte rückwärts, wobei er ein Mädchen ermutigte, sich mehr zu trauen. Im nächsten Moment drehte er sich zu einem Jungen und bremste vor ihm. »Mach das langsamer, dann klappt es besser.« Während er sich aufrichtete, nahm er Schwung, um wieder loszufahren.

Als er das Gewicht verlagerte, veränderte sich seine Mimik. Er kniff die Augen zusammen und geriet ins Schwanken. War er mit einem Fuß umgeknickt? Nach dem Vorfall bremste er und deutete zur Tribüne. »Ich glaube, ich muss was essen«, sagte er zu den Kindern und rollte auf die Öko-Tussi zu.

Sie nickte eifrig und eilte zur Tribüne, um in den Taschen, die dort lagen, zu wühlen. Sie nahm etwas heraus, um es Mads entgegenzuhalten.

Quentin musterte sie von oben bis unten. Das war doch wohl nicht Jean? Die beste Freundin? Bitte nicht ausgerechnet sie. Er beobachtete, wie sich die beiden unterhielten. Immer wieder lachten sie. Mads zog sie auf die Rollbahn und Quentin erkannte, dass auch die Öko-Tussi Rollschuhe trug. Sie bewegte sich darauf überraschend gut. Das machte alles nur noch schlimmer. Sie war nicht nur die beste Freundin, sondern auch noch talentiert in dem, was Mads über alles liebte? Er schnaubte. Warum störte ihn das überhaupt? Hatte er erwartet, dass er ihn alleine antreffen würde? Weil er keinen Freundeskreis hatte und nur darauf wartete, dass seine neue flüchtige Bekanntschaft endlich auftauchte?

»Hey!« Mads' Stimme schallte laut über den Skaterplatz. Er schickte ein glockenhelles Lachen hinterher. »Quentin?«

Der Angesprochene zuckte zusammen. Er setzte ein gequältes Grinsen auf und hob die Hand zu einem schlappen Gruß. Und jetzt? So tun, als wäre nichts passiert und einfach mit ihm reden? Aber es war ein Störkörper in der Nähe. Diese Öko-Tussi ruinierte den Moment. Und die Kinder machten die Sache auch nicht gerade leichter. Einige von ihnen bremsten, um ihn neugierig anzusehen.

Mads erwiderte sein Grinsen und rollte auf ihn zu. Je näher er kam, desto mehr strahlte sein Gesicht. »Ich dachte schon, du wärst ein Phantom, das nie wieder auftaucht.«

»Hab meinen Kopf auskuriert«, erklärte Quentin und ertastete das sonnengebräunte Gesicht seines Gegenübers mit den Augen.

Sah er angeschlagen aus? Irgendwie wirkte er erschöpft. Oder? Wer wusste, wie lange er hier schon seine Runden drehte.

Mads verzog mitfühlend das Gesicht. »Darüber habe ich mir noch viele Gedanken gemacht. Es tut mir ehrlich leid, dass ich dich dazu genötigt habe.« Er senkte den Blick. »Ich hätte dir gerne geschrieben, aber ich habe deine Nummer nicht und ... na ja ... bei Instagram wollte ich dich nicht anschreiben, da kam ich mir so blöd vor. Wie ein komischer Stalker oder so.«

Quentin weitete die Augen. Bei Instagram?

Bedeutete das, er hatte ihn dort gefunden? In Sekundenschnelle spulte er alle Beiträge ab, die er jemals hochgeladen hatte. Waren peinliche Fotos dabei? Unangenehme Texte? Hatte er alberne Hashtags verwendet?

Ihm wurde klar, dass sein neuer Freund in diesem Augenblick mehr über ihn wusste als umgekehrt. »Du warst auf meiner Instagram Seite?«

Mads' Pupillen wanderten von links nach rechts. Ertappt. »Äh ... vielleicht?« Er biss sich auf die Unterlippe und rollte ein paar Zentimeter auf Quentin zu. »Nur kurz.« Seinem Gesicht ließ sich deutlich entnehmen, dass er log.

Er hatte die Seite mit Sicherheit bis ins kleinste Detail ausspioniert. Und all die Angeberei rund um Markenklamotten in sich aufgenommen. Die peinlichen Poserfotos in fremden Luxuskarren gesehen. Sich gefragt, warum man eine Rolex ins Bild halten musste, wenn man sein Mittagessen fotografierte. Er hatte den oberflächlichen Quentin kennengelernt. Den verwöhnten Scheißkerl, der sich falschen Statussymbolen verschrieben hatte. Er nutzte Instagram kaum noch, weil die Follower seiner Mutter ihn ständig anschrieben und mit Fragen nervten. Warum hatte er die Seite nicht längst gelöscht?

»Jean ist wie eine FBI-Agentin.« Mads deutete über seine Schulter, zu der Öko-Tussi, die mit den Kindern herumalberte. »Sie hat deine Seite gefunden und mir erzählt, dass sie dich sogar schon mal gesehen hat.«

Quentin erlebte innerlich einen Vulkanausbruch aus Scham und Wehmut. Sie war wirklich Jean? Die Öko-Tussi aus dem Restaurant? Diejenige, die mitbekommen hat, dass er sich wegen eines Soufflés wie der letzte Mistkerl verhalten hat? »Oh, ach, haha.« Seine Mundwinkel zuckten unter einem unechten Lachen. »Also das ist Jean?«

Mads nickte lächelnd. »Ja genau.« Er drehte sich um und erhob die Stimme. »Jean, komm mal schnell!«

Quentin runzelte die Stirn. Musste das sein? Warum sollte sie *schnell* kommen? Sie setzte sich in Bewegung. Als sie zu realisieren schien, weshalb sie gerufen wurde, huschte ein gehässiges Grinsen über ihr Gesicht.

»Ach, sieh an, der Soufflé-Schnösel.« Ihre Stimme war nervtötend. Ihr Grinsen fies, wie das einer Hyäne, die eine unschuldige Gazelle gerissen hatte und nun ihr Dessert vor sich stehen sah. Ein zusammengefallenes Soufflé vielleicht? Quentin fühlte sich in diesem Moment wie eines. »Matteo hat mir viel von dir erzählt.«

Matteo? Moment, war das sein richtiger Name? Quentin begegnete ihrem Blick mit einem nüchternen Pokerface. Auf ihre Stichelei würde er sich nicht einlassen. Oder sollte er sie einfach direkt Öko-Tussi nennen? Dann wären die Fronten geklärt. Und Mads, den sie so hochnäsig besserwisserisch Matteo nannte, würde ihn sicher hassen.

»Zum Beispiel, dass du dir zu fein dafür warst, einen Helm aufzusetzen.« Ihre Augenbrauen zuckten nach oben. »Dann hast du dir deine unbezahlbare Porzellanrübe angehauen.«

»Nein, das habe ich *so* nicht gesagt«, warf ihr bester Freund kritisch ein. Er machte einen Fingerzeig, wie ein alter Professor, der etwas klarstellte. Sein Blick wechselte zwischen den beiden. »Ich habe ihr erzählt, dass ich mir Sorgen mache.«

Quentin nickte angedeutet. Also redete er mit Jean über alles. Sie war wirklich seine beste Freundin. »Von mir aus können wir unsere Nummern austauschen.«

Mads' Mund öffnete sich einen Spalt. Er schloss ihn wieder, lächelte und senkte den Blick. »Hm.« Er tastete seine Jacken- und dann seine Hosentaschen ab. Daraus holte er leere Traubenzucker Bonbonpapiere und zog irgendwann sein Smartphone hervor. »Weißt du deine Nummer auswendig?«

Quentin überlegte. Er wechselte sie so oft, dass er zu den Mathematik-Genies des Planeten gehören müsste, um auch nur eine davon auswendig zu kennen. Spencer kannte sie mit Sicherheit. Er schüttelte den Kopf, zog sein eigenes Phone hervor und diktierte seinem neuen Freund seine Nummer. Als er das Gerät wieder in seine Tasche steckte, nutzte er den Moment, in dem Mads tippte, um sein Gesicht genauer zu betrachten. Seine Augen waren rot unterlaufen und er hatte rosa Flecken im Gesicht. Ob er geweint hatte?

»Ist alles okay bei dir?«

»Ja, wieso?« Mads lächelte zwar, aber das konnte nicht den Anschein von Trauer aus seinen Augen beseitigen. Irgendetwas belastete ihn. Aber Quentin fühlte sich nicht befugt, über das Bescheid zu wissen, was in seinem Leben so tiefe Spuren hinterließ. Zumindest noch nicht. Vielleicht würde sich das eines Tages ändern.

»Du siehst fertig aus.«

Der Lockenkopf wischte sich mit der freien Hand über das Gesicht. Seine Pupillen zuckten an Quentin vorbei, bevor er seine

Antwort aussprach. »Das kommt sicher vom Skaten. Ich bin schon den ganzen Tag hier. Die Kinder kriegen nicht genug.«

Jean runzelte die Stirn. »Dein Ernst?« Sie musterte ihn kritisch. »Warum sagst du nicht, dass -«

»Musst du nicht deine Schwester vom Bahnhof abholen?« Mads räusperte sich. Mit den Lippen deutete er etwas an, vielleicht eine Art Geheimsprache zwischen besten Freunden? Seine Augenbrauen verzogen sich. Er schien sie anzuflehen, bis sie augenrollend nachgab.

»Sie wird zwar nicht tot umfallen, wenn ich sie fünf Minuten warten lasse, aber ich kann sie ja mal überraschen, indem ich pünktlich auftauche.«

Mads atmete auf und nickte dankbar. Dann wandte er sich an Quentin. »Ich hätte sie begleitet, aber vielleicht ... hast du Lust, stattdessen ...?«

»Ja?«, neugierig blickte Quentin ihn an.

Jean schüttelte den Kopf. »Au weia, ich kann dieses unbeholfene Gestammel nicht mitansehen.« Lachend winkte sie ab. »Bis morgen, Matteo, und bis dann, Soufflé-Schnösel.« Sie zwinkerte ihm zu und rollte zur Tribüne, wo sie ihre Rollschuhe auszog.

»Oh ... äh, ja, tschau, Jean!« Mads winkte ihr hinterher. Irgendwie kollidierte die schusselige Art, sich zu bewegen mit seinem markanten Gesicht. Er sah erwachsener aus, als er sich verhielt. Obwohl er gleichzeitig an einen Rentner erinnerte. Mads war eine jung gebliebene Oma im Körper eines Zwanzigjährigen. »Schreib mir, wenn ihr sicher zu Hause angekommen seid, ja?«

»Und was machen wir stattdessen?«, hakte Quentin nach und beobachtete, wie Jean sich ihnen noch einmal näherte, um Mads seinen Rucksack zu geben. »Vergiss den bloß nicht schon wieder.« Sie umarmte ihn herzlich und verabschiedete sich endgültig.

Endlich.

Ihr bester Freund schaute ihr hinterher und kaute dabei auf seiner Unterlippe. »Ich weiß nicht. Ich würde gerne Zeit mit dir verbringen. Wir haben uns ein paar Tage nicht gesehen. Es gibt einiges zu berichten, oder?«

Das gab es allerdings. Aber Quentin wollte nichts davon erzählen. Weil es eine negative Grundstimmung in ihr Gespräch tragen würde. Er wollte mit Mads nicht über das reden, was ihn sowieso schon belastete, sondern lieber Erinnerungen erschaffen, die ihn von all dem ablenkten. Und er wurde das Gefühl nicht los, dass es ihm ähnlich erging. Es gab etwas, das Mads belastete, worüber er nicht reden wollte. »Was ist mit den Kindern?«

Mads zuckte mit den Schultern. »Die fragen mich ab und zu, ob ich denen etwas beibringe.« Er drehte sich um und winkte einem der Kinder zu. »Sie sind oft hier.«

»Also ist das keine Unterrichtsstunde?« Quentin runzelte die Stirn. »Das sah professionell aus.«

»Findest du?« Mads kratzte sich am Hinterkopf. Es schien, als würde er noch etwas sagen wollen. Stattdessen beugte er sich runter, um die Rollschuhe auszuziehen. Dabei stützte er sich seitlich an Quentins Arm, um die Schleifen zu lösen. Mit angehaltener Luft zog er seine Schuhe an und trug die Rollschuhe an den Schnürsenkeln zusammengebunden über der Schulter. Mit dem Kopf nickte er in Richtung Waldstück. »Da hinten ist es ein bisschen ruhiger.«

Im Wald? Da sollten sie rein? In das Reich der Zecken und Pilze? Quentin schauderte, aber er folgte ihm. Sie ließen den offiziellen Pfad hinter sich und stiefelten schweigend durch den kleinen Wald, der sich am hinteren Parkende befand. Es war die entgegengesetzte Richtung zur Stadt und Quentin hatte, wenn er ehrlich zu sich war, keine Ahnung, was dahinter lag. »Hast du schon mal überlegt, professionell zu trainieren? Den Rollschuhkram?«

Es dauerte einen kurzen Moment, bis Mads reagierte. »Habe ich.« Ein müdes Lächeln huschte über seine Lippen. Er schob Zweige beiseite und offenbarte einen schmalen Pfad. Dahinter kam eine zugewachsene Ruine zum Vorschein. Zerschlissene Buntglasfenster und ein halb zerfallener Glockenturm wiesen darauf hin, dass es sich um eine alte Kirche handelte. »Aber das ist Schnee von gestern.«

Quentin ließ den Blick über die Ruine schweifen. Wieso hat ihm niemand erzählt, dass ein solcher Ort direkt vor seiner Nase existierte? Hier hätte es Cedric gefallen. Er war immer auf der Suche nach interessanten Fotolocations gewesen. Nun würde er nie wieder Fotos schießen. Quentins Magen verkrampfte sich. Er schüttelte den Kopf, um den Gedanken loszuwerden. »Warum ist es Schnee von gestern?«

»Träume ändern sich.« Die Antwort ging ebenso knapp über die Lippen, wie das gezwungene Grinsen. »Ich habe eine Zeit lang Jean unterrichtet.«

Quentin schnaubte leise. Musste er sie erwähnen? »Seit wann kennt ihr euch?« Er senkte die Stimme. »Und was hat sie dir über mich erzählt?«

Mads lachte. Der Anflug von Trübseligkeit verflog. »Ich kenne sie seit dem Kindergarten.« Mit einem Seitenblick, der vielversprechend amüsiert wirkte, leitete er die nächste Antwort ein. »Sie hat mir erzählt, wie du den Kellner in diesem Restaurant fertiggemacht hast. Dabei hat sie die Stimme verstellt und nachgemacht, wie du sagtest: *Und ich zahle garantiert kein Trinkgeld!*« Er winkte ab. »Sie meinte, du hast deine Bankkarte vor seiner Nase herumschweben lassen.«

Quentins Gesicht fühlte sich mit jeder ausgesprochenen Silbe heißer an. Er schämte sich in Grund und Boden. In seinem Hals kribbelte es. Rückblickend konnte er sein Verhalten nicht verstehen. Das, was ihn in diesem Moment belastete, nannte man wohl Karma. Er hatte es verdient, dass sich sein neuer Freund über ihn lustig machte. Und die Instagram-Aktion? Was dachte Mads wohl über ihn? Sicherlich hatte sich das Image eines überheblichen Angebers in seiner Vorstellung gefestigt. »Und was hast du ihr über mich gesagt?« Seine Stimme war eher ein Krächzen.

»Du wirst ja ganz rot«, bemerkte Mads und blieb stehen. »Ist dir das peinlich?« Seine Augenbrauen wanderten nach oben.

»Nein«, log Quentin und verschränkte die Arme. »Warum sollte es?« Ja, genau. Und warum sollte er die Sache mit seiner sturen Reaktion nur noch schlimmer machen?

Mads' Pupillen wanderten über Quentins Körper. Er schien etwas sagen zu wollen, aber die Worte unterwarfen sich einer nachdenklich verzogenen Miene. Was auch immer die Antwort in ihm ausgelöst hatte, er focht diesen Gedanken mit sich selbst aus. Nur langsam nickte er, bevor er seinen Weg fortsetzte. Das Schweigen wurde mit jeder Sekunde unheimlicher. Das Wesen des Lockenkopfes schien nicht zum Ruhigsein geschaffen. Als sie die Ruine erreichten, deutete er auf ein eingeschlagenes Fenster. »Traust du dich?«

Quentin schaute an der Fassade empor. War das Gebäude einsturzgefährdet? Es sah verdächtig danach aus. Die Bilder des Rathauses spielten sich vor seinem inneren Auge ab. Was die Menschen wohl gedacht hatten, als die letzten Sekunden ihres Lebens an ihnen vorbeigezogen waren? Siebenundzwanzig Seelen waren darin erloschen. Von jetzt auf gleich aus dem Leben gerissen. Und Cedric war einer davon. Sein Magen zog sich zusammen. Würde das Haus noch stehen, wenn er die Wand nicht eingerissen hätte? Würden die Menschen leben? Sein Augenmerk wanderte zu Mads. Sollte er ihm erzählen, dass er sich schuldig fühlte? Nein. Noch nicht.

Quentin ging auf das Fenster zu und stieg in das verlassene Gebäude. Dabei achtete er darauf, mit so wenig Fläche wie möglich in Berührung zu kommen. Wenn seine Kleidung irgendetwas berührte, dann würde man sie nie mehr sauber bekommen. Er klopfte hastig über seine Jacke und schüttelte sich bei dem Gedanken daran, wie viele Menschen vor ihm durch das Fenster geklettert waren. Der Boden dahinter war übersät mit bunten Scherben. Sie knirschten unter seinen Schuhen. Die Luft im Inneren war kühl und roch abgestanden. Wie ein Kellerraum, in dem bei schlechter Luftzufuhr alte Akten lagerten. Hoffentlich setzte sich der Mief nicht in seinem Mantel ab. Quentin zuckte zusammen, als es hinter ihm knackte.

Mads kletterte durch das Fenster und stiefelte in den Hauptteil der Kirche. Dort, wo einst Messen stattgefunden hatten, türmten sich die Reste von Holzbänken an den Wänden. Die Mitte war freigelegt und offenbarte eine glatte Fläche aus poliertem Steinboden. Während Mads wie selbstverständlich auf den Altar zulief, wurde er durch die bunten Fenster in abwechselnden Farben erleuchtet. Seine Locken wirkten mal rot, dann grün und zwischendurch blau. Quentin senkte den Blick zu seinen Beinen. Bildete er sich das ein, oder humpelte er an diesem Tag stärker?

»Ich hatte keine Ahnung, dass hier so ein Gebäude steht«, murmelte er andächtig und begutachtete die feinen Ranken, die sich durch Risse im Mauerwerk in das Innere der Kirche schlängelten. Zwischen den Holzbänken wucherten Gräser und Farne, die sich von den verrottenden Möbeln nährten. Steinbögen, die das Zentrum des Raumes umrahmten, waren bis zu einer gewissen Höhe mit Graffiti beschmiert. Auf Augenhöhe standen unzählige Initialen in verschiedenen Filzstiftfarben. *V+R - wir waren hier* oder *Alex liebt Flocke.* Quentin wusste nicht, woran er sich zuerst sattsehen sollte. Das Zusammenspiel aus Religion, Natur und Vandalismus stellte ein Gesamtkunstwerk dar.

»In diesen Teil des Parks verirrt sich selten jemand«, erklärte Mads und setzte sich auf den steinernen Altar, welcher fest verankert schien. Seine Beine baumelten wenige Zentimeter über dem Boden. »Ich fürchte, dass sie hier irgendwann was Neues bauen. Die Kirche wird bestimmt abgerissen.«

Quentin blieb in der Mitte des Saales stehen. Er hob den Blick. Die Decke wirkte unendlich hoch. Allein der Gedanke, von dort herunterzustürzen, schürte Schwindel in ihm. Irgendwo darüber lag der Kirchturm. Von oben konnte man bestimmt gut die Sterne beobachten. »Bist du oft hier?«

»Sieh dir den Boden an«, schwärmte Mads und umklammerte seine Rollschuhe, als würde er einen guten Freund in die Arme schließen. »Hier kann man ungestört üben. Ich bin manchmal mit Jean hier.«

Jean. Quentins Kiefer verspannte sich. Schon wieder Jean. Immer fiel dieser Name. Er zwang sich ein Lächeln auf. »Hast du keine Angst, dass sie einstürzt?« Er spielte mit dem Gedanken, sich neben Mads zu setzen, aber der Anblick von eingetrockneter Schmiere, die alles an diesem Ort überzog, jagte eine Gänsehaut über seinen Rücken. Damit würde er seine Klamotten niemals besudeln.

Mads schüttelte den Kopf. »Wo treibst du dich normalerweise herum?« Seine Augenbrauen wanderten nach oben. »Abgesehen vom Einkaufszentrum, meine ich.«

»Zu Hause?« Quentin biss sich von innen auf die Wange. Wo trieb er sich herum? »Überall und nirgends.«

»Spannend«, meinte sein neuer Freund amüsiert und rutschte zur Seite. Er klopfte neben sich auf den Altar. »Magst du dich nicht setzen?«

Quentin rümpfte die Nase. Zwei Worte dominierten seine Gedanken: eingetrocknete Schmiere. Witterungsrückstände, auf denen sich Moos und undefinierbare Flechten bildeten. Er schüttelte sich.

Mads nickte zaghaft und stellte die Rollschuhe ab. »Wie du meinst.« Er lehnte sich auf die Arme zurück und hob den Blick an die Decke. Der untere Teil seines Gesichts war in rotes Licht gehüllt und der obere schimmerte blau. Im roten Schein breitete sich ein Lächeln aus. »Die Natur holt sich den Ort zurück. Das finde ich faszinierend.«

Quentin schob seine Hände in die Manteltaschen und umspielte sein Teleskop. Er ließ den Mechanismus mit dem Daumen aufschnappen und schob es wieder zusammen. Das leise Klacken fuhr ihm beruhigend den Arm hinauf. »Engagierst du dich?« Seine Stimme klang belegt, also räusperte er sich. »Für die Natur?«

»Eher halbherzig«, murmelte Mads. »Das ist Jeans Ding. Ich hänge da unwillkürlich mit drin.«

»Hm«, machte Quentin und zögerte, bevor er näher an ihn herantrat. Schon wieder stellte Jean das Gesprächsthema dar. Das ging hoffentlich nicht die ganze Zeit so weiter. Wenn er noch einmal ihren Namen hörte, müsste er sich eine Ohrendusche verpassen. Der Klimaschutz war kein Thema, bei dem er punkten konnte. Sie würden über das Erdbeben reden und dann wäre es vorbei mit der guten Laune. »Ich glaube, sie kann mich nicht leiden.« Er räusperte sich. »Die Situation im Restaurant war -«

Quentin bremste sich aus. Sein Stolz verhinderte, laut auszusprechen, dass es ihm peinlich war.

Mads legte den Kopf schief und ließ seine Pupillen über das Gesicht des Magiers wandern. »Jean ist etwas extrem. Sie hat Scheuklappen auf, wenn es darum geht, die Welt zu schützen.«

»Das ist mir auch schon aufgefallen«, brummte Quentin und starrte auf einen Schatten über dem Altar. Graue Umrisse ließen erahnen, dass dort einst ein Kreuz hing.

»Und du hast Scheuklappen auf, wenn es um die Magie geht«, stichelte Mads und schien unsicher, ob er darüber schmunzeln durfte. »Ich kann euch nicht zwingen, miteinander auszukommen. Jean textet mich oft voll. Damit, wie sie die Welt sieht. Es ist spannend, von dir eine andere Version der Dinge zu erfahren.«

»Da gibt es nicht viel zu erfahren.« Was konnte er ihm über das Leben erzählen? Wenn man reiche Eltern hatte, musste man nicht arbeiten? Wenn man verwöhnt war, konnte man sich alles leisten? Mit Magie konnte man Menschen töten? Der letzte Gedanke ließ ihn erschaudern. Durch seine Fähigkeiten standen ihm viele Türen offen, aber diese wurden reihenweise vor seiner Nase zugeschlagen. Quentin räusperte sich. Ein Themenwechsel musste her. »Machst du noch etwas anders, außer diesem Rollschuhsport?«

»Ich mache sogar vieles anderes«, antwortete Mads nachdenklich. »Du lernst mich nur gerade in einer komischen Phase kennen. Ich bin manchmal von einzelnen Hobbys wie besessen. Dann mache ich wochenlang nur das. Jetzt ist wieder Rollkunstlauf dran.«

»Wie sieht es mit Kochen aus?« Quentin konnte gut kochen. Das war das Einzige, was er tatsächlich als eine Art Hobby bezeichnen würde. Neben der Astronomie, aber davon entfernte er sich mit jedem Tag mehr. Vielleicht konnte er seinen neuen Freund mit kulinarischen Kunstwerken beeindrucken.

»Meeh«, gab dieser abgeneigt von sich und verzog das Gesicht. »Ich muss wegen des Diabetes andauernd über das Essen nachdenken. Ich bin froh, dass ich eine Handvoll Gerichte kenne, die schnell gehen und sich fast von alleine zubereiten.« Er verlagerte seine Sitzposition und zog seinen Rucksack über die Schulter. »Apropos«, nuschelte er und kramte darin herum. Mit einer routinierten Handbewegung hielt er sein Smartphone an seinen Oberarm. Ein kurzer Blick darauf löste einen leisen Seufzer aus.

»Mit anderen Worten: Fertiggerichte und Dosensuppe?« Quentins Gesicht hellte sich auf. Er beobachtete, wie Mads ein Etui herauszog.

»Nicht nur«, murmelte er. »Aber sagen wir es so ... Ich bin dankbar, dass es Tiefkühlgemüse gibt.« Er grinste, während seine Hände selbstständig agierten. Sie öffneten die kleine Tasche und zogen etwas heraus. Ein einzeln verpacktes Desinfektionstuch und einen Kugelschreiber? Nein, dafür war das Ding zu auffällig. Es gab ratschende Geräusche von sich, als Mads mit seinem Daumen daran herumfummelte.

»Ich koche gerne«, bemerkte Quentin und stutzte, als sein Gegenüber den Pullover nach oben zog und das Tuch auspackte, um damit über seinen Bauch zu wischen. Die Haut dort war ähnlich gebräunt wie sein Gesicht. Unfair. Quentins Körperbräune war ungleichmäßig verteilt. Den Bauch bekam er niemals so braun wie seine Arme, egal wie oft er sich sonnte. »Wenn du magst, dann -«, er blinzelte überfordert. Was passierte hier gerade? Mads zog den Deckel des sonderbaren Stiftes mit den Zähnen ab. Eine Nadel kam zum Vorschein. Er setzte sie auf seinen Bauch und drückte einen Knopf am Stiftende. Etwas klickte und die Nadel drang durch seine Haut. Dabei verzog Mads keine Miene.

»Was tust du da?«

Mads zog langsam die Nadel heraus und warf einen prüfenden Blick darauf, bevor er sie samt Deckel in das Etui zurücksteckte. Darin klemmten drei Ampullen in Gummiösen. »Insulin«, kommentierte er. »Meine Bauchspeicheldrüse kriegt das nicht gebacken.« Er grinste verschmitzt. »Wolltest du mich gerade zum Essen einladen?«

Quentin starrte die kleine Tasche an. Über Diabetes wusste er nur theoretischen Kram. Irgendwas mit Blutzucker. Den musste man messen, um Insulin einzunehmen. Dass man sich das Zeug hemmungslos in den Bauch spritzte, hatte ihm niemand erklärt. Er schüttelte sich. »Ja, genau. Ich koche was für dich.«

»Klingt super«, meinte sein neuer Freund und schulterte seinen Rucksack. »Mein Lieblingsessen ist Kürbisrisotto.«

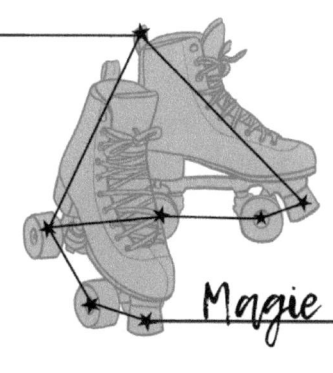

Magie

8

Im Supermarkt staunte Quentin immer wieder darüber, wie viel Zucker in jedem einzelnen Lebensmittel steckte. Die vergangenen Tage hatte er der Recherche gewidmet. Diabetes. Das war eine tückische Erkrankung. Andauernd schwankte der Blutzucker. Er war entweder zu hoch, dann musste man Insulin spritzen. Oder zu tief, dann brauchte man etwas zu essen. Und wenn man was mit Kohlenhydraten aß, oder zu viel, war wieder Insulin fällig. Wie eine empfindliche Waage, die immer ein bisschen zu sehr ausschlug, wenn man versuchte, sie auszuloten.

Ein bisschen Stress? Blutzucker zu tief.

Mal was Leckeres gönnen? Zu hoch.

Bei einigen Lebensmitteln hatte er nicht mal gewusst, dass es Alternativen gab, die fast ohne Kohlenhydrate auskamen.

Mit einem randvollen Einkaufswagen bewegte er sich auf die Kasse zu. Der Weg dorthin war unverhofft versperrt. Quentin hielt die Luft an.

Im Gang vor ihm stand Elouise.

Sie wirkte ähnlich schockiert wie er und wich seinem Blick aus.

»Oh, hi.« Ihre Stimme klang gebrochen. Ebenso ihre Erscheinung. Das blonde Haar wirkte matt und nicht so sonnengolden wie sonst. Sie trug kein Kleid, sondern eine Hose? Ein Wunder, dass sie überhaupt eine besaß. Auffallend war, dass sie schwarze Kleidung anhatte. Das war nicht ihr Stil.

»Lange nicht gesehen«, grüßte Quentin knapp. Im gleichen Atemzug überlegte er sich einen Fluchtplan. Einfach rückwärts weg? Oder einen Umweg an den Weingummiregalen vorbei? Für Small Talk hatte er keine Kraft.

»Allerdings«, entgegnete sie und stierte in den Einkaufswagen. »Wie geht es dir?« Ihr Gesicht wirkte krampfhaft versteinert.

»Okay«, schnaubte Quentin. »Den Umständen entsprechend.«

»Hattest du Stress mit der Polizei?« Sie hob den Blick, nur kurz. Offensichtlich konnte sie ihm nicht in die Augen sehen. »Sie haben uns befragt.«

»Ja.« Er lehnte seine Arme auf dem Einkaufswagen ab. »Es kommt ein Schreiben.«

Elouise nickte stumm. Ihre Augen verharrten auf einzelnen Produkten, die neben ihnen in einem Regal standen. Kekse, Schokoladenröllchen, Waffeln. »Und ... gehst du zu Cedrics Beerdigung?«

Ein dumpfes Pulsieren breitete sich in Quentins Kopf aus. Er verdrängte die Wahrheit. Dass Cedric tot war, hat er gelesen, aber es noch nie jemanden sagen hören. Das fühlte sich grausam an. *Beerdigung* im Zusammenhang mit jemand Gleichaltrigem war eine unfaire Kombination. »Weiß nicht«, raunte er.

»Die halbe Stadt wird da sein«, murmelte Elouise. »Es geht immerhin um Cedric. Weißt du, wie viele Follower er auf Instagram hatte?«

Die Worte rauschten wie ein unangenehmer Herbstregen über Quentin herein. Konnte man den Wert einer Beerdigung anhand von Followern berechnen? Er fokussierte den Blick auf eine Reistüte in seinem Einkaufswagen. Kam es am Ende eines Lebens überhaupt auf so etwas an?

»Weißt du, wann er beerdigt wird?«

»Nächsten Freitag.« Elouise sah ihm in die Augen. »Ich weiß, dass es ihm viel bedeuten würde, wenn du da wärst. Uns ist es auch wichtig. Wir machen uns Sorgen um dich. Gwen hat Gewissensbisse und Spencer dreht langsam durch. Wir brauchen dich. Du bist der Ruhepol in unserer Gruppe.«

»Warum dreht Spencer durch?«

»Er will nicht glauben, dass Magie das Erdbeben ausgelöst hat. Er ist besessen davon, herauszufinden, wer dahintersteckt.«

Typisch. Quentin kannte Spencer von allen am längsten. Wenn er sich in etwas reinsteigerte, dann musste man handeln. Es gab keine Grenzen in den Weiten seiner Fantasie.

Einmal hatte er die Katze von jemandem entführt und sie so lange behalten, bis Zettel aufgetaucht waren, auf denen das geliebte Haustier gesucht wurde. Er hatte sie zurückgebracht und sich den Finderlohn geholt, weil seine Eltern ihm das Taschengeld für einen Monat gestrichen hatten. Quentin hatte ihn davon überzeugt, den Finderlohn an ein Tierheim zu spenden, und Spencer hatte es tatsächlich getan.

Vielleicht konnte er ihn auch diesmal umstimmen.

»Ich überlege es mir.« Er schenkte Elouise ein warmes Lächeln. Sie erwiderte es. »Ich würde mich freuen.« Ein kurzer Blick galt seinen Einkäufen. »Du kochst für jemanden, stimmt's?« Ihre Augen funkelten verheißungsvoll. »Für den Typen mit den Rollschuhen?«

Quentin atmete ein, um etwas zu entgegnen. Er starrte ihre Lippen an und schluckte die Überraschung, die ihm in die Kehle kroch, runter. Elouise war ein Rätsel. Sie schien immerzu desinteressiert zu sein und bekam trotzdem alles mit.

»Woher weißt du ...?«

Sie zuckte mit den Schultern und deutete zu den Kassen. »Hast du noch einen Moment?« Nur langsam kehrte die gewohnte Wärme in ihre Mimik zurück. »Wir teilen uns eine Zigarette?«

»Du weißt doch, dass ich nicht rauche.« Quentin bewegte den Wagen auf die Kassen zu, um ihr zu folgen. »Aber ein bisschen Zeit habe ich.«

Sie bezahlten ihre Einkäufe und ließen sich vor dem Geschäft auf einer Mauer nieder, die den Parkplatz vom Gehweg trennte. Quentin betrachtete Pauls Auto, welches er sich geliehen hatte. Im Schein der Sonne glänzte der dunkelblaue Lack. Die Unterseite war von den matschigen Wegen rund um das Bauernhaus mit Schmutz besprenkelt. Ob er in die Waschstraße fahren sollte? Sein Vater würde sich freuen.

Elouise steckte eine Zigarette zwischen ihre Lippen und zündete sie an. Eigentlich rauchte sie nicht. Zumindest nicht oft. Gelegentlich, wenn sie Bier trank, auf Partys im Freundeskreis. Sie pustete den ersten Qualmschwall zur Seite und blinzelte Quentin entschuldigend entgegen. »Wenn es dich stört, rauche ich später.«

Er winkte ab. Warum auch immer, offensichtlich brauchte sie das im Moment. »Wie geht es dir?«

Ein Seufzen leitete ihre Antwort ein. »Beschissen.« Ihre Stimme klang rau. Sie betrachtete die Asche an der Zigarettenspitze für einen Moment. »Ich war seitdem nicht beim Ballett, auf der Arbeit bin ich krank gemeldet. Und obwohl ich jetzt Zeit hätte, finde ich keinen Zeitpunkt, mir die Haare nachfärben zu lassen.« Sie deutete auf den dunklen Ansatz, der sichtbar wurde. »Die Zeit ist stehen geblieben und trotzdem rast sie vorbei.«

Quentin brummte zustimmend. Das war eine treffende Beschreibung. Er senkte den Blick auf seine Hände. *Seitdem* drehte die Welt sich anders.

Cedrics Tod.

Das Erdbeben.

Dieser Tag hatte die Realität in eine falsche Bahn verrückt. Während das wahre Leben woanders stattfand, bewegten sie sich ziellos auf einem stillgelegten Gleis daran vorbei. Wenn sie das Ende erreichten ... wartete dann ein Abhang auf sie? »Meinst du, das wird aufhören?« Er räusperte sich. »Dieses Gefühl, meine ich.«

»Keine Ahnung.« Sie zog an der Zigarette und ließ einen Augenblick im Schweigen vergehen. Ihre Augen schweiften über den Parkplatz, auf dem sich Menschen tummelten. Sie packten Tüten in Kofferräume oder schoben Einkaufswagen zu den kleinen Häuschen, die ein wenig an Gewächshäuser erinnerten. Im Anbetracht der Frühsommerhitze schien die Hektik unpassend. Man schwitzte schon im Sitzen. Warum bewegten sich die Leute so eilig? Elouise pustete den Qualm langsam aus. »Ich hoffe, dass es nach der Beerdigung leichter wird.«

Eine wegwerfende Armbewegung leitete einen Themenwechsel ein. »Eigentlich wollte ich mit dir über dein Date reden.« Ihre Stimme klang plötzlich fröhlich. Aber nicht auf die gewohnte Art. Irgendwie hörte sich die Fröhlichkeit aufgesetzt an. »Du bist dabei, dich zu verlieben, oder?«

Verlieben klang überzogen. Quentin schüttelte den Kopf. Das war eher als Schwärmerei zu bezeichnen, wenn überhaupt. Er kannte Mads kaum einen Monat. »Wir verstehen uns einfach.« Das war als Beschreibung wiederum zu vage. Wenn Mads in seiner

Nähe war, fühlte er sich frei. So schwerelos wie damals, als er auf einer Waldlichtung gelegen und sich den Sternenhimmel angesehen hatte.

Sorgenfrei.

Ein kleiner Teil von ihm wünschte sich, dass etwas Ernstes aus ihrer gemeinsamen Zeit entstand, aber damit wollte er es nicht überstürzen. Mads erschien ihm zu wertvoll, um voreilig eine Bindung mit ihm einzugehen. Das würde er Elouise natürlich nicht sagen.

Offenbar war das nicht nötig, denn ihre Mimik verzog sich verstehend. »Schon klar.« Sie drückte die Zigarette auf der Mauer aus. »Ich habe dich schon oft so erlebt, wenn es mit Spencer mal wieder ernster wurde.« Sie blinzelte nachdenklich. »Aber ... diesmal scheint das irgendwie anders zu sein.«

»Ach ja?« Quentin lehnte sich auf seine Arme zurück und hob den Blick zum Himmel. Die Gefühle, die er Spencer gegenüber hegte, zählten nicht. Sie waren beste Freunde. Manchmal führten sie ungezwungene Beziehungsphasen, in denen sie miteinander schliefen. Ihre Anziehung war körperlicher Natur, aber ihre Seelen kooperierten nicht.

»Mads ist einfach inspirierend.« Seine Wangen wurden warm. Kam das von der Sonne, oder von innen heraus? Er lachte verlegen. »In seiner Gegenwart ist alles unkompliziert.«

Elouise lächelte. »Das freut mich. Ehrlich.« Sie streckte die Hand aus, um den Zigarettenstummel schwebend zu einem Mülleimer zu befördern. Die Grundnuance von Petrichor mischte sich bei ihrem Magienutzen mit einem puderigen Duft, der die Säure beinahe auszugleichen schien. »Wo wohnst du eigentlich zur Zeit? Nicht etwa bei ihm, oder?« Zuletzt klang ihre Stimme verheißungsvoll. Ihr Lächeln wurde zu einem neugierigen Grinsen.

Quentin winkte ab. »Bei meinem Vater«, sagte er kleinlaut. »Da hab ich mehr Ruhe.« Er wischte sich eine Gänsehaut von den Armen, die durch das magnetische Surren entstanden war. Oder war sie aufgetreten, weil er sich für seine Lebenslage schämte? Keiner seiner Freunde wohnte noch bei seinen Eltern.

»Ah«, machte Elouise nachdenklich und legte die Hände in ihren Schoß. »Dein Leben hängt irgendwie immer in der Schwebe, oder?«

Quentin zog die Augenbrauen zusammen. »Wie meinst du das?«

Sie zuckte mit den Schultern. »Na, du wohnst nicht wirklich bei deiner Mutter, aber auch nicht bei deinem Vater. Ein eigenes Zuhause hast du nicht. Dann führst du nie wirklich eine Beziehung, hast keinen Job, keine Ziele. Irgendwie erinnerst du mich an einen verlorenen Ballon, der irgendwo herumschwebt.«

Quentin lachte. »Ein Ballon? Der *irgendwo* herumschwebt?« Er schüttelte den Kopf. »Wo nimmst du immer diese Vergleiche her?«

Sie grinste. »Gute Frage.« Während sie aufstand, ließ sie ihren Blick über ihn schweifen. »Ist ja auch egal. ich hoffe, dass du mit Mads glücklich wirst. Vielleicht kannst du bei ihm endlich Wurzeln schlagen.« Sie tippte auf ihre goldene Armbanduhr. Diese ordnete sich dem restlichen Schmuck passend unter. Ein entschuldigendes Lächeln ging ihrer Verabschiedung voraus. »Gleich fängt der Kochstream von JunipersFood an, ich möchte live mitkochen.«

Quentin nickte amüsiert. JunipersFood war ein Youtube-Channel, von dem Elouise ständig schwärmte. »Lass dich nicht aufhalten.« Er verweilte auf der Mauer. »Es war schön, mit dir zu reden.«

»Fand ich auch.«

Während sie zu ihrem Auto lief, sah er ihr nach. Von all seinen Freunden hatte er zu Elouise den wenigsten Kontakt. Nach Gesprächen wie diesen fragte er sich, wieso das so war. Eigentlich war sie eine wirklich gute Freundin.

Bei seinem Vater angekommen, musste Quentin zweimal zwischen dem Auto und dem Bauernhaus hin- und herlaufen, weil er zu viel gekauft hatte, um es auf einmal zu transportieren. Alles, was ihm lecker vorkam und was ohne Zucker oder für Diabetiker geeignet war. Im Prinzip hatte er völlig übertrieben. So viel würden sie an diesem Abend nicht essen. Und wenn sie es doch täten, würde Mads trotz der zuckerarmen Auswahl überzuckern.

»Wie viele Leute hast du eingeladen?«, fragte Paul amüsiert, während er beobachtete, wie sein Sohn die dritte und vierte Tüte in die Küche trug. Zwei weitere schwebten hinter ihm her. »Ich dachte, es kommt nur ein Freund.« Neben dem bärtigen Mann saß Dorie und ließ sich den Kopf tätscheln.

Quentin stellte die Tüten auf der Arbeitsfläche ab und widmete seinem Vater einen vielsagenden Blick. »Es kommt nicht irgendein Freund. Vielleicht ist das endlich *der* Freund. Wer weiß? Ich habe bei ihm ein gutes Gefühl.«

»So?« Pauls Gesicht hellte sich auf. Er trat näher und nahm eine Chipstüte in die Hand. Es war die Light-Version einer bekannten Marke. »Und dieser potenzielle Freund ist wohl auf Diät?«

»Diabetiker«, korrigierte Quentin und sortierte Nahrungsmittel in den Kühlschrank. »Ich war mir nicht sicher, was ich kaufen soll.«

»Und da hast du einfach alles gekauft?« Sein Vater lachte. »Meinst du nicht, das kommt protzig rüber?«

Quentin runzelte die Stirn. Darüber hatte er nicht nachgedacht. »Ich wollte ihm eine Auswahl bieten.«

»Was wirst du kochen?«

»Risotto«, erklärte Quentin und suchte das Rezept heraus, welches er im Internet gefunden hatte. »Mit Kürbis.« Er seufzte. »Muss ich auf irgendwas achten? Wegen des Diabetes?«

Paul runzelte die Stirn. »Am besten sagst du ihm, wie viele Kohlenhydrate sich in etwa in einer Portion befinden.« Er suchte in der Einkaufstüte nach dem Reis, um die Inhaltsangaben zu prüfen. »Damit er ausrechnen kann, wie viel Insulin er braucht.«

»Habt ihr Diabetiker auf der Arbeit?« Quentin suchte eine Pfanne heraus, um sie auf eine Herdplatte zu stellen.

»Immer wieder mal«, antwortete sein Vater und stellte die Reistüte neben den Herd. Er rieb sich am Kinn, wodurch sein graumelierter Bart ein kratziges Geräusch erzeugte. »Wenn ich dir helfen soll, dann fahre ich später los.« Es war der erste Tag, an dem er wieder arbeiten ging. Paul hatte Spätdienst und das war perfekt, denn so konnte Quentin seinen neuen Freund in ein leeres Haus einladen.

»Nein, ich komme zurecht.« Quentin hielt inne, um seinen Vater anzusehen. »Aber vielleicht quetsche ich dich demnächst über Diabetes aus. Ich weiß so gut wie nichts darüber.« Er nahm ein Paar Getränkeflaschen aus der letzten Tüte, um sie in den Kühlschrank zu stellen. »Ist Cola Light überhaupt geeignet? Ich habe vorsichtshalber auch Tee gekauft. Keine Ahnung, was er gerne trinkt. Und geht Wein überhaupt?«

Paul grinste, bevor er auf all die Fragen einging. »Du meinst es wirklich ernst mit ihm, oder? Ich bin fast geneigt, heute doch nicht zu arbeiten, um ihn kennenzulernen.« Er zwinkerte. »Übrigens ist Cola in keiner Form für irgendeine gesunde Ernährung geeignet.«

»Also verschweige ich lieber, dass ich welche gekauft habe«, murmelte Quentin und zerknüllte die Einkaufstüten, um sie in eine

Schublade zu stopfen. Seine Gedanken spulten den Abend ab. Hatte er alles berücksichtigt?

»Und den Wein gibt es sowieso zum Essen. Wenn er den nicht mag, merke ich das schon.« Er redete in einer gedämpften Stimmlage, während er sich mit katzenartigen Schritten durch die Küche bewegte. Sein Blick verharrte suchend auf einzelnen Gegenständen. Pfanne? Auf dem Herd. Kühlschrank? Alles drin. Arbeitsfläche? Voll mit Krümeln. Er nahm einen Lappen aus der Spüle, um sie abzuwischen.

Sein Vater beobachtete ihn, bis sich ein mildes Lächeln auf seinen Lippen niederlegte. »Ich bin froh, dass es dir besser geht.« Damit verabschiedete er sich zur Arbeit. Dorie folgte ihm mit wedelndem Schwanz. Die junge Therapiehündin nahm er immer zum Spätdienst mit.

»So eine Wohngegend hätte ich dir gar nicht zugetraut.« Mads schaute sich mit großen Augen im Eingangsbereich des Bauernhauses um. Die Grundlagen des Gebäudes waren in ihrer traditionellen Form verblieben. Überall, wo es aus Sicherheitsgründen nötig war, fügten sich moderne Elemente in die Einrichtung ein. Die Stufen zu den oberen Etagen bestanden aus glänzendem Holz und die Böden waren mit Parkett belegt.

Quentin stand mit verschränkten Armen im Türrahmen zum Wohnbereich und beobachtete, wie sein Gast sich umsah. Er erwischte sich dabei, wie er dessen Kleidung einzuschätzen versuchte. War das eine bestimmte Marke? Der Pullover stand ihm gut. Er hatte einen leichten Rollkragen und die Ärmel waren bis zu seinen Ellbogen hochgeschoben. Die Hose würde er sicher nicht zum Skaten anziehen. Und seine Schuhe? Quentin grinste. Er hatte die bestellt, die er selbst besaß. »Bereust du den Kauf?«

»Hm?« Mads löste sich von einer Fotocollage, die über einer Kommode neben der Tür hing. Darauf waren Bilder von Quentins Vater aus dessen Jugend zu sehen. Damals, mit langen Haaren und einem durchweg schwarzen Bart, hatte er wie ein Rocker ausgesehen. Die Familienbilder befanden sich alle im Schlafzimmer. Zum Glück.

»Die Schuhe. Du hast sie tatsächlich bestellt.«

Mads senkte den Blick und grinste verlegen. »Ja, die sind echt bequem. Allerdings haben sie mich 'nen halben Monatslohn gekostet.«

Wie viel war wohl sein halber Monatslohn? »Wo arbeitest du?« Quentin stieß sich vom Türrahmen ab und führte den Lockenkopf in den Wohnbereich des Hauses.

»In einem Spielzeugladen«, antwortete Mads und warf neugierige Blicke um sich. »Als Verkäufer. Manchmal leite ich Spieleabende.«

Quentin stutzte. Mit dieser Antwort hatte er nicht gerechnet. Konnte man in einem Spielzeugladen überhaupt genug Geld verdienen? Der Internethandel dominierte den Markt. Ob er deshalb manchmal so mitgenommen wirkte, weil sein Beruf am seidenen Faden hing?

»Ich studiere nebenbei«, ergänzte Mads und blieb vor einem Hundebett stehen. Sein Gesicht hellte sich auf und die Stimme wurde euphorisch. »Du hast einen Hund?«

»Mein Vater hat einen Hund«, erklärte Quentin und überflog den Esstisch. Hatte er ihn zu ausladend gedeckt? Auf Tischdeko hatte er verzichtet, um keinen übertriebenen Eindruck zu übermitteln. Aber es lagen Servietten auf den Tellern. War das zu viel?

Irgendwie schämte er sich. »Eine Hündin«, korrigierte er seine Aussage. »Sie heißt Dorie.«

»Dann ist das hier das Haus von deinem Vater?« Mads ließ von Dories Hundebett ab und folgte ihm zum Esstisch. »Wohnst du etwa hier?«

»Manchmal hier, manchmal in der Stadt. Meine Eltern leben getrennt.«

»Hast du keine eigene Wohnung?« Er klang überrascht. Mads war wohl noch keinem 25-jährigen begegnet, der bei seinen Eltern lebte. Aber was sollte Quentin entgegnen? Dass er keinen Grund darin sah, sich eine eigene Bleibe zu suchen? Seine Eltern hatten alles, was er brauchte, und es machte keinem von ihnen etwas aus, ihn bei sich wohnen zu lassen.

»Das ist nicht unüblich in meinen Kreisen.« Als ihm auffiel, wie merkwürdig das klang, räusperte Quentin sich. »Was studierst du?«

Mads nahm am Tisch Platz. Über seinem Gesicht schwebte ein nachdenklicher Schleier. »Entrepreneurship. Also quasi Unternehmensgründung.« Er hob die Serviette vom Teller und faltete sie auseinander, um das Muster zu begutachten. »Das Studium bringe ich wohl nicht zu Ende.«

»Warum?« Quentin setzte sich und beobachtete ihn für einen Moment. Das gebräunte Gesicht wirkte freundlich, mit markanten Konturen, aber einer weichen Mimik. Wenn er lächelte, wirkte das aufrichtig. Doch es gab Augenblicke, in denen der innere Frieden ins Wanken geriet. Dann zuckten seine Pupillen nervös zum nächstbesten Gegenstand und seine Mundwinkel erstarrten. Für Sekundenbruchteile schien er immer wieder verunsichert. Als wolle sich ein verletzliches Wesen aus seinem Inneren kämpfen. Er unterdrückte es mit einem herzlichen Lächeln.

»Als ich damit angefangen habe, wollte ich eine eigene Rollschuhbahn eröffnen. Mit einem Café und einer Arcade-Game-Ecke. So achtzigermäßig, weißt du? Aber mittlerweile klingt dieser Traum albern.«

»Finde ich nicht.« Eine Arcade-Game-Ecke? Spontan hatte Quentin Lust, sich mit seinem neuen Freund in einer Runde Pac-Man zu messen. »Das passt gut zu dir. Eine eigene Rollschuhbahn? Du könntest dort so viel fahren, wie du willst, egal wie das Wetter ist. Das wäre auch ein guter Ort, um andere zu unterrichten, oder?«

»Hm.« Mads Augen huschten suchend durch die Einrichtung. Er biss sich auf die Lippe und knibbelte an der Serviette. »Was gibt es zu essen?«

»Oh, stimmt, du musst das wissen«, murmelte Quentin und stand auf, um in die Küchenzeile zu eilen. Warum auch immer. Er blieb stehen und runzelte die Stirn. Eigentlich hätte er sitzen bleiben können. »Um auszurechnen, wie viel Insulin du brauchst, oder? Ich hätte dir vorher eine Liste schicken sollen.«

Mads musterte ihn amüsiert. »Nein, so streng nehm ich das nicht.« Er winkte ab. »Ich spritze einfach hinterher und gleiche das dann aus. Bleib ruhig sitzen.«

Quentin nickte. Sitzen bleiben. Das klang logisch. Aber dann würde er sich eingestehen, dass er vor Verlegenheit aufgestanden war. Er ging zum Kühlschrank, um eine Wasserflasche zu holen. Dann wirkte es, als wäre er mit Absicht aufgestanden. Er stellte die Flasche auf den Tisch und setzte sich wieder.

»Gibt es Qualitätsunterschiede? Bei den Rollschuhmarken, meine ich.« War das eine passende Frage, um von der eigenen Verlegenheit abzulenken? Nein. Aber nun, da er sie gestellt hatte, setzte er einen neugierigen Blick auf.

»Aber hallo«, leitete Mads ein. »Es gibt professionelle Marken, die Modelle für Turniere herstellen. Ich fand es immer schade, dass es die nur in schwarz oder weiß gab. Am liebsten wollte ich orangefarbene Rollschuhe haben, aber die gab es nur von Marken, die für Meisterschaften nicht zugelassen gewesen wären. Einmal habe ich mir orangefarbene Rollschuhe, einfach so zum Spaß, zu Weihnachten gewünscht, aber das wäre mein zwölftes Paar gewesen und die Dinger sind teuer.« Er lachte. »Meine Eltern hatten das Geld nicht übrig. Ähm, ich meine ... das *Christkind* hatte es nicht übrig.«

»Das Christkind«, wiederholte Quentin amüsiert. Diesen Begriff hatte er ewig nicht mehr gehört. Alle, die er kannte, wurden vom Weihnachtsmann beschenkt. »Und warum kaufst du sie dir jetzt nicht?«

Mads winkte ab. »Ich habe mehr als genug Paare.«

»Aber kein orangefarbenes.«

»Jetzt brauche ich sie nicht mehr.«

»Ein weiteres kann nicht schaden.«

Mads lächelte gezwungen. Irgendetwas schien er ergänzen zu wollen, aber als Quentin den Arm ausstreckte, um aus der Küche eine Flasche Wein zum Esstisch schweben zu lassen, hielt er inne. Er runzelte die Stirn und schnaubte. »Wie oft nutzt du die Magie?«

Quentin zuckte zusammen und fing die Flasche aus der Luft auf. »Nicht so oft?« Dass es nach einer Lüge klang, konnte er selbst heraushören, also winkte er ab. »Es ist normal für mich.« In Momenten wie diesen beeinflusste er sein Handeln nicht.

»Hast du dich schon einmal damit auseinandergesetzt, wie das funktioniert?« Mads lehnte sich vor. »Du entziehst deiner Umgebung die arbeitenden Atome und bringst das Gleichgewicht der Dinge durcheinander.« Er deutete auf die Flasche. »Und das nur, um eine Flasche schweben zu lassen?«

Quentin musste diese Anmerkung sacken lassen. Aus seinem Mund klangen Jeans Worte, ganz sicher. Ob sie ihm eingetrichtert hatte, ihren Aktivismus mit in das Date hineinzunehmen? Oder lag es Mads wirklich am Herzen, die Umwelt zu schützen? Danach sah er nicht aus. Es musste Jeans Einfluss sein.

»Ich bin damit geboren«, erklärte Quentin nüchtern. »Das hier gehört zu mir, wie das Laufen, Atmen und Kauen.«

»Aber die aufgezählten Dinge schaden niemandem.« Mads nestelte an der Serviette, die sich zwischen seinen Händen befand. »Kannst du nicht verstehen, warum wir uns Sorgen um den Planeten machen?«

Quentin schluckte. Er hatte keine Lust, sich zu streiten. Aber dieses Thema war sensibel. Da würden sie nie auf einen Nenner kommen. Diese Gemeinsamkeit fehlte ihnen. Nur die anderen konnten seinen tiefen Zwiespalt verstehen. Elouise, Spencer, Gwen und *Cedric*. Sein Magen zog sich zusammen.

»Ich wurde lange Zeit für diese Fähigkeit gelobt. Ich war sogar auf einer speziellen Schule, um sie besser zu kontrollieren. Die Menschen haben uns Wunderkinder gefeiert und uns Sachen geschenkt, nur um uns zu zeigen, wie besonders wir sind.« Er lachte genervt. »Auf einmal sind wir der schlimmste Fluch, den dieser Planet jemals erlebt hat. Nur weil die Wissenschaft neue Erkenntnisse ans Licht brachte.«

Mads öffnete den Mund, sagte aber nichts. Seine Augen verrieten, dass er ihn verstehen wollte. Aber der Rest seines Gesichtes strahlte Ablehnung aus.

Quentin rümpfte die Nase. »Du hast keine Vorstellung davon, wie es ist, etwas aufzugeben, was einem viel bedeutet.«

»Ach nein?« Zorn zuckte durch die grünen Polarlichtaugen.

Mads reckte das Kinn. »Und du hast keine Ahnung, wie es ist, wenn ... wenn ... ja, wenn einem keiner zuhört!«

»Du kannst ja richtig laut werden.« Quentin blinzelte, seine Atmung stockte.

»Wenn man mir einen Grund gibt, kann ich das, ja.«

»Habe ich was Falsches gesagt?«

»Nein«, antwortete Mads schroff und wich Quentins Blick aus. »Ich ... hab mich kurz vergessen. Es tut mir leid.« Ein gequältes Lächeln huschte über seine Lippen. »Wir gehen diesem Thema lieber aus dem Weg. Vielleicht pendeln sich unsere Meinungen eines Tages ein.«

Das hoffte Quentin auch. Er quittierte die Aussage mit einem Kopfnicken und servierte das Essen. Ohne Magie. Auch wenn es unnötig war, dafür aufzustehen.

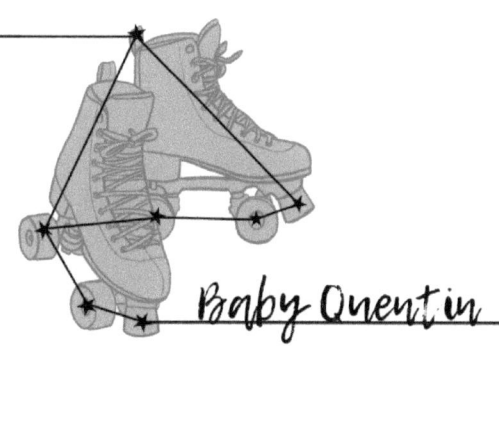

Baby Quentin

9

Cedrics Beerdigung erinnerte an ein Festival. Seine Eltern hatten so viele Leute eingeladen, dass es beinahe lächerlich erschien. Dazu gesellten sich die Menschen aus dem Internet. Die meisten hatten mit Sicherheit keine enge Bindung zu ihm gepflegt. Aber sie waren gekommen, um Cedric zu verabschieden. Den gefallenen Magier, der seinen Einfluss über das Internet zu erweitern wusste. Der Influencer, der sich alles hatte bezahlen lassen. Der Freund, der sich nur einen Spaß hatte erlauben wollen, indem er ein paar Demonstranten aufmischte.

Quentin stand abseits des Trubels und beobachtete einige der Gäste argwöhnisch. Sie redeten über Cedric, als hätten sie täglich Zeit mit ihm verbracht. Als hätten sie ihn wirklich gekannt. Im Prinzip hat er sie über Internetvideos in seinen Alltag eingebunden. Das hat ihnen das Gefühl übermittelt, ein Teil seines Lebens zu sein. Aber sie kannten nur die polierte Fassade von ihm. Den wohlhabenden Typen, der gütig zu anderen war – aber nur, wenn er die Gutmütigkeit in seiner Instastory teilen konnte, für das

Image. Es hat den Followern immer gefallen, wenn er Tierheime besucht oder Obdachlosen Geld hingelegt hat.

In Wirklichkeit war Cedric ein ruheloser Typ gewesen. Ein unzufriedener Mensch, der sich nirgendwohin zu flüchten gewusst hatte. Seine Eltern hatten ihm alles verziehen und ihm damit die Gelegenheit zum Rebellieren verwehrt. War es nicht wichtig, sich gegen seine Eltern aufzulehnen? Wenn es auch nur im Kleinen geschah. Nur dann konnte man herausfinden, wer man wirklich war. Cedric hatte diese Gelegenheit nie bekommen.

»Hey«, grüßte Spencer und stellte sich mit verschränkten Armen neben Quentin. An diesem Tag sah er ungewöhnlich blass aus. Er trug schwarze Klamotten und seine Haare waren nicht frisch gefärbt. Der Rotton wirkte dadurch fahl und untermalte die Mattheit seines Gesichtes. Seine Augen strahlten dafür umso mehr. Eine Iris schimmerte bei bestimmtem Lichteinfall eher grün, die andere blau. Seinem besten Freund widmete er ein halbmüdes Lächeln. »Lange nicht gesehen.«

Quentin nickte. Er begutachtete Spencers Hose mit zusammengezogenen Augenbrauen. Es war eine schwarze Jeanshose. Er sah ihn seit Ewigkeiten zum ersten Mal ohne schlabberige Yoga-Hose. Dass seine Beine so lang waren, wirkte surreal, aber es stand ihm gut. »Ist kein guter Anlass, um sich wiederzusehen«, entgegnete er. »Wie geht's?«

»Scheiße, wie sonst?« Spencer rümpfte die Nase. »Du fehlst uns echt. Das war ein beschissener Zeitpunkt, um unterzutauchen.«

»Ich brauchte Zeit für mich.«

»Schon klar.«

Spencer reckte den Hals, um einen Blick über die Menschenmenge hinweg zu werfen. »Hier fehlen nur noch eine Bühne und ein Riesenrad, oder? Dann wäre es das Cedric-ival.«

»Das ist der bescheuertste Name, den ich je gehört habe«, warf Elouise ein und stellte sich zu ihnen. Sie lächelte schief. »Aber du hast recht. Seine Eltern haben echt was aufgefahren.«

»Hattet ihr schon eine Chance, zum Grab zu gehen?«, fragte Quentin und musterte Elouise.

Sie trug auch etwas Schwarzes. Ein figurbetontes Kleid und keine Hose wie beim letzten Mal. Damit sah sie eher nach sich selbst aus.

»Nope«, entgegnete Spencer. »Keine Chance. Seine Jünger haben alles an sich gerissen.«

»Hattet ihr eine Ahnung, dass ihn so viele Leute kennen?« Elouise weitete die Augen. »Meint ihr, dass unsere Beerdigungen auch so aussehen werden?«

»Meine auf jeden Fall«, prahlte Spencer, »aber ich habe keine Lust, das herauszufinden.«

»Du würdest es nicht herausfinden, weil du tot wärst«, schnaubte Elouise.

»Hey Leute«, mischte sich Gwen mit gebrochener Stimme dazwischen. Sie ging mit ihrer dunklen Haarfarbe und der schwarzen Kleidung vor dem Meer der anderen Trauergäste beinahe unter. »Ihr seid ja alle da.« Mit dem letzten Wort blitzten ihre Augen kurzzeitig in Quentins Richtung. Schlich sich ein Lächeln in ihre Mundwinkel?

Sie wandte den Blick schnell wieder ab.

»Ich habe verdrängt, dass es stimmt«, brummte dieser und nahm die Menschenmasse in Augenschein. »Ich kann immer noch nicht begreifen, dass er tot ist.«

»Geht mir genau so«, gab Elouise zu.

»Ich glaube, dass ich den Killern auf der Spur bin«, brachte Spencer nachdenklich ein. »Es waren sicher die Demonstranten.«

»Das hatten wir schon«, seufzte Gwen genervt. »Warum sollten die Demonstranten auf ihrer eigenen Demo ein Erdbeben auslösen? Und wie überhaupt?«

»Habt ihr irgendwelche Anhaltspunkte?«, fragte Quentin überrascht. Er hat wohl einiges verpasst. Sie beschäftigten sich mit der Sache. Ob er sich ihrer Recherche anschließen sollte?

»Noch nicht«, schnaubte Spencer. »Aber es wird herauskommen. Das war deren großer Clou, um uns richtig in die Scheiße zu reiten. Alle Welt hasst uns, weil wir angeblich das Erdbeben ausgelöst haben.«

»Ich habe mit Samuel telefoniert«, sagte Elouise. »Er war auf dem Platz, als es losging. Er sagte, es gab keinen eindeutigen Ausgangspunkt. Das Erdbeben hat einfach angefangen.« Sie senkte die Stimme. »Er war bei Ced, als er gestorben ist.«

Verdammt nochmal, diese Tatsache schmerzte nach wie vor. »Viele Menschen sind gestorben.« Quentin ließ den Blick über die einzelnen Gesichter der Trauergäste schweifen. Bildete er sich das ein, oder ähnelten manche von ihnen den Toten, die er am Tag des Erdbebens gesehen hatte? Er schüttelte sich. Es waren vorwiegend junge Leute da, aber sie stammten aus den verschiedensten Gesellschaftsklassen. »Wisst ihr, ob auch welche von Samuels Freunden unter den Opfern waren?«

»Keine Ahnung«, gab Spencer von sich und lehnte sich gegen einen Baum, der in der Nähe stand. »Meinst du er und seine Leute stecken hinter dem Erdbeben?«

»Ich werde noch einmal mit ihm sprechen.« Elouise pustete eine dünne Haarsträhne aus ihrem Blickfeld. »Quentin, wenn du möchtest, kannst du dich der Sache anschließen.«

»Welcher Sache?« Er verschränkte die Arme und nahm eine abwehrende Körperhaltung ein.

»Wir beweisen, dass Magie nichts mit der Sache zu tun hatte. Dann rächen wir uns an Cedrics Mördern.« Aus Spencers Mund klang dieses Vorhaben nach einer alltäglichen Sache. Als würde er äußern, dass sie sich zum allwöchigen Kaffeeklatsch verabredeten.

Quentin runzelte die Stirn. Sollte er da mitmachen? Das würde nur wieder eskalieren. »Ich überlege es mir.«

Am Abend kehrte Quentin zu seiner Mutter zurück. Sein Auftauchen quittierte sie mit einem Kopfschütteln. Ihre langen blonden Haare trug sie an diesem Tag offen, weshalb sie wallend über ihre Schultern fielen. Sie stand in der Eingangshalle ihrer Villa und beobachtete, wie er eintrat und in Richtung Küche schlurfte. Ganz selbstverständlich, als wäre er nie weg gewesen.

»Hast du eine Ahnung, was mir in den letzten Tagen durch den Kopf ging?« Ihre Stimme klang gereizt. Wie immer. Sie konnte nicht freundlich klingen. Immer nur gereizt. Fast bereute Quentin seinen Entschluss, zurückgekehrt zu sein.

»Ced wurde heute beerdigt.« Er zog seine Schuhe aus und beförderte sie mithilfe von Magie in Richtung Schuhschrank.

Ivys Gesicht entspannte sich. Sie blickte den Schuhen nach, welche hinter einer Klappe verschwanden, die sich von selbst schloss. »Ich freue mich ja, dich zu sehen. Aber warum hast du denn nicht geschrieben, wo du bist? Ich habe alles von deinem Vater erfahren müssen.«

»Dann wusstest du ja Bescheid«, meinte Quentin und zuckte unverständlich mit den Schultern. »Ich brauchte ein paar Tage Ruhe.«

»Und die hättest du hier nicht gehabt?«

Die Antwort darauf sparte er sich. Es war offensichtlich, dass er keine Ruhe hatte, sobald seine Mutter in der Nähe war. Sie strahlte Hektik aus, egal in welcher Lebenslage. Einkaufen war anstrengend mit ihr. Und kochen. Und Streiten. Sogar wenn sie abends zusammen einen Film ansahen, gingen gestresste Schwingungen von ihr aus. Es sei denn, sie war mit ihrem Smartphone beschäftigt, dann war sie ausgeglichen. Aber sie bekam in diesen Momenten nichts von ihrer Umwelt mit. Er konnte dann genau so gut mit einer Tüte Toastbrot seine Zeit verbringen.

»Ich bin morgen bei jemandem essen.« Quentin zwang sich ein Lächeln auf. »Damit du Bescheid weißt. Ich werde den ganzen Abend weg sein.«

Ivy seufzte. Sie umspielte den rosé lackierten Fingernagel an ihrem linken Zeigefinger. »Mit wem?« Ihr Blick wirkte scheinheilig. Sie spitzte die Lippen und ließ ihre Augen über sein Gesicht wandern.

»Ist doch egal mit wem, oder?« Quentin holte sich eine kleine Flasche Orangensaft aus dem Kühlschrank und steuerte die Treppe zu den Schlafzimmern an. »Es ist einfach nur ein Treffen.«

»Natürlich«, hauchte seine Mutter und schaute ihm hinterher. »Warte kurz.« Sie deutete in Richtung Wohnzimmer und atmete auf, als er stehen blieb. »Sie haben gerade in den Nachrichten verkündet, dass es neuerdings ein Medikament gegen Magie gibt.«

Ein Medikament gegen Magie? Quentin blinzelte benommen. Hatte er sie richtig verstanden? Sein Hals fühlte sich mit jedem Atemzug enger an. Warum erzählte sie ihm davon?

»Ja und?« Das klang verunsichert. Innerlich ohrfeigte er sich für seine lasche Aussprache. Er reckte das Kinn und schüttelte abwehrend den Kopf. »Was willst du mir damit sagen?«

»Nur, dass die es langsam ernst meinen.« Sie nahm eine ähnlich herausfordernde Pose ein. »Es wird Maßnahmen geben, die euch den Nutzen der Magie erschweren. Bitte setz dich damit auseinander.«

»'Nen Scheiß werde ich«, schnaubte er und verschwand in seinem Zimmer. Die Enge im Hals wandelte sich zu einem Ziehen, welches sich im Magen niederlegte. Er verdrängte die Sorge, indem er seine Musikanlage einschaltete.

Als er sich auf seinem Bett niederließ, spielte sich, entgegen den Warnungen seiner Mutter, das gewohnte Szenario ab: Der Orangensaftdeckel öffnete sich von selbst und die Flasche goss Saft in ein Glas, ohne dass Quentin einen Finger krümmte. Er musste nur daran denken und das Kribbeln in seinen Fingerspitzen setzte ein. Er zog seinen schwarzen Pullover aus und öffnete den Wandschrank mit einer Handbewegung vom Bett aus. Unter einem magnetischen Surren schwebten der Reihe nach Kleiderbügel heraus und präsentierten verschieden geschnittene Hemden, im Grunde glichen sie einander, denn sie waren alle dunkelgrau oder schwarz. Ob er doch noch mal zu seinem Vater musste, bevor er Mads besuchte? Die meisten Hemden, die er hier hatte, sahen protzig aus. Viele hatte er sich sponsern lassen, um sie im Internet zu präsentieren. Er stutzte bei diesem Gedankengang. Sponsern lassen? Er holte sein Smartphone heraus.

Wie hießen die Rollschuhmarken, von denen Mads geredet hatte, noch mal? Er tippte verschiedene Namen in einer Suchmaschine ein. Seine Augenbrauen wanderten nach oben. Selbst die teuersten Paare waren erschwinglich. Für seine Verhältnisse zumindest. Quentin ließ seinen Laptop auf sich zu schweben und öffnete ein E-Mail-Programm. Zeitgleich suchte er die Kontaktdaten mehrerer Rollschuhhersteller heraus. Auf dem Laptop gab es bereits ein Dokument mit einem vorgefertigten Text. Er ersetzte unzutreffende Wörter und ergänzte manche Stellen, bis eine

Anfrage für gesponserte orangefarbene Rollschuhe zusammen-
kam. Die schickte er einigen Herstellern per E-Mail. Einen Versuch
war es wert.

- ★ -

Als es am nächsten Tag klingelte und seine Mutter zur Treppe
geeilt kam, um Quentin zu sagen, dass er abgeholt wurde, blieb
ihm beinahe das Herz stehen. Wer holte ihn ab? Und wohin? Doch
nicht etwa ...

»Wer ist das?«, rief er und machte keine Anstalten, vom Bett
aufzustehen. Seine Haare trockneten vom Duschen und er hatte
sich noch nicht entschieden, welches Hemd er anziehen sollte.

»Max?« Seine Mutter klang unsicher. Sie sagte irgendetwas
Leises und rief dann: »Nein, Mads!«

Quentin weitete die Augen. Sein Herz schlug ihm gegen den
Brustkorb. Mads war hier. *Hier?* Er sprang auf, riss ein willkür-
liches Hemd von einem der schwebenden Kleiderbügel und nutzte
Magie, um seine Haare im Turboverfahren in Form zu bringen. Für
einen Sekundenbruchteil war sein Kopf von saurem Petrichor
umhüllt. Als er das Zimmer hinter sich ließ, fielen die Kleiderbügel
herunter und hinterließen ein Chaos. Das würde er später beseitigen.

»Hey, oh ... Hey!« Während er die Treppe hinabschritt, fuhr er
sich mit der Hand durch die Haare.

Mads drehte sich um und schenkte Quentin ein Lächeln. Seine
Augen scannten sein Outfit und das Lächeln wurde breiter. »Das
hier passt viel besser zu dir als das andere Haus.«

»Das andere Haus?« Ivy spitzte die Lippen. »War er etwa bei
deinem Vater?«

Quentin winkte ab. Er wandte sich an seinen Freund und eilte die restlichen Stufen herunter. »Ich habe gar nicht damit gerechnet, dass du mich abholst.«

»Das war nicht geplant. Ich war so schnell mit dem Aufräumen fertig, da war noch Zeit für den Park. Aber ich bin heute nicht gut in Form. Also bin ich den Weg gegangen, den du letztens genommen hast. Und das erstbeste Haus war prompt das richtige. Ich habe einfach geklingelt. Ich hoffe, das ist okay.«

»Natürlich ist das okay.« Quentin grinste schief und wandte sich an seine Mutter. »Also, tja ... dann bin ich schon weg. Ich weiß nicht, wie lange ich bleibe.«

Sie betrachtete die beiden nacheinander. Ihre Augenbrauen zogen sich langsam zusammen, aber der Rest ihres Gesichtes hellte sich auf. »Oh ... das heißt also ... du und er ... ihr seid Freunde, ja?« Ihr Blick schwenkte zu Mads herüber.

Dieser runzelte die Stirn und widmete ihr ein irritiertes Lächeln.

»So ähnlich«, erklärte Quentin seufzend. Er umarmte seine Mutter zum Abschied. Das tat er nur, um sie zu besänftigen. Sie würde eine Szene machen. Ganz sicher. Um dieser zu entkommen, eilte er auf die Tür zu. Ein ersticktes Kreischen zwang ihn zum stehen bleiben.

»Heißt das ...« Ivy hielt inne. »Oh, mein Quentin, heißt das etwa, dass du ... bist du etwa -« Ihre Augen weiteten sich.

»Ja, Mama.« Quentin zuckte mit den Schultern. »Ich bin schwul. Das ist keine Neuigkeit, oder?« Sein Blick wurde ernst. Ihre Mimik wies diesen gewissen Schimmer auf. Sie witterte etwas Erzählenswertes. Wenn er nicht entgegenwirkte, dann würde sie sich gleich an ihre Follower wenden. Er trat auf sie zu. »Ich weiß, was dir durch den Kopf geht.« Er schüttelte den Kopf und legte eine Hand auf ihre Schulter. »Bitte tu es nicht.«

Mads blickte mit gerunzelter Stirn zwischen den beiden hin und her. Ein unsicheres Lächeln zuckte in seinem Mundwinkel.

Ivy erwiderte Quentins Blickkontakt mit großen Augen. Ihre Lippen öffneten sich, sie sagte aber nichts. Mit den Spitzen ihrer Finger fuhr sie ihm über die Stirn. Ihr Unterkiefer bebte vor Rührung. »Ich verstehe.«

Quentin nickte und ließ das Haus hinter sich. Er lief schweigend mit Mads zur Garage. Sie würde eine große Sache daraus machen. Das war so sicher wie das Amen in der Kirche. Wenn es Neuigkeiten gab, die das Potenzial zu einer großen Story hatten, dann teilte sie die mit der ganzen Welt.

Sollte er noch einmal umkehren und ihr verdeutlichen, wie wichtig es ihm war, dass sie damit nicht an die Öffentlichkeit ging? Das würde wahrscheinlich nichts bringen. Erfahrungsgemäß ignorierte sie derartige Bitten.

Als sie in Quentins Wagen saßen, begutachtete Mads diesen ausgiebig. Er strich mit den Fingerkuppen über das Armaturenbrett und betrachtete sich im Rückspiegel. Ob er zum ersten Mal in einem Neuwagen saß? Normalerweise belächelten Quentins Freunde seinen schwarzen Toyota, weil sie größere Marken bevorzugten, aber in der Welt des optimistischen Lockenkopfes spielten solche Themen offensichtlich keine Rolle. Er begutachtete alles so fasziniert, als würde er in einem Porsche sitzen.

Quentin drehte den Schlüssel im Schloss und startete den Wagen. Mit geschmeidigen Bewegungen manövrierte er ihn rückwärts aus der Einfahrt und folgte den Anweisungen des Navigationsgerätes. Bloß weg hier!

»Sag mal.« Nach einer Weile räusperte sich Mads leise und suchte Quentins Blick. »Habe ich eben live miterlebt, wie du dich vor deiner Mutter geoutet hast?«

Quentin zuckte mit den Schultern und lugte kurz zur Seite. »Sieht ganz so aus.« Er blinzelte.

Es verging ein Moment im Schweigen. Die Häuser des Neubaugebietes zogen an ihnen vorüber. Frisch gestrichene Fassaden mit glänzenden Regenrohren. Vorgärten mit jungen Grashalmen, die noch nicht die ganze Fläche der Wiese eingenommen hatten. Sie passierten den Park, die Innenstadt und landeten in einem älteren Vorort. Dort lebten Familien, die schon seit Generationen in der Stadt waren. Viele Häuser wurden an Kinder und Kindeskinder weitervererbt und die meisten zogen nicht aus, weil Erinnerungen in allen Räumen vorherrschten.

»Warum wusste sie das nicht?« Mads warf Quentin einen schüchternen Blick zu. »Ich meine ... ich dachte, deine Mutter und du ... ihr wärt so vertraut miteinander?«

Quentin schüttelte den Kopf. Natürlich war er vertraut mit seiner Mutter. Sie hatten jahrelang engen Kontakt gepflegt. Aber die Zeiten haben sich geändert.

»Ich bin mir sicher, dass ich dir gleich präsentieren kann, warum ich meiner Mutter bisher nicht den Gefallen getan habe, mich offiziell zu outen.«

Sie landeten in einer ruhigen Wohngegend, nahe der Universität. Quentin parkte seinen schwarzen Toyota in der letzten Parklücke und folgte seinem neuen Freund zu dessen Wohnungstür. Dieser drehte sich einige Male zu ihm um. Ob er merkte, dass das Gespräch mit seiner Mutter ihn beschäftigte?

Wenn er es tat, dann ließ er sich davon nichts anmerken. Summend überspielte er die Nervosität, auf die seine zitternden Hände hindeuteten, während er die Tür aufschloss. Eine Studentenwohnung, die passte gut zu Mads. Er hatte sogar das Glück, eine frisch sanierte im Erdgeschoss zu bewohnen. Man konnte noch die Wandfarbe riechen sowie den markant holzigen Eigengeruch von frisch aufgebauten Pressspanmöbeln.

Als sie im Wohnzimmer auf der hellgrauen Couch saßen, zückte Quentin sein Smartphone. Er öffnete Instagram und suchte den Usernamen seiner Mutter. Tatsächlich hatte sie etwas hochgeladen. Er verdrehte die Augen. Blieb nur zu hoffen, dass es nichts mit dem vorangegangenen Gespräch zu tun hatte. Alles, bloß das nicht. Er startete das Video und seufzte beim Anblick der regenbogenfarbenen Brosche, die an ihrer Bluse klemmte. Wo hatte sie die plötzlich her?

Mads setzte sich neben Quentin und schmiegte sich an seine Schulter, um einen Blick auf das Display zu werfen. »Sie sieht hübsch aus«, kommentierte er.

»Hm«, machte Quentin und hörte zu, wie seine Mutter mit gerührter Stimme und tränenbenetzten Augen berichtete, dass ihr Sohn neuerdings homosexuell sei. Ihre Pupillen waren von einem leuchtenden Kranz umringt. Sie hatte einen Weichzeichner über dem Gesicht und saß in ihrem Videozimmer. Dort herrschte immer Ordnung. Und nur dort hatte sie das perfekte Licht. Während sie redete, klang ihre Stimme höher als sonst und sie betonte einige Silben, als würde sie mit einer Gruppe von Vorschulkindern reden.

»Hallo ihr Lieben! Ich muss euch unbedingt etwas erzählen. Heute ist so ein wundervoller Tag, ich sage es euch. Mein Sohn, ihr wisst schon, Baby Quentin, erinnert ihr euch an ihn? Ach ... Er war so lange nicht mehr in den Storys vertreten. Na, jedenfalls kam er heute auf mich zu, in vertrauensvoller Atmosphäre, um mir etwas zu beichten. Mir kommen schon wieder die Tränen, wenn ich darüber nachdenke. Mein kleiner Prinz hat mir heute

erzählt, dass er homosexuell ist. Und wisst ihr, wie stolz ich auf ihn bin? Er kann immer mit allen Anliegen zu mir kommen und das ist ihm natürlich klar. Ich liebe ihn, so wie er ist. Hörst du, Schatz, falls du das siehst? Ich habe dich sehr lieb und bin stolz auf dich.«

Das Video endete und es folgten Bilder von Regenbögen mit Zitaten und Sprüchen. *Love is Love, Be proud of your son* und *Liebe kennt keinen Hass.* Im Hintergrund untermalte Lady Gaga die Bilder mit *Born this way.* Quentin schloss die App, als ein Meer von Benachrichtigungen heranrollte. Er verzog leidend das Gesicht. »Das ist schlimmer, als ich erwartet habe.«

Mads starrte das dunkle Display entgeistert an. Er zischte durch die Zähne und warf seinem Freund einen mitfühlenden Blick zu. »Hat sie das wirklich getan?«

»Ich muss mit ihr reden.«

»Warum hat sie dich *Baby Quentin* genannt?«

Sollte er die ganze Geschichte seines Lebens auf den Tisch hauen? Quentin musterte Mads' Gesicht. Würde er damit die Stimmung ruinieren?

»Das ist mir zu peinlich.« Er deutete ein verzweifeltes Grinsen an. »Du würdest danach im Internet suchen und alles sehen, was längst eingemottet gehört.«

»Ich kann einfach danach googeln, oder?« Mads hob die Augenbrauen und grinste verheißungsvoll. Er präsentierte drohend sein Smartphone. Warum musste er so neugierig sein?

»So wurde ich in dieser Fernsehshow genannt«, erklärte Quentin augenrollend und schaute sich suchend im Wohnzimmer um. Es gab hier keinen Esstisch, also schlussfolgerte er, dass sie in der Küche essen würden. Oder gab es ein Esszimmer? Vielleicht konnte er elegant das Thema wechseln? »Wo essen wir?«

»Es gibt eine Fernsehshow mit dir?« Die Polarlichtaugen wurden groß. »Kann man die noch irgendwo sehen?«

»Es gab eine«, brummte Quentin. »Meine Mutter wollte unbedingt berühmt werden, deshalb hat sie unser Familienleben offengelegt.« Er winkte ab.

»Ach du Scheibenkleister«, fluchte Mads. Ob das das schlimmste Wort war, das er kannte? Scheibenkleister? »Dann hat sie euch vor die Kamera geschleift?«

Sie verlagerten das Gespräch in die Küche. Dort hakte Mads weiter nach, während er einen Topf heraussuchte.

»Sie jagt immer irgendwelchen Träumen hinterher. Als sie berühmt werden wollte, war sie so besessen davon, dass sie nicht gemerkt hat, wie genervt mein Vater war. Jede Familienkrise wurde gesendet. Meine ersten Schritte, mein erstes Wort, alles.«

»Welches war dein erstes Wort?«

»Nein.«

Mads grinste. »Haben sich deine Eltern deshalb getrennt?«

Quentin nickte. »Mein Vater hatte keine Lust auf diesen Trubel. Er ist aufs Land gezogen.« Er beobachtete, wie sein Freund sich an den Herd stellte, einen Topf aus einer Schublade kramte und Wasser eingoss. Ratlos kippte er ein paar Nudeln hinein. Er bereitete offensichtlich selten welche zu, denn das Wasser kochte nicht.

»Ich habe diesen Scheiß eine ganze Weile mitgemacht. Weil es sich gut angefühlt hat, von allen Leuten geliebt zu werden. Jeder wollte ein Autogramm von mir, oder ein Selfie. Ich sollte andauernd etwas zaubern oder die Lieblingszitate aus der Show aufsagen.« Er verstummte und senkte den Blick auf die Tischplatte. Sie sah abgenutzt aus. Ob das ein beabsichtigter Stil war? Vermutlich war der Tisch einfach nur alt. Die ganze Wohnung war zweckmäßig eingerichtet. In einigen Ecken standen Kartons. Ob Mads erst seit Kurzem hier lebte?

»Ich verstehe«, murmelte Mads und rührte in dem Topf, worin das Wasser immer noch nicht kochte. Er bereitete doch wohl nicht zum ersten Mal Nudeln zu?

»Und dann wurde die Sache mit der Magie bekannt, oder? Also, ich meine ... dass sie schädlich ist.«

Quentin nickte. »Meine Mutter hat sich gewandelt. Weil Magie plötzlich verpönt war und sie weiterhin auf der Welle des Erfolgs mitschwimmen wollte. Sie hält mir ständig Vorträge.« Er knibbelte an seinen Fingernägeln. »Dabei war es ihre Entscheidung, mir dieses AURA-Gen einpflanzen zu lassen. Es war ihr Drang nach Geltung, der mich zu ihrem Wunderkind gemacht hat.« Er schnaubte leise. »Zu ihrem Freak, wie es mittlerweile aussieht. Auf einmal zählt alles, worauf mein Leben aufgebaut wurde, nicht mehr.« Als ihm auffiel, wie sehr er sich in Rage redete, weitete Quentin die Augen. Er sah entschuldigend in Mads' Richtung und traf auf ein mitfühlend verzogenes Gesicht.

»Danke, dass du mir das anvertraut hast.« Seine Stimme klang heiser. »Ich glaube, dass ich dich jetzt besser verstehe.« Ein Lächeln verirrte sich auf seine Lippen.

Quentin nickte stumm. Die Worte, die er zuletzt geäußert hatte, surrten noch in seinen Ohren. So bewusst hatte er sich nie mit dem Thema befasst. War das der Grund, aus dem er sich manchmal so verloren fühlte?

Mads räusperte sich und nickte zum Topf herunter. »Die Nudeln sehen voll matschig aus. Kannst du das vielleicht retten?«

Quentin grinste schief und stand auf, um ihm beim Kochen zur Hand zu gehen. Er streute Salz in das Wasser und drehte die Herdplatte heißer. »Du kochst wirklich nicht oft«, kommentierte er spitz.

Mads hob die Schultern und blinzelte schuldbewusst. »Wir können Pizza bestellen.«

»Niemals«, entgegnete Quentin und ließ den Blick über das Glas Fertigsoße gleiten, welches neben der Herdplatte stand. Tomatensoße? Die konnte man fertig kaufen? Er verkniff sich ein Grinsen.

»Sag mal ... weißt du, was mir seit einigen Tagen durch den Kopf schwirrt?« Mads' Stimmlage klang ernst. Er wich dem fragenden Blick aus und biss sich auf die Unterlippe.

»Was denn?«

Mads hob den Kopf. Der Augenkontakt hielt nur kurz an. Seine Stirn legte sich in Falten und er seufzte. »Dieses Erdbeben.« Seine Lider blinzelten und er schüttelte sich. »Warst du da?«

Quentin ließ vom Topf ab, um die Arme zu verschränken. Er vergeudete ein paar Momente im Schweigen. Was sollte er darauf antworten? Anlügen würde er ihn nicht. Aber die Wahrheit war schwere Kost. Zu massiv für die zarten Knospen, aus denen ihre junge Beziehung bestand. Er nickte stumm. Das musste als Antwort genügen.

»Ah«, entgegnete Mads kehlig. »Zum Glück ist dir nichts passiert.«

Quentin nickte erneut. Die Sprachlosigkeit hielt an. Sein Blick hangelte sich über das symmetrische Gesicht und er flehte darum, die richtigen Worte auf einem silbernen Tablett präsentiert zu bekommen. Stattdessen breitete sich ein flächiges Rauschen in seinem Kopf aus.

»Magst du Tomatensoße?«, fragte Mads, als wolle er das Thema wechseln. Seine Stimmlage änderte sich im Silbenverlauf, zum

Ende hin klang er heller. Er lächelte unbeholfen. »Ich esse die andauernd.« Er deutete zu dem Glas neben der Herdplatte. »Die schmeckt super.«

Quentins Gedanken klammerten noch am vorigen Thema. Er würde für den Rest des Abends Wehmut mit sich tragen. Auf die Tomatensoße einzugehen fühlte sich an, als würde er jemanden belügen, um seine Gefühle zu schonen. *Danke für das tolle Geschenk, liebe Oma, bauchfreie Strickrollkragenpullover sind genau mein Ding!* Er schüttelte sich. »Ich habe mit dem Erdbeben nichts zu tun.«

Mads zuckte zusammen. Er ließ von dem Glas ab, um seinen Freund anzusehen. Seine Pupillen sprangen von links nach rechts und dann zu Boden. »Okay.«

»Glaubst du mir?«

»Na klar.«

Quentin seufzte. Er glaubte ihm kein einziges Wort. In diesem Moment hing ihre Beziehung am seidenen Faden. »Ich mag Tomatensoße«, raunte er und griff nach dem Glas, um dessen Inhalt in einen kleinen Topf zu kippen.

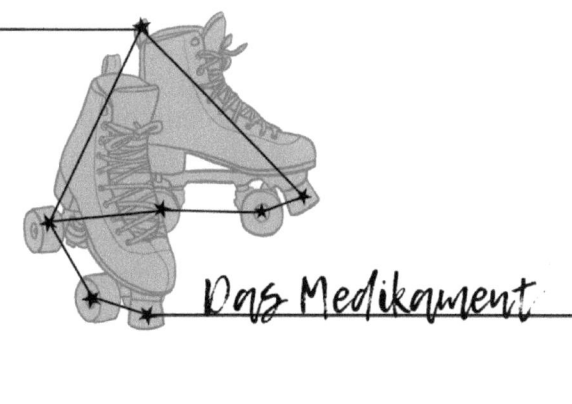

Das Medikament

10

»Habt ihr die Sache mit diesem Medikament mitbekommen?«
Elouise kratzte über ihre türkis lackierten Fingernägel, während
ihre Pupillen unruhig über die Gesichter ihrer Freunde hüpften.

»Hör bloß mit dieser Scheiße auf.« Spencer saß im Schneidersitz auf einer Tischtennisplatte und hielt ein beschriebenes Blatt
Papier vor sich. Seine Augen warfen tiefe Schatten. Sicher hat er
nächtelang über Formeln und Programmierungen gebrütet. Sein
Studium zu vernachlässigen kam ihm nur selten in den Sinn. Er
trug wieder ein Yoga-Outfit, in welchem sich das Phönix-Rot seiner
frisch gefärbten Haare wiederfand. Sein Gesicht sah markant aus,
als wäre er in den vergangenen Tagen um Monate gealtert. Er
redete verbissen, wenn es um den Umgang mit der Magie ging. Das
Medikament war ein Thema, das ihn binnen Sekunden zum
Kochen brachte. »Wenn ich noch einmal *Medikament* oder *Verbot*
höre, flippe ich aus.«

»Denkt ihr, sie werden es durchbringen?« Quentin saß neben
Elouise auf einer Parkbank. Die Aufarbeitung des Erdbebens ver-

schlechterte ihre Lage im Stundentakt. Politiker diskutierten über Verbote. Mediziner über Operationen. Es wurden Eingriffe vorgeschlagen, um den Kontakt zum magie-beeinflussenden Zentrum im Gehirn der Betroffenen zu unterbrechen. Sie brauchten einander, mehr denn je. In ihrem kleinen Kreis hatten Spencer, Elouise, Gwen und Quentin das Gefühl, an ihrer gewohnten Normalität festhalten zu können.

Gwen hockte auf einer Mauer und kritzelte in einem Skizzenblock herum. Sie beteiligte sich passiv an dem Gespräch, indem sie ab und zu mit dem Kopf nickte.

»Sie sind längst dabei«, knurrte Spencer und malte von der Tischtennisplatte aus, mit seinen Gedanken, einen Kreis in den sandigen Schulhofboden. Sein Finger war ausgestreckt und die Distanz zwischen Platte und Boden schien durch einen unsichtbaren Stock erweitert zu werden. Mit jeder Bewegung wurde der Kreis im Sand sichtbarer. Der rauchig-saure Geruch seiner Magie gewann an Intensität, während das magnetische Surren seiner Stimmung entsprechend aggressiver wurde. »Sie werden uns dieses Medikament reinzwingen, weil sie bereuen, uns erschaffen zu haben.« Er bewegte den Finger diagonal durch die Luft, um ein Kreuz durch den Kreis zu ziehen. Sand wirbelte auf und der Magnetismus brachte die Haut auf den Unterarmen zum Knistern. »Aber wenn sie versuchen, mir das wegzunehmen, mache ich sie kalt!«

Quentin rieb sich über die Arme. Wenn Spencer seine Gedanken auf diese Weise äußerte, triefte seine Stimme vor Drastik. Er klang kompromisslos und setzte durch seine Mimik einen Punkt hinter jede Aussage. Jahrelang hatte er seinen Wahnsinn hinter Cedric versteckt. Seine grausamen Fantasien waren über ihn durch eine Art Filter gelaufen. Der inoffizielle Anführer hat es immer fertig gebracht, Spencers Vorstellungen so umzuformulieren, dass sie harmlos klangen und für jeden verständlich waren. Aber Cedric gab es nicht mehr.

Die Vorstellung, dass der Rotschopf einen Killer-Roboter entwerfen würde, um sich und seine Magie zu schützen, erschien irgendwie plausibel. Der Gedanke entlockte Quentin ein müdes Schmunzeln.

Er machte eine beschwichtigende Handbewegung. »Die können uns nicht zwingen, irgendetwas einzunehmen.«

»Das glaubst du doch selbst nicht«, höhnte Spencer und streckte seine Hand aus, um das Gebilde am Boden durch einen Luftstoß unkenntlich zu machen. Noch einmal brandete das knisternde Gefühl auf und übertrug seine Wut spürbar auf die anderen. »Ich erinnere dich an deine Aussage, wenn sie irgendwelche Tabletten in deinen Rachen zwängen.«

»Das ist gegen das Grundgesetz«, warf Gwen ein und löste sich von ihrer Zeichnung.

Elouise nickte zustimmend. »Sie werden höchstens ein paar neue Gesetze einführen, um uns den Nutzen der Magie zu erschweren. So was dauert Ewigkeiten.«

Spencer schnalzte ablehnend. »So was dauert nur dann Ewigkeiten, wenn niemand Druck ausübt. Das Erdbeben ist nach Wochen immer noch Topthema, die Leute wollen die Magie loswerden, egal wie. Dieses Medikament haben die nicht zufällig ausgerechnet jetzt entdeckt.« Seine Augen hefteten wie besessen auf dem Papier in seiner Hand. »Die ganze Aktion haben sie geplant. Das Erdbeben wurde mit Absicht heraufbeschworen, damit sie jetzt diese Pillen auf den Markt werfen können.«

»Hör bloß mit diesem Verschwörungskram auf«, kritisierte Gwen. »Wir warten, bis sich die Lage beruhigt hat.«

»Wenn wir uns jetzt nicht vorbereiten, dann sind sie uns bald haushoch überlegen«, zischte Spencer gereizt. »Das hat nichts mit Verschwörungen zu tun.«

»Ah ja?« Gwen hob den Blick von ihrem Zeichenblock. »Ich habe noch keine nachvollziehbare Erklärung gefunden, wie man ein Erdbeben mit Absicht auslösen kann.«

»Es gibt Maschinen, die Erdbeben simulieren können. Die befinden sich unter der Erde. Überraschung: Dort sieht man sie nicht.«

»Und warum sollte man Menschen absichtlich in Gefahr bringen?«

»Das macht die Sache ja so perfide«, schnaubte Spencer. »Sie konnten ihren Plan perfekt durchführen und die Leute gegen uns aufbringen. In ihrer Wut glauben alle, dass wir an der Katastrophe schuld sind.«

»Weil wir es sind«, nuschelte Elouise und fuhr sich mit der Hand durch die frisch blondierten Haarlängen. Sie trug ein mintfarbenes Kleid mit goldenen Applikationen. Damit sah sie sich selbst wieder ähnlicher. »Meint ihr, dass jemand mit Absicht die Erde manipuliert hat?« Sie nahm eine aufrechte Sitzposition ein. »Nicht mit Maschinen, sondern mit Magie, meine ich. Ich habe an diesem Tag einige gesehen, die damit abgefahrene Dinge gemacht haben. Vielleicht gibt es magisch Begabte, die ihre Kräfte für solche Anschläge trainiert haben.«

Spencer verstummte. Diese Option hatte er scheinbar nicht berücksichtigt. »Warum sollten sie mit solchen Anschlägen ihre eigene Existenz aufs Spiel setzen?«

Elouise zuckte mit den Schultern. »Keine Ahnung. Samuel hat vielleicht Infos zu Magiern, die ihre Kräfte spezialisiert haben.«

»Samuel«, seufzte Spencer und umfasste seine Füße, während er das Kinn gen Himmel reckte. »Du wolltest ihn eh noch mal anrufen, oder?« Mit der Hand fuhr er über seine Stirn.

Ein Funkeln trat in seine Augen und er brachte ein schiefes Grinsen zustande. »Dieses Drama bereitet mir Kopfschmerzen. Ich brauche kurz ein anderes Thema.« Er sah in Quentins Richtung. »Ich habe die Story deiner Ma gesehen. Hast du ihr echt unter vier Augen erzählt, dass du schwul bist? Einfach so? Oder ... gibt es etwa jemanden?« Zuletzt brach seine Stimme, was er mit einem Räuspern überspielte.

Quentin zuckte mit den Schultern. Was sollte er darauf antworten? Jeder wusste über seine Sexualität Bescheid. Dass seine Mutter eine Show draus machte, war unnötig. Ihre Geltungssucht stürzte immer mehr Ebenen ihres Haussegens in die Tiefe. Im Grunde war sie eine einsame Person, die nichts anderes hatte, als die Bestätigung durch fremde Interaktionen im Internet. Sie tat ihm leid, auch wenn er von ihrem Verhalten genervt war.

»Ich muss mich darum kümmern«, brummte er als Antwort auf Spencers Frage. Er dachte an Mads, mit seinen wilden Locken, dem Duft nach fruchtigem Marzipan. Die unergründlichen Polarlichtaugen und das Lachen, das wie eine warme Frühlingsbrise in den Ohren lag. In seiner Magengegend wallte ein wohliges Gefühl auf. Er schüttelte sich und sah Spencer in die Augen. Gebrochene Eifersucht schwappte zu ihm herüber und er brachte es nicht übers Herz, ehrlich zu sein. »Es gibt niemanden.«

Am nächsten Morgen bereitete Quentin ein Frühstück für sich und seine Mutter vor. Es war Ewigkeiten her, dass er sich einen Wecker gestellt hatte, um vor ihr wach zu sein. Durch den Nutzen von Magie war der Tisch, der sich zwei Räume neben der Küche im Esszimmer befand, schnell gedeckt. Er hielt frische Brötchen im Backofen warm und briet Rührei in der Pfanne. Mit einer Tasse Kaffee ging er zum Schlafzimmer hoch, um seine Mutter zu wecken.

Als er vor ihr stand und neben dem Bett ihr Smartphone liegen sah, spielte er mit dem Gedanken, es außer Sichtweite zu befördern. Zumindest für eine Weile. Er biss sich auf die Unterlippe. Sollte er das tun? Er stellte die Tasse ab und konzentrierte sich auf das Gerät, um es schwebend vom Nachttisch zu entfernen. Erst als es unter dem Bett lag und das magnetische Surren der Magie sich gelegt hatte, setzte er sich zu ihr. »Guten Morgen.«

Die Bettdecke raschelte. Ein Gähnen folgte, dann streckte Ivy sich. Als ihr Gesicht aus dem Bettzeug lugte, zierte ein überraschtes Lächeln ihre Lippen. Ihre Erscheinung wirkte fremd. Obwohl er sie jeden Tag sah, hatte Quentin keine Ahnung, wie sie wirklich aussah. Seine Mutter war immer geschminkt oder hinter weichzeichnenden Filtern versteckt. In diesem Moment nicht. Ein seltsamer Augenblick. Irgendwie schön. Sie wirkte nahbarer, wenn sie so natürlich aussah. »Oh, guten Morgen«, gähnte sie und ließ die Augen über ihren Sohn wandern. »Du bist ja schon putzmunter.«

Er lächelte vertrauensselig. »Wie wär's mit einem Tag zu zweit?«

»Wir beide?« Sie weitete die Augen. »Das kam dir einfach so in den Sinn?« Sie setzte sich auf und warf einen Blick zum Nachttisch. Dort stand eine Salzkristall-Lampe und ein auf altmodisch getrimmter Glockenwecker. Ihre Augenbrauen zogen sich zusammen. »Also ... na gut.« Ihr Blick streifte die Kaffeetasse und sie lächelte gerührt.

Beim Frühstück erzählte Quentin von Cedrics Beerdigung und er berichtete, wie viel ihm die Treffen mit Mads bedeuten. Er hätte nur von ihm erzählen können. Von dem schusselig faszinierenden Rollschuhläufer, dessen Augen ihm aus dieser Welt zu fliehen verhalfen. Sein Magen flatterte und er begann wie von selbst zu grinsen. Dieses Gefühl wurde mit jedem Treffen intensiver. Es bahnte sich etwas an, was Elouise wohl *verlieben* nannte.

»Hach, das ist schön«, säuselte Ivy und griff nach einer Gurkenscheibe. Ihr Blick schweifte zum Fenster. Ihre Mimik ließ erahnen, dass Ideen durch ihren Kopf tanzten. »Sag mal.« Ihre Stimmlage wurde leise und rau. Sie war im Begriff, eine Frage zu stellen. Und sie schien zu wissen, dass es eine unangebrachte war. Aber sie hörte nicht auf zu reden. »Wäre es nicht schön, wenn wir zusammen ein Video machen?« Sie sah Quentin intensiv an. Ihre Wangen strahlten rosig und ihre Augen wurden größer. »Nach meiner Story gestern habe ich so viele Nachrichten bekommen, das war überwältigend. Hast du sie gesehen?«

Quentin seufzte. Musste sie das jetzt schon ansprechen? Er legte den Löffel ab, den er zum Joghurtessen in der Hand hielt und schüttelte den Kopf. »Darüber wollte ich mit dir reden.« Beinahe tat es ihm leid, dass er ihr eine Abfuhr erteilte, aber so konnte es nicht weitergehen. »Es war beschissen, dass du die Sache publik gemacht hast. Was interessiert es deine Follower, was ich in meinem Leben tue?«

Ivy blinzelte irritiert.

Erwartungsgemäß hatte sie für diesen Einwand kein Verständnis. »Heißt das du bist sauer auf mich?« Sie legte die angebissene Gurkenscheibe auf ihren Teller. »Obwohl ich so positiv mit der ganzen Sache umgegangen bin?«

Er atmete durch. »Natürlich bin ich sauer. Ich habe dir oft gesagt, dass ich nicht vor irgendwelche Kameras geschleift werden möchte.«

»Hm.« Sie rümpfte die Nase. »Aber das ist doch heutzutage normal. Es kamen wirklich nur nette Reaktionen. Die Leute lieben es, wenn ich über dich rede. Manchmal fragen sie, warum du auf deiner Seite nicht aktiver bist. Beantworte doch ein paar Nachrichten.«

Quentin rieb sich die Nasenwurzel. Das zielte am Thema vorbei. Sie begriff nicht, worauf er hinauswollte. Hatte sie wirklich kein Verständnis für ihn?

»Ich meine ein kleines Video. Das können wir vorbereiten, mit einer guten Kamera. Dann ziehen wir die Sache rührend auf. Weißt du, wie das durch die Decke gehen würde?« Sie lächelte euphorisch. »Wir spielen eine Unterhaltung nach, in der es um deine Homosexualität geht, und dann gebe ich dir Tipps für dein Date mit Mads. Ich kann ihn verlinken. Er würde sich bestimmt freuen, wenn er einen Follower-Boost bekommt, meinst du nicht?«

»Halte ihn bloß da raus!«, zischte Quentin und sah seiner Mutter direkt in die Augen. In ihm brodelte es. »Sieh mich an.« Er holte tief Luft und senkte die Stimme, redete langsamer. Wort für Wort ging ihm deutlich über die Lippen. »Er-wäh-ne Mads niemals in dei-nen Vi-de-os. Lass ihn da raus. Verstanden?«

Erst als sie die Schultern sinken ließ, atmete er auf. »Also gut ... dann machen wir ein anderes Video. Vielleicht ein allgemeineres?«

»Mama, wieso?« Quentin musterte sie von oben bis unten. Warum war ihr das so wichtig? Wichtiger als seine Meinung? Warum war es ihr damals wichtiger gewesen als die Beziehung zu ihrem Mann? Quentin erinnerte sich an eine Zeit, in der Ivy sich aus der Öffentlichkeit zurückgezogen hatte. Ihnen zuliebe. Das war eine grausame Phase gewesen, denn sie hatte sich in Selbstzweifeln verloren. Sie brauchte Aufmerksamkeit, die ihr weder sein

Vater noch er selbst geben konnten. Wie eine Rose, die nur dann strahlende Blüten präsentierte, wenn die Sonne sie ununterbrochen in ihren Schein hüllte. »Können wir nicht eine ganz normale Familie sein?«

Ein Hauch von Schmerz zuckte über ihre Mimik. Sie setzte zum Sprechen an, winkte aber ab.

»Bitte«, flüsterte Quentin.

Ohne noch etwas zu sagen, stand sie auf und nahm ein paar Teile vom Tisch, um sie in die Küche zu räumen.

Quentin verharrte im Esszimmer und starrte seinen halb gegessenen Joghurt an. War sie jetzt eingeschnappt? Hatte sie wieder einmal die Tatsachen verdreht? Und er war in der Verantwortung, sich zu entschuldigen? Er zuckte zusammen, als sie einen Brief auf den Tisch warf.

»Der ist von der Polizei. Hat vermutlich mit der Demo zu tun.« Sie redete monoton. »Wenn du eine normale Familie verlangst, dann verhalte dich gefälligst auch entsprechend.« Sie nahm weitere Teile vom Tisch und verschwand endgültig in der Küche. Sie schloss die Tür von innen und drehte das Radio auf.

Quentin hätte am liebsten geschrien. Sie hatte doch ein magisches Kind gewollt! Er schnaubte.

 Langsam zog er den Briefumschlag vom Tisch und überflog die Zeilen.

Vorladung als Beschuldigter.

Ihm wurde vorgeworfen, für den Zusammenbruch des Rathauses verantwortlich zu sein. Weil er die Wand manipuliert hatte? Seine Mimik versteinerte. Quentin ballte die schweißnasse Hand zu einer Faust und zerknüllte dabei das Papier. Die Opfer, die sich im Inneren des Gebäudes befunden hatten, wurden ihm zugeschrieben. Sie hielten ihn für einen Mörder? In seinem Hals kribbelte es. Bevor ihn Panik überrollen konnte, zog er sein Smartphone aus der Tasche und erhob sich mit mechanischen Bewegungen vom Tisch. Während er das Haus verließ, telefonierte er mit seinem Vater. Wohl oder übel musste er seinen Anwalt kontaktieren.

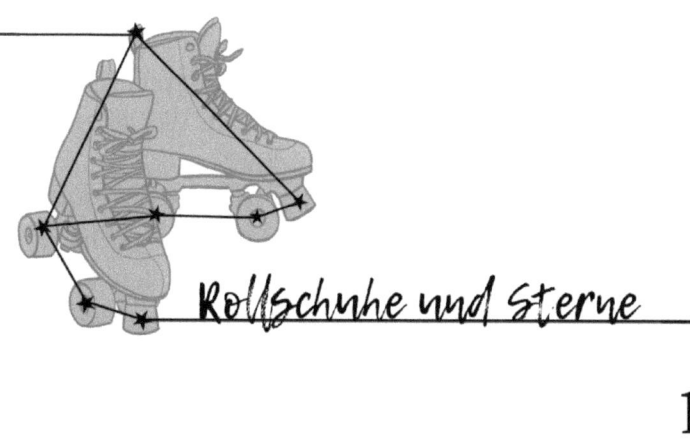

Rollschuhe und Sterne

11

»Ich habe Akteneinsicht beantragt«, erklärte der Anwalt und klang dabei wie ein Versicherungsvertreter, der einem klarmachen wollte, dass man eine Hundeversicherung brauchte, obwohl man keinen Hund besaß.

Seine Zähne waren blendend weiß, eine optische Verschönerung, die man sich leisten konnte, wenn man als Anwalt nur reiche Menschen betreute. Er saß auf der Couch in Pauls modernisierten Bauernhaus und hielt eine Kaffeetasse in der Hand. »Die Sache ist schneller vom Tisch, als wir Kühlschrankmagnet sagen können.«

»Kühlschrankmagnet«, sagte Quentin.

Ein Blickwechsel folgte. Wie ein Duell im Wilden Westen. Zwei Augenpaare. Stille. Dann ein überhebliches Grinsen. Mit dem Humor des Anwalts war nicht viel anzufangen. Seine wahre Persönlichkeit versteckte sich unter unzähligen Schichten. Was war er für ein Mensch? Weinte er bei Filmen, wenn Hunde starben? Besuchte er seine Mutter im Altersheim? Bedeutete ihm die Marke seines Anzuges etwas oder hatte er ihn gekauft, weil ihm die Farbe gefiel? Für all solche Fragen war er ein geschlossenes Buch. Dadurch war er vermutlich ein guter Anwalt. War es nicht von Vorteil, wenn man nicht zu durchschauen war?

Er lachte trocken über Quentins Äußerung. »Du musst dich für eine Weile von solchen Dingen fernhalten. Meide die nächsten Demos und nimm Abstand von einsturzgefährdeten Gebäuden, dann wird sich kein Verdacht bestätigen. Sie ermitteln gerade in alle möglichen Richtungen, das ist nicht unüblich in solchen Fällen.«

Quentin schnaubte. »Also muss ich der Vorladung nicht folgen?« Zwischen ihnen lag das halbzerknüllte Schreiben der Polizei auf dem Wohnzimmertisch. Das Datum verströmte eine unheilvolle Wirkung. Es schien zu pulsieren und füllte Quentins Kopf mit Leere. Er hat noch nie bei der Polizei gesessen. Schon gar nicht als Beschuldigter.

»Nein, nein, nein«, äußerte der Anwalt ausschweifend. »Keine Sorge, ich kümmere mich um die Formalitäten. Du musst nur darauf achten, wie du dich in der Öffentlichkeit verhältst. Dieses Magiezeugs wird immer kritischer betrachtet. Halte dich damit zurück.« Er zwinkerte ihm zu. »Und wenn die Promimagazine über Neuigkeiten berichten wollen, sag beim nächsten Mal lieber ab.«

Quentin runzelte die Stirn. Die Magie wurde kritischer betrachtet? Warum redete inzwischen jeder darüber? Konnten sie das Thema nicht einfach ruhen lassen? Und was war das mit dem Promimagazin? Wie meinte er das? Er sah seinen Vater an, welcher den Blick zu Boden senkte.

»Geht es um Mamas Video?«

»Es wurde in einigen Promisendungen ausgestrahlt.« Paul verzog entschuldigend das Gesicht. »Das machen die doch sofort, wenn spannende Neuigkeiten bei diesen Plattformen geteilt werden.«

»Ach so'n Scheiß«, stöhnte Quentin und warf sich in den Sessel zurück. Das erklärte immerhin die schiere Explosion seines Instagram-Accounts. Er hat die App gelöscht, weil sich sein Smartphone vor lauter Anfragen und Reaktionen immer wieder aufgehängt hatte. »Kann ich nicht einfach meine Ruhe haben?«

»Hast du mit deiner Mutter darüber geredet?« Aus der Frage war zu entnehmen, dass sein Vater die Antwort längst erahnte. »Sie war nicht einsichtig, oder?«

»Natürlich nicht.« Quentin winkte ab und wandte sich an den Anwalt. »Aber das gehört hier nicht hin. Vielen Dank für die Hilfe. Ich werde mich unauffällig verhalten.«

Erst nachdem der Anwalt sich verabschiedet hatte, gingen sie noch einmal auf Ivy ein. Es war nicht das erste Mal, dass Vater und Sohn darüber diskutierten. Aber es war das erste Mal, dass Quentin sich traute, ihr Verhalten offensiv zu kritisieren. »Sie braucht Hilfe. Keine Ahnung, was diese Scheinwelt mit ihr veranstaltet, aber sie verliert sich darin. Warum versteht sie das einfach nicht?«

Paul seufzte. »Ich habe oft versucht, sie von einer Therapie zu überzeugen. Damit sie sich selbst akzeptiert und nicht die Bestätigung von Fremden braucht. Aber sie glaubt nicht an solche Dinge. Sie meint, Psychiater verstünden sowieso nicht, wie sie tickt.«

Quentin winkte ab. »In ihrer Welt ist alles in Ordnung, weil sie unter ihrem Verhalten selbst nicht leidet.« Ob sie schon immer mit ihrem Selbstwertgefühl zu kämpfen hatte? Die Illusion von Zufriedenheit war das Einzige, woran sie sich verzweifelt festkrallte. »Wie war sie früher? Bevor es Medien und so'n Scheiß gab?«

»Moment Mal, so alt sind wir auch wieder nicht«, entgegnete sein Vater lachend. »Es gab schon Medien, als wir geboren wurden.«

»Ach ja?« Quentin blinzelte überrascht.

»Erst als Handys zu Smartphones wurden, ist die Sache eskaliert.« Er dachte kurz nach. »Im Grunde war Ivonne immer schon eine zielorientierte Persönlichkeit. Früher hatte sie ein Pferd und war andauernd im Stall. Bei Turnieren hat sie massenweise Trophäen abgeräumt, etwas anderes wäre auch gar nicht infrage gekommen. Du kennst ja deine Oma. Sie hat deine Mutter immer gefördert.«

Quentin runzelte die Stirn. *Gefördert* war gut. Seine Oma hatte seine Mutter wohl eher überfordert.

»Ich habe versucht, ihrem Hobby etwas abzugewinnen, aber ich bin vom Pferd gefallen und habe mir das Bein gebrochen.« Paul lachte. »So was gehört wohl dazu, wenn man sich gegenseitig beeindrucken möchte.«

Quentin grinste. Er dachte an die Rollschuhfahrt ohne Helm. Hatte er Mads da schon beeindrucken wollen? Zu diesem Zeitpunkt hatte er noch kein Interesse an einer Beziehung mit ihm gehabt. Oder hatte er es nur selbst nicht gewusst? Quentin hatte sich von dem Lockenkopf überzeugen lassen, sein Hobby auszuprobieren und es bereut. Ähnlich wie sein Vater. Im Vergleich zum Beinbruch hatte er mit der Gehirnerschütterung mehr Glück gehabt.

Sein vibrierendes Smartphone riss ihn aus den Gedanken.

Mama: Es ist ein Paket für dich gekommen.

Ein Paket? Quentin biss sich von innen auf die Wange. Hatte er was bestellt? Er erwischte sich dabei, wie er danach Ausschau hielt, ob Mads ihm etwas geschrieben hat. Ihre Kommunikation über das Smartphone verlief wechselhaft. Mal schrieben sie ununterbrochen und mal kam von beiden Seiten gar nichts. Wenn sie sich anschwiegen, hatte Quentin das Gefühl, dass etwas nicht stimmte. War Mads sauer? Wollte er irgendetwas ansprechen, was ihm Unbehagen bereitete, und schwieg deshalb lieber? Oder hatte er einfach keine Zeit, weil er im Skatepark war? Die Rollschuhe. Das Paket. Quentin sprang vom Sessel auf und verabschiedete sich von seinem Vater.»Ich muss was erledigen!«

»Oh, also gut«, gab Paul zurück und streichelte Dorie, welche neben ihm auf der Couch lag.»Bis später dann.«

Quentin fuhr zur Villa. Die Rollschuhfirma hat ihm vielleicht geantwortet und er hatte es verpasst, weil er sein Smartphone ignorierte.

Seine Mutter begrüßte ihn mit einem kühlen Kopfnicken. Sie lag auf der Couch und schaute fern. Obwohl sie eher auf ihr Smartphone starrte, während der Fernseher im Hintergrund lief.

Quentin widmete sich dem Paket, prüfte den Absender und grinste, als sich seine Vermutung bestätigte. Während er den Karton öffnete, nahm er eine Sprachnachricht auf, in welcher er Mads fragte, ob er am Abend schon etwas vorhatte.

Die Antwort ließ auf sich warten. Quentin hatte alle Zeit, die Rollschuhe auszupacken und anzuprobieren. Wenn sie ihm passten, dann würden sie auch Mads passen. Die Schuhe rochen ledrig und holzig? Der Geruch war schwer zu beschreiben. Es war wohl der Duft von neuen Rollschuhen. Die Räder waren aus hartem Gummi und ließen sich ohne den Hauch eines Geräusches drehen. Es schien zu schade, mit ihnen auf schmutzigem Asphalt zu fahren. Quentin hielt inne, als eine Antwort kam:

Mads: Ich wollte heute Abend zum Park und hätte dich eh gefragt, ob du auch kommst. Ich muss dir etwas sagen.

Quentin grinste. Na bitte. Der Park war der beste Ort, um ihm das Geschenk zu übergeben. Er würde sich über die Rollschuhe freuen, ganz sicher. Quentin überflog den beigelegten Zettel. Hinweise zu den Postings, die sich der Hersteller vorstellte: Ein Video drehen, aha … Verlinkung nicht vergessen und am besten erwähnen, dass sie eine gute Qualität haben. Er seufzte. Vielleicht würde er das tun. Erfahrungsgemäß eher nicht. Er hastete die Treppe hoch, um sich etwas anderes anzuziehen.

Im Park zog er die Rollschuhe an, um zu üben, bis Mads auftauchte.

L-links … Re-chts … Lin-ks … R-rechts …

Er fühlte sich mit jedem Schritt sicherer. Die Stiefel waren steif und drückten gegen die Knöchel, aber im Grunde konnte er sich nach einigen Minuten passabel auf den Dingern fortbewegen. Ob er so lange herumfahren sollte, bis sein Freund auftauchte? Und wenn er wieder auf den Kopf fallen würde? Er lachte leise. Dann würde Mads ihn ohnmächtig vorfinden und die Überraschung wäre versaut. Oder abgerundet, je nachdem, wie man Überraschungen definierte. Er übte weiter, mit vorsichtigen Schritten. Zwischendurch stoppte er, um sich Videos mit Rollschuhanleitungen anzusehen.

Während er eines anschaute, wurde er unterbrochen. Von einer Stimme, die wie eine warme Frühlingsbrise auf seine Ohren einwirkte. Quentin lächelte und drehte sich um.

Mads stand bei der Tribüne und beobachtete ihn. Seine Augen waren sichelförmig gebogen und er grinste breit. »Du haust mich vom Hocker! Hast du etwa geübt?«

Quentin nickte und rollte auf ihn zu. »Ich habe die für dich besorgt.« Er deutete auf die orangefarbenen Rollschuhe an seinen Füßen.

Mads sagte eine gefühlte Ewigkeit lang gar nichts. Er starrte die Rollschuhe an und verzog langsam das Gesicht. Entgeisterung rauschte über seine Mimik. Als er Quentin ansah, blinzelte er gerührt und sein Unterkiefer bebte. »Warum hast du das gemacht?« Das ging ihm krächzend über die Lippen. War er froh oder entsetzt?

»Ich habe sie nicht bezahlt, falls du dir deshalb Gedanken machst.«

Mads wurde kreidebleich. »Hast ... hast du sie etwa geklaut?« Seine Pupillen sprangen zwischen Quentins Augen hin und her.

»Was?« Er schüttelte sich. »Nein! Ich habe den Hersteller angeschrieben und gefragt, ob er mir welche zukommen lässt.«

»Und das hat er getan?« Sein Freund stellte die Tasche mit seinen Rollschuhen ab und ging in die Hocke, um sich das orangefarbene Paar an Quentins Füßen anzusehen. »Ich weiß gar nicht, was ich sagen soll ... Die sehen toll aus, aber ...« Er verzog leidend das Gesicht, als er aufsah. Seine Augen waren mit Tränen gefüllt. »Ich kann sie nicht annehmen.«

»Natürlich kannst du«, schnaubte Quentin und versuchte, ebenfalls in die Hocke zu gehen. Die Rollen rutschten weg und das Leben zog vor seinem inneren Auge vorbei. Er fing sich am Geländer ab und zog sich wieder hoch. Zu Sicherheit hielt er sich fortan fest. »Ich wäre sogar enttäuscht, wenn du sie nicht annimmst.«

Mads presste die Lippen aufeinander. Er stand auf und schlurfte rückwärts auf die untere Sitzreihe der Tribüne zu, um sich dort niederzulassen. Die Tasche zog er langsam hinter sich her. »Ach Quentin ... Ich habe doch gesagt, dass mir meine Jetzigen ausreichen. Das ist ein tolles Geschenk, aber ... hättest du mir nicht einfach ... keine Ahnung, irgendeinen Ring aus 'nem Kaugummiautomaten mitbringen können, oder so? Ich werde -« Er schüttelte den Kopf und verstummte. Ein gequältes Lächeln verunstaltete sein symmetrisches Gesicht. »Das klingt undankbar. Entschuldige.«

»Dann trag sie zumindest heute, für unser Date«, seufzte Quentin und verließ die Rollbahn, um sich neben Mads zu setzen. »Und ich zieh deine an. Wir fahren zusammen.«

»Date«, wiederholte Mads mit müder Stimme und lächelte. Ein paar Atemzüge vergingen im Schweigen, ehe er nickte. »Also gut.« Mit zögerlichen Bewegungen reichte er seine Tasche an Quentin und nahm im Gegenzug die orangefarbenen Rollschuhe an. Sein Augenmerk verirrte sich kurz in Quentins Gesicht, doch bevor sich der Blickkontakt vertiefen konnte, schlug er die Augen nieder, bis die Spitzen seiner dunklen Wimpern seine rosigen Wangen berührten. Ein leises Stöhnen entfuhr ihm.

Quentin biss sich auf die Unterlippe und unterdrückte so ein verlegenes Grinsen. Date. Er hatte das Wort laut ausgesprochen, oder? Und Mads hatte es nicht von sich gewiesen. Wärme flutete seinen Körper und er streifte voller Vorfreude die schwarzen Rollschuhe seines Freundes über die Füße.

Für eine Weile fuhren sie zusammen. Mads zeigte einfache Tricks und Quentin versuchte, diese nachzumachen. Er fiel öfter auf den Po, die Knie und die Hüfte, als er zählen konnte. Aber immerhin blieb sein Kopf verschont. Zwischendurch legten sie Pausen ein, in denen Mads seinen Blutzucker prüfte und Trinkpäckchen trank oder belegte Knäckebrote aß. Als Diabetiker hatte man wohl immer solchen Kram dabei. Irgendwann stellte er eine Musikbox auf und fuhr alleine, weil Quentin eine Pause brauchte.

Das bot Gelegenheit, ihn zu beobachten. Der Lockenkopf drehte seine Runden über die Skatebahn und war ganz bei sich. Wenn er die Umgebung ausblendete, um sich seinen Bewegungen hinzugeben, dann strahlte er etwas Anmutiges aus. Seine Körperspannung war perfekt. Er drehte sich, sprang für wenige Sekunden in die Luft und landete auf einem Bein. Alles im Rhythmus zur Musik, die aus der Bluetooth-Box schallte. Manchmal hielt er die Augen geschlossen und brachte es trotzdem fertig, nirgendwo gegen zu knallen.

So ging es über Stunden.

Die Lieder wechselten, sowie der Tanzstil, in dem sich Mads bewegte. Er schwebte über den Boden und verlor sich in einem bezaubernden Lächeln. Verdammt, wieso sah das so attraktiv aus? Quentin verlagerte seine Sitzposition und legte ein schwärmendes Grinsen in seine Mundwinkel. »Wirst du nicht langsam müde?«

Mads öffnete die Augen und änderte die Fahrtrichtung, um auf Quentin zuzufahren. Er ließ sich ausrollen und blieb vor der Tribüne stehen. Dabei machte er eine abwinkende Bewegung. »Du musst nicht hierbleiben.« Er lehnte sich gegen die Begrenzungsstange und ließ den Blick über Quentins Gesicht schweifen. Seine funkelnden Augen enthielten Lebensfreude. Rollschuhfahren war etwas, was Mads erfüllte, und das konnte man ihm deutlich ansehen. Sein Körper hob und senkte sich mit jedem tiefen Atemzug, den er vor Erschöpfung tat.

»Bleibst du noch lange?« Quentins Blick zuckte zu seiner Smartwatch, als eine Nachricht im Gruppenchat aufleuchtete. Spencer fragte, wo er blieb. Sie waren am Abend verabredet.

Verdammt, war es schon so spät?

Mads runzelte die Stirn. »Heute bleibe ich sehr lange.« Wehmut rauschte über sein Gesicht. »Vielleicht sogar bis morgen früh, wer weiß.«

»Du willst die Nacht durchskaten?«, Quentin hob die Augenbrauen. In einem Park, in dem er ab und zu auf Typen traf, die ihn verprügeln wollten?

»Ja. Morgen gehts los. Dann werde ich das für eine Weile nicht mehr können. Ich möchte es ausnutzen, so lange es geht.«

Quentin schob den Ärmel über seine Watch, um sie zu verbergen, und lehnte sich zurück, um seinen Freund anzusehen. Er meinte das ernst. Er würde die Nacht im Park verbringen und dachte wahrscheinlich keine Sekunde darüber nach, dass das gefährlich sein könnte. In Gedanken war er ausschließlich mit seinen Skates beschäftigt. »Ich bleibe hier, bis du abhaust.« Das würde er Spence und den anderen schon erklären. Wenn er eine einzige Besprechung verpasste, dann wäre das halb so wild. »Was geht morgen los?« Hatten sie über irgendwas geredet?

Mads zuckte zusammen. Überraschung erfasste seine Augen und ein Lächeln fand sich auf seinen Lippen ein. »Du bleibst bei mir?« Er räusperte sich. »Ich, äh ... morgen fahre ich in den Urlaub. Es ist viel mehr eine Kur.« Seine Pupillen sprangen nervös von links nach rechts. In den Urlaub? Davon hatte er nie was erwähnt. Oder?

»Du fährst morgen weg?« Quentin zog die Augenbrauen zusammen. »Das hast du nie gesagt.«

»Doch?« Mads biss sich auf die Unterlippe. »Ich meine ... hab ich das nicht?«

Quentin schüttelte den Kopf. »Wo geht es hin?«

Ein Zögern folgte. Es war nur kurz, aber dennoch lang genug, um eine Lüge vermuten zu lassen. »Wangerooge. Das ist eine der autofreien Inseln.«

»Aha«, meinte Quentin und räusperte sich leise. Wurde er gerade angelogen? »Und was für eine Kur ist das?«

»Wegen des Diabetes«, erklärte Mads und deutete an die Stelle an seinem Oberarm, wo sich der Sensor befand, an dem er den Blutzuckerwert prüfte. »Alle paar Jahre habe ich eine Kur.« Er winkte ab. »Wir können gerne schreiben. Ich meine ... mein Smartphone hab ich mit. Es kann nur sein, dass ich es nicht immer bei mir habe oder nutzen darf. Entschuldige, dass du es erst jetzt erfährst.«

»Okay«, antwortete Quentin schulterzuckend. Er blinzelte misstrauisch. Irgendetwas war an dieser Sache faul. »Dann treffen wir uns, wenn du wieder zurück bist.«

»Ja«, krächzte sein Freund und lächelte verkrampft. »Das machen wir auf jeden Fall.«

Quentin deutete auf die Rollbahn. »Ich will dich nicht abhalten.«

Mads seufzte. »Danke, dass du hierbleibst.«

»Du bist wie ein Hundewelpe. Ich kann dich unmöglich alleine nachts im Park zurücklassen.«

»Ein Hundewelpe?«, fragte Mads echauffiert und rollte näher an ihn heran. »Wie kommst du denn darauf?«

Quentin lachte. »Keine Ahnung. Irgendwie erinnerst du mich an einen.« Er nickte in Richtung Rollbahn. »Und jetzt tanz dir die Seele aus dem Leib, bevor wir die ganze Nacht verquatschen.«

Mads zögerte. Er schaute auf seine Rollschuhe. Dann in Quentins Gesicht. »Kommst du noch mit?« Er stieß sich von der Stange ab, um rückwärts auf die Bahn zu rollen.

Quentin seufzte. Seine Füße taten weh und er hatte das Gefühl, als wären seine Beine aus Pudding. Sollte er echt noch mal fahren? Seine Smartwatch vibrierte. Oder sollte er doch zu seinen Freunden gehen? Die regten sich bestimmt darüber auf, dass er nicht antwortete. Er schob den Ärmel zurück und las die Vorschau der angezeigten Nachricht. Gwen hatte einen Haufen Fragezeichen verschickt. Wie albern. Das erleichterte seine Entscheidung. Er stand auf, um Mads' Einladung zu folgen.

Als dieser in seine Richtung sah, jubelte er leise und rollte auf ihn zu. Er nahm ihn auf der Bahn in Empfang und umfasste seine Hände. Die Berührung fühlte sich kühl an. Es war bereits dunkel und die Sonne hatte ihre karge Wärme mit sich genommen. »Du hast keine Ahnung, wie viel mir das bedeutet.«

»Dass ich eine weitere Gehirnerschütterung riskiere?« Quentin runzelte die Stirn.

»Dass wir zusammen fahren«, korrigierte Mads. »Danke, dass du bei mir bist.« Seine letzten Worte gingen in einem Hauchen unter. Sie erzeugten einen leichten Gänsehautschauer auf Quentins Armen.

Die ersten Versuche vergingen in frustrierend stockenden Schritten. Quentins Kopf wollte mehr, als seine Beine leisten konnten. »Die Muskeln müssen sich erst daran gewöhnen.« Das hatte Mads ihm mal gesagt. Wenn er seit diesem Tag zumindest ein paar Mal geübt hätte, dann wäre das jetzt ein passables Date. Sie hätten zusammen in romantischer Manier über den Asphalt rollen und die Welt um sich herum vergessen können. Stattdessen mimte sein Date den Lehrer für einen unfähigen Schüler, der nicht mit vollem Herzblut bei der Sache war.

Während er seine Lektionen erklärte, die sich wie ein Mantra wiederholten – »Knie beugen, Kopf nach oben, Rücken gerade« –, zuckten Mads' Augen immer wieder zu Quentins. Und der fühlte sich jedes Mal ertappt, weil er unentwegt Mads' Lippen anstarrte. Wenn er redete, öffneten sie sich nur so weit, wie es unbedingt nötig war. Die Unterlippe war voll und rund, die obere wirkte dagegen schmal. Er hatte ein kleines Muttermal auf der linken

Seite, oberhalb der Lippe. Quentin löste seine Gedanken von den Rollschuhen und kippte den linken Fuß nach vorne, um abzubremsen. Das funktionierte nicht halb so gut, wie er es sich vorgestellt hatte. Die Aktion kostete ihn das Gleichgewicht und er festigte den Griff um Mads' Handgelenke.

Dieser geriet ins Stocken und stieg auf beide Bremsen, um dagegenzuwirken. »Ging das zu schnell?«

Quentin schüttelte den Kopf. »Ich kann mich schwer konzentrieren.«

»Möchtest du es alleine versuchen? Ich kann hinter dir fahren und dich im Notfall auffangen.«

Quentin zögerte. Seine Beine waren unkontrollierbare Gummistelzen. Er hatte keine Kraft mehr, um zu fahren. Aber der Augenblick war so schön. Er verlor sich kurz in den grünen Augen und deutete mit dem Kopf in Richtung Tribüne. »Wie wäre es mit einer Pause?«

Mads schaute zur Tribüne und rümpfte die Nase. Er wollte nicht ernsthaft kontinuierlich Rollschuhlaufen? Seine Beine mussten doch auch langsam wehtun.

Quentin leckte sich über die Lippen. »Und die Sterne ansehen?« Er legte den Kopf in den Nacken, verlor das Gleichgewicht und fiel zuerst auf den Po, dann auf den Rücken. Ob das mit Absicht geschehen war? Vielleicht. Er grinste jedenfalls, als ihm ein schockiert geweitetes Augenpaar begegnete.

Mads kniete sich neben ihn. »Ist alles okay?«

»Klar.« Quentin zog ihn zu sich herunter und deutete zum Himmel. Das war die Chance, mit ihm zur Ruhe zu kommen. Irgendwie musste er dafür sorgen, dass der Sportfreak eine Pause einlegte. »Soll ich dir etwas über Sterne erzählen?« Er tastete in seiner Hosentasche nach seinem Teleskop.

Mads bewegte sich, als wäre er im Begriff wieder aufzustehen. Als er Quentin ansah, wurde sein Gesichtsausdruck mild. Er gab sich der Situation hin. »Kennst du dich damit aus?«

Quentin drehte den Kopf in seine Richtung und legte das Teleskop auf Mads' Brust ab. »Ich habe auch ein Hobby.« Sein Blick verlor sich in den Untiefen des Sternenhimmels. »Ich sehe gerne zu, wie der Himmel nachts zum Leben erwacht.« Er deutete nach oben. »Wenn der hellblaue Vorhang sich lüftet und die Unendlichkeit zum Vorschein bringt.«

Sein Freund drehte das silber-schwarze Teleskop vorsichtig in seiner Hand. Er hob es vor sein Gesicht, um durchzusehen. Dadurch entstand ein seltener Augenblick: Mads schwieg, um Quentins Worten zu lauschen.

»Wir schauen in die Vergangenheit.« Ein andächtiger Atemzug erfüllte die Luft über ihnen. »Manche Sterne existieren seit Jahrtausenden nicht mehr, aber sie waren so weit weg, dass ihr Licht uns erst heute erreicht. Sie strahlen über ihren Tod hinaus.« Er seufzte sehnsuchtstrunken. »Ich wünschte, dass ich nach meinem Tod auch für eine Weile sichtbar bleibe. In den Erinnerungen der Leute, die es wirklich interessiert, meine ich.« Die Worte glitten ihm über die Zunge.

»Kannst du dir vorstellen, dass es mehr Sterne im All als Sandkörner auf der Erde gibt?« Nostalgie ergriff sein Herz. Warum hatte er dieses Interesse so viele Monate schleifen lassen? Es hatte Zeiten gegeben, in denen er vor lauter Recherche bis in seine Träume von Sternbildern verfolgt worden war. Abends vor dem Einschlafen hatte er überlegt, wonach er morgen Ausschau halten würde. Manchmal hatte er tagsüber geschlafen, um sich nachts, an seinem Fenster, in den Weiten der Unendlichkeit zu verlieren. Und er hatte mit der Magie experimentiert. Sterne entstanden aus

Gasen. Er hatte welche verformt und Leuchtkugeln erschaffen. Ob er das noch beherrschte?

Quentin ertastete mit seinen Gedanken die Umgebung nach geeigneten Stoffen, um sie in Bewegung zu setzen. Wasserstoffatome, die sich mit Helium vereinten und zu einer neuen Form fusionierten. Sterne erschaffen. Früher hat er mit diesem Trick Leute beeindruckt. Es war der einzige magische Nutzen, den sein Vater befürwortete. Er brachte Gase zusammen und mischte Atome hinzu, die sich durch einen bloßen Gedankengang entzündeten. Als er die Augen öffnete, schwebte eine leuchtende Kugel über ihnen. Sein Hals kribbelte vor Aufregung. Er konnte es noch.

Mads hielt den Atem an. Mit einer zögerlichen Bewegung nahm er das Teleskop vom Gesicht. Mit Sicherheit hat er so etwas nie zuvor gesehen. Ob es ihm gefiel? Gedanklich bereitete er bestimmt einen Vortrag über Umweltverschmutzung vor. Aber er sagte nichts.

Minutenlang lag der Schleier des Schweigens über ihnen. Der Boden ließ Kälte durch ihre Körper kriechen. Der künstliche Stern wärmte sie von oben. Er knisterte leise, während seine glühenden Atome sich kontinuierlich bewegten. Mit jeder Sekunde wurde das Gebilde schwieriger zu kontrollieren.

»Es riecht wie ein Unwetter im Sommer«, flüsterte Mads und hob die Nase in die Luft. »Wie saurer Regen.«

»Petrichor«, erklärte Quentin und rümpfte die Nase, als die Säure darin zu brennen begann. »Wenn Regentropfen auf trockenen Boden prallen, erzeugen sie eine chemische Reaktion. Magie riecht danach, weil sie einer ähnlichen Reaktionen unterliegt.«

Mads nickte verstehend. »Das sieht toll aus.« Flüsternd streckte er eine Hand aus. Seine Worte klangen skeptisch. Er wollte es schön finden, aber etwas hemmte seine Begeisterung. Bevor seine Finger dem künstlichen Stern zu nahe kamen, zuckte seine Hand zurück. »Ist es nicht gefährlich?«

»Es ist heiß«, warnte Quentin und ließ die Kugel nach oben entgleiten. Sie glühte für ein paar Sekunden, ehe sie sich in Tausende Fünkchen auflöste. Diese schneiten auf sie herab und erloschen auf dem Asphalt. Für einen Moment erfüllte angesengter Geruch die Umgebung. Als hätte jemand eine Kerze ausgepustet. Er verebbte gemeinsam mit dem sauren Aroma der Magie. Dann wurde es dunkel.

Mads sah langsam zu ihm herüber. »Spürst du etwas, wenn du Magie nutzt?« Er rieb sich über die Unterarme, wohl, um die Gänsehaut des magnetischen Surrens loszuwerden.

»Meine Finger kribbeln«, erklärte Quentin und streckte seine Hand den Sternen entgegen. »Erst in den Kuppen, dann in den Gelenken. Manchmal in der ganzen Hand.« Er bewegte seine Finger.

Mads streckte seine Hand ebenfalls aus, um die Fingerspitzen an Quentins zu legen. Es war eine schüchterne Berührung, kaum wahrnehmbar. Sie erzeugte ein flatterndes Gefühl in Quentins Magen. »Meine kribbeln auch manchmal«, erklärte er leise. »Weil meine Arme und Beine nicht richtig durchblutet werden. Diabetes sei Dank.« Die letzte Aussage ging mit einem Schnauben einher. »Fühlst du die Umgebung? Kannst du die Aura von anderen spüren?«

»Meinst du, ob ich deine spüren kann?« Quentins Fingerkuppen strichen über Mads' Finger. Ein Prickeln durchfuhr seinen Arm. »Wenn ich mich konzentriere, könnte ich das vielleicht. Ich habe es noch nie ausprobiert.« Die Spannung, die von ihrer zarten Berührung ausging, erzeugte ein Gewitter von Empfindungen in seiner

Wahrnehmung. Quentin ertastete die Umgebung, um Mads über den sechsten Sinn zu erforschen. Seine Aura fühlte sich warm an, irgendwie erhitzt. War er nervös? Sein Herz schlug spürbar, es brachte die Atome zum Schwingen, mit jedem Pochen ging eine Welle von seiner Brust aus.

»Und merkst du, wenn du der Umgebung Schaden zufügst? Also, ich meine ... ist es wirklich so dramatisch, wie es in den Medien berichtet wird?«

»Weiß nicht«, raunte Quentin. Er verdrängte die Erinnerung an das Erdbeben. Ein Teil seiner Aufmerksamkeit verlor sich im steten Pochen von Mads' Herzen. Obwohl es in einem regen Tempo schlug, beruhigte es ihn, weil er ihm bestätigte, dass er auch nervös war. »Ich glaube, dass sie übertreiben. Sie wollen die Nutzung der Magie eindämmen. Ich vermute, das liegt daran, dass sich nur die reichen Arschlochmenschen daran bedienen können. Die Verteilung ist ungerecht.«

»Du bist kein Arschlochmensch«, flüsterte Mads und verwob seine Hand mit Quentins, um sie an seinen Mund zu ziehen. »Du zeigst mir immer mehr überraschende Fassaden.« Er berührte seine Hand mit den Lippen. Sie fühlten sich auf den eisig rauen Fingern angenehm weich an. Heißer Atem streifte Quentins Haut und brachte sie zum Kribbeln.

»Du machst es mir leicht, mich zu öffnen«, entgegnete er und drehte sich auf die Seite, um sich seinem Freund langsam zu nähern. »Ich mag dich.« Er löste sich aus dem Griff, um mit seiner Fingerspitze über Mads' Lippen zu fahren. Sein Herz trommelte.

Mads schluckte. Er spitzte die Lippen, um Quentins Finger zu küssen. Seine Wangen schimmerten rötlich im kalten Licht des Mondes. Als er ihn ansah, funkelten seine Augen in gewohnter

Polarlichtmanier. Sie enthielten etwas Undefinierbares. Zurückhaltung? Schüchternheit?

Perfekt. Das war der Moment, den Quentin gebraucht hatte. Er leckte sich über die Lippen, lächelte unbeholfen. Leugnen konnte er es nicht mehr: Er war dabei, sich in Mads zu verlieben. Ein bisschen zu zögerlich beugte er sich herüber, um mit einem Kuss seine Gedanken zu bestätigen. Nichts konnte diesen Augenblick ruinieren. Kurz bevor sich ihre Lippen berührten, als der wunderbare Marzipanduft in seiner Nase kitzelte, schlug ihm Missmut entgegen. Mads zog den Kopf zurück. Mit gequält verzogener Miene wand er sich aus der Annäherung. Er setzte sich auf und stierte in Richtung Tribüne.

»Tut mir leid. Das kann ich nicht tun.« Er wich Quentins Blick aus. »Weil ich eigentlich ... heute ...« Seine Stimme verebbte.

»Weil du was?« Quentin verharrte in der halb abgestützten Position und seufzte. Das Trommeln seines Herzens schlug in Magenschmerzen um. Er lehnte sich zurück, mit der Hand fuhr er sich durchs Haar, seidige Strähnen glitten durch seine Finger. Seine Pupillen tasteten über die verzerrten Konturen, die ihm gegenüberstanden. Die Mundwinkel, die vor Verunsicherung bebten, die Falten über der gerümpften Nase. In glasigen Augen spiegelte sich der Sternenhimmel und verlieh den Polarlicht-Iriden eine passende Bühne.

Mads blinzelte den Anflug von Tränen weg. »Ich wollte dich treffen, um dir zu sagen, dass ich uns nicht *so* sehe.« Seine Stimme klang kaum über ein Krächzen hinaus. »Du und ich ... das hat, glaube ich, keine ernsthafte Zukunft.«

»Glaubst du?«, wiederholte Quentin schnaubend. Er verharrte am Boden und richtete den Blick gen Himmel. Die Sterne schienen ihn zu verhöhnen. »Ha! Du Loser, jetzt schämst du dich für deine Gefühle!« Allerdings. In seinem Hals bildete sich ein Kloß.

»Es wäre nicht fair von mir, eine Beziehung mit dir einzugehen«, erläuterte Mads. Er knibbelte an seinem Hosensaum und blinzelte, als würde er versuchen, eine verirrte Wimper loszuwerden.

»Warum nicht?«, krächzte Quentin und räusperte sich, um den Kloß zu lösen. Er starrte krampfhaft in den Himmel. Im Augenwinkel bekam er trotzdem mit, dass Mads sich über die Wangen wischte.

»Ich kann es dir nicht sagen«, schluchzte er und beugte sich vor, um Quentins Hand zu berühren. Er drückte sie liebevoll, die Feuchtigkeit der tränenbenetzten Handflächen war spürbar. Mads stemmte sich auf die Beine und brachte ein verzweifeltes Lächeln auf. »Es tut mir leid.« Die letzten Silben gingen in einem Glucksen unter. Er rollte zur Tribüne, schnappte im Vorbeifahren seinen Rucksack und verschwand im dunklen Park.

Quentin blieb alleine zurück. Mit abertausend Fragezeichen im Kopf und dem Gefühl, als hätte man ihn achtlos neben einer Mülltonne abgeladen. Ohne Erklärung. Einfach aussortiert. Eine Ahnung von Marzipan ruhte in seiner Nase. Der Duft beflügelte diesmal keine Schmetterlinge in seinem Bauch, sondern schlug ein wie eine Abrissbirne, die seine Empfindungen zunichtemachte.

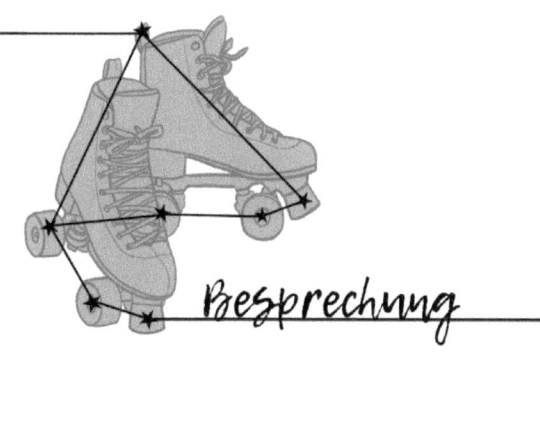

Besprechung

12

Als Quentin, ein paar Tage später, beim nächsten Treffen mit seinen Freunden auftauchte, wurde er mit deren Enttäuschung konfrontiert. Super. Noch mehr Leute, die ihn nicht in ihrer Nähe ertragen konnten. Vielleicht sollte er eine Bingokarte mit Namen erstellen und sich belohnen, wenn er eine Reihe von Menschen von sich gestoßen hatte.

»Du hättest wenigstens absagen können«, schnaubte Spencer genervt und ließ den Blick über Quentins Körper streifen.

»Ich war verhindert«, erklärte dieser kühl und setzte sich an den Tisch, an dem sich die anderen bereits breitgemacht hatten. Für dieses Treffen hat Elouise einen Besprechungsraum in der Firma ihres Vaters reserviert. Das verlieh der Gruppe etwas Professionelles, fast erinnerten sie an Geschäftsleute bei einem wichtigen Meeting.

Neben Spencer saß jemand, den Quentin nicht kannte. Hochwertige Kleidung ließ vermuten, dass er finanziell abgesichert war. Sein Pullover setzte sich mit dem hellen Beigeton von der umbrabraunen Hautfarbe ab. War das Samuel?

»Was habt ihr beim letzten Mal besprochen?« Quentin ließ den Blick über den Neuen wandern. Er hatte kurzes Haar und hellbraune Augen, die mit seinem Pullover harmonierten. An den Ärmeln waren dunkle Verfärbungen zu erahnen, als hätte er sie mit schmutzigen Händen hochgeschoppt.

»Tja, wärst du mal da gewesen«, schnaubte Spencer, wurde aber von Elouise unterbrochen.

»Samuel war auf dem Marktplatz, als das Erdbeben losging«, erklärte sie und deutete auf den Neuen in der Runde. »Er hat auch Freunde verloren.«

An dieser Stelle meldete sich Samuel zu Wort. »Ich möchte mich nicht aufzwängen.« Mit seiner tiefen Stimme hätte er in einer Zeichentrickserie einen freundlichen Bären synchronisieren können. »Mein Beileid zu eurem Verlust. Ich kannte Cedric nicht lange. Er schien ein guter Mensch gewesen zu sein.«

»Ah ja«, meinte Quentin und lehnte sich mit verschränkten Armen zurück. »Und warum bist du heute hier?«

Super. Wenn er sich weiter so verhielt, dann wäre Samuel der nächste, den er auf seiner imaginären Bingokarte durchstreichen könnte.

»Weil wir für die gleiche Sache einstehen.« Samuel kratzte sich am Kinn und offenbarte damit dunkle Ränder unter seinen Fingernägeln. Er deutete auf die Tischmitte und verzog mitfühlend das Gesicht. »Und weil ich die noch hatte.«

Quentin konnte den Blick nur schwer von den Schmutznägeln lösen. Nie im Leben würde er mit solchen Händen das Haus verlassen. Was für ein Mensch trug einerseits so vornehme Kleidung und vernachlässigte andererseits die Körperhygiene? Er schüttelte sich und folgte dem Fingerzeig. Mitten auf dem großen Tisch stand eine ramponierte Kamera. Das schwarze Plastik war an einigen

Stellen aufgebrochen und die Linse lag zersplittert daneben. »Ist die von Ced?«

Samuel nickte. »Ich sollte sie nehmen, als das Erdbeben losging. Bevor ich sie ihm wiedergeben konnte, ist er in einen Erdriss gestürzt.« Den weiteren Verlauf sprach er nicht aus. Dass Cedric nach diesem Augenblick nicht mehr gelebt hatte, wussten alle. Als er die Stimme erneut erhob, lag ein Kratzen auf ihr. »Vielleicht kann man den Film noch entwickeln.«

»Wieso hast du die nicht seinen Eltern gegeben?«, fragte Quentin verständnislos und verschränkte die Arme. Seine Pupillen sprangen über die kaputten Stellen der Kamera. Selbst wenn man sie reparierte, würde sie nie wieder so fotografieren wie gewohnt. Sie war zerstört, wie das Leben ihres Besitzers.

»Falls belastende Bilder drauf sind«, gab Samuel ehrlich zu. »Wir stehen eh schon im Fokus der Ermittlungen. Sie lasten uns die Opfer des Erdbebens an.«

»Ich dachte, es gäbe keine rechtliche Grundlage, um uns dafür die Schuld zu geben«, entgegnete Quentin.

»Die suchen nach Schlupflöchern«, schnaubte Spencer. »Alle Opfer haben Angehörige, die Himmel und Hölle in Bewegung setzen, um die Magie auszurotten.«

Gwen nickte. An diesem Tag wirkte sie aufmerksam. Vor ihr lag weder ein Buch noch ein Zeichenblock. Sie saß mit verschränkten Händen da und lauschte der Besprechung. Immer wieder landete ihr Augenmerk bei der Kamera. Cedric hatte auf der Hinfahrt zur Demo ein paar Fotos von ihnen geschossen. Ob sie darüber nachdachte? Es wäre einen Versuch wert, die Bilder entwickeln zu lassen.

»Wir möchten eine Demonstration organisieren«, erklärte Elouise und deutete zu einem Flipchart, der am Ende des Tisches stand. Auf einem großen Blatt Papier prangte eine künstlerisch gestaltete Mind-Map mit Ideen. In der Mitte stand: *Wofür wir uns einsetzen.* Rund herum waren Begriffe zu lesen, die sich im entferntesten Sinne mit der Magie befassten. *Selbstbestimmung, Gleichberechtigung, Frieden.* Im Anbetracht des zerstörerischen Erdbebens wirkten die Worte unpassend. »Um zu verhindern, dass sie dieses magiehemmende Medikament auf den Markt bringen.«

»Ernsthaft?« Quentin seufzte. War es sinnvoll, sich daran zu beteiligen? Als ihm die Vorladung der Polizei einfiel, zog sich sein Magen zusammen. Er musste sich von solchen Dingen fernhalten. »Ich werde nicht bei eurer Demo mitmachen. Dafür habt ihr jetzt Sam. Er kann euch sowieso mehr helfen als ich.«

»Ich heiße Samuel.« Die hellbraunen Augen funkelten wütend, aber seine Lippen präsentierten ein schiefes Grinsen. »Nur meine Schwester nennt mich Sam.«

War das ein Bingo? Quentin hob resignierend die Hände. Er ließ den Blick über die Gesichter der anderen wandern. »Dann gibt es nichts weiter zu besprechen. Viel Erfolg bei eurer Demo.«

»Alles klar, zieh den Schwanz ein, wenn es wichtig wird.« Spencer stieß einen ablehnenden Laut aus. Er warf Gwen einen vielsagenden Blick zu und sie erwiderte diesen. Sie hatten mit dem Thema nicht abgeschlossen. Aber es war nicht Quentins Angelegenheit, was seine Freunde abziehen würden. Jeder war für sein Schicksal selbst verantwortlich. Er schob seinen Stuhl zurück und erhob sich. »Bis dann.«

»Warte.« Samuel folgte ihm.

Für eine Weile liefen sie schweigend über die langen Flure des Bürogebäudes. Die Make-Up-Firma von Elouises Vater besaß lächerlich viele Räumlichkeiten. Dass nicht er, sondern seine Frau damit ihren Traum auslebte, war kein Geheimnis. Aber sie verdiente ihr Geld als Model und hatte keine Zeit, eine Firma zu leiten. Wie gut, dass sie einen flexiblen Mann gefunden hatte.

»Wir hatten noch keine Gelegenheit, uns kennenzulernen«, bemerkte Samuel nach Minuten der Stille. Sein Blick streifte eine Büste, die in einem Gang vor einem Fenster stand. »Quentin Findeisen. Ich hätte nie gedacht, dir jemals zu begegnen.« Er streckte ihm seine Hand entgegen. Ein Freundschaftsangebot?

Quentin warf einen kritischen Blick zur Seite. Der Schmutz unter den Fingernägeln ließ ihn innerlich erschaudern. Den Handschlag überging er. Er hielt eh sein Smartphone in der Hand. Sein Daumen schwebte über dem Sendeknopf. Sollte er Mads eine Nachricht schreiben? Sie war fertig geschrieben. Er musste sie nur abschicken. Nichts Wildes. Er wollte wissen, wie es ihm ging. Ob die Kur gut lief. Seit der Abfuhr im Park herrschte Funkstille. Oder war das vielleicht besser so? »Hm«, gab er auf Samuels Aussage zurück und löschte die Nachricht, anstatt sie abzuschicken.

»Du bist einflussreich«, fuhr sein Begleiter fort und zog seine Hand zurück. »Eine Instagramstory deiner Mutter schafft es innerhalb kurzer Zeit in die Fernsehnachrichten.« Er warf einen Blick auf seine Hand und knibbelte den Dreck unter den Nägeln hervor.

»In Promi-Klatschmagazine«, korrigierte Quentin. Das war nicht mit Nachrichten zu vergleichen. Dort wurde irrelevanter Unsinn berichtet. Wer interessierte sich für die x-te Schönheits-OP von irgendwem? Und inwiefern trug das Outing eines Sohnes zum Weltfrieden bei? Verdammt, er war immer noch sauer deswegen.

»Medien sind Medien«, schnaubte Samuel. »Hast du nie überlegt, damit etwas Sinnvolles anzustellen?« Er räusperte sich. »Du nutzt deine Social-Media-Kanäle nicht effizient.« Er wischte den Dreck an seiner Hose ab und widmete sich einem weiteren Nagel.

Quentin schüttelte sich. Die Bitte, damit aufzuhören, staute sich in ihm an. Besaß der Typ keine Nagelfeile?

Um die Knibbelei zu ignorieren, tippte er eine neue Nachricht für Mads. Ein simples *Hey*. War das nichtssagend? Er würde sich zum Affen machen. Was sollte Mads darauf antworten? Auch *hey*? Dann wäre das Gespräch schnell vorbei. War es überhaupt mit Quentins Stolz vereinbar, nach einer Abfuhr angekrochen zu kommen? Er wandte sich Samuel zu. »Wofür sollte ich die deiner Meinung nach nutzen?«

»Für unsere Sache.« Samuels Stimme nahm Euphorie auf. »Du könntest ein wichtiges Sprachrohr für uns Magiebegabte werden.« So, als wolle er seine Aussage damit unterstreichen, öffnete er eine Tür mithilfe seiner Kräfte. Das magnetische Gefühl surrte überraschend stark und die Petrichornote unterlag dem beißenden Geruch von Tannengrün. Der fremde Magier beherrschte eine andere, viel intensivere Art der Magie. Eine starke Gänsehaut brachte Quentins Körper zum Schaudern. Er hielt die Luft an, während sie gemeinsam die Tür durchschritten.

Samuel ließ sich von seiner Überlegenheit nichts anmerken. Er redete weiterhin sanft, als wäre Quentin ihm ebenbürtig. »Wenn man weiß, wie man sich darzustellen hat, dann erreicht man mit einem einzigen Video mehr Menschen als mit einer aufwendig organisierten Demonstration.«

Quentin schüttelte die Überforderung des Augenblicks von sich und verschickte die Nachricht an Mads:

Hey, wie geht's?

War das zu plump?

Zu spät.

Er könnte sie löschen. Aber dann würde dort stehen, dass er eine Nachricht gelöscht hatte. Das würde noch erbärmlicher wirken. Sein Daumen wischte eine Ergänzung dazu:

Bist du gut angekommen?

Er schluckte den Kloß, der sich in seinem Hals bildete und warf Samuel einen irritierten Blick zu. Worüber hatte er eben geredet? Er hat ihm nicht zugehört. Irgendwas mit Demonstrationen. Knibbelte er immer noch an seinen dreckigen Nägeln? Hoffentlich nutzte er nicht noch einmal seine Magie. Das Gefühl, neben ihm zu existieren, während er das tat, war einschüchternd.

»Hör zu. Ich habe kein Interesse daran, die Magie in irgendeiner Form zu verteidigen.« *Weil ich Stress mit der Polizei habe.* Letzteres sprach er nicht aus. »Ich möchte ein ganz normales Leben. Ohne Videos, Demonstrationen, Erdbeben, Rachepläne oder sonst irgendeinem aufregenden Scheiß.« Wenn Samuel wüsste, wie wertvoll Anonymität war, würde er seine Bekanntheit nicht so loben. Sie war eines der Dinge, die erst dann wertvoll wurden, wenn man sie nicht mehr besaß.

»Das ist eine Schande«, seufzte Samuel und ließ einen winzigen Wirbelsturm über seiner Handfläche tosen. War das Absicht, um zu beeindrucken, oder stellte das einen Tick dar, dem er manchmal nachkam? Der Sturm zerrte an der Umgebung und brachte Quentins Haare zum Wehen. Das Surren fraß sich durch seine Körperzellen und zwang die Härchen auf seinen Armen dazu, sich aufzustellen. »Du überlässt mit deiner Untätigkeit denen das Feld.«

»Na und?« Quentin trat einen Schritt beiseite, um den Auswirkungen des Mini-Sturms auszuweichen. Die Gänsehaut war unerträglich. Ein Teil von ihm bewunderte diesen Trick, denn solch einen Nutzen der Magie hat er noch nie beobachtet, aber er schüchterte ihn auch ein. »Würden wir uns einfach in Ruhe leben lassen, dann gäbe es keinen Grund für Streit.«

Samuel schüttelte die Hand, um den Sturm aufzulösen. »Diesen Punkt haben wir längst überschritten.« Er blieb stehen. »Der Frieden hat aufgehört, als wir durch die Entscheidungen unserer Eltern zu Freaks gemacht wurden. Wir stehen auf einem wackeligen Gerüst. In absehbarer Zeit werden sie uns die Fähigkeiten nehmen. Ebenso ungefragt, wie sie sie uns aufgezwängt haben.«

In Quentins Innerem zuckte etwas zusammen. Für einen Moment fühlte er sich wie gelähmt. Diese Wahrheit verdrängte er immer wieder. Er rümpfte die Nase, denn noch immer kratzte der Tannenduft von Samuels Magie an seinen Schleimhäuten.

»Also ... wir können in Kontakt bleiben, falls du irgendwann doch an einer Zusammenarbeit interessiert bist.« Die Stimme des mächtigen Magiers klang hoffnungsvoll.

Quentin deutete auf sein Smartphone und schüttelte den Kopf. In zwei Wochen wäre Mads wieder da. Was auch immer er vor ihm verheimlichte, würden sie dann vielleicht besprechen. Außerdem hallte die Stimme seines Anwalts in Gedanken nach. Er sollte sich mit magischen Ausrutschern zurückhalten. »Ich habe für die nächsten Monate andere Pläne.« Obwohl die Ungewissheit seiner Zukunft ihm einen warmen Übelkeitsschwall durch die Brust jagte, legte er Kälte in seine Stimme. »Bis dann.« Er beschleunigte sein Schritttempo und ließ das Bürogebäude hinter sich.

Die neue Hose

13

Mads ignorierte Quentins Nachrichten. Seit drei Tagen prangten sie unbeantwortet im verwaisten Chatverlauf. Warum sollte er sich auch mit jemandem belasten, zu dem er keine Gefühle hegte? Vielleicht würde der Kontakt langsam abebben, bis sie einander vergaßen. Trotzdem schwang eine Sehnsucht mit, die Hoffnung, dass in den ungesagten Worten eine Erklärung steckte, mit der Quentin leben konnte. Das letzte Gespräch in diesem Zusammenhang hatte noch nicht stattgefunden.

Er schlenderte durch die Stadt, um sich mit einem Spontankauf aufzumuntern. Das hatte in der Vergangenheit manche Sorge fortgespült. Immer wieder prüfte er sein Smartphone. Zwei Haken standen hinter seinen Worten, das bedeutete, die Nachrichten waren angekommen. Aber sie blieben unbeantwortet. Warum reagierte er nicht?

Vor einem alten Spielzeugladen hielt er inne. Ob das der Laden war, in dem Mads arbeitete? Er musterte die hochwertigen Puppen mit ihren modernen Kleidern und ließ den Blick über teure Teddybären schweifen. Ihr Fell sah glänzend und weich aus. Das hier war kein Laden, in dem man die neuesten Plastikmüll-Nichtigkeiten kaufen konnte, sondern einer von der Sorte, in der man eine große Bandbreite an hochwertigem Holzspielzeug fand. Das obere Stockwerk war voll mit Gesellschaftsspielen. Brettspiele, Kartenspiele, Tabletop- und Würfelvariationen. Im Grunde boten sie alles an, was das Spielerherz begehrte. Das passte zu Mads' Schilderungen, oder? Hatte er nicht gesagt, dass er manchmal Spieleabende leitete? Er arbeitete ganz sicher hier.

Quentins Blick schweifte in Richtung Kasse. Eine blonde Frau redete mit einem älteren Herren. Ob er die Frau nach Mads fragen sollte? Lieber nicht. Sie würde wissen wollen, warum, und dann müsste er zugeben, dass er hoffnungslos verknallt war.

Quentin zog sich zurück und und setzte seinen Weg durch die Stadt fort.

Fast routiniert trat er in eine Boutique und begutachtete ein paar Hosen. Brauchte er überhaupt eine neue?

Egal.

Die Einzige, die ihm gefiel und die er aus diesem Laden noch nicht besaß, war schwarz-grau kariert. Eigentlich bevorzugte er unauffällige, dunkle Klamotten. Wenn er etwas gemustertes trug, kam er sich wie ein Clown vor. Aber vielleicht stand sie ihm wider Erwarten? Er nahm die Hose mit zur Umkleidekabine und probierte sie an. Ein Blick aufs Smartphone lenkte seine Aufmerksamkeit um. Mads war online, aber er schrieb nichts. Warum nicht? Was dachte er sich dabei? Quentins Kehle fühlte sich trocken an. Sollte er noch etwas schreiben? Das wäre jämmerlich.

»Gefällt Ihnen die Hose?«, fragte die Verkäuferin durch den samtigen Vorhang. Ein Teil ihres Schattens fiel durch einen Spalt am unteren Ende des dicken Stoffes.

Quentin senkte das Smartphone und betrachtete sich im Spiegel der Kabine. Die Hose sah nicht so schlecht aus, wie befürchtet. »Ja, ist ganz gut.« Er zog sich um.

»Darf ich Ihnen einen Pullover dazu empfehlen?«

»Nicht nötig.« Quentin faltete die Hose zusammen, bevor er die Kabine verließ. »Ich kaufe sie.« Er übergab sie an die Frau und schlenderte hinter ihr her, in Richtung Kasse.

»Sie, also *du* ... bist Quentin Findeisen, oder?« Während sie die Ware scannte, ließ die Verkäuferin ihren Blick über seinen Körper schweifen. Ihre bronzenen Wangen nahmen einen rosigen Farbton an und sie biss sich auf die Unterlippe. »Cool, dich mal zu sehen.«

»Ja, cool«, bestätigte er mit gedämpfter Stimme und schickte ihr ein halbherziges Lächeln hinterher.

»Ich folge deiner Mutter bei Instagram. Sie macht immer so schöne Videos.« Ihre Pupillen hüpften über sein Gesicht. »Ich finde es toll, wie sie mit deiner Homosexualität umgeht.«

»Ach ja?« Quentins Augenbrauen wanderten nach oben. »Ich nicht.« Er deutete auf die unbezahlte Ware. »Eigentlich bin ich hier, um eine Hose zu kaufen.«

»Oh, na klar«, stöhnte sie erschrocken und kassierte mit hektischen Handgriffen weiter.

Irgendwann strich sie eine Haarsträhne hinter ihr Ohr. »Meinst du, du könntest den Laden verlinken, wenn du sie auf einem Foto trägst?«

»Keine Ahnung«, entgegnete Quentin lustlos. Es war ein netter, fast vergessener Gedanke, etwas zu besitzen, ohne es präsentieren zu müssen.

»Muss ja auch nicht sein«, nuschelte sie und steckte die Hose in eine schwarze Papiertüte. »Zahlst du Bar oder mit Karte? Vermutlich mit Karte, was für eine Frage.«

Er nickte und ließ seine Bankkarte auf sie zu schweben. Ein Akt der Gewohnheit.

Sie fischte die Karte mit spitzen Fingern aus der Luft. Ihre Augen glänzten vor Entzücken und sie legte den Zeigefinger vor ihre Lippen. »Das darf man ja nicht laut sagen, aber ich finde diese Gabe echt spannend.«

»Hm«, machte Quentin und zog die Tüte von der Kasse. Er nahm die Karte und verließ den Laden.

»Scheiß fucking Umwelt-Vergewaltiger«, krächzte ihm eine Stimme aus der Innenstadt entgegen. »Denkst du, ich hab das nicht gesehen?«

Quentin brauchte einen Moment, um die Herkunft der Worte zu ermitteln. In der Mitte der Straße, zwischen den Geschäften, standen Bänke, auf denen ein paar Jugendliche saßen. Die verbrachten die meiste Zeit ihres Nachmittages dort und pöbelten vorbeilaufende Menschen an. Normalerweise half es, sie zu ignorieren. Aber an diesem Tag ging eine ungewöhnliche Gewaltbereitschaft von ihnen aus. Waren sie etwa betrunken?

»Fick dich«, schnaubte Quentin und ließ seinen Blick abschätzend über die billige Kleidung des Typen gleiten. Er hatte keine Haare und wirkte auf dem ersten Blick bullig. Sein Shirt kam ihm irgendwoher bekannt vor.

Quentin lief eilig in Richtung Parkhaus. Dazu bog er in eine Straße und fand sich bei einem Brunnen wieder, der einst von planschenden Kindern belagert worden war. Seit einigen Jahren befand sich kein Wasser mehr darin und der blau gefliste Boden war vor lauter Moos und Abfall kaum zu sehen.

Als Quentin sein Smartphone zückte, traf ihn etwas Hartes am Hinterkopf. Die Erschütterung pulsierte durch seinen Schädel und brachte seine Wahrnehmung kurzzeitig zum Stocken. Das Smartphone glitt ihm aus den Fingern und knallte auf den Steinboden. Hinter ihm klirrte es. Glas ging zu Bruch. Durch seinen Kopf waberte eine diffuse Schmerzwelle und warme Flüssigkeit lief ihm in den Nacken. Er führte seine Hand an seinen Haaransatz und ertastete etwas nasses. Blut haftete an seinen Fingerspitzen. Eine Platzwunde? Großartig. Ist der Besoffene ihm gefolgt?

Als er sich umdrehte, rutschte ihm das Herz in die Hose. Nicht einer, sondern alle waren ihm gefolgt.

»Die hast du nicht kommen sehen, hä?«

Einer von ihnen trat vor und baute sich herausfordernd vor Quentin auf. »Die hättest du doch locker in der Luft auffangen können.« Er präsentierte ein süffisantes Grinsen.

Quentin erblickte die zerschellte Bierflasche auf dem Boden. Die hat er abbekommen? Kein Wunder, dass sein Kopf so dröhnte. Er gab sein Bestes, sich von dem Unbehagen nichts anmerken zu lassen, und musterte sein Gegenüber abschätzend. Das Grinsen kam ihm bekannt vor. Er war diesem Typen schon einmal begegnet. Aber wo?

»Was habt ihr für ein Problem?« Seine Augen scannten die Gesichter der Jugendlichen. Der offensichtlich älteste stand vorne. Er musste in Quentins Alter sein.

»Deine scheiß Ignoranz!«, spie eine Frau aus der Gruppe und erntete zustimmendes Johlen von ihren Begleitern. »Denkst du auch mal an andere?«

Der älteste grunzte genervt und rotzte auf den Boden, direkt neben die Scherben, die in einer schaumigen Bierpfütze ruhten. »Wir sind uns schon mal begegnet, oder?«

Da ging Quentin ein Licht auf. Das war einer der Typen, die Mads im Park belästigt haben. Der Schmierige, mit dem Markenkopie-Shirt. Der Glatzkopf.

»Du bist der hochnäsige Wichser aus dem Park.« Mit angespannten Schultern und erhobenem Kinn trat er herausfordernd auf Quentin zu.

Dessen Miene verfinsterte sich. Er konzentrierte sich auf die braunen Glasscherben. Er musste ihn damit nicht verletzten. Es reichte, wenn er ihm Angst einjagte. Die einzelnen Glaspartikel erhoben sich vom Boden und reihten sich herausfordernd vor seinem Oberkörper auf. »Geh zurück.«

Glatzkopf lachte höhnisch. »Soll ich jetzt Schiss haben?« Er ballte die Hände zu Fäusten und spannte die Schultern noch mehr an, es fehlte nicht viel, und sein Shirt würde zerreißen, ganz sicher.

Die Frau fischte eine Scherbe aus der Luft und betrachtete sie von allen Seiten. Ihre Stirn legte sich in Falten und sie schnaubte abweisend. »Freak.«

Quentin seufzte und hob sein Smartphone mithilfe von Magie auf. Er würde die Polizei rufen. Das war die sinnvollste Entscheidung, die harmloseste. Die Scherben ließ er zu Boden regnen.

Als er das Smartphone an sein Ohr hielt, stürzte der Glatzkopf auf ihn zu. Quentin wich nach hinten und duckte sich, um einem Schlag auszuweichen. War das notwendig? Ein Schwall von abgestandenem Bier drang in seine Nase. Er warf die Tüte in den leeren Brunnen und schob die Ärmel seines Mantels bis an die Ellbogen. Sollte er sich mit dem Typen prügeln? Bevor er diese Frage beantworten konnte, traf ihn ein harter Ellbogenhieb am Kopf. Scheiße, das tat weh. Er taumelte und holte aus, um seinem Gegenüber in den Magen zu boxen. Dabei zwirbelte Schmerz durch seine Knöchel.

»Scheiß verwöhnter Hurensohn!«, grölte die Frau mit ihrer kratzigen Stimme und erntete erneut zustimmendes Gejohle von den anderen.

Ein Mann, der eher wie ein Junge aussah, taumelte auf sie zu, um sich an der Schlägerei zu beteiligen.

Quentin hob seine Hände und wich nach hinten. »Muss das sein?«

»Na klar, auf einmal so«, keuchte der Glatzkopf und stürzte vor, um ihn wieder anzugreifen. »Wenn der bescheuerte Helmspinner nicht dabei ist, hast du keine Eier mehr in der Hose, oder was?« Seine Finger klatschten gegen die ungeschützte Wange, die angeknabberten Fingernägel hinterließen eine Kratzspur.

Helmspinner? Er meinte Mads. Quentin wich zurück. Er setzte zu einem Gegenschlag an. Auf das alberne Gespräch würde er sich nicht einlassen. Dass er zum Prügeln gezwungen war, war schon genug.

»Der Loser war schon in der Schule ein Loser«, grölte Glatzkopf und wich aus. Er lachte kehlig. Das dabei entstehende Geräusch erinnerte an diese Plastikstäbe, die ein Quaken erzeugten, wenn man sie umdrehte.

»Zwei mal Loser in einem Satz«, bemängelte Quentin kopfschüttelnd und duckte sich, um einem Hieb zu entgehen. In der Schule? Sein Magen verkrampfte. Dann kannte er Mads von früher. Was sie wohl für eine Vergangenheit teilten? Wenn er an die Szene im Park dachte, dann empfand er rückwirkend Mitleid für seinen Freund. Seine Schulzeit war sicher nicht leicht gewesen.

»Hat der immer noch die hässliche Bauchtasche?« Ein Grunzen ging mit seinem nächsten Schlag einher. »Wenn du wüsstest, wem du da geholfen hast.«

Quentin ging nicht auf seine Aussagen ein. Er konzentrierte sich darauf, den Schlägen zu entgehen. Weiteren Gesichtskontakt mit diesen ungepflegten Fäusten wollte er vermeiden. Er taumelte nach hinten, direkt in die Arme eines anderen Typen, der sich an der Prügelei beteiligte.

Der Junge umklammerte seine Oberarme und fixierte ihn somit für den nächsten Schlag. Die schmierige Faust prallte gegen Quentins Wange. Ein scharfes Ziehen schoss über seine Gesichtshälfte. Sicher war Haut aufgeplatzt. Er ächzte und hob die Arme schützend vor sein Gesicht. Die anderen hagelten mit Fausthieben und Tritten auf seinen Körper ein. Der ekelerregende Geruch von Alkohol, Mundgeruch und Schweiß zwang ihn, die Luft anzuhalten. Das war tausendmal schlimmer als die erbarmungslosen Hiebe. Haben die nie was von Körperhygiene gehört?

Quentin stöhnte schmerzerfüllt, mit jeder Erschütterung, die auf seinen Körper einwirkte. Schuhsohlenkanten trafen auf seine Schienbeine. Fäuste auf seinen Oberkörper. Sie schlugen auf seine Arme und sein Gesicht ein. Flackernde Lichter blitzten vor seinen Augen. Leere dröhnte in seinem Schädel. Für einen Moment dachte er, dass sie ihn totprügeln würden. Wie im Blutrausch.

Ob sie auf seine Leiche weiter einschlagen würden? Als wäre er ein nasser Sack, der nie eine Chance hatte, sich zu wehren? Quentin gluckste leise. Konnte er sich wirklich nicht wehren? Doch. Er musste. Egal wie. Er konzentrierte sich auf seinen eigenen Körper. Der Gestank und die Schmerzen erschwerten das Fokussieren. Wie lange würde er das aushalten? Seine wirren Gedanken klammerten sich an die Atome, die sich zwischen ihm und den Betrunkenen befanden. Er erfasste die braunen Scherben und nutzte die Energie, um einen Schub zu erzeugen, mit welchem er die Peiniger von seinem Körper fortstieß. Ein schmatzendes Geräusch mischte sich mit einem Windstoß. Blut sprühte über den Platz, als die Betrunkenen zurückwichen. Nur der, der Quentins Oberkörper fixiert hielt, verharrte hinter ihm. Wenigstens keuchte er schockiert.

»Lasst mich in Ruhe!«, krächzte Quentin und wand sich aus dem umklammernden Griff. Er taumelte auf den Brunnen zu. Dort stand seine Tüte. Er sah sie doppelt. Dreifach. Oder? Hatte er … vier Hosen gekauft? Sein Kopf pulsierte und sein Körper schmerzte. Mit jedem Schritt merkte er die Blessuren, die ganz sicher als blaue Flecken sichtbar waren. Mindestens. Als er nach der Tüte griff, stürzte er vornüber in den Brunnen. Mit dem Gesicht ins Moos- und Müll-Gemisch. Zum Glück nahm er das kaum bewusst wahr. Sein Zustand taumelte zwischen Wachsein und einem wohligen Delirium. Eine Art Schlaf-Vorstadium legte sich auf seinen Sinnen nieder. Eigentlich war es in diesem Brunnen gar nicht schlecht. Er zog die Tüte unter seinen Kopf. Fast schon gemütlich. Hier konnte er … schlafen.

Ein schrilles Klingeln riss Quentin aus seinem Schlaf. Wo war er? Und warum zum Teufel tat sein Körper weh, als hätte er auf steinhartem Betonboden geschlafen? Steif vor Kälte hatte er Schwierigkeiten, die Augen zu öffnen. War er etwa draußen? Der Schleier des Schlafes lichtete sich und brachte die Erinnerung zum Vorschein. Ein Haufen Betrunkener hatte ihn verprügelt. Und er hatte sich in den Brunnen gestürzt, um darin zu pennen. Ernsthaft? In seinem Kopf drehte sich alles. Langsam löste er sein Gesicht von der knisternden Tüte, auf der sein Kopf gelegen hatte. Er lachte kehlig und setzte sich unter lautem Ächzen auf. Mit brennenden Augen blinzelte er nach oben. Der Himmel dämmerte in satten Orangetönen. Wie spät war es? Quentin zog sein Smartphone hervor und runzelte die Stirn. Sein Display war gesprungen, aber er konnte dennoch die Zeit ablesen. Es war 19 Uhr. Das Gerät zeigte einen entgangenen Anruf von Spencer. Sie waren verabredet. Und sicherlich regten sich seine Freunde wieder darüber auf, dass er nicht pünktlich aufgetaucht war.

Quentin stemmte sich auf die Beine, was quälend lange dauerte. Die Blessuren der Schlägerei straften jede Bewegung mit stechenden Schmerzen. Kälte kroch unter seine Kleidung und vereiste seine Gelenke. So musste sich ein eingerosteter Roboter fühlen, der nach Jahren der Ruhe wieder in Betrieb genommen wurde. Als er das Icon für den Rückruf bei Spencer antippte, spürte er seinen Finger nicht. Seine Zähne klapperten aufeinander und er ging ein paar Schritte, um sich aufzuwärmen. Dabei hielt er Ausschau nach den Betrunkenen. Sie waren weg. Und sie haben ihn im Brunnen liegen gelassen. Bestimmt haben sie gedacht, dass er tot sei, und wollten vermeiden, mit einer Leiche erwischt zu werden. Feiglinge.

»Ey, wo bleibst du?«, schnaubte Spencer genervt. »Brauchst du wieder eine Extra-Einladung?«

Quentin fasste sich an den Hinterkopf und stöhnte leise. Die Platzwunde war verkrustet, fühlte sich in der Mitte aber noch feucht an. Ob das genäht werden musste? »Mir ist was dazwischengekommen.« Sein Atem stockte, als er eine der braunen Scherben vor dem Brunnen entdeckte. Sie war mit Blut versehen. Hatte er ...? Nein, oder? Er schaute sich erneut um. Es war niemand zu sehen. Wenn er einen von ihnen verletzt hätte, dann wären sie nicht einfach abgehauen, oder?

»Und kommst du noch?«

Sollte er ins Krankenhaus? Quentin schluckte. Das wäre Zeitverschwendung. »Bin unterwegs.«

Er stakste durch den stillgelegten Springbrunnen, angelte im Vorbeigehen nach seiner Tüte und lief zur Tiefgarage, die er bereits vor Stunden hatte aufsuchen wollen. Unterwegs beäugte er einzelne Scherben. Ein paar von ihnen lagen in einem Meer aus blutigen Tropfen. Er hatte sich nur befreien wollen. Falls er jemanden verletzt hatte, dann war das Notwehr gewesen. Das war kein Verbrechen. Sie hätten ihn sonst totgeprügelt.

Er verdrängt seine Gedanken und rannte ein Stück, bis seine Kopfschmerzen ihn zwangen, das Tempo zu drosseln.

Im Auto blies er sich Heizungsluft auf der höchsten Stufe um die Ohren. Die Kälte wollte seinen Körper nicht verlassen. Sie schien sich in seinem Knochenmark eingenistet zu haben, um ihn von innen heraus kühl zu halten. Er hörte laute Musik, um seine Gedanken zu unterdrücken. Das funktionierte ebenso wenig. Wie hatte er zulassen können, so zugerichtet zu werden? Ob er einen von ihnen ernsthaft verletzt hatte? Warum ignorierte Mads seine Nachrichten? Seine Freunde waren bestimmt wieder sauer, weil er spät dran war.

Die Gedankenmasse legte sich als mulmiger Klumpen in seinem Magen nieder.

Ein vergoldetes Klingelschild verriet, dass *Karl Tiemann* in dem prunkvollen Bungalow am Stadtrand lebte. Freunde wussten, wer wirklich hier beheimatet war: Spencer, der seinen echten Namen nur für offizielle Angelegenheiten nutzte. Vor der Kamera an der Eingangstür verharrte Quentin, um darauf zu warten, dass er ihn einlassen würde. Wie unnötig, eine Kamera vor einem Bungalow zu platzieren. Jeder Raum war nur wenige Schritte vom Haupteingang entfernt. Aber technische Spielereien gehörten zu Spencers Leben wie Eier zum Soufflé. Es wäre nicht verwunderlich, wenn er die Kamera in seinem verkabelten Hobbykeller selbst gebaut hätte.

Während er wartete, schob Quentin seine Hosenbeine abwechselnd hoch, um nachzusehen, wie seine Beine aussahen. Heilige Scheiße. Er glich einem Blauschimmel-Käse.

Der Summer ertönte und er schob die Tür auf, um ins Haus zu treten. Seine Füße beförderten ihn wie von selbst auf Spencers Wohnzimmer zu. Er ist schon oft hier gewesen und kannte die Wege wie die seines eigenen Zuhauses. Links im Eingangsbereich befand sich die Kellertreppe. Von unten hörte man stets ein elektrisches Surren. Sein bester Freund hatte unzählige Projekte angehäuft, an denen er abwechselnd weitertüftelte. Fertiggebracht hatte er nur wenige Kreationen. Je näher Quentin dem Wohnzimmer kam, desto leiser wurde das Surren und desto intensiver schlug ihm der würzige Geruch von glühenden Räucherstäbchen entgegen.

»Was ist denn mit dir passiert?«, fragte Elouise mit weit aufgerissenen Augen. Sie eilte auf ihn zu und legte eine Hand vor ihre Lippen, um ein entsetztes Stöhnen zu unterdrücken.

Quentin ließ den Blick durch den Raum schweifen. Auf einem ausladenden Sofa lagen so viele bunte Kissen, dass die Personen, die sich darauf befanden, kaum auffielen. Gwen saß da und Spencer und Samuel? Was machte *er* hier?

»Hallo, kannst du mich hören?« Elouise schnippte mit ihrem Finger vor Quentins Gesicht herum. »Bist du in einen Fleischwolf gefallen?«

»Was?« Quentin schüttelte langsam seinen Kopf. Ihre Blicke trafen sich, er zuckte mit den Schultern. »Ein paar Besoffene hatten keine Lust auf Magie.«

Elouise stieß einen erstickten Schrei aus. »Die haben dich doch nicht so zugerichtet, oder?«

»Egal«, schnaubte er und deutete in Samuels Richtung. »Gehört er jetzt zu uns?«

Samuel rümpfte die Nase. »*Er* gehört jetzt dazu, ja. Wir haben bis eben die Details der Demo besprochen.« Seine tiefe Stimme erfüllte den orientalisch eingerichteten Raum mit noch mehr Wärme. Tücher in Orange- und Rottönen zierten die Decke und verhüllten Lichterketten, die diffus durch den dünnen Stoff schienen.

»Sollte *das* jetzt wirklich deine größte Sorge sein?« Spencer richtete sich auf, um Quentin zu mustern. Ein Funke von aufrichtiger Sorge blitzte in seinen Augen auf. »Du siehst wirklich beschissen aus.«

Elouise schritt langsam um Quentin herum. Sie blieb hinter ihm stehen und stöhnte entsetzt. »Du blutest am Kopf!«

Quentin tastete nach der Platzwunde. Sein Augenmerk galt weiterhin Samuel. Wenigstens waren dessen Fingernägel diesmal sauber. »Ich dachte, wir treffen uns einfach mal wieder so, wie früher. Aber es geht wieder um die Demo, oder? Ich habe keine Lust auf Stress.«

»Das sieht man«, stichelte Spencer. Es fiel ihm offensichtlich schwer, seine amüsierte Fassade aufrecht zu halten. »Du solltest ins Krankenhaus.«

Quentin winkte ab. Das kam ihm überzogen vor. Es ging ihm gut.

»Dann lass mich das wenigstens versorgen«, beschloss Elouise und fasste vorsichtig an Quentins Hinterkopf. »Spence, hast du Verbandszeug hier?« Sie senkte die Stimme. »Ich hoffe, das muss nicht genäht werden.«

Spencer schob sich vom Sofa, um im Flur zu verschwinden. Als er wiederkam, schwebte Elouise eine blaue Erste-Hilfe-Kiste entgegen. »Kann sein, dass nicht mehr alles drin ist. Aber ohne Scheiß«, seine Stimme wurde sanfter, »geh da nicht so leichtfertig mit um.«

Elouise und Quentin setzten sich auf das Sofa. Sie platzierte sich so hinter ihm, dass sie die Platzwunde mit einem Druckverband versorgen konnte. »Das ist schon verkrustet. Wie lange ist die Schlägerei her?«

»'N paar Stunden?« Quentin zuckte mit den Schultern. »Ich habe mir eine neue Hose gekauft.« Er betrachtete die rot verfärbten Knöchel an seiner Hand. Diese Blessur war entstanden, als er sich gewehrt hatte. An seinem Mantel klebte ein rostbrauner Blutfleck. Ob der von einem seiner Peiniger stammte? Er hatte sie mit Glasscherben attackiert. In seinem Hals bildete sich ein Kloß.

»Und was hat die Hose damit zu tun?« Elouise hielt in ihrer Bewegung inne, um amüsiert die Augen zu verdrehen. »Also wirklich, Quen. Du musst dir angewöhnen, in ausführlichen Sätzen zu reden. Es ist mühselig, dir alles aus der Nase zu ziehen.«

»Als ich die Hose bezahlt habe, habe ich die Karte schweben lassen.« Er hielt inne, um durchzuatmen. Langes Reden strengte ihn an. »Und dabei haben mich ein paar Betrunkene beobachtet.« Er zuckte mit den Schultern. »Sie sind mir hinterher und haben mich angegriffen.«

»Haben die dir eine Bierpulle gegen den Kopf geschmissen?«, wollte Spencer wissen und verbarg einen amüsierten Unterton in der Stimme. »Kommt daher die Platzwunde?«

Quentin grinste schief. Er konnte Spencer nichts vormachen. »Ich war kurz davor, denen die Scherben entgegenzuwerfen. Und dann -« Er verstummte. *Dann habe ich es getan.*

»Hättest du mal machen sollen«, schnaubte sein bester Freund und warf sich in die Kissen. Er rekelte sich darin, als wäre er die Hauptperson in einem verruchten Musikvideo. »Mann, das hätte ich gerne beobachtet.« Er stutzte. »Also, wie du sie angegriffen hast, nicht, wie sie dich fertig gemacht haben.«

»Die waren sicher von den Nachrichten aufgestachelt«, mischte sich Samuel in das Gespräch und musterte Quentin von oben bis unten. »Dort wird im Tagesrhythmus gewarnt, wie schädlich die Magie ist. Die zeigen schmelzende Gletscher und sterbende Urwälder in Dauerschleife und geben uns die Schuld dafür.«

»Ich glaube eher, die wollten einfach nur Ärger machen.« Quentin hielt inne. Vielleicht hat es nicht nur an der Magie gelegen, dass diese Auseinandersetzung eskaliert ist. Immerhin gab es eine Vorgeschichte mit dem schmierigen Typen. Er machte Mads regelmäßig das Leben schwer. Kurz fiel ihm seine Äußerung ein. »Du hast keine Ahnung, für wen du dich da eingesetzt hast.«

Für Mads. Einen sympathischen Kerl, der unter der Schikane eines fiesen Mobbers leiden musste. Oder? Quentin schüttelte sich und wendete sich dankend an Elouise, als sie mit dem Verband fertig war.

»Wir sollten nicht abwarten, bis sich solche Vorfälle häufen.« Samuels Augen funkelten verheißungsvoll. »Wir haben die Macht, diese Magiefeindlichkeit zu beenden.« Wieder ließ er den kleinen Wirbelsturm auf seiner Handfläche tanzen. Das übermächtige Surren magnetisierte den Raum. »Weil wir verdammt noch mal überlegen sind.«

Spencer presste die Zähne aufeinander. Seine Augen funkelten, während er den Miniatur-Wirbelsturm beobachtete. Einzelne, rote Haarsträhnen erhoben sich elektrisiert von seinem Kopf. »Wir müssen angreifen, bevor es zu spät ist.«

»Ich weiß nicht«, seufzte Quentin. Angreifen? Und dann was? Solche von Frust angetriebenen Besprechungen endeten immer in unkontrollierbaren Auseinandersetzungen. Sich aber kampflos der Situation zu unterwerfen, fühlte sich ebenso falsch an.

»Meine Eltern spielen mit dem Gedanken, das magiehemmende Medikament auszuprobieren«, warf Gwen ein. Ihre Aufmerksamkeit galt dem Wirbelsturm, der zwischen Samuels Handflächen tanzte. »Lasst euch das auf der Zunge zergehen.« Sie hob den Blick. »Sie haben etwas entwickelt, um uns klein zu halten.«

Elouise verschränkte die Arme. Sie hatte von allen am wenigsten zu befürchten. Ihre Eltern liebten sie und ihre Magie bis heute. Es gab niemanden, der sie kritisierte, weil sie sich immer zu benehmen wusste. Trotzdem nickte sie zustimmend. »Ich denke, wir sollten die nächste Gelegenheit nutzen, um unseren Standpunkt zu vertreten.«

»Ne«, seufzte Quentin und sah in Richtung Tür. »Ich vertrete eure Meinung, aber ich halte mich raus.« Er setzte ein gezwungenes Lächeln auf und verabschiedete sich von seinen Freunden. Bevor er irgendwelche Aktionen unterstützte, musste er sich um die Blessuren am eigenen Körper kümmern. Und abwarten, was sein Anwalt im Zusammenhang mit dem Erdbeben für ihn aushandelte.

Ehe er das Wohnzimmer verließ, meldete sich Spencer räuspernd zu Wort: »Lass dich untersuchen.« Sein Blick wurde eindringlich. »Bitte.«

Die anderen nickten beipflichtend, also nickte Quentin zustimmend, um sie zu beruhigen. Er würde morgen zum Arzt fahren, aber erst musste er sich ausschlafen.

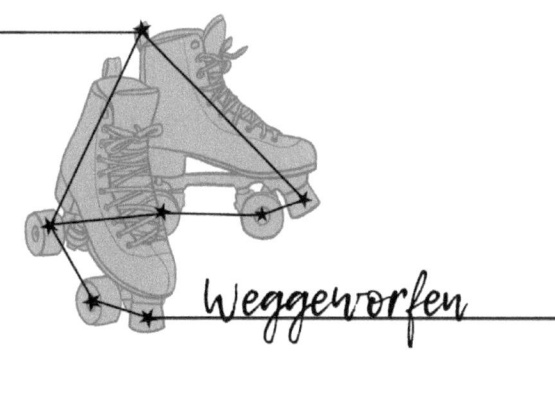

Weggeworfen

14

Zu Hause platzte Quentin, wie so oft, in eine Videoaufnahme hinein. Seine Mutter plauderte wild vor sich her und marschierte mit dem Smartphone im Blickfeld durch das Wohnzimmer. Als sie ihn bemerkte, entschuldigte sie sich bei den Zuschauern.

»Ich muss mich kurz um etwas kümmern.« Ihre Stimme klang hell und unnatürlich. »Bleibt alle gut gelaunt und macht euch einen schönen Abend! Bis später, ihr Lieben.« Sie grinste breit und hob die Hand winkend in die Kamera. Als sie das Smartphone senkte, blätterte das Grinsen von ihrem Gesicht.

»Da bist du ja.« Sie redete mit Quentin in einer tieferen Tonlage, die weniger Emotionen enthielt. »Warst du heute in der Stadt?«

Er schob die Tür hinter sich zu und schlüpfte aus seinen Schuhen, während er versuchte, den Sinn ihrer Frage zu ermitteln. Warum wollte sie das wissen? Ihre Mimik war merkwürdig verzerrt. Sie presste die Lippen aufeinander und hatte glasige Augen.

»Warum?« Er öffnete den Schuhschrank per Magie und ließ seine Schuhe darin verschwinden.

»Hast du jemanden angegriffen?« Ihre Augen tasteten über seinen Körper. Sollte die Frage nicht andersrum lauten? »Hat dich jemand angegriffen?« Entweder sah sie die offensichtlichen Blessuren - den auffallenden Kopfverband - nicht oder sie ignorierte sie. Es folgte keine besorgte Nachfrage, ob es ihm gut ging.

»Nein.« Seine Augenbrauen zogen sich zusammen. Er streifte den Mantel von seinen Schultern und ließ diesen in Richtung Garderobe schweben.

»Lass das mit der Magie«, zischte sie. Ihre Augen wurden noch glasiger. »Hör damit auf!«

Quentin stutzte und beendete seine Aktion. Er konnte den Mantel nicht mitten im Flur fallen lassen. Als er auf dem Kleiderbügel hing und dieser auf der Stange seinen Platz fand, atmete er durch. Die Schranktür schloss er mit der Hand.

»Was ist los?«

»Ein blonder Mann mit schwarzem Mantel hat in der Stadt seine Magie missbraucht. Eine Frau wurde mit einigen anderen von ihm angegriffen.« Ivy ging einen Schritt auf ihren Sohn zu. »Hast du diese Leute verletzt?«

»Und wenn schon.« Quentin schnaubte genervt und zog sein linkes Hosenbein hoch. »Siehst du das? Das waren die. Die haben auf mich eingeprügelt, als wäre ich irgendein scheiß Sandsack!«

»Aber Quentin, die Poli-«

»Die haben mich angegriffen. Nicht umgekehrt! Ich lag bewusstlos im Brunnen, weil die mich da liegen gelassen haben.«

»Die Polizei hat gesa-«

»Und ich habe es gut sein lassen. Ich bin nicht zur Polizei gerannt, weil ich wusste, dass diese Leute nichts mehr verlieren können. Sie sind abgehauen!«

»Einer von ihnen ist schwer verletzt.« Seine Mutter lehnte sich gegen den Türrahmen und warf ihrem Sohn einen sorgenvollen Blick zu. »Er liegt im Koma.«

Im Koma? Sein Mund stand offen, weil er noch etwas hatte sagen wollen. Quentin schluckte seine Worte und taumelte einen halben Schritt zurück. Er hatte jemanden ins Koma befördert? »Aber warum?« Seine Stimmbänder fühlten sich kratzig an. Konnte das sein? Er hat doch nur winzige Glasscherben auf die Gruppe geschleudert. Wie konnte man dadurch schwer verletzt werden?

»Er hat sich eine Kopfverletzung zugezogen. Scheinbar ist er auf dem Boden aufgeprallt, weil ihn jemand mit Magie weggestoßen hat. Die Augenzeugenberichte treffen auf dich zu. Ich bin unruhig vor Sorge. Ich habe gehofft, dass du heute nicht in der Stadt warst. Hattest du nicht ein Date mit Mads oder so? War er dabei? Kann er deine Version bezeugen?«

»Ich war in der Stadt«, krächzte Quentin und vergrub die Hände in den hinteren Hosentaschen. »Ich war alleine.« Die Erinnerung spuckte ihm die Bilder der Geschehnisse vor die Füße. Sie hatten nicht aufgehört, auf ihn einzuschlagen. Er hatte sich nur gewehrt. »Das war Notwehr.«

»Oh, Quenti ...« Die Stimmlage seiner Mutter ließ nichts Gutes vermuten. Sie stieß sich vom Türrahmen ab und deutete ins Wohnzimmer. »Wir müssen darüber reden.«

Als er auf der Couch saß, starrte Quentin die Tasse an, die sich zwischen seinen Händen befand. Kamillentee trank er gerne. Aber an diesem Abend schmeckte er komisch. Die milden Aromen hatten den Beigeschmack von Schuld.

»Dein Vater hat schon einen Termin mit dem Anwalt ausgemacht. Er wird nicht begeistert sein.«

»Das hat nichts mit dem Erdbeben zu tun.« Quentin hob die Tasse an seine Lippen und schluckte die Mixtur aus Kamille und Schuldgefühlen. »Das brauchen die nicht in Verbindung bringen.«

»Aber sie werden strenger, wenn es um den Nutzen von Magie geht.« Ivy senkte die Stimme. »Kannst du nicht wenigstens etwas subtiler damit umgehen?«

»Das ist schwierig.« Er wich ihrem Blick aus. Es war ihm noch nie gelungen, mit ihr über die Gefühle zu reden, die ihn innerlich zerrissen. Die Gespräche brachen vorher ab, weil einer von ihnen irgendetwas falsch verstand und wütend abzog. »Ich bin doch nicht falsch, so wie ich bin.«

»Natürlich nicht«, entgegnete sie gedämpft. »Aber sieh doch ein, dass diese Fähigkeit gefährlich ist. Du musst damit aufhören.«

Er kippte den Rest des Kamillentees herunter und stellte die Tasse auf den Tisch. »Ich möchte niemandem schaden. Aber ich kann nicht anders sein als so, wie ich schon immer war.«

»Versuch es doch wenigstens. Bevor du wirklichen Ärger riskierst. Wenn dieser Mann, im Koma ... wenn er stirbt, dann wirst du Probleme bekommen.«

»Aber es ist nicht meine Schuld, dass er im Koma liegt.« Quentins Magen zog sich schmerzlich zusammen. War es wirklich nicht seine Schuld? »Wenn sie mir nicht gefolgt wären, dann wäre das alles nicht passiert.«

»Musstest du diese Magie nutzen?« Sie fuhr sich mit der Hand durch das Gesicht. »Gab es wirklich keinen anderen Weg?«

»Ja, ich musste *diese* Magie nutzen, sonst hätten sie mich umgebracht!«

Sie stieß einen ungläubigen Lacher aus und schüttelte den Kopf. Über ihrem Gesicht schwebte die Maske der Enttäuschung.

»Nur leider gab es keine Zeugen, die gesehen haben, dass es keinen anderen Weg gab.«

»Und du glaubst mir nicht?« Er hielt die Luft an und starrte auf ihre Lippen.

»Ich war nicht dabei.«

»Oh wow«, stöhnte Quentin. »Du sagst so oft in deinen Videos, wie viel ich dir bedeute und dass du immer auf meiner Seite bist. Aber wenn es wirklich darauf ankommt, dann zeigst du mir nichts davon.«

Ihre Wangen färbten sich rot. Zwischen ihren Augenbrauen bildete sich eine Falte. »Das hat hiermit nichts zu tun.« Die Silben gingen abgehakt über ihre Lippen. »Ich bin immer für dich da. Aber wenn du deine Macht missbrauchst, dann muss ich streng durchgreifen. In diesem Punkt habe ich die Erziehung bisher nie ernst genug genommen.«

»Du hast die Erziehung in keinem Punkt jemals ernst genommen«, höhnte er. »Meine ersten Schritte habe ich vor einer Kamera gemacht, als wäre ich ein Teil der Truman-Show. Ich war bis vor Kurzem ein gefeierter Held für diese magische Spielerei. Jetzt plötzlich hasst mich alle Welt. Das ist allein deine Schuld und ich hasse dich dafür!« Er wischte mit der Hand durch die Luft, um die Tasse vom Tisch zu schleudern. Aber es geschah nichts. Es funktionierte nicht. Die Tasse verharrte seelenruhig in ihrer Position. Er runzelte die Stirn und versuchte es erneut. Konzentration. Tasse. Runterwerfen. Nichts. Er starrte seine Hand an. Warum konnte er keine Magie wirken?

»Quentin«, stöhnte sie und stand von der Couch auf. »Ich bin deine Mutter.« Ihre Augen waren schreckgeweitet.

»Warum passiert nichts?«, fragte er gereizt und streckte den Arm aus, um einen Apfel aus der Küche zu befehlen. Eine Reaktion blieb aus. Erneut fiel sein Blick auf die kribbelnde Handfläche. Sein Körper reagierte auf seinen Befehl, aber die Atome seiner Umwelt schienen wie abgeschottet. Langsam fokussierte er die Tasse. Eine bittere Ahnung suchte ihn heim. Der Tee hat komisch geschmeckt. Er sah seine Mutter an. Sie würde doch nicht ...?

»War in dem Tee was drin?«

Sie weitete die Augen. Für einen Sekundenbruchteil zögerte sie. Als sie den Kopf schüttelte, wirkte das nicht glaubwürdig.

Quentin fasste sich an den Hals. »Hast du mir dieses Medikament untergejubelt?« Seine Atmung wurde schwer.

»Damit du endlich aufhörst«, erklärte Ivy stammelnd. »Es ist zu deinem Besten, glaube mir. Ich mache mir doch nur Sorg-«

Er ließ sie nicht zu Ende sprechen. Überstürzt rauschte er zum Gäste-WC. Er schob sich den Finger in den Rachen, dafür brauchte er mehrere Anläufe, bis ein Würgreflex einsetzte.

Sie eilte ihm nach. Im Türrahmen blieb sie stehen und verzog das Gesicht. »Das ist doch Unsinn. Hör auf damit.«

Widerwärtiger Geschmack flutete seinen Rachen. Kamillentee und ein Muffin, den er sich zuvor in der Stadt gegönnt hatte, kämpften sich seine Speiseröhre empor. Es kratzte in seinem Hals. Die Zwischenrufe seiner Mutter ignorierte er. Das Zeug musste raus. Er hörte erst auf, sich zu übergeben, als nur noch Galle kam.

Als er sich dem Waschbecken zuwandte, um sich den Mund auszuwaschen, trafen sich ihre Augen im Spiegel. Er stützte sich an der Keramik ab. Die Platzwunde pulsierte und seine Beine fühlten sich taub an. Jetzt kratzte ihm der Hals, weil er sich unnötigerweise hatte übergeben müssen. »Du«, begann er knurrend und verengte die Augen, »bist die schlimmste Mutter, die man sich wünschen kann.«

Ihre Mimik entgleiste. Sie holte Luft, um etwas zu sagen.

Das tat sie aber nicht.

Stattdessen warf sie ihre Haare über die Schulter und verzog sich in Richtung Treppe.

»Wie erwachsen«, stöhnte Quentin und machte Anstalten, ihr zu folgen. »Du kannst nicht immer abhauen, wenn es ernst wird. Warum hast du versucht, mich zu vergiften?«

Sie blieb auf der Hälfte der Treppe stehen. Der Blick, den sie ihm entgegenschmetterte, brachte sein Blut zum Gefrieren. »Verschwinde aus meinem Haus, du undankbarer Scheißkerl!«

»Verdammt noch mal, Mama!« Quentin setzte einen Fuß auf die Treppe. »So kann das Gespräch doch nicht enden.«

Er blieb stehen und wartete eine Antwort ab. Aber seine Mutter verschwand am Ende der Treppe im Schlafzimmer. Ein Klicken verriet, dass sie sich einschloss. Was für ein Kindergartenscheiß. Quentin setzte sich seufzend auf die Treppe und zog sein Smartphone hervor. Immer noch keine Nachricht von Mads. Er wählte die Nummer seines Vaters und lehnte sich zurück. Ein Freizeichen ertönte. Sein Blick galt der Decke. Helle Holzvertäfelungen verliehen dem Flur oben einen gemütlichen Anschein. Pauls Drang nach Gemütlichkeit hatte immer schon in ihm geschlummert.

»Ich arbeite gerade«, begrüßte sein Vater ihn knapp. »Kannst du dich kurz fassen?«

Quentin senkte den Blick zum unteren Ende der Treppe. Die Fliesen waren spiegelglatt. Das Gegenteil von Gemütlichkeit. »Nur damit du Bescheid weißt«, brummte er und stand auf. »Ich werde bei dir schlafen.«

»Oh«, kam als unerwartet überraschte Antwort. »Heute?«

»Ja, wieso?« Quentin runzelte die Stirn. »Ich meine ... passt das nicht?«

»Kassandra kommt vorbei, du weißt schon ... Ich kann dir nicht sagen, wie lange sie bleibt.« Sein Vater hatte eine Verabredung mit seiner Freundin? Ausgerechnet jetzt?

»Verstehe.« Quentin drehte um, marschierte die Treppe rauf, und packte eine Tasche. »Dann vergiss, was ich gesagt habe. Einen schönen Abend.« Er legte auf, bevor eine Antwort kam.

Zu den Anziehsachen, er hatte zwei Hosen und zwei Shirts eingepackt, legte er ein Ladekabel für sein Smartphone sowie einen Laptop in seine Tasche. Quentin hatte keine Ahnung, wo er hinsollte. In ein Hotel? Zu einem Freund? Spencer vielleicht. Aber der würde sich dann wieder falsche Hoffnungen machen. Ins Auto? Konnte man darin leben? Alle Zeichen deuteten darauf hin, dass er eine Nacht im Gefängnis verbringen könnte. Er schnaubte ein knappes Lachen aus. Dazu würde es niemals kommen. Morgen zöge er zu seinem Vater. Bis dahin würde er sich ein Hotel leisten.

Bevor er die Villa verließ, verharrte er für einen Augenblick vor der Schlafzimmertür. Seine Mutter hörte langsame Popmusik. Das war immer ein Zeichen dafür, dass sie sich mit Tränenbächen überflutete. Vielleicht sollte er doch bleiben, um für sie da zu sein, wenn sie das Zimmer verließ. Er stellte den Rucksack ab und klopfte an die Tür.

»Verschwinde!«

»Lass uns noch einmal darüber re-«

»Nein. Hau ab!«

»Merkst du, wie du dich verhältst?«

Eine weitere Antwort blieb aus. Stattdessen wurde die Musik lauter.

Seufzend versuchte Quentin den Rucksack in seine Hand schweben zu lassen. Es funktionierte nicht, also hob er ihn ohne Magie auf und trottete die Treppe runter.

Das Hotel in der Nähe der Trabrennbahn hatte einen guten Ruf. Dort würde er einchecken, und wenn er die Stadt von der Hotelbar auf der Dachterrasse aus betrachtete, dann würde die Welt anders aussehen.

»Was meinen Sie damit, die Karte ist gesperrt?« Quentin stand in der Lobby und starrte den Rezeptionisten an. Es war ein gepflegter Mann, der sich mit Sicherheit viel darauf einbildete, in diesem Hotel zu arbeiten. Die Uniform schmiegte sich wie eine zweite Haut an seinen Körper.

»Sie können damit nicht bezahlen«, erklärte er mit einer gehobenen Stimme. »Die Karte wird nicht akzeptiert.« Er hielt die Kreditkarte zwischen den ausgestreckten Fingerspitzen, als würde es sich dabei um etwas Kontaminiertes handeln. Abschätzend blickte er über Quentins Körper und blieb immer wieder am Kopfverband hängen. Derartig demolierte Gäste nahmen sie offenbar nicht gerne an. Mit Sicherheit war er froh, dass die Karte nicht funktionierte und er den ungebetenen Mann abwimmeln konnte.

Quentin nahm die Karte zögerlich entgegen. Hatte seine Mutter sie gesperrt? Wegen eines banalen Streits? »Also kann ich hier nicht einchecken?«

Der Mann schüttelte den Kopf. »Ohne Karte läuft hier gar nichts.« Er rückte seine Brille mit einer steifen Bewegung zurecht. »Haben Sie keine andere?«

Natürlich hatte er keine andere. Wozu? Quentin ließ die Schultern sinken und bewegte sich rückwärts auf den Ausgang zu. »Alles klar. Bis dann.«

Er wanderte eine Weile ziellos durch die Stadt. Ob es etwas bringen würde, wenn er zur Bank ginge? Hatte er Befugnis, seine Karte wieder zu reaktivieren? Sie griff auf das Konto seiner Mutter zu. Der Versuch wäre sinnlos. Er zog sein Portemonnaie heraus, um einen Blick auf das Bargeld zu werfen. Eine Nacht in einem Billighotel wäre drin. Aber musste er dort nicht auch seine Kreditkarte hinterlegen?

Als sein Smartphone klingelte, wurde er aus dem Gedankenkarussell befreit. Vielleicht sein Vater? Hoffentlich hatte er sein Date nicht abgesagt. Ein Blick auf das Display sorgte für Klarheit: Elouise.

»Ja?«

Sie zögerte. »Hattest du Streit mit deiner Mutter?«

Woher wusste sie davon? Quentin atmete ein, sagte nichts und stieß ein Lachen aus. Er konnte sich die Antwort schon denken.

Elouise fuhr mit stockender Stimme fort. »Sie hat einen Livestream gestartet und sah ziemlich fertig aus.«

Natürlich hat sie sich wieder an die Öffentlichkeit gewendet. Die Schar von Unbekannten war ihr bester Freund und Therapeut zugleich. Und je mehr sie sich ihr anvertraute, desto tiefer verlor sie sich in den Weiten der Scheinwelt. »Sie hat mich rausgeschmissen.«

»Wirklich?« Elouises Stimme brach. »Das ist ... also ... das tut mir leid. Was ist denn passiert?«

Er zuckte mit den Schultern. Sollte er sie wirklich damit belasten? Er zupfte einen Fussel von seinem Ärmel und ließ den Gedankengang reifen. »Der übliche Streit. Sie kriegt sich wieder ein.«

»Hast du«, ihre Stimmlage wurde höher, »einen Ort, zu dem du gehen kannst? Die Leute in dem Livechat haben ihr empfohlen, deine Kreditkarte zu sperren und all so'n Blödsinn. Ich wollte einfach nur sichergehen, dass du klarkommst.«

Quentin lachte auf. Natürlich hatte sie auf ihre Follower gehört. »Ich zieh zu meinem Vater«, log er und schob seine freie Hand in die Manteltasche.

»Dann ist ja gut.« Elouise seufzte erleichtert. »Wenn du was brauchst, kannst du dich jederzeit melden.«

Quentin nickte. »Danke.«

Ein Graffiti erhaschte seine Aufmerksamkeit. Es war, dem beißenden Geruch nach zu urteilen, noch frisch. In orangefarbenen Lettern stand: *Magie ausrotten* auf dem Schaufenster eines Designergeschäftes. »Elli?«, murmelte er und ließ die Augen über die einzelnen Buchstaben gleiten. Am unteren Rand verlief die Farbe und verlor sich auf dem Bürgersteig. »Plant ihr noch immer die Demo?«

»Ja, wieso?«

Quentin atmete durch. Beißender Lackgeruch legte sich in seiner Nase nieder. Der orangefarbene Schriftzug stachelte seine Sinne mit Aggressivität an. An diesem Punkt seiner Existenz hatte er kaum noch etwas zu verlieren. »Ich mache doch mit.«

Ein kurzes Zögern folgte.

»Prima«, entgegnete sie schließlich mit hoher Stimme. »Gwen trifft sich morgen mit Spencer. Wenn du dazustößt, können sie dich über alles aufklären.«

»Alles klar«, brummte Quentin und schlenderte zu seinem Auto. Dort würde er die Nacht verbringen. Im Auto pennen. Das hat er zuletzt getan, als er sieben Jahre alt und nach dem Schwimmunterricht eingeschlafen war. Er hob den Blick zum dunklen, wolkenfreien Himmel. Wenn er aufs Land hinausfahren würde, könnte er unter dem geöffneten Dachfenster die Sterne beobachten. Dafür hatte er schon lange keine Zeit mehr gefunden. Das war keine schlechte Idee. Ein Grinsen schlich sich in seine Mundwinkel. Er umfasste sein Teleskop in der Tasche und eilte auf sein Auto zu. Morgens würde er erst seinen Anwalt aufsuchen und dann zu Spencer fahren.

- ✯ -

»Nur, um es für mich noch einmal klarzumachen: Als ich dir sagte, du sollst dich unauffällig verhalten, hast du dich mit einer Gruppe geprügelt und dabei einen von ihnen ins Koma befördert.«

Das Gesicht des Anwaltes glich einer Totenmaske. Keine Falte deutete auf eine Regung hin und seine Augen starrten unentwegt in Quentins Richtung. Immer wieder fror sein Blick auf einzelnen Blessuren ein.

Er blinzelte nicht. Wenn er so weitermachte, dann würden seine Augen austrocknen.

Als er es nicht mehr aushalten konnte, blinzelte Quentin an seiner Stelle. »Ich wurde von denen angegriffen.«

»Du hättest nicht woanders hingehen können, um dem Konflikt zu entgehen?« Ein Mundwinkel zuckte. War das ein unterdrücktes Lächeln? Oder bildete sich Quentin das ein, weil er auf ein freundlicheres Gesprächsklima hoffte?

Er schüttelte den Kopf. Wie oft sollte er die Sache noch schildern? Seine Augen suchten nach einem Gegenstand, der ihm innere Ruhe verschaffte. Das Büro des Anwalts war aufgeräumt. In den Regalen standen Bücher, der Höhe nach sortiert. Von links nach rechts wurde die Reihe niedriger. Er festigte den Blick auf eine goldene Schildkrötenfigur, die als Buchstütze diente. Ihr Gesicht war detailliert graviert. Die hatte der strukturiert eingerichtete Mann mit Sicherheit nicht selbst gekauft. Vielleicht ist sie ein Geschenk gewesen?

»Es war in dieser Seitenstraße?« Der Anwalt schob einen Stadtplan über den Schreibtisch. Sein Zeigefinger tippte auf einen roten Kreis, der zwischen zwei großen Gebäuden eingezeichnet war. In der Nähe befand sich das Parkhaus. Dort prangte ein rotes Kreuz auf der Karte. »Du wolltest von diesem Laden«, der Finger wanderte über das Papier, »den schnellsten Weg in das Parkhaus nehmen.«

Quentin nickte. Wie oft noch? Er verlagerte seine Sitzposition. Die Nacht im Auto hatte ihm kaum Schlaf und hauptsächlich Schmerzen eingebracht. Was für 'ne beschissene Idee.

»Ich nehme mit der Besitzerin der Boutique Kontakt auf, vielleicht hat sie etwas beobachtet.« Der Anwalt räusperte sich und tippte mit dem Zeigefinger auf die Stelle vor dem Geschäft, in dem Quentin die Hose gekauft hatte. »Vielleicht finden wir noch andere Augenzeugen. Wir brauchen jemanden, der versichern kann, dass die Kläger dich zuerst angesprochen haben.«

»Angenommen, das führt zu einer Gerichtsverhandlung. Wird es überhaupt gewertet, was die Kläger erzählen?« Quentin knibbelte an seinen Fingernägeln. »Immerhin waren sie betrunken. Und das Opfer war mit ihnen befreundet. Sie können nicht objektiv aussagen.«

»Jeder Zeuge wird befragt«, erklärte der Anwalt mit gedämpfter Stimme. »Zu diesem Zeitpunkt gehe ich davon aus, dass es keine Verhandlung geben wird. Ich strebe an, mit den Angehörigen des Opfers eine außergerichtliche Einigung zu treffen.« Zwischen seinen Augenbrauen bildete sich eine Falte. »Hoffen wir einfach, dass der Mann aus dem Koma erwacht. Das würde einiges leichter machen.«

Opfer. Koma. Diese Worte legten sich wie Ziegelsteine in Quentins Magen nieder. Er war in diesem Zusammenhang der Täter. Obwohl sie ihn zuerst angegriffen hatten? Wie sollte er das beweisen, wenn alle Zeugen mit dem Komapatienten befreundet waren? Vielleicht hatte die Boutiquebesitzerin wirklich etwas beobachtet. Spontan wünschte er sich, dass er freundlicher zu ihr gewesen wäre. Wenn er ihren Wunsch nach Werbung erfüllt hätte, würde sie sich bestimmt für ihn einsetzen. Tja, für solche Einsichten war es mal wieder zu spät.

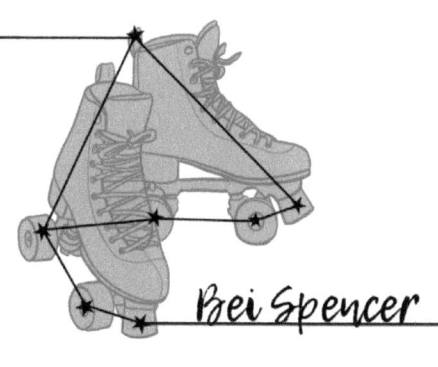

Bei Spencer

15

»Meine Eltern haben dieses Medikament bestellt«, murmelte Gwen. Sie umklammerte ein Buch mit beiden Händen, während sie auf Spencers Couch saß und zwischen den bunten Kissen zu verschwinden schien. »Sie wollen, dass ich meine Fähigkeit aufgebe.«

»Hä?« Spencer marschierte durch sein Wohnzimmer und knetete beide Fäuste. »Du nimmst das nicht.«

Sie zuckte mit den Schultern. Ihre Mimik war von Resignation erfüllt. »Ich wünschte, ich könnte das entscheiden.«

»Spinnst du?«, knirschte Spencer. »Es geht um deinen Körper. Du bist die Einzige, die darüber zu entscheiden hat! Außerdem bist du erwachsen.« Mit verschränkten Armen schwang er sich gegen eine Fensterbank. Eine Buddhafigur, die darauf vor sich hin lächelte, drohte durch seine schnelle Bewegung herunterzufallen. Er bremste den Sturz mit Magie.

»Sie bauen die Innenstadt nach dem Erdbeben übrigens wieder auf«, murmelte er. »Dort sollten wir unsere Demo unangemeldet starten. Damit sie die höchstmögliche Aufmerksamkeit erhält.«

»Damit erreichen wir nicht das, was wir uns wünschen«, kritisierte Quentin. Er saß auf einem großen Kissen auf dem Boden und trank eine Tasse Kaffee, die Spencer ihm zubereitet hatte. Seine Gelenke fühlten sich steif an und er hatte Kopfschmerzen. Trotz der schönen Sicht auf den Sternenhimmel, hatte er im Auto nur wenig Schlaf gefunden. Diese Tatsache zog sich wie ein Gummi in Form von Müdigkeit durch seinen Tag. Die Blessuren an seinem Körper schienen mit jeder Stunde an Schmerz zuzunehmen. Für einen Moment spielte er mit dem Gedanken, zum Krankenhaus zu fahren, um sicherzugehen, aber er hatte Angst, dort auf Angehörige des Komapatienten zu stoßen. Immerhin wusste er nicht, in welchem Krankenhaus er lag, und bei seinem Glück würde er der trauernden Familie direkt in die Arme rennen.

Die gemütliche Atmosphäre bei Spencer war ein Kontrast zu den vergangenen Stunden. Hier fühlte sich Quentin immer willkommen, es war wie ein drittes Zuhause. Bei ihm unterzukommen, bedeutete aber, dass sein bester Freund sich wieder Hoffnungen auf eine Beziehung machte. Daran war nicht zu denken, sie hatten es oft genug versucht.

Das Gespräch über die Zwangseinnahme eines Medikaments trübte das gemütliche Gefühl und löste Quentin aus seinen Gedanken. Sollte er erzählen, dass seine Mutter ihm das magiehemmende Mittel in den Tee gemischt hatte? Inzwischen waren seine Fähigkeiten zurückgekehrt, aber der Vorfall hatte sein Vertrauen zerrüttet. Er wandte sich an Gwen. »Was wirst du tun?«

Sie zuckte mit den Schultern. »Sie meinten, ich hätte es in Zukunft leichter, wenn ich normal wäre.« Sie ließ die Buchseiten zwischen ihrem Daumen und Zeigefinger blättern. »Wie auch immer man normal definiert. Ich habe gesagt, dass ich es kritisch sehe.«

»Dass du es *kritisch siehst*«, äffte Spencer wenig überzeugt nach. »Du musst denen deutlich klarmachen, was du willst!«

»Ich weiß doch selber nicht, was ich will«, murmelte Gwen.

Quentin rieb sich über die Augen und unterdrückte ein Gähnen. Ohne den Kaffee wäre er aufgeschmissen. »Sie können dich nicht zwingen.« *Sie könnten es in deinen Tee mischen, also pass auf.* Er rümpfte die Nase. Wenn er ihnen das erzählte, würden sie auf der Stelle Amok laufen.

»Ich weiß«, raunte Gwen. »Aber sie machen sich Sorgen.« Sie schluckte. »Die Lage wird ernster. Habt ihr mitbekommen, wie unruhig die Vulkane auf Hawaii werden?«

»Was haben wir mit den scheiß Vulkanen auf Hawaii zu tun?« Spencer schüttelte genervt den Kopf. »Mal im Ernst. Warum sollte jemand einen Vulkan am anderen Ende der Welt beeinflussen, weil er sich hier die Schuhe mit Magie zubindet?«

»Keine Ahnung«, entgegnete Gwen kleinlaut. »Meint ihr nicht, dass wir den Klimawandel mit unseren Aktionen vorantreiben?«

»Nein, meine ich nicht.« Spencer nahm neben Quentin Platz und warf einen Blick in die halbleere Kaffeetasse. »Noch einen?«

Quentin schüttelte den Kopf. »Du darfst nicht nachgeben.« Er sah Gwen an und brachte ein halbherziges Lächeln zustande. »Es war die Entscheidung deiner Eltern, dir eine magische Gabe zu verleihen. Sie wollten ein begabtes Kind und müssen jetzt mit den Konsequenzen leben.«

»Ganz genau«, bestätigte Spencer und klopfte Quentin gegen den Rücken. Er rückte näher an ihn heran. Seine Hand verharrte hinter ihm. »Wenn sie etwas für die Vulkane auf Hawaii tun wollen, sollen sie ein Spendenkonto einrichten oder so. Ihre einzige Tochter mit Drogen vollzupumpen kann ja wohl nicht die Lösung sein.«

Gwen reagierte mit einem gequälten Grinsen. Ihr schwarzer Pony hing strähnig über ihren Augen. »Haben eure Eltern schon einmal mit euch über die magischen Genexperimente gesprochen?« Ihre Stimme klang kleinlaut. Sie legte das Buch beiseite, um die Arme zu verschränken. »Und über ihre Gründe, warum sie sich darauf eingelassen haben?«

Quentin runzelte die Stirn. Hatte er mit seinen Eltern darüber geredet? Seine Mutter hatte in einem begabten Kind das Potenzial zum Ruhm gesehen. Das war der einzige Grund, aus dem er so war.

Er war im Begriff, etwas zu sagen, als er Spencers Hand an seinem Rücken spürte. Mit kreisenden Bewegungen massierte sein bester Freund ihm über das Schulterblatt. Seine Antwort blieb ihm im Hals stecken.

»Meine Eltern waren neugierig«, raunte Spencer mit verruchter Stimme und sah in Gwens Richtung. Das, was er mit seiner Hand tat, passierte wie fremdgesteuert nebenher. Ein schiefes Grinsen verirrte sich auf seine Lippen. »Denen ist es ziemlich egal, was ich damit anstelle.« Als wollte er seine Aussage untermalen, weitete er die massierende Bewegung magisch aus.

»Du Glücklicher«, seufzte Gwen und hob den Blick an die Zimmerdecke.

Quentin versuchte, sich auf das Gespräch zu konzentrieren, aber Spencers Berührung war einnehmend. Wärme rauschte über seinen Rücken. Das fühlte sich gut an. Genau richtig. Aber unangebracht. Er schluckte, als sich sein Hals trocken anfühlte. »Hör auf«, zischte er und sein bester Freund zog die Hand zurück.

»Was ist mit deinen Eltern?« Spencer legte beide Arme in seinen Schoß, als wäre nie etwas passiert, und widmete sein Augenmerk Gwen.

Quentin schielte ihn von der Seite an. Er seufzte. Das mit Spencer klappte nicht. Er war zu unstet für seine Lebensvorstellungen. Außerdem, und an dieser Stelle zog sich in seiner Brust etwas zusammen, wollte er mit Mads zusammensein. Wenn er an ihn dachte, fühlte sich sein Herz wie eine vergessene Rosine an. Zusammengeschrumpelt und alt. Nicht jeder mochte Rosinen. Bestimmt wollte Mads deshalb keine feste Beziehung mit ihm eingehen. Weil er festgestellt hatte, dass getrocknete Weintrauben doch nichts für ihn waren.

»Meine Eltern wollen immer das Beste für mich«, erklärte Gwen. »Dass ich gesund bin und gut durchkomme. Deshalb sind sie damals zu AURA-Fertility gegangen. Aber nach den letzten Entwicklungen möchten sie verhindern, dass ich mir mit einem magischen Ausrutscher meinen Ruf ruiniere.« Zuletzt trafen ihre Augen auf Quentins. Sie blinzelte entschuldigend. »Sie möchten nicht, dass ich jemanden in Gefahr bringe.«

Diese Worte trafen Quentins Rosinenherz wie ein glühender Dolch. Ob sie das mit Absicht so formuliert hatte? Er hatte sich einen magischen Ausrutscher erlaubt. Wegen ihm lag ein Mann im Koma. Deshalb musste er sich mit seinem Anwalt und Schuldgefühlen herumärgern. Aber Gwen wusste davon nichts, weil er es seinen Freunden nicht erzählen wollte. Sie wussten von dem Vorfall, aber nicht von dessen Konsequenzen. Es sei denn, irgendein Promimagazin posaunte wieder seine halbe Lebensgeschichte hinaus.

Er sah Spencer an und biss sich von innen auf die Wange. Sollte er fragen, ob er die Nacht hier verbringen könnte? Die Option, bei seinem Vater unterzukommen, war erst einmal vom Tisch. Sein Date hat sich zu einer längerfristigen Erfahrung entwickelt und die neue Freundin würde ein paar Tage bei ihm verbringen. Kassandra fühlte sich bei ihm wie zu Hause. Wie überaus passend.

»Kommt Elouise?«

»Nope«, kommentierte Spencer und widmete ihm einen knappen Seitenblick. Seine Augen waren sichelförmig verbogen. Im dämmerigen Licht der indirekten Wohnzimmerbeleuchtung sahen seine roten Haare besonders warm aus. »Sie hat was zu erledigen.« Er zuckte mit den Schultern. »Und Samuel konnte ich nicht erreichen.«

»Ach, der wäre auch wieder dabei gewesen?« Das ging ablehnender über Quentins Lippen, als geplant. »Er hat doch nichts mit uns zu tun.«

»Er hat all seine Freunde verloren«, sagte Spencer erschreckend ernst. »Samuel macht das gleiche durch wie wir. Nur tausendmal schlimmer.«

Samuel hatte seine Freunde verloren? Alle? Quentin schluckte. Übelkeit kämpfte sich seine Speiseröhre empor. Samuel war bei einigen Treffen dabei gewesen, aber er hatte nie von seiner Situation erzählt. Oder hatte er ihm einfach nicht zugehört?

»Ich muss los«, gab Gwen gähnend von sich und kletterte aus dem Kissenmeer. »Die Sache mit dem Medikament überlege ich mir. Meine Eltern werden schon nicht darauf bestehen, dass ich es einnehme.«

»Und wenn doch, dann sag uns Bescheid«, meinte Spencer und sprang aus dem Schneidersitz auf die Beine. »Wir sind für dich da.« Er begleitete sie zur Tür. Dort unterhielten sie sich mit gedämpften Stimmen. Quentin konnte nicht verstehen, worum es ging. Er starrte in die leere Tasse zwischen seinen Händen und dachte über die kommenden Tage nach. Ob er nach Hause zurückkehren könnte? Der bittere Beigeschmack des versetzten Kamillentees kroch ihm die Kehle hoch. Niemals. Aber weitere Nächte im Auto würde er nicht überstehen, sein Nacken fühlte sich jetzt schon an wie eine Laugenstange, die nach drei Tagen an der Luft brüchig geworden war.

»Und wirst du mir erzählen, was dich belastet?« Spencer stand mit verschränkten Armen im Türrahmen und betrachtete Quentin von oben herab. Die Maske der Belustigung lag in diesem Moment nicht über seiner Mimik. Er wirkte aufrichtig besorgt. »Heute bist du besonders still.«

Quentin zuckte mit den Schultern. »Zwischen Gwen und mir herrscht 'ne komische Stimmung.«

Spencer schnaubte wenig überzeugt. Er stieß sich vom Türrahmen ab und schritt langsam auf Quentin zu, um sich vor ihm niederzulassen. Er lehnte sich vor und nahm in gebeugter Position Blickkontakt auf. »Gestern war Gwen auch dabei und du hast dich normal verhalten.« Zwischen seinen Augenbrauen bildete sich eine Falte. Ein Teil seines Blickfeldes war von roten Strähnen verhüllt. »Du hast Augenringe bis zum Arsch und deine Ausstrahlung fühlt sich matschig an. Irgendwie grau. Du hast schon wieder Stress mit deiner Ma, oder? Aber das ist nicht alles, stimmt's?«

Quentin seufzte lang gezogen, bevor er Blickkontakt zu Spencer herstellte. Seine graublauen Augen präsentierten sich wie ein offenes Buch. Sie wirkten groß, vermutlich, weil sie schon wieder mit Kajal umrandet waren. »Meine Augenringe gehen also einmal um meinen Körper herum, um am Arsch zu enden?«

Spencer grinste. »So ähnlich.«

Quentin spiegelte das Grinsen. »Die Typen, die mich neulich angegriffen haben«, begann er und wechselte den Fokus zwischen Spencers Augen. Sein linkes sah einen Hauch grüner aus als das rechte. Ob sich das seine Eltern so ausgesucht haben? Es war wohl eher ein Nebeneffekt der Genmanipulation. Eine der beiden

Farben war die ausgesuchte, die andere war seine natürliche Augenfarbe. »Die Betrunkenen meine ich.«

Spencer nickte. »Was ist mit denen?«

»Ich dachte, die würden mich umbringen. Deshalb habe ich sie mithilfe von Magie von mir gestoßen. Einer von ihnen wurde am Kopf verletzt. Er liegt im Koma.« Die Worte gingen ihm wie eine zähe Papiermasse über die Zunge. Er wollte sie nicht wahrhaben. Dass er jemanden schwer verletzt hatte, passte nicht in seine Vorstellung eines gepflegten Lebenslaufes.

»Du hast mehrere Personen mithilfe von Magie von dir gestoßen?« Spencers Augen glänzten und er nahm eine aufrechte Sitzposition ein. »Wie geil ist das denn?«

»Einer von ihnen liegt im Koma«, wiederholte Quentin nachdrücklich. »Ich habe jemanden schwer verletzt.« Seine Stimme bebte. Als seine Handflächen schmerzten, senkte er den Blick und bemerkte, wie fest er die Fäuste zusammenpresste. Mit einem tiefen Atemzug löste er seine Anspannung.

»Na und?« Spencer zuckte mit den Schultern. »Für mich klingt das nach Notwehr. Hast du jetzt Stress mit der Polizei?«

Quentin nahm ein paar Atemzüge, um sich zu beruhigen. Er wollte nicht, dass seine Stimme weiterhin bebte. Spencer stachelte ihn gerne an, aber darauf ließ er sich diesmal nicht ein. »Ich habe die Sache meinem Anwalt übergeben. Wahrscheinlich werden die die Sache mit dem Erdbeben wieder hochholen.«

»Meinste, das bringen die in Zusammenhang?«

Quentin zuckte mit den Schultern. »Sie wollen die Magie abschaffen. Jeder Fehltritt ist ein gefundenes Fressen.«

»Deshalb bist du so angespannt.« Spencer kratzte sich am Kinn. »Deine Mutter hat wieder eine Szene gemacht, oder?«

»Was glaubst du denn?«

»Traurige Popmusik und ein Livestream?«

Quentin lachte leise. »Scheiße, du kennst sie gut.«

»Sie hat sich nicht verändert.« Spencer knibbelte an seinen Fingernägeln. Sie waren passend zu seiner Hose blau lackiert. »Ich vermute, du wirst bei deinem Vater pennen?«

»Ja«, log Quentin und verzog das Gesicht. Spencer gegenüber fühlte sich die Lüge falsch an. Er war nicht Elouise, die man vor ungemütlichen Wahrheiten beschützen musste. »Also … nein.« Er zuckte mit den Schultern. »Mein Vater hat eine neue Freundin.«

»Uh, L'amour«, trällerte Spencer und leckte sich über die Lippen. »Deshalb siehst du so aus, als hättest du im Auto gepennt.« Stille. Der Rotschopf musterte ihn. »Du hast es tatsächlich getan.« Er legte den Kopf schief. »Du weißt, dass du hier immer willkommen bist.«

Sich Schwäche einzugestehen, war keine von Quentins Vorlieben. Aber seine Optionen waren beinahe ausgeschöpft. Warum sollte er nicht nach dem Strohhalm greifen, den sein bester Freund ihm reichte? »Ich weiß.« Er brachte es kaum fertig, die Stimme über ein Flüstern hinaus zu erheben, und wich Spencers Blick zwanghaft aus. Er rümpfte die Nase und warf einen Blick auf seine Smartwatch. Keine Nachricht von Mads. Sein Rosinenherz schrumpfte weiter in sich zusammen.

Spencer legte ein warmes Lächeln auf seine Lippen. »Hol deine Sachen und fühl dich wie zu Hause. Mein Angebot steht.« Seine Augenbrauen hüpften auf und ab. »Mit oder ohne Extras.«

Quentin stieß ein ungläubiges Lachen aus. Mit Extras bedeutete in Spencers Welt, dass er sich mit Gästen ein Bett teilte. So verlockend das Angebot auch klang, ihm war nicht danach, mit seinem Immer-wieder-Mal-Exfreund ins Bett zu steigen. »Ich möchte mich nicht aufdrängen.«

»Dich so zu sehen, ist 'ne Qual. Ich verstehe, dass du deinen Stolz bewahren musst. Aber wenn ein alter Freund dir anbietet, auf seiner Couch zu pennen, anstatt im Auto zu leben, dann ist das ein Upgrade.«

»Ein Upgrade«, wiederholte Quentin mit gehobener Stimme und sah in Spencers Augen. Rauchig und einladend funkelten sie ihm entgegen. »Also gut. Für eine Weile bleibe ich hier.« Er atmete auf, als er für seine Entscheidung ein zufriedenes Grinsen erntete.

»Aber erst bring ich dich zu einem Arzt«, legte der Rotschopf mit hochgezogenen Augenbrauen fest. »Denn das da ist immer noch der gleiche Verband, den Elli dir angelegt hat.«

Dem konnte Quentin nichts entgegenbringen, also stimmte er zu.

Es vergingen Tage, dann Wochen, in denen Quentin bei Spencer lebte. Von dort aus kümmerte er sich um die Formalitäten, die ihm sein Anwalt bescherte. Die Polizei ermittelte gegen ihn. Schwere Körperverletzung. Die Zeugen waren zur Tatzeit betrunken gewesen, deshalb zog sich das Verfahren in die Länge. Durch Spencers Idee, die Blessuren fotografisch festzuhalten, hatte Quentin wenigstens einen Beweis dafür, dass ihm zum Tatzeitpunkt auch etwas angetan wurde. Der Arztbericht würde sich diesbezüglich sicher auch als nützlich erweisen.

Dass er seiner Mutter aus dem Weg gehen konnte, war eine willkommene Abwechslung. Manchmal verfolgte er ihre Videos. Sie schien klarzukommen. Solange sie W-Lan hatte und Instagram funktionierte, blieb ihr Leben in geraden Bahnen. Schön für sie. Traurig, dass sie ohne ihre Familie so glücklich sein konnte.

Das Kissenmeer auf Spencers Couch war Quentins neues Zuhause. Zumindest vorübergehend. Der würzige Räucherstäbchenduft verabschiedete ihn abends in den Schlaf und empfing ihn morgens beim Wachwerden.

Für einige Tage befand er sich in einer Blase, die vollkommen frei von Sorgen war. Sein bester Freund kümmerte sich um ihn und wenn er sich nicht irgendwann wie ein Schmarotzer vorgekommen wäre, dann hätte Quentin sich dem Leben in Abhängigkeit völlig hingegeben.

Oft hatte er den Bungalow für sich, weil Spencer entweder in der Uni war oder phasenweise im Keller ausharrte, um für sein Studium zu lernen. Es lagen noch ein paar Semester vor ihm und er hatte große Ziele.

Die Ruhe, die durch die anhaltende Beschäftigung und das damit verbundene Alleinsein entstand, war das stärkste Argument für Quentin, sich baldmöglichst eine eigene Wohnung zu suchen. Weder bei seiner Mutter noch bei seinem Vater konnte er sich wirklich frei entfalten.

»Kaffee?«, fragte Spencer eines Morgens, als er im Flur zwischen Wohnzimmer und Küche seine Hose überzog. Auf seiner Stirn klemmte eine altmodische Schweißerbrille mit Gummiband. Runde Kerben um seine Augen ließen erahnen, dass er die Brille vor Kurzem noch getragen hatte. Hatte er die ganze Nacht durchgearbeitet? Woran? Der Rotschopf lugte zur Couch und brachte seine Frisur in Ordnung. Die Brille zog er runter, sodass sie um seinen Hals hing. Durch die ganzen Färbungen hatten seine Haare eine festere Struktur bekommen, die ihn jeden Morgen mit einer Strubbelmähne bestrafte.

»Nein danke«, entgegnete Quentin, welcher dabei war, die unzähligen Kissen zu sortieren. Wenn Spencer die alle waschen wollte, dann bräuchte er mindestens zwei Waschmaschinenladungen. »Ich muss gleich zur Polizei. Die wollen eine Aussage von mir.«

»Dann nimm doch lieber einen«, meinte Spencer und ließ eine Kaffeetasse aus der Küche auf Quentin zu schweben.

Dieser fing die Tasse aus der Luft und brachte ein dankbares Grinsen auf.

Spencer fuhr sich durchs Haar und hielt es oben am Hinterkopf mit den Händen zusammen. Kleine Strähnen fielen ihm in die Stirn. Der Kajalstrich war unter seinen Augen verlaufen. Dadurch sah er müder aus, als er vermutlich war. »Hast du gut geschlafen?«

Quentin nickte und ließ den Blick an Spencers Körper herabfahren. Er trug schon wieder eine dieser weiten Yoga-Hosen. Diesmal eine orange-rot gemusterte. Sie verbarg den zierlichen Körper, der immer irgendwie zerbrechlich wirkte. Wenn man ihn näher kennenlernte, merkte man schnell, dass er es nicht war.

»Danke.« Damit meinte Quentin alles. Die Tatsache, dass er hier unterkommen durfte. Die gastfreundliche Distanz. Die Selbstverständlichkeit, mit der er ihn nicht für seine Straftat verachtete, und den Kaffee.

Er lächelte und holte sein Smartphone hervor, um auf die Uhr zu sehen. Eine halbe Stunde hatte er noch. Er öffnete den Chatverlauf mit Mads. Der war inzwischen so weit nach unten gerutscht, dass er eine Weile scrollen musste. War er ihm egal geworden? Das Lächeln auf seinen Lippen erstarb. Immer noch keine Reaktion. Seit vier Wochen ignorierte er ihn. So abserviert zu werden fühlte sich grausam an. Als wäre er ein Kleidungsstück, das in der Umkleide noch ganz nett ausgesehen hatte, aber zu Hause plötzlich doch nicht mehr passte. Er lagerte nun in irgendeinem Müllsack, den Mads irgendwann zur Altkleidersammlung bringen würde.

»Was ist los?«, fragte Spencer und schritt langsam auf ihn zu. Er lugte auf das Smartphone und runzelte die Stirn. »Schlechte Nachrichten?«

Quentin schüttelte den Kopf. Er schloss den Chatverlauf und widmete seinem besten Freund ein unechtes Lächeln. »Wohl eher gar keine Nachrichten.«

»Mies«, kommentierte Spencer. »Hast du jemanden gedatet?« Er rümpfte die Nase. »Und der ghostet dich jetzt?«

Quentin verzog leidend das Gesicht. Jemanden zu ghosten bedeutete, dass man ihn ohne jeglichen Grund plötzlich ignorierte. Er selbst hatte schon viele Freundschaften auf diese Art beendet und sich nichts dabei gedacht. Nun, wo er spürte, wie das war, empfand er rückblickend Mitleid für alle, denen er das angetan hatte. Er steckte das Smartphone weg und schüttelte den Kopf. »Ist egal.«

Spencer biss sich auf die Unterlippe und ließ seine Pupillen über Quentins Gesicht wandern. »Wenn irgendein Penner dir das Herz bricht, ist das nicht egal.« Er legte seine Hand an Quentins Brust. »Er hat wohl keine Ahnung, wie wertvoll du bist.«

Quentin blinzelte. Die Kaffeetasse schickte warme Strömungen in seinen Arm. Spencers Hand tat dasselbe auf seiner Brust. Er biss sich auf die Wangeninnenseite und schenkte dem Augenblick all seine Aufmerksamkeit. War das wieder irgendein magischer Trick? Spencer hatte seine Magie auf die zwischenmenschlichen Gelüste spezialisiert. Er konnte Schwingungen erzeugen, die jedem Vorspiel die Show stahlen.

Quentins Mund fühlte sich trocken an und seine Augenlider wurden schwer. Er deutete ein Kopfschütteln an. »Bitte mach das nicht«, raunte er und trat einen Schritt zurück. »I-ich habe einen … Termin.«

Spencer zog seine Hand zurück. »Ich mache nichts.«

Quentin schluckte. Das aufwallende Gefühl blieb bestehen. Er starrte die zierlichen Lippen an, auf der Suche nach einem Grinsen. Spencer log. Irgendetwas Magisches trieb er und wollte es nicht zugeben. Für den Hauch einer Sekunde sah er seinen Freund mit anderen Hintergedanken. Er verlor sich in dem rauchigen Grau seiner Augen. Das eine mit einem blauen Schimmer, das andere mit einem grünen.

»Ich schwöre, ich hatte nicht vor, dich jetzt irgendwie zu -«, setzte Spencer zu einer Erklärung an. Seine Stimme klang aufrichtig. Aber er hörte auf zu reden und grinste schief. »Du hast ganz von selbst so reagiert.«

Schuldbewusst fuhr sich Quentin mit der Hand durch das Gesicht und trat einen Schritt zurück. »Ach scheiße«, stöhnte er. »Tut mir leid. Ich weiß auch nicht. Ich meine ... vergessen wir das.« Er beförderte die Kaffeetasse mittels Magie auf einen Tisch und bewegte sich auf den Flur zu. »Ich komme zu spät.«

Spencer zuckte mit den Schultern. Einen Augenaufschlag später stolzierte er auf die Couch zu. Wie ein schlanker Tiger, der sich einen Platz suchte, um seinen Körper möglichst aufreizend zu präsentieren. Er ließ sich auf den Kissen nieder und behielt seinen besten Freund im Blick. In einem unnötig lasziven Bewegungsablauf zog er die Schweißerbrille über seinen Kopf, um sie wie ein halbmotivierter Stripper von sich zu werfen. »Willst du so losgehen?« Er stierte zwischen Quentins Beine und fixierte eine Wölbung auf seiner Hose. Ein Grinsen machte sich breit. »War der Moment so anregend oder ist das dein Taschenteleskop? Das können wir doch eben zu Ende bringen.«

Quentin dachte angestrengt an etwas anderes. Das war kein passender Moment, um mit Spencer zu schlafen. Der rauchige Duft von Patschuli-Parfüm kitzelte in seiner Nase. Er weckte die Erinnerung von fernen Küssen, denen sie sich in der Vergangenheit hingegeben haben. Beinahe hatte er den süßen Geschmack auf der Zunge, der von dem Lipgloss ausging, den Spencer manchmal trug. Aber jetzt war nicht der richtige Zeitpunkt dafür. Quentin kniff die Augen zusammen und wandte sich der Tür zu.

Mit einer geschmeidigen Handbewegung ließ Spencer diese zufallen. Er rekelte sich zwischen den Kissen und behielt seine Beute im Blick. Immer wieder zuckte sein Blick zu den unteren Regionen. Seine Mimik war von einer amüsierten Ruhe erfasst. Der Rotschopf würde dieses Spiel auf die Spitze treiben. Wenn Quentin gehen wollte, würde er das zulassen. Er war kein Unmensch, der jemandem seinen Willen aufzwang. Aber er wusste, wie man mit den Sinnen spielte.

Quentin legte seine Hand an die Türklinke, drückte sie herunter. Die Tür ließ sich öffnen. Er konnte gehen. Aber sein Denkvermögen vollzog einen Tanz zwischen den Waagschalen der Vernunft und des Verlangens. Für einen kleinen Quickie hätten sie Zeit. Nur kurz. Er wäre deutlich entspannter, wenn die Polizisten ihn befragten. Seufzend ließ er von der Türklinke ab, um sich Spencer zu widmen.

Der leckte sich triumphierend über die Lippen und schob sein Shirt hoch, um seinen nackten Oberkörper zu präsentieren. Seine Haut war bleich und wurde von bläulichen Adern durchzogen. Mit einem langsamen Augenaufschlag und einer spielerischen Handbewegung zupfte er an Quentins Jacke. Er streifte sie mittels Magie von seinem Körper und verpasste ihm einen leichten Stoß von hinten, damit er sich schneller auf die Couch zubewegte.

Quentin hauchte ein Grinsen in seine Richtung und zog seinen Pullover aus, bevor er sich über seinen besten Freund lehnte und ihn in einen intensiven Kuss verwickelte. Das war nicht der richtige Zeitpunkt. Spencer war auch nicht die richtige Person. Aber in diesem Moment war er alles, was Quentin hatte.

- ✱ -

Stunden später lagen Quentin und Spencer immer noch in dem Meer aus Kissen und verloren sich in tiefgründigen Gesprächen. Vergangene Zeiten. Zukunftsvisionen. Aktuelle Sorgen. Sie lachten miteinander und ließen den Tag im Nichtstun verstreichen.

»Lass uns abhauen«, brummte Spencer. »Einfach ins Auto und weg. Nur wir beide. Was meinst du?« Sein Arm lag hinter Quentins Kopf und seine Hand fuhr streichelnd über seine Brust. Er umfuhr Quentins Brustwarze mit einem Hauch seiner Fingerkuppe.

Quentin lachte rau. »Was schwebt dir vor?«

»Mit dem Auto kommt man bis nach Afrika. Von dort finden wir 'nen Weg nach Amerika.« Seine Lippen näherten sich Quentins Nacken. Als er die Stimme, direkt unter seinem Ohr, flüsternd erhob, bildete sich eine Gänsehaut. »Wir müssen nicht hierbleiben.«

Quentin schloss die Augen und stellte sich diese Zukunft vor. Mit Spencer im Auto. Auf dem Weg nach Amerika. Das würden sie durchziehen, ganz sicher.

Aber zu welchem Preis?

Sie mussten sich den Trümmern stellen, die sich vor ihnen angesammelt hatten. Er öffnete die Augen und sah zu einer goldverzierten Wanduhr. Den Polizeitermin hatte er verpasst. Das war bereits Stufe eins auf der Flucht vor Problemen. »Was hältst du von Indien?« Das passte besser zu Spencer. Die Einrichtung seines Hauses vermittelte bereits den Anschein, sich dort zu befinden. »Da kommt man auch mit dem Auto hin.«

Der Rotschopf lachte. »Auch gut. Wir machen 'ne Weltreise draus.« Er streckte seine Hand aus. »Und überall kaufen wir ein Armband. Ich bin erst zufrieden, wenn beide Arme bis oben hin voll sind.«

»Du bist ein Träumer«, brummte Quentin und strich mit den Fingern über Spencers Armlänge, bis zu seiner Schulter. Er lächelte beim Anblick der Gänsehaut, die seiner Berührung folgte. »Vielleicht machen wir das irgendwann. Aber nicht jetzt.«

Sein bester Freund seufzte. »Die anderen kommen gleich«, flüsterte er mit rauchiger Stimme. »Wir haben den ganzen Tag hier gelegen.«

»Egal«, entgegnete Quentin und schloss die Augen. Er wünschte, dass ihm immer alles so egal wäre, wie in diesem Augenblick. Warum musste er sich den Kopf zerbrechen und über Dinge nachdenken, die ihm nicht guttaten, wenn er stattdessen einfach nur daliegen und die Zeit vergehen lassen konnte?

»Willste echt, dass die uns nackt vorfinden?« Spencers Stimme nach zu urteilen, grinste er bei seiner Aussage. »Obwohl … von mir aus können wir dann alle zusammen was starten.«

»Oh, komm schon«, stöhnte Quentin. Da war er wieder. Der Grund, aus dem er niemals eine Beziehung mit Spencer eingehen könnte. Diese freizügige Lebensphilosophie würde immer zwischen ihnen stehen. Er war wie ein unsteter Wind, der immerzu versuchte, Quentin zu entwurzeln. Dabei sehnte er sich nach jemandem, bei dem er festen Halt fand. »Ich habe kein Interesse an Sex mit Gwen und Elouise.«

»Aber mit Samuel?«, ergänzte Spencer amüsiert und hörte auf, Quentin zu streicheln. Seine zarten Lippen hauchten ihm einen Kuss auf die Wange, bevor er sich von der Couch erhob, um sich anzuziehen. »Es ist schon Nachmittag«, murmelte er und zündete mit einer Fingerbewegung ein Räucherstäbchen an. »Und du hast deinen Termin verpasst.«

»Als ob du es nicht darauf angelegt hättest«, brummte Quentin und verharrte zwischen den Kissen. Der Duft von rauchigen Patschublüten würde ihn bis in alle Ewigkeit an magisch unterstützte Orgasmen erinnern. Die hatte Spencer perfektioniert. Damit war er für viele Menschen eine unerreichbare Koryphäe. Er bescherte ihnen den Sex ihres Lebens und hinterließ sie für alle kommenden Beziehungen mit einer Leere, die niemand ohne Magie jemals ausfüllen können würde. Was für ein grausamer Akt.

»Ich konnte nicht anders«, bemerkte Spencer und brachte die Kissen in Ordnung. Ein paar davon sortierte er aus, um sie in Richtung Küche schweben zu lassen, wo sich die Waschmaschine befand. »Du wohnst jetzt schon 'ne Weile hier. Ich stehe auf dich und das weißt du.« Er winkte ab. »Du siehst jetzt außerdem viel zufriedener aus.«

Quentin schielte in Spencers Richtung. Er hätte sagen können, dass er sich zufriedener fühlte, aber danach war ihm nicht. Wenn die anderen gleich kämen, würde er genug reden müssen. Gähnend legte er den Kopf zurück und sah an die Decke, welche mit einem bunten Seidentuch behangen war. Wie oft hatte er das Muster darauf in den vergangenen Tagen begutachtet? Er atmete den rauchigen Duft ein, erinnerte sich an das prickelnd explosive Gefühl, das Spencer in ihm ausgelöst hatte, und stand auf, um sich anzuziehen.

Wenig später belagerten alle zusammen Spencers Wohnzimmer. Elouise und Gwen auf den Kissen am Boden. Quentin auf der

Couch. Spencer und Samuel wechselten zwischen sitzen, laufen und stehen. Cedrics Film war fertig entwickelt und sie begutachteten gemeinsam seine Fotos.

Vor Elouise lag eine Papiermappe, zwischen ihren Fingern klemmten einige Bilder. Sie blätterte diese durch und verzog immer wieder das Gesicht. »Die sind gut«, nuschelte sie. »Ich meine, wirklich gut.« Bei einem Foto hielt sie inne, um es den anderen zu präsentieren. »Das war ein paar Tage vor der Demo. Ich wusste gar nicht, dass Ced auf dieser Messe war.«

»Auf welcher Messe?« Gwen lehnte sich vor und nahm das Foto in Augenschein. Sie kicherte. »Das war 'ne Convention, keine Messe.«

Quentin nahm das Foto entgegen. Vor einer künstlich aufgebauten Stadtkulisse posierten Menschen in aufwendigen Superheldenkostümen. Sie wirkten alle so realistisch, dass es nicht verwunderlich wäre, wenn sie aus dem Bild steigen und die Stadt retten würden. Wovor auch immer. »Er war auf 'ner Comic Convention?« Ein schiefes Grinsen erfasste seine Lippen. »Alleine?«

»Er hat sich bestimmt geschämt, uns zu fragen«, bemerkte Spencer stirnrunzelnd. »Meint ihr, er war auch verkleidet?«

»Ne«, antwortete Elouise und präsentiere ein Bild, auf dem Cedric ohne Kostüm mit seiner Kamera in einem Spiegel zu sehen war. Es war aus einem Winkel geschossen, der den Spiegel als eine Art Portal in die Welt der Comichelden erscheinen ließ. Sie legte das Foto ab und blätterte weiter.

»Er hat nicht einmal in seiner Story erwähnt, dass er da war«, seufzte Gwen und nahm Quentin das Foto von den Superhelden ab. Ihr Blick wies auf ein Schmollen hin. Mit vorgeschobener Unterlippe musterte sie das Bild. »Ich wäre mit ihm gegangen, weil an dem Tag echt gute Illustratoren da waren. Sogar Arsène Oscar

Burton.« Die letzten Worte gingen ihr schwärmend über die Lippen. A. O. Burton war ihr größtes Idol, das wusste jeder, der mit ihr länger als zehn Minuten über das Zeichnen redete.

»Oh«, entfloh es Elouise, ehe sie ein Bild in Gwens Richtung hielt. »Vielleicht war er deshalb alleine da?«

Gwen kreischte beim Anblick ihres Idols, welches auf dem Foto zu sehen war.

Elouise legte die nächsten sieben Bilder vor sich auf den Boden und präsentierte eine Reihe von Motiven, die alle denselben Mann zeigten. Mit grau meliertem Bart und einer kleinen runden Sonnenbrille signierte er Bücher und Zeichnungen. Ein Bild zeigte ein Selfie von Cedric, mit dem Künstler beim Signieren eines Posters. *Für Gwen, alles Gute zum Geburtstag. A. O. Burton.*

»Oh Shit«, seufzte Elouise und berührte das Foto mit den Fingerspitzen. »Das wollte er dir bestimmt schenken.«

Gwen nickte, sagte aber kein Wort. Ihre Augen hüpften über die Aufnahmen am Boden. Ihre Mimik wirkte dabei wie erstarrt, bis sich ihre Mundwinkel senkten. »Ach, so ein Mist«, murmelte sie schuldbewusst. »Er würde mich hassen, wenn er wüsste, dass ich mich zu diesem Medikament überreden lassen habe.«

»Wie kommst du darauf?« Elouise steckte die Fotos in die Papiermappe und warf Gwen einen irritierten Blick zu. »Was haben die Medikamente damit zu tun?«

Sie zuckte mit den Schultern. »Ich musste gerade daran denken, wie nett Cedric manchmal sein konnte. Er ist gestorben, weil er verhindern wollte, dass uns die Magie genommen wird. Und ich?«

»Also nimmst du die Dinger jetzt regelmäßig ein?« Spencer musterte Gwen abschätzend. »Warum tust du das, zur Hölle?«

Sie zuckte mit den Schultern. »Ich sagte doch, dass meine Eltern vehement sind. Sie machen sich Sorgen.«

»'Nen Scheiß machen die«, stöhnte Spencer und schlug im Vorbeigehen gegen einen Perlenvorhang, welcher klangvoll zu schwingen begann. »Die wollen dich unterdrücken und du machst den Blödsinn mit!«

»Sie sind meine Eltern, natürlich machen sie sich Sorgen.« Ihre Stimme wurde mit jeder Silbe leiser. »Sie möchten nicht, dass ich in gefährliche Situationen gerate.«

»Wenn du dich ohne Magie nicht mehr gegen irgendwen wehren kannst, ist das viel gefährlicher«, warf Elouise ein und erntete bestätigendes Kopfnicken von Spencer.

»Vielen Dank!«, stöhnte er anerkennend und stampfte auf Gwen zu. »Du musst dich gegen sie durchsetzen.« Sein Blick schweifte über die Gesichter der anderen. »Wisst ihr, dieses Medikament ist nur der erste Schritt. In Amerika werden Operationen besprochen, die das AURA-Gen deaktivieren sollen. Hundertprozentig wird das hier bald auch thematisiert.«

»Nur weil Operationen im Gespräch sind, muss das nicht heißen, dass sie durchgeführt werden«, warf Elouise skeptisch ein.

Spencer lachte. »Na klar. Das haben wir über das Medikament auch gesagt und Gwen muss die Scheiße jetzt einnehmen.«

Gwen verzog eingeschüchtert das Gesicht und wich vor ihm zurück. Sie öffnete die Lippen einen Spalt, sagte aber nichts. Stattdessen griff sie nach der Papiermappe, um sich die Fotos anzusehen.

Als die Ruhe beinahe unangenehm wurde, seufzte Samuel. »Ich habe mich neulich mit einer Umweltaktivistin angelegt.« Er tigerte über den dunklen Holzboden. Jeder Schritt erzeugte einen knarzenden Ton. Bei dem Gespräch über Cedric hatte er sich zurückgehalten. Logisch, er hatte ihn kaum gekannt. Ob er höflicherweise abgewartet hat, bis er mit seiner Story anfangen konnte? Es hätte zu ihm gepasst. »Die kommentiert unter jedem Bild irgendeinen Spruch. Ihr Verhalten nervt mich schon seit Langem.«

»Hast du dich mit ihr im Internet angelegt?«, wollte Elouise wissen und kämmte sich mit den Fingern durch die Haarlängen.

Samuel schüttelte den Kopf. »Nein. Ich habe sie in der Nähe des Krankenhauses gesehen. Sie fällt mit ihren Locken sofort auf, ihr würdet sie auch erkennen.«

An dieser Stelle wurde Quentin hellhörig. Er löste sich gedanklich vom vorigen Gespräch und richtete sich auf. »Hatte sie eine Tasche dabei, die voll mit Buttons war?« Blinzelnd musterte er Samuel. »Und Klamotten an, die mit hoher Wahrscheinlichkeit aus bioreinem Naturmaterial selbst genäht wurden?«

Samuels Augen verengten sich. Er schien zu überlegen, denn für einen Moment sagte er nichts. »Sie ist definitiv eine Umweltschützerin.«

»Hm«, meinte Quentin und verschränkte die Arme. »Heißt sie Jean?«

»Ja«, antwortete Samuel sofort. »Genau, es lag mir auf der Zunge!« Er untermalte seine Aussage mit einem Nicken. »Zumindest heißt sie bei Facebook so.«

Dass Jean extrem eingestellt war, hatte Quentin schon geahnt. Mit den ganzen Buttons und ihrer Art machte sie kein Geheimnis daraus, welche Werte sie vertrat. Aber warum musste es ausgerechnet sie sein? Ausgerechnet *seine* beste Freundin? *Mads* ... Sein Magen verkrampfte sich. Ob das der Grund war, aus dem er ihn ignorierte? Jean wollte nicht, dass er sich mit einem magischen Schnösel abgab. Aber warum ließ er sich von ihr beeinflussen? Oder steckte eine andere Wahrheit hinter seinem Schweigen?

»Inwiefern hast du dich mit ihr angelegt?« Gwen gähnte. Ihr Gesicht sah an diesem Tag fahl aus. Sie hat scheinbar nicht viel

Schlaf gehabt, oder das Medikament zeigte Nebenwirkungen. Sie steckte Cedrics Selfie mit ihrem Idol in ihre Tasche und senkte den Fotostapel, um Samuel anzusehen. »Hast du sie angesprochen?«

Er schüttelte den Kopf. »Mir wollte ein Bus vor der Nase wegfahren. Ich habe ihn mit Magie aufgehalten.« Seine Stimmlage veränderte sich, sodass er genervt klang. »Ich lasse mich doch nicht doof an der Haltestelle abservieren.« Samuel schüttelte sich und normalisierte seine Stimme. »Und als der Busfahrer die Tür öffnete, kam sie wie eine Furie auf mich zu. Sie hat geschrien, dass ich daran denken soll, was meine Handlungen für Konsequenzen mit sich bringen, und dass sie sowieso schon einen schlechten Tag hat. All so was. Daran habe ich sie letztendlich erkannt.«

»War sie alleine?« Quentin stutzte, als er merkte, wie unvorsichtig die Frage war. Die Vorstellung, dass Mads sich mit ihr zusammentun und gegen die Magie kämpfen würde, quälte ihn. Seine Hände kribbelten und sein Blick suchte nach irgendetwas im Raum, was ihm Ruhe verschaffen konnte. Das Räucherstäbchen brannte langsam herunter. Die Spitze glühte und entließ einen feinen Dunstfaden in den Raum. »Oder war ein Typ bei ihr?« Hatte das gleichgültig genug geklungen? Er schluckte und sah in Spencers Richtung. Seinem Blick nach zu urteilen durchschaute er Quentins Hintergedanken sofort.

»Sie war alleine«, antwortete Samuel und lehnte sich gegen die Fensterbank.

»Was für ein Typ hätte bei ihr sein sollen?«, wollte Spencer wissen.

Elouise ließ von ihren Haaren ab und sah Quentin mitfühlend an. »Der mit den Rollschuhen, oder?«

Mit jedem Wort stieg weitere Hitze in Quentins Kopf. Dass seine Freunde ihn so gut einschätzten, überraschte ihn und er wollte nicht, dass es so war. Warum konnte er nicht so geheimnisvoll herüberkommen, wie er sich innerlich fühlte? Sie zogen die Infos aus ihm heraus, als würde er sie selbst äußern. »Keine Ahnung.« Was für ein jämmerlicher Versuch, diesem Gespräch zu entgehen.

»Ist das der, der dich ignoriert?« Spencer watschelte mit großen Schritten durch den Raum. »Dann hast du ja jetzt den Grund. Er ist ein Magie-Gegner.«

»Er ist mit Jean befreundet«, erklärte Quentin kleinlaut. »Aber ich hatte nicht den Eindruck, dass er ihre radikale Einstellung zur Magie teilt.« Die Erinnerung an den Abend auf dem Rollschuhplatz schien weit entfernt.

»Der sollte sich an dich ranmachen, um für ihre Sache Informationen zu sammeln.« Spencer reckte das Kinn und stieß einen herablassenden Laut aus. »Und dabei hat er dir das Herz gebrochen. Wenn du mich fragst, sollten wir uns diese Arschgeigen vornehmen.«

»Diese Arsch-«, begann Quentin atemlos zu wiederholen und schüttelte den Kopf. »Nein.« Seine Stimme ging in einem Hauchen unter. »Ich möchte keinen Ärger mit ihm.« Inzwischen fühlte sich sein zusammengeschrumpeltes Rosinenherz staubig an. Noch mehr konnte es nicht verkümmern.

Spencer nickte langsam und lief mit großen Schritten quer durch den Raum. Er legte seine Hand an das Kinn und erinnerte an Sherlock Holmes, kurz vor einer Erkenntnis. »Dann war das ihr Plan, von vornherein.« Er blieb stehen und sah Quentin mit einem stechenden Blick an. »Der Rollschuh-Pisser sollte sich an dich ranmachen. Dich um den Finger wickeln, bis du dich in ihn verliebst. Damit du jetzt, in diesem entscheidenden Moment, unser Handeln unterbindest. Sie wollten, dass du uns dazu überredest, nichts zu tun. Um ihre radikalen Aktionen weiter ungestört durchführen zu können. Du bist in unseren Reihen der mit der größten Reichweite.«

Das klang erschreckend plausibel. Quentin schluckte, andernfalls hätte er sich übergeben. Er war auf eine Betrugsmasche hereingefallen? Die staubige Rosine in seiner Brust fiel in sich zusammen und hinterließ schmerzende Leere. Mads ignorierte ihn nicht nur. Er hatte von vornherein geplant, ihn fallenzulassen? Er presste die Zähne aufeinander, bis sein Kiefer knackte. Dann verzog er das Gesicht. Seine Augen hangelten sich über die Blicke der anderen.

Elouise schaute ihn mitfühlend an. Sie kaute auf ihrer Unterlippe.

Gwen wirkte müde. Sie sah ihn zwar an, aber ihre Aufmerksamkeit schien durch ihn hindurch zu gehen.

Samuel nickte andächtig. Er schien an Spencers Theorie zu glauben.

Spencers Augen waren von Feuer erfüllt. Er machte kein Geheimnis aus seiner Wut. »Damit haben sie erst recht verdient, dass wir denen den Arsch aufreißen. Wir suchen sie.«

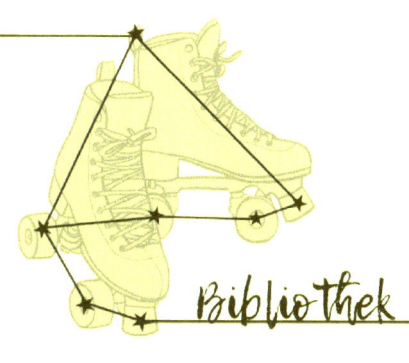

Bibliothek

16

»Keine Antwort ist die deutlichste Antwort, die man geben kann«, raunte Spencer theatralisch und hakte sich bei Quentin ein. Sie steuerten den Parkplatz an, auf dem sein Wagen stand. »Der Pisser hat dich verarscht.« Er wedelte mit seinem Smartphone herum. »Wir konfrontieren sie mit ihrer Scheiße und dann wird er sich gefälligst bei dir entschuldigen.«

Quentin entzog sich Spencers Umklammerung. Er zuckte mit den Schultern und öffnete seinen Wagen.

Elouise stieg hinten ein, gefolgt von Gwen. Ihre Köpfe steckten zusammen, weil sie sich Cedrics Fotos ansahen.

Spencer stürzte auf die Beifahrerseite zu.

Samuel wartete neben dem Wagen, bis Quentin einstieg. Er zog die Augenbrauen zusammen. »Kennst du die Adresse?«

Quentin nickte. Natürlich kannte er die Adresse. Ziehende Magenschmerzen versuchten, ihn daran zu hindern, ihrem Plan zu folgen. Elouise hat über Jeans Instagram Account herausgefunden, dass sie sich in der Stadtbibliothek herumtrieb. Sie nahm an einem Umweltschützer-Treffen teil und hatte ihren Standort über ein Video bekanntgegeben. Ob ihr klar war, dass sie sich angreifbar machte? Was, wenn Mads sich bei ihr aufhielt? Es würde Quentin das Herz zerreißen, ihn dort anzutreffen.

»Habt ihr euch schon mal mit Lobotomien auseinandergesetzt?« Spencer saß auf dem Beifahrerplatz im Schneidersitz und lehnte sich so weit nach hinten, wie es möglich war. »Die haben Eispickel durch die Augenhöhlen geschoben, um einen Teil des Gehirns zu zerstören.«

»Du bist ekelhaft«, klagte Elouise und drehte den Kopf in Richtung Fenster. »Erzähl das nicht so detailliert.«

»Sie haben doch keine Eispickel benutzt«, murmelte Gwen skeptisch. »Was für Mediziner sollen das gewesen sein?«

Spencer warf die Arme von sich und stieß ein knappes Lachen aus. »Du glaubst mir nicht? Ich schwöre, es waren handelsübliche Eispickel. Die geplanten Eingriffe an uns werden ähnlich ablaufen.« Er rümpfte die Nase. »Wenn mir jemand irgendwas durch die Augenhöhle rammt, dann kille ich jeden um mich herum.«

»Wenn du noch einmal Eispickel sagst, haue ich dir einen um die Ohren«, klagte Elouise leidend.

»Solche Eingriffe wird es hierzulande nicht geben«, brummte Samuel. Er richtete den Blick aus dem Fenster. »Sie werden damit nicht durchkommen.«

Quentin verengte die Augen, bei dem Versuch sich auf den Verkehr zu konzentrieren. Zu dem Gespräch konnte er nichts beitragen, oder wollte er nicht? Mit möglichen Eispickel-Operationen wollte er sich in seiner Lage nicht auch noch herumschlagen.

»Glaubt, was ihr wollt«, entgegnete Spencer und deutete auf Gwen. »Sie ist nur die Erste von uns, die diese Pillen einnimmt. In ein paar Jahren sind wir alle unsere Magie los.«

»Du übertreibst mal wieder.« Elouise zwirbelte eine Haarsträhne zwischen ihren Fingern. »Sie müssten zuerst die Gesetzeslage ändern. Mein Papa sagt, dass so etwas dauert. Die Medikamente, die es jetzt gibt, dürfen Ärzte nur empfehlen. Dass Gwen sie nimmt, liegt einzig an ihren Eltern. Sie könnte sich weigern und das Recht wäre auf ihrer Seite.«

Gwen sank tiefer in den Sitz, ihr Gesicht verschwand teilweise im Kragen ihrer Jacke. »Ich bekomme Geld«, nuschelte sie. »Dafür, dass ich die Tabletten teste.«

Spencer spitzte die Lippen, um ihr einen abschätzenden Blick zuzuschmettern. »Du machst das freiwillig?« Er lachte ungläubig. »Für Geld? Du gibst deine Fähigkeiten für ein paar Mäuse auf?«

Sie zuckte mit den Schultern. »Wenn ich die Tabletten nicht mehr einnehme, kommen die Fähigkeiten wieder.«

»Ich würde das Zeug nicht testen«, seufzte Elouise und flocht ihre Haare zusammen, um sie mit den Fingern wieder auseinander zu kämmen. Diesen Vorgang wiederholte sie. »Wer weiß, was für Spätfolgen zurückbleiben.«

»Wenn die Müdigkeit zu einem Dauerzustand wird, setze ich sie ab«, gab Gwen mit einem Gähnen zu und lehnte den Kopf zurück. Sie schloss die Augen und setzte ein mildes Lächeln auf. »Aber ich habe das Gefühl, dass meine Gedanken sortierter sind. Seitdem ich die Tabletten nehme, bin ich viel konzentrierter und das hilft mir bei meinen Zeichnungen. Ich kann Details besser aufnehmen.«

»Ich weiß ja nicht, ob das die Sache wert ist«, schnaubte Spencer. Er dribbelte mit den Fingern über seine Knie und warf Quentin einen eindringlichen Blick zu. »Und du hast wieder keine Meinung dazu?«

Quentin starrte in das rote Licht der Ampel. Er legte sich einen Notfallplan zurecht. Wenn Mads wirklich dort war, dann wäre ein

Rückzieher fällig. Sobald sie das Gebäude beträten, würde er nach braunen Locken Ausschau halten. Und auf fruchtigen Marzipanduft achten. Sein Magen zog sich zusammen. »Ich warte im Auto, bis ihr rauskommt.«

»Nen Scheiß wirst du«, protestierte Spencer und stieß ihm mit der Faust gegen die Schulter. »Wenn der Wichser da drin ist, sagst du ihm deine Meinung. Seit wann bist du denn so gehemmt, wenn es darum geht, deinen Standpunkt zu vertreten?«

Quentin schnaubte genervt. Bei Mads war die Sache anders. Ihm gegenüber fühlte er sich verletzlich. Seine harte Schalte hatte vor ihm keinen Bestand. Er hatte sich ihm zu früh geöffnet und bereute es nun.

»Wir sind bei dir«, versicherte Elouise. Ein Blick in den Rückspiegel brachte ihm ihr aufmunterndes Lächeln näher. »Wenn du weiche Knie bekommst, übernehmen wir das Reden.«

Der Eingang der Bibliothek war mit einem Banner behangen. *Zeit, aufzustehen – der Natur zuliebe* stand in gesprühten Lettern darauf. Von draußen ließ sich erahnen, dass viele Menschen im Gebäude waren. Vorne lungerten ein paar Personen, die bei einer Zigarette diskutierten.

Quentin schob seine Hände in die Manteltaschen und senkte den Kopf, um weitestmöglich zu verschwinden. Hier wimmelte es von Ökos. Er sah seine Freunde der Reihe nach an. Was trieben sie hier? Das konnte nur in einer Katastrophe enden.

»Wir teilen uns am besten auf«, meinte Spencer und streckte den Hals, um im Getümmel etwas zu erkennen. »Das Gebäude hat mehrere Etagen. Ich fahre mit dem Aufzug ganz nach oben. Gwen schaut sich unten um. Elouise und Samuel, ihr übernehmt die Kinder- und Jugendbuchabteilung.«

»Vergiss es«, widersprach Elouise und tippte sich gegen die Stirn. »Wir bleiben zusammen. Wenn Mads auftaucht, dann braucht Quentin uns.«

»Nein«, seufzte dieser und ließ den Blick durch die Menge gleiten. Die meisten Leute trugen ansehnliche Kleidung. Es war nur ein geringer Prozentsatz, der sich in naturreine Biomaterialien hüllte. Seine Augenbrauen zogen sich zusammen. Waren doch nicht alle Ökos gleich? »Aufteilen ist eine gute Idee. Dann sind wir schneller durch.«

»Und was machen wir, wenn wir Jean finden?«, wollte Samuel wissen. Er fummelte an einer Halskette, deren Anhänger zwischen seinen Rippen endete. Es war ein Kreuz aus dunklem Holz. »Sie festhalten, bis die anderen da sind?«

»Da ist sie«, hauchte Elouise und stellte sich auf Zehenspitzen. Sie deutete mit dem Kopf zum Ende der unteren Etage, in Richtung Treppenhaus. »Sie geht nach oben, kommt!«

Die anderen folgten ihrem Blick. Elouise tauchte in die Menge ein.

Spencer rieb sich die Hände und tigerte ihr nach, wie ein Raubtier auf der Pirsch.

Samuel zuckte mit den Schultern und folgte ihnen.

Gwen hielt Quentin ihre Hand entgegen und lächelte ermutigend. »Du hast eine Erklärung verdient.«

Er starrte ihre Hand an, seufzte tief und ergriff sie zögerlich. Gemeinsam folgten sie den anderen durch das Getümmel, bis sie im Treppenhaus ankamen, wo Spencer bereits mit Jean diskutierte.

Sie stand auf der Treppe und musterte ihn von oben herab mit gerunzelter Stirn. Ihre Haare waren zusammengebunden, standen dabei trotzdem in krausen Locken von ihrem Kopf ab. Sie trug wieder ihre olivgrüne Jacke und die Tasche mit den geschmacklosen Buttons. »Ihr habt euch wohl verirrt«, höhnte sie in einer arroganten Stimmlage. »Verzieht euch lieber, bevor ihr das Gebäude zum Einstürzen bringt.«

Spencer presste die Zähne aufeinander, bis sie knirschten. »Bitch!«, zischte er und erklomm die Treppe, um auf ihrer Augenhöhe zu sein. »Was glaubst du, mit wem du redest?«

Sie rümpfte die Nase und ließ den Blick über seinen Körper gleiten. »Einem Yoga-Lehrer?«

Quentins Augen scannten die Umgebung nach Mads ab. Er befand sich nicht in der Nähe.

War das ein gutes Zeichen?

Oder beobachtete er ihn von irgendwoher?

»Du hast unseren Freund beleidigt«, erklärte Elouise und zeigte auf Samuel. »Er wollte nur seinen Bus nicht verpassen.«

Jean zog die Augenbrauen zusammen. »Erwartet ihr, dass ich mich entschuldige?«

»Ja?« Elouise blinzelte und ließ die Schultern sinken. »Du hast ihn beleidigt.«

»Das könnt ihr knicken«, knurrte Jean und schritt die Treppe weiter hinauf, um Spencer erneut von oben herab zu mustern. »Ihr solltet euch eher für euren Egoismus entschuldigen.«

»Fick dich, du Hure«, sagte Spencer und fing sich beinahe eine Ohrfeige von ihr ein. Ihre Fingernägel hinterließen eine Spur auf seiner Wange.

Er wich zurück und riss den Mund vor lauter Schreck auf, während ihre Hand vor seinem Gesicht vorbeiflog.

Ihre Mimik war zornig verzogen. Sie stieß nach vorne, um seine Jacke zu ergreifen und ihn näher an sich heranzuziehen. »Pass auf, was du sagst.«

»Stimmt«, warf Gwen mit gedämpfter Stimme ein. »Die wirkliche Hure ist Spencer selbst.« Sie lachte leise über ihren eigenen Witz.

Quentin widmete ihr ein kritisches Kopfschütteln und trat vor, um die Auseinandersetzung zu unterbrechen. »Hört auf.« Er legte seine Hand an die Schulter seines besten Freundes. »Lasst uns gehen.«

»Nein«, widersprach dieser und zog seine Schulter ruppig zurück. »Wir machen keinen Rückzieher.« Er musterte Jean angewidert. »Dein behinderter Rollschuhfreund ist ihm eine Erklärung schuldig.«

Jean riss die Augen auf. Als hätte die Aussage einen Kurzschluss ausgelöst, schoss ihr Körper nach vorne. »Behindert?!«, schrie sie und schubste Spencer die Treppe runter.

Er überflog einige Stufen und wäre aufgeprallt, wenn Samuel seinen Sturz nicht abgefedert hätte. Spencer fiel in einen magnetischen Puffer aus Luft, der nach saurem Tannengrün duftete, und glitt unter dem elektrisierenden Surren der Magie sanft zu Boden.

Spencers Gesichtsfarbe glich sich dem feurigen Ton seiner Haare an. Er verengte die Augen, raffte sich auf und stürzte nach oben. Mit wutentbrannter Entschlossenheit setzte er zu einem Angriff an.

Quentin hakte sich geistesgegenwärtig bei Jean ein, schleifte sie über die Treppe zur nächsten Ebene. Sie protestierte, ihre Arme schlugen wild um sich. Aggressive Flüche verließen ihre Lippen, aber darauf konnte er keine Rücksicht nehmen. Diesen Blick hatte er noch nie bei seinem besten Freund gesehen. Mit mörderischer Gewalt würde er Jean etwas Unverzeihliches antun, ganz sicher. Jean wehrte sich gegen den Übergriff und riss sich los.

„Spinnst du?!" Ihre Haare verdeckten den Großteil ihres Gesichtes. Genervt knurrend befreite sie ihre Sicht von Locken.

Drei Aufzugtüren reihten sich aneinander, eine davon öffnete sich. Menschen kamen heraus. Quentin stieß Jean hinein und hechtete hinterher. Seine Hand hämmerte gegen die Knöpfe, wie sein Herz in der Brust. Als er sich atemlos umdrehte, sah er Spencer auf die Tür zu rennen. Sie schloss sich. Zu langsam, oder? Würde sie wieder aufgehen, wenn Spencer seinen Arm durchsteckte? Er näherte sich. Die wütende Mimik seines besten Freundes verschwand in einem Spalt. Tür zu, gerade rechtzeitig. Ruhe kehrte ein, als der Aufzug sich in Bewegung setzte. Quentin ertastete die Mechanik und brachte ihn zwischen den Etagen zum Stillstand.

Pause.

Jean wischte sich mit beiden Händen durch das Gesicht. Sie atmete schwer und schmiegte sich so dicht an die Wand, dass der Abstand zu Quentin größtmöglich war. »Was soll das werden?«

Er trat zurück, um den Abstand zu vergrößern. »Spencer ist unberechenbar«, erklärte er und lehnte sich mit dem Rücken gegen die Wand. »Er hätte dich umgebracht.«

»So ein Unsinn«, widersprach sie genervt. »Warum hast du den Aufzug angehalten?« Sie schüttelte den Kopf und zog den Kragen ihrer Jacke enger zusammen. »Lass die Finger von mir.«

Quentin zog die Augenbrauen hoch. Dachte sie, er wollte ihr an die Wäsche? Beide Hände hob er beschwichtigend an. »Das ist zu deinem Schutz.« Er nickte in Richtung Tür. »Du hättest ihn nicht schubsen dürfen.«

»Soll ich dir dankbar sein?« Jean lachte ablehnend. »Vergiss es.« Sie trat zögerlich vor, um sich die Knöpfe anzusehen. Einer davon kontaktierte einen Notruf.

»Er muss sich beruhigen«, erklärte Quentin und beobachtete, wie sie die Knöpfe der Reihe nach drückte. »Wenn er dich findet, dann wird er dir etwas antun.«

»Er hatte das verdient. Behindert ist kein Schimpfwort!«, knurrte Jean und tippte wiederholend gegen die Notruftaste. »Setz den Aufzug wieder in Bewegung.«

Quentin seufzte. Er schloss die Augen und erfühlte die Atome, die seine Umgebung ausmachten. Die Elektronik des Aufzuges vibrierte und schickte Wellen durch seinen Körper. Er setzte ihn mit einem magnetischen Impuls wieder in Gang und öffnete die Lider erst, als Jean erleichtert aufatmete und sich die, durch Magie entstandene, Gänsehaut von den Armen rieb.

»Ich hasse dieses Gefühl.« Sie verschränkte die Arme.

Schweigen schwängerte die Luft.

Quentins Pupillen hangelten an den Streben entlang, die sich durch die Metallwände des Aufzuges zogen. Es roch nach altem Teppich. Er schluckte. Als sein Magen sich schmerzlich zusammenzog, nahm er Blickkontakt zu Jean auf.

»Was ist mit Mads los?«

Ein Ruck durchfuhr ihren Körper. Sie stand vor den Türen, die sich bald öffnen würden. Kurz musterte sie ihn und rümpfte die Nase. »Was soll mit ihm sein?«

»Geht es ihm gut?« Ein Kribbeln zog durch Quentins Hals und verlangte ihm einen kratzigen Husten ab. Er unterdrückte es, um die Atmosphäre nicht unangenehmer als nötig zu machen. Was tat er hier? Warum gab er sich die Blöße? Ausgerechnet ihr gegenüber?

Sie lachte knapp. Während ihre Augen über seinen Mantel wanderten, schüttelte sich ihr Kopf. »Es geht ihm selbstverständlich nicht gut.«

Der kratzige Husten setzte sich durch. Quentin drehte sich weg. Ihre Worte schickten schmerzende Wellen durch seinen Körper. Was sollte das bedeuten? Warum ging es ihm *selbstverständlich* nicht gut?

»Du könntest ihn besuchen, aber dafür ist sich der perfekte Herr zu fein.« Sie seufzte genervt. »Er ist dir egal, oder? Und dass er sich quält, geht dir am Arsch vorbei.« Die Türen öffneten sich und Jean setzte sich in Bewegung.

Quentin verschloss den Ausgang mithilfe von Magie und senkte den Aufzug, um sie aufzuhalten. Sie steckten erneut zwischen zwei Etagen fest.

»Du Psycho!«, brüllte sie und hämmerte gegen die geschlossenen Aufzugtüren. »Lass mich raus!«

Er trat auf sie zu. »Wo soll ich ihn besuchen?« Sein Körper bebte, aber seine Stimme war ruhig. In ihm spielte sich eine Gefühlsvielfalt ab, die an eine Kirmes erinnerte. Lärm, Lichter und Bewegungen, die nicht zusammenpassten, verschmolzen zu einem Brei der Reizüberflutung. Er zückte sein Smartphone und öffnete den verwaisten Chatverlauf. »Er ignoriert mich seit Wochen. Was ist los mit ihm?«

Die Falte zwischen Jeans Augenbrauen verschwand langsam. Sie blinzelte seinem Smartphone entgegen und öffnete den Mund, um etwas zu sagen. Es folgte lediglich ein ratloses Schnauben. Sie schüttelte sich und sah ihm argwöhnisch in die Augen. »Was soll das jetzt für eine Aktion sein? Willst du uns gegeneinander ausspielen?«

»Wieso?«

Ihre Pupillen hüpften über sein Smartphone-Display. »Das ist doch irgendeine Fakeseite.«

Quentin runzelte die Stirn. »Nein.«

»Aber das ergibt doch keinen Sinn. Ich meine, er hat gesagt …« Sie verstummte und senkte den Blick. Ihre linke Hand umspielte den Fingernagel ihres kleinen Fingers. »Matteo erzählt mir ständig davon, wie viel ihr miteinander schreibt.«

Quentin schaute auf sein Smartphone. Der Chatverlauf war so, wie er ihn seit Wochen vorfand. Seine Fragen verharrten unbeantwortet auf dem Display. Verarschte sie ihn? In welchem Universum galt das als ständig miteinander schreiben? »Ich habe seit Wochen nichts von ihm gehört.«

Sie atmete durch und verharrte in ihrer Bewegung. »Du lügst.«

Er schüttelte den Kopf.

»Na gut. Wenn er dich ignoriert, dann wird er seine Gründe haben.« Sie reckte das Kinn. Dadurch wirkte sie noch unsympathischer.

Quentin stöhnte. Eine Information aus ihr herauszubekommen fühlte sich an, als versuche er, einem Urban Explorer den Standort einer spektakulären Ruine zu entlocken, oder einem Zauberer die Erklärung seines Tricks. Was auch immer mit Mads los war, sie würde die Wahrheit darüber mit ins Grab nehmen. Verdammt, sie war wirklich eine gute Freundin. Quentin schnaubte. Er konnte sie einfach nicht leiden. »Wurde die Kur verlängert?«

»Kur?« Jean starrte ihm entgegen, als wäre er ein Außerirdischer, der nach dem Sinn von Eierschalensollbruchstellenverursachern fragte. Sie taumelte zurück und ließ sich gegen die Wand fallen, wo sie mit verschränkten Armen ausharrte. »Dieser miese, kleine Lügner.« Sie lachte. Ihre Mimik wirkte verzweifelt. »Hat er dir gesagt, dass er in Kur fährt?«

Quentin zuckte mit den Schultern. Was sollte er entgegnen? Die Tatsache, dass er verarscht wurde, war schon Strafe genug.

»Es steht mir nicht zu, dir zu erzählen, was er geheim hält.« Jean klopfte gegen die metallene Aufzugtür. Mit gerümpfter Nase musterte sie ihr Gegenüber. »Du musst ihn selbst fragen.«

»Geniale Äußerung«, höhnte Quentin und hob sein Smartphone an. »Er ignoriert mich, schon vergessen?«

»Das ist nicht mein Problem. Lass mich jetzt gefälligst hier raus.«

Quentins Magen verkrampfte sich. Das war nicht die erhoffte Antwort. Warum rückte sie nicht einfach mit der Sprache raus? Mit geballten Fäusten befahl er dem Aufzug, sich wieder in Bewegung zu setzen. Er schluckte schwer, als Jean durch die Türen schritt und ihn zurückließ, ohne sich noch einmal umzudrehen.

Quentin verharrte zusammengekauert auf dem muffigen Aufzugboden. Sein Smartphone klemmte zwischen beiden Händen, während seine Daumen über die Tasten wischten. Auf dem Display prangte der Chatverlauf mit Mads. Er tippte eine ellenlange Nachricht, erklärte sich um Kopf und Kragen und fasste die Gefühle zusammen, die in den letzten Tagen über ihn hereingebrochen sind. Als er fertig war, überflog er seine Worte. Was für ein erbärmlicher Text. Sollte er den echt senden? Er hob den Blick, als die Aufzugtür sich öffnete.

Zwei Ökos traten ein. Sie musterten ihn kurz und widmeten sich einem Gespräch über irgendeinen Anime. Quentins Daumen schwebte über die Senden-Taste. Abschicken? Und wenn er diesen Text auch ignorierte? Das würde er nicht verkraften. Sein Hals schnürte sich zu. Der Aufzug setzte sich in Bewegung und fuhr zwei Etagen nach unten. Die Tür öffnete sich und die Ökos traten heraus. Bevor der Aufzug sich erneut mit Einsamkeit füllen konnte, drängte sich ein Fuß zwischen die sich schließende Metalltür. Ein scharfer Duft machte sich breit. War das Patschuli?

»Du kleiner Hurensohn«, knirschte Spencer und kniete sich vor Quentin. »Was hast du dir dabei gedacht?« Er deutete auf seine Wange, auf welcher sich rote Kratzer abzeichneten. »Die blöde Kuh hat mich angegriffen!«

»Du hast Mads behindert genannt«, klärte Quentin monoton auf. Er löschte seine Nachricht, um das Smartphone wegzustecken.

»Na und?« Spencer rümpfte die Nase. »Wo ist sie jetzt?«

Quentin zuckte mit den Schultern.

»Ganz toll«, knurrte Spencer und stand auf, um seine Schultern kreisen zu lassen. »Das hast du ganz wunderbar gemacht.« Er lachte verzweifelt. »Ja, nein ... eigentlich kann ich dir gar keinen Vorwurf machen, oder? Deren Scheiß Gehirnwäsche hat dich voll aus dem Leben geworfen.«

»Du hättest ihr was angetan«, brummte Quentin und stemmte sich auf die Beine. Er hatte nicht lange auf dem Boden gesessen, aber seine Kniegelenke fühlten sich an, als hätte er monatelang dort ausgeharrt. »Ich musste sie aus der Situation schaffen.«

»Ich hätte ihr das angetan, was sie verdient hätte«, zischte Spencer und öffnete die Aufzugtüren mittels Magie. Unnötigerweise, denn der Knopf dafür befand sich direkt neben ihm. »Keine Ahnung, wie ich mit dir umgehen soll.« Er seufzte und senkte die Schultern.

Als er Quentin ansah, enthielten seine Augen aufrichtige Reue. Es tat ihm offensichtlich selbst leid, was ihm durch den Kopf schwirrte. Die folgenden Worte gingen gedämpft über seine Lippen: »Ich kann dich jetzt nicht um mich haben. Sorry. Die nächsten Nächte musst du wohl im Auto verbringen.« Er verließ den kleinen Raum und überließ seinen besten Freund sich selbst.

Quentin nickte mechanisch. Die hasserfüllte Reaktion traf ihn hart, aber er war nicht imstande, darauf zu reagieren.

Er kannte Spencer lange genug, um zu wissen, dass man eine Konfrontation erst Tage nach einem Vorfall suchen sollte. Alles andere führte zu noch intensiverem Streit. Er wartete ab, bis sich die Türen hinter dem Rotschopf schlossen, und verharrte für eine

Weile im Alleinsein. Und jetzt? Seine Mutter anrufen? Niemals. Obwohl ... *Anrufen*. Ja, vielleicht würde Mads darauf reagieren?

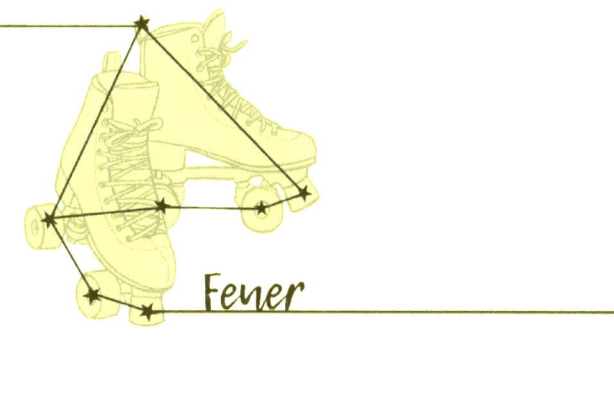

Feuer

17

>»Der gewünschte Gesprächsteilnehmer ist zur Zeit nicht erreichbar.«

Immer wieder hallten diese Worte durch den Aufzug. Quentin versuchte mittlerweile zum fünfzehnten Mal, Mads zu erreichen. Nichts, keine Chance. Wo auch immer er war, sein Smartphone befand sich nicht in seiner Nähe. Oder war es ausgeschaltet? Oder hatte er ein neues, um ihn besser ignorieren zu können?

Die Türen des Aufzugs öffneten sich wiederholend. Menschen traten ein, fuhren hoch oder runter und hinterließen ihn für kurze Momente in Einsamkeit. Beim sechzehnten Versuch setzte sich Quentin auf den Boden. Er starrte zur Leuchtröhre an der Decke und lauschte dem penetranten Freizeichenton an seinem Ohr. Zweimal *Tut*, dann: *»Der gewünschte Gesprächsteilnehmer ist zur Zeit nicht erreichbar.«*

Seufzend senkte er das Smartphone und biss sich von innen auf die Wange. Was für ein Mist. Er war nicht für das Aufgeben geschaffen, aber was blieb ihm anderes übrig? Mads wollte offenbar nicht, dass sie sich wieder begegneten. Stand es ihm überhaupt zu, ein Aufeinandertreffen zu erzwingen?

Die Aufzugtüren öffneten sich.

»Hey«, drang Gwens sanfte Stimme hinein. »Hier bist du, na endlich.« Sie setzte sich neben ihn. Für einen Moment stimmte sie in sein Schweigen mit ein und erfüllte den Raum durch ihre Anwesenheit mit noch mehr Ruhe. Mit Gwen konnte man gut alleine sein. Wenn sie neben einem schwieg, dann hatte Quentin nie das Gefühl, ein Gespräch erzwingen zu müssen.

»Seid ihr nicht längst weg?«, raunte er, ohne sie anzusehen.

Gwen hob ihre Hand vor ihr Gesicht und kicherte nasal. »Soweit ich das beurteilen kann, bin ich noch da.«

»Und die anderen?«

Sie zuckte mit den Schultern. »Elouise hat im dritten Stock ein Café entdeckt und isst Macarons mit irgendwelchen Typen.«

Macarons? Quentin runzelte die Stirn. »Was für Typen?«

»Ökos«, murmelte Gwen. »Wie sich herausstellte, reden die nicht nur über die Umwelt. Zuletzt hat Elli mit denen über irgendeinen Musiker geredet.«

»Hm«, machte Quentin und ließ den Blick über den Schlitz zwischen den Türen wandern. Wie lange saß er schon hier? »Und du?«

»Ich wollte nach dir sehen. Spencer hat Jean gesucht, sie nicht gefunden und ist abgehauen. Samuel kam später mit ihr zum Café. Sie meinte, dass du hier bist.«

Jean war bei den anderen? Wie reizend von ihr. »Was hat sie mit Samuel getrieben?«

Gwen zog die Beine an und verschränkte die Arme darum. »Keine Ahnung. Sie haben sich über die Sache an der Bushaltestelle unterhalten.« Nach einem weiteren Moment des Schweigens lehnte sie sich vor, um Quentin seitlich anzusehen. »Wusstest du, dass es hier eine Dachterrasse gibt?«

Quentin schüttelte den Kopf. Er holte Luft, um etwas zu antworten, aber seine Worte blieben ihm im Hals stecken. Schriller Lärm erfasste die Umgebung. Eine aufwallende Sirene beendete das Gespräch und eröffnete Raum für Tausende Fragen. Was war los? Feueralarm? Aber warum?

Gwen stieß sich auf die Beine und eilte auf die Tür zu. »Ach du Scheiße«, stöhnte sie und öffnete die Tür durch einen Knopfdruck.

Quentin folgte ihr, zunächst zögerlich, dann schnell. Das war ein Fehlalarm. Oder? Warum sollte es ausgerechnet heute hier brennen? Er rauschte hinter Gwen her, in den Flur, auf das Treppenhaus zu. Sie kamen nicht weit, denn von dort schwallte ihnen dichter Qualm entgegen.

»Zurück«, stöhnte Gwen und drängte damit andere Menschen nach oben, die sich denselben Fluchtweg ausgesucht hatten. »Zu den Fenstern!«

Quentin sortierte sich. Feuer? Es brannte wirklich? Sein Herz hämmerte und seine Beine schwankten unter den unkoordinierten Bewegungsbefehlen. Wohin? Zu den Fenstern? In welchem Stockwerk befanden sie sich überhaupt? War das Treppenhaus der einzige Fluchtweg? Das konnte unmöglich sein. Es gab draußen eine Feuertreppe, ganz sicher. »Nach oben«, rief er und deutete die Treppe hinauf. »Zur Dachterrasse!«

»Was tust du?«, schrie Gwen, deren Stimme in den hektischen Stimmen der größer werdenden Menschenmasse unterging. Einige folgten seiner Anweisung und rannten die Treppe rauf. Andere irrten auf der Zwischenetage umher, auf der Suche nach Fenstern.

Quentin ballte die Hände zu Fäusten. Ob man Feuer mit Magie löschen konnte? Im Grunde musste man die Atome ersticken, oder? Er hat Sterne erschaffen und sie verdampfen lassen. Das war doch ähnlich. »Ich kann es vielleicht löschen.«

»Das ist doch nicht dein Ernst!« Gwens Stimme überschlug sich. »Wir müssen weg von der -« Ihre Worte verebbten, weil Quentin die Stufen nach unten rannte. Er verdrängte den Qualm mithilfe von Magie von seinem Gesicht. Solange sich in greifbarer Nähe Sauerstoff befand, konnte er diesen Trick aufrechterhalten. Mit jedem Schritt wurde der Qualm dunkler und die Luft dünner. Er angelte nach allen Sauerstoffatomen, die sich irgendwie zusammenfassen ließen.

Das Feuer griff gierig nach ihnen, um sich auszuweiten. Mit der Zeit wurde daraus ein bizarres Duell. Quentin atmete dem Feuer seinen Nährstoff weg. Und das Feuer stahl ihm seinen Lebenshauch. Wie lange würde das weitergehen? Würde erst das Feuer aufgeben oder würde er zusammenbrechen? Als er kaum mehr Atome greifen konnte, war noch längst keine Flamme in Sicht. Wo auch immer es brannte, Quentin befand sich zu weit davon entfernt. Die Sicht war beschissen. Quentin rannte die Stufen weiter runter. Der Sauerstoffvorrat endete. Ein Kratzen flutete seine Luftröhre und als er die nächste Stufe nehmen wollte, knickte sein Fuß um. Taumelnd griff er nach vorne, dort musste irgendwo das Treppengeländer sein, und klatschte ungebremst auf den Boden. Seine Hand presste gegen seinen Mund. Quentin kniff die Augen zusammen, weil sie vor lauter Ruß und Tränen nicht wussten, wie ihnen geschah. Rücklings kroch er auf die Treppen zu und tastete sich eher kläglich zurück nach oben.

Warum zur Hölle war er hier gelandet? Hätte er nicht einfach wegrennen können, wie jeder normale Mensch? Luftanhalten ging nicht mehr, nach Luft ringend wurde sein Körper mit giftigen Gasen geflutet. Verzweifeltes Keuchen drang aus seiner Kehle und Quentin gab sich den Vorwürfen hin, die sein eigenes Gewissen ihm präsentierten: »Du Möchtegern-Held, wieso bist nach unten gerannt? Selbst Schuld.« Sein Arm gab nach und er sackte auf den Stufen zusammen.

Erst als die Luft klarer wurde, realisierte Quentin, dass er von jemandem getragen wurde. Von mehreren wie es schien. Blinzelnd sah er wie eine Person seine Brust umklammerte und jemand anderes seine Beine. Verschwommene Sicht ließ erahnen, dass sogar zwei Personen seine Beine hielten. Gwen, ganz sicher. Und die andere? Quentin blinzelte erneut. Das war nicht Elouise, oder? Wilde Locken sprangen mit jedem Schritt energisch auf und ab. Ein genervtes Schnauben weckte ihn endgültig aus seiner Trance.

»Wach schneller auf, du bist schwer!«

Jean? Quentin strampelte sich aus dem Griff und fiel sanft zu Boden. Sanft, weil die Hände, die ihn festhielten, gegen sein Strampeln arbeiteten und ihn vorsichtig hinabgeleiteten. »Was -« *ist passiert*, wollte er fragen, aber seine Stimme unterlag einem erbärmlichen Krächzen.

Über seinem Gesicht tauchte Samuels Kopf auf. Dieser grinste erleichtert. »Wolltest du dich umbringen?«

»Nein«, protestierte der Gerettete heiser und raffte sich auf. Zumindest versuchte er das, denn es gelang ihm kaum, sich zu rühren. *Ich wollte alle retten.* Das sagte er nicht, denn es war ihm offensichtlich nicht gelungen. Was für eine peinliche Aktion.

»Kannst du laufen?«, fragte Gwen, welche sich über die verrußten Wangen wischte. »Wir müssen raus.«

Quentin versuchte aufzustehen, aber mit jeder falschen Bewegung rauschte Schmerz durch seine Brust. Was auch immer dort unten verbrannte, seine Lunge hatte zu viel von dessen Gasen eingeatmet. Er keuchte, hielt sich den Bauch und krümmte sich nutzlos am Boden.

Jean verdrehte die Augen und umfasste sein Bein. »Wir verlieren Zeit«, schnaubte sie und schleifte ihn hinter sich her.

»Warte«, rief Samuel schockiert und angelte nach Quentins Schultern.

»Hey«, protestierte dieser und strampelte mit dem Bein, um sich aus Jeans Griff zu befreien. Von allen brauchte er ihre Hilfe am wenigsten. Hilfesuchend umfasste er Samuels Arm und ließ sich von ihm hochziehen. Es reichte, wenn er ihn stützte.

Jean schüttelte genervt den Kopf und rannte die Treppe hoch. Gwen stützte Quentin von der anderen Seite. Zu dritt folgten sie dem Rest der Flüchtenden auf die Dachterrasse. Von dort aus konnte man eine Feuerleiter erreichen, die direkt zur Hauptstraße führte. Blaues Licht blitzte auf und beruhigte die Umgebung mit dem Gefühl, dass sich jemand um das Feuer kümmerte. Im Hintergrund schrillten die Sirenen der Feuerwehr.

Gwen und Samuel verharrten vor der Leiter. Sie warfen sich ratlose Blicke zu. »Da kommen wir niemals zusammen runter«, stellte sie fest und ließ von Quentin ab, welcher sich dadurch mehr an Samuel klammerte. Sie trat beiseite, um jemand anderem den Vortritt auf die Leiter zu gewähren. »Du könntest versuchen, ihn mit Magie zu stützen.«

»Und du nimmst ihn huckepack, oder was?« Samuels Lachen klang verzweifelt. Wenn Gwens magische Fähigkeiten nicht durch das Medikament abgeschwächt wären, hätten sie es umgekehrt machen können. Das hätte vielleicht funktioniert.

Quentin warf einen Blick über den Rand nach unten und weitete die Augen. Das waren mindestens zwanzig Meter. Er sah sich schon den Halt verlieren und von Gwens Rücken in Richtung Tod segeln. »Ich warte da vorne«, bemerkte er und deutete zu einer Gruppe, die scheinbar darauf wartete, gerettet zu werden. Eine Frau, die dabei saß, hatte eine offene Wunde am Bein. Offensichtlich konnten sie nicht die Leiter nehmen.

»Wir lassen dich nicht zurück«, schnaubte Gwen und stützte ihn wieder, um ihn zu den Wartenden zu manövrieren. »Ich gehe erst runter, wenn du auch unten bist.«

Samuel streckte sich, als Quentin von ihm abließ. »Ich gehe runter.« Er reckte das Kinn, als wolle er über den Rand des Daches etwas erkennen. »Vielleicht brauchen sie meine Hilfe.«

Quentin blickte ihm nach. Sein Magen zog sich zusammen. Sein Hilfeversuch war erbärmlich gescheitert. Er wandte den Blick zu Gwen und verzog das Gesicht. Wenn er nicht in den Qualm gerannt wäre, dann müsste sie nicht auf dem Dach mit ihm ausharren.

Sie lächelte, als würde ihr der Umstand nichts ausmachen. »Keine Ahnung, warum, aber immer wenn ich mit dir alleine bin, eskaliert irgendwas.«

Er lachte. Zum einen, weil die Aussage überraschend kam, und zum anderen, um die Verzweiflung von sich zu treiben, die ihn heimsuchen wollte. »Mit dem Feuer habe ich wirklich nichts zu tun.«

Sie hob die Augenbrauen. »Und mit dem Erdbeben?«

Er zuckte mit den Schultern. »Auch nicht.« Nach wie vor fühlte sich diese Aussage nach einer schmutzigen Halbwahrheit an. Das zweite Beben wäre vielleicht nie aufgetreten, wenn er nicht dazu aufgerufen hätte, noch mehr Magie zu wirken. Der Gedanke wurde fortgewischt, als sich Rettungskräfte auf dem Dach einfanden.

Zuerst retteten sie die Schwerverletzten vom Dach der Bibliothek.

Quentin wurde erst nach mehreren Minuten von einem Feuerwehrmann in einen Rettungskorb geleitet. Zu diesem Zeitpunkt hatte er sich einigermaßen gefangen. Vielleicht hätte er es geschafft, die Leiter zu nehmen, aber als er diesen Gedanken fasste, wurde die Drehleiter des Rettungswagens heruntergelassen. Er sah die Stadtkulisse vorüberziehen und rieb sich die Stirn. Was sollte noch alles passieren? Langsam fühlte es sich an, als stünde er inmitten einer Apokalypse, die er zu verantworten hatte. Die Feuerwehrleute hatten den Brand offenbar im Griff, denn es herrschte keine großartige Hektik am Boden. Ein paar Schaulustige lieferten sich Wortgefechte mit wütenden Ersthelfern, aber ansonsten schien alles besonnen.

Eine Sanitäterin deutete in das Innere eines Krankenwagens. »Sie sollten sich untersuchen lassen, um eine Rauchvergiftung auszuschließen.« Ihre Stimme war freundlich und dennoch bestimmend. Ob sie die Widerworte witterte, die sich auf Quentins Lippen sammelten? Sein Blick galt einem Mädchen mit einer Schürfwunde am Kopf. Sie taumelte zu einer Gruppe und schien nicht daran interessiert, ihre Verletzung untersuchen zu lassen. »Nehmen Sie lieber sie mit«, antwortete er und nickte in Richtung Parkplatz. »Ich fahre selbst zum Krankenhaus.«

Gwen platzierte sich neben ihm und räusperte sich. »Er meinte, ich fahre ihn dorthin.«

Die Sanitäterin nickte und kümmerte sich um das verletzte Mädchen.

»Du musst nicht mitkommen«, bemerkte Quentin und stolperte auf sein Auto zu.

»Wenn niemand mitkommt, fährst du überall hin, nur nicht zum Krankenhaus.« Gwen streckte im Vorbeigehen ihre Hand aus. Wollte sie etwa den Autoschlüssel haben? Und seinen Wagen fahren? Quentin ließ niemanden ans Steuer. »Aber du solltest dich wirklich untersuchen lassen.«

Er seufzte genervt. War ihm sein Unwille so deutlich vom Gesicht abzulesen? »Mir geht es gut.«

Gwen bewegte ihre Finger auffordernd. Verdammt. Sie wollte den Schlüssel wirklich haben. Hatte sie überhaupt einen Führerschein? Erschreckend, dass er das nicht über sie wusste. Sie fluchte auf Koreanisch und lächelte dabei lieblich.

Er kramte in seiner Tasche nach dem Autoschlüssel und legte ihn in ihre Hand. »Fahr bloß vorsichtig.«

Die Untersuchung ging eher halbherzig vonstatten, weil Quentin augenscheinlich nichts fehlte. Die Ärztin, die ihm zugeteilt war, spulte Fragen ab und entließ ihn mit dem Hinweis, dass er sich bei anhaltenden Kopfschmerzen noch einmal bei einem Arzt melden sollte.

»Wenigstens weißt du jetzt, dass alles in Ordnung ist«, bemerkte Gwen altklug und schlenderte neben ihm über den leicht gummiartigen Boden des Krankenhausflures.

»Hm.« Quentin nickte. Den Abstecher hierher hätte er sich sparen können. Seine Augen streiften einen Schriftzug. Intensivstation. War die in der Nähe? In seinem Bauch zog sich etwas zusammen. Ob der Komapatient in diesem Krankenhaus lag? Sollte er das in Erfahrung bringen und ihm einen Besuch abstatten? Er lachte kehlig. Natürlich. Um dann was zu tun? Ihm zu erzählen, dass er ihm seine Situation zu verdanken hatte? Um sich zu entschuldigen? Dafür, dass er sich gegen seinen Angriff gewehrt hatte?

»Soll ich dich nach Hause fahren?«, fragte Gwen und fummelte an den Ärmeln ihrer hauchdünnen Strickjacke herum. Es war mehr ein schmückendes Accessoire als wirklich eine Jacke.

»Nein«, entgegnete Quentin, weil er nicht mal wusste, wo im Augenblick sein Zuhause war. Bei Spencer konnte er höchstens seine Sachen abholen. Seine Mutter würde ihn wieder mit Nerverei löchern und sein Vater hatte Besseres zu tun, als sich um seinen lebensunfähigen Sohn zu kümmern.

»Was machst du jetzt?«

Ein weiteres Schild, das zur Intensivstation führte, fing Quentins Aufmerksamkeit. Er verharrte davor und seufzte. Er könnte sich wenigstens vergewissern, ob das hier das richtige Krankenhaus war. Vielleicht sollte er ihn nur kurz besuchen, um sein eigenes Gewissen zu beruhigen. Um sicherzugehen, dass er auf dem Weg der Besserung war. Vielleicht könnten ihm die Ärzte sagen, dass er bald aufwachen würde. »Ich besuche jemanden.«

»Jemand, den du kennst, liegt im Krankenhaus?« Gwen zog die Augenbrauen hoch. »Das wusste ich gar nicht. Soll ich dich begleiten?«

Er schüttelte den Kopf und widmete ihr ein halbherziges Lächeln. »Nein. Aber danke.«

Nach einer kurzen Verabschiedung schlugen die beiden unterschiedliche Wege ein. Gwen verschwand im Eingangsbereich des Krankenhauses und Quentin folgte den Schildern in Richtung Intensivstation. War dort überhaupt Besuch erlaubt? Er würde sich durchfragen und so weit vordringen, wie es möglich war. Sein Herz schlug mit jedem Schritt heftiger. Vielleicht lag der Typ nicht in diesem Krankenhaus und er sorgte sich umsonst. Als er einen Krankenpfleger an sich vorbeihuschen sah, legte er einen Schritt zu und hielt ihn mitten im Gang auf.

»Entschuldigen Sie.«

Der Pfleger stutzte und warf ihm einen nervösen Blick zu. Seine Pupillen schnellten von links nach rechts und er wischte sich eine fettige Haarsträhne aus der Stirn. Augenringe ließen vermuten, dass er eine lange Schicht hinter sich hatte. »Ja?« Er schüttelte sich und zwang sich ein Lächeln auf. Offenbar holte ihn eine Weisheit aus seiner Berufsausbildung ein: *Immer nett sein.* Die folgenden Worte gingen gedrungen über seine Lippen: »Was kann ich für Sie tun?«

Quentin gab sich einen Ruck und deutete auf das Schild. »Dürfen Besucher auf die Intensivstation?«

Der Pfleger lachte ungläubig. Seine Augen weiteten sich, aber er atmete durch, um das gezwungene Lächeln wieder heraufzubeschwören. »Ist das ein Witz?«

»Nein.« Welche Art von Witz sollte das sein? »Ich möchte jemanden besuchen.«

»Nur Angehörige dürfen dorthin«, antwortete der mittelalte Mann, wobei sein Augenmerk zu einer Wanduhr huschte. »Sind Sie mit der Person verwandt?« Er knibbelte an seinen Fingern. Bei näherem Betrachten ließen sich rötliche Entzündungen neben den Fingernägeln erkennen, er knibbelte in letzter Zeit wohl häufiger daran. Quentin dachte an diese nervigen Hautfetzen, bei denen man es immer bereute, wenn man sie abriss, anstatt zu warten, bis man nach Hause kam, um sie abzuschneiden. Er schüttelte sich.

»Nein. Ich … äh … bin für seinen Zustand verantwortlich.« Mit jeder Silbe schnürte sich seine Kehle weiter zusammen. Das hätte er vielleicht nicht laut aussprechen sollen. Zumindest nicht in dieser Tonlage.

Der Blick seines Gegenübers verdunkelte sich. Mit verengten Augen musterte er Quentin und nach einem kurzen Moment hellte sich sein Gesicht auf. In einem Comic hätte man über seinem Kopf eine Glühbirne aufleuchten sehen. Er atmete ein, reckte das Kinn und erhob die Stimme. »Du bist Quentin Findeisen.« Das klang nicht so, als wäre er ein Fan. Er knurrte abwertend. »Die Antwort lautet: Nein. Du darfst niemanden auf der Intensivstation besuchen.« Mit schüttelndem Kopf kehrte er sich von Quentin ab. Brummende Selbstgespräche untermalten seine verständnislose Geste. »Der hat sie doch nicht alle« und »kann froh sein, dass ich nicht die Polizei rufe.«

Quentins Hände flüchteten in die Hosentaschen, bevor er den Weg zum Ausgang einschlug. Das war ja perfekt gelaufen. Nicht. Gedanklich flüchtete er sich ins Auto. Wohin sollte er fahren? Vielleicht doch in ein Hotel? Oder sollte er so tun, als hätte er Nachwirkungen von den Gasen? Dann würden sie ihn vielleicht eine Nacht im Krankenhaus behalten. Wenn er sich mit dem Pfleger noch weiter über den Komapatienten unterhalten würde, hätte er vielleicht sogar Chancen, in einer Verwahrzelle bei der Polizei einzuchecken. Über den letzten Gedanken schmunzelte er.

Er trat beiseite, als eine Frau mit einem hohen Geschirrwagen an ihm vorbei ratterte. Sie unterhielt sich mit einer Frau, die aussah wie eine jüngere Version ihrer selbst. Beide trugen Schürzen mit heller Krankenhauskleidung darunter. Ihre Füße steckten in identischen Gummilatschen. Nacheinander klopften sie an die Zimmertüren, wohl, um die Patienten mit einem Mittagessen zu versorgen.

Quentin wollte sich gerade abwenden, als er mitbekam, wie eine von ihnen warnend die Stimme erhob:

»Da muss die Diabetiker-Portion rein.« Sie nickte auf eine Tür am Ende des Ganges. »Bloß nicht wieder vertauschen. Gestern waren die Werte zu hoch.«

Quentin hielt inne. Könnte es sein, dass … Mads? Er schlenderte zurück, auf eine Pinnwand zu. Dort betrachtete er irgendwelche Fotos, während er die beiden Frauen belauschte. Sie tauschten sich nur kurz über das interessante Thema aus. Der Diabetiker aß alles, was man ihm hinstellte, ohne zu hinterfragen, was das mit seinen Werten anstellte. Wenn das mal nicht nach Mads klang. Quentin wartete, bis die Frauen um die Ecke bogen, und schritt zielstrebig auf die Tür zu. Die Entschlossenheit legte er an den Tag, um sich selbst vor einem Rückzieher zu bewahren.

Er klopfte an, riss die Tür auf und stolperte in das Krankenzimmer. Was er sagen sollte, musste ihm spontan einfallen, dafür konnte er keine Zeit verschwenden. Er zog die Tür hinter sich zu und suchte die Betten nach braunen Locken ab.

Vom ersten Bett blickte ihm ein trübes, blaues Augenpaar entgegen. Es gehörte zu einem alten Mann, dessen Augenbrauen so buschig waren, dass sie beinahe als Frisur durchgingen. Er trug einen ausgewaschenen Jogginganzug aus einem Material, welches vor zwanzig Waschgängen garantiert geglänzt hatte.

Auf dem anderen Bett saß ein Mann, der zwar jünger wirkte, aber mit Sicherheit nicht Mads war. Er rümpfte die Nase, als er Quentin ansah und ließ von der Essenportion ab, die vor ihm auf dem Nachttisch stand. »Was willst du hier?«, schnaufte er genervt. »Es ist Essenszeit.«

Quentin hob entschuldigend die Arme. Wie peinlich. In seinem Mund breitete sich Trockenheit aus. Er glich die beiden Mahlzeiten der Männer ab. Welche davon war die Diabetiker-Portion? Egal welche, sie hatte ihn sowieso nicht zu Mads geführt. »Hab mich im Zimmer geirrt«, nuschelte er.

Der ältere Mann brummte einladend und entblößte mit einem Lächeln eine Zahnlücke zwischen den Schneidezähnen. »Wen suchst du denn?«, fragte er mit zittriger Stimme. »Ich kenne alle auf der Etage.«

»Hör nicht auf den, der spinnt«, krächzte der jüngere Mann.

Quentin winkte ab. »Nicht so wichtig.« Wie zum Teufel gelangte er immer wieder in solche Situationen? Welcher wahnwitzige Impuls hatte ihn dazu getrieben, in das Zimmer zu stürmen? Mads machte einen gedankenlosen Chaoten aus ihm. Er flüchtete in den Flur und begab sich ohne weitere Umwege zu seinem Auto.

Während er zur einen Hälfte im Kofferraum und zur anderen auf der umgeklappten Rückbank lag, scrollte Quentin auf seinem Smartphone durch verschiedene Internetseiten. Es war egal, was ihm geboten wurde, alles war besser als sich mit seinen Gedanken auseinanderzusetzen. Vergeblich. Weder die kurzen Faktenvideos über Astronomie, noch lustige Bilder mit irgendwelchen Sprüchen konnten ihn lange genug ablenken. Immer wieder blitzte Jeans Gesicht vor ihm auf und ihre niederschmetternden Worte.

»Du könntest ihn besuchen.«

Ja. Besuchen. Wo denn überhaupt? Ob Mads zu Hause war? Er scrollte weiter. Ein Hund mit Akademikerhut blitzte ihm entgegen. Obwohl er zusätzlich ein Monokel aufhatte, lockte das kein Schmunzeln aus Quentin. Er öffnete WhatsApp und zuckte zusammen, als ihm eine Statusmeldung auffiel.

Die hatte Mads erst vor Kurzem hochgeladen. Man konnte Fotos oder Texte hochladen, die nach 24 Stunden von selbst verschwanden. Quentin schreckte hoch und stieß sich den Kopf am Kofferraumdeckel. Ächzend robbte er weiter vor, um sich aufzurichten. Mit hektischen Bewegungen öffnete er Mads' Status und runzelte die Stirn. Er drehte das Smartphone, denn auf dem Bild ließ sich kaum etwas erkennen. War das ein Regal? Oder eine Kellertreppe? Es war ein verschwommenes Foto von etwas

Metallischem, welches offensichtlich nicht mit Absicht entstanden war.

Quentin machte einen Screenshot von dem Bild, bevor Mads es löschen konnte. Dabei schluckte er das miese Gefühl, ein Stalker zu sein. Sein Daumen wischte zum unteren Bildschirmrand. Er reagierte mit einem Daumen-Hoch-Smiley auf das Bild und warf das Smartphone in den Fußraum des Autos. Schließlich ließ er sich auf den Rücken fallen und fuhr sich mit beiden Händen durch das Haar. Es stank penetrant nach Qualm. Und es war keine Dusche in der Nähe.

Er schloss die Augen und lauschte dem leisen Klang von Regentropfen, die auf das Autodach einprasselten. Ein müdes Schmunzeln bildete sich auf seinen Lippen. Quentin glaubte nicht an Gott, aber es war ein komischer Zufall, dass Regen einsetzte, in dem Moment, in dem er an eine Dusche dachte. Er schüttelte sich, als die Idee aufkeimte, sich im Schauer vom Ruß zu befreien. Eine bessere Möglichkeit würde sich so schnell nicht bieten. Konnte er noch tiefer sinken?

Ja, konnte er. Als sein Smartphone vibrierte, schnellte er hoch und angelte verzweifelt im Fußraum des Autos herum. Seine Fingerkuppen schabten über Krümel und Sand. Es hörte nicht auf zu vibrieren. Das war ein Anruf. Jemand versuchte, ihn zu erreichen. Seine Bewegung fror ein. Was, wenn das die Polizei war? Er ertastete das glatte Display und hob das vibrierende Gerät mit spitzen Fingern nach oben. Ein Wisch nach rechts nahm den Anruf entgegen.

»Quentin?« Es war nur sein Name und er klang durch das metallische Echo der Telefonleitung verzerrt, aber er erschauderte, als er die Stimme erkannte. Wie ein lauer Wind im Frühling drang sie auch durch das Telefon an sein Ohr. Mehr als ein andächtiges Hauchen gab seine eigene Stimme nicht her.

»Ja?«

Für einen Moment sagte keiner etwas. Fand dieser Anruf überhaupt statt? Quentin nahm das Telefon vom Ohr, um auf das Display zu starren. Der Zähler ließ die Sekunden steigen. Nervöses Atmen verriet, dass Mads noch dran war.

»Es tut mir leid.«

»Was?« Quentin presste das Smartphone gegen seine Ohrmuschel, bis es beinahe wehtat, und er betete, dass Mads noch mehr sagte. Seine Hörsinne verzehrten sich nach seiner Stimme. »Was tut dir leid?«

Ein Schluchzen ging der nächsten Aussage voraus. Als Mads weiterredete, klang seine Stimme nasal. »Ich brauche dich. Aber ich hab's vermasselt.« Wieder Schluchzen.

»Hey«, seufzte Quentin und richtete sich auf. »Was ist los?« Er fuhr sich mit der freien Hand durch das Haar und schaute sich um, als könne Mads ihn von irgendwoher beobachten. »Wo bist du?« Er benötigte all seine innere Ruhe, um nicht vorwurfsvoll zu klingen. »Lass uns darüber reden.«

Mads gab bestätigende Laute von sich. Brummen, schnauben, schluchzen. Schließlich lachte er bitter. »Ich kann mich nicht mit dir treffen.«

»Hm«, machte Quentin enttäuscht und lehnte sich gegen die Autotür. »Warum nicht?«

»Kann ich nicht sagen.«

»Du meinst, das willst du nicht sagen«, korrigierte Quentin. »Was ist los mit dir?« Ob es irgendetwas auf dieser Welt gab, worüber Mads nicht mit ihm reden könnte? An diesem Punkt seiner Verzweiflung würde Quentin ihm sogar verzeihen, wenn er ihm beichten würde, dass er ein Verräter war, der ihm die Magie austreiben wollte.

»I-ich … schicke dir eine Adresse«, krächzte Mads. Warum klang er so verzweifelt? »Aber bitte … bitte sei nicht enttäuscht von mir, okay?« Ohne sich zu verabschieden, beendete Mads das Gespräch. Kurz darauf vibrierte das Smartphone und zeigte eine Nachricht. Eine Adresse, mehr nicht.

Quentin sammelte sich, kletterte zum Vordersitz und startete den Wagen, um dorthin zu fahren.

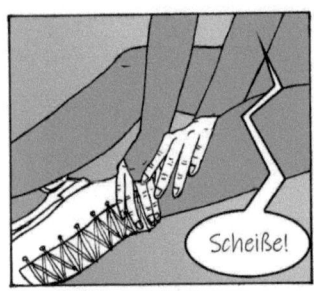

Scheiße!

Das ist das vorzeitige Aus für Matteo Lammert. Bleibt zu hoffen, dass er zur morgigen Kür wieder antreten kann.

Mit dem Bein wird das nichts mehr

Das hast du nicht zu entscheiden

Du musst eine Pause einlegen

Das hier ist alles für mich! Ohne die Rollschuhe bin ich nichts!

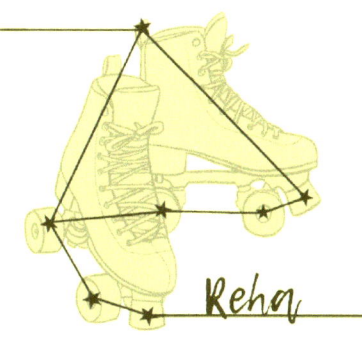

Reha

18

Die Adresse führte zu einer Reha-Klinik. Nach zwanzig Minuten Fahrt hatte Quentin das Gebäude erreicht, welches sich über ein riesiges Gelände erstreckte und an einem Park mündete. Dieser gehörte zwar zur Stadt, wurde aber meistens von den Klinikpatienten genutzt.

Hastigen Schrittes lief er den Weg bis zum Eingang hinauf und fragte an der Rezeption nach Matteo Lammert.

Überschwänglich begrüßte ihn eine freundliche Dame. »Oh wie schön, ein bisschen Abwechslung wird ihm guttun.« Quentin begegnete ihrer Freundlichkeit mit einem halbherzigen Lächeln. Sie erklärte ihm den Weg und schon lief er weiter.

Abwechslung. Wovon? Er folgte ihrer Wegbeschreibung und landete vor einer Tür im stationären Bereich der Klinik. Wer hier untergebracht war, übernachtete in der Klinik und fuhr nicht nach den Therapien nach Hause. Quentins Herz schlug ihm bis zum Hals. Für einen Moment harrte er vor der Tür aus, um sich zu sammeln. Was würde ihn dahinter erwarten? Mads. Sein Puls flatterte. Gleich würde er ihn wiedersehen. Endlich.

Ohne anzuklopfen, schritt er in das Zimmer. Der Lockenkopf saß am Rand eines niedrigen Bettes mit hellem Holzrahmen. Mit dem Rücken zur Tür schien er mit irgendetwas beschäftigt zu sein. Quentin stieß einen leisen Pfiff aus, um seine Aufmerksamkeit zu erlangen.

Als Mads aufsah, rauschte Entsetzten über seine Mimik. In einer Hand befand sich ein Löffel, in der anderen ein Puddingbecher mit durchsichtigem grünem Inhalt. Waldmeisterwackelpudding? *Wie verboten hübsch er aussieht.* Das hatte Quentin beinahe vergessen. Sein Herz setzte eine Sekunde aus. Wie sehr hatte er diesen Anblick vermisst. Leichter Marzipangeruch, gemischt mit Desinfektionsmittel, drang ihm in die Nase. Eine Gänsehaut jagte ihm über den Körper. Nervös wischte er sich die feuchten Hände an der Hose ab.

Mads hob die Beine in das Bett und zog panisch die Decke bis über seine Brust. Beinahe schien es so, als wolle er sie auch über seinen Kopf ziehen. Ob er hoffte, dadurch zu verschwinden?

Quentin runzelte die Stirn und kramte in seiner Tasche nach einer Kugel, die er auf dem Hinweg aus einem Kaugummiautomaten gezogen hatte. Er warf sie Mads entgegen. Mit distanzierter Coolness konnte er seine Nervosität überspielen, oder? Die durchsichtige Plastikkapsel prallte dumpf auf die Bettdecke. Ob Mads sich daran erinnerte, dass er sich mal einen Kaugummiautomaten-Ring gewünscht hatte? Er diente hoffentlich als auflockernder Türöffner für das unangenehme Gespräch, das ihnen mit Sicherheit bevorstand.

»Da bist du ja schon.« Mads' Stimme war ein bloßes Krächzen und sein Gesicht wirkte kreidebleich. Der goldene Schimmer auf seinen Wangen fehlte.

»Was machst du hier?« Quentin ging langsam auf ihn zu, schnappte sich im Vorbeigehen einen Stuhl und zog ihn unter lautem Ächzen in Richtung Bett. Während er sich setzte, strafte er Mads mit einem bohrenden Blick. Er war für Antworten hier.

»Was ist da drin?« Mads nahm die Kugel an sich und betrachtete sie. Er drehte sie ausgiebig vor seinem Gesicht. Seine Wangen färbten sich rosig.

»Rate mal.«

»Ein Bonbon? Ein Pflaster?« Mads schüttelte die Kugel, ein Klappern erfasste den Raum. »Ein Schlüsselanhänger? Ein Kaugummi? Eine von diesen klebrigen Glibberhänden, die man flitschen kann, wenn man -«

»Es ist eindeutig ein Ring«, fiel ihm Quentin ins Wort. »Die Kapsel ist durchsichtig. Man sieht, dass es ein Ring ist.«

»Ups«, raunte Mads und drückte die Kugel etwas zusammen, um an deren Inhalt zu gelangen. Mit einem *Plopp* öffnete sie sich. »Danke.« Er lächelte gerührt. »Du hast dich daran erinnert, dass ich mir einen gewünscht habe? Aber das war doch nur so daher gesagt.«

»Weich meiner Frage nicht aus.«

Das Lächeln wurde schmaler. Mads steckte den Ring über seinen kleinen Finger. Er setzte zum Sprechen an, schüttelte den Kopf und starrte krampfhaft auf die leere Plastikkapsel. »Warum riechst du nach Qualm?«

»Erzähl mir erst von dir.«

»Hm«, machte Mads und betrachtete den billigen Metallring für eine Weile. Er drehte seine Hand, als würde er einen wertvollen Diamantklunker begutachten, um dessen Wert abzuschätzen.

»Du wolltest reden.« Quentin ließ den Blick über die Bettdecke wandern. Seine Augenbrauen zogen sich zusammen. Was zum Teufel machte er hier? »Also?«

Mads zögerte. Das dauerte so lange, dass es beinahe schien, als hätte er niemals um ein Gespräch gebeten. Als er endlich das Wort erhob, klang seine Stimme zittrig. »Ich wollte dich nicht anlügen. Wirklich nicht ... Ich wollte von Anfang an ehrlich zu dir sein.« Seine Finger nestelten an der Bettdecke herum. Seine Augen flüchteten zu dem halb leeren Puddingbecher. »Aber dann, als es ernst wurde, hat sich alles geändert.«

»Als *was* ernst wurde?« Quentin rückte ein Stückchen näher.

Mads zuckte mit den Schultern. Sein Unterkiefer bebte. »Kann ich nicht sagen.« Er starrte den Becher so intensiv an, als würde dieser ihm jeden Moment das Geheimnis des Universums verraten. »Irgendwie stecken die Wörter in meinem Hals fest.«

Quentin seufzte lang gezogen. Er nutzte das Schweigen, um Mads' Gesicht zu betrachten. Die tiefen Grübchen zogen sich wie Falten um seine Mundwinkel und ließen ihn älter wirken. Seine Augen sahen gereizt aus. Ob er sich ein Weinen verkniff? Die grünen Iriden kämpften sich durch seine Wimpern, aber sie wirkten matter als sonst. Seine Ausstrahlung hatte sich verändert. Dass er ein Typ war, der andauernd lachte, erschien plötzlich surreal.

Was hat ihn bloß an diesen Ort verschlagen?

Mads stierte krampfhaft auf den Becher. Sein Gesicht verzog sich. Einzelne Tränen liefen stumm aus seinen Augenwinkeln und versickerten in der Bettdecke. Die Spitzen seiner Wimpern berührten seine rosafarbenen Wangen. Als er fortfuhr, war seine Stimme ein herzzerreißendes Raunen.

»Mein Bein musste abgenommen werden.«

Quentin sank tiefer in den Stuhl. Unter ihm schien sich der Boden in eine Puddingmasse zu verwandeln. Er hatte das Gefühl, langsam darin zu versinken. Die jüngste Information hallte wie ein verlorenes Echo zwischen seinen Schläfen umher. Er versuchte, den Sinn dahinter zu erfassen. Mads hatte ein Bein verloren? Seine Augen schnellten zur Bettdecke. Sie verhüllte seinen Körper. Auf der linken Seite sank sie unterhalb des Knies ab. Oder? Sein Bein war ab? Nein. Das konnte nicht stimmen. Im Augenwinkel sah Quentin am Bettende etwas Dunkles liegen. Eine Prothese? Das erklärte alles. Aber es passte nicht in die Realität. Deshalb hat Mads ihn ignoriert. Aber warum? Hätte Quentin es verstanden, wenn er ehrlich gewesen wäre? Natürlich. Er wäre für ihn da gewesen.

»Findest du es schrecklich?« Mads wischte sich abwechselnd mit den Handballen über die Wangen. Er schnaubte genervt, als wären die Tränen ungebeten geflossen. Rote Flecken zogen sich über sein Gesicht, bis zu seinem Hals hinunter. Er ähnelte sich selbst kaum. Sein Körper zuckte zusammen, als er schluchzend dem Tränenschwall die Oberhand überließ.

»Warum weinst du?«

Mads vergrub das Gesicht hinter seinen Fäusten und schluchzte bitterlich. Er wandte sich von ihm ab und machte eine abwinkende Bewegung. Quentin schürzte die Lippen. Das waren wohl nicht die richtigen Worte gewesen. Sein Herz überschlug sich beinahe vor Überforderung. Sollte er sich zu ihm setzen? Die Erinnerung an die Abfuhr im Park hemmte seine Entscheidungsfähigkeit. Er streckte die Hand aus, zögerlich, um Mads' mit den Fingerkuppen über den Unterarm zu streichen.

»Ich finde es nicht schrecklich«, versuchte er es anders und betrachtete die Decke erneut. Es musste das linke Bein sein. Aber bis zum Knie war es noch vorhanden. Eine Wölbung ließ sich deutlich erkennen. »Du hättest ehrlich zu mir sein sollen.« Quentins Stimme klang ruhig, beinahe zärtlich.

Ewiges Zögern belastete den Raum. Mads schniefte immer wieder und sein Oberkörper zuckte, bei jedem Atemzug, der von einem Schluchzen unterbrochen wurde. Er umspielte den Ring mit seinen Fingern und schaute in Quentins Richtung. Seine Pupillen schnellten an ihm vorbei, wodurch der Blickkontakt abbrach. Immer wieder nahm er den Wackelpudding in Augenschein. »Ich dachte, du findest es abstoßend.«

Diese Worte glichen einem Schnitt mit einem frisch geschärften Messer. Es dauerte einen Moment, bis Quentin den Schmerz spürte, aber als es so weit war, realisierte er, wie tief die Wunde vordrang. Warum dachte Mads das? Hatte er so eine Art an sich? Wirkte er wie ein oberflächliches Arschloch? Was für eine blöde Frage. Natürlich tat er das. In gewisser Weise lag es daran, dass er ein oberflächliches Arschloch war. Selbstreflexion gehörte nicht ohne Grund zu seinen ungeliebten Gedankengängen. In diesem Moment vereinnahmte sie seine Wahrnehmung.

Er dachte, er fände es abstoßend? Die Worte schürten Übelkeit. »Bin ich so?« Quentin suchte in Mads' Gesicht nach einer Antwort. »Dass du denken musst, ich würde dich abstoßend finden?«

Mads zuckte mit den Schultern. »Die Hälfte von meinem linken Bein fehlt«, raunte er. »Ich kann den Anblick selbst kaum ertragen. Hast du eine Ahnung, wie so etwas aussieht?«

»Nein.« Quentins Blick wanderte erneut über die Decke. Mads bewegte sein rechtes Bein, das dichte Material des Stoffes raschelte. Sie befanden sich in einer Reha-Klinik. Gehörte es nicht dazu, sich in Therapien mit der neuen Lebenssituation auseinanderzusetzen? Offensichtlich leisteten die Therapeuten in dieser Klinik keine gute Arbeit. Oder war Mads ein hoffnungsloser Fall? »Ich mag dich, weil du so bist wie du bist. Nicht wegen deiner Beine.«

»Jetzt habe ich ein schlechtes Gewissen.«

»Das will ich hoffen.« Quentin verlagerte sein Gewicht, um eine andere Sitzposition einzunehmen. »Hast du deshalb gesagt, dass du dir keine Beziehung mit mir vorstellen kannst?«

»Ich hatte nicht vor, dir aus dem Weg zu gehen.« Mads stieß ein höhnisches Schnauben aus. »Ich wollte dir alles erzählen. Ehrlich.« Seine Lippen bogen sich zu einem müden Lächeln. »Ganz oft war ich kurz davor.« Seine Stimme brach. »Aber du bist so perfekt. Und ich bin von Kopf bis Fuß ein Mängelexemplar.«

»Bin ich nicht«, entgegnete Quentin nüchtern. »Und du bist kein Mängelexemplar.« Noch einmal strich er schüchtern mit den Fingern über Mads' Arm. Quentin war nicht für Nähe geschaffen und es war ihm schon immer schwergefallen, weinende Menschen zu trösten. Aber in diesem Moment war er zum ersten Mal kurz davor, über seinen Schatten zu springen.

Mads widmete dem Ring ein liebevolles, wenn auch verkrampftes Lächeln. Er biss sich auf die Unterlippe, als sich dort ein Beben anbahnte. »Du warst so nahbar, an unserem letzten Abend auf der Rollschuhbahn. Da war ich kurz davor, dir alles zu sagen. Aber ich habe mich nicht getraut. Als du mich küssen wolltest, bin ich in Panik verfallen, ich musste einen Rückzieher machen, sonst wäre ich explodiert.« Er setzte einen undefinierbaren Blick auf. Mit großen Augen schien er nonverbal um Verzeihung zu bitten. »Vielleicht hätte ich dir die Sache irgendwann am Telefon erklärt.«

»Hättest du nicht.« Quentin fuhr sich durch die Haare und stand vom Stuhl auf, um sich an die Bettkante zu setzen. »Tut es weh?«

Mads schüttelte den Kopf und deutete zum Nachttisch neben sich. Darauf stand ein kleiner Becher mit der Aufschrift *Lyrica*. Vermutlich ein Schmerzmittel.

»Warum haben sie es abgenommen?« Er tastete die einzelnen Buchstaben des Medikamentennamens mit den Augen ab. Lyrica. Das klang poetisch. Auf eine traurige Art erzählte es die Geschichte eines aufstrebenden Rollkunstläufers, dessen Träume in Trümmern lagen.

»Gab es keine andere Möglichkeit?« Er stellte sich vor, wie Mads auf seinen Rollschuhen tanzte, und sein Magen verkrampfte sich, als er daran dachte, ihm dabei nie wieder zusehen zu können. Seine Nase kribbelte, die Wucht der Erkenntnis drohte ihn zu überrollen. Als er Mads in das Gesicht sah, stieg ein leichter Tränenfilm in seine Augen. Das Zimmer verschwamm und er blinzelte, um den Anflug von Trauer zu beseitigen. Es würde ihm nichts bringen, wenn er jetzt weinte. »Hast du ihnen gesagt, wie wichtig dir dein Hobby ist?«

Mads rümpfte die Nase. »Es ging nicht anders. Ich habe den scheiß Diabetes nie ernst genug genommen. Das war nur eine Frage der Zeit.«

»Und dann nehmen sie ein Bein ab, mit dem du sogar noch Rollschuhfahren konntest?« Quentin brachte dafür kein Verständnis auf. Die Ärzte hatten einen Fehler begangen. Oder nicht alle Möglichkeiten abgewägt. Nun war es zu spät und Mads würde nie wieder seiner Leidenschaft nachgehen. Das Ziehen in seinem Magen wurde stärker.

»Ich hätte das eigentlich nicht mehr gedurft«, erklärte Mads kleinlaut. »Das war fahrlässig. Zwischendurch habe ich das Bein kaum gespürt, vor lauter Ameisenkribbeln. Aber das war mir egal. Ich wollte es ausnutzen, solange es ging. Manchmal stand ich unter Schmerzmitteln.«

Quentin ließ ein paar Atemzüge vergehen, um die Worte zu verarbeiten. Die ganze Zeit über hatte sich Mads mit Sorgen abkämpfen müssen. Er hatte gewusst, dass die Operation bevorsteht. Als sie sich zum ersten Mal begegnet waren. Als sie den improvisierten Rollschuhunterricht absolviert hatten. In der Kirchenruine. Beim Abendessen. Die ganze Zeit hatte die Amputation wie ein lauernder Schatten über ihren gemeinsamen Stunden gelegen. Und er hatte sich nichts anmerken lassen. Sollte er wütend oder verständnisvoll sein? Dass sein Freund ihn für einen oberflächlichen Mistkerl hielt, schmerzte, aber hatte er sich dieses Image nicht selbst aufgebaut?

»Kann ich irgendwas tun, um dich abzulenken?«

»Du bist längst dabei.« Mads lächelte gezwungen. Seine Stimme wurde rau. »Es war meine größte Angst, dass du Wind hiervon bekommst. Aber jetzt, wo du hier bist und es endlich weißt, ist es irgendwie erleichternd.«

»Ich wünschte, ich hätte es früher gewusst.« Quentin schluckte. »Dann wäre alles anders gelaufen. Ich wäre rücksichtsvoller gewesen.« Vor allem hätte er sich in den letzten Wochen nicht so weggeworfen gefühlt. Und er wäre nicht in der brennenden Bibliothek gelandet.

Eigentlich hatte er jedes Recht, sauer zu sein.

»Ich bin froh, dass du es nicht wusstest«, gab Mads zu. »Mitleid bekomme ich mehr als genug. Meine Mutter bringt seit Monaten irgendwelche Geschenke vorbei. Ich weiß, dass sie es gut meint, aber das erinnert mich ständig daran, dass etwas nicht in Ordnung ist. Es war schön, dich zu treffen. Weil du dich so verhalten hast, als würdest du einen ganz normalen Typen kennenlernen.«

»Ein Erwachsener auf Rollschuhen, der nicht aufhören kann zu reden und ständig Trinkpäckchen trinkt, ist nicht halb so normal, wie du denkst.« Quentins Augenmerk wanderte über Mads' unverschämt symmetrisches Gesicht. In seiner Brust zog sich etwas zusammen. Ein verloren geglaubtes Kribbeln vereinnahmte seine Magengrube. Wie hatte er diesen Blick vermisst. »Was dagegen, wenn ich hierbleibe?«

»Ich würde mich sogar freuen.« Mads rutschte zur Seite, um Platz auf dem Bett zu gewähren. »Ich bin schon 'ne Weile mit der Reha beschäftigt. Ist draußen irgendwas Spektakuläres passiert?«

Er hob die Nase an und atmete ein. »Ich meine ... du riechst wirklich nach Qualm. Wo bist du gewesen?«

Quentin schob seine Schuhe von den Füßen, bevor er die Beine auf das Bett hob, um sich neben Mads zu setzen. Sollte er ihm alles erzählen? Den Vorfall mit den Betrunkenen? Den Brand in der Bibliothek? Dass er zur Zeit kein Zuhause hatte? Er winkte ab. »Hier kann dir wenigstens nichts passieren.«

»Ist das Asche?«, fragte Mads und streckte seinen Finger nach Quentins Wange aus. Er strich vorsichtig über seine Haut und hob den Zeigefinger vor sein Blickfeld. Die Kuppe war schwarz verfärbt. »Was ist denn nur passiert?«

Quentin seufzte. Wenn er die nächsten Lügen auftischte, würde sich die Lage zwischen ihnen niemals bessern. Irgendwann musste das ein Ende finden. »Es hat in der Bibliothek gebrannt.«

Mads weitete die Augen. »In der Bibliothek? Aber da war doch heute die Umweltmesse.« Er fasste sich an das Gesicht, welches nun noch bleicher wirkte. »J-jean ist dort gewesen. Sie hat gar nichts davon erzählt. Weißt du, ob es ihr gut geht?«

»Jean geht es gut.« Quentin legte den Kopf schief. Zwischen: *Sie hat Spencer die Treppe runtergeschubst und schwebt deshalb womöglich in Lebensgefahr* und: *Sie hat mich aus dem Qualm gerettet,* lagen tausend weitere Antwortmöglichkeiten. Er zuckte mit den Schultern. »Keine Ahnung.« Diesmal wollte er wirklich nicht über Jean reden. »Ich bin wegen dir hier.« Seine Augen wanderten zu der Bettdecke. »Was steht jetzt an?«

Die Antwort zögerte Mads heraus. Seine Mundwinkel zuckten nach unten und er folgte Quentins Blick. Als er die Stimme erhob, klang sie heiser. »Erst muss die Wunde heilen.« Er rümpfte die Nase. »Es wird eine Weile dauern, bis der«, er hielt inne, »*Stumpf* ... belastbar ist. Das ist ein widerliches Wort, findest du nicht?«

»Wenn du ihn widerlich nennst, dann wirst du immer schlecht darüber denken. Damit ziehst du dich selbst runter. Es heißt nun mal Stumpf.«

»Oh, okay.« Mads schien überrascht. Sein Gesicht hellte sich auf. »Ich wusste nicht, dass du so locker darüber denkst.« Das Gewicht seiner belastenden Gedanken fiel sichtlich von seinen Schultern.

»Mein Vater ist Altenpfleger. Solche Themen sind mir vertraut, da musst du dir keine Sorgen machen.«

Mads schnaubte erleichtert. »Diese Seite hätte ich gar nicht von dir erwartet.« Während er das sagte, hob er seine Hand zwischen ihre Gesichter, um den Kaugummiautomatenring zu präsentieren. »Diese übrigens auch nicht. Du trägst viele Geheimnisse mit dir rum.«

»Ich habe selten die Gelegenheit, andere Fassaden zu zeigen.« Quentin streckte seine Hand aus, um den kleinen Finger zu berühren. Er betrachtete den Ring und schmunzelte, als ihm das rosafarbene Herz auffiel, welches auf der oberen Seite prangte. »Meine Freunde interessieren sich nicht für so was.«

»Was ist denn *so was*?«, wollte Mads wissen und drehte seine Hand so, dass sich ihre Finger ineinander verhakten.

»Gefühle«, raunte Quentin. Sein Blick schweifte zu seinen Augen. Polarlichtgrün. »Und tiefgründige Gespräche. So etwas gibt es bei uns nicht.«

»Wie sind deine Gefühle?«, fragte Mads mit gesenkter Stimme und drehte seine Hand so, dass sich ihre Handflächen berührten.

Die Antwort müsste er kennen, immerhin hatte er den letzten Kuss abgewehrt, als hätte es sich dabei um einen brutal aufgeschlagenen Squash-Ball gehandelt. Vielleicht benötigte er eine Versicherung, ob sich an seinen Gefühlen etwas geändert hatte.

Quentin wollte nicht zögern, aber das geschah wie von selbst. Er spürte die Wärme, die von Mads' Hand ausging, und konnte seinen Puls in den Fingerspitzen fühlen. Er tastete sich an seinen Augen entlang, über die symmetrische Nase und widmete den erwartungsvoll gekräuselten Lippen einen Blick. Das Muttermal über der linken Oberlippe war noch da. Er schmunzelte. Natürlich war es noch da, wo sollte es hin verschwunden sein? Sein Herz machte einen Sprung. »Ich glaube, du bist der erste Mensch, den ich jemals in mein Herz geschlossen habe.« Er zog die Augenbrauen mahnend zusammen. »Lüg mich nie wieder an.«

Beim Aussprechen dieser Worte verzogen sich Mads' Lippen zu einem schuldbewussten Schmollen. »Es tut mir leid.«

Quentin nickte und schob seine Finger zwischen Mads', um ihre Hände miteinander zu verweben. Er lehnte sich nach vorne, um ihn zu ... Ja, was eigentlich? In seinem Inneren kribbelte jede Faser. Aber sein Gehirn hämmerte auf den Notfallknopf. Abbruch. Nicht schon wieder ... *küssen*. Ihre Lippen berührten sich, nur einen Hauch breit. Er spürte die Wärme, die von Mads' Gesicht ausging, und schmeckte etwas Süßes. Waldmeister? Wackelpudding? Na klar, er hatte eben einen gegessen. An diesem Tag duftete er wenig nach Marzipan, eher nach Lavendel. Als Quentin den Kopf zurückzog, blinzelte ihm sein Freund mit roten Wangen entgegen.

»War das etwa schon alles?« Er leckte sich über die Lippen und senkte den Blick, als wolle er sein Grinsen verbergen.

»Ich bin sauer auf dich«, gab Quentin zu. »Mehr hast du nicht verdient.« Er leckte sich über die Lippen. »Hast du gerade Wackelpudding gegessen?«

»O Gott sei dank, dann hat der Kuss nicht nach eingeschlafenen Füßen geschmeckt?« Mads atmete auf. »Ich dachte kurzzeitig, ich würde 'ne Krise kriegen, weil meine Zähne nicht frisch geputzt sind.«

»Ich habe keine Ahnung, wie eingeschlafene Füße schmecken.«

»Zumindest nicht nach Wackelpudding.« Mads löste seine Hand aus Quentins und drehte sich in Richtung Nachttisch. Er stöhnte und hielt in der Bewegung inne. Sein Gesicht verzerrte sich.

Für einen Moment hatte Quentin vergessen, wo sie sich befanden. Und warum sie sich dort befanden. Offensichtlich hatte Mads Schmerzen. Weil sein Bein amputiert worden war. Die verdrängten Magenschmerzen breiteten sich wieder in ihm aus. Sein Augenmerk landete bei den Schmerzmitteln. Ein Reflex ließ sie mithilfe der Magie auf sie zu schweben. Als ihm bewusst wurde, was er da tat, streckte er seine Hand aus, um den Becher aus der Luft aufzufangen. »Sorry«, brummte er und hielt das Schmerzmittel vor Mads' Gesicht.

»Danke«, entgegnete dieser und nahm die Tabletten entgegen, ohne auf den unnützen Einsatz von Magie einzugehen. Er kippte sie sich in den Mund und spülte mit Wasser nach. »Schön, dass du hier bist.« Seine Stimme klang kratzig und er räusperte sich, bevor er fortfuhr. »Es tut mir unendlich leid, dass ich dich so behandelt habe. Ich habe das schlechteste Gewissen aller Zeiten.«

»Das will ich hoffen«, bemerkte Quentin halb amüsiert. »Du hast mir das Herz rausgerissen und bist mit Rollschuhen drüber gerollt.«

Er erntete ein entschuldigendes Grinsen von Mads. Seine symmetrischen Gesichtszüge wirkten für einen kurzen Moment verschoben. »Es tut mir leid, dass ich dir nie geantwortet habe. Ich wünschte, ich hätte es einfach getan.«

Quentin strich ihm eine Haarsträhne aus dem Gesicht und sah ihm in die Augen. Er wünschte auch, dass er es getan hätte. Das hätte ihm Leid erspart. Aber er sprach seine Gedanken nicht aus. Stattdessen lehnte er sich vor, um Mads noch einmal zu küssen.

Wie sehr er ihn vermisst hat, wurde ihm in diesem Augenblick erst wirklich bewusst.

Mads unterbrach den Kuss und deutete unschuldig blinzelnd zum Badezimmer. »Nichts für ungut, aber willst du vielleicht duschen?« Er leckte sich über die Lippen, in Gedanken wohl noch bei der letzten Berührung. »Der Qualm riecht nicht gesund.«

»Was für ein dezenter Hinweis«, schmunzelte Quentin und nahm das Angebot an.

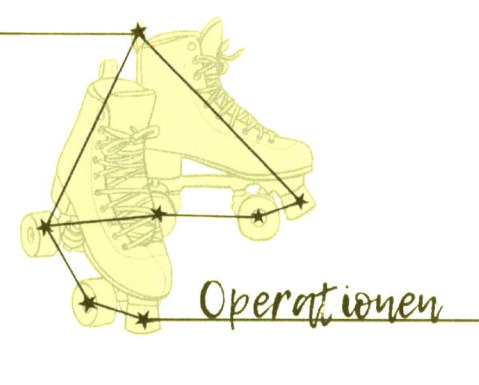

Operationen

19

Nach Absprache mit der Klinikleitung durfte Quentin ein paar Tage dableiben. Vorrangig, weil er dazu beitrug, dass Mads' sich zum Positiven entwickelte. Die Therapeuten lobten ihn für seine Fortschritte und das löste wiederum eine Kettenreaktion aus, die zur baldigen Entlassung aus der Reha-Klinik führte.

Mads zog in seine Wohnung zurück und weil Quentin nicht als Schmarotzer enden wollte, kam er bei seinem Vater unter, von wo aus er nach einer eigenen Wohnung suchte. Die meiste Zeit verbrachte er bei seinem Freund, aber er traf sich auch regelmäßig mit den anderen. Seit dem Brand in der Bibliothek herrschte Beklommenheit zwischen ihnen.

»In Amerika wurde die erste Operation durchgeführt«, erklärte Gwen tonlos. Ihre Gesichtszüge wirkten schlaff. Von ihrem warmen Teint war nicht mehr viel übrig. Wenn das eine Nebenwirkung der Medikamente war, dann sollte sie diese schleunigst absetzen. »Es ist gelungen, die Verbindung zu dem AURA-Gen zu trennen.« Sie umklammerte ein Buch und knibbelte zaghaft an dessen Umschlag. Am oberen Rand blitzte Cedrics Selfie von der Convention heraus, scheinbar nutzte sie es als Lesezeichen. Sie saß an ihrem üblichen Platz, halb unter der Rolltreppe, auf der niedrigen Mauer im Einkaufszentrum.

»Na und?«, fragte Samuel und schüttelte genervt den Kopf. Er stand abgekehrt von den anderen und starrte in die Ferne. »Dann sollen sie das doch in Amerika machen. Hier wird sich das nicht durchsetzen.«

»Spencer hatte recht. Es wird kommen«, prophezeite Gwen in einer unheilvollen Stimmlage. »Wir sollten uns darauf einstellen.«

Quentin saß neben ihr und umspielte sein Teleskop mit beiden Händen. Er begutachtete die filigranen Schnörkel, die sich dekorativ über den Rand zogen.

Seit einigen Wochen drehten sich all seine Gedanken um Mads. Quentin unterstützte ihn bei seinem Training und fing die Launen ab, die stundenweise schwankten. Mal wurde sein Freund von Euphorie getrieben, weil er ein paar Schritte ohne Hilfe laufen konnte. In anderen Momenten war er todtraurig, weil ihm klar wurde, dass sein Leben nie mehr so sein würde, wie er es kannte.

Physiotherapie, Gesprächstermine und Beziehungsarbeit nahmen immer mehr Raum in Quentins Leben ein. Die Sorgen seiner Freunde fühlten sich fremd an. Magie. Wer brauchte das schon? Was war ihr Opfer, das Luxusgut der magischen Fähigkeiten, im Kontrast zum linken Bein eines Rollkunstläufers?

»Dann ist das halt so«, murmelte er und drückte den Mechanismus, der das Teleskop ausfahren ließ.

Spencer lachte verächtlich. »Du hast sie nicht mehr alle.« Seine Augen enthielten Abscheu. »Hast du dich jetzt endgültig mit dem Feind verbrüdert, ja?«

Quentin zuckte mit den Schultern. »Wir hätten diese Fähigkeiten von Anfang an nicht haben dürfen.« Er schob das Teleskop zusammen, um es in seine Manteltasche zu stecken. »Dann gäbe es überhaupt nichts, was man uns wegnehmen könnte.«

Diese Aussage quittierte Spencer mit einem Schnauben. Er verschränkte die Arme und kehrte den anderen seinen Rücken zu.

»Wie genau haben sie in Amerika operiert?«, wollte Elouise wissen, welche am anderen Ende der Mauer saß und die Beine in Richtung Brunnen baumeln ließ. »Sind sie wirklich ans Gehirn ran? Aber nicht mit einem Eispickel, oder?« Ein naiver Blick galt Spencer.

Gwen nickte zögerlich. »Über den Nacken.« Sie deutete auf ihren Hinterkopf. »Sie haben irgendwelche Verbindungen getrennt. Ich habe mir das nicht zu genau durchgelesen.« Sie verstummte und senkte den Blick zu ihrem Buch. »Wenn das auf uns zukommt, möchte ich nicht wissen, was im schlimmsten Fall passiert.«

»Ich sag dir, was passieren wird.« Spencer verdrehte die Augen. »Im schlimmsten Fall wird man davon behindert. Das war bei den Lobotomien damals auch so. Die haben irgendwas im Gehirn zertrennt und sich gewundert, dass es danach nicht mehr richtig funktionierte.«

»Aber diese Eingriffe sind doch schon Jahrzehnte her. Außerdem waren das nur wenige Ärzte, die das unter umstrittenen Umständen durchgeführt haben.« Elouise stand auf, um über die Mauer zu balancieren. Dass sie Ballettunterricht nahm, machte sich in solchen Momenten bemerkbar. Sie setzte einen Fuß vor den anderen und wankte dabei kein bisschen. »Diese neuen Operationen werden anders verlaufen. Die Wissenschaft ist viel weiter.«

»Wenn du es dir lange genug einredest, glaubst du es vielleicht irgendwann«, höhnte Spencer und warf einen knappen Schulterblick in Quentins Richtung. »Hast du eigentlich irgendwas von diesem Komatypen gehört?«

Quentin schüttelte den Kopf. Sein Anwalt kümmerte sich darum. Solange der Mann im Koma lag, zog sich der Prozess in die Länge. Wenn er aufwachte, würde sich alles zum Guten wenden. Und wenn er starb? Quentin schluckte.

»Und was ist mit dem Rollschuhwichser?« Spencer zog die Augenbrauen hoch. »Hat der irgendwas erklärt?«

»Nenn ihn nicht so.« Quentin verengte die Augen und schnaubte genervt. Spencers eingeschnappte Art war kaum zu ertragen. »Er hatte seine Gründe, mir nicht zu antworten.« Sollte er seine Freunde einweihen und riskieren, dass sie sich über seine Behinderung lustig machen? Er schüttelte den Kopf.

Ein Augenrollen von Spencer verriet, dass er die Lüge erkannte. »Dann war die Aktion mit dem Aufzug umsonst?« Er lachte höhnisch. »Dir ist bewusst, dass die Hure mich die Treppe runtergeschubst hat?«

»Sie ist keine Hure. Es war eine Überschwangreaktion deinerseits.«

»*Es war eine Überschwangreaktion*«, äffte Spencer ihn nach und schüttelte den Kopf. »Du bist mir in den Rücken gefallen. Mitten im Gebiet des Feindes!«

»Red doch nicht so«, mischte sich Elouise ein und verharrte in ihrer Bewegung. Am Rand des Brunnens erinnerte sie an eine filigrane Marmorstatue.

»Halt dich da raus«, knirschte Spencer in ihre Richtung und stapfte auf Quentin zu. »Du bekommst das vielleicht nicht mit. Früher oder später wird man unsere Köpfe aufschneiden, um an unseren Gehirnen zu pfuschen. Das wird genauso ungefragt passieren, wie die Aktion, bei der unsere ungeborenen Körper manipuliert wurden.« Er rümpfte die Nase und drückte den Zeige-finger gegen Quentins Rippenbogen. »Und du nimmst das alles einfach hin, weil du dich von einem Öko bequatschen lässt.«

Quentin seufzte. Er legte seine Hand an Spencers, um ihn von sich zu schieben. »Du kennst ihn gar nicht.«

»So?« Spencers Mimik entspannte sich. Er trat einen Schritt zurück und ließ ein paar Atemzüge im Schweigen vergehen. Ein zierliches Grinsen leitete die nächsten Worte ein. »Dann stell ihn uns doch vor.«

»Schön.« Quentin zuckte mit den Schultern.

»Ich soll mitkommen?« Mads saß auf der Couch in seiner Woh-nung. Seine Umgebung versank im Chaos. In der Küche türmte sich schmutziges Geschirr. Vor der Waschmaschine lag Wäsche. Die Couch war von benutzten Taschentüchern und leeren Wein-gummitüten umringt. Auf dem Tisch daneben standen fünf Tassen und ein Dutzend zerknüllte Desinfektionstücher. Quentin zählte sie immer wieder.

»Es würde dir guttun, mal rauszukommen.« Sein Blick zuckte zu einem Stuhl, der in den letzten Tagen seine Position zwischen Küche und Wohnzimmer wechselte. Diesmal stand er in Couchnä-he, verschwand aber unter einem Stapel Zeitschriften und einer Wolldecke.

Eine andere Decke lag über Mads' Körper und verhüllte den Teil von ihm, mit welchem er sich eigentlich auseinandersetzen müsste.

Mads winkte ab. Er setzte sich auf, um Platz auf der Couch zu gewähren. »Wie wäre es, wenn wir stattdessen einen Film gucken?« Während er seine Beine von der Couch schob, achtete er darauf, die Decke in ihrer verhüllenden Position zu belassen. »Ich könnte Netflix abonnieren. Kennst du schon den Film mit -«

»Wann warst du das letzte Mal draußen?« Quentin zählte die Tassen erneut. Am Rand ließ sich erahnen, dass sich Kakao darin befunden hatte. »Beziehungsweise, wann hast du dich zuletzt überhaupt bewegt?«

Mads spitzte die Lippen und ließ den Blick durch den Raum schweifen. Er sackte seufzend in sich zusammen. »Ich brauche ein paar Tage, um mich zu sortieren.« Seine Stimmlage strotzte vor Überforderung.

»Wie viel sind denn ein paar Tage?« Quentin widmete sich dem kleinen Tisch, um die Tassen aufzunehmen. Er brachte sie in die Küche. »Und warum fragst du nicht nach Hilfe?« Er räumte Töpfe mit angebrannter Tomatensoße aus der Spüle, wischte mit einem Lappen durch und ließ heißes Wasser einlaufen. »Du musst nicht im Chaos versinken.« Als er in das Wohnzimmer zurückkam, starrte sein Freund krampfhaft auf den Boden. Er kaute auf seiner Unterlippe.

»Brauchst du etwas?« Quentin schritt auf ihn zu, hockte sich vor ihn und streckte seine Hand nach seinem Knie aus.

Mads' Blick verlor an Wärme. »Fass mich nicht an!«, zischte er und schlug Quentins Hand von sich. Er riss die Augen auf. Wie von einem Blitz getroffen, änderte sich seine Mimik. Die wütend verzogene Stirn wurde glatt und er zog die Mundwinkel herunter. »Entschuldige, ich ... ich wollte das nicht sagen.« Er angelte mit zittrigen Fingern nach Quentins Hand, um ihn näher an sich heranzuziehen. Mit kalkgrauen Wangen und großen, matten Augen starrte er ihm hilfesuchend entgegen. Sein Kehlkopf rutschte unter einem hörbaren Schlucken über seinen Hals.

Quentin blinzelte benommen. Wie sollte er damit umgehen? Gab es eine geeignete Reaktion für solch einen Moment? Er tastete Mads' Gesicht mit den Pupillen ab. Einem derartig verstörten Gesichtsausdruck hatte er noch nie gegenübergestanden. Die geweiteten Augen strotzten vor Furcht und die Mundwinkel erzählten von Abscheu. Sein Freund schien mit dieser Situation mindestens genauso überfordert zu sein wie er selbst. Als sich Tränen anbahnten, erhob sich Quentin aus der Hocke, um sich neben ihn zu setzen. Er legte seine Hand um Mads' Schulter und zog ihn vorsichtig in eine tröstende Umarmung.

»Ich weiß nicht, was los ist«, schluchzte Mads und vergrub sein Gesicht in den Händen. »Ich will nicht so sein.« Seine Stimme bebte und einige Silben wurden von einem Krächzen verschluckt.

»Du bist doch ein fröhlicher Mensch«, raunte Quentin und schob Mads' Hände zurück, um in seine Augen sehen zu können. Die Smaragde glänzten nicht mehr. Und auch für Polarlichter wirkten sie inzwischen zu trüb. Die Zeit raubte die Lebensfreude aus seinem Freund und Quentin konnte nur machtlos zusehen. »Kann ich dir irgendwie helfen?« Sein Augenmerk zuckte zu seinem Bein herunter. »Brauchst du Hilfe bei irgendwelchen Übungen oder so?«

Mads schüttelte bestimmt den Kopf. Er umfasste die Decke, als wäre sie lebensnotwendig, und blinzelte nervös. »Alles, nur das nicht.«

Quentin nickte langsam. Er hatte nichts anderes erwartet. Bis zu diesem Tag hatte er die Beine seines Freundes nicht wieder gesehen. Seitdem ihm der Unterschenkel amputiert worden war, achtete Mads penibel darauf, den Stumpf vor ihm zu verbergen. Er tat so, als wäre alles normal. Aber wenn Quentin wirklich versuchte, Normalität aufkommen zu lassen, dann brach Panik über ihn herein. Sie schliefen nicht in einem Bett und umgingen den Teil der Beziehung, bei welchem man sich gegenseitig erkundete. Das war vielleicht normal in dieser Situation und würde für eine Weile funktionieren, aber mit jedem Tag wurde die Eisfläche, auf der sich ihre Zweisamkeit bewegte, dünner. Quentin schluckte. »Du hast kein Problem damit, dein Bein irgendeinem Arzt oder Pfleger zu zeigen.«

Mads wich seinem Blick aus. »Die sehen so was regelmäßig.« Er verzog angewidert den Mund. »Aber ich habe Angst vor deinem Blick, wenn du es siehst.«

»Hm«, meinte Quentin und rümpfte die Nase. »Du hast Angst davor?« Er wich zurück. Angst? Das war eine übermächtige Emotion. Wie sollte er dagegen ankommen?

»Du bist so perfekt«, flüsterte Mads mit einem verzweifelten Unterton in der Stimme.

»Das sagst du andauernd. Es stimmt nicht.«

»Du siehst dich nicht durch meine Augen.« Der eingeschüchterte Lockenkopf biss sich auf die Unterlippe. Seine Pupillen zuckten kurz in Quentins Richtung. Dann zurück zum Boden.

»Mads«, antwortete er ruhig und legte seine Hand vorsichtig auf dessen Schulter. Er streichelte mit dem Daumen über seinen Hals. »Ich sehe dich mindestens so, wie du mich siehst.« Er lächelte, als sein Freund schüchtern Blickkontakt aufnahm. »Du bringst Seiten an mir zum Vorschein, die sogar ich nicht kannte. Ich mag mich selbst ein bisschen mehr, seitdem ich Zeit mit dir verbringe.«

Mads' Augen leuchteten für einen kurzen Moment. Er schluckte. Das Leuchten verschwand. »Ich wünschte, ich könnte etwas ähnlich Romantisches sagen. Aber ich fühle mich nicht so. Irgendwie ... ich kann es nur schwer beschreiben. Irgendwie bin ich hungrig. Aber nicht auf die übliche Art. Es ist meine Seele, die verhungert, weil ich nichts Positives übrig habe.« Mit jeder Silbe wurde seine Stimme matter. »Das alles zieht mich immer weiter runter. Ich weiß, dass ich nicht so bin. Ich will auch gar nicht so sein, aber es passiert einfach. Mit jeder Sekunde, die am Tag vergeht, sickert ein weiterer Tropfen Lebensfreude aus meinem Körper und ich finde einfach nicht den richtigen Stopfen, um dieses Leck zu verschließen.«

Quentin öffnete den Mund, aber als ihm die Doppeldeutigkeit, seiner geplanten Aussage »Ich dachte, ich bin ein Stopfen für dein Leck« auffiel, ersparte er sie sich. Stattdessen zog er Mads' Kopf näher an sich heran, um ihn zu küssen. »Ich lasse mir was einfallen.«

Er stutzte, als ihm Acetongeruch auffiel. Zielgerichtet beförderte er Mads' Rucksack magisch in seine Richtung und der auffällige Geruch wurde von Petrichor verschluckt. »Du brauchst Insulin.«

Sein Freund hielt inne. Nur zögerlich nahm er den Rucksack auf, um einen Pen und sein Smartphone herauszuholen. Letzteres hielt er sich an den Oberarm. »Stimmt«, raunte er und hielt die Skala mit seinen Blutwerten vor Quentins Gesicht. Ein gerührtes Lächeln verirrte sich in Mads' Mundwinkel, während er seinen Pullover nach oben zog, um sich mit Insulin zu versorgen. »Danke.«

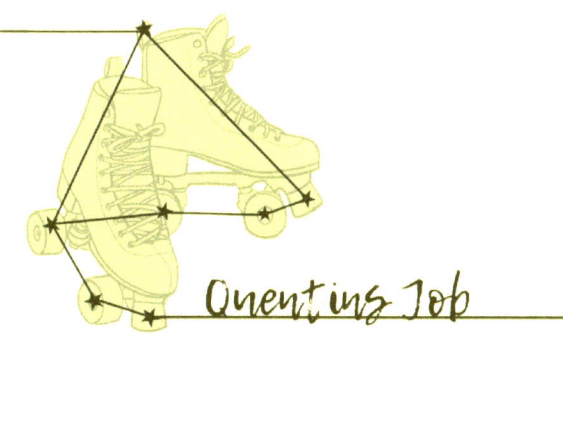

Quentins Job

20

»Quentin?« Paul lugte mit kleinen Augen durch die Tür seines Bauernhauses. Scheinbar hat er vor Kurzem noch geschlafen. Sein Blick zuckte zu einer Uhr, die im Flur hing, und er schüttelte sich. »Was machst du denn so früh hier?«

»Suchen die in eurem Seniorenheim noch Pfleger?« Quentin stand mit verschränkten Armen vor dem Haus und versuchte, einen Blick nach drinnen zu erhaschen. Ob Pauls Freundin da war? Er hatte sie bisher nicht kennengelernt.

»Also na ja.« Die Frage brachte seinen Vater offenbar zum Nachdenken. Er musterte Quentin skeptisch. »Wir suchen immer Pfleger.«

»Gut.« Quentin stiefelte in das Haus und steuerte auf die Küche zu. »Dann möchte ich ein Vorstellungsgespräch.« Er warf seinen Mantel auf einen Stuhl und holte Töpfe heraus, um Frühstück zuzubereiten.

»*Du*?« Paul verharrte ratlos im Flur. »Wann?«

»Heute.« Quentin schlug Eier auf und verquirlte sie in einem Becher. »Ich fahre gleich mit dir hin und dann können sie mich einstellen.«

Seinem Vater entfuhr ein Lachen. Er trat in die Küche und blätterte in einem Kalender. »Heute ist nicht der erste April, oder?«

»Nein.«

»Du weißt aber schon, dass Vorstellungsgespräche nicht einfach so stattfinden?« Er ging ihm bei der Zubereitung des Frühstücks zur Hand. »Du musst dich bewerben und abwarten, ob sie dich überhaupt einladen möchten.«

Die Eier brutzelten in der Pfanne.

»Ich dachte, es herrscht ein Pflegermangel.«

»Ja, schon. Aber deshalb übergeht man die Formalitäten nicht. Du brauchst einen Lebenslauf und eine aussagekräftige Bewerbung. Außerdem kannst du ohne Ausbildung nicht einfach so Pfleger werden.«

Damit brach das Kartenhaus zusammen, auf dem Quentin seinen fragilen Plan errichtet hatte. »Dann werde ich halt Pflegehelfer oder so. Hauptsache ich lerne etwas über Amputationen.«

Sein Vater hielt inne und musterte ihn mit gerunzelter Stirn. »Um darüber etwas zu lernen, bist du in einer Altenpflegeeinrichtung falsch. Da musst du dich in Richtung Chirurgie orientieren.« Er senkte die Stimme. »Pflegehelfer haben in der Regel übrigens auch eine Ausbildung.«

»Ich möchte nichts über den Amputationsvorgang lernen«, erklärte Quentin und schabte Rührei zusammen. »Ich möchte Mads besser verstehen.« Er starrte die hellgelben Krümel in der Pfanne an, die mit jeder Sekunde dunkler wurden. »Er traut sich nicht, mir sein Bein zu zeigen. Aber er sagte, dass es ihm Pflegern gegenüber nichts ausmacht, weil die solche Sachen täglich sehen. Vielleicht kann ich ihm näherkommen, wenn er weiß, dass ich eine Pflegekraft bin.«

»Oh mein Gott«, hauchte Paul und verharrte in seiner Bewegung, um Quentin anzusehen. »Hast du eine Vorstellung davon, wie niedlich naiv das ist?«

»Ach, komm schon«, schnaubte Quentin und nahm drei Teller heraus, um die Rühreier darauf zu verteilen. »Ich habe versprochen, mir Gedanken darüber zu machen.«

»Ich nehme dich heute mit«, legte sein Vater fest und deckte den Tisch mit Gabeln und Messern. »Dann kannst du mit meiner Vorgesetzten sprechen. Vielleicht ermöglicht sie dir ein Praktikum. Du solltest erst ausprobieren, ob dieser Beruf für dich infrage kommt.«

Quentin nickte langsam. Das war nicht das Ergebnis, auf welches er gehofft hatte, aber es war immerhin ein Anfang. »Danke, Papa.«

»Warum hast du drei Teller rausgeholt?« Paul nahm am Tisch Platz und beobachtete Quentin, der das Gleiche tat.

»Wohnt Kassandra nicht mehr hier?« Er schaute sich um, in der Erwartung, dass sie jeden Augenblick in die Küche trat.

»Sie *wohnt* nicht hier«, stellte sein Vater klar und senkte den Blick zum Tisch. »Zumindest nicht andauernd.«

»Und wo ist sie jetzt?«

Paul grinste scheinheilig. »Sie schläft oben.«

Na also. Quentin lehnte sich selbstgefällig grinsend zurück. »Ihr seid jetzt schon seit Wochen zusammen. Wirst du sie mir vorstellen?«

»Natürlich«, schmatzte Paul, der sich etwas Rührei in den Mund schob. »Da ist sie schon.«

»Guten Morgen«, hallte eine helle Stimme aus dem Flur. »Was ist denn hier schon los?« Eine Frau mit graubraun meliertem Haar, das ihr in gebändigten Locken über die Schultern fiel, betrat das

Wohnzimmer. Sie lief mit erhobenem Kinn auf die Küche zu. Ihre Augen wirkten fröhlich, aber ihre Ausstrahlung brachte etwas Einschüchterndes mit sich.

»Frühstück«, entgegnete Paul und stand auf, um Kassandra mit einem Kuss zu begrüßen. »Du hättest noch weiterschlafen können.«

Die Lippen der Frau verzogen sich zu einem Lächeln. Die Falten um ihre Mundwinkel wurden tiefer. Sie widmete Quentin einen Blick und runzelte die Stirn. »Ich war neugierig, wer da spricht.«

»Das ist Quentin, mein Sohn«, fuhr sein Vater fort und nahm wieder am Tisch Platz. »Ich hätte ihn dir gerne früher vorgestellt.«

Sie nickte und schritt auf den Tisch zu. »Es freut mich.« Ihre Augen enthielten eine rätselhafte Tiefe. Irgendwoher kamen sie ihm bekannt vor. »Ich heiße Kassandra.«

Quentin nickte. Woher kannte er sie? Und warum erweckte sie den Eindruck, als käme er ihr auch bekannt vor? »Sind wir uns schon einmal begegnet?«

Sie schüttelte den Kopf. »Zumindest nicht direkt.« Sie setzte sich an den Platz, auf dem der dritte Teller stand.

»Wir sind uns indirekt begegnet?« Quentin pikste etwas von den Rühreiern auf und betrachtete sie, bevor er die Gabel in seinen Mund steckte. Wie sollte er denn das verstehen?

»Du bist eines von den Kindern, die mit einem AURA-Gen ausgestattet wurden, nicht wahr?« Ihre Lippen zogen sich verheißungsvoll auseinander. »Ich war an der Erforschung dieses Gens beteiligt.«

Quentin verschluckte sich an dem Rührei und hustete für einige Sekunden. Die Freundin seines Vaters war eine von denen, die aus unschuldigen Babys magische Freaks gemacht hatten? Und sein Vater nahm sie in seine Familie auf, als gäbe es daran nichts auszusetzen?

- ✳ -

Im Auto herrschte Schweigen.

Quentin und Paul lauschten den Nachrichten, während der Himmel nur langsam den Tag vermuten ließ. Der Herbst stand in den Startlöchern und das merkte man mit jedem Morgen, an dem sich die Sonne später blicken ließ.

»Wo hast du Kassandra kennengelernt?«

»Sie hat eine Fortbildung geleitet.«

»Was für 'ne Fortbildung?«

»Irgendwas mit Medikamenten, ich erinnere mich nicht mehr genau.« Paul setzte ein schiefes Grinsen auf. »Ich habe inhaltlich nicht alles mitverfolgt, als mir klar wurde, wie interessant die Leiterin ist.«

Irgendwas mit Medikamenten? Quentin sank tiefer in seinem Sitz zusammen. Medikamente assoziierte er mit Magieverbot. Aber dazu gab es sicher keine Fortbildungen. Oder? Er lugte zu seinem Vater herüber. Besuchte er Fortbildungen, um sich darauf vorzubereiten, seinem Sohn die Fähigkeiten zu rauben? Wenn er an Gwen dachte, zog sich alles in ihm zusammen. Sie war sich selbst nicht mehr ähnlich. Wenn sie sich zu einem Treffen über- reden ließ, dann beteiligte sie sich kaum an den Gesprächen. Ihre Augen fielen ständig zu und sie ging ihren Hobbys nicht mehr nach. Quentin konnte sich kaum daran erinnern, wann er sie zum letzten Mal mit einem Zeichenstift in der Hand gesehen hatte. »Sie war an der Entwicklung des AURA-Gens beteiligt.«

»Das ist richtig.«

»Wusstest du das, als du sie zum ersten Date ausgeführt hast?«

Sein Vater schüttelte den Kopf. »Das hat sich erst mit der Zeit herausgestellt.« Er schluckte. »Deine Mutter müsste ihr schon einmal begegnet sein, damals, als sie mit dem Kinderwunsch zu AURA-Fertility gegangen ist.«

Wunderbar. Und trotzdem hatte sich Paul auf weitere Dates und eine Beziehung mit ihr eingelassen.

Was kam als Nächstes? Würde seine Mutter mit dem leitenden Chirurgen der magievernichtenden Operationen anbandeln? Er verschränkte die Arme.

»Wie ist das eigentlich abgelaufen?« Quentin lehnte den Kopf gegen das Sitzpolster und beobachtete die Umgebung, die an ihrem Auto vorbeirauschte. Bäume, Straßenlaternen und Häuser verschmolzen zu Linien. »Ich bin nicht ganz normal gezeugt worden, oder?«

»Nein«, gab sein Vater zu und widmete ihm einen kurzen Seitenblick. »Sie haben uns Stammzellen entnommen und ein paar Eizellen deiner Mutter mit den angepassten Merkmalen befruchtet. Das vielversprechendste Ei haben sie ihr eingepflanzt. Kurz danach war sie schwanger.«

»Das heißt, es gab mehrere potenzielle Versionen von mir, die verworfen wurden?« Eine Gänsehaut kribbelte über Quentins Rücken. Er schüttelte sich. Woran erkannte man unter einem Mikroskop, welche Zelle die vielversprechendste war? Hatte Kassandra entschieden, welches Genexperiment in seiner Mutter zu einem Embryo werden durfte? Ihm wurde übel, also öffnete er das Beifahrerfenster. Kalte Luft wehte ihm entgegen und er schloss die Augen, um an etwas anderes zu denken.

Was sollte er im Seniorenheim tun? War es wirklich eine gute Idee, dort ein Praktikum anzustreben? Er hätte es sich vielleicht anders überlegt, wenn sie das Ziel nicht innerhalb der nächsten Minuten erreicht hätten. Als der Wagen stehen blieb, drehte sich Paul zu ihm um.

»Ich rede zuerst mit meiner Chefin. Damit sie nicht allzu über-rumpelt ist.«

Quentin nickte.

Nach gründlicher Überzeugungsarbeit hatte sich die Leiterin der Seniorenpflegeeinrichtung dazu überreden lassen, Quentin in einem dreiwöchigen Praktikum eine Chance zu geben. Er sollte das Berufsfeld kennenlernen und dann entscheiden, ob eine Aus-bildung infrage käme. Damit waren alle einverstanden, und somit schlenderte Quentin neben einer Pflegerin her, die ihm das Haus zeigen sollte.

»Frau Göhren ist manchmal nicht ganz bei Sinnen«, scherzte sie monoton. Sie war von ihrer spontanen Tagesaufgabe über-rumpelt worden und machte kein Geheimnis daraus, dass sie keine Lust darauf hatte. »Kann sein, dass sie uns ignoriert. Kann sein, dass sie sich freut. Halt dich am besten einfach zurück.«

Es war schon das fünfte Zimmer, welches Quentin kennen-lernte. Die Senioren teilten sich lange Flure, welche auf jeder der sieben Etagen identisch aussahen. Die Türen hatten unterschied-liche Farben, aber ansonsten stand überall an der gleichen Stelle die gleiche Sitzbank. Es hingen ähnliche Bilder zwischen den Türen. Mal mit Blumen, mal mit Landschaften.

Quentin folgte der Pflegerin in Frau Göhrens Zimmer und hielt sich im Hintergrund. Die Einrichtung wirkte spärlich. Es gab ein einziges Foto, welches gerahmt über dem Bett hing. Sonst fehlte jede persönliche Note. Das hatte in den anderen vier Zimmern anders ausgesehen. Wie traurig.

»Geht weg«, stöhnte Frau Göhren. Sie saß in einem Sessel vor dem Fenster. »Ich nehm die Pillen nicht.«

Die Pflegerin atmete tief ein und ging auf die alte Dame zu. »Es ist jeden Tag die gleiche Diskussion. Sie müssen Ihre Tabletten nehmen.« Sie zückte das Dosett, in dem sich die Medikation der Dame befand. Mit einer flüchtigen Bewegung kippte sie drei Tabletten in ihre Handfläche, um sie neben dem Sessel auf einen kleinen Tisch zu legen. »Wenn Sie sich jeden Tag weigern, wird es Ihnen wieder schlechter gehen.«

Die alte Dame starrte weiterhin aus dem Fenster. Sie spitzte die Lippen und ignorierte die Pflegerin mit voller Absicht. Quentin konnte sich ein Grinsen nicht verkneifen. Wenn es so etwas wie Sympathie auf dem ersten Blick gab, dann hatte sie ihn eiskalt erwischt. Die Sturheit der Frau löste Bewunderung in ihm aus. Sie war vornehm und dunkel gekleidet. Dem Stoff ihrer Bluse nach zu urteilen, besaß sie viel Geld. Sie könnte sich bestimmt einen privaten Pfleger für zu Hause leisten. Warum lebte sie in einer solchen Einrichtung?

»Hier ist ein Glas Wasser, dann bekommen Sie sie leichter runter.« Ihrer Stimme war deutlich zu entnehmen, dass die Pflegerin ihre Geduld verlor. Jetzt schon? »Nehmen Sie sie schon.«

Frau Göhren rümpfte die Nase. Sie umklammerte die Armlehnen des Sessels mit ihren Fingerspitzen. »Hexe«, zischte sie und wandte sich wieder dem Fenster zu.

Quentin musste sich wegdrehen, um ein Grinsen zu verbergen. So würde er auch sein, wenn er alt war. Ganz sicher.

»Was gibt es da zu grinsen?«, fragte die Pflegerin gereizt und widmete ihm einen giftigen Augenaufschlag. »Überleg dir das mit dem Beruf besser noch einmal.« Sie warf Frau Göhren einen leeren Blick zu. »Das ist einfach anstrengend.«

»Ich finde es eher interessant«, sagte Quentin schulterzuckend.

»Wer ist das?«, fragte die alte Dame überrascht und drehte den Oberkörper um die Rückenlehne des Sessels. »Oh, jemand Neues.« Ihre Mimik wurde weich und sie lächelte. Sie musterte ihn von oben bis unten. »Wer sind denn Sie?«

»Der neue Praktikant«, stellte die Pflegerin ihn wie auswendig gelernt vor und trat zurück, um sich anderen Dingen zu widmen.

Quentin ging zögerlich auf Frau Göhren zu und streckte ihr seine Hand entgegen. »Quentin«, sagte er. »Mein Name.« Er biss sich auf die Unterlippe. Wie hohl klang das denn? Er musste sich wirklich angewöhnen, in ganzen Sätzen zu reden.

Sie betrachtete seine Hand, erwiderte die begrüßende Geste nicht, und nickte verstehend. »Hannah.« Ihre Augen funkelten amüsiert. »Mein Name.«

Er zog die Hand zurück und legte ein schiefes Grinsen auf seine Lippen. Sie schien Humor zu haben. »Ich mache hier ein Praktikum.«

»Und ich wohne hier.« Sie drehte den Sessel und begutachtete ihn erneut. Kurz zuckte ihr Blick zu der Pflegerin, die über dem Papierkorb lehnte und etwas auf ihrem Klemmbrett notierte. »Ich hab die Pillen von gestern nicht weggeworfen«, stichelte sie scharf.

Kopfschüttelnd zog sich die kritisierte Frau von dem Mülleimer zurück. »Brauchen Sie sonst noch etwas?« Sie lächelte, auch wenn es etwas verkrampft wirkte.

Frau Göhren schüttelte den Kopf und wandte sich an Quentin. »Du hast es doch gar nicht nötig, hier zu arbeiten. Das sehe ich sogar ohne Brille.«

»Und Sie haben es nicht nötig, hier zu wohnen.«

Ihre Lippen kräuselten sich und sie nickte angetan. »Und trotzdem sind wir beide hier.«

»Wie wäre es mit einem Stück Brot oder einem Keks?« Er sah die Pflegerin an, um sich für seinen Vorschlag rückzuversichern. »Für die Tabletten.« Sein Blick zuckte zur Seite. »Ich kann so was damit leichter schlucken.«

»So weit kommt es noch«, raunte die Angesprochene und schritt in Richtung Tür. »Dann schleppe ich auch noch Kekse mit mir rum?« Sie lachte höhnisch. »Überlass solche Entscheidungen lieber den Fachkräften.« Sie hakte in ihrem Laufzettel *Medikamentengabe verweigert* ab und setzte den Rundgang fort. Unterwegs murmelte sie leise Flüche vor sich her, während Quentin ihr nachlief. »Wir haben zu viel Zeit verloren. Ich habe es gewusst. Es war so klar.«

»Bis später«, verabschiedete er sich von Frau Göhren und erntete ein erfreutes Augenzwinkern.

Quentin folgte in den folgenden Tagen verschiedenen Pflegekräften. Manche waren mehr, manche weniger motiviert, dem schnöseligen Praktikanten ihren Arbeitsplatz schmackhaft zu machen. Die Motivierteren hielten seine Idee mit den Keksen für sinnvoll und probierten sie aus. Die meisten Senioren lehnten Neuerungen ab, aber Frau Göhren nahm ihre Medikamente ein, seitdem sie zwei Butterkekse zu ihrem Glas Wasser dazubekam.

Sie hielt Quentin bei den Rundgängen immer wieder auf, um ihn in kurze Unterhaltungen zu verwickeln. Ihre Weltanschauung war erfrischend. Frau Göhren verfügte über Lebenserfahrung, die in ihrem isolierten Zimmer verschwendet schien.

Am engsten waren sie über ihre Liebe zu den Sternen verbunden. Andauernd musste Quentin ihr sein Teleskop präsentieren und sie erzählte abwechselnd eine von drei Geschichten, die ihr dazu einfielen. Manchmal suchte er sie in seiner Mittagspause auf, um sich ohne Zeitdruck mit ihr austauschen zu können.

»Mir ist aufgefallen, dass du jeden Tag andere Schuhe trägst«, säuselte sie von ihrem Sessel aus, als er leise das Zimmer betrat.

Quentin legte einen Butterkeks auf den kleinen Tisch neben sie. Er warf einen Blick auf seine Schuhe. »Gut beobachtet.« Mit einer beiläufigen Bewegung zückte er sein Teleskop, um es neben den Keks zu legen.

»Sie sind allesamt von guten Marken.« Sie griff nach dem Keks und legte ein Lächeln auf ihre Lippen, als ihre Augen das Teleskop streiften. »Ich habe Kaffee vorbereitet.« Frau Göhren nickte zu einer Kommode, die neben einer winzigen Küchenzeile stand. Dort befanden sich nur ein Wasserkocher und eine Filterkaffeemaschine. Vor dieser standen zwei dampfende Tassen.

»Danke«, meinte Quentin und holte beide Tassen. Eine stellte er neben ihr ab, die andere behielt er in der Hand, während er sich gegen die Fensterbank lehnte. »Bekommen Sie nie Besuch?«

»Was für eine ungehobelte Frage«, raunte sie mit gespitzten Lippen und musterte Quentin scharf. »Es ist gerade Besuch da.«

»Ich meine von Ihren Angehörigen. Haben Sie Kinder?« Er umspielte den Tassenrand mit seinen Daumen. Das Röstaroma stieg ihm wohlriechend in die Nase.

»Nein.« Sie biss in den Keks und stierte an ihm vorbei aus dem Fenster.

Quentin nickte und nippte am Kaffee. Seine Oberlippe kribbelte, weil er so heiß war. Aber ein angenehmer Geschmack betörte seinen Gaumen. Sie legte offensichtlich Wert auf eine gute Sorte. »Warum sind Sie dann so ...?« Er suchte nach dem passenden Wort. Die Stille, die sich in die Länge zog, schnitt wie ein stumpfes Messer durch zähen Pudding.

»Verbittert?« Sie schnaubte.

»Nein«, widersprach Quentin eilig. »Sie sind so abwehrend.«

»Also doch verbittert.« Sie lachte leise. »Wenn man mit ansehen muss, wie sich die Pfleger so in ihrer Arbeit verlieren, steigert das nicht gerade die Lebensfreude.« Frau Göhren griff nach ihrer Tasse und tauchte die Hälfte des Kekses hinein.

»Warum wohnen Sie nicht in einer privaten Pflegeeinrichtung? Das können Sie sich mit Sicherheit leisten.«

Die ältere Dame grinste verschmitzt, während sie sich zurücklehnte und ihn musterte. »Du verfügst über eine gute Beobachtungsgabe.« Sie steckte die eingeweichte Kekshälfte in ihren Mund. Dabei schweifte ihr Blick durch den Raum. »Ich habe vor, mein gesamtes Vermögen zu spenden.« Sie schien etwas zu suchen. Ihre Augen hellten sich auf und sie machte Anstalten, aufzustehen.

Quentin folgte ihrem Blick und entdeckte ein Album, welches neben einem Telefon auf einem kleinen Schränkchen lag. Er streckte seine Hand aus, um es schwebend auf Frau Göhrens Schoß zu befördern.

Sie beobachtete den fliegenden Gegenstand fasziniert und kicherte begeistert, als er auf ihren Oberschenkeln landete. Mit noch größerer Begeisterung bewunderte sie die Gänsehaut auf ihren Unterarmen. »Du bist eines der Wunderkinder.«

Er zuckte mit den Schultern. »Nett, dass mich zur Abwechslung jemand so nennt.«

Sie blätterte in dem Album und musterte Quentin erneut. Diesmal lag Faszination in ihrem Blick. »Ich bin alt und habe vieles erlebt. Dass Menschen einmal zu solchen Zaubereien fähig sein werden, hätte ich nie gedacht.«

»Es schadet der Umwelt«, zitierte Quentin und verdrehte die Augen. »Deshalb will ich es mir abgewöhnen.«

»Jegliche Ausführung der menschlichen Existenz schadet der Umwelt«, sagte Frau Göhren und nickte in Richtung Fenster.

Quentin schaute hinaus und ließ den Blick über die Stadt schweifen. Es war das übliche Schauspiel aus asphaltierten Straßen und dunstbehangenem Himmel.

»Als ich in deinem Alter war, ist das alles grün gewesen.« Sie zeigte zu einem Bürogebäude. Dort hatte eine Handyfirma ihren Sitz. »Da war eine Wiese. Ich habe darauf mit meinen Freundinnen gespielt, als wir jung waren. Die Innenstadt war deutlich kleiner. Den neuen Bereich gab es nicht. Weiter hinten habe ich einen Wald in Erinnerung.« Ihr Finger wanderte über die Silhouette der Stadt.

Zu jedem Gebäude fiel ihr eine Geschichte ein. Sie berichtete vom einzigen Metzger, der sein Fleisch nur von Bauern bezogen hatte, die er persönlich kannte. Ihre Erzählung endete in einem lang gezogenen Seufzer. »Die Menschheit entwickelt sich schnell. Jede Errungenschaft zeigt früher oder später ihre Schattenseiten.« Ihr Fingerzeig endete vor Quentins Brust. »Das, was sie mit Kindern wie dir gemacht haben, zeigt nun seine Auswirkungen. Und sie versuchen euch einzureden, dass ihr Schuld tragt an Fehlern, die sie kommen sehen haben.« Sie blätterte weiter in dem Album. »Alle Menschen müssen sich daran beteiligen, die Umwelt zu schützen.« Sie knibbelte ein Foto aus der aufgeschlagenen Albumseite und hielt es Quentin vor die Nase. Es zwar ein verblichenes Schwarz-Weiß-Bild von zwei jungen Menschen, die vor einem üppigen Blumenbeet standen. Ihre Kleidung sah elegant aus, die Frau trug einen Schleier.

»Ist das ein Hochzeitsfoto?«

Frau Göhren nickte. »Es ist mein Hochzeitsfoto. In dem Park, in dem die alte Kirche steht.« Ihre Lippen kräuselten sich. »Sofern sich niemand um den Erhalt kümmert, wird sie den nächsten Erneuerungen zum Opfer fallen. Wenn ich in dem Wissen sterbe, dass der Ort meiner Hochzeit bestehen bleibt, dann kann ich es verkraften, in einem solchen Heim meinen Lebensabend zu verbringen.«

Quentin betrachtete das Foto. Frau Göhrens Mann erinnerte ihn ein bisschen an Cedric. Die Kirche, die im Hintergrund zu sehen war, weckte eine Erinnerung. War das die Ruine, die er mit Mads besucht hatte? Seitdem es die neue Kirche im Zentrum der Stadt gab, hatte niemand Verwendung für das weniger prunkvolle Gebäude.

»Gibt es eine Stiftung, die sich für den Erhalt der Kirche einsetzt?«

Die Dame schüttelte den Kopf. »Es wird sich schon jemand finden, der in meinem Interesse handelt.«

Ob sie wusste, wie es an diesem Ort inzwischen aussah? Sie schien Geld zu haben, aber ob das reichte, um den Verfall der Ruine rückgängig zu machen?

Quentins Smartwatch vibrierte und verkündete das Ende seiner Pausenzeit. Er widmete ihr ein freundliches Lächeln und bedankte sich für den neuen Blickwinkel gegenüber seiner magischen Fähigkeiten.

Sie nahm sein Teleskop auf und weitete die Augen. »Vergiss das nicht.«

Quentin steckte seine Hand in die Tasche und zog ein weiteres Teleskop hervor. Er hatte ein zweites bestellt.

»Das ist ein Geschenk«, erklärte er zwinkernd und verschwand in den Flur.

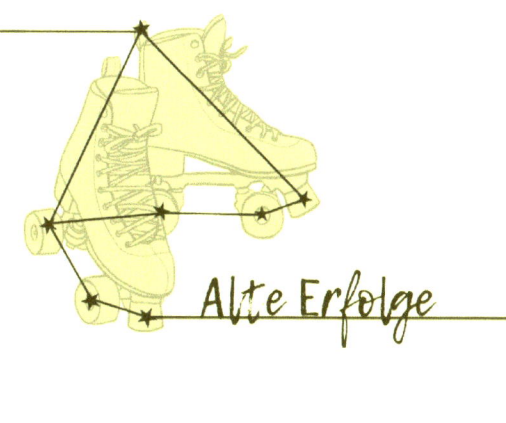

Alte Erfolge

21

»Ich bin jetzt Altenpfleger«, verkündete Quentin feierlich und ließ sich in Mads' Wohnung auf die Couch fallen.

Der Lockenkopf stand in der Nähe des Fernsehers und hielt sich an der Rückenlehne eines Stuhles fest, um Balance-Übungen zu absolvieren. Er verlagerte sein Gewicht vom rechten Bein auf die Prothese links. Selbstverständlich trug er eine lange Hose, aber es war wenigstens keine Decke mehr nötig, um seine Beine zu verhüllen. Nach Quentins Aussage verharrte er in seiner Bewegung. »Altenpfleger?« Er blinzelte. »Wie jetzt?«

Quentin betrachtete seine Fingernägel und setzte ein verspieltes Grinsen auf. »Na, ich arbeite mit meinem Vater zusammen im Seniorenheim.« Sein Blick schwenkte in Mads' Richtung und er amüsierte sich über die ratlos verzogene Miene. »Also, erst mal mache ich ein Praktikum. Wenn das gut läuft, dann starte ich vielleicht eine Ausbildung.«

Mads ließ zögerlich von der Stuhllehne ab und tigerte auf das Sofa zu. Das linke Bein zog er nach, aber seine Gangart sah natürlicher aus als noch vor ein paar Tagen. Er muss viel geübt haben. »Wie bist du denn darauf gekommen?« Seine Mundwinkel zuckten. Er schien nicht zu wissen, ob er es mit einer guten oder schlechten Nachricht zu tun hatte. »Ist das eine Art Strafarbeit, weil du Probleme mit dem Gesetz hattest?«

Quentin weitete die Augen. Bitte was? Er schluckte einen Lacher und winkte ab. »Nein! Ich habe mir das freiwillig überlegt.« Er senkte den Blick. Sollte er ihm den Hintergrund verraten? Plötzlich kam er sich blöd vor. »Irgendwann musste ich damit anfangen, etwas Sinnvolles mit meinem Leben anzustellen.«

Mads' Pupillen hüpften zwischen den Augen seines Freundes hin und her. Seine Lippen bogen sich langsam zu einem Lächeln. »Du überraschst mich immer wieder.«

Quentin deutete zu dem Stuhl, welcher immer noch vor dem Fernseher stand. Die Wohnung war aufgeräumt. »Du mich übrigens auch.« Er sah auf Mads' Bein. »Du hast viel geübt, oder?«

»Natürlich. Es bringt mir nichts, in Wehmut zu vergehen.« Er setzte sich und streckte die Beine aus. »Die ganzen Übungen wecken alte Erinnerungen.«

»Alte Erinnerungen?«

»Als ich mit dem Rollschuhlaufen angefangen habe.« Zum ersten Mal seit Langem, klang Mads nicht verbittert, als er das Thema ansprach. »Immer wenn ich eine neue Figur ausprobiert habe, war ich ähnlich verbissen.«

Quentin lehnte sich zurück, um seinem Freund in die Augen zu sehen. Der Hauch eines Leuchtens war darin zu erahnen. Seine Lebensfreude war also doch nicht für immer verloren. Er ließ den Blick über sein Gesicht schweifen. Das Schweigen, welches er zwischen ihnen aufrecht hielt, brachte eine Falte zwischen Mads' Augenbrauen hervor. Er öffnete den Mund und lächelte verunsichert.

»Was?«

»Nichts«, entgegnete Quentin. »Ich sehe dich gerne an.«

»Oh, ach … ja?« Mads grinste verunsichert. »Weißt du, was ich mir für heute überlegt habe?«

»Was denn?«

Mads schob sich vom Sofa, um den Fernseher anzusteuern. Dort ging er mit einem zögerlichen Bewegungsablauf in die Knie. Sein linkes Bein unterstützte er mit den Händen. »Ich möchte dir etwas zeigen.« Seine Stimme hörte sich belegt an. »Natürlich nur, wenn du es sehen willst.«

Quentin beobachtete, wie sein Freund in einer Mappe mit CDs blätterte. Ob das DVDs waren? Wer besaß denn noch solche Mappen? »Was ist es?«

Mads schickte ein Grinsen in Richtung Sofa. »Kannst du es erraten?« Er zog eine Disc aus einer der Taschen und widmete sich dem DVD-Spieler. Dass überhaupt einer unter dem Fernseher stand, weckte nostalgische Gefühle.

»Dein Lieblingsfilm?« Quentin zog ein Kissen vor seinen Bauch, um daran herumzukneten. »Oder eine Diashow mit alten Urlaubsfotos?« Er senkte die Stimme. »Hoffentlich kein Porno?«

»Quentin!« Mads lachte. »Warum sollte ich hier Pornos aufbewahren?« Er schob die DVD in den Player und gesellte sich wieder zu ihm auf das Sofa. »Das ist eine Aufnahme von einer Turnierteilnahme. Ich möchte dir zeigen, wie gut ich mal war.«

»Du möchtest also angeben?« Quentin grinste schief. »Was für ein Turnier?«

Mads schmiegte sich an seine Seite. »Ich habe an Rollkunstlauf-Meisterschaften teilgenommen. Im Solotanzen hatte ich fast die

Chance auf eine Karriere. Es gibt nicht von allen Auftritten Videos, aber wenn Jean dabei war, dann hat sie immer mitgefilmt.«

Jean? Quentin rümpfte die Nase. Warum tauchte ihr Name immer wieder in den unpassendsten Momenten auf?

»Warst du gut?« Er schluckte. »Ich meine, hast du Meisterschaften gewonnen?«

»Kleinere, ja.« Mads seufzte. »Ich habe mich ein Mal für das Finale der Landesmeisterschaften qualifiziert. Aber ich musste zurücktreten, als mein Bein nicht mehr mitgemacht hat.« Er richtete sich auf und tastete auf einer Ablage neben dem Sofa. »Dabei hatte ich nur noch die Tanzkür vor mir. Ich hätte gewonnen, ganz sicher.«

Quentin beobachtete, wie sein Freund sich herüberbeugte. Er schien etwas zu suchen. »Es gab keine Möglichkeit, dich da durchzubeißen?«

Mads schüttelte den Kopf. »Ich wollte unbedingt. Oh, wenn du mich erlebt hättest, würdest du mich hassen.« Er lachte bitter. »Ich habe meine Trainerin angeschrien und jeden um mich herum schlecht behandelt, weil ich nicht wahrhaben wollte, dass ich mein Ziel so knapp verfehle.« Seine Hand fuhr über die Stelle an seinem Oberarm, wo sich der Sensor zum Blutzuckermessen befand. »Schon wieder wegen des blöden Diabetes. Weißt du ... ich habe sowieso schon damit zu kämpfen. Regelmäßig sind da diese Momente, in denen mir klar wird, dass ich von den Insulinspritzen abhängig bin.« Er winkte seufzend ab. »Ich habe versucht, mein Programm trotzdem zu üben, aber alle Sprünge auf das linke Bein sind gescheitert. Ich konnte mich nicht mehr fangen.« Mads beugte sich weiter über die Sofalehne hinaus, um in einer Schublade unter der Ablage zu wühlen.

»Das tut mir leid«, seufzte Quentin. Er bemerkte eine Fernbedienung, die auf dem DVD-Spieler lag. Ob er die suchte? Mads hatte sich mal mit einer Oma verglichen. Wenn er Fernbedienungen in Fernsehenähe aufbewahrte, dann passte das perfekt. Quentin streckte seine Hand aus, um sie auf sich zu schweben zu lassen. Er steckte sie hinten in Mads' Hosenbund und erwartete seine Reaktion mit einem leichten Grinsen in den Mundwinkeln.

Sein Freund stutzte und fasste sich an den Rücken, um die Fernbedienung aus der Hose zu ziehen. »Wo hast du sie gefunden?«

»Die lag hier zwischen den Kissen«, log Quentin, schmunzelte und widmete sich dem Fernseher. Er konnte es kaum erwarten, die Aufnahmen zu sehen.

Mads hob die Augenbrauen und präsentierte seinen Unterarm, der von einer Gänsehaut überzogen war. »Du hast sie ganz ohne Magie herbefördert, stimmts?«

Quentin grinste ertappt. »Dir entgeht aber auch nichts.«

Sein Freund nickte selbstgerecht und wählte eine Option im Hauptmenü. Erwartungsvoll schmiegte er sich an Quentins Schulter. »An diesen Auftritt denke ich gerne zurück. Das war die erste Choreografie, die ich mitentwickelt habe.«

Das Video startete. Es war eine typische Amateuraufnahme. Wackelndes Bild, rauschende Tonqualität. Quentins Mutter würde nie zulassen, dass solche Videos entstünden, sie hätte ihre ganze Videozimmerausrüstung dorthin mitgenommen und mindestens drei Leute engagiert, die aus verschiedenen Winkeln filmten.

In einer Halle, umgeben von Sitztribünen, verbeugte sich ein Teenager im Kostüm unter tosendem Applaus. Er hatte seinen Auftritt gerade hinter sich gebracht. Die Kamera schwenkte zum Rand der Rollbahn, wo Mads stand und seine Beine dehnte. Er sah jünger aus. Vielleicht war er gerade 14 oder 15 Jahre alt. Aber sein symmetrisches Gesicht machte ihn unverkennbar. Auf dem Video trug er einen halben Zopf und definierte Locken, die sein Gesicht umrahmten. Das Kostüm war schwarz und wurde von der Schulter bis zur Hüfte schräg von einem glitzernden Regenbogen durchzogen. »Bist du bereit?« Jeans Stimme war ebenso unverkennbar. Sie hat immer schon so schrill geredet. »Du wirst das rocken!« Sie kicherte und Mads lächelte verunsichert. *Wie schüchtern er auf dem Video wirkte.*

Quentin sah zu ihm herüber. Er hatte seitdem an Selbstbewusstsein gewonnen. In diesem Moment war sein Gesicht sehnsüchtig verzogen. Was wohl in ihm vorging? War es eine gute Idee, sich dieses Video anzusehen?

»Ich kotze gleich«, seufzte der jüngere Mads im Video und hielt sich den Bauch. »So aufgeregt war ich noch nie.« Dann wurde er aufgerufen und ließ die Schultern sinken. »Okay, bis gleich.« Er warf der Kamera einen Luftkuss zu. Der Kamera, hinter welcher sich Jean befand. Quentins Magen rumorte. Konnte sie ihm noch unsympathischer werden?

Sobald Mads auf der Rollbahn stand, verdunkelte sich der Saal. Als das Licht wieder anging, stand er wie eine Statue mit verschränkten Armen da und blickte in Richtung Boden. Musik setzte ein und er löste seine Starre, um sich seinem Tanz hinzugeben. Die glitzernden Stellen seines Kostümes untermalten die Bewegungen mit wildem Flimmern. Er rollte rückwärts, streckte ein Bein nach hinten weg, bewegte die Arme passend zur Melodie. Es folgten Sprünge und rhythmische Beinbewegungen. Manchmal rollte er vorwärts und hüpfte von Bein zu Bein, dann sprang er seitwärts, drehte sich in der Luft und fuhr rückwärts weiter. Sein Gesicht strahlte vor Euphorie und obwohl seine Stirn angestrengt verzogen aussah, wirkte er entspannt. Dass ihm seine Handlung inneren Frieden verschaffte, war deutlich zu beobachten.

Mads seufzte und schmiegte sich enger an Quentins Seite. »Ich kann jetzt noch abrufen, wie ich mich damals gefühlt habe.«

»Du siehst zufrieden aus.« Quentin beobachtete, wie der jüngere Mads im Video zu seinem letzten Sprung ansetzte, bevor er die Choreografie mit einer schlängelnden Handbewegung beendete. Er strahlte bis über beide Ohren und seine Brust wölbte sich, unter angestrengten Atemzügen. Die Klänge des Applauses wurden durch Pfiffe und Jubel von Jean übertönt.

»Ich wünschte, wir hätten uns da schon gekannt.« Mads zupfte an Quentins Shirt und war im Begriff, noch etwas zu sagen, aber weitere Worte blieben ihm im Hals stecken. Im Video rollte er zum Rand der Bahn, wo er sich unter euphorischem Jubeln einem anderen Typen in die Arme warf. Er verwickelte ihn in einen Kuss.

»Sieht ganz so aus, als wärst du ohne mich klargekommen«, bemerkte Quentin spitz.

Er erntete einen schuldbewussten Wimpernaufschlag von Mads. »Ups?«

»Ich gehe davon aus, das ist keine übliche Reaktion unter Rollkunstläufern?«

»Das war mein erster Freund«, erklärte Mads kleinlaut. »Ich habe ganz vergessen, dass wir …« Seine Ohren wurden rot, als er im Video mit dem anderen Typen auf die Kamera zurollte und stolz verkündete, dass er ihm all sein Talent zu verdanken hätte. Sie turtelten verliebt im Fokus des Videos.

»Ich mach lieber aus.«

Quentin genoss den Augenblick mit jeder Faser der gehässigen Seite seines Herzens. Er würde seinen Freund bis in alle Ewigkeit mit diesem Moment aufziehen. »Er sieht mir überhaupt nicht ähnlich«, stichelte er. »Hat sich dein Männergeschmack geändert?«

»Was? Nein!« Mads' Atmung wurde hektisch. »Ich meine doch!«

»Er sieht viel hübscher aus als ich.« Quentin verzog leidend das Gesicht. »Außerdem ist er dunkelhaarig, soll ich meine Haare färben?«

»Hör doch auf«, flehte Mads und krabbelte an Quentins Brust entlang, um seinem Gesicht näher zu sein. »Das sind alte Geschichten von damals.«

»Die du mir aus irgendeinem Grund zeigen wolltest«, klagte Quentin. Sein eigenes Grinsen durchflutete seinen Körper mit Zufriedenheit. Er würde diesen Moment bis zum Maximum auskosten. »Das ist in Wirklichkeit der Hinweis hinter allem, oder? Du wünschst dir insgeheim, dass ich auch solche Klamotten trage.«

»Das ist nicht wahr«, seufzte Mads und küsste sich an Quentins Schlüsselbein entlang. »Ich liebe nur dich.« Ein weiterer Kuss. »So, wie du bist.« Noch einer. »Bis in alle Ewigkeit.« Er küsste ihn am Hals und sah ihm danach in die Augen. »Versprochen.« Sein Gesicht war flehend verzogen. Beide Mundwinkel hingen ihm bis zum Kinn und seine Stirn lag in Falten.

Quentin lächelte und legte seinen Daumen an Mads' Mundwinkel, um ihn nach oben zu schieben. Er beugte sich vor, um ihm einen Kuss auf die Lippen zu hauchen. Die Annäherung schmeckte nach Marzipan. Das war mittlerweile seine Lieblingsgeschmacksrichtung. Er lächelte, als Wärme durch seinen Bauch wallte.

Mads stöhnte erleichtert und intensivierte den Kuss mit fordernden Lippenbewegungen. Er streichelte über Quentins Brust und näherte sich, bis er über ihm lehnte. Ein kehliges Stöhnen beendete die Verbindung ihrer Lippen.

»Verzeihst du mir?«

»Dass du einen Ex-Freund hast?« Quentin zog den Kopf zurück und blinzelte liebestrunken. Er schluckte. Seine Hand wanderte unter Mads' Pullover. Dort streichelte er seinen Bauch mit den Fingerspitzen. »Das ist unverzeihlich.«

Mads liebkoste Quentins Nacken mit hauchzarten Küssen. Zwischendurch hielt er inne und stieß warme Atemluft gegen seine Haut. »Du duftest nach Ahornsirup«, wisperte er und nippte an seinem Schlüsselbein.

Ahornsirup? Meinte er das arschteure Aftershave, das nach den seltensten Hölzern und exklusiven Geheimzutaten duften sollte? Quentin schnaubte amüsiert. Er schloss die Augen und gab sich dem wohligen Rauschen hin. Für einen Augenblick schien es keine Hemmungen zu geben. War das der richtige Zeitpunkt? Konnte er sich mehr trauen?

Mads' Körper verkrampfte, als Quentin versuchte, seinen Pullover auszuziehen. Diese Reaktion dämpfte den Rausch der Annäherung. Sie ließen voneinander ab.

»Tut mir leid«, raunte Mads und biss sich auf die Unterlippe. Er schob Quentins Hand von sich. War es das jetzt?

Das Kribbeln verebbte langsam, aber Quentins Herz pochte intensiv. Er schüttelte den Kopf. »Und wenn wir uns langsam herantasten?« Neugierig lugte er auf die Stellen, an denen Mads' Pullover spannte und die Kontur seiner Figur erahnen ließ. »Erst mal nur obenrum?«

»Mehr nicht?«, wiederholte der Lockenkopf und fasste an den Saum seines Pullovers. »Nur das Oberteil aus?« Er verzog die Augenbrauen.

Quentin nickte. Was brachte es, wenn er ihn gegen seinen Willen zu etwas drängte? Er hob die Finger zu einem Schwur. »Ehrenwort.«

Mads stieß ein knappes Kichern aus und entledigte sich seines Pullovers. Er trug nichts darunter. Dass er sein Leben lang Sport getrieben hatte, war sofort zu erkennen. Er hatte gesund definierte Konturen, ohne dabei zu muskulös zu wirken. An seinem Bauch zeichneten sich die Auswirkungen seiner Ernährungsweise ab. Er hätte vielleicht einen Sixpack, wenn er nicht andauernd Dosensuppe und Fertiglasagne essen würde. An manchen Stellen konnte man die Einstiche der Insulinspritzen erahnen. Auf der Außenseite seines linken Oberarms klebte der Sensor, über welchen er seinen Blutzucker prüfte. Mads verschränkte die Arme und lächelte verunsichert. »Ich ... nun ... und?« Er schob die Unterlippe vor. »Du sagst ja gar nichts.«

Quentin zuckte mit den Schultern und streifte sein Hemd über den Kopf, um sich zu revanchieren. Ein kühler Lufthauch streifte seine nackte Brust. »Was soll ich denn sagen?«

Die Polarlichtaugen wanderten über Quentins Körper. Sie hielten immer wieder inne, um sich Einzelheiten anzusehen. »Weiß nicht«, murmelte Mads und begutachtete ein Muttermal, welches auf Quentins linker Brust prangte. Er streckte den Finger aus, um es vorsichtig zu berühren. »Hast du dich mir anders vorgestellt?«

»Anders vorgestellt?«, hakte Quentin gedämpft nach und berührte das nächstbeste Muttermal am Körper seines Gegenübers. »Wie hätte ich mir dich vorstellen sollen?«

Mads ließ seinen Finger über Quentins Brust streifen und umspielte seine Brustwarze mit zaghaften Kreisen. »Muskulöser oder so? Ich hatte schon Dates, die enttäuscht waren, weil ich nicht so durchtrainiert aussehe, wie sie gedacht hätten.«

Quentins Augenbrauen wanderten nach oben. Er legte seine Hand an Mads' Kiefer und streichelte mit dem Daumen über seine

Wange. »Ich finde, dass es nichts gibt, was man an dir bemängeln könnte.«

»Ja, abgesehen von meiner Bauchspeicheldrüse, meinem Diabetessensor und dem fehlenden Bein«, höhnte Mads und lachte hilflos über seine eigene Aussage.

»Hör doch auf«, schnaubte Quentin und lehnte sich vor, um ihn zu küssen. »Ich bin nicht hier, um Bodyshaming zu betreiben. Ich liebe dich, so wie du bist.«

Sein Freund nickte langsam. Er wich Quentins Blick aus und schien für einen Moment in seine Gedankenwelt abzutauchen. Was ging wohl in ihm vor? Seine Mimik gab keine Rückschlüsse auf eindeutige Gedankengänge. Nach einer Weile, die sich wie eine Ewigkeit anfühlte, räusperte er sich leise. Er nahm kurz Blickkontakt auf, küsste Quentin flüchtig auf den Mund und schob sich von der Couch.

Beim Aufrichten benötigte er einen Moment, um das Gleichgewicht zu finden. Er atmete durch und beugte sich vor, um seine Hose herunterzuschieben. Währenddessen flüchtete sein Blick zur Seite. Seine Ohren wurden rot. Als die Hose Knöchelhöhe erreichte, kniff er die Lider zusammen.

Quentins Augen wanderten über seine dunkelblauen Boxershorts. Sie hatten kein Muster oder sonstigen Kitsch, irgendwie schien das unpassend. Er senkte den Blick, über die definierten Oberschenkel, die auf beiden Seiten gleichermaßen trainiert aussahen. Bis zu den Knien führten Mads' Beine seine perfekte Symmetrie fort. Darunter endete sie abrupt. Links stach die schwarze Prothese deutlich ins Auge. Dort, wo sie in das Bein überging, lugte hautfarbener Stoff hervor. Quentin hob den Blick zu Mads' Gesicht, welches ihm weiterhin abgekehrt war. Er umfasste seine Handgelenke und zog ihn zu sich auf die Couch, um ihn in einen weiteren Kuss zu verwickeln. »Danke«, raunte er zwischen die Berührung ihrer Lippen. »Dass du mir vertraust.«

Zusammenführung

22

»Wir hätten einen Rollstuhl mitnehmen sollen«, raunte Quentin, während er Mads auf seinem Weg zu Elouises Haus stützte. Lange Strecken erforderten zu viel Kraft und leise, stöhnende Atemzüge deuteten darauf hin, dass er von Schmerzen geplagt wurde.

Er übertrieb es mit dem Lauftraining.

Wenn er so weitermachte, dann würde sich der Stumpf entzünden.

»Ich lerne deine Freunde doch nicht im Rollstuhl kennen.« Mads ließ den Blick über die Fassade des hellen Hauses gleiten. Elouise lebte nicht bescheiden. Ihr Vater hatte eine schmucke Stadtvilla für *seinen Engel* gekauft. Passenderweise waren die Fensterrahmen unterhalb mit geflügelten Putten verziert. »Heiliger Strohsack. Sie hat echt Zaster.«

»Das hat sie sich nicht selbst gekauft«, erklärte Quentin und betätigte die Klingel. »Sie lebt über ihre Verhältnisse, wenn du mich fragst.« Er grinste schief. »Aber sie ist nett. Du wirst Elli mögen.«

321

»So, wie du Jean magst?«, stichelte Mads und lehnte sich seitlich gegen ein Treppengeländer, welches neben zwei Stufen vor der Tür aufragte.

Quentin amüsierte sich über die Aussage. Schlagfertigkeit passte gut zu seinem Freund. »Ich hoffe, dass Spencer sich zurückhält.« Letzteres ging in einem Seufzen unter.

Bevor Mads antworten konnte, öffnete sich die Tür. Eine freudig grinsende Elouise kam zum Vorschein. Ihre Zähne strahlten mit ihrem baumwollweißen Kleid um die Wette. »Hallo ihr zwei«, trällerte sie und zog die Tür weitestmöglich auf. »Kommt rein, die anderen sind schon da.«

Quentin leitete seinen Freund die Stufen hoch und fing sich einen mahnenden Blick ein, als er ihm helfen wollte, die Schuhe auszuziehen.

»Lasst die Schuhe ruhig an«, meinte Elouise und stöckelte über den Flur in Richtung Esszimmer. Besuch empfing sie immer dort, denn ihre Bar und die bemalte Raumdecke musste sie jedem zeigen. »Sven kommt eh morgen.«

Quentin ließ von Mads ab und folgte ihr schweigend. Sven war für die Gebäudereinigung zuständig. Und für die Gartenarbeit. Keine Ahnung, wie Elouise es fertiggebracht hat, eine Person für beide Aufgaben zu finden.

»Das Haus ist der Wahnsinn.« Mads verharrte immer wieder, um die Inneneinrichtung zu begutachten. Seine Augen wurden sekündlich größer. Seine Finger zuckten, als würde er sich zurückhalten, irgendetwas zu berühren. Vor einer Löwenskulptur blieb er stehen. Er streckte eine Hand aus, verharrte auf halber Strecke und fasste das Gebilde nicht an, obwohl er es offensichtlich vorhatte. »Ist das echtes Gold?«

Elouise lachte. »Echtes Gold bewahrt man doch nicht im Flur auf.«

»Also gibt es echtes Gold in diesem Haus?« Er blinzelte überrascht.

Sie blieb stehen, um ihn mit gerunzelter Stirn zu mustern. »Planst du einen Einbruch? Frag bloß nicht, wo ich meine Schätze aufbewahre.«

»Okay, dann frage ich nicht nach den Schätzen«, entgegnete Mads. »Aber würdest du mir verraten, ob es irgendwo ein ungesichertes Fenster gibt?«

Darüber lachte Elouise. Ein Glück, das Eis war damit hoffentlich gebrochen.

Den Rest des Weges brachte Mads schweigend hinter sich. Seinen Kopf drehte er abwechselnd, von Gemälden zu Skulpturen und endete bei der schmuckvoll verzierten Esszimmer Doppeltür. Inzwischen lief er mit der Prothese flüssig, aber es gab zwischen jedem Schrittwechsel ein kurzes Zögern. Das würde den anderen auffallen. Hoffentlich sprachen sie ihn nicht darauf an. Quentins Magen verkrampfte sich. Vielleicht hätte er den anderen erzählen sollen, was mit ihm los war. Um Fettnäpfchen zu vermeiden.

»Machst du die Sache mit den Rollschuhen professionell?«, fragte Elouise, während sie eine der Türen zum Esszimmer aufstieß. Sie blickte Mads erwartungsvoll an. »Ich habe dich nie fahren sehen. Du musst uns was vormachen.«

Mads blieb stehen. Seine gute Laune blätterte ihm vom Gesicht und hinterließ eine kreidebleiche Maske. Als er in Quentins Richtung sah, rauschte Entsetzen durch die strahlenden Polarlichter.

Jap. Er hätte die anderen auf die Situation vorbereiten sollen.

Quentin öffnete den Mund, platzierte sich zwischen Elouise und Mads und widmete ihm ein entschuldigendes Kopfschütteln. Da war das befürchtete Fettnäpfchen. In Rekordzeit.

»Ich fürchte, dass ich nichts vormachen kann«, antwortete Mads auf ihre Frage und folgte ihr. Im Vorbeigehen legte er seine Hand an Quentins Schulter. Die Geste enthielt einen Hinweis. *Wir reden später darüber.*

Quentin seufzte und gesellte sich zu den anderen. Sie belagerten Elouises Esszimmer auf unterschiedliche Weise. Gwen saß am Tisch und redete mit Samuel. Spencer saß im Schneidersitz auf der Bar und goss Wodka in einen Cocktail-Shaker. Seine Bewegung fror ein, als er Mads erblickte. Zwischen seinen Augenbrauen bildete sich eine Falte. Zusammen mit dem Steinchen, welches auf seiner Stirn klebte, erinnerte sie an ein kleines I.

»Warum nicht?«, ging Elouise auf Mads' Aussage ein und setzte sich an den Tisch. Sie deutete auf zwei Stühle und lächelte einladend.

Mads nahm Platz und nestelte an den Ärmeln seiner Jacke herum. Er zog sie aus, um sie über die Rückenlehne zu hängen. »Ich hatte eine Operation«, erklärte er und lächelte so unecht, dass Quentin sich einbildete, beim Anblick seiner verkrampften Mundwinkel, quietschende Gelenke zu hören. »Ist egal.« Er atmete durch, lehnte sich zurück und ließ den Blick durch den Raum schweifen. Als er nach oben sah, runzelte er die Stirn.

Quentin folgte seinem Blick und schmunzelte. Die Deckenmalerei war kaum zu ignorieren. Ein pastellfarbenes Gebilde aus zarten Wolken, die von kindlichen Engeln besiedelt waren. Es war so unglaublich kitschig wie gleichermaßen hässlich. Aber Elli stand auf solchen Kram und machte kein Geheimnis daraus.

Quentin zog seinen Mantel aus und setzte sich neben seinen Freund. Sollte er etwas sagen, um das Thema zu wechseln? Oder auf das vorige eingehen?

Bevor er zu Wort kam, raffte sich Mads auf und plauderte in gewohnter Manier: »Ich war noch nie in so einem prunkvollen Gebäude. Hier gibt es bestimmt mehr Gästezimmer, als sich jemals Gäste her verirren, oder?«

Elouise lachte. »Wenn ich Partys schmeiße, habe ich sogar zu wenig Gästezimmer.« Sie schob zwei Gläser über den Tisch und nickte in Richtung Bar, wo Spencer noch immer saß und Quentins neuen festen Freund argwöhnisch im Blick behielt. Er schüttelte den Cocktailmixer und rümpfte die Nase. »Nehmt euch, was ihr wollt. Muss einer von euch fahren?«

Spencer schob sich dramatisch von der Bar und tigerte mit langen Schritten auf den Esstisch zu. Er blieb hinter Quentin stehen und beugte sich ausschweifend an ihm vorbei. Der Duft seines Patschuliparfüms vereinnahmte die Umgebung wie ein unsichtbarer Schleier aus schwerem Stoff, der einem langsam die Luft zum Atmen raubte. »Ich hab dein Lieblingsgegtränk gemixt«, adressierte er an Quentin und goss etwas in sein Glas. Die freie Hand legte er auf seine Schulter.

Mads' Augen wanderten an ihm herab. Ein skeptischer Blick verharrte an Spencers Hand, welche sich provokativ massierend an der Schulter seines Freundes zu schaffen machte. Seine Lippen kräuselten sich. »Ich bin übrigens Mads.«

»Ich weiß«, meinte Spencer beiläufig und setzte sich neben Quentin an die Tischkante. Er wendete sich an Gwen und Samuel. »Und? Wie sieht es aus? Wird es ein neues Gesetz geben?«

Gwen hob den Blick. Ihr Teint wirkte immer noch matt, aber ihre Augen schienen im alten Glanz. Ob sie die Medikamente abgesetzt hatte? »Der Gesetzesentwurf wurde vorgeschlagen«, erklärte sie mit gedämpfter Stimme. »Es wird noch dauern, bis das Thema durch ist.« Sie widmete Mads ein Lächeln. »Hi. Ich bin Gwen.«

Der Lockenkopf nickte ihr zu und erwiderte das Lächeln. Er lugte auf das Smartphone, welches zwischen Gwen und Samuel auf dem Tisch lag. »Worüber redet ihr?«

»Geht dich nichts an«, zischte Spencer und erntete einen giftigen Blick von Elouise.

Quentin stieß ihm gegen das Schienbein und schüttelte warnend den Kopf. »Verhalte dich nicht wie ein Arschloch.«

Spencers Pupillen sprangen zwischen Quentins hin und her. Er leckte sich über die Lippen und grinste. Anstatt etwas zu sagen, angelte er nach dem Cocktailmixer, um auch Mads' Glas zu befüllen. »Ich soll mich verstellen, weil dein Freund dabei ist?« Er lehnte sich vor, um den brünett gelockten Fremdkörper in der Gruppe anzusehen. Dabei legte er eine Hand an Quentins Nacken. »Du willst uns doch ganz normal kennenlernen, oder nicht? So, wie wir in Wirklichkeit sind.«

Mads starrte das Glas an, welches Spencer ihm vor die Nase schob. »Natürlich«, erwiderte er. Er umfasste das Getränk und hob es an seine Lippen, um es in einem Zug zu leeren. War das mit dem Diabetes vereinbar?

Quentin beäugte sein Glas. Was auch immer Spencer zusammengemischt hatte, kratzte mit seinem sterilen Geruch an seinen Nasenschleimhäuten. Wann hatte er das als sein Lieblingsgetränk bezeichnet?

Mads verzog keine Miene, als er das Glas abstellte. »Ein bisschen zu süß«, kommentierte er und schob es Spencer entgegen. »Aber ich nehme gerne noch einen.« Noch einen?! Sollte Quentin dazwischengehen? Der unnötige Konkurrenzkampf würde eskalieren.

Spencer rümpfte die Nase. Er hob den Mixer widerwillig an, um etwas nachzuschenken. Dabei fuhren seine Augen scannend über Mads' Gesicht. Das war der vorbereitende Modus. Spencer suchte nach einer Verwundbarkeit. Nach einem Argument, mit dem er sich überlegen fühlte.

Als er den Blick herunterwandern ließ, über Mads' Oberkörper, bis zur Hüfte, lehnte sich Quentin vor, um nach seinem Glas zu greifen. Er stieß damit gegen den Mixer und grinste seinem besten Freund herausfordernd entgegen. »Auf uns.«

Spencers Kiefer verkrampfte sich, als er das Grinsen erwiderte. Seine Augen brachten ihm Unverständnis entgegen.

»Beim Ballett gab es eine Eiskunstläuferin«, warf Elouise schlichtend ein und widmete ihrem neuesten Gast ein Lächeln. »Sind die Regeln dabei ähnlich wie beim Rollkunstlauf?« Sie zupfte an ihren Haarspitzen.

Mads bremste das neu befüllte Glas vor seinem Mund und verzog nachdenklich das Gesicht. Er stellte das Getränk ab und ging besonnen auf das Thema ein. »Das ist sogar fast identisch. Viele Eiskunstläufer trainieren im Sommer auf Rollschuhen. Die Balance ist anders verteilt, aber das Gefühl ist bei beidem ähnlich.«

»Warst du schon auf dem Eis?«

Er schüttelte den Kopf. »Das ist mir zu kalt.« Ein Schmunzeln huschte über seinen Mund, dabei musterte er Elouise. »Du gehst zum Ballett?«

Während die beiden das Thema vertieften, wendete sich Quentin an Spencer. Der konnte nicht aufhören, Mads abschätzend zu begutachten. Seine Lippen verzogen sich, als würde er etwas Abstoßendes sehen.

»Gib ihm eine Chance«, bat Quentin mit gedämpfter Stimme und hielt kurzen Blickkontakt mit seinem besten Freund.

»Ich schwöre dir«, leitete dieser flüsternd ein und lehnte sich vor, um noch leiser zu sprechen. »Du kannst ihm nicht trauen.«

Quentin schüttelte verständnislos den Kopf. Die Eifersucht sprach aus dem Rotschopf. Eine andere Erklärung konnte es nicht geben. Spencer wollte Mads nicht dahaben, weil er ihm den Zugang zu seinem Lieblingsspielzeug verwehrte. »Ich bitte dich.«

»Warum humpelst du?«, fragte Spencer im nächsten Atemzug laut über Quentins Kopf hinweg und deutete auf Mads' untere Körperhälfte. »Hast du dich beim Rollschuhfahren verletzt?«

»Mistkerl«, knirschte Quentin und kehrte sich von seinem besten Freund ab, um seine Aufmerksamkeit Mads zu widmen.

Dieser hing noch dem Gespräch mit Elouise nach. Seine Mimik verkrampfte. Mit verengten Augen blickte er Spencer entgegen.

»Er hatte eine Operation«, erklärte Elouise an seiner Stelle und streckte die Hand aus, um eine Flasche Limo von der Bar auf sich zu schweben zu lassen. »Ein bisschen Taktgefühl würde dir nicht schaden, Spence.«

Seine Augen funkelten, während er das Kinn reckte und sich einem Kopfschütteln hingab. »Operation«, wiederholte er flüsternd. »Schon klar.«

»Apropos«, warf Samuel ein und deutete auf das Smartphone vor sich. »Zur Zeit führen sie die OP an Menschen durch, die durch kriminellen Nutzen der Magie aufgefallen sind. Sie trennen die Verbindung zum AURA-Gen. Das ist der Anfang vom Ende.«

»So was wird durchgeführt?«, fragte Mads und wandte sich mit geweiteten Augen an Samuel. »Gegen den Willen der Leute?«

»Auch schon geschnallt?«, fragte Spencer und fing sich einen warnenden Blick von Quentin ein.

Gwen kratzte sich im Nacken. »Sie werden die Magie beseitigen. In ein paar Jahren sind wir alle ganz normale Leute.« Ihre Stimme klang unheilvoll. »Die Medikamente würden ausreichen, aber wenn man sie absetzt, dann«, sie streckte ihre Hand in Richtung Bar und ließ einen Flaschenöffner auf sich zufliegen, »kehren die Fähigkeiten zurück. Das wird denen auf Dauer nicht ausreichen.«

»Du nimmst sie nicht mehr«, stellte Quentin fest und beobachtete den Flaschenöffner, welcher vor Gwens Brust schwebte.

Sie bewegte die Finger, um ihn unter Kontrolle zu halten. Das magnetische Surren war schwach, aber es weckte eine Ahnung von Gänsehaut. Die Luft nahm bei ihr ebenfalls den Geruch von Petrichor an, das lag an der chemischen Reaktion, die bei allen gleich war, aber ihre persönliche Note erinnerte an Birne? Oder Wassermelone? Gwens Magie duftete fruchtig, ein bisschen wie ein saurer Weingummi.

Sie zuckte mit den Schultern. »Tja. Ich dachte mir, dass ich die Fähigkeit lieber noch behalte, solange ich es kann. Wenn sie mich unters Messer legen, bin ich sie eh los.«

Mads rutschte tiefer in seinen Stuhl. Mit Sicherheit fühlte er sich fehl am Platz. Er war hier der Einzige, der keine Magie wirken konnte. Aber er war auch der Einzige, der etwas Bedeutendes durch eine Operation verloren hatte.

»Mir wurde der Unterschenkel amputiert«, raunte er und starrte auf seine Hände. »Es ist nicht dasselbe, aber ein bisschen verstehe ich eure Situation. Diese Magie ist nicht nur ein Mittel zum Zweck, oder? Sie ist ein Teil von euch. Quentin hat oft versucht, mir das klarzumachen.« Er legte seine Hand auf sein linkes Knie und ließ einen Atemzug im Schweigen vergehen. »Ich weiß, wie es sich anfühlt, vor dem Verlust einer wichtigen Sache zu stehen.«

Stille erfasste den Raum.

Das Ticken einer Standuhr aus dem Nebenraum drang durch die Tür.

Kohlensäure sprudelte in Elouises Glas.

»Dein Unterschenkel wurde amputiert?«, brachte sie raunend über die Lippen und verzog mitfühlend das Gesicht.

»Mann, Quentin, warum hast du das nicht erwähnt?«, fragte Gwen erschrocken und Samuel nickte beipflichtend.

Spencer verschränkte die Arme. Er sagte dazu nichts, aber ein Teil seiner selbstsicheren Ausstrahlung fiel in sich zusammen.

»Ich schätze, er wollte mir damit nichts vorwegnehmen«, meinte Mads und klopfte ihm gegen die Schulter. »Das ist außerdem kein Thema, mit dem ihr euch jetzt belasten solltet. Lasst ihr einfach zu, dass sie euch die Magie wegoperieren?« Mit den letzten Worten kniff er Quentin zaghaft in den Oberarm.

»Was sollen wir denn tun?«, fragte Gwen und ließ die Schultern sinken. »Das letzte Mal, als wir aktiv waren, wurde eine komplette Innenstadt zerstört.«

»Wir planen eine eigene Demo«, bemerkte Samuel. »Aber es gibt kaum genug von uns, um damit Eindruck zu schinden.«

»Sucht ihr nur nach Magiern, die sich euch anschließen?« Mads verzog unverständlich das Gesicht. »Es gibt sicherlich auch andere Menschen, die sich für euch einsetzen.«

»Etwa die Ökos?«, höhnte Spencer und schnaubte ablehnend. »Die sind doch froh, wenn wir ausgebremst werden.«

»Es gibt nicht nur Ökos und Magier auf dieser Welt«, erklärte Mads und schob seinen Stuhl näher an den Tisch, um seine untere Körperhälfte darunter zu verbergen. Spencers Blicke schienen ihn zu belasten.

Quentin seufzte. »Ich frage meine Mutter, ob sie uns hilft.« Er lehnte sich vor, zwischen Spencers Augenmerk und Mads' Bein. »Sie hat eine hohe Reichweite und kann Menschen mobilisieren.«

»Im Ernst?«, fragte Spencer und hob eine Augenbraue. »Ich dachte, ihr habt Streit?«

»Haben wir«, antwortete Quentin knapp. »Aber manche Dinge sind wichtiger als Streit.«

»Ich kann die Leute doch nicht um so was bitten«, seufzte Ivy, während sie im Garten einen Topf mit einer Winterschutzfolie abdeckte. Darin wuchs ihre heiß geliebte Palme. »Was sollen die von mir denken?«

Quentin stand mit verschränkten Armen da und musterte die flockigen Wolken am Himmel. Zwischen ihnen kamen die ersten Sterne zum Vorschein. »Es geht hier nicht um die Magie oder die Umwelt«, argumentierte er, »sondern darum, dass Menschen gegen ihren Willen operiert werden.«

»Soll ich eine Petition starten, oder wie stellst du dir das vor?« Ivy ließ von der Palme ab, um ihn anzusehen. »Wenn ich plötzlich mit politischen Themen anfange, springen mir die Follower reihenweise ab.«

»Mama«, seufzte Quentin und löste die verschränkten Arme. »Sie werden eine unnötige Hirnoperation durchführen. Weißt du, was sie damit für Schäden anrichten können?«

»Also erzähle ich zwischen DIY-Anleitungen und Hula-Hoop-Sessions von Hirnoperationen?« Sie lachte schnaubend und widmete sich ihrer Palme. In wenigen Wochen würde sie eine Lichterkette um ihren Stamm wickeln. Wenn die Palme geschmückt war, begann in diesem Haus die Weihnachtszeit.

»Das löst Diskussionen aus. Ich ertrage solche Bad Vibes auf meiner Seite nicht.«

»Deine beschissene Seite«, stöhnte Quentin und raufte sich durch das Haar. Seine Fingerkuppen scharrten über seine Kopfhaut. Das Gespräch ruderte in die übliche Richtung. Sie würden im Streit auseinandergehen. Wieder einmal. »Die Sache betrifft mich. Deinen Sohn.« Er lachte verzweifelt. »Kannst du überhaupt noch klar denken?«

Unter einem Seufzen raffte sich seine Mutter auf. Sie wandte sich ihm zu. Ein gequältes Lächeln verunstaltete ihre Miene. »Glaubst du wirklich, dass sie eine Zwangsoperation durchkriegen? Solche Eingriffe sind gesetzwidrig.« Sie streckte ihre Hand nach ihm aus.

Er wich vor ihrer Berührung zurück. »Sie ändern das Gesetz.« Er reckte das Kinn. »Straftäter werden zu der OP verurteilt.« Sein Herzschlag brachte ihn zum Stammeln. »Und ich bin strafrechtlich aufgefallen. Was, wenn sie mir die OP aufzwängen?« Er schluckte. »Du wolltest ein Video mit mir drehen, um dich mit Banalitäten zu profilieren. Jetzt bitte ich dich, eines zu produzieren, mit dem du etwas Sinnvolles erreichen kannst.«

Ivys Mimik versteinerte. »Nein«, murmelte sie. »Einfach nein. Nach deinem Verhalten beim letzten Mal bin ich nicht bereit, dir einen Gefallen zu tun.«

Quentin ließ die Schultern sinken. Wie konnte man nur so stur sein? Warum war sie überhaupt nachtragend, wenn er derjenige war, der von ihr ein Medikament untergejubelt bekommen hatte? »Was soll ich tun?«, fragte er und stellte sich in ihr Blickfeld. »Was erwartest du von mir?«

Ivy ließ die Augen über seinen Körper wandern. Ihre Stirn legte sich in Falten. »Nimm das Medikament?« Sie zuckte mit den Schultern. »Dann gibt es keinen Grund, dir eine Operation aufzuzwingen.«

»Großartig«, schnaubte Quentin. Wie hat er von ihr Hilfe erwarten können? Sie tätschelte die Blätter ihrer Palme und dachte wahrscheinlich über den Inhalt ihres nächsten Instagram-Beitrages nach. Sie würde wieder einen auf heile Welt machen und sich Lob für Dinge einholen, die sie nicht wirklich leistete.

Sollte er seinen Vater um Hilfe bitten? Paul hatte keinen großen Einfluss auf die Medienwelt, aber vielleicht konnte er sich anders einbringen.

Quentin kehrte sich von seiner Mutter ab und zückte sein Smartphone. Auf dem Weg zur Garage installierte er Instagram erneut. Vielleicht könnte er seinen eigenen Account nutzen, um Menschen zu erreichen. Seit Monaten hatte er sich dort nicht mehr eingeloggt. Seit dem Erdbeben. Vielleicht haben sich die Leute beruhigt und mit den beleidigenden Nachrichten aufgehört?

Als er im Auto saß, und den Schwall von monatelangen Benachrichtigungen abwartete, entdeckte er eine Nachricht bei WhatsApp. Eine unbekannte Nummer? Er überflog den Text und runzelte die Stirn.

Unbekannt: Hallo Quentin, hier ist Samuel. Die Sache mit deinem Freund hat mich nachdenklich gestimmt. Ich kann dir etwas zeigen, das du sicher interessant findest. Komm zur Flora Oase, so heißt die Gärtnerei meiner Eltern. Das ist ein Stück zu fahren, aber es lohnt sich, glaube mir.

Samuel? Das Smartphone fror für einen Moment ein, weil zu viele Benachrichtigungen auf einmal eintrafen. Den Augenblick nutzte Quentin zum Überlegen. Sollte er der Einladung folgen? Was konnte Samuel ihm zeigen, wovon er profitierte? Und vor allem: Was für eine Gegenleistung erwartete er? Um das herauszufinden, musste er sich wohl mit ihm treffen. Als das Gerät wieder funktionierte, tippte er:

Okay. Ich komme morgen um 12.

Bevor er losfuhr, überflog er die jüngsten Nachrichten auf seinem Account. Das letzte Bild hatte unzählige Kommentare. Es zeigte einen Tisch mit zwei Cocktailgläsern. Wann hatte er das aufgenommen? Im vergangenen Frühling, oder? Die Worte darunter hatten keinen Bezug zum Bild. Hauptsächlich beschwerten sich die Menschen über seinen egoistischen Umgang mit der Magie. Oder sie warfen ihm vor, das Erdbeben mit Absicht ausgelöst zu haben.

Der aktuellste Kommentar war mehrere Wochen alt. Dem Profilbild nach kam er von einer älteren Frau, die sich wünschte, dass er bei der nächsten Umweltkatastrophe umkäme. Wie reizend. Quentin seufzte und löschte die App wieder. Je mehr er das Leben abseits der Öffentlichkeit kennenlernte, desto weniger fehlte ihm der Trubel. Ruhe. Einfach nur Ruhe. Das war alles, was er brauchte. Er startete den Wagen und fuhr zu Mads, dort wohnte er mittlerweile am häufigsten. Das Leben, das ihn mit Zufriedenheit erfüllte, konnte er bei ihm genießen.

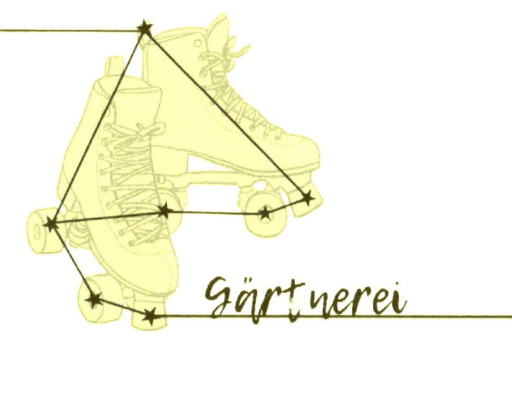

Gärtnerei

23

Eine große Glaskuppel vereinnahmte den Himmel hinter einem rot geziegelten Blumenladen. Links und rechts wuchsen junge Bäume und markierten den Zugang zur Flora Oase. Quentin parkte sein Auto im Hinterhof und begutachtete das gepflegte Haus im Vorbeischlendern. Die Fenster wirkten modern, als wären sie erst vor Kurzem erneuert worden. Von den Rahmen ging ein herber Farbgeruch aus. Samuels Eltern schienen ihr Geschäft zu pflegen.

Vor den Bäumen, die den Eingang säumten, blieb er stehen. Ihre perfekte Symmetrie war unheimlich. Wie konnten echte Pflanzen so aussehen? Die Äste wuchsen auf beiden Seiten an der gleichen Stelle. Als hätte jemand die linke Baumreihe kopiert, gespiegelt und dann auf die andere Seite gepflanzt.

Er trat in den Laden und verweilte einen Moment, um den Gerüchemix auf sich wirken zu lassen. Herbes Tannengrün und sanfte Blumendüfte vermischten sich zu einem bezaubernden Aroma. Darunter simmerte eine Ahnung von frischer Wandfarbe. Der Laden war liebevoll eingerichtet. Durch einen hellen Boden wirkte der Raum groß. Cremefarbene Wände gaben den Pflanzen die Möglichkeit, hervorzustechen. Im Verkaufsraum standen nicht viele davon. Einige Pampasgras-Sträuße wurden in hohen Vasen präsentiert. Ein Regal mit perfekt geformten Bonsaibäumen stellten neben exotischen Topfpflanzen ein optisches Highlight dar.

»Kann ich Ihnen helfen?«, fragte eine junge Frau, die ihren Kopf durch eine Tür steckte. Dahinter lag vielleicht ein Pausenraum. »Ah Moment«, sie trat in den Verkaufsraum und grinste. Das Grinsen, gepaart mit zwei bauschigen Haarkugeln auf ihrem Kopf, verlieh ihr einen verspielten Anschein. Sie trug ein türkisfarbenes Kleid mit gelben Blüten, dazu kombinierte sie gelbe Armreifen, Ohrringe und Blüten an ihren gelben Zopfgummis. »Mein Bruder meinte, dass du heute vorbeikommst. Ich sag ihm kurz Bescheid.«

Ohne ein weiteres Wort huschte sie zurück in den Nebenraum und ließ Quentin im Laden zurück.

Er betrachtete die Bonsais aus der Nähe. Es waren verschiedene Baumarten, die durch aufwendige Zucht klein gehalten wurden. Weil die Erstellung viel Zeit und Mühe in Anspruch nahm, kosteten Bonsaibäume ein Vermögen. Ivy hat sich vor Jahren einen gegönnt, der ist allerdings eingegangen.

Samuel stellte sich neben Quentin und ahmte seine Begutachtung nach. »Interessierst du dich für Bonsais?«

Quentin schüttelte den Kopf. »Nicht wirklich.« Er musterte Samuel von der Seite. Diesmal trug er nichts Vornehmes, sondern eine dunkelblaue Schürze über dreckverschmierter Kleidung. Über seinen Händen steckten Handschuhe. Arbeitete er hier? Quentins Blick schweifte zu der jungen Frau an der Kasse. An ihrem Kleid heftete ein beigefarbenes Namensschild, verziert mit kleinen hellgrünen Farnen. Lynn. Was für ein hübscher, kurzer

Name. Wenn sie Samuels Schwester war, dann handelte es sich wohl um einen Familienbetrieb.

»Die sind alle von mir«, erklärte Samuel und deutete auf einen Pinienbonsai auf dem unteren Regalbrett. »Der hier ist mein jüngstes Werk.«

Quentin zuckte mit den Schultern. »Warum hast du mich herbestellt?«

Samuel deutete in den hinteren Teil des Ladens, zu einer Glastür. Die führte zum Gewächshaus. »Komm mit, ich zeige dir etwas.«

Quentin folgte ihm und ließ die Augen über allerhand Pflanzenarten schweifen. Hier gab es so gut wie alles für Gartenfreunde. Bunte Blumen, er erkannte Dahlien und Astern, Friedhofsgrün, kleine Bäume sowie Gemüsesträucher. Die Luft legte sich feucht und warm auf der Haut nieder. Sie trug wechselnde Gerüche in sich. Zarte Blumendüfte verebbten unter herben Erdaromen.

Unterwegs griff Samuel nach zwei kleinen Tannenbäumen. Vor einer Werkbank, zwischen Blumentöpfen und Gießkannen, blieb er stehen. »Hier ist meine Experimentierecke.«

Quentin steckte die Hände in die Taschen. Hoffentlich verlangte er nicht, dass er Schmutz anfasste. Die Tatsache, dass die Luft sich klebrig anfühlte und sich in seiner Kleidung niederließ, kostete ihn bereits Überwindung. Immerhin erklärte diese Tätigkeit den Dreck unter Samuels Fingernägeln. »Was soll mir das sagen?«

»Dein Freund hat ein Bein verloren«, bemerkte der mächtige Magier und stellte die Tannenbäume auf die Werkbank. »Und ich glaube, dass ich eine Lösung für ihn habe.«

Quentin begutachtete die Bäume mit gerunzelter Stirn. »Was hat Mads damit zu tun?«

»Das erkläre ich dir gleich«, murmelte Samuel und knickte von einem der Bäume einen Zweig ab. Die helle Stelle, die an der Rinde zurückblieb, füllte sich mit feuchtem Harz. Beißender Geruch vereinnahmte die Umgebung. Samuel legte den abgebrochenen Zweig beiseite und schob den anderen Baum näher an den verletzten. Beide Pflanzen berührte er mit jeweils einer Hand. »Schau jetzt genau auf die offene Stelle.«

Quentin nickte und ging dem Hinweis nach. Eine Zeit lang passierte nichts. Das Harz rann den dünnen Stamm hinunter, bis es hart wurde. Dann drängte sich eine Knospe aus der Öffnung. Sie wurde größer, wuchs seitlich aus dem Baum, bis sich dünne, hellgrüne Nadeln an ihrem weichen Zweig bildeten. Quentin schüttelte sich. Er sah zu dem anderen Baum herüber. Passierte dort auch etwas? Sein Blick wanderte zu Samuels Gesicht. Was tat er?

»Fertig«, stöhnte dieser irgendwann und ließ von beiden Bäumen ab. Seine Stirn glänzte vor Schweiß. Er grinste verlegen, als er diesen mit dem Ärmel abwischte. »Hast du es gesehen?«

»Ein neuer Zweig ist gewachsen.«

Samuel nickte. Er drehte den anderen Baum und präsentierte eine lichte Stelle zwischen seinen Ästen. Dort fehlte etwas. »Ich habe die Atome von diesem Baum verlagert. Das müsste auch mit einem Bein möglich sein.«

»Was?« Quentin blinzelte. Alles ging zu schnell. Er trat näher an den Baum heran und betrachtete die leere Stelle im Geäst. Eine trockene Erhebung war zu erkennen. Als wäre dort schon vor Jahren ein Ast abhandengekommen. »Aber wie?« Die letzte Aussage ereilte ihn verzögert. *Das müsste auch mit einem Bein möglich sein.* Er schüttelte sich. Was für eine absurde Situation spielte sich gerade vor ihm ab?

»Magie.« Samuel zuckte mit den Schultern. »Wir können Atome unserem Willen beugen. Weil alles aus Atomen besteht, sind uns keine Grenzen gesetzt.«

»Aber ...« Quentin schluckte. In der Schule hatten sie erklärt, dass Magie Regeln unterläge. Dass man nicht alles manipulieren konnte. Waren das Lügen? Um den Wunderkindern ihre Macht zu verschweigen? War das der Grund für die lauter werdenden Proteste? Und für die Zwangsoperationen, die sich unheilvoll näherten? Hatten sie Angst vor der Unterdrückung durch übermächtige Magiebegabte?

Er schüttelte sich. »Hast du die Bäume vor dem Laden manipuliert?«

Samuel grinste. »Sie sind dir aufgefallen?« Er war sichtlich stolz auf sein Werk. »Ich habe sie so lange verbessert, bis sie perfekt aussahen.«

War das auch sein Geheimnis für die Bonsais? Machte ihn das nicht zu einem Betrüger? »Wo hast du das gelernt?«

»Mal hier, mal da«, antwortete Samuel, während er den abgeknickten Zweig zwischen seinen Fingern drehte. Er berührte den Baum mit der lichten Stelle. Während sich der Zweig in seiner Hand auflöste, wuchs ein Neuer an der kleinen Tanne. »Ich habe viel von meinen Freunden gelernt und im Internet findet man Anleitungen.« Unter einem Seufzen wurde seine Stimme leiser. »Jetzt sind sie tot.«

Die letzte Aussage sank wie ein Stein in Quentins Magen. Samuels Freunde sind bei dem Erdbeben gestorben, das hatte Spencer erwähnt. Wirklich alle Freunde? Betroffen ließ der blonde Magier seinen Blick über die schmuddelige Erscheinung seines Gegenübers schweifen. Man merkte ihm den Verlust kaum an. Kein Wunder. Trauer war nichts, was man stets sichtbar mit sich herumtrug.

»Wie hast du das gemacht?« Quentin krempelte seine Ärmel hoch und deutete auf die Tannenbäume. »Bring mir das bei.«

Samuel nickte zögerlich. Er kratzte sich am Nacken und seufzte verlegen. »Das üben wir am besten woanders.«

Woanders? Quentin runzelte die Stirn. Warum war seine sogenannte Experimentierecke dafür nicht geeignet?

»Wo?«

Samuel deutete durch eine der Glaswände in Richtung Parkplatz. »Ich darf hier drinnen eigentlich keine Magie mehr nutzen.« Ohne auf seine Aussage näher einzugehen, stiefelte er zurück in Richtung Laden. Unterwegs streifte er die Schürze über seinen Kopf. Darunter kam ein gebügeltes Karohemd zum Vorschein. Im Vorbeigehen nahm er einen weiteren Tannenbaum von einem Tisch und deutete Quentin an, es ihm gleichzutun.

Quentin begleitete ihn schweigend. Er musterte die Plastiktöpfe der Tannenbäume mit gespitzten Lippen. Er sollte einen mitnehmen? Und den erdverschmierten Topf an seine Anziehsachen drücken, wie Samuel es tat? Er nahm den Baum, der am saubersten wirkte, mit ausgestreckten Fingern hoch und trug ihn mit Abstand zu seinem Körper. Jeder Schritt ließ seine Arme schwächer werden.

Im Laden beobachtete er, wie Samuel die schmutzige Schürze an seine Schwester übergab. Die beiden unterhielten sich kurz. Anhand ihrer Stimmlagen ließ sich die enge Bindung zwischen den Geschwistern deutlich erahnen.

»Wir sind kurz weg«, erklärte er.

»Nehmt ihr den Bulli?« Lynn grinste verschmitzt. Ihre Hände agierten wie fremdgesteuert und verstauten seine Klamotten in einem Beutel.

»Sicher nicht das Cabrio«, höhnte Samuel und stellte den Baum auf der Kasse ab. »Vermerk mal, dass wir zwei Tannen mitnehmen.«

Sie runzelte die Stirn. »So kurz vor der Adventszeit?« Mit skeptisch verzogenen Lippen zog sie einen Schlüssel hinter der Kasse hervor, um ihn in seine Hand zu legen.

Er steckte ihn in die Tasche. »Komm schon«, knurrte er mit einem flehenden Unterton. »Damit geht es am besten. Und denk dran.« Er blinzelte in Quentins Richtung.

Lynn weitete die Augen und nickte hastig. »Ach ja ... ja, verstehe! Bis später dann.« Noch während sie die Verabschiedung aussprach, verschwand sie im Nebenraum.

Auf dem Weg zum Parkplatz schweifte Quentins Blick immer wieder in Samuels Richtung. Was für eine stumme Abmachung hatte er mit seiner Schwester? Warum dieses Blinzeln in seine Richtung? Er seufzte leise. »Warum üben wir nicht hier?«

Samuel blieb vor einem alten Kleinbus stehen. Den Tannenbaum stellte er auf der Motorhaube ab, während er nach dem Schlüssel kramte. »Vor Kurzem sind alle Pflanzen eingegangen.« Sein Augenmerk zuckte zu den frisch gestrichenen Fenstern. »Weil ich im Gewächshaus zu viel Magie genutzt habe.« Er verstaute den Baum auf dem Rücksitz.

Quentin stellte seinen Baum neben Samuels und klatschte den Schmutz von seinen Händen. Vor der Beifahrertür blieb er stehen. Er musterte den Bulli argwöhnisch. Es war ein rostiger VW-Bus mit abblätterndem Lack. Oder war das ein beabsichtigter Stil? War der Rost etwa aufgemalt? Er runzelte die Stirn. Seine Hände krochen tief in seine Taschen, als könnten sie damit dem Kontakt zum schmutzigen Griff entgehen. Ob er Samuel bitten sollte, die Tür für ihn zu öffnen? Er könnte auch vorschlagen, mit seinem Auto zu fahren.

Blödsinn. Diese alberne Keimphobie musste er ablegen. Einfach die Hand aus der Tasche ziehen und den Griff berühren. Er tat es.

Ein Schauer rauschte durch seinen Arm. Trockene Erdreste zerbröselten in seiner Hand. Er schüttelte sie ab, bevor er die Tür aufzog und sich in den Wagen setzte.

Samuel beobachtete ihn mit hochgezogenen Augenbrauen. »Angst, dass die Klamotten schmutzig werden?« Er lachte.

Quentin rümpfte die Nase. Allerdings. Der Mantel war aus einer limitierten Kollektion. Den könnte er sich nicht – mal eben – neu kaufen. Er achtete darauf, auf dem sandigen Polster so wenig Fläche wie möglich zu berühren. »Die Pflanzen sind eingegangen?«

Samuel brauchte zwei Anläufe, um den Bus zu starten. Das Motorengeräusch verschluckte seine Antwort, deshalb wiederholte er sie noch einmal lauter. »Ja. Verwelkt und vertrocknet. Ich wollte nicht glauben, dass es an mir lag, aber der Zustand der Pflanzen hat sich wie ein Kreis um meinen Standort herum abgebildet. Die näherliegenden waren total hinüber, die entfernteren nur leicht welk.« Er zuckte mit den Schultern. »Deshalb darf ich meine Bonsais nur noch außerhalb perfektionieren.«

»Verstehe.« Quentins Augen suchten nach einem Punkt im Businneren, der nicht von Erde oder Staub bedeckt war. Ein Duftbaum erlangte seine Aufmerksamkeit. Der hing noch nicht lange hier drin, die Tüte war noch drum und er verströmte künstlichen Vanilleduft. Quentin verschränkte die Arme. Warum war er hier? Je länger er über Samuels Plan nachdachte, desto makaberer erschien er ihm. Ob Mads das Bein einer anderen Person akzeptieren würde? Vor allem, wenn Magie im Spiel war?

Sie fanden sich in der Nähe eines Friedhofsgeländes wieder. Samuel schlenderte zielgerichtet über einen geschlängelten Schotterweg und balancierte die beiden Tannenbäumchen in den Armen. Quentin folgte ihm schweigend. Vorbei an einer niedrigen

Mauer, die an einigen Stellen bröckelte. Oberhalb der roten Backsteine erstreckte sich ein kleiner, geschwungener Zaun, der mehr Deko als Schutz zu sein schien. Durch die schwarz lackierten Metallstreben konnte man Grabsteine sehen. Sie ragten aus blanker Wiese hervor und hatten keine gepflegten Beete vor sich. Wer auch immer hier vergraben lag, bekam keine Besuche von Angehörigen. Vielleicht waren das anonyme Kriegsgräber? Die Steine waren zu weit weg, um die Namen darauf lesen zu können.

»Was machen wir hier?« Quentin räusperte sich. »Ausgerechnet hier?« Sein Kopf zuckte in Richtung Gräber. Seit Cedrics Beerdigung hatte er keinen Friedhof mehr betreten, geschweige denn gesehen. Mittlerweile waren Monate vergangen und die Erkenntnis schürte Übelkeit in ihm. Wie viele Erinnerungen hätten sie in dieser Zeit gemeinsam erleben können?

Samuel deutete zu einer Wiese, die sich vor ihnen erstreckte und ein kleines Waldstück flankierte, welches hinter dem Friedhof zu einem Hügel führte. »Hier sind wir ungestört«, erklärte er und stellte die Bäume mitten auf der Wiese ab. »Außerdem kann ich dann gleich noch meine Freunde besuchen.« Die letzten Silben gingen raunend über seine Lippen. Seine Augen wurden von einem matten Schleier erfasst.

Quentin schluckte. Hoffentlich erwartete er kein tröstendes Gespräch von ihm. Zuhören konnte er. Aber Ratschläge führten bei ihm immer zu einem Meer aus Fettnäpfchen. »Okay«, krächzte er und kniete sich vor eine der Tannen. Er musterte die stacheligen Zweige. Sie würden die armen Pflanzen in den kommenden Minuten auseinanderpflücken. »Denkst du wirklich, dass das mit einem Bein funktioniert?«

Samuel schien seinem letzten Gedanken nachzuhängen, denn sein Gesicht war dem Friedhof zugewandt. Er seufzte sehnsüchtig, dann folgte ein Nicken. »Ich denke schon«, murmelte er und kniete sich neben Quentin.

»Du denkst?« Toll. Die Aktion war also unter Umständen sinnlos?

Samuel zuckte mit den Schultern. »Es kommt auf den Versuch an. Bäume sind auch Lebewesen, oder nicht? Ich mache das andauernd und meine Züchtungen sind niemals eingegangen.«

»Abgesehen von denen, die sich in deinem Umfeld befunden haben?« Quentin hob eine Augenbraue.

»Das hatte andere Gründe«, nuschelte Samuel und knickte einen Zweig von einer der Tannen. »Ich habe übertrieben. Deshalb sind die Pflanzen eingegangen.«

»Übertrieben?«, wiederholte Quentin und griff nach einem Zweig, um es dem anderen Magier gleichzutun. Der Baum war noch zu zart, um seiner Aktion etwas entgegenzubringen, es brauchte kaum Mühe, um ihn seines Ablegers zu entledigen. Er drehte den Zweig zwischen den Fingern.

»Ist egal«, schnaubte Samuel und deutete auf den Baum vor sich. »Konzentrieren wir uns lieber hierauf.« Er hielt seinem Schüler den abgetrennten Zweig entgegen. »Du musst dich auf die Atome des Zweiges einlassen und dich gedanklich zwischen sie drängen. Zerlege ihn in seine Einzelteile, bis er in deiner Hand schwindet.«

»Moment«, fiel ihm Quentin stirnrunzelnd ins Wort. »Du meinst, wir können Dinge verschwinden lassen?«

»Nein«, meinte Samuel und wedelte mit dem Zweig. »Das ist physikalisch unmöglich. Etwas, das existiert, kann nicht spurlos verschwinden. Der knifflige Part beginnt, wenn du die zerlegten Teile sinnvoll an eine andere Stelle puzzelst. Du lässt die Atome des Zweiges aus dem Baum wachsen.«

Wieso klang das plötzlich nach Physikunterricht? Quentin hob den Blick zum Himmel. Sterne, die starben, wurden zu Partikeln, die weiterhin im All existierten. Sie leuchteten nur nicht mehr. Er blinzelte und warf den nächsten Blick in Richtung Friedhof. Wie war das mit Menschen? Wer einmal gelebt hat, hörte niemals auf zu bestehen. Auch nach seinem Tod wird ein Körper in irgendeiner Form für immer ein Teil der Existenz sein. Ob Magie imstande war, den Tod rückgängig zu machen? Wenn sie Atome beliebig zerlegen konnten, dann waren ihren Kräften tatsächlich keine Grenzen gesetzt. Oder? Sie könnten vielleicht Körper manipulieren, aber eine Seele bestand nicht aus Atomen. Das, was ein Bewusstsein ausmachte, entzog sich der Macht des Greifbaren.

»Hallo?« Samuel tippte mit dem Zweig gegen Quentins Arm. »Hast du mir zugehört?«

»Ja«, log dieser und widmete sich den Tannenbäumen. Was hatte er gefragt? »Was?«

Samuel blinzelte unbeeindruckt und umfasste eine der Tannen mit der freien Hand. »Es funktioniert am besten, wenn du dein Ziel berührst. Stell dir vor, du möchtest den Zweig zu einer freien Stelle am Baumstamm schweben lassen. Aber du drängst dich vorher zwischen die Atome und zerwühlst sie. Als wäre der Zweig ein Bällebad im Kinderparadies und du stürzt dich rein, um die Bälle durcheinanderzubringen.« Er deutete auf seinen Arm. »Dein Ziel ist es, alle Bälle in der gleichen Position in ein Becken zu transportieren, welches am anderen Ende des Raumes liegt. Das geht einfacher, wenn du eine Brücke zwischen den beiden Becken hast. Dein Arm ist die Brücke.«

Bällebad? Zerwühlen? Quentin blinzelte benommen. Das klang viel komplizierter, als er im ersten Moment angenommen hatte. Er sollte die Atome zerlegen und sie in gleicher Position woanders wieder zusammenfügen? Das erschien ihm bei einem Zweig schon waghalsig. Wie zum Teufel sollte das bei einem Bein klappen? »Das wird nicht funktionieren.«

»Doch«, entgegnete Samuel zuversichtlich. Er griff nach Quentins Handgelenk, um seine Hand zu einem der Bäume zu leiten. »Es ist ähnlich wie das Schwebenlassen. Du brauchst nur etwas Übung.« In seiner Stimme klang ein Hauch von Belustigung. »Levitation ist das Einzige, was dir beigebracht wurde, oder?«

Natürlich war es das Einzige. Quentin schluckte. Hat es die Schulen vielleicht nur gegeben, um die magisch manipulierten Wunderfreaks klein zu halten? Um zu verhindern, dass sie größenwahnsinnig wurden?

»Umfasse den Zweig mit allem, was deine Konzentration aufbringen kann.« Samuel redete monoton, aber er ging detailliert auf jede Kleinigkeit des Vorgehens ein.

Quentin schloss die Augen und ging seiner Erklärung nach. Er konzentrierte sich auf den Zweig, umfasste die einzelnen Atome mit seinen Gedanken. Das kleine Geäst rutschte aus seinen Fingern, um zu schweben. Das war das Einzige, was er konnte. Levitation. Er fischte den Zweig aus der Luft und versuchte es erneut.

So vergingen Stunden.

Als Quentins Körper nach einer Pause schrie, schimmerten am Himmel rosafarbene Abendwolken. Vor ihm stand ein Baum mit unzähligen Ästen. Einer war unförmiger als der andere. Einige Äste bestanden bloß aus verkümmerten Nadelklumpen. Daneben ruhte eine halb nackte Mini-Tanne.

Die schönsten Zweige hatte Samuel manipuliert, um zu demonstrieren, wie es funktionierte. Quentin war der Trick nur bei zwei dünnen Exemplaren gelungen. Sein Hals war trocken und

Schweiß rann ihm den Rücken runter. Er spürte die Finger vor lauter Kribbeln kaum.

Der Geruch ihrer Magie umhüllte ihre beiden Körper, wie eine dieser duftenden Wolken, die von E-Zigaretten erzeugt wurden. Nur dass er weniger fruchtig und eher sauer-herb in der Luft lag. Die Säure kratzte in der Nase und drohte, in Nasenbluten umzuschlagen. Aber solange das nicht geschah, konnten sie weiter üben.

Samuels Magie duftete nach Tannengrün. Seine eigene, persönliche Note kannte Quentin nicht, die konnte man selbst nicht riechen. Dabei war es wohl wie mit dem eigenen Körpergeruch. Ob er seinen Begleiter fragen sollte, wonach er duftete? Nein, keine Zeit.

»Weiter«, krächzte Quentin. Seine Hand umklammerte den stacheligen Stamm des nackten Baumes. Er hatte es geschafft. Zwar konnte er nur miserable, Mitleid erregende Ästchen erschaffen, aber es war ein anderer Magienutzen als das ständige Schwebenlassen. Sein Herz hämmerte vor Euphorie. Das war richtige Magie. Etwas Sinnvolles. Etwas Neues.

Samuel schüttelte den Kopf. Er schnaubte und wischte sich über die Nase, als würde er das unangenehme Kribbeln darin auch spüren. »Übertreib es nicht.« Mit einer schlaffen Geste deutete er auf den nackten Baum. »Außerdem ist kein Zweig mehr übrig.«

»Dann kehren wir alles um.«

»Das funktioniert nicht so einfach.« Samuel untermalte seine Erklärung mit einer Demonstration, indem er einen Zweig von dem überfüllten Baum zurück zum nackten transferierte. Es wuchs eine Erhebung aus dem dünnen Stamm, aber sie sah nicht annähernd so aus wie vorher. Sie kämpfte sich krumm aus dem Holz und als Nadeln hervorsprossen, erinnerten sie an einen gerupften Vogel. »Man kann sie nicht beliebig oft zerlegen.«

Quentin schnaubte abwehrend. Dann würde er das zu Hause weiter üben. Wenn er es perfektionieren könnte, dann würde er Mads ein neues Bein beschaffen. Er wusste zwar noch nicht, wie, aber es gab bestimmt jemanden, der zu einer Spende bereit wäre. »Denkst du wirklich, das wird bei menschlichen Körpern funktionieren?«

Samuel zögerte. Seine Pupillen sprangen zwischen den beiden Bäumen umher. »Es wäre logisch, dass es funktioniert«, brummte er. »Wir können es an Tieren ausprobieren.«

»Nein«, entgegnete Quentin und ließ von den Tannen ab. Seine Mimik verhärtete sich. Das war keine Option. »Keine Tierversuche.«

»Stimmt«, brummte Samuel. »Das wäre grausam. Es war nur ein Gedankengang.« Er stellte sich auf und ging ein Paar Schritte, als wollte er seine müden Beine aktivieren. »Du kannst jederzeit zum Üben vorbeikommen. Wenn du dich bereit fühlst, suchen wir jemanden, der sein Bein abgeben möchte.«

Was für eine unglaubwürdige Aussage. Quentin schüttelte sich. Gab es Menschen, die sich eine Amputation wünschten? Und würden die sich darauf einlassen, eventuell bei einem magischen Fehlversuch draufzugehen? »Wenn ich Mads das Bein von jemand anderem gebe, dann hätte er ein fremdes Bein, oder nicht?« Quentin verschränkte die Arme. »Eines, das gar nicht zum Rest seines Körpers passt.«

Samuel kaute auf seiner Unterlippe. Ob er darüber schon nachgedacht hatte? »Das neue Bein würde aus seinem Körper heraus wachsen. Ich glaube, die Atome würden sich seiner DNA beugen.« Er zuckte mit den Schultern. »Sicher bin ich mir nicht. Wir werden es sehen.«

War die ganze Sache ein nicht kalkulierbares Risiko überhaupt wert? Im schlimmsten Fall brachte er Mads in Gefahr. Im besten Fall würde er ihm seine Lebensqualität zurückgeben. Wenn er wieder Rollschuhlaufen könnte, dann wäre seine tiefe Unzufriedenheit kuriert. Der Gedankengang fühlte sich falsch an. Mit brodelnden Magenschmerzen hob Quentin den Blick zum Himmel. Er runzelte die Stirn beim Anblick der ersten Sterne. War es schon so spät? Ihm stand ein Frühdienst bevor und die Heimfahrt würde ewig dauern. Mit einem Seufzen bedankte er sich bei Samuel. »Du hast den ganzen Tag hierfür geopfert.«

Dieser winkte ab. »Es tat gut, wieder mit jemand Gleichaltrigem abzuhängen.« Er steckte seine Hände in die Hosentaschen und setzte einen erwartungsvollen Blick auf. »Allerdings gäbe es da etwas, was du im Gegenzug für mich tun könntest.«

Quentin seufzte. Warum hatte er nicht früher nach einer Gegenleistung gefragt? Es war klar gewesen, dass es eine geben würde. »Was denn?«

Samuel druckste kurz herum. Seine Augen schienen nicht zu wissen, was sie fokussieren sollten, und so fummelte er mit den Händen an seinem Hemd. »Werbung?« Seine Stimme piepste dieses eine Wort in einem schrillen Ton. »Für die Gärtnerei?« Ein scheinheiliges Grinsen umspielte seine Lippen. »Du kannst einen Beitrag posten, oder deine Mutter bitten, uns in einem Video zu empfehlen.«

Quentin seufzte und trat einen Schritt zurück. Werbung? Dann müsste er sich diese nervige App wieder installieren und sich der Flut aus Nachrichten und Belästigungen stellen. »Ich mache keine Werbung.« Und seine Mutter bitten? Sie tat nicht mal ihm den Gefallen, ein Video zu produzieren.

»Ach komm schon«, höhnte Samuel und reckte das Kinn. »Wir brauchen einen Kundenboost. Es reicht, wenn du ein Foto von den Bonsais machst und uns bei Instagram verlinkst.«

Quentin hob abwehrend die Hände. »Ich glaube nicht, dass euch das etwas bringt. Als ich das letzte Mal online war, wollten die Leute, dass ich bei der nächsten Umweltkatastrophe umkomme.«

Samuel leckte sich über die Zähne und nickte langsam. »Verstehe.« Seine Pupillen wechselten den Fokus zwischen den Augen seines Gegenübers. »Und ein Autogramm von deiner Mutter? Für meine Schwester?«.

Das klang realistischer. Quentin gab seufzend nach und nickte. »Alles klar.«

Sie begaben sich schweigend zum Friedhofsgelände. Ein Autogramm war eine winzige Gegenleistung für die Möglichkeit, die Samuel ihm eröffnet hatte. Mit jedem Schritt breitete sich das schlechte Gewissen in Quentins Kopf weiter aus. Sollte er sich die Sache mit der Werbung überlegen? Ein Beitrag bei Instagram war keine große Bitte. Eine Zeit lang hatte er andauernd Dinge beworben, um sie gratis zu bekommen. Smartphonehüllen, Schuhe, einmal sogar einen Zimmerbrunnen, welcher schließlich bei einer Tante gelandet war. Wenn er für Samuels Gärtnerei warb, steckte mehr dahinter als egoistischer Konsumwahn. Damit könnte er wahrhaftig jemanden unterstützen. Und eine gute Tat vollbringen?

Er beendete seinen Gedankengang, als sie vor einem jungen Grab stehenblieben. Auf einem glänzenden Marmorstein waren goldene Lettern angebracht, die mit Sicherheit regelmäßig poliert wurden. *Yasmin Piloty.* Sie war nur 23 Jahre alt geworden. Neben ihrem Geburtstag stand das Datum des Erdbebens. Drei Monate danach wäre sie 24 geworden. In Quentins Hals bildete sich ein Kloß. Seine Augen flüchteten zu einem frischen Blumenstrauß, der vor dem Stein ruhte.

»Ich hätte sie gerne geheiratet«, erklärte Samuel aus dem Nichts heraus und brachte Quentins Gedanken völlig durcheinander. Seine Aussage wirkte wie ein Stabmixer, der unvorbereitet aus einem Haufen Obst einen Smoothie machte. Sein Blick schnellte zur Seite. Vor Samuels schmerzlich verzogenen Miene wehte ein Schleier der Reue. »Ich wünschte, ich hätte sie davon abgehalten, mitzukommen.«

»Das tut mir leid«, brummte Quentin mitfühlend und erfasste die einzelnen Buchstaben ihres Namens. Was sie wohl für ein Mensch gewesen war? Er würde es nie herausfinden. »Kanntet ihr euch lange?«

»Sieben Jahre«, antwortete Samuel und beugte sich herunter, um die halb abgebrannte Kerze zu entzünden. »Sie hatte nichts mit Magie am Hut. Aber sie war so fasziniert davon. Das Spektakel bei der Demo wollte sie nicht verpassen. Sie hatte einen neugierigen Sturkopf. Ich kann kaum beschreiben, wie selbstverständlich sie mit allem umgegangen ist. Egal, was ihr widerfuhr, sie hat alles mit einem Lächeln abgetan und sich die perfekte Lösung ausgedacht.« Er berührte den Grabstein mit den Fingerspitzen. »Ich wünschte, sie hätte sich eine Lösung dafür ausgedacht, wie ich mit ihrem Tod umgehen kann.«

»Ich weiß nicht, was ich sagen soll«, gab Quentin leise zu. Er umspielte das Teleskop in seiner Manteltasche, so wie immer, wenn er nervös wurde. Zuhören konnte er. Reichte das vielleicht? »Es tut mir leid, dass du so einen Verlust erleben musstest.«

»Dafür kannst du nichts«, raunte Samuel und ließ vom Grabstein ab. »Du hast auch einen Freund verloren.« Ein gezwungenes Lächeln fand sich auf seinen Lippen ein. »Kurz nach der Demo stand ich völlig neben mir.« Er setzte sich in Bewegung, um den Parkplatz anzusteuern.

Quentin folgte ihm. Inzwischen war der Abend so weit fortgeschritten, dass es schwierig wurde, den Pfad zu erkennen. Er lauschte Samuels Worten und ließ die einzelnen Kerzenlichter auf sich wirken. Friedhöfe waren magische Orte. Aber nicht so wie ihre manipulierenden Kräfte. Eher wärmend magisch. Wie das Gefühl, das ein heißer Kakao auslöste, wenn man im Winter halb erfroren nach Hause kam.

»Ich habe mich mit Pflanzenkreuzungen abreagiert«, erklärte Samuel, als wolle er mit seinen Worten die Gedanken vertreiben, die ihn innerlich attackierten. »Tagelang habe ich herumexperimentiert. Habe Ableger von Brennnesseln aus Sukkulenten wachsen lassen, Blüten von Tulpen aus Kakteen. Es sind wunderbare Arten entstanden. Aber dabei ist der gesamte Gewächshausbestand kaputt gegangen.«

Quentin nickte verstehend. Als sie den Wagen erreichten, stieg er nachdenklich ein. Diesmal dachte er nicht über den Schmutz oder Rost nach, sondern darüber, ob er nicht doch den Gefallen mit dem Werbebeitrag erfüllen sollte. Das, was Samuel in seinem Leben durchmachte, war ein gigantischer Eisberg an Sorgen, und wenn er nur die Spitze davon präsentierte, dann brauchte der Magier dringend eine Aufmunterung.

Sie fuhren eine Weile über leere Straßen, vorbei an Läden, die gerade dabei waren, zu schließen. Der Nachthimmel wurde von immer mehr Sternen erobert. Mit gedämpfter Stimme wandte sich Quentin an Samuel. »Ich empfehle eure Gärtnerei weiter. Sag mir nur, was ich schreiben soll.«

Ein Lächeln bildete sich auf den vollen Lippen. Samuel löste den Blick von der Straße, um es Quentin zukommen zu lassen. »Oh, wirklich? Vielen Dank.«

Überraschung

24

Weil sie beide am nächsten Tag Frühdienst haben würden, fuhr Quentin zu seinem Vater. Er schlurfte von der Scheune, wo sein Auto parkte, zum Haus.

Als er dieses betrat, wurde sein heimatliches Gefühl durch eine schrille Stimme unterbrochen. Sie kam direkt aus dem Wohnzimmer und kratzte von dort aus an seinen Trommelfellen. Dieses Geräusch gehörte definitiv nicht in das Haus. Während er die Schuhe auszog, lauschte er.

»Ich habe mir immer einen Hund gewünscht.«

»Du kannst jederzeit kommen, um sie zu streicheln.« Paul redete freundlich wie immer. Aber mit wem? »Dorie wäre dir sehr verbunden.«

Die weibliche Stimme lachte. »Oh, das ist fast schon zu verlockend.«

Moment mal. War das Jean? Niemand brachte Quentins innere Alarmglocken so sehr zum Schrillen wie sie. Aber was tat sie hier? Er schritt vorsichtig durch den Flur und blieb im Türrahmen stehen. Tatsächlich. Ihre wilden Locken waren kaum zu übersehen. Sie saß mit Dorie auf dem Sofa und streichelte über ihren Hals. Die Hündin genoss die Zuwendung sichtlich und wackelte mit dem gesamten Körper.

Sein Vater stand zwischen Wohnzimmer und Küchenzeile. Dort befand sich auch Kassandra und füllte etwas in eine Schale.

»Was ist denn hier los?« Quentin betrachtete die einzelnen Gesichter der Reihe nach. Ein Anflug von Schwindel zwang ihn dazu, sich am Türrahmen anzulehnen. In seiner Magengegend machte sich ein dumpfes Pochen bemerkbar.

Jeans Mimik entglitt. Sie sprang vom Sofa auf. »Was machst *du* denn hier?«

»Wohnen?« Quentin runzelte verständnislos die Stirn. »Warum bist du hier?«

»Sie ist meine Tochter«, erklärte Kassandra aus der Küche. »Kennt ihr euch etwa?«

»Flüchtig«, antwortete Quentin und betrat das Wohnzimmer mit so vorsichtigen Schritten, als würde sich unter dem brüchigen Boden ein See aus Lava befinden. Deshalb kam Kassandra ihm so bekannt vor. Weil ihre Tochter ihr wie aus dem Gesicht geschnitten war.

»Er ist mit Matteo zusammen«, erklärte Jean und wirkte ähnlich verstört wie Quentin. Sie trat vom einen Bein auf das andere und schien nicht zu wissen, wohin mit sich. Ihr Blick flüchtete zu Dorie, welche schwanzwedelnd vor ihr herumtollte.

»Ach, wie schön«, trällerte Kassandra und trat aus der Küche, um eine Schale mit Nüssen auf den Wohnzimmertisch zu stellen. »Da bietet sich ein Familienspieleabend an, oder?«

Quentin schüttelte den Kopf. »Ich habe morgen Frühdienst.« Er reckte den Hals, um in die Küche zu sehen. »Ich esse nur noch was, dann gehe ich ins Bett.« Sein Magen protestierte. War essen eine gute Idee?

»Wie verantwortungsbewusst«, schwärmte Kassandra und setzte sich auf einen Sessel.

»*Du* hast Frühdienst?«, stichelte Jean ungläubig. Sie nahm wieder auf dem Sofa Platz. Ihre Augen schweiften abschätzend über seine Klamotten. »Als ob du arbeitest.«

»Jean-Katherine Langendiel«, mahnte ihre Mutter und warf ihr einen Kartenstapel zu. Sie würden den Abend mit Uno verbringen? »Achte auf deine Wortwahl.«

»Was war daran schlimm?« Jean fing die Karten auf und begann zu mischen. Sie hob den Kartenstapel an und lächelte einladend. »Möchtest du nicht doch eine Runde mitspielen?«

»Nein«, seufzte Quentin und senkte den Kopf. »Ich bin müde.« Er verwarf seinen Plan, noch etwas zu essen, und tigerte mit dem Rücken zur Wand in Richtung Flur. »Ich gehe schlafen. Morgen muss ich früh aufstehen. Gute Nacht.«

Als er die Treppe zu den Schlafzimmern ansteuerte, wurde er schneller und flüchtete in sein Zimmer. Seine Beine erinnerten an Gummistelzen, während sein Magen rumorte. Irgendetwas stimmte nicht.

Er ließ sich auf das Bett fallen und starrte seine Hände an. Sein Sichtfeld war schwammig, wie von einem Filter umrandet. Er hatte Kopfschmerzen und sein Hals schnürte sich zusammen. Hatte er es mit der Magie übertrieben? Den ganzen Tag zu üben, schien seinem Körper nicht gutzutun. Er brauchte Ruhe und Schlaf. Dann würde das vergehen.

- ✳ -

Als Quentin das nächste Mal die Augen aufschlug, strahlte ein heller Streifen durch die Seite der Vorhänge und beleuchtete einen Teil von seinem Kleiderschrank. Schwebende Staubkörner glitzerten darin, bevor sie sich im Schatten des restlichen Raumes verloren. War er in Anziehsachen eingeschlafen?

Er setzte sich auf und rieb stöhnend über seine Stirn. Zwischen seinen Schläfen pulsierten Schmerzen. Er blinzelte, aber seine Augen präsentierten ihm ein verschwommenes Bild. Als er saß, schoss Übelkeit durch seine Speiseröhre. Er legte sich wieder hin. Sein Herz raste.

Was war los mit ihm?

Die Zimmerdecke drehte sich, passend zum höher werdenden Klang seines Weckers. Er musste sich waschen. Umziehen. Zur Arbeit. Aber so konnte er keine Menschen versorgen. Das wäre fahrlässig. Er setzte sich vorsichtig auf. Vielleicht könnte er sich irgendwie durchkämpfen. Sein Augenmerk landete bei dem klingelnden Smartphone, welches hinter ihm auf dem Bett lag. Er streckte seine Hand aus und konzentrierte sich auf das Gerät, um das Klingeln zu stoppen.

Dann schlenderte er ins Bad. Die Kopfschmerzen würden ihn ganz sicher durch den Tag begleiten. Und die Übelkeit? Hoffentlich musste er sich nicht übergeben. Während er in Unterhose vor dem Waschbecken stand, legte er eine Hand an seinen Bauch. Und wenn er etwas Ansteckendes hatte? Das konnte er niemandem im Seniorenheim zumuten.

Er wusch sich, zog frische Anziehsachen an und eilte nach unten, um zu frühstücken. Vielleicht war er einfach nur hungrig. Am Vortag hatte er kaum etwas gegessen.

Während Quentin die Küche betrat, wurde er langsamer. Seine Mimik spannte sich an und er ballte die Hände zu Fäusten.

In der Küche saß Jean und frühstückte mit seinem Vater.

»Guten Morgen«, sagte dieser und klopfte auf die Tischplatte neben seinem Platz. »Beeil dich, wir müssen gleich los.«

Quentin schlich auf die Küche zu. Warum war Jean immer noch hier? Und wieso lächelte sie ihm so scheinheilig entgegen? Mit jedem Schritt fühlten sich seine Beine schwächer an. Die Einrichtung des Wohnzimmers verschwamm und ein Stechen breitete sich in seinem Kopf aus. Alles drehte sich. Er ächzte und angelte nach dem Türrahmen. Dort stützte er sich ab, um für einen Moment auszuharren.

»Ist alles in Ordnung?« Paul legte sein Brot beiseite und zog die Augenbrauen zusammen.

»Ja, alles okay«, lallte Quentin und setzte seinen Marsch zum Tisch fort. Der Boden fühlte sich wie ein ausgeleiertes Trampolin an. Die Wände entfernten sich. Sein Magen rumorte und in seiner Kehle wallte Übelkeit auf. Seine letzte Rettung war die Spüle. Quentin stürzte darauf zu und kotzte gelbe Galle hinein. Als ihm Tränenflüssigkeit durch die Nase schoss, verzog er angewidert das Gesicht.

»Na, guten Appetit«, kommentierte Jean.

Sein Vater kam an seine Seite geeilt, um ihm über den Rücken zu streichen. »Du bleibst heute besser hier.«

Quentin kniff die Augen zu, weil die drehenden Bewegungen weitere Übelkeit aufkommen ließ. »Weiß auch nich', was los is'.« Seine Finger krallten sich am Rand der Spüle fest. Als seine Knie nachgaben, rutschte er ab und sank zu Boden. »Fuck«, entkam es wispernd seinen Lippen.

»Ich werde dich für heute krankmelden«, seufzte Paul und stellte einen Stuhl zurecht, um seinen Sohn darauf zu manövrieren. »Oder soll ich hierbleiben? So kann ich dich unmöglich alleine lassen.«

»Ach, Paul, hör auf«, warf Jean augenrollend ein. Wie seltsam, dass sie ihn so nannte. Den Vornamen seines Vaters hörte Quentin sonst nur aus dem Mund seiner Mutter. »Ich kümmere mich um ihn.«

»Wirklich?« Die Erleichterung in Pauls Stimme war nicht zu überhören. »Aber was ist mit deiner Vorlesung?«

Jean lächelte vertrauensselig. »Die kann ich nachholen.«

Quentin hätte gerne protestiert, aber in diesem Moment war ihm alles egal. Er wollte bloß, dass die Kopfschmerzen aufhörten. Seine Augen fielen immer wieder zu und seine Hände fühlten sich kalt an. Überhaupt alles war kalt, sein Körper fror von innen heraus.

Während sein Vater sich zur Arbeit verabschiedete, wurde Quentin von Jean mit einem Glas Wasser versorgt und zur Couch geleitet. Als er in das Polster sank, wallte die Übelkeit durch seinen ganzen Körper, bis in seine Fingerspitzen. Er atmete angestrengt und versuchte, Jean im Blick zu behalten. Aber die Symptome waren erträglicher, wenn er die Augen geschlossen hielt.

»Du siehst echt beschissen aus.« Dem Klang nach zu urteilen, saß sie auf dem Sessel in Couchnähe. »Das meine ich nicht böse. Ich glaube, du bist wirklich krank.«

»Ach?« Quentin brachte ein gequältes Grinsen zustande. »Ja, wirklich?« Auf seiner Stirn sammelten sich kalte Schweißtropfen.

Jean schnalzte mit der Zunge. »Deshalb warst du gestern Abend so komisch.« Sie stand auf und schlurfte in Richtung Küche. »Was hast du gestern gemacht?«

Ihre Reaktion auf die Aussage: »Ich habe den ganzen Tag mit Magie verbracht«, wäre zwar interessant, aber er war nicht in der Verfassung für Stress. Quentin öffnete das linke Auge einen Spalt, um sie zu beobachten. Wieso bewegte sie sich so ungehemmt durch das Haus seines Vaters? Was suchte sie in der Küche? Er winselte, ganz leise, im hinteren Teil seiner Kehle, als sich saurer Speichel unter seiner Zunge sammelte. Das Wasser wollte wieder raus.

Gerade rechtzeitig kehrte Jean mit dem zurück, was sie gesucht hatte. Sie schob eine Schüssel unter sein Gesicht, als er sich erneut übergab.

»Du tust mir echt leid«, raunte sie mitfühlend. »Hätte ich das geahnt, dann wäre ich gestern freundlicher gewesen.«

Quentin stellte die Schüssel auf den Boden und legte den Kopf auf die Armlehne der Couch. Seine Augen hielt er geschlossen. Hatte er sich einen Magen-Darm-Virus eingefangen? Oder war das eine Abwehrreaktion, weil er es gestern übertrieben hatte? Zu viel Magie forderte ihren Tribut.

»Das ist eine gute Gelegenheit, dich näher kennenzulernen. So hilflos bleibt dir gar nichts anderes übrig, als mir zuzuhören.« Jean saß wieder auf dem Sessel. Je mehr Worte sie von sich gab, desto weniger schrill klang ihre Stimme. Oder gab sie sich Mühe, nicht penetrant zu klingen, weil er krank war? »Ich glaube, dass ich dich falsch eingeschätzt habe.«

»Wunderbar«, kommentierte Quentin und konzentrierte sich darauf, gleichmäßig zu atmen. Das fiel ihm schwer, weil sein Herz so angeregt pochte. Ein Kennenlerngespräch mit Jean war jetzt genau das Richtige. Nicht.

Seine ablehnende Körpersprache schien sie nicht zu interessieren. Den Geräuschen nach zu urteilen, rekelte sie sich auf dem Sessel, als stünde er in ihren eigenen vier Wänden. Ungehemmt plauderte sie weiter: »Ich dachte, du würdest Matteo schaden. Er ist mein bester Freund und bedeutet mir alles.« Sie räusperte sich leise. Ihre Stimme nahm einen einfühlsamen Unterton an. Ob sie

Quentin bemitleidete? »Als er im Krankenhaus war, hat er sich verändert. Ich dachte, ich sehe ihn niemals wieder lachen. Wir, also seine Geschwister und ich, haben alles versucht, um ihn aufzumuntern.«

Quentin öffnete das linke Auge und blinzelte zu Jean herüber. Warum erzählte sie ihm das? Er war kaum imstande, zuzuhören. Ob sie merken würde, wenn er direkt vor ihren Augen krepierte? Sie würde seine Leiche zutexten, als hätte sie ein elektronisches Tagebuch vor sich, das auch dann zuhören musste, wenn die Storys elendig uninteressant wurden.

»Nachdem du ihn besucht hast, wurde er viel munterer. Man konnte richtig beobachten, wie du ihm zur Genesung verholfen hast. Er hat sich vorher geweigert, mit der Prothese zu üben, und wollte nicht wahrhaben, dass seine Realität sich verändert hat. Aber nach deinem Besuch war er motiviert. Die Physiotherapeuten meinten, er hätte einen plötzlichen Sinneswandel durchlebt.«

»Schön.« Quentin presste seine Hand auf seinen Bauch und krümmte sich seitlich zusammen, als sich Krämpfe in ihm auszubreiten begannen. Er kämpfte hier um sein Leben und sie redete, als würde überhaupt nichts geschehen.

Jean seufzte. »Soll ich einen Arzt anrufen?«

Er schüttelte den Kopf. »Geht schon.«

»Das sieht nicht danach aus.« Einem Rascheln nach zu urteilen, bewegte sie sich. Stand sie auf? Es folgten keine Schritte. Sie schwieg. Was tat sie da?

Quentin hätte gerne nachgesehen, aber er lag in einer von ihr abgewandten Position, in der das Unwohlsein erträglich war, die wollte er beibehalten.

»Habt ihr irgendwo einen Medikamentenvorrat?« Nun stand sie auf. Mit leisen Schritten näherte sie sich der Couch. Eine kalte

Berührung an seiner Stirn folgte. »Ich glaube, du hast Fieber. Finde ich irgendwo ein Thermometer? Und Tabletten gegen Übelkeit?«

»Bad.« Quentin krümmte sich noch weiter und drückte das Gesicht in die Rückenlehne der Couch. Jean legte eine Decke über seinen Körper und schritt aus dem Raum. Er hörte sie oben laufen, in Richtung Badezimmer. Für eine kurze Weile verlor er sich in einem dämmernden Schlafzustand. Er träumte zusammenhangslose Bilder, die intensive Gefühlsregungen auslösten, und zuckte zusammen, als Jean hinter ihm stand und mit ihm redete.

»Ich habe alles gefunden.«

Quentin drehte den Kopf in ihre Richtung und blinzelte benommen. Seine Wangen strahlten unangenehme Hitze über sein Gesicht. Jean hielt ein Thermometer in der einen Hand und einen Tablettenblister in der anderen. Er nahm das Thermometer entgegen und steckte es unter seine Zunge. Argwöhnisch beobachtete er, wie sie eine Tablette herausdrückte. Schrilles Piepsen und eine rote Zahl bestätigten die Vermutung: Fieber. 39,4. Das erklärte immerhin die Kopfschmerzen. Jean hielt ihm die Tablette entgegen. Er zögerte. Wie zur Hölle sollte er die runterschlucken? Die war riesig. Quentin nahm sie mit spitzen Fingern entgegen. Die würde er nicht mal mit Wasser runterkriegen. Er brauchte ein Stück Brot oder etwas ähnliches. Seine Augen trafen auf ihre. Die Worte verhakten sich in seinem Hals. Jean gegenüber durfte er sich keine Schwäche eingestehen. Sie würde ihn bis in alle Ewigkeit damit aufziehen.

»Was ist los?«

Quentin hob die Tablette an seine Lippen. Er würde daran ersticken. Sein Kopfkino spielte den nahenden Tod vor seinem inneren Auge ab. Sie würde im Hals steckenbleiben und ihn elendig krepieren lassen. Er flüsterte so leise, dass er sich selbst kaum verstand: »Ich brauche was zum runterschlucken.« Seine Stimme klang heiser. »'Nen Keks oder so.«

»'Nen Keks?« Jeans Gesichtszüge entglitten. Sie lachte kurz auf. »Meinst du das ernst?«

Quentins Augen flüchteten zum Fußboden. Wenn seine Wangen vom Fieber noch nicht rot waren, dann wären sie es spätestens jetzt. »Bring mir einfach was zum Kauen«, knirschte er.

Sie schlenderte kichernd in die Küche. »Matteo meinte, dass du überraschend sein kannst.« Jean kramte im Vorratsschrank, was unerträglich viel Zeit in Anspruch nahm. Mit einer Packung Butterkekse kam sie zurück und legte ein paar davon vor Quentin auf den Tisch. »Er hat mir den Ring gezeigt, den du ihm geschenkt hast.«

»Den Ring?« Quentin nahm sich einen Keks und kaute ihn, um eine Masse zu erzeugen, mit welcher er die Tablette herunterschmuggeln konnte. Wenn sein Hals nicht merkte, dass sich eine Tablette in ihm befand, würde er auch nicht ersticken. Das war eine einfache Logik. Ein Täuschungsmanöver gegen den eigenen Körper.

Jean beobachtete ihn fasziniert. In ihren Mundwinkeln ruhte ein amüsiertes Grinsen. »Na, den Ring, den er am kleinen Finger trägt. Der mit dem Herzchen. Er trägt ihn seit Monaten. Ich glaube langsam, dass er ihn gar nicht mehr abbekommt.«

Quentin trank einen Schluck Wasser, um das bröselige Gefühl im Hals loszuwerden. Die Tablette war weg. Hoffentlich sorgte sie dafür, dass es ihm bald besser ging. Er legte den Kopf zurück und schloss die Augen. Auf seinen Lippen fand sich ein Lächeln ein. Den Ring hatte er schon fast vergessen. »Wie war Mads früher so?«

»Früher?« Ein Knarzen wies darauf hin, dass sie sich auf den Sessel fallenließ. Sie zögerte für eine Weile, als würde sie *Matteos* Lebensgeschichte vor dem inneren Auge abspulen. »Eigentlich hat er sich kaum verändert.« Sie ließ ein paar Atemzüge vergehen, bevor sie mit einem leisen Schnauben fortfuhr. »Obwohl ... Er konnte manchmal echt verbissen sein. Das ist inzwischen besser geworden. Hat er dir schon einmal von seiner Rollkunstlaufkarriere erzählt?«

Quentin nickte. »Ich habe Videos gesehen.«

»Wirklich?« Sie klang überrascht. »Er hat dir Videos gezeigt? Ich dachte, die wären alle in Kartons im Keller gelandet.«

»Er hat eine uralte DVD-Mappe gezückt, so eine aus dem letzten Jahrtausend«, erklärte Quentin schmunzelnd.

»Dann kennst du seine Kartons noch nicht?« In dieser Aussage schwang Genugtuung mit. Sie beinhaltete die Zufriedenheit darüber, dass es Dinge gab, die Jean als beste Freundin vorbehalten waren. Es gab also einen weiteren Teil aus Mads' Vergangenheit, den es zu entdecken galt. »Er soll dir beim nächsten Mal die Medaillen und Urkunden zeigen.«

»Medaillen und Urkunden«, wiederholte Quentin brummend.

Sie nickte. »Er war wirklich gut. Aber seine Erfolge hatte er riskanten Entscheidungen zu verdanken. Sein Arzt hat ihm immer wieder davon abgeraten, an Wettkämpfen teilzunehmen, weil der Stress und das harte Training seine Blutzuckerwerte zu sehr schwanken lassen haben. Eine Zeit lang hat er so hart trainiert, dass er vergessen hat, regelmäßig zu essen. Seine Mutter hat ihm eine Vereinbarung aufgezwungen: Er durfte nur nach einem ausgewogenen Frühstück trainieren. Und nur so lange dranbleiben, wie seine Werte mitgespielt haben.« Sie seufzte lang gezogen und verlor sich für einen Moment erneut im Schweigen. »Hätte ich geahnt, wohin seine Sturheit ihn eines Tages führt, dann wäre ich strenger mit ihm gewesen.«

Quentin sah Jean an und ließ sich ihre Worte durch den Kopf gehen. War es wirklich möglich, dass sie sich ungezwungen unterhielten? Mads war ihr gemeinsames Thema. Sie wollten beide das Beste für ihn, das wurde ihm in diesem Moment bewusst. »Warst du da, als er kurz vor dem Finale aufhören musste?«

Jean zuckte zusammen. Ihre Augenbrauen sanken und sie verzog den Mund. »Ja.« Sie fuhr sich durch die strubbeligen Locken und fixierte sie mit beiden Händen hinter dem Kopf. Wenn sie sie zusammenbinden würde, dann sähe man mehr von ihrem Gesicht. Das würde ihr gut stehen. »Es war ein Sprung. Er ist aufgekommen und gefallen. So habe ich ihn noch nie fallen sehen.« Sie schluckte. »Aber vor allem habe ich ihn noch nie so fluchen hören. Matteo hat sich aufgerafft und versucht weiterzulaufen, aber sein Bein hat nicht mehr mitgemacht. Er war danach wie besessen, trotzdem die finale Kür durchzuziehen. Seine Trainerin wollte das nicht mitmachen, weil sein Arzt ihm angeordnet hat, das Bein zu schonen.« Sie ließ die Haare los, welche sich voluminös über ihre Schultern hermachten. Als sie weiterredete, klang ihre Stimme belegt. »Hätte das nicht nach dem Finale passieren können? Er wollte doch nur ein Mal einen richtig großen Wettkampf gewinnen.«

»Mads, also ... Matteo wird wieder skaten«, murmelte Quentin und hob den Blick an die Decke. Er spürte noch immer das Ziepen zwischen den Schläfen, aber die Übelkeit legte sich. Als er die Augen schloss, sah er seinen Freund vor sich, wie er alles daran setzte, seiner Leidenschaft wieder nachgehen zu können. Er würde die Prothese meistern und sich damit auf die Skatebahn wagen. Ganz sicher. Das war nur eine Frage der Zeit. Vielleicht würde er seinen ersehnten Skating-Rink eröffnen und jüngere

Generationen unterrichten? Das fehlende Bein war ein Hindernis, aber kein Ausschlusskriterium.

»Mit dir an seiner Seite bringt er vielleicht wirklich die Kraft auf.« Diese Worte gingen ungewöhnlich freundlich über Jeans Lippen. Sie legten sich wie Balsam in Quentins Ohren nieder. Er blinzelte ihr einen Blick zu und lächelte dankbar.

»Was für nette Worte. Schwesterherz.«

Jean riss die Augen auf und winkte entschieden ab. »Hör bloß damit auf!« Sie lachte verzweifelt. »Ich glaube nicht, dass wir diese Schiene jemals fahren sollten.«

Quentin schnaubte amüsiert und schloss die Augen. Da war er ausnahmsweise ihrer Meinung. Nach diesem einmaligen Ereignis würde er Jean wieder mit skeptischen Augen betrachten. Er würde die Freundlichkeit auf seinen kranken Zustand schieben und sich nicht anmerken lassen, dass er ein harmonisches Gespräch mit ihr geführt hatte. Sich mit einem Öko zu vertragen, passte nicht in sein lupenreines Image als magisch begabtes Wunderkind.

Quentin kurierte den Infekt bei seinem Vater aus und nutzte die Zeit, um sich Dingen zu widmen, die sonst liegenblieben. Er schaute Serien, die ihm seine Freunde schon hundertmal empfohlen hatten, und befasste sich mit Astronomie. Obwohl er sich lange nicht mehr mit den Sternen auseinandergesetzt hatte, wusste er noch alles.

Nicht zum ersten Mal fantasierte er, während eines Diamantregens mit einem Fangnetz über den Saturn zu rennen. Vor allem die alten Notizbücher fluteten ihn mit nostalgischen Gefühlen. Die eigenen Zeichnungen von verschiedenen Sternbildern brachten ihn zum Schmunzeln. Die musste er Mads zeigen, deshalb steckten einige Bücher bereits in einem Rucksack. Er übte seine neueste magische Errungenschaft an Zimmerpflanzen. Wirklich gut sahen sie Ergebnisse nicht aus, aber mittlerweile fiel ihm das Zersetzen der Atome leichter.

Dass er sich um Samuels Gefallen gekümmert hatte, bereute er. Es war keine Überraschung, dass die meisten Leute seinen neuen Beitrag mit Kritik bedachten, aber seit Tagen hagelten beleidigende Nachrichten auf ihn ein. Tolle Werbung. Mit Sicherheit wurde die Gärtnerei von einem wütenden Mob belagert. Als ihm der Spam zu blöd wurde, löschte er Instagram wieder.

Im Fernsehen lief eine Dokumentation über die Entstehung des Mondes. Die kannte Quentin bereits, aber er hatte es nicht übers Herz gebracht, weiter zu zappen. Die Hälfte seiner Aufmerksamkeit ruhte auf seinem Smartphone. Er textete mit Mads und überflog die Beiträge seiner Mutter. Es schien ihr gut zu gehen. Der Streit mit ihrem einzigen Sohn wurde nirgendwo thematisiert. Die Aussage, dass sie stolz auf ihren mutigen Prinzen ist, blitzte allerdings auch in aktuelleren Texten hervor. Was für eine paradoxe Situation.

Als es an der Tür klopfte, löste er den Blick vom Bildschirm.

Sein Vater lugte vorsichtig hinein. »Geht es dir besser?«

Quentin pustete eine Haarsträhne aus dem Gesicht. »Ja. Ich gehe morgen wieder arbeiten.« Er setzte sich auf, um zu präsentieren, wie erholt er aussah. »Frau Göhren vermisst mich sicher schon.«

»Oh.« Paul stutzte. Mit zusammengezogenen Augenbrauen betrat er das Zimmer. »Du hattest einen guten Draht zu Frau Göhren?«

Quentin blinzelte irritiert. Warum *hatte*? »Wir verstehen uns.« Der folgende Gesichtsausdruck schürte Trockenheit in seinem Rachen. Warum blinzelte sein Vater so verunsichert? »Was ist los?«

Paul seufzte. »Frau Göhren ist gestorben.« Seine Mundwinkel senkten sich. »Es tut mir leid. Hätte ich gewusst, dass du sie mochtest, dann hätte ich -«

»Schon gut«, fiel ihm Quentin ins Wort. Die Trockenheit breitete sich in seinem Mund aus. Die Nachricht drang in sein Herz wie ein Nagelbohrer, der zwar dünn, aber dafür lang war. Mit jedem Zentimeter, den er sich weiter drehte, drang der Schmerz tiefer ein. »Sie war alt.«

»Das stimmt«, brummte sein Vater. Seine Augen flüchteten zu Boden. »Das ist der erste Todesfall, den du erlebst, nicht wahr?« Ein Räuspern folgte. »Auf die Arbeit bezogen, meine ich. Ich weiß ja … die Sache mit Ced-«, er winkte ab und ließ seine Stimme abklingen.

Quentin zuckte mit den Schultern. Was sollte er sagen? Er kannte sie nur flüchtig. Aber er hatte sie gemocht. »Sowas passiert.« Er knetete seine Hände.

»Wir können darüber reden. Es hilft, wenn man positive Erlebnisse reflektiert. Was hast du an ihr gemocht?« Pauls Stimme klang wieder zu freundlich. Er gab sich alle Mühe, die Situation mit Positivem zu füllen. Aber dafür ist Quentin nie empfänglich gewesen. Sie würden wieder aneinander vorbei reden.

Es sei denn, er würde sich diesmal anders verhalten. Er öffnete den Mund, schluckte seine erste Reaktion und zwang sich ein Lächeln auf. »Danke, Papa«, raunte er. »Ich muss das erst mal sacken lassen. Wenn mir etwas einfällt, komme ich auf dich zu.«

Für einen Moment herrschte Stille.

Quentins Vater klopfte ihm gegen den Rücken und nickte. »Weißt du was?« Er lächelte. »Ich bin stolz auf dich. Du hast dich zum Positiven entwickelt.«

Quentin stutzte. Er konnte nicht leugnen, dass ihn diese Aussage innerlich sprudeln ließ. Stolz? War schon mal jemand stolz auf ihn gewesen? Als Kind vielleicht, wenn er magische Tricks gemeistert hatte. Das aufgezwungene Lächeln wurde aufrichtig. »Danke.«

»Ach, übrigens«, murmelte sein Vater und zog einen Umschlag aus seiner Hemdtasche. »Die Polizei mal wieder. Hast du eine Brieffreundschaft mit denen?«

Quentin runzelte die Stirn. Er musterte den Brief, ehe er ihn zögerlich annahm. Was wollten die denn jetzt schon wieder? »Vielleicht noch wegen des Erdbebens?« Er riss die Seite auf und zog das zusammengefaltete Dokument hervor.

In der Ermittlungssache: Brandstiftung in der Stadtbibliothek ist ihre Vernehmung als Beschuldigter erforderlich.

Bitte was? Quentins Kinnlade kippte herunter.

Als Beschuldigter?

»Und?«, fragte sein Vater und lugte neugierig herüber.

Quentin blinzelte fassungslos.

»Ich bin am Arsch.«

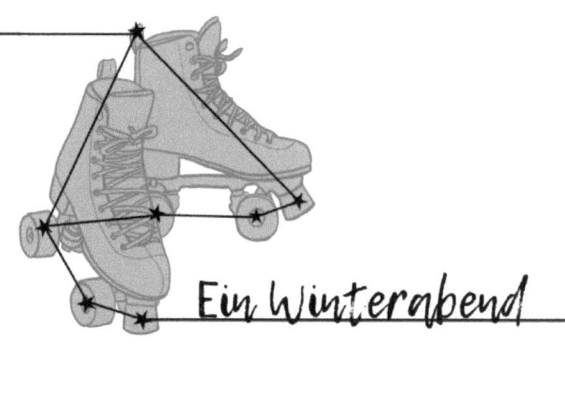

Ein Winterabend

25

Weihnachten war eine von Quentins größten Leidenschaften. Er liebte es. Eigentlich.

In diesem Jahr war seine Vorfreude von Sorgen überschattet. Sein Anwalt kümmerte sich erneut um einen Sachverhalt, der ihn zu Unrecht belastete. Das Feuer in der Bibliothek war im Aufzugschacht ausgebrochen, weil an der Elektronik herumgepfuscht worden war.

Und weil es Zeugen gab, die mitbekommen haben, wie er den halben Tag im Aufzug verbracht hatte, war er Hauptverdächtiger. Langsam wurde dieser halbkriminelle Zustand zu seiner neuen Normalität. Am bittersten war die Tatsache, dass er nicht zur Arbeit durfte, solange der Sachverhalt nicht geklärt war.

Um seinen Sorgen zu entfliehen, verbrachte Quentin die Adventszeit bei Mads, niemand konnte ihn so gut auf andere Gedanken bringen wie er.

»Und diese Musik hörst du jedes Jahr?« Mads saß auf der Couch und beobachtete, wie sein Freund seine Wohnung mit einer Lichterkette schmückte. Er lachte und deutete auf die Musikanlage, mit welcher Quentins Smartphone verbunden war. »Immer nur dieses eine Album?«

Quentin grinste schief. Er hakte einen Teil der Lichterkette auf einen Nagel und warf Mads einen Schulterblick zu. »Gibt es daran etwas auszusetzen?« Sein Fuß wippte passend zur Musik.

»Nein, gar nichts.« Mads verlagerte seine Sitzposition und massierte sein linkes Knie. Ein gequältes Grinsen zuckte über sein Gesicht. »Ich hätte dir nur nicht zugetraut, dass du Weihnachten magst.«

An dieser Stelle hielt Quentin inne. Warum sollte er Weihnachten nicht mögen? Er stieg von einem kleinen Leitertritt und bewegte sich tänzelnd auf die Couch zu. »Ich liebe die Adventszeit.«

Sein Freund beobachtete ihn mit hochgezogenen Augenbrauen und einem tiefen Grübchen in der linken Wange. »Du ... tanzt?«

Quentin drehte sich passend zur Musik und warf die Arme einladend von sich. Er bewegte seine Lippen, um so zu tun, als würde er den Song performen, und tanzte auf die Couch zu.

»Oh nein«, protestierte Mads mit aufgerissenen Augen und sank tiefer in das Polster zurück. »Ich kann nicht aufstehen.«

Das quittierte Quentin mit einem Kopfschütteln. Er beugte sich vor und zog Mads zu sich hinauf. Er wartete, bis er das Gleichgewicht fand, und setzte seinen langsamen Tanz fort.

Mads' starrte angestrengt nach unten. Sein rechtes Bein bewegte sich rhythmisch, während die Prothese unter seinem linken Knie auf der Stelle verharrte. Er seufzte frustriert und hob das Knie, um den Rest nachzuziehen. Seine Atmung ging stockend und er biss sich auf die Unterlippe. »Scheibenkleister.« Die Prothese blieb am Teppich hängen.

»Hey«, entgegnete Quentin und schob eine von Mads' Locken über dessen Stirn, um ihn dazu zu bewegen, ihn anzusehen. »Setz dich nicht unter Druck.«

Als Mads aufsah, wirkten seine Augen glasig. Er rümpfte die Nase und seine Pupillen sprangen unruhig von Quentins linkem Auge zu seinem rechten. »Das muss doch schneller gehen.«

»Genau das meinte ich mit *Setz dich nicht unter Druck.*« Er hörte auf zu tanzen und legte seine Hände an Mads' Hüften. »Die Ärzte haben gesagt, dass das Gewebe komplett verheilen muss, bevor du die Prothese völlig belasten kannst. Das dauert ein paar Monate.«

Mads schnaubte ablehnend. Sein Blick zuckte wieder nach unten und er runzelte die Stirn. Offensichtlich gingen ihm Tausende Gedanken durch den Kopf. Aussagen, die er immer wieder traf, ratterten hinter seiner Stirn. Quentin konnte nur vermuten, was er dachte.

Hätte ich mal mehr auf meine Gesundheit geachtet.

Scheiß Diabetes.

Ich wünschte, das hier wäre nur ein Albtraum.

Mads presste die Lippen aufeinander und sah zu Quentin auf. Für einen Moment flammte Wut in seinem Blick auf, dann entspannte sich seine Mimik und er lächelte gedrungen. »Danke, dass du hier bist.«

»Wäre ich nicht hier, dann würde niemand deine Wohnung weihnachtlich schmücken.« Quentin grinste und geleitete Mads zurück zur Couch. »Du hättest den Winter vergeudet, ohne von bunten Glühbirnen erfreut zu werden.«

Der Lockenkopf setzte sich. Dabei behielt er Quentins Gesicht im Blick. Seine Lippen bogen sich zu einem Lächeln. »Ich habe nie eingesehen, dafür Geld auszugeben. Das ganze Zeug hängt doch eh nur ein paar Tage und wird dann im Keller vergessen.«

»Wenn man ein Grinch ist, kann man das so sehen«, kommentierte Quentin und widmete sich wieder der Lichterkette. Er nahm eine Raumecke in Augenschein und plante gedanklich, dort einen Baum unterzubringen. Vielleicht könnte er ihn bei Samuel kaufen und mit ihm seine neuen magischen Fähigkeiten perfektionieren. In letzter Zeit hatte er das Übertragen von Pflanzenteilen oft geübt, aber ein paar Fragen zum Feinschliff trieben ihn noch um.

»Ein Grinch?« Mads lachte ungläubig.

Quentin nickte. Er schlug kleine Nägel in die Wand, dicht unter der Zimmerdecke, um dort die Lichterkette anzubringen. Als er damit fertig war, gesellte er sich zu Mads auf die Couch und betrachtete sein Werk. Er lehnte sich zurück und mit einer wischenden Handbewegung ließ er den Stecker in die Steckdose schweben. Die Kette erleuchtete den Raum mit buntem Licht. Er erntete einen skeptischen Seitenblick von Mads.

»Immerhin bin ich der Grinch mit der schönsten Dekoration.«

»Eine einzige Lichterkette nennst du die schönste Dekoration?« Quentin legte seinen Arm um Mads' Schulter. Seine Augen tasteten die einzelnen Glühbirnen ab. Rot, blau, gelb, grün. Weihnachtlich. Er lächelte. »Hier gibt es noch viel zu tun.«

»Schmückst du zu Hause auch? Also ... bei deinen Eltern?«

»Ha! Nein.« Quentin lachte kopfschüttelnd. »Mein Vater lädt immer ein paar Arbeitskollegen zu sich ein. Das ist deren Tradition. Sie schmücken, wichteln und essen gemeinsam, jedes Jahr.« Genaugenommen könnte er sich daran beteiligen, denn inzwischen war er offiziell als Auszubildender eingestellt und damit ein Arbeitskollege von Paul. Aber er drängte sich ungern in bestehende Traditionen. Alljährlich lud er dieselben Personen ein, da hatte er keinen Platz. Er zuckte mit den Schultern. »Und meine Mutter macht einen auf First Lady von Amerika.«

»Wie kann ich mir das denn vorstellen?«

»Na, sie schmückt das Haus und lässt dabei die Kamera laufen. Ihre Follower entscheiden, wo sie was hinstellen soll. Sie macht 'ne riesige Show daraus. Vor ein paar Wochen hat sie sogar einen Countdown gestartet, um anzumelden, dass sie bald schmücken wird. Darauf habe ich echt keine Lust.«

»Dann darfst du dich hier gerne austoben.« Mads lehnte sich seitlich gegen Quentins Oberkörper und legte den Kopf auf seiner Schulter ab. Er betrachtete die Lichterkette. Der Glanz in seinen Augen fing die bunten Farben ein.

Sie ließen die bunten Lämpchen schweigend auf sich wirken. Es schien kurzzeitig so, als hätten sie niemals Sorgen in ihrem Leben gehabt. Quentin war ein gewöhnlicher Typ, der mit seinem Freund auf der Couch abhing und niemandem etwas schuldig war. In ihm wallte Zufriedenheit auf und er schluckte, als sich das Gefühl in seinen Hals bahnte. Mads reckte den Hals, um einen Kuss auf seine Wange zu hauchen.

Das Weihnachtsalbum wiederholte sich und immer, wenn Quentins Lieblingslieder starteten, sang er sie entweder mit oder er stand auf, um Mads mit einem möglichst albernen Tanz zu beglücken. Während er sich im Schein der bunten Lämpchen drehte, öffnete sich die Haustür.

Jean trat ein. Sie hielt einen Schlüssel in der Hand. Ihr Mund war geöffnet, als wollte sie etwas sagen. Als sie Quentin entdeckte, bogen sich ihre Lippen zu einem Grinsen.

Er fror in seiner Bewegung ein.

»Hast du gerade getanzt?« Ihre Augenbrauen wanderten nach oben.

Quentin seufzte genervt. Jean hatte einen Schlüssel für Mads' Wohnung? Sein Blick schnellte in seine Richtung. Warum hatte er ihr einen gegeben? Und was tat sie ausgerechnet an diesem Tag hier?

»Lass dich nicht beirren«, trällerte Jean und ließ sich neben ihren besten Freund auf dem Sofa nieder. Sie ließ ihre amüsiert verengten Augen über Quentins Körper wandern. »Tu so, als wäre ich gar nicht hier.«

»Das würde mir leichter fallen, wenn du wirklich nicht hier wärst.« Er ließ die Schultern sinken und zog sein Smartphone hervor, um die Musik zu unterbrechen.

»Du hast dich gar nicht angekündigt«, bemerkte Mads mit gespitzten Lippen. Sein Blick wechselte zwischen seinen beiden Freunden. Quentin widmete er einen entschuldigenden Blick. Jean bekam einen skeptischen. »Was ... also ... Gibt es irgendetwas?«

Jean zuckte mit den Schultern. Sie zog die Beine aufs Sofa und umklammerte ihre Knöchel mit den Händen. »Ich wollte nach dir sehen.« Sie musterte Quentin. »Stören möchte ich nicht.« Sie senkte den Blick zu Mads' Bein. »Geht es dir gut?«

»Du könntest immer noch verschwinden«, murmelte Quentin und lehnte sich mit verschränkten Armen gegen das Regal. »Nur so als Tipp.«

Mads schenkte Jean ein gequältes Lächeln. »Ja, mir geht es gut. Quentin schmückt hier ein bisschen. Es ist schön weihnachtlich, oder?«

»Hm«, machte sie und ließ ihre Augen über die Lichterkette wandern. »Ehrlich gesagt habe ich gehofft, dass er hier ist.«

»Warum?« Quentins Augenbrauen zogen sich zusammen. Was wollte sie von ihm?

Sie nickte. Das Grinsen auf ihrem Gesicht erstarb und wich einer unheilvoll gerümpften Nase. »Ich fürchte, du musst dich auf Stress einstellen.«

Er stieß ein Schnauben aus. Wie kam sie darauf? Was bildete sie sich überhaupt ein, wie ein Störkörper in die falsche Umlaufbahn zu crashen und solch eine Aussage mit sich zu bringen? »Warum?«

Mads schluckte. Sein Gesicht erinnerte an einen Hundewelpen, der versuchte, die Sprache der Menschen zu verstehen. »Ja, warum?« Seine Stimme klang belegt. »Warum sagst du so was?«

Sie leitete ihre Antwort mit einem Seufzen ein. »Es tut mir leid. Aber er ist gestorben.« Sie legte eine Pause ein, um tief durchzuatmen. »Der Komapatient. Er ist heute Morgen gestorben.«

»Der Komapatient?« Mads runzelte die Stirn. Er sah hilfesuchend von Jean zu Quentin. »Welcher Komapatient?«

»Woher weißt du davon?«, keuchte Quentin und scannte Jean von Kopf bis Fuß. Was fiel ihr ein, darüber so offensiv zu reden?

Sie zuckte mit den Schultern. »Euer Anwalt kam vorbei und hat darüber geredet.«

»Und du hörst bei solch einem Gespräch zu?« In ihm kochte Wut auf. Warum verbrachte sie so viel Zeit in *seinem* Zuhause? Und warum mischte sie sich in *dieses* Thema ein? Ausgerechnet. Seine Augen flüchteten zu Mads, welcher ratlos blinzelte. Scheiße.

Quentin stieß sich vom Regal ab, um ein paar Schritte zu gehen. Damit konnte er den Magenkrämpfen nicht entgehen, die sich in seinem Inneren ausbreiteten. Sein Kopf wurde von einem Rauschen vereinnahmt. Das musste eine Lüge sein. Die Luft wurde dünner. Jeder Atemzug fühlte sich anstrengender an. Wenn das so weiterging, dann würde er ersticken. »Was für'n Scheiß«, keuchte er und flüchtete aus dem Wohnzimmer. Er griff im Vorbeigehen nach seinem Mantel und stürzte nach draußen, um vor der Haustür der Enge der Situation zu entkommen.

Die Winterluft brachte keine Linderung. Er konnte die Angst vor dem Ersticken nicht wegatmen. Beide Fäuste umklammerten das filzige Material seines Mantels. Seine Muskeln waren wie erstarrt, nicht imstande, das wärmende Kleidungsstück überzuziehen. Die Kälte des Winterabends kroch in seinen Körper. Vor seinem Mund breitete sich feiner Nebel aus. Mit jedem erstickten Atemzug, den er aus seinem Körper zwang, fühlte er sich machtloser.

Der Mann war tot. Gestorben. Wegen ihm.

Hatte er wirklich jemanden umgebracht?

»Kommst du wieder rein?« Mads' Stimme kämpfte sich durch die eisige Luft an Quentins Ohren. Er stakste vorsichtig auf ihn zu, um eine Decke über seinen Rücken zu legen. »Dein Gesicht ist schon ganz rot.«

»Hat Jean gelogen?«, krächzte Quentin und starrte zum gegenüberliegenden Haus. Es bot kein schönes Bild, aber er musste irgendetwas ansehen, um seinen Gedanken auszuweichen. »Sie hat einen Scherz gemacht, oder?«

Mads' Körper verkrampfte sich. »Ich weiß nicht.« Er deutete zur Haustür. »Komm bitte rein.«

»Weil sie mich nicht leiden kann«, stammelte Quentin. »Deshalb hat sie sich einen Scherz erlaubt.« Er nickte, um für sich selbst die Wahrheit hinter seiner Vermutung glaubhafter zu machen. »Sie will mich fertigmachen.«

»Wir reden darüber«, sagte Mads und zog an Quentins Schultern, als wollte er ihn damit zur Bewegung überzeugen. »Komm schon, du wirst dich erkälten.«

Quentin entzog sich seiner Berührung und flüchtete in den Abend hinaus. Etwas in ihm wollte sich umdrehen, Mads' Rufen nachgeben. Aber er konnte nicht. Er wagte es nicht, ihm in die Augen zu sehen. Nicht jetzt.

»Komm bitte zurück!«, rief Mads verzweifelt, aber seine Worte verwehten im kühlen Dezemberwind.

Quentin rannte, bis ihm die Knie schmerzten und er jeden Atemzug eisig zu spüren bekam. Er stürzte auf ein Bushaltestellenhäuschen zu, wo er sich auf einer Bank niederließ. Erst als er dasaß, sich seines angestrengten Atems bewusst wurde und seine Finger durch die Kälte taub waren, fiel ihm auf, dass er weggerannt war. Aber warum? Weil Jean ihm etwas gesagt hatte, was er tagtäglich erwartet hatte? Dass der Mann aus seinem Koma vielleicht nicht mehr erwachte, hatte man ihm prophezeit. Es war nur eine Frage der Zeit gewesen. Aber warum hatte man es ihm sagen müssen? Warum ausgerechnet in einem solch friedlichen Moment? Er zog die Decke, die Mads über seine Schultern gelegt hatte, vor seine Brust und senkte den Kopf, um sich warmen Atem gegen die Hände zu hauchen.

Was würde jetzt passieren? Galt er ab sofort als Mörder? Er zitterte. Sein Atem traf stoßweise auf seine tauben Finger. Zitterte er der Kälte wegen? Oder weil er sich fürchtete? Er presste die Fäuste gegen seinen Mund und stieß einen unterdrückten Schrei aus. Vielleicht, wenn er die Nacht hier verbrächte, würde er erfrieren und der Schuld auf diesem Weg entkommen.

Quentin konnte nicht einschätzen, wie viele Minuten vergangen waren, als sich jemand schweigend neben ihn setzte. Ihm schlug fruchtiger Marzipangeruch entgegen. Und herber Kakao? Als er den Blick hob, fiel sein Blick auf eine dampfende Tasse. Er schwenkte den Kopf und erkannte, dass Mads neben ihm saß. Mit nüchterner Mimik bemühte er sich zu einem matten Lächeln.

»Du erfrierst hier draußen.«

Quentin senkte den Blick zu Mads' Beinen. War er ihm nachgelaufen? Sein Gewissen strafte ihn mit Vorwürfen. Wenn er das geahnt hätte, dann wäre er nicht so weit gerannt. Er nahm die Tasse in Augenschein. Das heiße Getränk übte eine angenehme Verlockung aus. Mit einer ausgestreckten Hand nahm er sie entgegen. Seine Finger ziepten, als sich die Hitze der Keramik mit der Kälte seiner tauben Hände ein Gefecht lieferte. Als er am Kakao nippte, spürte Quentin die wohlige Wärme seinen Hals heruntergleiten. »Danke«, krächzte er und legte auch seine andere Hand um die Tasse. In seinem Bauch spürte er den wärmenden Kakao. Das tat gut.

Mads zog das rechte Bein auf die Bank, um es anzuwinkeln und seine Arme darum zu verschränkten. Er beobachtete Quentin, ohne etwas zu sagen. Für eine Weile atmeten sie im Gleichklang. Vor ihren Mündern bildeten sich Dunstwolken. Die Straße glitzerte im Schein der Laternen.

»Jean wollte dich nicht verjagen«, begann Mads vorsichtig. Er nestelte an seinem Hosenbein herum. »Es tut ihr leid.«

»Gut«, entgegnete Quentin knapp und nippte erneut am Kakao. Irgendwie schmeckte er ein bisschen zu süß. »Hat sie dir von dem Typen erzählt?«

Mads schüttelte den Kopf. Er begutachtete Quentin schüchtern von der Seite. »Sie meinte, ich sollte es von dir selbst erfahren.«

Na, immerhin das überließ sie ihm. Welch großzügige Geste von der hochheiligen Jean. »Mads, ich …« Er starrte in die Tasse. Auf der Oberfläche schwammen Kakaoklümpchen, die sich nicht aufgelöst haben. Sein Freund hatte die Tasse garantiert in der

Mikrowelle aufgewärmt. Seinem Lieblingsküchengerät. Unter anderen Umständen hätte Quentin darüber geschmunzelt. Ohne Mikrowelle wäre Mads schon längst verhungert. »Ich habe jemanden verletzt. Das war, als wir keinen Kontakt hatten.« Er blinzelte, als seine Augen brannten. »Der Mann lag im Koma.« Seine Stimmbänder versagten und er konnte fortan bloß noch hauchen. »Jetzt ist er tot.«

Tot.

Was für ein grausamer Begriff.

»Ich habe ihn umgebracht.«

»Was ist passiert?«, fragte Mads und streckte sein Bein aus. »Wie wurde er verletzt?«

Quentin schluckte. Sein Hals fühlte sich kratzig an. Er hatte sich den Gaumen mit dem heißen Kakao verbrannt. »Notwehr?«, raunte er und umspielte die Tasse mit den Fingern. »Ich wurde angegriffen.«

»Also war es ein Unfall mit Todesfolge?« Mads schob seine Hände in die Taschen seiner Jacke und hob den Blick zum Himmel. »Dann hast du ihn nicht umgebracht.«

»Er würde noch leben«, begann Quentin, beendet die Aussage aber nur in seinen Gedanken. *Er würde noch leben, wenn ich in dem Laden meine Bankkarte wie ein normaler Mensch herausgeholt hätte.*

»Ich wünschte, ich wüsste, was ich sagen soll.« In Mads' Stimme schwang Verunsicherung mit. »Um dir dieses Gefühl zu nehmen. So niedergeschlagen habe ich dich noch nie erlebt.«

Quentin zuckte angedeutet mit den Schultern. »Ich warte ab, was mein Anwalt sagt.« Unter seiner Zunge breitete sich bitterer Geschmack aus. War sein Anwalt die richtige Adresse, wenn es darum ging, Schuldgefühle abzuladen? »Dann wird alles kommen, wie es kommen soll.«

»Denkst du, du musst deswegen vor Gericht?«

»Wahrscheinlich.« Er biss sich auf die Unterlippe. Wenn jemand aus seinem Bekanntenkreis auf diese Weise umgekommen wäre, dann würde er sich wünschen, dass der Täter verurteilt würde. Es war nur beschissen, dass er in dieser Situation auf der anderen Seite stand. In der Rolle des Täters wollte er sich dem Gesetz nicht stellen. Sein Anwalt würde sich darum kümmern, strafmildernde Argumente herauszusuchen, aber er konnte nicht ungeschehen machen, was Quentin getan hatte.

Er fasste sich an den Hinterkopf und ertastete die winzige Narbe, die zwischen seinen Haaren zurückgeblieben war. »Die haben mir eine Bierflasche an den Kopf geschmissen«, raunte er, nur um Mads' den Hintergrund begreiflich zu machen. »Ich wollte mich nicht mit denen anlegen, aber sie haben mich nicht in Ruhe gelassen. Es war der Kerl, der dich im Park blöd angemacht hat.«

»Phil«, wisperte Mads und verzog das Gesicht zu einem gequälten Grinsen. »Philip. Er war in meiner Klasse. Ich wette, er hat dich zuerst angegriffen.« Ob sich Szenarien aus alten Zeiten in seiner Erinnerung abspielten? Er zog einen Traubenzucker aus der Jackentasche und steckte ihn in den Mund. Für einen Moment war die Luft mit einem süßlichen Geruch angereichert. »Dann hast du dich nur gewehrt.«

»Mit Magie.«

»Sie werden bestimmt versuchen, dir dieses magiehemmende Medikament einzureden.« Mads senkte die Stimme. Vorsichtig rückte er näher, um seinen Freund in eine tröstende Umarmung zu schließen. »Du hast einen guten Anwalt, oder?«

Quentin schnalzte ablehnend und zog die Decke enger um seinen Körper. Die Tasse war inzwischen leer und der Kakao wärmte ihn von innen heraus. »Ich werde die Magie nicht aufgeben.« Er bewegte die Finger und ließ die Atome in ihnen tanzen, sodass sie kribbelten. Niemand würde ihm das nehmen. Egal, was passierte. Er brauchte sie, um Mads ein neues Bein zu beschaffen.

»Ich kann das ein bisschen verstehen, glaube ich.« Mads lehnte sich an seine Schulter und schloss die Augen. Ein müdes Lächeln fand sich auf seinen Lippen ein. »Wenn meine Eltern sich ein Wunschkind von AURA-Fertility hätten leisten können, dann wäre ich gesund.« Das klang erschreckend niedergeschlagen. »Sie hätten entscheiden können, dass ich kein Diabetes habe. Dann hätte ich ein ganz anderes Leben. Das würde ich auch nicht aufgeben wollen.«

Quentin schluckte. Er sah zu seinem Freund herüber und überlegte krampfhaft, ob ihm eine passende Antwort einfiel. Seine Gedanken spuckten entweder niederschmetternde oder unpassende Buchstabenkombinationen aus, deshalb sagte er nichts. Stattdessen löste er die Decke an einer Seite, um sie auch um Mads' Rücken zu legen. Er platzierte seinen Arm hinter ihm und zog ihn an seine Brust.

Den Rest des Abends verbrachten sie schweigend in den Wolken ihrer Atemluft, die Augen auf die frostig glitzernde Straße gerichtet.

Ein Winterabend im Dezember.

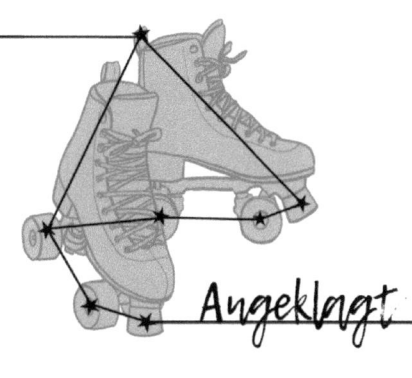

Angeklagt

26

»Seine Eltern haben geklagt«, sagte Quentins Anwalt ernst. Seine Mimik änderte sich in Sekundenschnelle.

Irgendwann lachte er abwinkend. Es war ein verzweifeltes Lachen. »Und dabei ist die Sache mit dem Brand noch nicht einmal geklärt. Was machst du denn den ganzen Tag?«

Quentin verschränkte die Arme. Er saß wieder in dem Büro des Anwalts. Die goldene Schildkrötenfigur hatte ihren Platz gewechselt und stand nun auf dem Schreibtisch. Von dort aus sah sie ihm vorwurfsvoll entgegen. So blickte man wohl einen Mörder an.

Er schnaubte und veränderte seine Sitzposition. »Es wird also zu einer Gerichtsverhandlung kommen?«

Der Anwalt nickte.

»Muss ich da erscheinen?«

»Es gibt nur wenige Zeugen, die zu deinen Gunsten aussagen könnten. Es ist sinnvoll, dass du die Situation aus deiner Sicht schilderst.«

Quentin nickte. Was für ein Glück, dass Reden seine Stärke war. Nicht. Er lachte ungläubig. »Und wie läuft das ab?«

»Du wirst einen Eid ablegen und schwören, dass du die Wahrheit sagst. Dann werden die Zeugen der Reihe nach befragt. Das meiste wird von einem Staatsanwalt und mir besprochen. Du musst nur etwas sagen, wenn du dazu aufgefordert wirst.« Ein mildes Lächeln legte sich in seine Mundwinkel. »Ich bin mir sicher, dass der Richter deine Situation verstehen wird.«

»Er ist aber kein Magiegegner, oder?« Quentin hob die Augenbrauen. Sein Hals fühlte sich trocken an. Was, wenn er überhaupt keine Chance hatte, diesen Prozess zu überstehen?

»Selbst wenn er einer wäre, solche Ansichten darf er nicht einfließen lassen.«

»Was für ein Urteil habe ich im schlimmsten Fall zu erwarten?« Wollte er das wirklich wissen? Quentin schluckte. Die Trockenheit in seinem Hals löste sich dadurch nicht.

»Aber, aber«, trällerte der Anwalt und richtete sich auf. »So denken wir gar nicht erst. Im besten Fall wirst du mit einer Bewährungsstrafe davonkommen. Vielleicht leistest du Sozialstunden und dann hat sich die Sache.«

War ein Menschenleben durch Sozialstunden aufzuwiegen? »Und wenn sie die Sache mit dem Erdbeben einbringen? Und das Feuer?« Quentins Blick schweifte zum Fenster. Draußen waren die Straßenlaternen mit Tannengrün geschmückt und zwischen den Häusern spannten Lichterketten. Er wollte sich auf Weihnachten freuen, es war immerhin sein Lieblingstag, aber die Situation beraubte ihn seiner Vorfreude. »Dann kann ich nur verlieren.«

»Das Erdbeben war ein anderer Fall, der längst abgeschlossen ist. Das Rathaus war vor dem Erdbeben bereits baufällig und wäre ohne dein Zutun auch kollabiert. Deine Unschuld haben sie bereits anerkannt. Und das Feuer wird in einem anderen Prozess abgehandelt.«

»Wie Sie meinen«, murmelte Quentin und verlor sich im Funkeln der Lichterketten. »Aber der Mann ist gestorben.«

Mit einem lang gezogenen Seufzen griff der Anwalt nach einem Kugelschreiber. Der Drücker klickte hektisch unter seinem Daumen. Seine Ausstrahlung sackte für einen Sekundenbruchteil in sich zusammen, aber er raffte sich wieder auf und grinste zuversichtlich. »Und ich werde vor Gericht beweisen, dass er sein Schicksal selbst zu verantworten hatte.«

Perfekt

Hey Ced!

Wieder auf der Jagd?

I-ich habe gar nicht gesehen, dass du da stehst

Hübsches Kleid

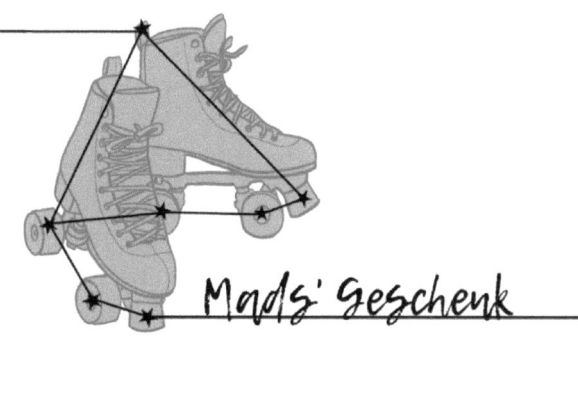

Mads' Geschenk

27

Das neue Jahr war erst wenige Tage alt, als Quentin eine Nachricht erhielt.

Mads: Komm zum Park.

Mehr nicht. Keine Begrüßung, Erklärung oder Smileys.

Quentins Gesicht steckte zur Hälfte in einem riesigen Schal, während er durch die kühle Nachtluft schlenderte. Es war zu dunkel, um sich für eine sinnvolle Aktivität im Park zu treffen. Die Sorge mischte sich mit Neugierde und trieb ihn dazu an, schneller zu laufen. Der Park war riesig. Wo wollte Mads ihn treffen? Etwa bei der alten Kirche? Sicher nicht im Dunkeln … Oder beim Skatepark? Wahrscheinlich.

Je näher er dem abgetrennten Bereich kam, desto mehr flatterte sein Herz. Die Beleuchtung rund um die Rollbahn war eingeschaltet und an der Tribüne lungerten zwei Personen. Dass einer davon Mads war, ließ sich deutlich an den dunklen Locken erkennen. Er winkte Quentin zu. Seit Monaten trafen sie sich zum ersten Mal wieder hier.

Quentin erwiderte die Geste und näherte sich der Tribüne. »Was ist hier los?«

»Setz dich«, meinte Mads und klopfte erwartungsvoll neben sich auf die Sitzfläche. »Ich habe die besten Plätze gebucht.«

Quentin warf einen Blick über die Sitzreihen. Alle anderen Plätze waren leer. Auf der Sitzbank vor Mads standen zwei Gläser, eine Kerze und ein Teller mit dreieckig geschnittenen Sandwiches, auf denen Oliven an einem Spieß steckten.

Am unteren Ende der Tribüne stand ein Mann auf der asphaltierten Fläche und beobachtete sie. Er trug ein enges, auffälliges Outfit, welches obenrum durch eine Trainingsjacke verhüllt war. Seine schwarzen Haare waren elegant nach hinten frisiert. Er beherrschte ein verlockendes Lächeln und das schürte ein mulmiges Gefühl in Quentin. Das war doch hoffentlich nicht Mads' Ex-Freund? Von dem Video?

»Wenn das länger dauert, muss ich mich noch mal aufwärmen.« Der Fremde redete mit einem Akzent. Portugiesisch?

»Setz dich«, wiederholte Mads und rückte zur Seite. »Dann erkläre ich es dir.«

Quentin ließ sich zögerlich neben Mads nieder, dabei behielt er den Fremden im Blick. Dieser konzentrierte sich auf seine Beine, die er nun dehnte.

»Das ist Luca«, begann Mads zu erklären und lehnte sich zurück. Die Plastikrückenlehne knirschte leise. »Vor einiger Zeit waren wir Rivalen, wenn man das so nennen möchte. Er ist auch Rollkunstläufer.«

»Aha«, brummte Quentin und musterte Luca argwöhnisch. Dieser streifte die Trainingsjacke von den Schultern und bewegte sich dabei unnötig aufreizend. Der hautenge Anzug darunter schillerte in mattem Grün. Solch einen athletischen Körper hatte Quentin nicht vorzuweisen. Er kannte Luca nicht, aber das, was er sah, reichte aus, um ihn nicht zu mögen.

»Ich habe ihn gebeten, eine Choreografie für dich einzustudieren. Eine, die ich erarbeitet habe.«

»Für mich?«

Mads nickte. »Damit du vor der Verhandlung morgen auf andere Gedanken kommst.« Er rieb seine Hände aneinander und warf einen langen Blick auf die Skatebahn. Luca drehte langsame Runden, wohl, um sich aufzuwärmen. »Ich würde sie dir gerne selbst vorführen, aber das hier ist das Vergleichbarste, was zur Zeit möglich ist.« Die Nachdenklichkeit in seinem Gesicht wich einem Grinsen. »Stell dir einfach vor, ich wäre da unten.« Er spitzte die Lippen und senkte die Stimme. »Allerdings würde mir der Anzug besser stehen.«

Quentin lachte leise und schmiegte sich seitlich an Mads' Schulter. »Er hat auch nicht die Tricks drauf, die du meistern würdest, stimmt's?«

»Hey«, beschwerte sich Luca von der Rollbahn. »Ich kann euch hören!«

»Entschuldige«, gab Mads lachend zurück. »Aber ... du verstehst, ich muss doch Eindruck schinden.«

Luca machte eine abwinkende Geste. Er positionierte sich in der Mitte der Bahn. »Also, los dann?«

»Okay«, entgegnete Mads und zückte sein Smartphone, um einen Song zu starten.

Am Rand der Bahn, in der ersten Sitzreihe, standen zwei Musikboxen. Sanfte Klavierklänge leiteten einen Song ein, der die verloren geglaubte Weihnachtsstimmung nachträglich in Quentin entfachte. Es war Anfang Januar, aber für einen kurzen Moment befand er sich mitten im Dezember.

Luca stieß sich mit einem Bein ab und rollte vorwärts, um in eine Drehung überzugehen, die darin endete, dass er rückwärts, mit ausgestrecktem Arm, weiterrollte. Jede Bewegung fing einen Stimmungswechsel der Musik ein und fügte sich perfekt in die Harmonien der weihnachtlichen Klänge. Er bewegte sich anders als Mads, was wohl darauf hindeutete, dass jeder Läufer einen anderen Stil hatte.

»Ich hoffe, der Song ist nicht zu kitschig«, murmelte Mads mit aufgeregter Stimme. »Du warst an Weihnachten so niedergeschlagen, deshalb habe ich ihn ausgesucht.«

Quentin versuchte, sich auf die Performance zu konzentrieren. Mads' Stimme mischte sich immer wieder in seine Gedanken und riss ihn aus der Traumwelt, die sich in der winterlichen Kulisse vor ihm abspielte.

»Kannst du dir vorstellen, dass ich das bin?«

»Wenn du die ganze Zeit redest, kann ich das nicht«, bemerkte Quentin amüsiert und legte einen Arm um seine Schulter. »Ich kann mir kaum vorstellen, dass solche Drehungen physikalisch möglich sind.«

Luca drehte sich auf einem Bein, die vier Räder der Rollschuhe rotierten seitlich über den Flüsterasphalt. Er streckte die Arme aus und beendete die Drehung, um sich vorwärts ausrollen zu lassen. Er ging in die Hocke und rollte auf einem Bein rückwärts weiter, das andere streckte er nach vorne.

»Ich weiß ganz genau, wie sich das anfühlt. Das Wirbeln im Kopf, wenn man sich dreht. Die Vibration unter den Füßen, wenn man über den Asphalt rollt.« Mads seufzte sehnsuchtsvoll. »Ich wünschte, ich könnte dir das vorführen … Oh, warte jetzt kommt der beste Teil!« Seine Stimme wurde höher und er weitete die Augen. Seine Lippen bewegten sich, als würde er das Programm mitsprechen.

Quentin schaute zu, wie Luca in die Luft sprang und sich drehte. Er flog erhebliche Meter seitwärts über die Fläche. Zwei oder drei Mal wirbelte sein Körper um die eigene Achse, bevor er auf einem Bein landete und das andere nach hinten streckte, um rückwärts rollend zum Stehen zu kommen. Er beendete die Choreografie mit einer tiefen Verbeugung.

Mads jubelte und klatschte aufgeregt in die Hände. Weil er Halbfinger-Handschuhe trug, klang das dumpf. »Bravo!«

Quentin schmunzelte und beobachtete seinen Freund bei seinem Jubel. Er widmete Luca ein anerkennendes Kopfnicken. Für den Auftritt hatte er das verdient. Für sein aufreizendes Gehabe nicht.

»Diese Choreo hättest du niemals hinbekommen«, schnaubte Luca angestrengt, während er sich gegen die Brüstung lehnte. »Du hast die Schwierigkeit erhöht, weil du wusstest, dass du nicht selbst laufen musst, oder?«

Mads verdrehte amüsiert die Augen. »Ich hätte die Übergänge zwischen den Elementen viel geschmeidiger gestaltet.«

Luca grinste. »Du fehlst als Konkurrent.« Er sah in Quentins Richtung und zwinkerte. »Hoffentlich sehen wir uns irgendwann bei einem Wettbewerb wieder. Mit der Prothese müsste das doch auch klappen, oder nicht? Wenn du dich daran gewöhnt hast?«

Mads senkte den Blick. Er antwortete nicht darauf, sondern zuckte unbeholfen mit den Schultern.

»Warum versuchst du es nicht?«, fragte Quentin und warf einen Blick auf Lucas Füße. »Welche Schuhgröße hast du?«

Lucas dunkle Augenbrauen zogen sich zusammen. »Wieso?«

»Ja, wieso?«, hakte Mads mit dünner Stimme nach.

Quentins Blick wanderte zu den Musikboxen. Er grinste schief. »Zieh die Rollschuhe an und probiere es aus.«

Sein Freund lachte ungläubig. »Ich kann nicht.«

»Ist klar«, entgegnete Quentin wenig überzeugt und stand auf, um Mads eine Hand entgegenzuhalten. Er setzte sein vertrauensseligstes Lächeln auf. »Ich sorge dafür, dass du es kannst.«

Mads zögerte. Seine Pupillen sprangen zwischen Quentins hin und her. Er streckte den Arm stockend vor, um die Handgeste zu erwidern. »Was hast du vor?«

Die Antwort lautete Magie, aber das würde Mads schon früh genug bemerken. Quentin zwinkerte ihm zu und leitete ihn die Treppen hinunter, in Richtung Rollbahn. Dort lehnte Luca noch immer an der Brüstung und verfolgte die beiden mit den Augen. »Ich glaube, meine Füße sind größer«, kommentierte er und stieß sich von der Stange ab. »Aber zu groß ist besser als zu klein, oder?«

Mads verkrampfte sich und schien auf halber Strecke stehenbleiben zu wollen. »Ich glaube, das sollte ich nicht tun.« Seine Stimme klang belegt. »Das ist zu riskant.«

»Dir wird nichts passieren«, versprach Quentin und zog ihn behutsam neben sich her. »Ich passe auf.« Als sie unten ankamen, hielt Luca ihnen seine Rollschuhe entgegen. Er reckte das Kinn und grinste erwartungsvoll.

Mads seufzte und nahm die Rollschuhe widerwillig entgegen. »Wenn ich falle?« Er biss sich auf die Unterlippe. »Ich kann doch kaum laufen.«

»Du wirst nicht fallen«, beteuerte Quentin und schob seinen Freund vorsichtig auf einen der unteren Sitzplätze. Er kniete sich vor ihn und nahm den rechten Rollschuh aus seiner Hand. »Außerdem warst du doch derjenige, der sagte, dass Fallen nicht schlimm ist.« Er lockerte die Schnürung und hielt den Rollschuh erwartungsvoll vor Mads' rechtes Bein.

»Da war die Ausgangssituation anders«, murmelte dieser und streifte den rechten Schuh von seinem Fuß. Es kam eine hellblaue Socke mit Regenbogenwolken zum Vorschein.

Quentin musterte sie kurz und grinste. Wo fand man solche Dinger in Mads' Größe? Er streifte Lucas Rollschuh über seinen Fuß und zog die Schnüre fest zusammen. Eigentlich erwartete er, dass einer der Profirollkunstläufer ihn dabei korrigierte, weil er sie wieder nicht stramm genug zog, aber beide sagten gar nichts. Luca beobachtete die Situation fasziniert und schien es nicht zu wagen, sich in die Zweisamkeit einzumischen.

Mads starrte nervös auf seinen Fuß und atmete angestrengt. Dass er einen Rückzieher machen wollte, stand deutlich in seiner Mimik. Er zog die Augenbrauen zusammen und setzte zum Sprechen an.

Quentin kam ihm zuvor.

»Wenn es nicht klappt, kannst du immer noch aufgeben. Aber ich habe ein gutes Gefühl bei der Sache.«

Luca nickte zustimmend. Er saß ein paar Plätze entfernt und zog Turnschuhe an. »Du hast den Axel-Sprung in einem halben Jahr gelernt«, murmelte er halb anerkennend und halb eifersüchtig. Sie waren wohl schon länger Konkurrenten. Und auf eine seltsame Weise Freunde. »Dann kannst du jetzt auch geradeaus fahren.«

Mads zuckte mit den Schultern. Sein Körper verkrampfte sich erneut, als Quentin sich seinem linken Fuß, oder vielmehr der Prothese widmete. »Ich glaube, der Rollschuh wird da gar nicht passen.«

Quentin probierte es und als der Schuh einwandfrei saß, warf er ihm einen vielsagenden Blick zu. »Sie ist doch auf deine Schuhgröße angepasst, oder nicht?«

»Es ist noch gar nicht meine endgültige Prothese«, schnaubte Mads abwehrend. Sein rechter Fuß rollte unter der Sitzbank zögerlich vor und zurück. »Hätte sein können, dass sie kleiner ist.«

Als beide Rollschuhe festgeschnürt waren, stand Quentin auf, um seinem Freund die Hände entgegenzuhalten. Er zog ihn auf die Beine und blieb mit ihm vor der Sitzbank stehen. Was das wohl für ein Gefühl war? Seinem Gesicht nach zu urteilen, wollte Mads sich freuen, aber eine Falte zwischen seinen Augenbrauen deutete auf Unzufriedenheit hin. Klar, das hier fühlte sich offenbar nur halb vertraut an.

»Komisches Gefühl«, murmelte Mads und bewegte das linke Bein zaghaft nach vorne. Das rechte verharrte steif und schien die gesamte Balance zu übernehmen. »Ne, das ist komisch«, raunte er und machte Anstalten, sich wieder hinzusetzen.

Quentin hielt ihn davon ab und zog ihn vorsichtig in Richtung Bahn. Sobald Mads sich in Bewegung setzte, stützte der Magier ihn von links, indem er die Atome der Umgebung gegen seinen Körper schob.

»Hey, Moment mal«, hauchte Mads. Er ließ sich von seinem Freund ziehen und starrte zu seinem linken Bein herunter. »Was ist das?«

»Was denn?«, fragte Quentin scheinheilig und schritt rückwärts über den Asphalt. Die Rollen scharrten leise und erfüllten die Umgebung mit einem beruhigenden Klang. Es war wie ein Regenschauer, der gleichbleibend angenehm rauschte.

»Machst du das?«, fragte Mads und fasste sich an die linke Schulter. »Irgendwas ist da. Ist das ... Machst du das mit Magie?«

Quentin zuckte mit den Schultern und bewegte sich etwas schneller. Er schmunzelte beim Anblick seines Freundes, der viel zu abgelenkt von der Magie war, um zu realisieren, was er gerade tat. Seine Beine bewegten sich abwechselnd, als sie dem vertrauten Bewegungsablauf wie fremdgesteuert nachgingen. Das linke Bein verschaffte ihm weniger Antrieb als das rechte, aber er bewegte beide so, als hätte er nie eine Pause eingelegt.

Der Moment, in dem er sein Handeln realisierte, leitete eine Kettenreaktion ein. Mads erstarrte, seine Beine bekamen einen unkoordinierten Befehl und bewegten sich entgegengesetzt. Er stöhnte und geriet ins Taumeln.

»Oh nein, nein, siehst du!«, rief er vorwurfsvoll und krallte sich an Quentins Mantel fest. Seine Stirn warf zornige Falten. »Das war eine beschmierte Idee!«

Quentin fing den Sturz ab und legte seine Hände an Mads' Hüften. Er begegnete dem wütenden Blick mit einem milden Lächeln. »Du hast recht«, meinte er und drehte sich, um einen unbeholfenen Tanz einzuleiten. Er konzentrierte sich wieder auf die Atome in der Luft und stützte seinen Freund, während er ihn stumm in rhythmische Bewegungen verwickelte.

Der Lockenkopf wehrte sich, allerdings nur halbherzig. Er schnaubte genervt, was in ein kehliges Kichern überging. »Hey«, protestierte er kaum überzeugend. »Was machst du?«

Ohne auf die Frage einzugehen, bewegte Quentin tänzerisch die Hüften. Er atmete Mads' fruchtigen Marzipanduft ein und zog ihn näher an sich heran, um warmen Atem an seinem Hals zu spüren. Für eine Weile tanzten sie schweigend über den Flüsterasphalt. Der wolkenlose Himmel prahlte mit seinen unzähligen Sternen, die einschüchternd unendlich auf sie hinab leuchteten. Es lagen nur wenige Stunden zwischen diesem Augenblick und der

Gerichtsverhandlung. Für einen Bruchteil von Minuten fühlte sich Quentin frei genug, um die Sorgen zu vergessen, die ihn seit Tagen unterdrückten.

Er platzierte seinen Kopf auf Mads' Schulter und umspielte eine seiner Haarlocken mit den Fingerspitzen. Lächelnd betrachtete er sie. »Ich danke dir«, hauchte er und drückte ihm einen Kuss unter das Ohr. »Das war eine schöne Ablenkung.«

»Hm«, machte Mads, lehnte sich zurück und sah ihn an. Seine Wangen und Nase waren von der Kälte rot angelaufen und seine Augen wirkten glasig. »Du bist bestimmt aufgeregt wegen morgen.« Er schluckte und hob eine Hand, um sie an Quentins zu legen. Diese zog er an seine Lippen, um einen Kuss auf den Fingerspitzen zu hinterlassen. »Hast du Angst?«

Quentin schüttelte den Kopf. Seine Hand streichelte über Mads' Rücken. »Habe ich nicht.«

»Sind Besucher im Gericht erlaubt?«

»Du kommst nicht mit.«

»Doch.«

Quentin seufzte und schob Mads von sich, um ihn anzusehen. Er schüttelte den Kopf. »Setz dich dem Stress nicht unnötig aus.«

»Na klar«, entgegnete er augenrollend. »Und ich lasse dich alleine damit? Vergiss es. Ich begleite dich.«

Gerichtsverhandlung

28

Vor dem Landgericht protestierte eine aufgebrachte Menschentraube. Es war schwer zu erkennen, wer sich für und wer sich gegen die Magie engagierte. Quentin stand im Inneren des Gebäudes und blickte durch die verglaste Doppeltür hinaus. Fernsehmikrofone sowie Protestschilder von Umweltaktivisten blitzten hervor. Eine Karikatur von einem am Boden liegenden Mann fesselte seine Aufmerksamkeit. Über dem Opfer stand ein anderer Mann und grinste breit, während Blut von seinen Händen tropfte. Die Zeichnung war nicht gut, aber man konnte erkennen, dass es sich bei dem oberen Mann um Quentin handelte.

Sein Magen zog sich zusammen. Über dem Bild stand in roten Lettern: Schuldig. Er starrte die Buchstaben an. Galle kroch ihm die Speiseröhre hinauf. Wie konnte ihm der Ernst dieser Lage entgangen sein? Seine Hände kribbelten. Es gab Menschen, die ihn verurteilten? Aufgrund von Taten, die er auf die leichte Schulter genommen hatte. Er drehte sich weg. Die roten Buchstaben schwebten mahnend vor seinem inneren Auge. *Schuldig*. Er seufzte. Mads war nicht hier. Nach einer minutenlangen Diskussion hatte er versprochen, den Gerichtssaal zu meiden. Diese Tatsache bereute Quentin nun.

So allein wie in diesem Moment hatte er sich noch nie gefühlt.

Die Minuten rauschten an ihm vorüber. Er begab sich zur Sicherheitsschleuse und legte den Inhalt seiner Taschen in eine Plastikbox. Schlüssel, Smartphone, Teleskop. Letzteres wurde von einem der Beamten genauer betrachtet. So was brachten wohl nicht viele Leute mit. Quentin durchschritt den Metalldetektor. Er nahm seine Besitztümer entgegen und schlenderte durch schmucklose Flure. Es roch nach staubigen Akten und zitronigem Reinigungsmittel. Vor einzelnen Türen saßen Menschen, die darauf warteten, dass sie zu ihrem Verfahren hereingerufen wurden. Manche schauten zu ihm auf. Die meisten beschäftigten sich mit ihren eigenen Angelegenheiten. Warum sie wohl hier waren?

Raum 409.

Quentin verharrte vor der Tür. Hier würde sich in wenigen Momenten seine Zukunft entscheiden. War er ein Mörder oder Opfer? Notwehr war sein Anker. Er umklammerte diesen Begriff mit all seinen Gedanken.

»Überpünktlich«, kommentierte die unverkennbare Stimme seines Anwaltes, während er ihn in den Raum geleitete. »Das wird eine schnelle Nummer. Die Medien haben sich auf den Fall gestürzt, aber ich bin gut vorbereitet.« Seine Worte drangen im Flüsterton zu Quentin.

»Die Leute draußen ... sind wegen mir hier?« Hätte er sich mit den Nachrichten der letzten Tage befassen sollen? Was auch immer sich in den Köpfen der Menschen manifestiert hatte, war komplett an ihm vorübergegangen. Die Wut gegen Umweltsünder wie ihn war außer Kontrolle geraten.

»Von diesem Prozess hängt viel ab«, erklärte sein Anwalt und setzte sich an einen hellen Holztisch. Er deutete Quentin an, neben ihm Platz zu nehmen. »Aber diesem Druck werden wir uns nicht beugen.« Obwohl er sich bemühte, selbstbewusst zu klingen, schwang der Hauch von Verunsicherung in seiner Stimme mit. Ein Teil von ihm sah keine Chance, diesen Prozess zu gewinnen.

Drohte ihm Gefängnis? Quentin ballte die Hände zu Fäusten. Sein Kiefer verkrampfte sich. Damit hätte er sich befassen müssen. Was, wenn er direkt eingebuchtet wurde? Hätte er sich verabschieden sollen?

Dann eine Stimme. Eine warme Frühlingsbrise legte sich in seine Ohren und riss ihn aus den Gedanken. Quentin schüttelte sich. Sein Blick schnellte zur Tür. Ein aufmunterndes Grinsen rief eine Gänsehaut hervor. Mads betrat den Raum und setzte sich an den Rand, als hätte es ihre Abmachung nie gegeben.

Dieser verfluchte ... beste Freund der Welt. Quentin erwiderte sein Grinsen gequält. Warum war er hier?

Er sackte in sich zusammen, als sein Vater mit seiner Freundin und Jean hereinkam. Kurze Zeit später betrat seine Mutter den Raum, gefolgt von Spencer, Elouise, Gwen und Samuel. Sie sollten nicht hier sein. Keiner von ihnen. Das, was in den nächsten Minuten über ihn ans Licht kam, sollte niemand, der ihm wichtig war, erfahren.

Der Richter leitete das Verfahren mit monotoner Stimme ein. Es war bestimmt nicht die erste Verhandlung des Tages. Quentins Zukunft war für ihn bloß ein weiterer Punkt auf der To-do-Liste, die ihn vom Feierabend trennte.

Zeugen wurden in den Raum gebeten. Grundverhältnisse geklärt. Wer war mit wem verwandt? Wer stand in welcher Beziehung zum Angeklagten?

Auf der Klägerseite saß ein Staatsanwalt neben einer Frau, die Quentin unentwegt anstarrte. Sie sah aus, als wäre sie einem falschen Film entsprungen. War sie mit dem Opfer verwandt? Ihre Erscheinung wirkte gepflegt. Sie hatte sicherlich einen Friseurbesuch hinter sich, um bei dem Verfahren seriös zu wirken. Das täuschte nicht über ihre billigen Klamotten hinweg und das verlebte Gesicht, welches durch Zigarettenkonsum und Alkoholmissbrauch einer alten Ledertasche ähnelte. Sie war vielleicht die Mutter des Opfers, Phil, wie Mads ihn genannt hatte. Wenn er sich richtig an sein Gesicht erinnerte, dann hatten die Frau Ähnlichkeit mit ihm.

»Dem Angeklagten wird vorgeworfen, seine Fähigkeiten missbraucht zu haben. Resultierend in schwerwiegende Körperverletzung mit Todesfolge.« Die Stimme des Richters rauschte durch den Saal, wie eine grobe Feile über trockenes Holz raspelte. Er gab Paragrafen von sich und ratterte den Tathergang herunter. Obwohl er nicht dabei gewesen war, brachte er erschreckend viele Details hervor.

Quentin umklammerte seine linke Hand und versuchte, den Aussagen zu folgen. Durch die vielen Fachbegriffe fiel ihm das schwer. Was für ein komisches Gefühl, wenn jemand Fremdes so ausführlich über einen Tag redete, der in der eigenen Vergangenheit lag.

Während des Prozesses wurde er mehrfach gefragt, was er in dem Laden gekauft hatte. War das wichtig? Laut seinem Anwalt schon, um die Aussagen der Zeugen abzugleichen.

»Eine Hose«, erklärte Quentin wiederholend und beschrieb das graue Karomuster. Wo befand sich die Hose eigentlich? Hatte er sie jemals getragen? Wie banal. Warum hatte er sich damals überhaupt in die Stadt begeben?

»Und Sie haben die Hose mit Ihrer Kreditkarte bezahlt?«, wollte der Staatsanwalt wissen und hielt seinen Kugelschreiber erwartungsvoll über seinen Notizblock.

Quentin nickte. »Ich bezahle meistens mit Karte.«

»Haben Sie Magie genutzt, um zu bezahlen?«

Quentins Anwalt schüttelte energisch den Kopf. »Das tut nichts zur Sache.«

»Der Nutzen von Magie ist Tatbestand«, entgegnete der Staatsanwalt und warf dem Richter einen erwartungsvollen Blick zu. »Es wird im Verlauf des Verfahrens noch eine Rolle spielen, wie der Angeklagte mit seiner Fähigkeit umgeht.«

»Einspruch abgelehnt«, brummte der Richter und sah in Quentins Richtung. »Ist es für Sie normal, in alltäglichen Situationen Magie anzuwenden?«

Quentin zögerte. Er sah seinen Anwalt an. Dieser nickte seufzend.

»Ich nutze sie regelmäßig«, sagte Quentin und knibbelte an seinen Fingernägeln. »Es ist eine Fähigkeit, über die ich seit meiner Geburt verfüge.«

»Haben Sie sich jemals Gedanken darum gemacht, dass Sie Ihrem Umfeld mit Ihrem Verhalten schaden?«, fragte der Staatsanwalt und erntete ein Stöhnen von Quentins Verteidiger.

»Einspruch! Das geht über die Verhandlung hinaus.«

»Stattgegeben«, brummte der Richter.

So ging es minutenlang. Die Anwälte warfen sich Fragen entgegen, fielen sich ins Wort und hinterfragten Aussagen von Zeugen. Irgendwann verlor Quentin den Überblick. Worum ging es? Der Mann, der aus seinem Koma nicht mehr erwachte, schien keine Rolle zu spielen. Es ging immer mehr um die Magie. Um die Umwelt. Um den egoistischen Umgang mit der Magie, der in Umweltkatastrophen mündete.

»Der Angeklagte ist in der Vergangenheit mehrfach damit aufgefallen, dass ihm nichts am Wohlbefinden seiner Umgebung liegt«, bemerkte der Staatsanwalt ernst und klatschte mit der flachen Hand auf seinen Notizblock. »Es gibt ein Video, in dem er - ich zitiere - laut aussagt: *Scheiß auf die Umwelt.*«

»Einspruch«, stöhnte der Verteidiger genervt. »Das Video ist nicht Bestand dieser Verhandlung.«

»Stattgegeben«, meinte der Richter und lehnte sich zurück. »Videos haben keinen Bestand vor Gericht.«

Der Staatsanwalt winkte ab. »Es ist nur ein Beispiel von vielen, bei denen der Angeklagte sein Desinteresse bekundete.« Er beugte sich zu der Klägerin herüber, um ihr etwas zuzuflüstern.

Weitere Zeugen wurden hereingebeten.

Die Verkäuferin der Boutique schilderte, wie Quentin die Hose gekauft hat. Was draußen passierte, habe sie nur am Rande mitbekommen.

Ein Passant erzählte, dass er gesehen habe, wie Quentin Scherben schweben ließ.

Dafür, dass er sich am Tag der Tat unbeobachtet gefühlt hatte, gab es überraschend viele Zeugen.

Ein Mann wurde zu Quentins Verletzungen befragt. Er hat ihn nach dem Vorfall im Parkhaus gesehen und musste sich rechtfertigen, warum er einem verletzten Menschen nicht geholfen hat. »Er wirkte aggressiv und ich wollte mich nicht in Gefahr bringen.« *Na, vielen Dank für diese hilfreiche Anmerkung.* Wenigstens halfen der Arztbericht und die Fotos der Blessuren, um zu verdeutlichen, dass Quentin am Tag der Tat ebenfalls Verletzungen davongetragen hat.

»Vergessen wir nicht den Sachverhalt der ungeklärten Brandstiftung«, bemerkte der Staatsanwalt und lehnte sich siegessicher zurück. »Sie ist zwar nicht Teil dieser Verhandlung, aber sie betrifft den Angeklagten. Er hat seine Fähigkeiten offenbar nicht so gut im Griff, wie er denkt. Die Stadtbibliothek ist bis heute unbenutzbar.«

Quentins Anwalt schnaubte ablehnend. »Jetzt graben Sie aber tief. Im Brandstiftungsfall wird noch ermittelt.«

Ein Räuspern aus den Zuschauerreihen lenkte die Aufmerksamkeit um. Spencer stach mit seinem roten Haarschopf hervor, weil er aufgestanden war. »Ich weiß, das is'n beschissenes Eigentor, aber das Feuer in der Bibliothek habe ich verursacht.« Seine Mimik war für den Inhalt seiner Aussage unpassend neutral. Er zuckte mit den Schultern. »Ich war sauer, weil mich jemand geschubst hat, und da hab ich die Bude brennend hinterlassen.«

Quentin blinzelte benommen. Er schüttelte sich immer wieder. Träumte er? Spencer hatte das Feuer verursacht? Und das gab er einfach so zu? In den Zuschauerreihen kam Unruhe auf.

»Die Scheiße können sie ihm schon einmal nicht anlasten. Halten Sie jetzt bloß den Ball flach.« Spencer zwinkerte seinem besten Freund zu, bevor er sich wieder hinsetzte und eine erwartungsvolle Miene annahm.

»Nun, das wird separat geklärt«, murmelte der Richter sichtlich irritiert, ehe er um Ruhe bat und zum eigentlichen Verfahren zurückkehrte.

Nach zähen Stunden der Argument-Jonglage kehrte Unruhe ein. In einem letzten Austausch erwähnte der Staatsanwalt, dass Quentin vorbelastet an sein Verbrechen herangegangen sei. Er thematisierte das Erdbeben und konfrontierte den Richter damit, eine schuldangemessene Strafe zu erwägen.

»Der Angeklagte ist bereits strafrechtlich in Erscheinung getreten. Das letzte Verfahren ist nicht lange her. Er wurde aus Mangel an Beweisen freigesprochen, aber er war am Tag des Erdbebens anwesend. Der Angeklagte zeigt kein Interesse daran, sein Verhalten zu ändern, und es besteht die Gefahr, dass weitere Menschen durch den Missbrauch der magischen Überlegenheit zu Schaden kommen. Selbst wenn er das Feuer nicht ausgelöst hat, war er am Tag des Unglücks trotzdem in der Bibliothek anwesend.«

Quentins Verteidiger trug seine Forderung vor, klang dabei allerdings nur halb so überzeugend wie der Staatsanwalt. Ob ihm die Thematisierung des Erdbebens aus dem Kontext brachte? »Ich bitte darum, zu berücksichtigen, dass mein Mandant sich zum Zeitpunkt der Tat in Lebensgefahr befand. Sowohl bei dem Erdbeben, um das es hier, nebenbei bemerkt, nicht geht, als auch während des Überfalls. Ich widerspreche der Aussage, dass der Angeklagte kein Interesse daran zeigt, sein Verhalten zu ändern. Es besteht keine Gefahr, dass weitere Menschen zu Schaden kommen. Den Nutzen der Magie hat mein Mandant im Verlauf der letzten Wochen drastisch reduziert.«

Insgesamt dauerte das Verfahren zwei Stunden. Als der Richter sich endlich der Urteilsverkündung hingab, rutschten alle Anwesenden unruhig auf ihren Stühlen herum. Es war höchste Zeit für einen Abschluss.

»Im Namen des Volkes ergeht folgendes Urteil: Der Angeklagte, Quentin Findeisen, geboren am 09. Februar 1996, ist schuldig des Missbrauchs seiner überlegenen Fähigkeiten, zur Durchführung gefährlicher Körperverletzung in mehreren Fällen, unter Vorbehalt der Selbstverteidigung, mit Todesfolge.« Die Worte ließen ein Raunen aufbranden. Und sie beförderten Quentins Auffassungsvermögen in ein künstliches Koma. Schuldig? Die roten Buchstaben von dem Plakat tanzten vor seinem Blickfeld. Sie verhöhnten ihn.

Schuldig.

Der Richter räusperte sich. Seine Mimik erinnerte an das berühmte Steingesicht in Rom, in welches man seine Hand legte, um sich der Wahrheit zu stellen. *Der Mund der Wahrheit*, so hieß das Gebilde. Wie passend.

»Der Umgang mit dem AURA-Gen ist in diesem Ausmaß nicht duldbar. Da davon auszugehen ist, dass weitere Personen durch den Missbrauch der magischen Fähigkeiten in Gefahr geraten, verhängen wir eine Resektion der Hirnregion unter polizeilicher Aufsicht. Der Angeklagte trägt die Kosten des Verfahrens.«

Resektion. Warum warf er mit Fachwörtern um sich? Resektion der Hirnregion? Was bedeutete das? Sollte er nachfragen? Vor all den Leuten? Das wäre peinlich.

Ein Raunen ging durch den Raum und etwas sagte ihm, dass es kein positiv behafteter Begriff war. Spencer schrie irgendwas und wurde aus dem Saal geleitet. War die Resektion ein operativer Eingriff? *Der* operative Eingriff, der ihm die Magie kosten würde? Quentins Atmung stockte. Die Luft im Raum fühlte sich schwer an, als wäre sie mit Partikeln angereichert, die sich in seinen Lungenbläschen ablagerten. Er blinzelte dem Richter entgegen und blendete die Worte aus, mit denen dieser das Verfahren beendete.

»Da der Angeklagte sich im Verlauf des Verfahrens kooperativ verhalten hat, ist eine Flucht nicht zu erwarten. Daher wird von einer Gewahrsamnahme bis zur Strafvollstreckung abgesehen.«

Als der Anwalt eine Hand an seine Schulter legte und ein »Was für ein Glück« mit seinen Lippen formte, stürzte Quentin aus dem Raum. Weg von der schweren Luft.

Raus in den Flur, der schon viele verzweifelte Menschen in Empfang genommen hatte.

Was war daran Glück? Dass er für die nächsten paar Wochen nicht ins Gefängnis musste? Um dann zu einer Hirn-OP gezwungen zu werden? Ja, wirklich, was für ein Glück, dass er seine Magie verlieren würde. Er stöhnte verzweifelt.

Ruhe vor dem Sturm

29

Quentin saß neben Mads auf der Rückbank im Auto seiner Mutter. Eine Diskussion war vorausgegangen, aber er erinnerte sich kaum daran. Sein Vater hatte ihm angeboten, sie mitzunehmen, aber Ivy hat sich gegen ihn durchsetzen können.

Wie überraschend.

Nun fuhren sie zu ihrem Haus. Das Radio war so leise, dass man den Sprecher kaum verstand.

»Wir holen Burger«, raunte Ivy. Ein Lächeln zwang sich in ihre Mundwinkel. »Es ist ja nur ein kleiner Umweg. Dann bestellen wir die halbe Karte. Was haltet ihr davon?«

Mads kniff die Lippen zusammen. Er musterte seinen Freund von der Seite.

Quentins Kopf lehnte an seinem Arm, welcher angewinkelt an der Autotür verharrte. Er starrte nach draußen und verdrängte sämtliche Gedanken, die sich ihm näherten. Wie ein Schwamm im Regen, dessen Fasern schon zu vollgesogen waren, um noch mehr aufzunehmen.

»Oder sollen wir Pizza bestellen?« Die Stimmlage seiner Mutter war an diesem Tag anders. Sie redete zaghaft und beinahe reumütig. Ob sie sich daran erinnerte, dass sie sein Hilfegesuch abgeschmettert hatte? Garantiert wurde sie von einem schlechten Gewissen geplagt. Sie hätte ihre heiligen Follower mobilisieren können, bevor es zu spät war. Wenn ein Urteil von einem Landesgericht ausgesprochen wurde, konnte man das nicht anfechten, das hatte Quentins Anwalt ihm eindringlich erklärt. Selbst wenn sie jetzt Himmel und Hölle in Bewegung setzen würde, könnte sie nichts mehr für ihn tun.

»Egal«, brummte er lethargisch und erfasste mit müden Augen die Fassaden der vorbeiziehenden Häuser. Blaues Dach mit silberner Regenrinne. Rotes Dach. Grau. Himmel. War es wirklich so schlimm, dass sie ihm die Magie nahmen? Er rief das Kribbeln in seinen Fingerspitzen hervor, ohne damit einen Gegenstand zu mobilisieren. Dezent kitzelte Petrichor in seiner Nase. Würde er das Gefühl nie wieder spüren, den Duft nie mehr wahrnehmen? Sein Magen zog sich zusammen. Eigentlich hatte er mehr Angst davor, dass sie seinen Kopf aufschneiden würden. Um an sein Gehirn ranzukommen und daran rumzuschnippeln. Er schüttelte sich. Sein Augenmerk flüchtete zu Mads.

Dieser tippte auf seinem Smartphone, ließ davon aber ab, als er Quentins Blick bemerkte. Er widmete ihm ein mitfühlendes Lächeln. »Ich schlafe heute bei dir«, versicherte er und schob das Smartphone in seine Jackentasche. »Hast du einen Schlafanzug für mich?«

Quentins Mundwinkel zuckte unwillkürlich nach oben. Er nickte. Wie war die Frage? Egal. Ein Nicken war meistens angebracht.

Mechanische Schritte führten vom Auto zum Haus.

Mads klammerte sich an Quentins Arm und knuffte ihm massierend in die Hand. Ob er ihn damit beruhigen wollte?

Vor der Tür lungerten Journalisten, deshalb nutzten sie den Durchgang der Garage, um Zugang zur Villa zu bekommen. Scheiß Medien. Scheiß Öffentlichkeit. Sie könnten den Plan ändern und die Nacht bei Mads verbringen, aber wenn die Journalisten ihnen folgten, dann wüssten sie, wo er wohnte, und das war das Risiko nicht wert.

Quentin streifte seinen Mantel über die Schulter, legte ihn auf die Couch und stakste auf die Treppe zu. Unterwegs warf er die Schuhe ab, welche mitten im Flur liegen blieben. Er erklomm die Stufen. Betrat sein Zimmer. Setzte sich auf die Bettkante. Starrte seinen Fußboden an. Ruhe. Er brauchte jetzt dringend Ruhe.

Hirn-OP.

Der Begriff waberte unheilvoll in seinem Kopf. Er invadierte all seine Gedanken. Was, wenn Folgeschäden zurückblieben? Seine Hände verkrampften sich zu Fäusten. Lagen seine letzten paar Tage als gesunder Mensch vor ihm? Was sollte er damit anstellen?

Die Matratze senkte sich links neben ihm, als Mads sich dort niederließ. Eine Hand fand Platz an seinem Rücken. Sein Freund streichelte ihn behutsam und erfüllte den geräuscharmen Raum mit leisem Scharren. Es vergingen Sekunden. Minuten. Die Menschen vor dem Haus johlten. Der Computer summte. Warum war der überhaupt an? Quentin schaltete ihn niemals aus. Vielleicht sollte er damit anfangen. Der Umwelt zuliebe?

»Deine Mutter bestellt Pizza«, meinte Mads mit heiserer Stimme.

Quentin zuckte mit den Schultern. Wenn seine momentane Übelkeit nicht abflachen würde, dann könnte er nie wieder etwas essen. Allein der Gedanke an Pizza ließ ihn erschaudern.

Mads seufzte. Er ließ den Blick durch das Zimmer gleiten. Wieder kehrte Stille ein. Diese dauerte nicht lange an. Der Lockenkopf war zum ersten Mal länger als zwei Minuten in diesem Raum und verhielt sich entsprechend neugierig.

»Oh, Wahnsinn!« Mit einem Wimpernaufschlag bäumte er sich auf. Er starrte zum Fenster. »Das ist ja ein riesiges Teil.«

Er ließ von Quentin ab und stand auf. Vor dem Teleskop verharrte er, um es mit großen Augen anzusehen. Zwischendurch verirrten sich seine Blicke zum Schreibtisch, auf welchem sich Bücher und Karten stapelten. »Du bist ja richtig gut ausgestattet.«

Quentin fuhr die Konturen der Holzlinien auf dem Parkettboden mit den Augen ab. Er lauschte Mads' euphorischen Worten. Nur langsam bildete sich ein halbherziges Lächeln in seinen Mundwinkeln.

»Quentin?« Mads streckte seine Hand dem Teleskop entgegen. Er fasste es nicht an. Sein Blick strotzte vor Neugier. Mit Sicherheit wollte er durchsehen.

»Heute Abend«, brummte Quentin kehlig und löste den Fokus vom Fußboden. Er sah seinen Freund an. Sein Inneres wurde von Wärme zerwühlt, als ihm die grünen Polarlichtaugen entgegen schienen. »Dann kann man den Himmel am besten sehen.«

Mads' Mimik öffnete sich. Er lachte kurz auf und nickte dankbar. Mit kleinen Schritten tanzte er dem Bett entgegen, wo er sich hinlegte. »Was machen wir bis dahin?« Sein rechter Fuß wippte. Der linke nicht. Wie auch?

Quentin öffnete den Mund, um etwas zu sagen. Seine Worte blieben ihm in Hals stecken. Er starrte Mads' Beine an. Die Erkenntnis, dass ihm nur noch wenige Tage blieben, um ein Neues für ihn zu beschaffen, erschlug ihn beinahe. Sein Kopf fuhr herum, zum Computer. Deshalb war er noch eingeschaltet. Weil er recherchiert hatte. Er hatte sich in einem Forum angemeldet, in dem Menschen über absurde Lebensträume diskutierten. Es gab Personen, die sich Amputationen herbeisehnten, aber von Ärzten nicht ernst genommen wurden. So jemandem könnten sie helfen. Sollte er Mads in diese Pläne einbeziehen? Natürlich. Es ging um sein Bein.

»Was ist?«, fragte Mads und hörte auf, mit dem Fuß zu wippen.

Quentin biss sich von innen auf die Wange. Sollte er es aussprechen? Das passte überhaupt nicht in die Situation. Er verzog das Gesicht. »Wenn du dein Bein wiederhaben könntest«, begann er flüsternd und sah in Mads' Gesicht, »würdest du es tun?«

Zwischen den dunklen Augenbrauen bildete sich eine Falte. Mads setzte sich auf. Seine Pupillen fokussierten Quentins abwechselnd. »Nein«, antwortete er nüchtern. »Warum fragst du das?«

Nein? Quentin zuckte innerlich zusammen. Hatte er nein gesagt? Warum? Er schüttelte sich. »Wieso nicht?« Er nickte in Richtung Computer. »Und wenn es eine Möglichkeit gäbe, die mehreren Leuten zugutekäme?«

»Nein«, wiederholte Mads. Er sah zum Computer und blinzelte irritiert. »Ich habe mich damit abgefunden. Warum thematisierst du das plötzlich?«

»Weil -« Quentin verschränkte die Arme. Nein? Er konnte, nein wollte, es nicht begreifen. »Weil du immer wieder unzufrieden bist. Ich dachte, es würde dir helfen.«

»Du dachtest, es würde mir helfen, meine Behinderung nicht mehr zu akzeptieren?« Er zog die Augenbrauen hoch. »Stört es dich also doch?«

»Nein!«, protestierte Quentin und richtete sich zur vollen Größe auf. Er hob die Hände beschwichtigend vor die Brust. »Ich habe für dich recherchiert. Nicht für mich. Ich ... nein, weißt du ... Es gibt eine Methode. Wenn man die Magie nutzt, um -«

»Ich will das nicht«, fiel ihm Mads ins Wort und wich vor Quentin zurück. »Schon gar nicht, wenn es mit Magie zu tun hat. Schlag dir *was auch immer* aus dem Kopf.«

»Aber -«

»Quentin!«, knirschte Mads und verengte die Augen. »Ich möchte das nicht.« Das klang deutlich.

Quentin verstummte und sank in sich zusammen. Dann war das ganze Training umsonst gewesen? Er seufzte. Genaugenommen hätte er sich den Stress ersparen können, wenn er seinen Freund früher in seine Pläne einbezogen hätte. Na toll. Wie sollte er die Stimmung jetzt wieder wandeln? Das Gespräch konnte er nicht ungeschehen machen. Er rieb sich durch das Gesicht und nickte. »Also gut.« Seine Worte verebbten in einem Raunen. »Es tut mir leid.«

Mads brummte ablehnend. Es kostete ihn sichtlich Überwindung, auf Quentin zuzugehen. »Schon gut.« Er lehnte sich an seine Schulter und hob den Blick an die Decke.

Die folgende Stille war eine von der unangenehmen Sorte. Mads war nicht zum Schweigen geschaffen, das wurde immer wieder deutlich, wenn er es tat. Als er die Stimme erhob, klang sie belegt.

»Hängen die da noch seit deiner Kindheit?«

Quentin sah nach oben. Rund um die Lampe klebten Plastiksterne, die sich tagsüber mit Licht auftankten, um nachts zu leuchten. Sein Vater hatte sie vor Jahren angebracht. Dazu hatte es sogar eine Episode in der Fernsehshow gegeben. Er schmunzelte. »Ich mag Sterne.«

»Süß.« Mads knuffte ihm in die Seite.

Während sie auf die Pizzalieferung warteten, verbrachten sie den Nachmittag auf dem Bett, mal sitzend, mal liegend, mal miteinander verschlungen. Sie redeten über Sterne, Magie und ... Winterschuhe für Hundewelpen? Mads brachte das Thema ein, weil er eine Werbung darüber gesehen hatte.

Quentin nahm sich einen Moment, um Spencer anzurufen und sich bei ihm zu bedanken. Ob sein unerwartetes Geständnis einen Einfluss auf das Urteil hatte, wusste er nicht, aber er war froh, dass er sich keine Vorwürfe mehr wegen des Feuers machen musste. Zu einem späteren Zeitpunkt würden sie sich ausführlich darüber unterhalten, ganz sicher.

Sie aßen mit Quentins Mutter gemeinsam. Es gab eine riesige Partypizza, von der sie sich für die folgenden drei Tage ernähren könnten. Vielleicht war das der Plan. Abwarten, bis die Journalisten die Geduld verloren?

Eventuell war die übertriebene Bestellung Ivys Art, um sich bei ihrem Sohn zu entschuldigen. Bisher hatten sie noch keine Gelegenheit gefunden, über die Vergangenheit zu reden, und gingen nüchtern miteinander um, indem sie so taten, als wäre nie etwas passiert. Eine ungesunde Art, sich zusammenzuraufen.

Quentin stutzte. Wollte er seine letzten paar Tage in Isolation verbringen? Er lugte zu Mads herüber, welcher sich in ein Gespräch mit seiner Mutter vertiefte. Zwischendurch berührte er den Kaugummiautomaten-Ring an seinem kleinen Finger. Die Tatsache, dass er ihn immer noch trug, schürte ein Lächeln auf Quentins schmalen Lippen.

»Wir hätten auch gemeinsam kochen können«, bemerkte Mads. »Vielleicht machen wir das morgen?«

Ivy nickte eifrig. »Da bist du bei mir an der richtigen Adresse, ich liebe kochen!« Sie machte eine abwinkende Geste in Quentins Richtung. »Ihn kannst du damit jagen. Er krümmt doch keinen Finger in der Küche.« Sie beendete den Satz mit einem amüsierten Schnauben und biss in ihr Pizzastück.

»Hm?« Mads runzelte die Stirn. »Aber … das ist doch eines seiner größten Hobbys.«

Quentin nickte beipflichtend. Dem konnte er nichts hinzufügen. Ein Drama, dass sein Freund ihn besser kannte als seine Mutter.

Sie lachte verunsichert. »Wie bitte?« Die Situation war ihr sichtlich unangenehm. »Ich habe ihn noch nie kochen sehen.«

»Doch«, murmelte Quentin und beäugte das Pizzastück in seiner Hand. »Ich koche an jedem zweiten Wochenende.« Er seufzte. »Und du isst es. Schon seit Jahren. Was hast du gedacht, wo das Essen herkommt?«

Während ihre Augen größer wurden, änderten ihre Wangen die Farbe zu einem beschämten Rot. »Hast du das nicht bestellt?«

Er schüttelte den Kopf. Bestellt? Glaubte sie ernsthaft, er würde alle zwei Wochen etwas bestellen? »Wow. Herzlichen Glückwunsch – Mutter des Jahres.«

Mads wedelte mit den Händen durch die Luft. »Hey, hey, hey.« Er lachte verunsichert. »Streit ist gerade nicht angemessen.«

Ivy presste die Lippen aufeinander und nickte mechanisch. Wohl eher Mads zuliebe, setzte sie ein Lächeln auf. »Entschuldigt mich«, seufzte sie und verabschiedete sich in das Schlafzimmer. Auf diese Reaktion war Verlass.

»Tja«, meinte Quentin leise und nahm ein neues Pizzastück in die Hand. »Willkommen in meinem Leben.«

-★-

Vor dem Schlafengehen löste Quentin sein Versprechen ein. Er ließ Mads durch sein Teleskop sehen und nutzte die Gelegenheit, um mit seinem Wissen zu glänzen.

»Der Mond war einst ein Teil der Erde«, wisperte er in Mads' Ohr. Er stand hinter ihm, mit dem Kinn auf dessen Schulter, und deutete am Teleskop vorbei in Richtung Himmel. »Ein Meteor hat sie getroffen und ein Stück mit sich gerissen. Daraus wurde der Mond.«

Mads' neigte den Kopf zur Seite und stieß ein nasales Kichern aus. Er ließ von der Teleskoplinse ab, um sich Quentin zuzuwenden. »Flüstere mir nicht ins Ohr.«

»Meinst du so?«, raunte Quentin und bewegte den Mund näher an Mads' Ohr. »So etwa?«

»Hey«, lachte Mads und hob die Schulter ans Ohr. »Das kribbelt.« Das Lachen verebbte und er drehte den Kopf.

Sie sahen sich einen Moment lang an.

»Deine Augen haben mich damals an Smaragde erinnert«, gab Quentin kleinlaut zu. »Ich wollte es nicht laut aussprechen, weil ich mir blöd vorkam. Weißt du noch? In der Notaufnahme.«

Mads blinzelte überfordert, bis er den Kopf lachend gegen Quentins Schulter fallen ließ. »Und als du sie mit Popeln verglichen hast, kam dir das nicht blöd vor?« Er drückte ihm einen Kuss gegen den Nacken. »Du bist kurios.«

»Selber«, sagte Quentin und neigte den Kopf, damit sich ihre Lippen trafen. Er küsste ihn, verlor sich kurz in dem Marzipangeruch und hauchte leise: »Ich verstehe bis heute nicht, was du an mir magst.« *Vor allem jetzt, wo ich ein verurteilter Mörder bin.* Quentin verdrängte den Gedanken. »Wie bist du jemals auf die Idee gekommen, mich anzuflirten?«

»Oh, das ...« Mads zuckte zusammen. Er lachte leise, was irgendwie verzweifelt klang. »Ich weiß auch nicht. Diese Typen damals ...

in dem Park. Die haben mich andauernd bedrängt. Schon in der Schule. Aber es hat sich nie jemand daran gestört, ich musste mir immer selbst einen Ausweg suchen.« Er lehnte sich gegen Quentins Brust und umspielte eine seiner Haarsträhnen. »Als du dazwischengegangen bist, war ich hin und weg.« Er spitzte die Lippen und sah sehnsüchtig aus dem Fenster. Gedanklich war er wohl in der Vergangenheit. An dem Tag, als sie sich trafen?

»Ich habe mich vielleicht ein bisschen in den Gedanken reingesteigert, dass ich dich mag.« Ein ungläubiges Auflachen unterbrach seinen Redefluss. »Niemals hätte ich gedacht, dass wir wirklich zusammenkommen.«

»Ich auch nicht«, gab Quentin zu. Gedanklich befand er sich bei dem Typen, der nicht mehr lebte – Philip. Die Tatsache schnürte ihm immer wieder den Hals zu. Ob er sich mit diesem Schuldgefühl jemals würde abfinden können? Vielleicht, nachdem er seine Strafe dafür bekommen hatte.

In der Nacht fuhr Mads stöhnend aus dem Schlaf. Er atmete hektisch und weckte Quentin mit seiner stressigen Ausstrahlung.

»Mh«, brummte dieser verschlafen und lugte durch halb geöffnete Lider zu ihm herüber. »Was ist?«

»Durst«, krächzte Mads und angelte neben dem Bett nach irgendetwas. Wahrscheinlich der Colaflasche, die er am Vorabend extra aus der Küche mitgenommen hatte. Die Flasche, die auf dem Schreibtisch stand, wo er sie vergessen hatte.

Quentin streckte den Arm aus, um sie in seine Richtung schweben zu lassen. Er wartete ab, bis Mads das fliegende Gebilde bemerkte, und versank erst wieder in seinem Kissen, als sie sich in dessen zitternden Händen befand. Er beobachtete ihn. Dabei verließ ihn der Schlaf und die Wahrnehmung wurde deutlicher.

Sein Freund schraubte den Verschluss gierig auf und setzte die Flasche an. Er nahm große Schlucke und trank, als hätte er tagelang ohne Flüssigkeit in einer Wüste ausharren müssen. Im faden Licht der hereinfallenden Straßenlaternen glänzte sein Gesicht. Die Ränder seines Shirts waren schweißgetränkt. Als er die Flasche senkte, war sie halb leer. Er atmete angestrengt. Knurrte genervt. Der nächste Griff ging zum Smartphone. Er hielt es an seinen Oberarm und prüfte das Display. Seine Stirn war angestrengt verzogen. Nach einer kurzen Weile riss er das schweißbenetzte Shirt über seinen Kopf und warf es in die Ecke. Die ganze Zeit über murmelte er unverständliche Worte vor sich her.

Quentin setzte sich auf. Sollte er was sagen? Brauchte Mads Hilfe? Sein Hals schnürte sich zu. »Alles okay?«

»Ja«, schnaubte Mads genervt. Er zuckte zusammen. »Oh.« Nur langsam schien er zu realisieren, wo er sich befand. »Ach du Schande, es tut mir leid.« Er schlang die Arme um seinen Körper. »Hast du noch ein Shirt für mich?«

Mit ausgestrecktem Arm öffnete Quentin, mit Magie, seinen Kleiderschrank. Er zupfte gedanklich ein Shirt von einem Regalbrett und ließ es in Mads' Richtung schweben. Erst als dieser den in der Luft wabernden Gegenstand skeptisch beäugte, fiel ihm auf, wie selbstverständlich er mit der Magie umging. Der Druck in seinem Hals wurde stärker. Er ließ das Shirt aufs Bett fallen und fuhr sich mit der Hand durch das Gesicht. »Sorry.«

Mads hielt sein Smartphone in der Hand, die Diabetes-App war geöffnet. Er seufzte gequält. »Hast du eine Banane?«

Quentin stutzte. War das eine ernst gemeinte Frage? Er runzelte die Stirn und blickte sich im Zimmer um. Sein Augenmerk endete bei der Bettdecke. »Na ja«, gab er lang gezogen von sich. War das der richtige Moment für einen Scherz?

»Eine richtige Banane«, fuhr Mads fort und lachte nasal. »Eine zum essen.«

»Ich besorg dir eine«, gähnte Quentin und tastete sich gedanklich in die Küche vor. Aufstehen wäre eine Option, aber dazu konnte er sich beim besten Willen nicht durchringen. Nicht um zwei Uhr morgens.

Mads zog derweil das trockene Kleidungsstück an und legte sich auf den Rücken, um an die Decke zu sehen. Als die Banane auf seiner Brust landete, kicherte er leise. »Danke.« Während er sie aß, wirkte er genervt. Kein Wunder, wer wollte schon um zwei Uhr geweckt und vom eigenen Körper zum Essen gezwungen werden?

Nach einem Augenblick des Schweigens stieß er einen lang gezogenen Seufzer aus. Die Bananenschale legte er auf den Nachttisch. »Ich will nicht, dass sie dich operieren.«

»Frag mich mal«, brummte Quentin und schmiegte sich an Mads' Seite. Seinen Kopf platzierte er auf seiner Brust. Er lauschte dem angeregten Herzschlag und spürte die Wärme, die von seinem schwitzenden Körper ausging. Der Marzipanduft erschien in diesem Moment herber. Ein Gemisch aus Schweiß und Zucker. Und Banane. »Hattest du einen Albtraum?«, vermutete er und lugte zu dem weggeworfenen Shirt am Boden.

»Unterzucker«, antwortete Mads. »Das passiert andauernd. Tut mir leid, dass du wach geworden bist.«

»Schon gut.« Quentin verlagerte den Fokus zu Mads' Bauch und schob das Shirt nach oben, um ihn dort behutsam zu berühren. Seine Fingerkuppen strichen über die weiche Haut. Sie fühlte sich vom trocknenden Schweiß leicht klebrig an. Obwohl die Einstichlöcher der Spritzen kaum zu erkennen waren, ließen sich punktuell winzige Rötungen erahnen. Mehrmals täglich drang eine Nadel durch diese Bauchdecke, schon seit Jahren. »Was passiert, wenn du kein Insulin spritzt?«

Mads strich über Quentins Schulterblatt. Er folgte dem Blick zu seinem Bauch und verzog das Gesicht. »Mein Körper wüsste nicht, wohin mit dem ganzen Zucker, und würde ihn in Gefäßen ablagern.« Er senkte die Stimme. »Wahlweise würde ich Zucker pieseln.« Sein Augenmerk wanderte weiter an sich herunter. Er schob sein linkes Bein unter die Decke. Ein wehmütiges Seufzen wallte in seiner Kehle auf. »Belagerte Gefäße führen zu Durchblutungsstörungen.«

Quentin sah zu der Stelle, an welcher Mads den Stumpf unter der Bettdecke verbarg. *Durchblutungsstörungen führen zu Amputationen*, ergänzte er gedanklich. Verdammt nochmal. Warum wollte er kein neues Bein annehmen? Er schluckte das unverständliche Gefühl, das ihm seit dem Vortag im Rachen hing.

»Im schlimmsten Fall tritt ein diabetisches Koma ein, aber das setzt einen extrem hohen Blutzuckerspiegel voraus«, fuhr sein Freund fort. Sein Blick sprang über die Plastiksterne an der Decke. Sie leuchteten schwach. Ein Wunder, dass sie nach all den Jahren noch funktionierten. In seinen Mundwinkeln ruhte ein angestrengtes Lächeln. »Deshalb muss ich immer Insulin bei mir haben.« Ein Seufzen folgte. »Zu jeder Tageszeit. An jedem Tag. Immer. Seit ich denken kann und solange ich lebe.« Er lachte sarkastisch auf. »Wie ein Hamsterrad der Verpflichtungen, die mich beim kleinsten Fehltritt das Leben kosten könnten. Nun, zumindest fühlt es sich so an.«

Quentin hob den Blick zu seinem Gesicht. Da war er wieder. Der Moment, in dem Mads' Laune am seidenen Faden baumelte. Binnen Sekunden wurde aus der Frohnatur ein Pessimist. Die

Luftsprünge, mit denen seine Seele durch das Leben tanzte, erlagen den Fehltritten seiner Gedanken. »Das ist ermüdend«, vermutete er und erntete ein Kopfnicken.

»Ich glaube, dieses Gefühl ist schwer zu begreifen, wenn man selbst nicht betroffen ist. Es ist wie ein Schatten, der immer hinter einem lauert. Manchmal vergesse ich, dass er da ist. Aber er findet immer einen Weg, sich bemerkbar zu machen.«

Quentins Hand fuhr über die zarte Haut an Mads' Bauch. Er atmete den herben Marzipanduft ein und brummte einen bestätigenden Laut. »Ich weiß nicht, was ich sagen soll.« Sein Magen zog sich zusammen. Gab es richtige Worte für solch einen Moment?

»Nichts«, flüsterte Mads. »Danke, dass du zuhörst.« Nach einer Weile angelte er erneut nach seinem Smartphone, um es gegen seinen Arm zu halten. »Hm«, brummte er und legte es weg. »Wie gnädig von meinem Körper. Ich darf es wagen, noch mal einzuschlafen.« Seine Worte klangen verwaschen, als würde er der Erlaubnis nachgehen. Jede Silbe verließ seinen Mund leiser als die vorige. »Ich bin froh, dass du bei mir bist.«

Als Quentin am nächsten Morgen die Augen aufschlug, schlich seine Mutter an das Bett heran. Sie balancierte etwas in den Händen. Etwas Weißes. Ein Tablett? Er blinzelte. Wie spät war es?

»Ma?«

Sie legte einen Finger vor die Lippen und deutete zu Mads. Er schlief wie ein Stein. »Frühstück«, wisperte sie und stellte das Tablett auf dem Nachttisch ab. Ivy nahm eine Kaffeetasse auf und hielt sie ihrem Sohn entgegen. »Kommst du kurz mit?«

Quentin setzte sich auf und warf einen Blick zum Tablett. Knusprig braune Croissants verströmten einen butterigen Duft. Ein Schälchen mit Marmelade stand daneben. Und ein Teller mit Obst. Apfel, Bananen und Weintrauben? Er runzelte die Stirn und sah seine Mutter an. Mit einem abgehackten Kopfnicken setzte er sich in Bewegung. Er schlich aus dem Zimmer hinter ihr her. Auf dem Flur nahm er ihr die Tasse ab. Prickelnde Hitze breitete sich in seiner Handfläche aus und Röstaromen legten sich in seiner Nase nieder. Kaffee war jetzt genau das Richtige.

Sie führte ihn durch die obere Etage zu ... ihrem Videozimmer? Dem heiligsten Raum im gesamten Haus. Dort durfte niemand rein, denn die tadellose Ordnung musste für die Tagesberichte, Bastelvideos und Umfrage-Clips bestehen bleiben. Sie filmte für gewöhnlich immer da, wo sie sich gerade befand, ohne Rücksicht auf Verluste. Aber manchmal, wenn ihr danach war, oder wenn Videothemen zu heikel erschienen, zog sie sich hierher zurück.

Vor der Tür blieb Quentin stehen. Wann hat er dieses Zimmer zuletzt betreten? Als Kind hat er darin gespielt und den Ärger seines Lebens bekommen.

Sie trat ein und deutete auf ein hellgraues Doppelsofa. Es stand vor einer floral gestalteten Tapete mit gerahmten Motivationssprüchen.

Quentin folgte ihr und lugte neugierig in alle Richtungen. Seit seinem illegalen Spielausflug hatte sich einiges verändert. Früher hatte sie hier noch keine eigenen Videos gedreht, denn der Raum war extra für Einzelinterviews während der Fernsehshow eingerichtet gewesen. Seit es Social Media gab, nutzte sie ihn dafür. Für einen Innenausstatter wäre dieser Raum der reinste Horror. Jede Wand war anders gestaltet und brachte eine gegensätzliche Stimmung hervor. Es gab einen Sessel vor einer Fototapete mit blühenden Kirschblütenbäumen. Vor dem Fenster hingen mehrere Vorhänge. Nach Belieben konnte man damit den Hintergrund andersfarbig gestalten. Die Mitte war freigeräumt. Auf dem Boden klebten Markierungen und in der Ecke stand das passende Accessoire dazu: eine Kamera mit Stativ.

»Setz dich«, murmelte seine Mutter und nahm auf dem Sessel Platz. »Ich möchte mit dir reden.«

Reden? Quentin schluckte. Magenschmerzen breiteten sich in ihm aus. Worüber wollte sie reden? Bitte nicht. So früh hatte er keine Lust auf eskalierenden Streit. Er seufzte und setzte sich auf das hellgraue Sofa. Chemischer Geruch drang aus dem Polster. Es war ein älteres Möbelstück, aber weil es so selten genutzt wurde, verließ der Fabrikduft es niemals. Sein Blick streifte einen Makramee-Traumfänger, welcher neben der Tür hing. Er harmonierte farblich mit einem Trockenblumenstrauß auf einem Regal. »Worüber?«

Ivy leckte sich über die Lippen, sie überschlug die Beine. Als sie anfing zu reden, wich sie seinem Blick aus. »Entschuldigung.« Ein Räuspern ließ ihre Stimme lauter werden. »Ich ... ja ... möchte mich bei dir entschuldigen.«

Die Worte schlugen ein wie die Bierflasche. Unangemeldet und hart trafen sie gegen seinen Kopf. Quentin schüttelte sich, um seine Gedanken beisammenzuhalten. Hat sie sich entschuldigt? Seine Mutter? Ivy Findeisen? Sie hat ihm Frühstück ans Bett gebracht und das unaussprechliche Wort über die Lippen gebracht? Entschuldigung? Er wollte etwas entgegnen. Vergeblich. Er war sprachlos. Seine Lippen öffneten sich, doch sie entließen nur ein ungläubiges Hauchen.

»Die Situation gestern ... nun ... im Grunde der gesamte Tag, hat mich nachdenklich gemacht.« Ivy verzog das Gesicht und sah auf ihre Hände. »Beim Abendessen wurde mir klar, wie sehr wir uns auseinandergelebt haben. Ich wusste nicht einmal, dass du gerne kochst.«

Quentin nippte am Kaffee, um seinen trockenen Mund zu befeuchten. Mit jeder Sekunde wurde der Augenblick surrealer. Träumte er? War er vor lauter Kummer in einem Paralleluniversum aufgewacht? Er schluckte das heiße Getränk und schenkte ihr ein überfordertes Lächeln.

»Ich kann dir nicht sagen, wie es so weit kommen konnte. Irgendwie haben sich im Laufe der Jahre meine Prioritäten verschoben.« Sie zupfte an einem Armband, welches ihr linkes Handgelenk zierte. Mit der Marke hatte sie eine Kooperation. Ihre Follower konnten Armbänder mit Rabattcodes günstiger kaufen. Solche Dinge beherrschten ihre Alltagsentscheidungen schon seit Jahren.

»Du hast damit angefangen, als Oma gestorben ist«, erinnerte sich Quentin und legte die zweite Hand um die Tasse. Den Tod seiner Großmutter hatten sie nie aufgearbeitet, das wurde ihm erst in diesem Moment bewusst. Seine Mutter hatte sich danach verändert.

Sie nickte. »Ich schätze, mein Account hat mir geholfen, den Verlust zu überwinden.« Sie schob das Armband über ihr Handgelenk und wieder zurück. Ihre Augen hangelten sich suchend durch den Raum. Halt fanden sie bei einem grünen Tuch, welches zusammengefaltet neben der Kamera lag. »Wir haben lange nicht mehr über sie geredet.«

»Allerdings«, sagte Quentin. »Ich erinnere mich gut daran, wie wichtig ihr das Image der Familie war. Sie hat vor jedem Drehtag für die Fernsehshow geputzt.« Er lachte leise. »Manchmal hat sie sogar geputzt, bevor die Reinigungsfirma kam, um keinen schlechten Eindruck zu machen.«

»Oh ja. Und sie hat vor Friseurbesuchen Stunden im Bad verbracht, um frisiert dort aufzutauchen, damit sie nicht schlecht über sie denken.« Seine Mutter schmunzelte, obwohl Wehmut darin zu erkennen war. »Sie war schon immer so. Früher hat sie allen erzählt, dass ich hochbegabt bin, obwohl ich durchschnittlich war. Alles war ein Konkurrenzkampf für sie.«

»Verstehe.« Ob das ein Erklärungsansatz für die Geltungssucht seiner Mutter war? Er trank einen Schluck Kaffee und ließ den Gedanken reifen. Wenn sie ihr Leben lang unter Leistungsdruck gestanden hatte, dann erklärte das ihren Ehrgeiz. Mit dem Tod ihrer Mutter hatte sie das Gegenstück für ihre Bemühungen verloren. Plötzlich hatte es niemanden mehr gegeben, der ihre Taten mit überschwänglicher Beachtung quittierte. »Vermisst du sie?«

Ivys Pupillen tanzten über sein Gesicht, ehe sie einen tiefen Atemzug nahm und mit den Schultern zuckte. »Natürlich. Sie war meine Mutter.« Die ansteigende Tonlage wies darauf hin, dass ein *Aber* folgen würde. »Aber ihr war nichts gut genug. Mir ist bewusst, dass dein Leben ohne AURA-Gen einfacher wäre.«

Quentin schluckte. Das war ihr bewusst? Jetzt nahm das Gespräch Wind auf.

»Du kannst dir nicht vorstellen, wie sehr ich mir ein Kind gewünscht habe. Meine Eltern wollten Großeltern werden. Ich habe alles versucht. Mich an Mondphasen gehalten, auf meine Ernährung geachtet, Fruchtbarkeitswundermittel ausprobiert ... nichts hat geholfen. Ich wurde einfach nicht schwanger. Und das mit Mamas Erwartungshaltung im Nacken.« Ivy senkte den Blick auf ihre lackierten Fingernägel. »Als ich diesen Flyer von AURA-Fertility sah, war die Möglichkeit, endlich ein Baby zu bekommen, plötzlich zum Greifen nahe. Die Beraterin klang so zuversichtlich. Sie hat mir das Programm vorgetragen und davon geschwärmt, wie wunderschön mein Kind sein wird.« Sie nahm Blickkontakt zu Quentin auf. Ihre Lippen bogen sich zu einem Lächeln. »Und das bist du wirklich.«

Er machte eine abwinkende Bewegung. Sie sollte weiterreden. Es war das erste Mal, dass sie über dieses Thema sprach. Sein Herz schlug vor Neugierde intensiver. Er stellte den Kaffee ab, um ihn nicht zu verschütten.

»Es gab mehrere Beratungsgespräche. Erst ging es um Verfahrenseignung – immerhin konnten sie nicht jeden befruchten. Sie haben eine Chance gesehen und ich wurde zugelassen. Ich durfte mir alles aussuchen. Hauptsächlich wollte ich, dass du gesund bist. Aber dann kamen die Extras dazu.« Sie zuckte mit den Schultern. »Ich dachte mir, wenn ich nur diese einmalige Möglichkeit habe, ein Kind zu bekommen, dann soll es perfekt sein.« Ihre Stimmlage änderte sich. »Dann gönne ich mir alles, was möglich ist.« Als sie Quentin erneut ansah, fand sich Reue in ihrem Blick wieder. »Ich habe ausgeblendet, dass ich mit meinen Entscheidungen einen Menschen gestalte, der eines Tages erwachsen sein wird.«

»Bereust du es?« Quentin richtete sich auf.

Sie rümpfte die Nase. »Wenn ich sehe, wo dieser Perfektionswahn hingeführt hat, würde ich sagen … ja.« Ihr Blick schweifte zur Kamera. »Ich möchte nicht, dass dich jemand operiert. Du bist gesund. Gescheit. Und liebevoll.« Ihr Mundwinkel zuckte nach unten. »Das alles wärst du auch ohne das AURA-Gen geworden.«

»Ach Mama«, murmelte Quentin und stand auf. Er ging auf sie zu und hauchte einen Kuss auf ihre Stirn. »Ich danke dir.« Er schluckte das unangenehme Kribbeln, das sich in seinem Hals bildete. »Weißt du was?« Er zögerte, denn die Worte erschienen ihm unwirklich. »Mir tut es auch leid.«

Sie runzelte die Stirn. »Du musst das nicht sagen, nur weil ich mich entschuldigt habe.«

»Ich weiß«, seufzte er. »Aber es gibt genug Dinge, für die ich mich entschuldigen muss. Wir haben unangenehme Monate hinter uns.« *Vielleicht liegen noch unangenehmere vor uns.* Den Gedanken behielt er für sich. »Ich habe es dir nicht leicht gemacht.«

»Guten Morgen«, gähnte Mads verschlafen aus dem Flur. Er hielt eine Tasse in der einen Hand und ein angebissenes Croissant in der anderen. An seiner Oberlippe klebten Blätterteigkrümel. »Danke für das Frühstück.« Nur langsam kämpfte sich ein Lächeln auf seine Lippen.

»Danke, Mama«, beendete Quentin das Gespräch und ließ von ihr ab. »Das bedeutet mir mehr, als du vielleicht ahnst.«

Sie lächelte. Vielleicht verbarg sich darin ein Versprechen: *Von jetzt an werde ich mich anders verhalten. Keine Videos mehr. Keine Promimagazine.* Ein müdes Schmunzeln höhnte von innen auf Quentins Bewusstsein ein. Als ob. Sie würde all das niemals aufgeben. Die entgleisende Passion, im Mittelpunkt zu stehen, gehörte zu ihr, wie die Magie zu ihm gehörte.

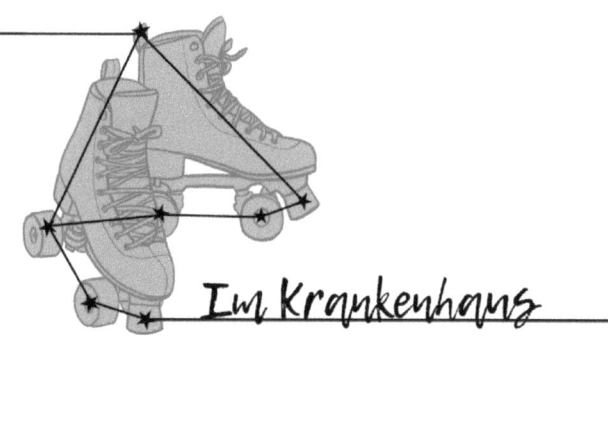

Im Krankenhaus

30

Krankenhäuser werden oft als trostlose Orte beschrieben. Angst-schürende Gebäude, die den Tod und Krankheiten in jedem Raum spürbar machen.

In Wirklichkeit sind sie mit Leben angereichert. Mit Hoffnung und Wünschen. Einige werden nicht erfüllt. Manchmal münden Träume in Verlusten. Die meisten Menschen verlassen das Kran-kenhaus mit glücklichen Gefühlen. Weil sie gesund wurden und dem Leben mit neuer Kraft entgegentreten dürfen.

Quentin würde an diesem Ort die Hälfte von sich zurück-lassen. Wenn es schlecht lief, würde er eine Behinderung davon-tragen. Vielleicht hätte er nicht die Nebenwirkungen von Hirn-operationen googeln – oder mit Spencer über Lobotomien reden – sollen.

Er saß in einem kargen Büroraum und lauschte den Worten eines Arztes. Dieser würde ihn operieren und klärte über mögliche Komplikationen auf. Dass sein Patient vielleicht pflegebedürftig enden würde, erwähnte er nicht.

Im Wartezimmer saßen Quentins Eltern, Jean und Mads. Gedanklich flüchtete er sich zu ihnen. Den Worten des Chirurgen konnte er ohnehin nicht folgen.

Blabla Narkose.

Blabla Einverständniserklärung.

Darüber hätte Quentin fast gelacht. Er war zu dieser OP verurteilt worden. Was hatte sein Einverständnis dagegen für einen Wert? Er befeuchtete seine Lippen mit der Zunge und sah dem Arzt in die Augen. Sein Herz trommelte nervös in seiner Brust.

»Haben Sie schon einmal eine ähnliche Operation durchgeführt?«

Der braunhaarige Mann stutzte. Seine Augenbrauen zogen sich zusammen. Da sein Gesicht einem offenen Buch nahekam, lag die verneinende Antwort schon in der Luft, ehe er den Mund öffnete. »Derartige Eingriffe sind neu.« Seine Mundwinkel zuckten zu einem unechten Lächeln. »Aber wir haben Kontakt zu Kollegen in Amerika. Dort werden sie häufiger durchgeführt.«

Quentin nickte. Toll. Warum war er dann nicht nach Amerika geflogen? Wäre es nicht möglich gewesen, einen dieser erfahrenen Kollegen hinzuzuziehen? »Werden die Polizisten die ganze Zeit daneben stehen?« Er dachte an die beiden Uniformierten, die draußen bei seinen Angehörigen saßen. Wie die Atmosphäre bei ihnen wohl war? Mads plauderte bestimmt über Winterschuhe für Hundewelpen, während es den anderen unangenehm war, ihn um Ruhe zu bitten.

»Nein. Sie stellen sicher, dass du bis zur Narkose hierbleibst. Danach ziehen sie sich zurück.« Der Chirurg räusperte sich. »Ich bin zuversichtlich, dass wir ohne Komplikationen verfahren.«

Also wäre er in dem hilflos narkotisierten Zustand nicht fremden Augen ausgeliefert? Quentin seufzte erleichtert. Die Journalisten, die bereits den ganzen Morgen versuchten, sich Zugang zum Gebäude zu verschaffen, bereiteten ihm Magenschmerzen. Was, wenn sie den Eingriff störten? Oder wenn sie die Operation filmten? Er verschränkte die Arme. Ganz bestimmt würden sie ihm auflauern, wenn er in ein paar Tagen das Gebäude verließ. Gesund und ohne Magie. Oder ... pflegebedürftig? Seine Innereien zogen sich zusammen. Plötzlich sprudelten unzählige Sorgen in seinen Kopf. Konnte er noch irgendetwas fragen? Sich rückversichern, dass alles gut würde? Die Augen des Chirurgen strahlten Gelassenheit aus. Entweder beherrschte er seine Gefühle gut oder er machte sich keine Sorgen um die bevorstehende Operation.

»Hast du noch Fragen?«

Ja.

Tausende.

Zu viele.

Welche sollte er stellen? Quentins Hals wurde enger. Er knibbelte an seinen Fingernägeln und schüttelte den Kopf. »Nein.« Lügner. Nervös biss er sich auf die Unterlippe. Tausende Fragen schwirrten in seinem Kopf, aber er wollte die Antworten nicht hören.

Schon kurz nach dem Gespräch befand Quentin sich in einem Krankenzimmer, wo er sich auf den Eingriff vorbereitete. Eine Pflegerin legte ihm ein hässliches Operationshemd hin. Und eine Unterhose, die eher an einen ausgeleierten Verband erinnerte. Das sollte er anziehen? Private Kleidung war im OP-Saal nicht erlaubt. Aber die wollten doch an seinen Kopf. Was sprach dagegen, dass er eine Hose trug?

Er hob die hauchdünne Unterhose mit spitzen Fingern an. Das war kein Kleidungsstück. Ihm fiel ein Zitat über Jogginghosen ein. Wer solche trug, hatte die Kontrolle über sein Leben verloren. Ein bitteres Lachen pochte in seinem Hals. Die Steigerung davon hielt er zwischen den Fingern.

Als er seine Boxershorts auszog, bildete sich ein Kloß in seinem Hals. Der Moment brachte ein unwürdiges Gefühl mit sich. Bedrückende Erkenntnisse hämmerten belastend auf Quentins Seele ein.

Er hatte sich nicht ausgesucht, Magie zu beherrschen.

Er hatte nie ein Fernsehstar werden wollen.

Die Betrunkenen hätten ihn einfach in Ruhe lassen sollen.

Sein Unterkiefer bebte. Ruhe. Er wollte einfach nur Ruhe.

Seine Hand suchte sich einen Weg zu seinem Hinterkopf. Eine Krankenpflegerin hatte ihm den Nacken ausrasiert. Der kalte Luftzug gewährte ihm einen Vorgeschmack auf die Schmerzen, die er dort in Kürze spüren würde. Er strich sich über die unversehrte Haut. Noch befand sich dort keine Narbe. Noch hatte niemand seinen Kopf von innen gesehen. Seine Zähne pressten aufeinander. Quentin rief das Gefühl der Magie hervor und brachte seine Finger zum Kribbeln. Den Hauch von saurem Petrichor inhalierte er bewusst, als wäre der vertraute Duft ein alter Freund, den er in schweren Zeiten zurücklassen musste. Gänsehaut rauschte über seine Arme, die Schultern, den Rücken und ging in ein wehmütiges Seufzen über. Er löste die Hand aus dem Nacken, um sich damit über die tränenden Augen zu wischen. Ein kurzes Schluchzen bebte durch seinen Körper und er weinte. Nur für einen Moment. Während er die entwürdigende Unterhose über seine Beine streifte, wischte er immer wieder über seine Wangen. Er musste sich zusammenreißen. Wenn der Narkosearzt kam, durfte er auf keinen Fall rote Flecken im Gesicht haben. Er richtete sich auf und atmete durch. Aus dem angrenzenden Badezimmer lugte ihm die Ahnung seines Spiegelbildes entgegen. Er nickte sich zu und zog das OP-Hemd über.

Als die Narkoseärztin ihn abholte, flammte Panik in ihm auf. Zu spät. Was auch immer er noch zu verhindern geglaubt hatte, fand hier sein Ende. Die *Ärztin*? Hatte man nicht einen Mann angekündigt? Er schüttelte sich. Sie lief neben ihm, mit abgekehrtem Blick. Vielleicht hatte ihr Kollege einen anderen Einsatz bekommen.

Sie wurden von zwei Polizisten begleitet. Ihre Namen waren ihm entfallen. Es waren ein Mann und eine Frau.

Während der Mann sich mit der Ärztin unterhielt, stierte seine Kollegin Quentin argwöhnisch an. Was ihr wohl durch den Kopf ging? Ob sie damals da gewesen war? Bei dem Erdbeben? Er widmete ihr ein unsicheres Lächeln. Sie wich seinem Blick aus.

Die Narkosevergabe ging problemlos vonstatten. Die Ärztin erklärte in ruhigem Ton, was sie tat, und versicherte den Polizisten, dass es von diesem Augenblick an keinen Grund mehr für sie gäbe, dabeizubleiben. Als sie eine bestimmte Silbe aussprach, geriet Quentin ins Stocken. Ihre Stimme kam ihm bekannt vor. Er musterte sie mit verengten Augen, aber seine Wahrnehmung wurde mit jedem Blinzeln diffuser. Sie trug einen Mundschutz und ein Haarnetz. Ihre Augen kamen ihm bekannt vor. War sie Asiatin? Zwinkerte sie ihm zu?

Er verzog das Gesicht. Die Ärztin erinnerte ihn an ... Gwen?

»Vielen Dank«, drang ihre akzentuierte Stimme den Polizisten nach. »Ich wünsche Ihnen noch einen schönen Tag.«

Quentins Lider legten sich aufeinander. Er vernahm ihre Stimme langsam und verwaschen. Als befände sie sich am anderen Ende eines länger werdenden Flures. Nein. Nur weil sie asiatisch aussah und einen ähnlichen Akzent hatte, war diese Frau nicht

Gwen. Er seufzte, als sich ein wohliger Halbschlaf auf ihm niederlegte.

Die Ärztin schob die Liege, auf welcher er sich befand, aus dem Raum und beförderte ihn durch einen langen Flur, auf einen Aufzug zu. Er hörte das Klingen der Tür und spürte, wie sie sich abwärts bewegten. Dann blieb der Aufzug stehen. Mittendrin.

»Bist du weggetreten?«, fragte die Ärztin mit gedämpfter Stimme. »Hey, Quen. Ich habe extra die Dosis verringert.«

Er blinzelte angestrengt. Wie bitte? Quen? Die Dosis verringert? Er öffnete die Augen. Das Aufzuglicht schmerzte. Zwei Silhouetten erschienen vor ihm. Sie verschmolzen zu einer. Die Ärztin nahm den Mundschutz ab und offenbarte Gwens Gesicht. Ein Grinsen breitete sich auf ihren Lippen aus. »Du musst zu dir kommen.«

Quentin schüttelte sich. Träumte er? Was machte sie hier? Er wollte sie fragen, aber seine Stimmbänder gaben keine Töne her.

»Der Plan baut darauf auf, dass du mitmachst.« Sie wischte mit der Hand durch die Luft und setzte den Aufzug in Bewegung. »Spencer wartet im Wagen. Du musst selbstständig einsteigen.«

Er vernahm nur jedes zweite Wort. Spencer war da? In welchem Wagen? Was sollte er tun? Quentin hob die Hand an seine Stirn. Was passierte hier?

Die Aufzugtüren öffneten sich. Die Liege setzte sich in Bewegung. Wo waren sie? Nach dem Erdgeschoss des Krankenhauses sah das nicht aus. Im Keller vielleicht? Die Wände waren nicht einladend gestaltet. »Gwen?«, hauchte Quentin und musterte sie mit schweren Lidern.

»Elouise lässt gleich die Journalisten rein«, erklärte sie hektisch. So euphorisch wie in den vergangenen Minuten hat sie noch nie geredet. »Dann werden sie für eine Weile abgelenkt sein. Kannst du aufstehen? Du musst durch ein Fenster klettern und in Spencers Wagen steigen.«

Spencers Wagen. Warum ausgerechnet Spencer? Quentin nickte. Konnte er aufstehen? Wohl kaum. Die Narkose betäubte seine Wahrnehmung. Ihm blieb keine Zeit, seine Beweglichkeit zu testen. Gwen parkte die Liege in einem Abstellraum vor einem geöffneten Fenster. Sie stützte ihn, als er sich aufsetzte und schob seinen Körper den ausgestreckten Armen seines besten Freundes entgegen.

»Scheiße Mann«, keuchte Spencer, welcher ihn durch das Fenster nach draußen zog. »Ich dachte, du kletterst selbst!«

Flucht. Quentins Augen weiteten sich. Flüchtete er gerade aus dem Krankenhaus? Stopp. Das konnte er nicht tun. Eine Flucht mündete immer in einem Kreislauf des Davonlaufens. Solch ein Leben wollte er nicht führen. Er umklammerte Spencers Oberkörper halbherzig. Hinter sich hörte er Gwen ächzen. Sie beschwerte sich über seine freizügige Kleidung. Ach ja. Die dünne OP-Hose. Hoffentlich hatte sie nichts gesehen, was er nicht zeigen wollte.

Patschuliblütenduft kribbelte in seiner Nase. Sein Kopf schwenkte herum. Spencer zwinkerte ihm zu und schleifte ihn über den kalten Asphalt auf sein Auto zu.

»Nein«, jammerte Quentin kraftlos. Er versuchte, sich zu wehren. Erfolglos. Sein Körper glich einem nassen Sack und wurde hilflos in das Auto seines besten Freundes befördert. Er wollte nicht flüchten. Wollte nicht ... Wieso konnte er nicht einfach seine Ruhe haben? Sein Körper bebte und er schluchzte, als er in dem weichen Autositz versank. Wie konnte sein Leben dermaßen entgleisen? Er schlug die Hände vor das Gesicht. Sein Körper verkrampfte sich, als eine warme Berührung auf seinen Rücken einwirkte.

Ein lauer Frühlingswind rauschte durch die noch offene Tür und erreichte seine Ohren. »Alles wird gut«, sagte Mads und zog ihn an seine Seite. Mads war hier? Wie von einer Lawine überrascht, brachen die Tränen haltlos über Quentin herein. Er vergrub sein Gesicht in der Jacke seines Freundes und löste sich von den Anspannungen, die seine Gedankenwelt zu einer schweren Masse gemacht hatten. Die Tür schloss sich und der Wagen setzte sich in Bewegung.

Spencer navigierte den Wagen über verschlungene Pfade vom Krankenhaus weg. Wie auch immer sie es angestellt hatten, Quentins Freunde hatten ihm vielleicht das Leben gerettet.

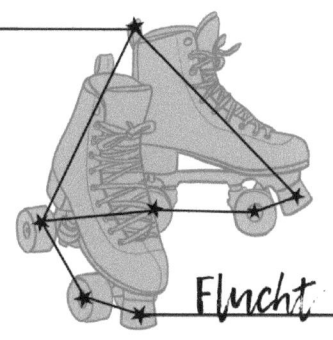

Flucht

31

Die Fahrtgeschwindigkeit bereitete Quentin Übelkeit. Er knetete Mads' Hand zwischen den Fingern, um sich zu bestätigen, dass er bei ihm war. Noch immer rauschte das Narkosemittel durch seine Blutbahnen, aber die Wirkung ebbte langsam ab. Vielleicht hatte Gwen ihm etwas anderes verabreicht? Ein Placebo? Hoffentlich hatte sie gewusst, was sie tat.

Spencer sagte irgendwas.

Mads antwortete.

Die Worte waren lang gezogene Klänge. Quentin konnte sie nicht aufnehmen. Stritten sie etwa? Sie redeten laut.

Als er den Kopf drehte, um Spencer anzusehen, zog die Umgebung langsam an ihm vorüber. Wohin fuhren sie? Es roch nach Patschuli und nach Marzipan. Ein Kribbeln vereinnahmte Quentins Magen. Er hob Mads' Hand an seinen Mund, um sie vorsichtig zu küssen. »Danke«, flüsterte er und versuchte, ein Lächeln aufzubringen. »Ich liebe dich.«

Die lauten Stimmen verstummten.

Mads zog Quentin an seine Seite und hauchte ihm einen Kuss auf den Mund.

Spencers Augen funkelten im Rückspiegel. Seine Lippen verzogen sich zu einer dünnen Linie.

Im nächsten Moment öffnete sich eine Tür. Mads' Gurt zerriss und schnappte nach oben. Seine Hände rutschten aus Quentins Griff. Er entfernte sich. Flog ruckartig zur Seite. Sein Körper wurde aus dem Auto geschleudert. Quentin angelte ihm nach. Fasste ins Leere und nutzte Magie, um seinen Fall abzufedern. Bevor er realisierte, was geschah, saß Mads nichts mehr neben ihm. Die Tür fiel zu.

Was zum Teufel?

Die Benommenheit legte sich. Was für ein Narkosewahn war das? Quentin riss die Augen auf und rutschte auf den Platz, auf dem Mads gerade noch gesessen hatte. Was ist passiert? Er rüttelte an der Tür. Verschlossen. Kindersicherung? Er drückte sich gegen die Scheibe und warf einen Blick nach draußen, in die schwarze Dunkelheit. Sie durchfuhren eine Waldstraße. Ein Schild, mit der Warnung vor straßenüberquerenden Rehen zog an ihnen vorüber. Von Mads fehlte jede Spur. Er war aus dem fahrenden Auto gefallen. Gefallen? Einfach so? Die Tür hatte sich hinter seinem Rücken geöffnet und von selbst wieder verschlossen. Quentins Atem stockte. Er drehte den Kopf, sah Spencer an und erschauderte. Ihre Augen trafen sich.

»Halt an«, stöhnte Quentin.

»Wir starten jetzt unsere Weltreise«, verkündete Spencer. »Nur wir zwei.«

Quentin schüttelte langsam den Kopf. Die Ereignisse spulten in Zeitlupe an ihm vorüber. Die Realität holte ihn ein. »Hast du ihn herausgestoßen?« Mads. War aus dem fahrenden Wagen gefallen.

Nein. Gestoßen worden. Spencer hatte ihn … umgebracht? Konnte man einen solchen Sturz überleben? »Dreh sofort um!«

»Nein.« Spencer lachte leise. »Dann holt die Polizei uns ein.«

Mads lag irgendwo im Wald. Wie schnell fuhren sie? Mindestens 100 km/h. Das konnte man nicht überleben. Oder? Sein Freund lag mit gebrochenem Genick am Straßenrand. Ganz bestimmt. Übelkeit übermannte ihn. »Du hast ihn umgebracht.« Er stemmte sich nach vorne, um in das Lenkrad zu greifen. »Dreh sofort um!«

»Beruhige dich«, lachte Spencer und wehrte sich gegen Quentins Eingriff. Er lehnte sich vor das Lenkrad und stieß ihn mit der Schulter von sich. »Er war uns im Weg.«

Quentin kletterte wackelig zwischen die Sitze, um vorne Platz zu finden. Seine Beine fühlten sich an wie die meterlangen Weingummischlangen von der Kirmes. Egal. Er musste irgendwie nach vorne. Von dort aus erreichte er das Lenkrad besser. Er beleidigte Spencer mit allem, was ihm einfiel. Sein bester Freund war ein unberechenbarer Kerl, aber dass er über Leichen ging, hätte Quentin ihm niemals zugetraut. Sein Brustkorb bebte. Die Ereignisse, gepaart mit dem beruhigenden Mittel, zerrissen ihn innerlich. Vor seinem Blickfeld waberte ein milchiger Schleier und Übelkeit rumorte hinter den Rippen. Das Medikament dämpfte seine Auffassungsgabe. Mads war schwer verletzt. *Oder tot.* Sein Herz setzte einen Takt aus. Mit all seiner Kraft drückte er sich gegen Spencer, um das Lenkrad umzureißen. Die Räder quietschten. Das Auto schwenkte zur Seite.

Spencer stieß Quentin mittels Magie von sich. Er versuchte, den Wagen wieder in die richtige Bahn zu lenken. Quentin nutzte Magie, um dagegen zu arbeiten. Der beißende Gestank von Stressschweiß vermischte sich mit saurem Petrichor. Umdrehen. Mads helfen. Sie waren schon viel zu weit weg.

Plötzlich ein Poltern.

Das Auto kapitulierte unter den willkürlichen Lenkradbewegungen. Erst wuchtete es nach links, dann verlor es sich in einer Rechtsdrehung und kollidierte mit etwas. Einem Reh? Hoffentlich nicht. Vorne links ging ein heftiger Ruck durch das Auto. Der Reifen grub sich in den Waldboden. Bäume näherten sich.

Ein Moment der Zeitlupe legte sich über Quentins Wahrnehmung. Ein Baumstamm war das Letzte, was er fokussierte. Endete hier sein Leben?

Das Auto überschlug sich.

Metallverzehrendes Kreischen schredderte in den Ohren. Es ging mit pulsierendem Krachen einher. Glas splitterte. Glitzernde Scherben erfüllten das Autoinnere. Quentin klammerte sich mit aller Kraft an den Türgriff. Mit der anderen Hand stütze er sich am Autodach ab. Alles war überall. Der Boden befand sich über seinem Kopf. Er war nicht angeschnallt und erlag der Schwerkraft. Sein Körper prallte gegen die Wagendecke und er schrie, als sein Arm unter lautem Knacken in Schmerzen versank. Er schleuderte gegen den Sitz, als der Wagen sich noch einmal drehte. Sein Kopf schlug gegen das Polster. Ein Ziehen ging durch seinen Hals. Der Airbag platzte ihm entgegen und eine kleine Stichflamme stieß in sein Gesicht. Der Geruch von verbrannten Haaren loderte auf.

Weit entfernt vernahm er Spencers Schreie. Sie gingen mit einem halb verzweifelten Lachen einher. Nur kurz. Dann verstummte es.

Als das Auto sich nicht mehr bewegte, wurde es beängstigend still.

Quentin blinzelte.

Ein Scheinwerfer erleuchtete den düsteren Wald vor ihnen. Der Laubboden schimmerte in goldbraunen Tönen. Zwischendrin blitzten silberne und schwarze Autotrümmer hervor. Hellgrüne Farne erstreckten sich und rahmten Baumstämme ein. Ansonsten war alles schwarz.

Quentin stöhnte. Er wollte sich an die Stirn fassen, aber sein Arm bewegte sich nicht. Ob er gebrochen war? Immerhin war er nicht ohnmächtig. Sein Herz hämmerte ihm in der Kehle. Seine Atmung ging stockend. Er lebte. In seinem Kopf rauschte es und in seinem Mund schmeckte er Metall. Ein Piepen durchzog seine Gehörgänge. Er hatte das überlebt. Was hatte er überlebt? Nur langsam formten sich die passenden Buchstaben zu einer Antwort. Autounfall. Sie hatten sich überschlagen.

Als er sich rührte, pulsierten endlos scheinende Schmerzen durch seinen Kopf. Er drehte langsam seinen Kopf und sah zur Fahrerseite. Spencer hing leblos über dem zusammengefallenen Airbag auf dem Lenkrad. Blut sickerte über seine Stirn. Mit dem milden Gesichtsausdruck sah er friedlich aus. Viel zu harmlos, um einen Menschen aus einem fahrenden Auto zu stoßen. Wann war Spencer zu einer Person geworden, die zu so etwas Grauenhaftem fähig war?

Quentin beugte sich vorsichtig zu ihm herüber. »Spence?«, seine Stimme brachte nicht mehr als ein jämmerliches Krächzen hervor. Er streckte den unverletzten Arm aus, um einen Puls zu ertasten. Weil sein eigener so intensiv pochte, fiel ihm das schwer. Aber er sah, dass sich Spencers Rücken wölbte. Er atmete.

Ein Notarzt musste her. Ausgerechnet. Ihre Flucht aus dem Krankenhaus führte sie dorthin zurück. Quentin tastete nach seinem Smartphone, dann nach seiner Uhr. Er hatte nichts bei sich, womit er Hilfe rufen konnte. Seine Sachen hatten sie zurückgelassen. Quentin ertastete die Umgebung mithilfe des AURA-Gens, auf der Suche nach Spencers Smartphone. Da. Elektronische Schwingungen. Sie kribbelten durch seine Finger. Er befahl das Gerät in seine Richtung und versuchte, es zu entsperren. Welche PIN? Anstatt sich an Zahlenkombinationen zu versuchen, griff er nach Spencers schlaffen Hand, um seinen Finger auf den Sensor zu drücken. Mehrere Versuche waren nötig, denn der Finger war blutverschmiert.

Während er auf ein Freizeichen wartete, kämpfte sich Quentin aus dem Auto. Sein Körper fiel kraftlos nach draußen. Dort verharrte er. Wieso war er so müde? Er brauchte Kraft. Gerade jetzt. Aber sein Kopf verlangte nach Schlaf. Vom Waldboden stieg Feuchtigkeit auf. Binnen Sekunden war sein stylisher Krankenhausanzug klamm. Kälte kroch in seinen Körper, wie ein Parasit, der sich sekundenschnell ausbreitete. Endlich meldete sich jemand auf den Notruf.

Quentin gab den Unfall durch, mit klappernden Zähnen, denn die Kälte ließ seinen Körper zittern. Er konnte nicht sagen, wo sie sich befanden. Irgendwo im Wald? Er beschrieb den Weg, den sie vom Krankenhaus aus ungefähr beschritten haben. Anschließend stemmte er sich am Auto hoch, um sich zur Fahrerseite zu hangeln. Er griff einarmig durch das Fenster, trennte Spencers Gurt mithilfe von Magie und zog ihn aus dem Wagen. Dabei kam der Rotschopf zu Bewusstsein.

Ein kehliges Lachen löste sich aus seiner Kehle. Er umklammerte Quentins Oberkörper und drückte sein Gesicht gegen seine Brust. »Was für'n Trip«, krächzte er.

Quentin schüttelte den Kopf. Er schleifte ihn vom Wagen weg, den Waldweg entlang in Richtung Straße. Dabei war er kaum in der Lage, zu laufen. Mit jedem Schritt sickerte er im matschigen Waldboden ein. Nasse Blätter klebten an seinen Beinen. Als er auf Asphalt festen Stand erlangte, setzte er Spencer vor einem Baum ab. »Ich habe einen Krankenwagen gerufen«, erklärte er atemlos und taumelte zum nächstgelegenen Baum, um sich dort abzustützen. »Warte hier.«

»Und du?«, fragte Spencer mit leiser Stimme. Er schloss die Augen und lehnte den Kopf gegen den Baum. »Lass mich nicht allein.«

Quentin warf einen Blick in die Richtung, aus der sie gekommen waren. Irgendwo lag Mads und brauchte Hilfe. Er stieß sich vom stützenden Baumstamm ab und kämpfte für einen Moment mit der Balance. Vor seinen Augen drehte sich alles. Weit würde er nicht kommen. Es war eine jämmerliche Vorstellung, in diesem Zustand nach ihm zu suchen.

Spencer öffnete die Augen. Er lehnte sich vor und angelte mit den Händen nach ihm. »Bitte geh nicht.« Panik erfasste seine Mimik. »Bleib bei mir.«

»Ich muss ihn suchen«, raunte Quentin und entfernte sich, um den nächsten Baum anzuvisieren. Wenn er sich von Stamm zu Stamm kämpfte, würde er es vielleicht schaffen. »Du hast ihn aus dem Auto gestoßen.«

»Es tut mir leid«, jammerte Spencer und verlagerte sein Gewicht nach vorne. Sein Körper sackte zusammen und er versank mit dem Gesicht im Waldboden. »Komm zurück«, winselte er. Seine Hände gruben sich durch das Laub, bei dem Versuch, hinter Quentin her zu kriechen. »Denk daran, was ich für dich getan habe! Lass mich nicht alleine.« Seine Stimme erstarb. Er schluchzte bitterlich.

Quentin entfernte sich von ihm. Von Baum zu Baum. Sein rechter Arm war keine Hilfe. Er hielt ihn in schonender Haltung vor seiner Brust und hangelte sich mit links vorwärts. Er spürte eine Gegenbewegung, die ihn zaghaft nach hinten zu drängen versuchte. Spencer nutzte offenbar Magie, um ihn zurückzuhalten, aber er war zu schwach, um sie auszukosten. Schluchzende Klänge echoten durch den Wald. Sie legten sich schmerzlich in Quentins Ohren nieder. Es war falsch, ihn zurückzulassen. Aber ein Krankenwagen war auf dem Weg. Er würde Hilfe bekommen.

»Ich liebe dich!«, hallte Spencers Stimme verzweifelt durch die Nacht.

Quentin hielt inne. Er sah zurück. Spencer kauerte am Boden und weinte, weil ihm vor Regungslosigkeit nichts anderes übrig blieb.

»Es tut mir leid«, entgegnete Quentin rau und verzog entschuldigend das Gesicht. Er kehrte ihm den Rücken zu und kämpfte sich vorwärts, die Straße entlang. Über ihm funkelten Sterne durch die Silhouetten der Baumkronen.

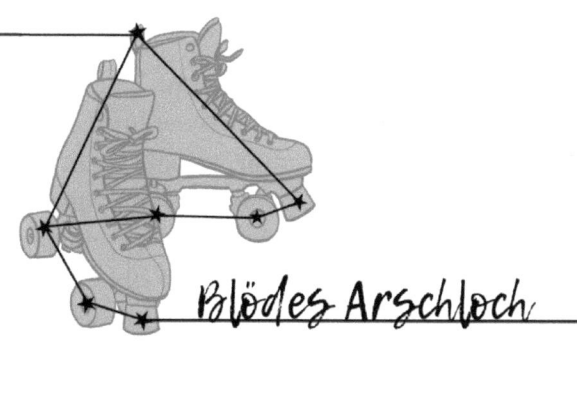

Blödes Arschloch

32

Jeder einzelne Schritt saugte Energie aus Quentins Körper. Die Kälte ließ seine Zähne aufeinanderklappern. Sein rechter Arm entlockte ihm schmerzerfülltes Stöhnen, wann immer er den Oberkörper falsch bewegte. Er hielt inne. Atmete durch. Seine Sicht war in der Dunkelheit eingeschränkt, ebenso durch den Tränenfilm, der nicht abklingen wollte. Sein Kopf fühlte sich wie ein Fremdkörper an.

Die Ereignisse der vergangenen Stunden spulten sich in chaotischer Reihenfolge vor seinem inneren Auge ab. War er wirklich im Krankenhaus gewesen? Hatten seine Freunde ihn vor oder nach der Operation abgeholt? Beherrschte er noch Magie? Natürlich. Er hatte sie eben erst eingesetzt. Oder? Hatte sich das Auto überschlagen? Er blieb stehen und schluchzte. Seine linke Hand wischte über seine nassen Augen. Spencers Stimme hallte durch seinen Kopf. Wieso hatte er ihn zurückgelassen? Sein Unterkiefer bebte, weil er krampfhaft versuchte, nicht zu weinen. Spencer musste zurückbleiben, weil er Mads aus dem Auto gestoßen hatte.

»Mads!«, schrie Quentin mit heiserer Stimme und wuchtete seinen Körper dem nächsten Baum entgegen. In seinem Kopf pulsierte etwas. Er fing sich mit der linken Schulter ab und stöhnte, als Schmerz durch die rechte zuckte. Seine Kraftreserven neigten sich dem Ende. Mit letzter Kraft schleppte er sich noch einige Meter. Die Schmerzen verebbten und wurden zu einem Kribbeln.

Jeder ...

Schritt ...

wurde ...

langsamer.

Quentins Handfläche traf auf raue Baumrinde. Die Fingerkuppen gruben sich in feuchtes Moos. Wie ein Sack voll Ameisen glitt sein Körper kribbelnd zu Boden. Er landete auf den Knien, dann seitlich auf der Hüfte. Mit der linken Schulter lehnte er sich gegen den Baum. Das war's. Weiter ging es nicht.

»Quentin?«

Eine Stimme erreichte ihn aus weiter Ferne. Wie ein lauer Frühlingswind legte sie sich in seinen Ohren nieder. Konnte das sein? Mads?

»Hier«, raunte er und reckte den Hals, um in der Dunkelheit etwas zu erkennen. »Hier!«, wiederholte er lauter. Sein Mund fühlte sich trocken an. Der Rest seines Körpers war feucht. Was für eine verkehrte Welt.

Ein leises Lachen hallte durch den Wald. Raschelndes Laub verriet, dass sich jemand näherte. Es klang nach Schritten, aber in abgehackter Form. Ein Schritt, Pause, dann wieder ein Schritt. Die nächste Pause dauerte an. Tiefe Atemzüge deuteten auf Erschöpfung hin.

»Sag noch mal was«, lallte Mads. Er schien nicht weit entfernt zu sein.

»Hier«, krächzte Quentin und robbte ihm entgegen.

Als sie aufeinandertrafen, entfloh ihm ein Lachen. Einerseits war er erleichtert, Mads lebend zu sehen. Andererseits war der Anblick zu unglaubwürdig. Er selbst lag vollgematscht, halb nackt, mit gebrochenem Arm und angesengten Haaren im Laub. Sein Freund stand wenige Meter vor ihm, auf einem Bein, stützte sich am Baum und hielt sich den blutverschmierten Jackenärmel gegen die Nase.

»Was ist passiert?«, flüsterte er und nahm den Arm vom Gesicht. Über seiner Lippe prangte verkrustetes Blut. Er plumpste neben Quentin. Als er landete, ertönte ein matschiges Geräusch. Das vollgesaugte Laub- und Moosgemisch gab nach. Mads streifte seine Jacke ab, um sie über Quentins linke Schulter zu legen. Die andere begutachtete er mit besorgten Augen. »Wo ist Spencer?«

Quentin zwang seine Lippen zu einem Lächeln auseinander. »Du lebst.« Sein Herz klopfte wild in seiner Brust.

Mads nickte. Er rümpfte die Nase. »Ich hab keine Ahnung, wie das passieren konnte«, murmelte er. »Irgendwie muss ich mit der Jacke am Türgriff hängen geblieben sein. Aber dass die Tür so weit auffliegt, kann eigentlich nicht sein, oder? Ich glaube, irgendetwas hat mich gestoßen.« Seine Stimme klang verwaschen. Manche Silben gingen lallend über seine Lippen. Sein Atem verströmte einen süßlich-scharfen Geruch. Wie Aceton?

Quentin blinzelte. »Du brauchst Insulin.«

»Ich weiß«, entgegnete Mads und strich Quentin die nassen Haare aus der Stirn. Auf der freigelegten Stelle hinterließ er einen Kuss. »Hast du ein Smartphone?«

Quentin schüttelte den Kopf. Mit jedem Atemzug sammelte sich schneidende Kälte in seinen Lungenflügeln. Es prickelte in seinem Inneren. Hatte er Spencers Phone zurückgelassen? Es befand sich nicht bei ihm. Die Gedanken wurden wirrer. Obwohl er im Wald ausharrte, fühlte er die Wärme der Krankenhausdecke auf seinen Beinen. Einbildung. Oder? War die Flucht ein Narkosetraum? »Hast du dich verletzt?«, nuschelte er und streckte den unverletzten Arm nach Mads aus. »Bei dem Sturz?«

»Ne.« Sein Freund versuchte, sich mit ihm hochzuraffen, aber er brachte es nicht fertig. Obwohl Mads sich an einem Baum festhielt und darauf achtete, das ganze Gewicht auf sein rechtes Bein zu verlagern, rutschte er auf dem Laub aus und kam neben Quentin zum Erliegen. Er stöhnte genervt. »Meine Nase hat geblutet«, antwortete er. »Die Prothese ist kaputt.«

Quentin senkte den Blick zu seinem linken Bein. Unterhalb des Knies war das Hosenbein schlaff.

Mit jedem Versuch, sich aufzuraffen, scheiterte Mads glorreicher. Unter frustriertem Stöhnen schlug er gegen einen Baum, bevor er sich erneut daran hochzog. Er stand auf einem Bein. Schwankte. Krallte sich an der Rinde fest und angelte nach einem Ast, um sich irgendwie fortzubewegen. Seine Glieder zitterten und er stürzte. Mit seinem Gesicht traf er hart auf dem Waldboden auf. Er verblieb in seiner Position. Sein Körper zitterte, während er sich schluchzend aufraffte. Im Anbetracht der sonstigen Bräune wirkte der blasser werdende Teint unheimlich. Die stressigen Momente trieben seinen Blutzucker in alarmierende Höhe. Befand er sich in Gefahr? Würde er jeden Moment ins Koma fallen?

»Hey«, raunte Quentin und zog Mads an seine Seite. »Überanstreng dich nicht.« Ergaben diese Worte Sinn? Er lächelte dämmerig. Seine Wangen nahmen eine fiebrige Wärme an. Mit jeder verstreichenden Minute prickelte Kälte durch Quentins Körper und brachte Schwindelwellen mit sich, die ihm das Gefühl verliehen, als würde er auf einer Drehplatte liegen.

Mads wischte mit dem Unterarm über seine Augen. Er nickte und kroch näher an Quentin heran. »Ich bin so erbärmlich«, klagte er. »Schau mich nur an.«

»Das bist du nicht«, flüsterte Quentin und öffnete die Augen. Unangenehm spürte er die feuchte Kälte des Waldbodens unter seinem zitternden Körper. Seine Kehle fühlte sich trocken an und das Sprechen ging mit Schmerzen einher. Er würde die Nacht überstehen, ganz sicher. Aber Mads?

Sein Gesicht wirkte gräulich. Seine Augen sahen glasig aus, als würde man die Polarlichter durch eine trübe Fensterscheibe bewundern. Er blinzelte benommen und schmiegte sich schweigend an Quentins Brust. Die Energie, die ihn vor Kurzem noch angetrieben hatte, wich aus seinem Körper.

Eine gefühlte Ewigkeit verebbte im Schweigen.

»Warum bist du still?«, krächzte Quentin benommen. Er schloss die Augen. So konnte er den Schwindel ausblenden. Seine Worte hörten sich verwaschen an. »Hast du Insulin bei dir?«

»I-ich soll … irgendwas mit einem Tier? Hier ist keines in der Nähe. Kannst du … kannst du das noch einmal wiederholen?«

War das sein Ernst?

Mads atmete schwerfällig. Er schüttelte den Kopf und blinzelte, als sich Tränen in seinen Augen sammelten. »Ich kann nicht aufstehen«, murmelte er. »Es tut höllenmäßig weh. Ich kann kaum sitzen.«

Quentin öffnete die Augen und setzte den am meisten mahnenden Blick auf, den er zustande bringen konnte. »Warum hast du das nicht eher gesagt?« Er biss sich auf die Unterlippe. Nachdenken. Er versuchte aufzustehen, aber sein Körper war eine gelähmte Masse, die sich wie ein rauschendes Fernsehtestbild anfühlte. Ob sie in Lebensgefahr schwebten? Mads brauchte Insulin. *Koma* waberte als mahnender Begriff vor seinem inneren Auge. Das war eine reale Gefahr. Aber würde er so schnell das Bewusstsein verlieren? »Ist niemand in der Nähe?«

Mads reagierte nicht. Er starrte in den Wald und atmete schwerfällig.

»Hey«, keuchte Quentin und schnippte mit seinem Finger. »Psst.«

Keine Reaktion.

Immer wieder wanderte sein Blick zu seinem Bein, welches der Lockenkopf in einer verkrampften Schonhaltung hielt. Eine Hand bewegte sich massierend über seinen Oberschenkel. Quentin nutzte Magie, um an seinen Haaren zu zupfen und endlich seine Aufmerksamkeit zu erlangen.

Mads' Kopf schwenkte langsam herum. Er blinzelte benommen, als er Quentin ansah. Ein liebloses Lächeln breitete sich auf seinen Lippen aus. »Ich kann nichts tun«, nuschelte er mit verwaschener Stimme. »Mir ist so komisch.«

»Scheiße«, knurrte Quentin gedrungen und beugte sich zur Seite, um seinen Freund an sich heranzuziehen.

Dieser fiel wie ein Sack Mehl gegen Quentins Brust und vergrub sein Gesicht darin. »Ich hab nich' so richtich' auf mich geachtet in den letzten Tagen.« Wenn er es nicht besser wusste, dann hätte Quentin ihn für einen Betrunkenen gehalten. Was für ein Schussel. Wie konnte man so leichtfertig mit dem eigenen Körper umgehen?

»Okay«, raunte er und legte seine Hand an Mads' Kopf, um ihm durch die Locken zu streichen. »Von heute an behandelst du deinen Körper achtsam. Versprich es mir.«

Er konzentrierte seine Aufmerksamkeit auf seinen linken Unterschenkel. Wie bei den Bäumen damals. Samuel hatte erklärt, wie es geht. Sie haben es geübt. Und er hat trainiert. Bei Bäumen gelang es ihm mittlerweile beinahe perfekt. Es müsste auch mit einem Bein möglich sein. Theoretisch. Die Atome auseinanderdrängen. Wie bei einem Bällebad.

Mads drehte den Kopf, um zu Quentin aufzusehen. Er blinzelte irritiert und zog die Augenbrauen zusammen. »Was?« Dann stockte ihm der Atem und er weitete die Augen. »Nein! Hör auf!« Erschreckende Ernsthaftigkeit lag in seiner Stimme. Plötzlich schien er hellwach zu sein. »Hör sofort auf, bitte!«

Quentin ließ die Bitten unbeantwortet. Er konzentrierte sich auf sein linkes Bein und auf die Stelle, an der sich Mads' Unterschenkel einst befunden hat. Seine Hand verharrte streichelnd in den rehbraunen Locken. Knochen. Sehnen. Blutgefäße. Muskeln. All das dominierte seine Gedanken. Seine Fingerspitzen kribbelten und sein Bein verging in einem Rauschen, das ihn an Prickelbrause erinnerte. Ein Hauch von Petrichor umhüllte sie und magnetisches Surren legte sich über ihre Haut, wie eine unsichtbare Abdeckplane.

Mads versuchte, sich aus Quentins Griff zu befreien. Er flehte immer lauter werdend. »Bitte tu das nicht, bitte hör auf.« Er lallte verzweifelt und weinte bittere Tränen in das Krankenhaushemd.

Ein müdes Lächeln fand Quentins Lippen. Das Kribbeln in seinem Bein wurde zu Schmerz. Intensiver Druck zehrte an seinen Nerven. Die Situation erforderte all seine Konzentration. Solch riskante Magie hatte er noch nie gewirkt. Unterhalb seines Knies zwirbelten zuckende Punkte durch sein Bein. Das erinnerte ihn an die Knaller, die an Silvester über die Straße hüpften und an verschiedenen Stellen kleine Explosionen hinterließen.

Zisch – Sprung – Zisch – Sprung – Ende.

Der Schmerz hörte schlagartig auf. Quentin atmete durch und ließ seinen Kopf erschöpft gegen den Baum fallen. Sein Kopf fühlte sich an, als würde er jeden Moment explodieren. Stechender Schmerz. Eine warme Träne lief ihm aus dem Augenwinkel. Scheiße, das hatte wehgetan.

»Du blödes Arschloch«, schluchzte Mads und schlug ihm gegen den Brustkorb. »Warum hast du das gemacht?« Seine Augen straften ihn mit Enttäuschung. »Warum?!« Er verpasste seinem Freund einen Tritt mit dem linken Fuß, denn im Gegensatz zu Quentin besaß der Lockenkopf nun wieder zwei Beine.

»Hol Hilfe«, keuchte Quentin und kniff die Augen zusammen. Alles Weitere würden sie später besprechen. Er hatte keine Kraft mehr.

Mads stieß einen Schrei aus, bevor er sich auf die Beine stemmte und taumelnd davonrannte. Er kippte ein paar Mal und fing sich an Bäumen ab. Ob er weit kommen würde? Hoffentlich.

Quentin sah ihm hinterher. Seine Augen lieferten bloß ein vernebeltes Bild. Für einen Moment fokussierte er seine Aufmerksamkeit auf seine eigenen Füße. Er atmete auf. Es hatte funktioniert. Vor ihm ruhte nur ein Fuß. Das linke Bein endete unterhalb der Kniescheibe. Er blinzelte und verlor sich in den dunklen Weiten der Bewusstlosigkeit.

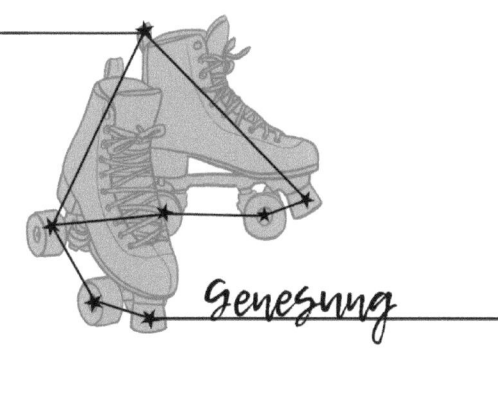

Genesung

33

Die Zeit spannte sich, wie ein Gummiseil, welches über seinen Dehnungsgrad hinaus strapaziert wurde. Wörter klangen wie weit entfernte Sirenen. Bewegung trug Mageninhalt bis in die Speiseröhre. Quentin schluckte. Sein Kopf dröhnte. Die Stimmen um ihn herum wurden klarer, schienen näher zu kommen. War er noch im Wald? Alles fühlte sich warm an. Er blinzelte gegen kaltes Licht. Hoffentlich war es nicht *das* Licht. Die letzte Erleuchtung, die man vor seinem Abgang ins Jenseits zu sehen bekam. War es zu spät, um doch noch an Gott zu glauben? Die Stimmen entfernten sich. Eine Tür fiel zu. Gab es im Jenseits Türen?

Quentin brauchte einen Moment, um die Umgebung zu fokussieren. Weiße Schranktüren. Ein kleiner Fernseher unter der Zimmerdecke. Ein Vorhang, hinter dem ein Waschbecken hervorblitzte. Krankenhaus. Als er sich rührte, zuckte Schmerz durch seinen Körper. Erst meldete sich seine Schulter. Dann sein Nacken. Er presste die Zähne aufeinander und hielt inne, um das Pulsieren abzuwarten. Wieso tat ihm der Nacken weh? Ehrfürchtig führte er seine linke Hand an seinen Hinterkopf. Dort ertastete er eine Halskrause.

Deshalb konnte er den Kopf kaum rühren. Die Erinnerung vermischte sich mit der Gegenwart. Das Gerichtsurteil hatte ihn hergeführt. Sie waren geflohen. Und hatten sich dabei zurück ins Krankenhaus befördert. Mads. Spencer. Ob sie auch hier waren? Seine Augen ertasteten die Umgebung. In dem Raum war er alleine. Vorwurfsvolles Grollen ertönte aus seinem Magen. War er hungrig? Schwer einzuschätzen. Seine Fingerkuppen fuhren über das raue Material der Krause. Offensichtlich hatte er eine Verletzung am Hals. Etwa dort, wo man am besten an sein Kleinhirn gelangte? Seine Brust kribbelte, als Panik in ihm aufwallte. Er streckte die Hand aus, in Richtung Badezimmerkabine, um den nächstbesten Gegenstand in seine Richtung zu befehlen. Um zu testen, ob er noch Magie beherrschte. Bevor er seine Konzentra-tion fokussieren konnte, klopfte jemand an die Tür. Er senkte den Arm und erhob krächzend die Stimme. »Ja?«

Mads trat ein. Er schlenderte über den glatten Gussboden, als hätte es niemals ein Problem mit seinem Bein gegeben. Er widmete ihm einen erleichterten Blick und nahm ungefragt an der Bettkante Platz. »Du bist wach.« Das klang eher nach einer Frage. Seine Stimme hörte sich an, als würde er zum ersten Mal Kontakt zu Quentin aufnehmen.

»Du hast mich blödes Arschloch genannt«, stellte Quentin stirnrunzelnd fest. Die Erinnerungen ereilten ihn häppchenweise. Und, verdammt, die erste Aktion mit dem neuerlangten Bein war ein Tritt gewesen.

Mads' Mimik durchlebte einen Wandel. Er schien unsicher, ob er lachen oder sich schämen sollte. Seine Mundwinkel zuckten, aber seine Augen flüchteten gen Boden. »Warum hast du das mit dem Bein gemacht?«

Quentins Augen tasteten über die klinisch weiße Bettdecke. Unterhalb seines linken Knies lag sie tiefer. Er hatte Mads sein Bein übertragen. An die Situation erinnerte er sich kaum. Für einen Moment hielt er sie für einen Traum. Aber da sein Gegenüber zwei gesunde Beine zu haben schien, entsprach die Erinnerung der Realität. »Du hättest die Nacht nicht überstanden«, raunte er. »Ich musste es tun.«

Mads bewegte den Kopf langsam auf und ab. Er zog die Mundwinkel lang. Nicht um zu lächeln, sondern um nachdenklich zu brummen. »Mach es rückgängig.« Das forderte er halbherzig, ohne ihn anzusehen.

Quentin lachte. Rückgängig? Er fasste sich an den Hinterkopf. »Das geht nicht«, flüsterte er. »Ich wurde operiert.«

Zwischen den dunklen Augenbrauen bildete sich eine Falte. »Wurdest du nicht.« Mads beugte sich herüber, um einen Blick auf Quentins Hinterkopf zu werfen. »Sie sagten, es wäre zu riskant, nach dem Unfall zu operieren.«

»Ach ja?« Der Unfall. Also entsprach diese Erinnerung der Wahrheit. Ob es Spencer gut ging? »Ist er auch hier im Krankenhaus?«

»Er?« Mads biss sich auf die Unterlippe. Seine Pupillen sprangen zwischen Quentins Augen umher. »Meinst du Spencer?«

»Wir haben uns mit dem Auto überschlagen«, erklärte Quentin. »Ich erinnere mich. Er wollte eine Weltreise machen.« Er lachte ungläubig. »Eine Weltreise?!«

Mads stieg in das Lachen mit ein. Es verhallte in einem kehligen Glucksen. »Er wurde gestern von seinen Eltern in eine andere Klinik verlegt.«

Als Quentin sich aufsetzen wollte, schoss ein schmerzvolles Pochen seine Wirbelsäule hinab. Sein Nacken versteifte und er verharrte in der Bewegung. »Gestern?« Er presste die Lider aufeinander. Warum drehte sich alles? »Wie lange war ich denn weg?«

»Zwei Tage.« Mads fummelte an der Bettdecke. »Sie sagten, du hast vermutlich ein Schleudertrauma. Deine Schulter ist gebrochen und ein paar Rippen sind geprellt. Sie warten mit der Operation, bis du aufgewacht bist, um sicherzugehen, dass dein Rückenmark unbeschädigt ist.« Er dämpfte die Stimme. »Sie meinten, dein Bein ist verheilt. Das ist wohl ungewöhnlich.«

»Mein Bein«, wiederholte Quentin hauchend. Er schlug die Decke um und betrachtete die freiliegende Stelle, an der sich vorgestern noch ein Unterschenkel befunden hatte. Unterhalb seines Knies war der Stumpf verheilt. Als hätte er das Bein schon vor Jahren verloren. So, wie es bei den Bäumen gewesen war. Er schluckte. Als er den Oberschenkel anhob, rauschte ein seltsames Gefühl durch seinen Körper. Es fühlte sich leichter an. Kein Wunder. Es fehlte ein Stück.

»Mach es bitte rückgängig«, forderte Mads erneut und starrte den Stumpf an. »Ich verstehe, warum du es gemacht hast. Aber ich fühle mich nicht wohl dabei.«

Quentin legte sein Bein ab und musterte Mads' Gesicht von der Seite. Neben seinen Augen zeichneten sich Fältchen ab. Sein Teint wirkte matt. Er hatte Blessuren im Gesicht, die wohl von dem Sturz rührten. Er erinnerte sich daran, wie er seinen Fall instinktiv magisch abgefedert hatte. Ob er ohne diesen Versuch schlimmere Verletzungen davongetragen hätte?

»Wenn ich es nicht getan hätte, dann würden wir heute noch da liegen.« Er bewegte die rechten Zehen. Links tat er dasselbe und obwohl es sich anfühlte, als würden sie sich bewegen, blieb die Aktion aus. Logischerweise.

Mads zuckte mit den Schultern. »Irgendjemand hätte uns gefunden.«

»Denkst du wirklich, dass irgendjemand an einer verlassenen Landstraße, mitten im Nirgendwo, und ich betone: *nachts*, angehalten hätte?«

»Ja?«, murmelte Mads in einer naiven Tonlage. »Vermutlich nicht«, korrigierte er kleinlaut. »Trotzdem. Es hätte einen anderen Weg gegeben.«

Ihr Gespräch wurde von einem Arzt unterbrochen. »Oh«, brummte der alte Mann überrascht und nickte den beiden grüßend zu. »Sie sind wach.« Sein Gesicht wies auf eine anstrengende Schicht hin. Mit hängenden Lidern und trockener Haut brachte er nur ein müdes Lächeln zustande. »Wie geht es Ihnen?«

Quentin versuchte, mit den Schultern zu zucken. Das schmerzte, also verzog er stattdessen das Gesicht. »Ich hätte mir die Flucht verkneifen sollen.«

Der Arzt nickte zustimmend. »Allerdings.« Ein Seufzen leitete eine strengere Stimmlage ein. »Jetzt wird es schwieriger, Sie zu operieren. Aber Sie können dem Urteil nicht entgehen.« Für einen Sekundenbruchteil sah er Mads an. »Auch wenn Ihr Freund uns seit Tagen auf die Nerven geht.«

»Ach ja?« Quentin musterte seinen liebsten Lockenkopf mit hochgezogenen Augenbrauen. »Inwiefern?«

Mads zuckte mit den Schultern, während der Arzt kurz auflachte.

»Egal.« Seine Mimik wurde ernst. »Da Sie jetzt wach sind, können wir Ihre Wirbelsäule untersuchen.«

»Und wenn sie unverletzt ist, werde ich operiert?« Quentin biss sich auf die Unterlippe. »Auch dann, wenn die Fähigkeit nicht zurückkehrt?« Sein Blick flüchtete zu Boden.

»Wie meinen Sie das?« Der Arzt runzelte die Stirn.

»Ich weiß auch nicht«, erklärte Quentin vorsichtig. »Irgendetwas stimmt nicht.« Er bewegte die Finger der linken Hand vor seinem Blickfeld. »Ich kann seit dem Unfall keine Magie mehr wirken.«

Mads weitete die Augen. Er durchschaute Quentins Lüge offenbar. Natürlich. Er hat nach dem Unfall sein Bein bekommen. Mit einem minimalen Kopfschütteln deutete er ihm an, nicht weiterzureden.

»Sie haben keine Kontrolle mehr über das AURA-Gen?« Der Arzt legte eine Hand an sein Kinn. »Und das soll ich Ihnen einfach glauben?«

Quentin senkte den Blick zu seinem linken Bein. Wie seltsam der Anblick war. An Mads hatte der Stumpf natürlicher ausgesehen. Vermutlich, weil er sich daran gewöhnt hatte. Er sammelte sein schauspielerisches Talent und blinzelte so lange, bis Tränen in seine Augen stiegen. Für irgendetwas musste seine unfreiwillige Schauspielerfahrung doch gut sein.

»Ich kann Ihnen nicht beweisen, dass ich sie nicht mehr beherrsche.« Sein Unterkiefer bebte. Mit zitternder Stimme redete er weiter auf den Arzt ein. »Es ist alles so diffus. Ich habe mein Bein aufgegeben und meinen besten Freund verloren, er will sicher nichts mehr mit mir zu tun haben. Außerdem ist mein Ruf ruiniert und ich habe meine Fähigkeiten bei einem Autounfall verloren. Bei meinem Glück wird es während der Operation Komplikationen geben und das, obwohl sie zum jetzigen Zeitpunkt völlig unnütz wäre.« Er wischte mit einer theatralischen Bewegung Tränen von seinen Wangen.

»Hey«, brummte der Arzt und trat einen Schritt auf ihn zu. »Wir beobachten das. Bevor die Schulter verheilt ist, werden wir nicht operieren. Bis dahin ist vielleicht auch die Magie zurück.« Er kratzte sich am Hinterkopf. Ihm schien es selbst paradox vorzukommen, die folgende Aussage zu tätigen: »Und wenn sie zurückkommt, operieren wir sie weg.«

»Und«, schniefte Quentin und lugte durch seine Finger in das matte Gesicht des Mannes, »wenn sie nicht zurückkommt?«

»Das kann ich nicht beurteilen.« Er räusperte sich. »Ich werde es besprechen.«

Nach einer kurzen Untersuchung ließ der Arzt das Zimmer hinter sich.

Erst als er weg war, schüttelte Mads den Kopf. Er stöhnte entsetzt. »Was war das für eine Showeinlage?«

Quentin lehnte sich zurück und sah an die Decke. Was sollte er antworten? Ein müdes Lächeln schlich sich in seine Mundwinkel. Wenn er Mads die Wahrheit sagte, müsste er für ihn mitlügen. »Ich habe es gerade ausprobiert«, log er weiter und streckte den Arm aus. Er tat so, als würde er Magie anwenden. Seine Augen verengten sich unter gespielter Anstrengung. »Es geht nicht.«

Sein Freund zog die Augenbrauen zusammen. »Du hast mir dein Bein gegeben. Das war nach dem Unfall.«

»Vielleicht ist dabei etwas an einem Wirbel beschädigt worden?«

»Ich glaube dir kein Wort.«

Quentin grinste ertappt. Er würde die Lüge trotzdem nicht zugeben. Wenn er sie durchzog, ersparte ihm das vielleicht die Operation. Um das Thema zu wechseln, legte er seine Hand an Mads' Unterarm. »Danke, dass du hier bist.«

- ✶ -

Etliche Untersuchungen und wenige Wochen später, saß Quentin in einem Besprechungszimmer der Klinik. Vor ihm reihten sich vier Personen auf. Der Chirurg, der ihn operieren sollte, eine Psychologin, ein Notar und der Arzt, der ihm bei der Visite das Versprechen zu dieser Unterredung gegeben hatte.

Quentins Schulter ruhte in Schonhaltung vor seinem Körper, obwohl sie kaum noch schmerzte. Er hatte sich an die Position gewöhnt. Die Halskrause trug er schon lange nicht mehr. Neben ihm lehnten Krücken an seinem Stuhl. Laufen konnte er nicht, weil es noch keine passende Prothese für ihn gab.

»Sie haben sich von Ihrem Fluchtversuch erholt«, fasste die Psychologin zusammen und schürzte die Lippen zu einem künstlichen Lächeln. »Aber sind Ihre magischen Fähigkeiten zurückgekehrt?«

»Nein.« Quentin sah ihr in die Augen und verzog das Gesicht. »Ich versuche es jeden Tag.« Mit einem Räuspern wandte er den Blick von ihr ab.

»Spüren Sie die Verbindung nicht mehr?« In der Stimme des Chirurgen schwang Verunsicherung mit. Er hatte keine Ahnung, wie sich das AURA-Gen und der Umgang damit anfühlten.

Quentin konzentrierte sich auf seine Fingerspitzen. Sie kribbelten. Wenn er wollte, dann könnte er den Stifthalter auf dem Tisch schweben lassen. Aber dann würde sein fragiles Kartenhaus der Lügen zusammenfallen. Er ließ das Gefühl abflachen und schüttelte den Kopf. »Sie ist weg. Ich spüre gar nichts.«

»Hm«, machte der Arzt und lehnte sich mit verschränkten Armen zurück. »Was sollen wir machen?« Er sah die anderen an.

Der Notar übte sich in professioneller Zurückhaltung und beobachtete aus einer Raumecke heraus. Er war in diesem Moment die wichtigste Person, denn es lag in seinem Ermessen, Quentins Urteil zurückzunehmen. Wenn er keine Magie mehr wirken konnte, dann hatte der Strafvollzug längst stattgefunden.

Die Psychologin hob einen nachdenklichen Blick an die Decke. Ihre Worte richtete sie an den Chirurgen: »Wenn Sie operieren und etwas passiert, wird sich das negativ auf die Klinik auswirken.« Sie sah Quentin an. Nur kurz. Zwischen ihren Augenbrauen bildete sich eine Falte. »Vor allem, wenn herauskommt, dass die Operation unnötig gewesen wäre.«

»Dem stimme ich zu«, murmelte der Chirurg und rieb sich die Nasenwurzel. »Der Eingriff ist riskant. In ähnlichen Fällen operieren wir nicht, wenn Heilungen auf anderem Wege eintreffen.« Er sah den Notar an und erntete ein verstehendes Nicken.

Quentin wurde hellhörig. Der Eingriff war riskant? Bei dem Vorgespräch vor einigen Tagen hatte sich das noch anders angehört.

»Also dann«, leitete der Arzt ein und blinzelte Quentin vielversprechend entgegen. Auf seinen schmalen Lippen schlummerte ein Hauch von Skepsis. Ob er wusste, dass Quentin log, um dem Eingriff zu entgehen? »Entlassen wir Sie hiermit. Wir werden eine Diagnose verfassen, die einer Urteilsvollstreckung nahekommt.« Letzteres schien er an den Notar zu richten. Er lehnte sich seufzend zurück und schien froh darüber, dass er sich nicht länger mit einem juristischen Fall befassen musste.

Quentin schluckte. Sein Gesicht fühlte sich an, als würde eine Maske davon abfallen. Der Plan hatte funktioniert?

Er blinzelte.

Er wurde nicht operiert?

»Entlassen?«, krächzte er und brachte es kaum fertig, ein Grinsen zu unterdrücken. »Ich darf ... ich darf also ... gehen?« Er schluckte. »Nach Hause?«

Der Arzt nickte. In seinen Pupillen funkelte etwas. Ob er seine Meinung ändern würde, wenn Quentin noch länger herumdruckste? Das wollte er lieber nicht herausfinden.

Mit einem erleichterten Lachen schwang er sich vom Stuhl, griff nach den Krücken und ging nach draußen.

Im Flur stand Mads, mit dem Rücken zur Wand und dem Blick auf dem Smartphone. Er lächelte und löste sich davon, um Quentin anzusehen. »Du hast wohl gute Neuigkeiten?«

Quentin blieb vor ihm stehen, rang kurz mit der Balance und zog ihn an seine Brust. Obwohl Mads halbherzig protestierte, drückte er ihm einen Kuss auf die Wange. »Wir können gehen.« Er atmete erleichtert auf. »Nach Hause. Ich darf gehen!«

Sie packten seine Taschen und verstauten alles in Ivys Auto.

Während Quentin einen letzten Blick auf die Klinik warf, nahm er einen tiefen Atemzug. *Auf nimmer Wiedersehen.* Er drehte sich zu seinem Freund, welcher bereits wartend im Wagen saß. Seine Polarlichtaugen funkelten ihm verliebt entgegen. Als Quentins Mutter etwas sagte, wandte Mads den Blick in ihre Richtung.

»Hey, Achtung!«

Eine Stimme erlangte Quentins Aufmerksamkeit. Er wirbelte herum. Etwas flog auf ihn zu. Eine ... Flasche? Mit geweiteten Augen streckte er den Arm aus, um ihren Flug abzubremsen. Erst als sie in der Luft stehen blieb, atmete er auf. Sie schwebte den Rest des Weges, bis sie in seiner Hand landete. Sein Herz klopfte. Woher kam die Flasche? Seine Augen streiften einen Mann im weißen Kittel, der mit verschränkten Armen am Rand des Parkplatzes ausharrte und selbstgerecht grinste.

»Ich habe es gewusst!«, rief er.

Quentin weitete die Augen. Er festigte den Griff um die Flasche und taumelte einen halben Schritt zurück, dabei fiel er beinahe, weil er ständig vergaß, dass er nur ein Bein hatte. Das war der Arzt von der Visite. Der, den er angelogen hatte. Und nun war er Zeuge davon, wie Quentin Magie nutzte. Sein Magen wurde zu einem Klumpen. Während seine Mimik entgleiste, trafen seine Augen auf ein amüsiertes Kopfschütteln.

Der Arzt hob den Zeigefinger vor die Lippen und zwinkerte. Dann ließ er den Parkplatz hinter sich und stiefelte auf die Klinik zu.

Quentin stieg mit zitternden Händen in das Auto. Er umkrallte die Flasche, als würde sein Leben davon abhängen.

»Alles okay?«, fragte Mads. »Ist das Flaschenpost?«

Wie bitte? Quentin musterte die Flasche. Tatsächlich. Darin befand sich ein eingerollter Zettel. Was für ein Mensch warf mit Flaschenpost um sich?

»Wo kommt die denn plötzlich her?«

»Hast du ...« Quentin runzelte die Stirn. Hatte er das nicht mitbekommen? Er warf einen Blick zum Fahrersitz. Seine Mutter startete den Wagen und summte die Radiomusik mit. Sie hatte es auch nicht gemerkt? »Hat mir gerade jemand zugeworfen«, raunte er und öffnete den Deckel. Aus der Flasche strömte ein saurer Geruch. Wahrscheinlich hatte sich Zitronenlimo darin befunden. Egal wie oft man Gefäße spülte, Gerüche verharrten scheinbar ewig darin. Er fischte den Zettel heraus und rollte ihn auseinander.

Falls mein Test scheitert, entschuldige ich mich für die Beule.

461

Falls nicht, dann bin ich froh, dass meine Menschenkenntnis mich nicht im Stich gelassen hat. Mir ist klar, dass ich Sie nicht ziehen lassen sollte. Aber manchmal bekommt man die Gelegenheit, das Richtige zu tun, auch wenn man dafür Regeln brechen muss.

Ich bitte Sie dennoch, dass Sie Ihre zweite Chance nicht dafür nutzen, Regeln zu brechen. Beim nächsten Mal werde ich anders entscheiden.

Liebe Grüße, ein Arzt, der heute einen guten Tag hat.

P.S.: Ihr Freund ist ein guter Kerl. Sie können froh sein, ihn zu haben.

Quentin faltete den Brief zusammen und schmunzelte. »Sag mal, Mads.« Er warf ihm einen fragenden Blick zu.

»Hm?«

»Was hast du zu dem Arzt gesagt, während ich geschlafen habe?«

Unter geröteten Wangen brach unverständliches Stammeln aus dem Lockenkopf heraus. Er lachte verunsichert und winkte ab. »Ist das denn wichtig?«

Quentin nickte.

»Ich habe ihm erzählt, warum du ... oh Gott, ist das peinlich.« Mads lehnte sich theatralisch gegen die Rückenlehne.

»Warum?«

»Na, weil ich ihm auf die Nerven gegangen bin. Er hat mich andauernd rausgeschickt.« Er stöhnte und warf die Hände vor sein Gesicht. »Ich habe *eventuell* etwas übertrieben und ihn vollgeschwärmt.« Eine Hand löste sich, um abzuwinken. »Dazu muss ich sagen, dass es dort kaum etwas zu tun gab. Ich habe in deinem Zimmer rumgesessen, Handy-Spiele gespielt, mit dir geredet und manchmal mit dem Arzt. Er wollte wissen, wie du dein Bein verloren hast, und da habe ich ihm alles erzählt. Dass du gelernt hast, die Magie verantwortungsbewusst einzusetzen. Ich habe ihm von deiner Arbeit im Seniorenheim erzählt. Und davon, dass du viel einsichtiger geworden bist. Ich meine ... Heutzutage würdest du sicher keinem Kellner mehr sein Trinkgeld verweigern, nur weil das Soufflé zusammengefallen ist.«

Und ob er das tun würde. Zusammengefallene Soufflés durfte man nicht servieren. Er würde allerdings keine Show mehr daraus machen. Quentin schüttelte sich und lauschte seinem Freund. Von dem lauen Frühlingswind in seinen Ohren würde er niemals genug bekommen. Er genoss das warme Sprudeln, welches sich in seinem Inneren anbahnte. Erst nach einem minutenlangen Monolog fiel er ihm ins Wort:

»Ich liebe dich.«

Mads verstummte. Seine Augen bogen sich zu fröhlichen Sicheln. Er nickte zustimmend.

»Es macht mir übrigens nichts aus«, meinte er und bewegte sein linkes Bein. »Dass es fehlt, meine ich.«

»Bitte nicht wieder diese Diskussion«, seufzte Mads und beäugte Quentins Beine abwechselnd. »Wir haben bereits eine Abmachung. Samuel beherrscht diese Tauschmagie auch, oder?«

»Ja, aber es ist nicht so einfach, etwas zurückzutauschen. Außerdem möchte Samuel die Magie nur noch nutzen, wenn es unbedingt notwendig ist.«

»Aber das *ist* unbedingt notwendig.«

»Ist es nicht.« Quentin runzelte die Stirn. »Im Endeffekt schadet die Magie der Umwelt.« Er blinzelte über seine eigene Aussage. Hatte er das ernsthaft gesagt? Gut, dass Jean nicht hier war. Sie würde ihn bis an sein Lebensende damit aufziehen.

Sein Augenmerk flüchtete auf seine Knie. Machte es ihm wirklich nichts aus, fortan mit einem halben Bein zu leben? Überraschenderweise störte ihn die Tatsache kaum. Mads hatte darunter gelitten. Und er würde es wieder tun. Immer dann, wenn er mit seinem verlorenen Traum in Berührung käme. »Du kannst wieder Rollschuhlaufen.«

Mads schüttelte den Kopf. »Das kann ich mit Prothese auch.« Seine Mundwinkel verzogen sich missmutig. »Du hast mich selbst dazu ermutigt.« Er rümpfte die Nase und tippte gegen seinen Oberarm. Dorthin, wo der Sensor klebte. »Außerdem kann niemand garantieren, dass ich dein Bein nicht auch noch verliere.«

»Verstehe«, seufzte Quentin und musterte Mads' unzufrieden verzogenes Gesicht. Das erklärte einiges. Seine größte Sorge war nicht der verlorene Traum, sondern seine Krankheit. Die konnte er ihm nicht abnehmen. Niemand konnte das.

»Ich habe heute eine zweite Chance bekommen«, murmelte Quentin und deutete auf die Flaschenpost in seinem Schoß. »Wie wäre es, wenn du mein Bein auch als zweite Chance betrachtest?«

Sein Freund schüttelte den Kopf. Er wandte den Blick ab, um aus dem Fenster zu sehen. Seine Augenbrauen verzogen sich. Dachte er nach? In diesem Zusammenhang war das letzte Wort noch nicht gesprochen.

Quentin griff nach seiner Hand, um sie an seine Lippen zu heben. Er küsste die kühlen Fingerspitzen und flüsterte ein Versprechen gegen seine Haut.

»Ich rede mit Samuel. Dann überlasse ich dir die Entscheidung.«

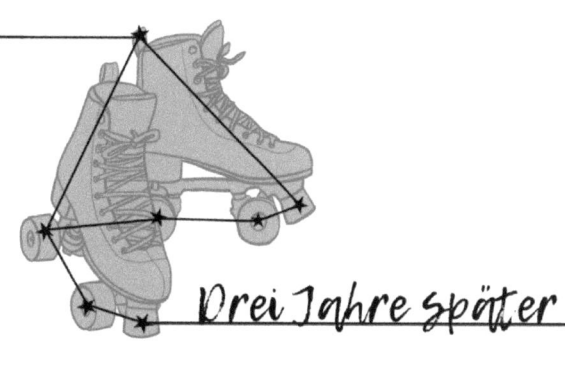

Drei Jahre später

34

Am Rand des Stadtparks zog sich ein schmaler Pfad durch ein kleines Waldstück. Wildblumen säumten den naturbelassenen Weg. Rote Mohnblüten, gelbe Sonnenblumen und blaue Kornblumen erzeugten ein reges Treiben von hungrigen Insekten. Die Sonne erleuchtete das modernisierte Dach einer alten Kirche.

Die restaurierten Eingangstüren standen offen und luden dazu ein, sich die darin errichtete Rollschuhbahn anzusehen. Es trieben sich ein paar Leute vor und in dem Gebäude herum. Hauptsächlich Kinder, die Interesse daran hatten, sich in einer neuen Sportart unterrichten zu lassen. Aber auch ältere Menschen, die wissen wollten, was aus ihrem ehemaligen Gotteshaus geworden war.

Jean stand am Eingang und nahm die Besucher in Empfang. Sie verkündete die Geschichte des Gebäudes und erzählte, wie aufwendig die Restaurierung gewesen war. Immer wieder betonte sie, dass Wert darauf gelegt wurde, den einstigen Nutzen als Kirche sichtbar zu erhalten. Und, was in ihrem persönlichen Interesse höchste Priorität hatte: wie umweltbewusst sie beim Umbau vorgegangen waren.

Im Eingangsbereich gab es eine Arcade-Game-Ecke, mit Spielautomaten aus den Achtzigerjahren. Q*Bert, Tetris und Pac-Man leuchteten mit ihren bunten Fassaden um die Wette. Ein alter Versammlungsraum diente als Café, mit Terrasse, von welcher aus man den Park im Blick hatte.

Der Hauptsaal bestand größtenteils aus einer glatten Fläche, die sich perfekt zum Rollschuhlaufen eignete. Sie war mit schmuckvollen Begrenzungen in ein turniergerechtes Format unterteilt. An den Wänden reihten sich schmale Sitztribünen aneinander, bis hoch zu den erhaltenen Buntglasfenstern. Sie ließen farbenfrohes Licht auf die Bahn schimmern. Rote, blaue und grüne Lichtstreifen teilten sich die Fläche und machten sie zu einem erleuchteten Kunstwerk.

Auf zwei Plätzen der Tribüne saßen Quentin und Elouise. Sie beobachteten das muntere Treiben auf der Bahn. Es war ein heißer Sommertag, aber im Inneren der alten Kirche war es angenehm kühl.

»Bereust du, dass du es getan hast?« Elouise nahm Quentins Gehstock in die Hand, um den Griff zu beäugen. Er war silbern, mit einem Knopf an der Seite. Wenn man diesen betätigte, schob sich ein kleines Teleskop aus dem Knauf. Der Stock war ein Geschenk von Mads gewesen. »Die Sache mit dem Bein, meine ich.«

Quentin lehnte sich zurück und beobachtete seinen Freund, wie er auf der Rollschuhbahn seiner Leidenschaft nachging. Er war ganz in die Klänge der Musik vertieft und passte seine gleitenden Bewegungen an die Melodie an. Auf seinen Lippen ruhte das Lächeln der Ausgeglichenheit und seine Augen hatten ihr verloren geglaubtes Funkeln wieder. Sie wurden größer, als er Quentin einen flüchtigen Blick zuwarf. Das Lächeln weitete sich aus und er hob die Hand, um ihm zuzuwinken. Er verlagerte sein Gewicht auf die linke Seite und fuhr rückwärts weiter. Faszinierend, dass er diesen Trick sogar mit Prothese nahtlos darbieten konnte. Man sah ihm seine Einschränkung kaum an.

Quentin beobachtete schwärmend, wie Mads sich in rhythmischen Drehungen verlor. Er sah so verdammt attraktiv aus, wenn er auf Rollen eins wurde mit der Musik.

»Nein«, antwortete er auf Elouises Frage. Er lächelte. »Ich bereue es nicht.«

Um sich selbst zu bestätigen, was er meinte, strich er über sein linkes Knie. Er spürte in diesem Bein kaum etwas. Samuel hatte den Tausch vor drei Jahren, auf Mads' Wunsch hin, rückgängig gemacht. Seitdem hatte Quentin seinen Unterschenkel wieder, doch die Nerven hatten sich nicht richtig miteinander verbunden. Er konnte nur schwerfällig laufen, deshalb griff er auf Gehhilfen zurück. Der Teleskopstock passte perfekt zu seinem Lieblingsoutfit, deshalb störte ihn das wenig. Seltene Augenblicke, in denen seine fehlgeleiteten Nervenenden ihn mit Schmerzen belasteten, erinnerten ihn daran, was in der Vergangenheit geschehen war.

Sein Blick streifte Gwen. Sie saß auf der Empore, welche einst für Organisten vorgesehen gewesen war, und blätterte in einem Buch. Eigentlich arbeitete sie in dem Café der Rollschuhbahn, um ihr Illustration-Studium zu finanzieren. Das wollte sie unbedingt selbst bezahlen.

»Hab ich was verpasst?«, fragte Spencer und setzte sich neben Elouise. »Ist irgendjemand hingefallen oder so?«

»Hingefallen?«, fragte sie mit hochgezogenen Augenbrauen. »Du hast nur Schadenfreude im Sinn, oder?«

Spencer verschränkte die Arme hinter dem Kopf und lehnte sich zurück. Er trug eine weite Latzhose, aus deren Brusttasche ein Schraubendreher und eine Zange hervorblitzten. Er war hier, um die Spielautomaten in Schuss zu halten. Mittlerweile trug er eine kinnlange Frisur, die ihm manchmal ins Blickfeld fiel. Er pustete eine Haarsträhne aus seinem Gesicht. Dabei kam die Narbe zum Vorschein, die seit dem Autounfall seine Stirn zierte. Zur Hälfte war sie von einem feinen Geflecht überzogen. Er grinste lässig. »Wenn ich ständig hinfalle, soll den Rollschuhkram auch kein anderer hinbekommen.«

»Also Mads ist ziemlich gut«, stichelte Quentin und beugte sich vor, um Spencer anzusehen. Augenblicklich erntete er ein protestierendes Grinsen.

Sie hatten sich ausgesprochen. Es war ein langes Gespräch gewesen, über die vergangenen Jahre und ihren Beziehungsstatus. Letzteren hatten sie deutlich definiert. Beste Freunde, so taten sie einander gut. Seitdem verstanden sie sich besser denn je.

»*Also Mads ist ziemlich gut*«, äffte Spencer ihn nach. »Er trainiert ja auch, um Europameister zu werden. Ich meine die anderen. Warum können die Kinder das so gut?« Er wedelte mit dem Arm in Richtung Bahn.

»Untersteh dich, einen von ihnen stolpern zu lassen«, zischte Elouise und schob seinen Arm mit einer Handbewegung nach unten.

Spencer verdrehte die Augen. »Als ob ich das vorhatte.« Seine Augenbrauen hüpften. »*Magie schadet der Umwelt*«, höhnte er mit verstellter Stimme.

Dann hielt er inne.

Er reckte das Kinn und beugte sich vor, um zum Eingangsbereich zu sehen. »Ey.« Lachend sprang er auf. »Samuel ist da!«

»Warte, Spence.« Quentin fasste im Vorbeigehen nach seinem Handgelenk.

Die roten Haare wirbelten, als er ihm den Blick zukehrte. »Hm?«

»Danke, dass du die Prothese für ihn entwickelt hast.« Ein aufrichtiges Lächeln bildete sich auf Quentins Lippen. »Ich weiß, dass du das nicht hören willst, aber du hast ihm damit mehr geholfen, als dir vermutlich lieb ist. Das habe ich dir noch nie gesagt, oder?«

Spencer rümpfte die Nase, aber der Hauch eines Lächelns glomm aus seinen Augen. »Das war das mindeste«, raunte er und salutierte lässig, bevor er sich zu Samuel begab.

Quentin sah ihm nach. Spencer hatte sein Studium vor zwei Jahren abgeschlossen. Sein Abschlussprojekt war eine Beinprothese mit flexiblem Fußgelenk gewesen, welches er extra für Mads entwickelt und in detaillierter Zusammenarbeit perfektioniert hatte. Sie arbeiteten noch immer daran, die Prothese auf seine Bedürfnisse zuzuschneiden. Das Gelenk musste flexibel für Drehungen sein, aber auch stabil, um Sprünge aufzufangen. Auf eine seltsame Art und Weise vertrugen sich die beiden, wenn es um dieses Projekt ging. Das war ihr einziger gemeinsamer Nenner. Aber wenigstens hatten sie einen.

Samuel unterhielt sich mit Spencer und winkte den anderen vom Eingangsbereich aus zu. Er trug Handschuhe und eine blaue Schürze. Mittlerweile nahm er externe Aufträge für die Gärtnerei an, um den Familienbetrieb zu erweitern. Die Bepflanzung des alten Kirchengeländes unterlag seiner Regie. Er hatte bei der Gestaltung freie Hand. Nur eine Kleinigkeit hatte er in Quentins Auftrag erfüllen müssen:

In einem Winkel von etwa 30 Grad östlich, vor dem Eingang der Kirche, stand ein Rosenstrauch. Ungefähr dort, wo Frau Göhren einst mit ihrem Mann für ein Hochzeitsfoto posiert hatte. Schließlich haben sie die Kirche nur restaurieren können, weil sich die alte Dame noch zu Lebzeiten um dieses Anliegen gekümmert hatte. Ihr Vermögen hatte sie Quentin vererbt, extra für diesen Zweck. Eine Erinnerung in ihrem Gedenken war die mindeste Anerkennung dafür.

- ★ -

Wenn man den alten Holztreppen der Kirche bis ganz nach oben folgte, vorbei an der Empore, bis hoch in den ehemaligen Glockenturm, dann erreichte man Quentins Lieblingsort.

Sein Vater hatte den Turm zu einer privaten Sternwarte ausgebaut. Die hintere Fläche des Bodens war gepolstert, sodass man darauf schlafen oder verweilen konnte. Meistens saß Quentin dort und blätterte in Büchern. Umgeben von Sternenkarten, Notizbüchern und einem alten Plattenspieler thronte ein großes Teleskop. Es offenbarte einen Blick, so weit in den Himmel hinaus, dass er sich manchmal darin verlor.

Unter der dunkelblau gestrichenen Decke verbrachte er beinahe jeden Abend. Während er Sternenbilder studierte und nach Meteoriten Ausschau hielt, lauschte er den letzten Gesprächen des Tages unten in der Rollschuhbahn. Dafür drehte er den Plattenspieler extra leiser.

Jean verabschiedete sich. Ihre Stimme hörte niemals auf, schrill zu sein. Aber mit der Zeit war es eine angenehme Art von Schrillheit geworden. Ihre Mutter hatte sich von seinem Vater getrennt, weil es doch nicht gepasst hatte. Zum Glück. So war Jean weiterhin nur die beste Freundin von Mads und nicht seine Stiefschwester.

Als die Stimmen erstarben, erhob sich das schönste Geräusch von allen. Andächtige Schritte brachten die Holztreppe zum Knarzen. Der eine Schritt klang dumpfer als der andere, weil er von einer Prothese erzeugt wurde. Es dauerte so lange, wie Quentin brauchte, den Refrain von *La Vie En Rose* in Gedanken mitzusummen, dann tauchte Mads im Türrahmen des ehemaligen Glockenturms auf und schickte seinen Worten ein neugieriges Lächeln voraus.

»Na, alles klar?«

Quentin sprach die tägliche Frage in Gedanken mit, ehe er nickte und wie immer antwortete: »Alles klar.«

Mads' Mimik entspannte sich und er trat näher, um sich neben seinen Freund auf den gepolsterten Teil des Bodens zu setzen.

Er legte ein Paket auf Quentins Schoß und grinste scheinheilig. Seine Stimme wurde heller. »Sie sind da.«

»Sie?« Quentin beäugte das Paket skeptisch. Was für ein *Sie* passte in so einen kleinen Karton? Er winkelte sein linkes Bein an, weil stechender Schmerz in der Kniescheibe pulsierte. Er konzentrierte sich darauf und entspannte die Muskeln mittels Magie. Der Schmerz ließ nach, wich einer wohligen Gänsehaut und so konnte er sich auf den Karton konzentrieren.

»Mach es auf«, drängte Mads und hibbelte ungeduldig im Schneidersitz vor ihm herum. »Wir haben viel zu tun.«

»Ach so?« Quentin runzelte die Stirn und knibbelte das Klebeband vom Rand des Päckchens.

Er schmunzelte beim Anblick des Inhalts.

Unzählige Plastiksterne leuchteten ihm entgegen.

»Wenn wir die überall aufkleben, dann fühlst du dich hier fast wie zu Hause«, bemerkte Mads und nahm einen Stern heraus, um ihn prüfend vor die dunkelblaue Wand zu halten.

Quentin lachte leise. Er lehnte sich vor, um ihm einen Kuss auf die Lippen zu hauchen. »Das tue ich bereits.« Er grinste schief. »Gib es zu. Du hast sie mir hier geschenkt, damit ich sie nicht in dein Schlafzimmer klebe.«

»Hä?« Mads lachte ertappt. »Wie kommst du denn darauf?«

Quentins Augenbraue wanderte nach oben.

»Außerdem ist das unser Schlafzimmer.« Das Gesicht seines Freundes wurde von Wärme erfasst. »Du darfst von mir aus die ganze Wohnung mit Leuchtsternen zupflastern.«

Quentins Mimik hellte sich auf. »Wirklich?« Seine Stimme wurde höher. »Dann müssen wir noch welche bestellen.«

»Hey«, warf Mads ein und blinzelte verzweifelt. »D-das war eher als Scherz gemeint.«

»Ich weiß«, entgegnete Quentin schmunzelnd. »Ich soll dich von meiner Mutter grüßen.«

»Habt ihr telefoniert?«

Quentin nickte. Seitdem er nicht mehr bei ihr wohnte, verstand er sich besser mit seiner Mutter. Sie konnten sich aus dem Weg gehen, wenn Gespräche zu eskalieren drohten, aber dazu kam es nur noch selten. Seit ein paar Monaten besuchte sie eine Selbsthilfegruppe und unternahm endlich etwas gegen ihre Geltungssucht. Sie hatte sich ein Pflegepferd zugelegt und verbrachte die Stunden dort ohne Smartphone. Auch wenn ihr die Trennung anfangs schwergefallen war, tat ihr der Ausgleich zunehmend gut. Ihre Follower blieben ihr treu, obwohl sie seltener online war. Diese Tatsache hatte sie ebenso überrascht wie gerührt.

»Hast du dich noch einmal bei ihr bedankt?«, wollte Mads wissen und knibbelte Folie von einem der Sterne, um ihn an die Wand zu kleben.

»Wie oft sollen wir uns noch bedanken?« Quentin zog die Augenbrauen zusammen.

»Sie hat das hier überhaupt erst möglich gemacht«, bemerkte Mads altklug, als wüsste Quentin nicht längst, dass sie einen großen Teil des Geldes für die Restaurierung der Kirche ihrem Engagement zu verdanken hatten. »Mein Traum von der Rollschuhbahn war schon geplatzt, bis sie diesen Aufruf gestartet hat. Ich glaube, ich kaufe ihr dafür einen Präsentkorb.«

»Noch einen?« Quentin lachte.

In einer einmaligen Videoaktion hatte er mit seiner Mutter zusammen einen Aufruf gestartet, um das Erbe von Frau Göhren aufzustocken und die alte Kirche zu retten. Das errichtete Spendenziel hatten sie innerhalb weniger Tage erreicht. Quentin hatte das Video genutzt, um sich für sein Verhalten zu entschuldigen und auch dafür, sich endgültig aus der Öffentlichkeit zu verabschieden.

»Dann möchte ich auch einen Präsentkorb.«

Mads klebte ihm einen Stern auf die Nase und kicherte. »Du hast gerade erst etwas geschenkt bekommen.«

Quentin siedelte den Stern von seiner Nase an die Wand um und schüttelte amüsiert den Kopf. Er nahm einen weiteren Plastikstern aus dem Karton und verzierte mit seinem Freund gemeinsam die dunkelblaue Wand seines privaten Observatoriums.

Als sie fertig waren, legten sie sich auf die gepolsterte Fläche. Mads' Kopf fand Platz auf Quentins Brust. Sie betrachteten ihr Werk und ließen den Abend im Schweigen ausklingen. Eigentlich hätten sie nach Hause fahren können, gemeinsam etwas kochen und beim Essen einen Film ansehen. Aber es wäre nicht das erste Mal, dass sie die Nacht im Turm unter den Sternen verbrachten. Ein Teil der Dachkuppel war gläsern und offenbarte einen Blick auf den Himmel. Quentin legte seinen Arm an Mads' Rücken und streichelte ihn, während seine Augen sich in den Tiefen der Unendlichkeit verloren. Er lauschte den ruhigen Atemzügen seines einschlafenden Freundes und atmete die Luft mit dem lieb gewonnenen Marzipanaroma ein. Ruhe. Endlich.

So harmonisch hatte er es sich immer gewünscht und nie zu träumen gewagt.

Nachwort

Für dieses Nachwort musste ich meine Gedanken mehrmals sortieren. In der Geschichte spielen so viele Themen eine Rolle, dass ich kaum benennen kann, welches mir am wichtigsten ist. Ich gehe sie einfach in der Reihenfolge durch, in der sie mir in den Sinn kommen:

<u>Verteilung von Ressourcen:</u> Was für ein fades, aber wichtiges Thema. Die unverhältnismäßige Aufteilung von Dingen, die man braucht, und von Zeug, das ganz nett ist, findet sich in vielen Bereichen wieder. Wer schon alles hat, bekommt mehr geboten, bis es nichts mehr gibt, wonach man sich sehnen könnte. Reiche Menschen haben viel, aber man kann ihnen im Umkehrschluss auch vieles wegnehmen – und das macht sie verwundbar.

Als ich eine Reportage über Soufflés gesehen habe, wurde mir wieder einmal bewusst, wie banal Sorgen sein können. Da waren Leute, die haben im Angesicht von hart arbeitenden Menschen über die Form eines Desserts diskutiert. Die Frage, was an solch einer Einstellung mit dranhängt, hat mich zu der Grundidee dieser Geschichte geführt.

<u>Umweltschutz:</u> Dieses Thema ist mir persönlich sehr wichtig. Ich achte in vielen Lebenslagen darauf, wie ich mich entscheide, um im Sinne der Gesamtheit zu handeln. Im Universum dieses Buches würde man mich wohl am ehesten an Jeans Seite protestieren sehen. Deshalb hatte es einen besonderen Reiz, die Geschehnisse aus Quentins Augen zu beschreiben. Ich habe mich bemüht, seine Charakterentwicklung entsprechend anzupassen, ihn dabei aber nicht völlig zu verbiegen. Ich hoffe, das ist einigermaßen rübergekommen.

<u>Umgang mit Behinderungen:</u> In meinem Hauptberuf bin ich täglich mit diesem Thema konfrontiert. Menschen, die in unserem System nicht ohne Hilfe überleben können, existieren auf der Bildfläche kaum. Wenn

sie uns dann in der Fußgängerzone oder im Bus begegnen, hilft nur ein verstohlener Blick gen Boden. Weil wir nie gelernt haben, dass auch behinderte Menschen ein Stück von der Normalität verdient haben. Das bedeutet, dass sie auch in Geschichten Erwähnung finden sollten. Am besten als dreidimensionale Charaktere, die einen wichtigen Teil vom Plot einnehmen. Mads' Diabeteserkrankung mit resultierender Amputation stellt eine Realität dar, die mehrere tausend Menschen im Jahr betrifft. Durch fortschreitende Medizinkenntnisse sind die Zahlen glücklicherweise rückläufig.

Selbstdarstellung: Quentins Mutter ist für mich eine Person, wie sie mir im Internet immer häufiger auffallen. Einzelperformer, die vor lauter Bestätigung durch Fremde den Blick für das Leben verlieren. Natürlich darf man nicht alle über einen Kamm scheren, aber das Suchtpotenzial, das von verschiedenen Plattformen ausgeht, sollte nicht unterschätzt werden.

Followerzahlen sind nicht alles. Reaktionen, Kommentare und geteilte Storys sind weniger wert als ein Treffen mit jemandem, den man wirklich mag. Es ist okay, auf Nachrichten nicht sofort zu antworten, und man darf sich eine Auszeit nehmen, wenn der Druck durch das Smartphone zu groß wird.

Ich betreibe selbst einen Instagram-Account und möchte niemanden verurteilen. Es liegt mir aber am Herzen, anzuregen, dass eine Sucht Leben zerstören kann und dass das Gefühl, ohne Interaktionen im Internet unzufrieden zu sein, ein Abhängigkeitssymptom ist.

Wenn man das eigene ungesunde Verhalten erkennt, kann man eine Mediensucht gut in den Griff bekommen.

Falls du das Gefühl hast, süchtig zu sein und nicht alleine aus deiner Situation zu finden, dann scheue nicht davor zurück, Hilfe in Anspruch zu nehmen. Ansprechpartner im Zusammenhang mit Mediensucht findest du unter:

https://www.fv-medienabhaengigkeit.de
https://erstehilfe-internetsucht.de/
https://www.nummergegenkummer.de/

Freundschaft: Kehren wir uns einem fröhlicheren Thema zu: Freundschaft. Ich finde es schön, in Büchern auf Freundeskreise zu treffen, und sehe mich als Leserin gerne als Teil davon. Deshalb habe ich Quentin einen Freundeskreis verliehen, in dem es zwar nicht immer harmonisch zugeht, in dem aber trotzdem alle füreinander da sind. Diese Hommage widme ich meinen Freunden, bei denen es ganz ähnlich zugeht. :)

Rollschuhe: Seit einer Weile sind Rollschuhe mein liebster (und einziger) Sport. Ich verbringe mindestens drei Mal die Woche auf Rollen und verliere mich in Tagträumen. Auf diese Weise sind mir viele Szenen für dieses Buch durch den Kopf geschwirrt, bevor ich sie aufgeschrieben habe.

Wenn es tatsächlich eine restaurierte Kirche als Rollschuhbahn mit Sternwarte im Glockenturm gäbe, dann wäre ich dort mit Sicherheit Dauergast.

Bevor die Sache ausartet, ziehe ich hier einen Schlussstrich. Ich danke dir, dass du mich und meine Charaktere auf dieser Reise begleitet hast und hoffe, dass du daraus etwas für dich mitnehmen konntest. Wenn du Fragen oder Anregungen hast oder einfach nur eine Rückmeldung loswerden möchtest, dann schreib mir gerne eine E-Mail an: meganemoll@web.de

Alles Gute & pass auf dich auf

Megan

Recherche & Vorbereitung:

- Rico, Kai & Sascha
(Unser Interview bleibt
unvergessen :D)

- Dirty Deborah Harry
(Thanks for teaching
all about rollerskating.)

- Christian
(Danke für deine
Engelsgeduld bei allen
zusammenhangs-
losen Fragen)

Testlesen:

- Annika
(Danke, dass du so eine
treue Leserin bist)

- Alex
(Über deine Worte freue
ich mich immer wieder)

- Levi
(Dank dir sind Spence &
Ced jetzt sympathischer)

- Skandar
(Du hast immer den
perfekten Tipp parat)

Überarbeitung & Feinschliff:

- Nadine
(Von dir habe ich einiges
über Diabetes gelernt)

- Alex
(Deine Einwände
haben alles wunderbar
abgerundet)

- Vanessa
(Dank dir lässt sich alles
flüssig & fehlerfrei lesen)

Maeve – Sand und Stein
ISBN: 978-3969668405

1.1.4.MD.LC.

Im *Auge* ist mein Name nur eine Aneinanderreihung von Zahlen und Buchstaben.

Als Maeve der Geheimorganisation »Das Auge« beitritt, welche die Menschheit vor Angriffen durch Außerirdische schützt, glaubt sie, endlich das Rätsel um das Verschwinden ihrer Mutter lösen zu können. Denn dass der Stein, den sie ihr hinterlassen hat, angeblich ausgerechnet aus außerirdischer Materie besteht, kann kein Zufall sein.

Doch Maeve hat nicht mit den strengen Hierarchien im Auge gerechnet – und auch nicht, dass ihr Ausbilder Lorcan ungeahnte Gefühle in ihr weckt, die sie beide in Gefahr bringen können. Während Maeves Suche nach ihrer Mutter voranschreitet, breiten sich ebenso ihre Zweifel an der Organisation aus. Doch was, wenn einige Geheimnisse unter Verschluss bleiben sollten, weil es zu gefährlich wäre, sie auszusprechen?

Blue September – it can't rain all the time
ISBN: 978-1657500815

»Jetzt geschieht es schon wieder ... Feuer! Blitze ... Mein Körper steht in Flammen.«

Nach einem schweren Unfall und dem Verlust seiner großen Liebe entgleitet Alex die Kontrolle über sein Leben. Nicht nur seine Epilepsie macht ihm zu schaffen, sondern auch traumatische Flashbacks und Erinnerungslücken. Was ist in jener Nacht geschehen und wer hat Schuld an Avas Tod?

Als Alex Anfälle immer heftiger werden, trifft er Eva, die ihm auf eine verlockende Art vertraut vorkommt. Wer ist sie und kann sie ihm helfen? Oder sollte er lieber auf seinen Arzt und die besorgte Kellnerin aus seinem Lieblingscafé setzen, um der Abwärtsspirale zu entkommen?

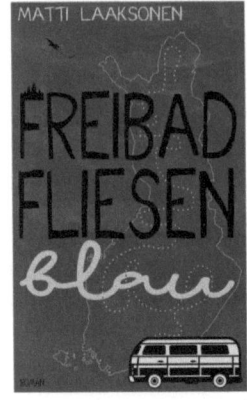

Freibadfliesenblau

ISBN: 978-3754316498

Henning kann es nicht fassen. Er soll die ganzen Sommerferien über in seinem Zimmer hocken und fürs Abi lernen? Nicht mit ihm. In einer kopflosen Aktion trampt er von Berlin bis zur Ostsee. Wenigstens für ein paar Tage will er dem Druck seiner strengen Eltern entgehen, abschalten und alles um sich herum vergessen.

John erfüllt sich nach dem bestandenen Abitur einen langgehegten Traum. Mit seinem ausgebauten VW-Bus ist er zu einem Roadtrip durch Skandinavien unterwegs. Es soll sein Abenteuer werden, doch über dem Vorhaben schwebt die Trauer um seine früh verstorbene Mutter.

Als sich die beiden begegnen, ändern sich ihre Pläne rasant und es beginnt eine chaotische Reise zu zweit, vorbei an finnischen Seen, durch lichte Wälder und kleine Städte. Zwischen pinkem Flokati und Einhörnern kommen sich die beiden näher, doch ihre gemeinsame Zeit hat ein Ablaufdatum: das Ende der Sommerferien. Ein sommerlicher Roadtrip durch Finnland. Enthält Einhörner, tiefe Gespräche, lustige Begegnungen und Lakritz.

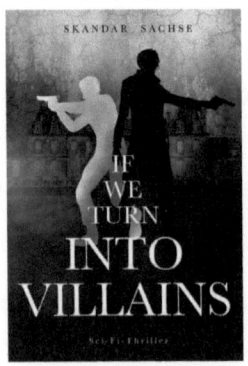

If we turn into Villains

ISBN: 978-3751978996

Einst waren sie befreundet.
Nun wollen sie einander tot sehen.

Die Freundschaft zerbricht, als Constantine wegen Serienmordes verhaftet wird und Ari sich den Ruf eines Helden verdient.

Als der Häftling entdeckt, dass er wie Ari über Superkräfte verfügt, entkommt er aus dem Gefängnis. Wissend, dass seine übernatürliche Begabung Ari in den Selbstmord treiben könnte, beginnt Constantine seinen Rachefeldzug.